45

阳翰笙研究资料

YANGHANSHENG YANJIUZILIAO

潘光武 编

中国社会科学院
文学研究所 总纂

中国文学史
资料全编

现代卷

知识产权出版社

内容提要：

　　阳翰笙，原名欧阳本义，我国现代著名剧作家、现代戏剧运动组织者。本书分生平和文学活动，生平和创作自述，研究、评介文章选辑，著作系年和书目，研究、评介资料目录索引等五个部分，全面收集了关于阳翰笙的研究资料。

责任编辑：马　岳　　　　　装帧设计：段维东

图书在版编目（CIP）数据

　　阳翰笙研究资料 / 潘光武　编 . —北京：知识产权出版社，2009.10
　（中国文学史资料全编·现代卷）

　　ISBN 978-7-80247-783-4

　　Ⅰ . 阳…　Ⅱ . 潘…　Ⅲ . ① 阳翰笙（1902～1993）—人物研究　② 阳翰笙（1902～1993）—文学研究　Ⅳ . K825.6　I206.7

　　中国版本图书馆 CIP 数据核字（2009）第 185989 号

中国文学史资料全编·现代卷

阳翰笙研究资料

潘光武　编

出版发行：**知识产权出版社**

社　　址：北京市海淀区马甸南村 1 号		邮　　编：100088	
网　　址：http://www.ipph.cn		邮　　箱：bjb@cnipr.com	
发行电话：010-82000860 转 8101/8102		传　　真：010-82005070/82000893	
责编电话：010-82000860 转 8171		责编邮箱：mayue@cnipr.com	
印　　刷：北京市凯鑫印刷有限公司		经　　销：新华书店及相关销售网点	
开　　本：720mm×960mm　1/16		印　　张：36.75	
版　　次：2010 年 1 月第一版		印　　次：2010 年 1 月第一次印刷	
字　　数：530 千字		定　　价：73.00 元	

ISBN 978-7-80247-783-4 / K · 044（2631）

汇纂工作小组
名单

（按姓氏笔画排列）

王润贵　刘跃进　刘福春　严　平

张大明　杨　义　欧　剑　段红梅

编 辑 说 明

　　中国社会科学院文学研究所向来重视文学史料的系统整理与深入研究，建所50多年来，组织编纂了很多资料丛书，包括《古本戏曲丛刊》、《古本小说丛刊》、《中国现代文学史资料汇编》、《近代文学史料汇编》、《当代文学史料汇编》以及《文艺理论译丛》、《现代文艺理论译丛》、《古典文艺理论译丛》等。其中，介绍国外文艺理论的3套丛书，已经汇编为《文学研究所学术汇刊》9种30册，交由知识产权出版社出版。该书出版后，国内一些重要媒体刊发评介文章，给予充分肯定。为满足学术研究的需要，2007年初，中国社会科学院文学研究所与知识产权出版社商定继续合作，编辑出版《中国文学史资料全编》，将以往出版的史料著作汇为一编，统一装帧，集中出版。

　　这里推出的《中国文学史资料全编·现代卷》就是其中的一种。本卷主要以《中国现代文学史资料汇编》为基础而又有所扩展。《中国现代文学史资料汇编》的编纂工作启动于1979年，稍后列入国家第六个五年计划社科重点项目。该编分为《中国现代文学运动、论争、社团资料丛书》、《中国现代作家作品研究资料丛书》、《中国现代文学书刊资料丛书》即甲乙丙3种，总主编陈荒煤，副主编许觉民、马良春，编委有丁景唐、马良春、王景山、王瑶、方铭、许觉民、刘增杰、孙中田、孙玉石、沈承宽、芮和师、张大明、张晓翠、杨占陞、陈荒煤、唐弢、贾植芳、徐迺翔、常君实、鄂基瑞、薛绥之、魏绍昌，具体组织主要由徐迺翔、张大明负责。此项目计划出书约200种。至20世纪末，前后20多年间，这套书由数家出版社陆陆续续出版了80余种，还有数十种虽然已经编就，由于种种原因，迄今尚未出版。"现代卷"包括上述已经出版的图书和若干种当时已经编好而尚未出版的图书。

　　这项工作得到了中国社会科学院文学研究所和知识产权出版社的高度重视，为此成立了汇纂工作小组。杨义、刘跃进、严平、张大明、刘福春等具体负责学术协调工作，于2007年11月，向著作权人发出《征求〈中国文学史资料全编·现代卷〉版权的一封信》，很快得到了绝大多数编者的授权，使这项工作得以如期顺利开展。为此，我们向原书的编者表示由衷的谢意。为尽快将这套书推向社会，满足学界和社会的急需，除原版少量排印错误外，此次重印一律不作任何修改，保留原书原貌，待全部出齐，视市场情况出版修订本。为此，我们也诚挚地希望广大读者能给予充分谅解。

《中国文学史资料全编·现代卷》出版后，我们将尽快启动"古代卷"、"近代卷"和"当代卷"的编纂工作，希望能继续得到专家学者的大力支持和热心参与。

现代卷汇纂工作组

目　录

生平和文学活动

研究、评介文章选辑

著作系年和书目

研究、评介资料目录索引

生平和文学活动

阳翰笙传略

潘光武

　　阳翰笙原复姓欧阳，名本义，字继修，1902 年 11 月 7 日（农历十月初八）出生在四川高县罗场一个丝茶商家庭，兄弟姊妹 6 人，他排行第一。在后来的文艺生涯中，他先后用过欧阳华汉、继修、华汉、杨剑秀、欧阳翰、寒生、林箐、寒青、阳翰笙、翰笙、小静、一德等笔名，以用华汉和阳翰笙名为最多。

　　他在少年时期，听过老人们讲太平天国石达开部队路过他家乡时的革命故事，见过保路同志会武装斗争的壮烈场面；父亲欧阳静波较为开明，在求学读书和婚姻自主问题上很尊重他的意见，并大力支持他；母亲周淑贞（有一定文化）给他讲过很多民间和戏曲故事，并常带他去看川戏，使他从小就成了川戏迷；读私塾时，文史知识学得扎实；读小学、中学，各科成绩皆优，名列前茅；这时期发生的辛亥革命、反袁护国战争、俄国十月革命、五四运动等革命斗争，激发了他的爱国热情。这些，都给他以后的生活和创作道路以极大的影响。

　　1920 年秋，他从叙府（宜宾）联中转学到成都省立一中学习，时《新青年》、《新潮》及少年中国学会的刊物如潮水般地涌到成都，各种主义纷至沓来，使他的思想非常活跃，同时对信仰什么也莫衷一是。1922 年春夏，他和几个同学自发地组织了社会主义青年团，他被选为干事。接着，成都各校成立学联，他被选为理事，为争取教育经费独立案领导闹学潮，捣毁了省议会，轰走了派往一中当校长的主张尊孔读经的官僚政客。为此，他和另外 5 名学生领袖被川军总司令部点名通缉，不得不离开成都。之后，他到重庆插班不成，慕名专程到泸州求教于传播新思想的川南师范学校校长恽代英。他与恽代英相处的 7 天里向恽提出了几十个问题，得到了深入浅出的解答。恽代英指出：中国的根本问题是社会必须要彻底改造，只有社会主义才能救中国；青年唯一光明的出路是投身到进行社会改造的革命活动中去。这使他茅塞顿开，坚定了追求光明、改造社会的信念。他说恽代英是照耀他走上革命征途的"第一盏明灯"。

1923 年秋，他到北京求学，因招生期过，自学于西山南营子，醉心于新旧文艺的研究，同时阅读搜集得到的马列著作。时陈毅从法国回国，就读于开办在碧云寺的中法大学。他与陈毅一见如故。陈豪爽健谈，讲巴黎公社、十月革命、共产主义，讲法国文学、俄国文学，使他大开眼界。陈说北京乌烟瘴气，建议他去上海学习革命理论。当时在上海的友人李硕勋、何成湘也来信邀他去上海大学学习。1924 年夏，他经青岛取海道至上海，经考试插班入上海大学社会学系。秋，正式加入中国社会主义青年团。

上海大学是当时我党领导的第一所培养革命干部的大学，邓中夏是教务长，瞿秋白是社会学系主任，讲课教师有瞿秋白、蔡和森、张太雷、李季、施存统、恽代英、邓中夏、任弼时、肖楚女、蒋光慈等，都是无产阶级革命家。阳翰笙在这里系统地学习革命理论，同时根据党团布置参加工人运动。他在邓中夏、李立三领导下，协助刘华从事职工夜校教育工作，并听工人讲诉他们的血泪史，深受教育。他在以后创作的工人题材的小说，大都取材于此。1925 年 3 月，他由共青团（当时已改名为中国共产主义青年团）转入中国共产党。"五卅惨案"发生时，他从养病的杭州赶回上海，由党派到上海学生总会工作，筹备全国学生联合总会，并作为学总会代表，参加工商学联会委员会的工作，协助肖楚女编辑该会会刊，组织罢工、罢市、罢课的斗争；又根据恽代英指示，搜集材料，写成并发表了他的第一篇文章《一年来学生运动之概况》。7 月，他出席了第七届全国学代会，参与了大会文件的起草工作。秋，回"上大"任党支部书记。冬，任中共上海闸北区委书记，一面继续读书学习，一面从事社会活动。

1926 年初，党派他到广东黄埔军校政治部任秘书，后调至入伍生部政治部任秘书和党总支书记，同时兼任政治教官。不久，会见主持我党军事工作的周恩来，来往甚密。从此以后的几十年里，他都在周恩来的直接或间接领导下工作，从各方面受到周恩来的教益、启迪和感染。

1927 年"四一二事变"时，他得友人帮助离粤赴武汉，被党先后派往国民革命军第六军和第四军协助林伯渠和廖乾吾作政治工作和党的工作。得悉"八一起义"的消息后，他和郭沫若、李一氓等从九江于 4 日赶到南昌，立即随起义部队南征，前委先后任命他为叶挺直接领导的二十四师党代表和起义军总政治部秘书长。部队经瑞金，转汀州（长汀），到潮汕，退流沙，节节失利。此时他患疟疾，组织上安排他在海陆丰一个基层农运干部家里养病。他在那里听到了许多关于当地（是彭湃的根据地）农运的故事。以后他创作的小说《地泉》和电影《中国海的怒潮》一部分素材即来源于此。10 月，他得农友帮助坐小舟到香港，11 月，经党安排回到上海。此时，郭沫若根据周恩来的指示，要加强党对文艺的领导，发展党的组织，郭向周提出要求阳翰笙加入创造社，经周批准，他接受安排加入了创造社。从此，他放弃了本想继续从事革命武装斗争的打算，走上了从事革命文艺事业的道路。

1928 年 3 月，他和李一氓编辑创造社的《流沙》半月刊，主要发表社会科学包括文艺方面的论文，文艺论文侧重于革命文学的论争。11 月，他们又编辑了《日出》旬刊，他在该刊发表了多篇针砭时弊的文章。1929 年秋，他和潘汉年根据党要求创造社、太阳社正确对待鲁迅、停止革命文学内部论争的指示，及时召集有关党员传达讨论，基本统一了思想，为结束论争、促进同鲁迅的联合作了工作。随后，他参加了筹组"左联"的工作，是筹委会成员之一。1930 年 3 月 2 日"左联"成立，他在大会上讲了话。从 1930 年夏至 1935 年春，他先后担任"左联"党团书记、文委书记和文总党团书记。

阳翰笙从加入创造社到"左联"时期，一面从事左翼文化文艺运动的组织领导工作，一面进行理论研究和文艺创作。他编辑了《社会科学丛书》，写了《社会科学概论》、《唯物史观研究》、《社会问题研究》

等介绍马克思主义哲学和社会科学的通俗读物，其中《社会科学概论》一再重版。他写的一些文艺论文和文学评论，如《文艺思潮的社会背景》、《读了冯宪章的批评之后》、《文艺大众化与大众文艺》、《〈地泉〉重版自序》和《谈谈我的创作经验》等，在当时有一定的影响。他坚请易嘉（瞿秋白）、郑伯奇、茅盾和钱杏邨为《地泉》写的序言以及他的自序，以批评革命浪漫谛克的创作倾向为中心，对初期普罗文学创作的成败得失作了初步的总结。他的文艺创作开始于写小说，1928年初，发表了第一篇小说《马林英》。从1928年至1933年，是他小说创作的旺盛期，也是他唯一创作小说的时期。他发表了《马林英》、《活力》、《女囚》、《趸船上的一夜》、《血战》、《十姑的悲愁》、《奴隶》、《枯叶》、《归来》、《马桶间》、《未完成的伟人》、《兵变》、《最后一天》和《死线上》共14个短篇，《两个女性》、《暗夜》、《寒梅》、《复兴》、《中学生日记》、《大学生日记》和《义勇军》共7个中篇。这些作品大都结集出版，其中《暗夜》（改名为《深入》）、《寒梅》（改名为《转换》）和《复兴》三个故事不连贯但又互相照应的中篇又组成长篇小说《地泉》两次单独出版，被称为"华汉三部曲"。

1933年春，党的电影小组正式成立，他继夏衍、阿英（钱杏邨）、郑伯奇进入明星影片公司之后，进入了艺华影业公司，和田汉一起主持编剧委员会。从此，他和电影结下了不解之缘。他为发展左翼电影事业，一面进行组织联络工作，一面写了不少电影剧本。本年春，他写了他的第一部电影剧本《铁板红泪录》，第一次用"阳翰笙"的名字。从这时起至1949年，他先后写了《铁板红泪录》、《还乡记》（1933年）、《中国海的怒潮》（1933年）、《赛金花》（1933年）、《逃亡》（1934年）、《生之哀歌》（1934年）、《新娘子军》（1936年）、《生死同心》（1936年）、《草莽英雄》（1937年）、《夜奔》（1937年）、《塞上风云》（1937—1939年）、《八百壮士》（1937年）、《日本间谍》（1939年，根据意大利人范斯伯所著《神明的子孙在中国》一书的材料改编）、《青年中国》（1940年）、《万家灯火》（1948年，与沈浮合作）和《三毛流浪记》（1949年，根据张乐平连环画改编）共16部电影剧本，其中13部搬上了银幕。

1935年2月，由于党组织被破坏，他和田汉等同时在上海被国民党逮捕入狱，后送南京关押。同年 10 月，他由柳亚子、蔡元培等大力营救并保释出狱，但仍被软禁在南京，直至 1937 年 7 月抗日战争爆发后，国共达成合作协议，国民党释放政治犯，他才获得自由。他在被软禁期间，以纯继、小静、一德等署名，在当时南京唯一的一家民营报纸《新民报》上发表了大量的杂文和戏剧评论，其中的《养狗篇》和《打狗篇》("狗"指汉奸特务)曾引出了一系列"打狗"文章，有一定声势和影响；他还设法与我地下党同志取得联系，继续为上海几家电影公司写电影脚本，并开始了话剧创作。

1936 年 5 月他和田汉合作写了独幕话剧《晚会》，这是他从事话剧创作的开始。从 1936 年至 1943 年，他创作了《前夜》(1936 年)、《李秀成之死》(1937 年)、《塞上风云》(1937 年，根据他的电影剧本改编)、《天国春秋》(1941 年)、《草莽英雄》(1942 年，根据他的电影剧本改编)、《两面人》(1943 年，当时发表名《天地玄黄》)和《槿花之歌》(1943 年)共 7 个大型话剧，它们都先后搬上舞台，其中有的多次演出，有的在东南亚和南洋一带演出。

1937 年 9 月，他从南京到汉口，随即恢复了党的组织生活，在我党长江局和周恩来的直接领导下，投入了抗日救亡的组织领导工作。他在筹组了文学艺术界各个抗敌协会之后，全力参与了国民政府军事委员会政治部第三厅的筹组工作。1938 年 4 月 1 日三厅正式成立，他任政治部设计委员兼三厅主任秘书，襄助主任郭沫若处理一切厅务。1940 年 10 月，三厅在重庆被改组为"离厅不离部"的文化工作委员会(简称文工会)，他任副主任(主任为郭沫若)，直至 1945 年 4 月文工会被解散。在此期间，他遵照我党南方局和周恩来的指示，除参与领导文工会的日常工作之外，还筹组并始终领导了中华剧艺社，筹组了郭沫若创作 25 周年和 50 寿辰的庆祝活动，参与了群益出版社的筹备工作，参与发起和组织了《文化界时局进言》的签名运动等。

1945 年 4 月，他任中苏文协研究委员会副主任，代理该会主任郭沫若主持工作。

1946 年 7 月，他到达上海，参与筹组了联华影艺社，同时在该社建立了我地下党组织。

1947 年 5 月，阳翰笙等将联华影艺社改组成昆仑影业公司，他任编导委员会主任。

1948年夏，他离开上海取道香港，于1949年3月到达北京，参与了中华全国文学艺术工作者第一次代表大会（简称第一次文代会）的筹备工作。

1949年7月，他被选为第一次文代会主席团常务主席，中国文联常委，中国影协主席。

新中国成立后，他先后担任中央人民政府政务院文化教育委员会委员、副秘书长兼机关党组书记和中央统战部第一处（文化处）处长、总理办公室副主任、文化部电影指导委员会委员、中国人民对外文化协会副会长兼党组书记、中共中央国际活动指导委员会委员等职务，是第一、二届全国人大代表，第三届全国政协委员。1953年第二次文代会后，他任中国文联秘书长、副主席和党组书记。1960年，他写成了他的第八个大型话剧《三人行》，此剧于1963年获文化部话剧会演一等奖。1964年，他创作的电影《北国江南》上映，康生、江青把"批判"此片作为"文化大革命"的"序幕"，在全国范围内组织大规模的围剿达半年之久。"文化大革命"中，他受林彪、江青反革命集团的残酷迫害，囚禁折磨长达9年（1966年至1975年），一身皆病，几乎偏瘫。1977年他创作了他的第十八部电影《赣南游击赞歌》。党的十一届三中全会以后，他获得彻底平反。1979年，他参与主持全国第四次文代会的筹备工作，被大会继续选为全国文联副主席，仍兼党组书记。第五届全国政协会议增补他为常务委员。1981年4月，他率中国文联代表团访问日本；1982年9月，他被选为文艺界党代表出席党的第十二次全国代表大会；1983年5月，他率中国文联代表团赴四川参观访问。近几年，他除了尽可能地继续参加各种社会活动之外，主要精力用于撰写回忆录，以此歌颂我党和周恩来同志在民主革命时期领导革命斗争的光辉业绩和广大革命进步人士为革命所作出的努力。

他的作品近年来结集由几家出版社陆续出版，计有四川人民出版社的《阳翰笙选集》（共5卷）和《阳翰笙日记选》、中国电影出版社的《阳翰笙电影剧本选集》、中国戏剧出版社的《阳翰笙剧作集》（上下卷）、人民文学出版社的《风雨五十年》（回忆录）等。

阳翰笙生平年表

潘光武

1902 年　　　　　　　　　　　　　　　　　　　　　出生

11 月 7 日（清光绪二十八年（壬寅）十月初八）出生于四川省高县罗场街上。原复姓欧阳，名本义，字继修。笔名欧阳华汉、杨剑秀、华汉、寒生、林箐、阳翰笙等。祖籍湖南省安仁县，清康熙三年（1663）移民入川定居罗家坳（现罗场）。

父亲欧阳静波（生于 1873 年 7 月 17 日），无田产，在罗场经营盐、漆、茶、丝生意，本小利薄，节衣缩食，抚育子女，略有节余；为人忠厚，思想开明，挚爱子女，尊重他们求学和婚姻意愿；1944 年 8 月 27 日病逝罗场，终年 71 岁。时阳翰笙在重庆，悲恸深重，叹曰："生不能养死不能葬"，遂将毛呢、哔叽军装衣料各一件和鱼肝油丸一瓶卖去，又设法拉些款项兑回安葬。董必武、林伯渠、王若飞、郭沫若、徐冰、张治中、夏衍、潘梓年、章汉夫、乔冠华、王昆仑、许涤新、胡绳、廖沫沙等，或专函致唁，或送挽联、祭幛。

母亲周淑贞，读过三年书，爱看《水浒》、《三国》等古典小说及佛教书籍，常带阳翰笙去看《白蛇传》、《绣襦记》等传统川戏的演出，并常给他讲故事，使阳从小就产生了对戏曲和文学的爱好。1938 年冬病逝于罗场，时阳在香港。

阳翰笙兄妹 6 人，他排行第一，3 个弟弟名本江（大革命时期高县地下党员，已病故）、本奎（已病故）、本松（原在安徽某县一中学教书，已离休），两个妹妹本芝、本兰（都已病故）。

太平天国石达开部西进时，一支分队曾到过罗场。阳的本族一位堂曾祖父是个不第秀才，在罗场鸣放鞭炮，开仓献粮，欢迎太平军，后随太平军而去。受太平军革命影响，云南出现了蓝大顺（外号蓝大脚板）、李永和（外号李短褡褡）的农民起义，其部队曾打到高县，路过罗场。清末川南一带哥老会势力很大，泸州人佘竟成（同盟会员，受命于孙中山返川活动）"排满兴汉"的革命活动达于罗场。阳小时常听老人们讲述以上故事。

1908 年　　　　　　　　　　　　　　　　　　　6 岁

入塾读书，先后读完《三字经》、《四书》和《千家诗》。父亲用"成龙上天，成蛇钻草"的家训勉其苦读。

1911 年　　　　　　　　　　　　　　　　　　　9 岁

5 月，清政府出卖川汉、粤汉铁路主权，随即四川人民掀起保路运动。9 月，罗场也成立了保路同志会。邻近焦村罗选青率众自制武器保路，攻下筠连、高县、庆符、叙府（今宜宾），途经罗场，民众夹道鸣放鞭炮迎送，阳亦在其中。当时流传一首歌谣："金鸡叫，天要明，罗选青带起义队伍打筠连。拢了筠连鸣三炮，吓得赃官颤栗栗。筠连城，全空空，赃官狗命要出脱。打下筠连过罗场，拿下高县、庆符喜洋洋。大哥好威武，杀声震天堂；一气打下叙州府，住在翠屏山。内部出了大贼奸，陈世武没良心，一炮打死罗选青。"这首歌谣概括了罗选青起义的全过程。阳的剧作《草莽英雄》即取材于罗选青起义本事。

10 月 10 日，武昌起义。

本年，在私塾读《幼学琼林》、《唐诗三百首》、《诗经》。

1912 年　　　　　　　　　　　　　　　　　　10 岁

在罗场开始上初小，课程有国文、算学、修身、历史、地理、体育、音乐、美术；同时从塾师继续读私塾，读《了凡纲鉴》、《凤州纲鉴》、《史记》和唐宋八大家的散文。

1915 年   13 岁

到高县县城上高小，住校。课程增设了英文课。各门成绩皆名列前茅，文史和英文成绩尤佳。学习对对子（对联）。

1916 年   14 岁

蔡锷在云南起义，反对袁世凯恢复帝制，其护国军第一军入川攻下叙州。地方上称之为"滇黔起义"。国文老师思想顽固，出作文题《滇黔起义，果有当否？》意要学生在"不当"上为文。阳针锋相对，在文中斥骂袁世凯，赞颂护国军。遭到老师指责。

1918 年   16 岁

到叙府联中（现宜宾一中前身）读中学，编在第十班。

该校重文史。历史老师思想活跃，知识渊博，口才好，要学生读《资治通鉴》。两位国文老师，一位是举人，一位是拔贡，但不守旧，要学生读《李姬传》、《大铁锤传》等抒发描写亡国之痛的作品，并让学生自由命题作文，也鼓励写小说。阳在此写了他的第一篇小说《竹村烈女》，写一个妇女因反抗封建伦常被迫自杀。老师评价甚好，批语中有两句是："但觉花晨月夕，都化成怨雨凄风。"

在该校学习两年，国文全是甲等，历史全是 100 分，其他各科成绩也很好，每期都是全班第一名。

1919 年   17 岁

五四运动爆发，影响达于四川。成都派了 3 个学生到宜宾宣传"五四"精神；北京、上海新的出版物也传到宜宾。学生思想活跃，但学校显得沉寂，老师中最多只有一些康、梁的维新思想，阳感到苦闷朦胧。时在成都读过书的李硕勋（庆符人）因奔父丧辍学插班叙府联中，与阳同班，结为好友，常介绍成都省立一中（现成都市第二十八中前身协进中学的前身）的新气息，阳很向往，决定转学到成都。

1920 年   18 岁

秋，转学插班到成都省立一中。该校主要教师都是北大毕业或肄业，有"五四"时代的新思想。开设的历史、地理、数学、物理、化学等课都用的商务印书馆出的英文教科书。阳因英语基础好，完成学业并不吃力，并有余力阅读大量课外书刊，又常游览成都名胜古迹和看川戏演出，增长了不少社会知识，产生了对戏曲的深切爱好。

1921 年   19 岁

《新青年》、《新潮》及少年中国学会的刊物大量涌到成都，阳如饥似渴地阅读；各种主义纷至沓来，有马列主义，巴枯宁、克鲁泡特金的无政府主义，乌托邦，孙中山的三民主义，使阳感到新鲜，同时又莫衷一是。

夏，回高县度暑假。提亲的甚多，但阳都未考虑，父母亦尊重他的意见。

1922 年   20 岁

夏，《新青年》载《中国社会主义青年团第一次全国大会记略》，披露了大会通过的团的纲领、章程和决议，阳等通过学习，与高师、省一中、成都师范、女师的童庸生、李硕勋、刘弄潮、雷兴政等 10 多个学生在望江楼公园开会，决定成立四川省社会主义青年团，随后在高师开了成立大会，阳被推为干事。高师革命老师王右木（日本留学生，倾向社会主义）给予指导，并答应同设在上海的团中央联系。

成都成立学生联合会，被选为理事。

6 月，学联理事部动员各校学生万余人，为争取教育经费独立案（教育经费被军阀拉用作为军费）集会，游行，向省议会请愿，阳为请愿谈判代表之一。省议会支吾搪塞，学生怒捣省议会。

9 月，川军总司令部为镇压学生运动，下令撤换了全省中等学校的 30 多个校长，改由反动政客、军阀走狗充当。原省一中校长陈正刚，北大毕业，思想开明；新命校长严恭寅（严迪恂）是主张尊孔读经的官僚政客。阳等组织护校委员会，成立宣传队、纠查队；严走马上任时，立即被学生赶走。学生宣言中有云："任你是铁打的金刚，我们也要把你打碎；任你是铜铸的罗汉，我们也要把你捶成扁平。"宣传队散发传单，演出话剧《塔》（喻黑暗势力象塔一样压迫学生，学生只有起来掀掉它才能翻身），阳是导演。这是他第一次参加戏剧实践活动。

11月1日，川军总司令兼省长刘成勋发布《训令》（政字第一八九七号），令"将该校（按：指省一中）全体学生照章斥退"，"令城防司令派兵一连进驻该校"，将"为首"的阳翰笙（欧阳本义）、李硕勋（李开灼）等6名学生"由法庭勒传讯办"。阳、李受到通缉，他们和雷兴政、陈克坚共4人立即乘船顺锦江离开成都。船上阳曾即兴吟诗："锦江之水清又清，水底游鱼分外明。不怕虎狼爪牙至，一帆东去自由身。"这是他记得起来的创作最早的一首诗作。

同月，到重庆川东联中插班，未遂，旋即辗转赴泸州求教于川南师范学校校长恽代英。恽是少年中国学会会员，1920年即与肖楚女等发起组织中国社会主义青年团，次年加入中国共产党，组织学生运动，传播革命思想，深受青年爱戴拥护。阳在恽处住了7天，提出了几十个问题求教，主要是中国向何处去？青年的出路何在？恽给以深入浅出的解答，指出：社会必须改造，中国的主要敌人是帝国主义和封建主义；青年只有投身到改造社会的潮流中才有光明的前途。阳深受教益，终身不忘，说恽是照耀他走上革命征途的"第一盏明灯"。（见1982年5月人民出版社版《回忆恽代英》）

同月，回到高县罗场。

1923年   21岁

春，决定到北京求学，得到父母支持，卖掉家里积存5年的生丝（1年的可卖30元）和其他财物，又得到各方亲友的支助，凑足250元大洋作为川资和学费，随即与同乡李柏根、肖同华启程。到宜宾，因军阀打仗道路险阻，又回罗场。应李、肖及其父母请求，为他们补习英文和数理化课，闻讯前来听讲者不少。这是阳的首次教学实践。这期间，上门来提亲的甚多，都被婉言谢绝。

9月，川东南一带军阀混战暂停，阳等3人经宜宾、重庆、三峡、汉口，转道北京，住宣武门外储库营后铁厂的叙州会馆。因各校招收学生期考已过，只好在会馆自学以待来春。此间，阅读政治、哲学、历史和文学书籍，也常与四川在京学生交往，感到他们思想混杂，求学目的和生活内容五花八门，越来越觉得无聊。

1924 年　　　　　　　　　　　　　　　　　　　　　　**22 岁**

1月，同李柏根、肖同华从会馆搬至西山碧云寺下的北兴村南营子，租一满族人家的一盘土炕，自理伙食。阳承采买，一月进城采购一次，其余时间多在屋里读书。醉心于文学，阅读了创造社、文学研究会和鲁迅、郭沫若的大量作品，对鲁迅以农村为题材的小说感受尤深。

时陈毅从法国勤工俭学回来住在西山，就读于李石曾在碧云寺办的中法大学。经初识的友人李松高（留法勤工俭学学生）介绍，阳与陈毅相识，一见如故。陈热情、豪爽、健谈，讲巴黎公社和十月革命，讲共产主义和共产党，讲法国文学和俄国文学，也谈中国革命，使阳大开眼界，深受启迪。

6月，面临考期，因阳英文很好，不少人劝他考清华大学。在上海大学读书的李硕勋、何成湘来函阻止他考清华，力主他去上海大学。阳同陈毅商量，陈说："在北京？见鬼！去上海！"说北京乌烟瘴气，使人消沉，要到上海大学学习革命理论。

夏，离北京到青岛小住后，乘船到上海，经考试（考题为"对时局的看法"，不考数理化），插班入上海大学社会学系（"上大"校址在西摩路的一处公馆里，社会学系在时应里的弄堂里），学名由欧阳本义改为欧阳继修。

"上大"建于1922年秋，是第一次国共合作时期中国共产党领导的第一所培养革命干部的大学。校长于右任，副校长邵力子，教务长邓中夏。下设3个系：社会学系、中文系和英文系，社会学系最大。社会学系系主任瞿秋白，兼授社会学。教授有：蔡和森，讲社会发展史；张太雷，讲帝国主义论；李季，讲马列主义经济学；施存统，讲社会问题；恽代英，讲帝国主义侵华史；邓中夏，讲工人运动；任弼时，讲俄文、青年运动；肖楚女，讲国际问题、时事；蒋光慈，讲俄文、俄苏文学。瞿秋白、蒋光慈常到学生住处交谈，与阳等关系自然融洽。

秋，加入中国社会主义青年团。

"上大"白天上课，晚上一部分师生根据党团布置参加由邓中夏、李立三、刘华、杨之华领导主持的沪西工人运动。阳于本年秋开始去沪西工人补习学校讲理论课，吸收刘华、杨之华教学经验，理论与实际相结合，深入浅出，同时启发学员讲受压迫受剥削的血泪史，自己也受到生动的阶级教育。阳在此处工作到1925年2月工人罢工取得胜利。

1925年   23岁

2月2日，上海内外棉八厂为反对日本资本家的迫害举行罢工，经过党的组织动员，其他一些工厂的工人也陆续罢工，并于9日在潭子湾广场召开万人大会，得到上海各界群众团体的支持。罢工坚持了20多天，取得了胜利。阳在罢工运动中协助刘华搞宣传工作。

同月，由中国共产主义青年团（本年1月改名为共青团）转入中国共产党。

3月初，因病经组织允许同李硕勋、刘照黎去杭州葛岭山庄休养，同时买了两箱马列和文学的书籍带去自学。至5月下旬，写了近10万字的读书笔记。

5月15日，顾正红被日本资本家枪杀，成为"五卅运动"的导火线。约20日，上海大学同室学生何秉彝（四川人）来函，告之上海斗争激烈，望速返。30日，"五卅惨案"发生，何秉彝亦在惨案中牺牲。党中央和上海地委决定号召实行"三罢"——罢工、罢课、罢市，成立上海工商学联合会领导"三罢"斗争。次日，上海总工会成立。

6月1日，从杭返沪。同李硕勋被分配到全国学总会，筹备全国学总第七届代表大会，作宣传工作；同时作为学总会代表，与刘刀薪参加上海工商学联合会，协助肖楚女办会刊，写成《延长战线与扩大组织》的社论和《赴了追悼会以后》等文。

22日，受恽代英之命，搜集材料写成论文《一年来学生运动之概况》，载同月26日《中国学生特刊》，署名欧阳继修。此为迄今为止查到发表的最早文章。

同月，四川同学成立"四川旅沪学界同志会"，郭沫若被选为职员。

7月中旬，参加全国学生第七届代表大会，在恽代英、任弼时、肖楚女领导下，参与决议案和宣言的起草工作。决议案中有组织学生军和学生要与工农群众结合的内容。

23日，奉系军阀邢仕廉封闭工商学联合会，阳和刘刀薪主动留会与之周旋，被押往司令部禁闭；党中央和市委动员各方力量营救，于28日获释。

8—9月，回"上大"任校党支部书记，参加整顿恢复学校工作。

10月底，任闸北区委书记，一面读书，一面从事社会活动。

1926年   24岁

1月，两广区委书记陈延年到上海向党中央汇报工作，同时要求抽调干部，阳奉命到广东工作。先住农民运动讲习所，第一次见到毛泽东；到黄埔工作后，又同肖楚女一起去广州市东山见到毛泽东和杨开慧。

同月，到黄埔军校任政治部主任熊雄秘书，随后调至入伍生部任政治部秘书和入伍生部党总支书记，同时兼教官，讲国际问题和时事。

春，会见两广区委员会常委兼军事部部长周恩来。周对阳的工作表示关心和支持，阳亦常到广州文德东路周宅求教。

5月1日，周恩来在广州接见整装北伐的独立团团长叶挺，阳亦在场，对叶的果敢英武风貌留下深刻印象。

同日，发表论文《五一节与中国农民运动》，署名欧阳华汉，载《洪水》第2卷第16期。文章认为"中国人口十分之八的三万万以上的农民""过奴隶牛马不如的生活"，他们将"起来参加革命"；指出只有他们才是无产阶级"携手共谋解放的好友"，"共同杀敌的忠诚不二的同盟军"。

14日，四川革命同志会在中山大学举行成立大会，通过了总章，郭沫若等被选为执行委员，阳等被选为监察委员。

7月20日，在四川革命同志会欢迎吕汉群至粤欢送郭沫若北伐大会上致词。致词载1927年广州《鹃血》第4期。

冬，到上海与唐棣华结婚。

12月26日，写论文《一年来国内政治概况——革命与反革命斗争形势之回顾》，署名继修，收入黄埔编《过去之一九二六年》。文章回顾了一年来国内的政治斗争后，总结出"武力和民众团结一致，才能克敌致胜"、"各阶级联合战线之巩固与否，可以决定敌我两方的胜负"和"革命运动的进程，是弧线形而非直线形"等经验。

1927 年　　　　　　　　　　　　　　　　　　　　　　**25 岁**

4 月，继上海"四一二"后，广州实行"四一五"反革命大屠杀。阳得一友人（国民党左派，在黄埔军校教育长方鼎英处工作）秘密通知，加之方鼎英亦未交出阳是共产党员的名单，得以免难；又得覃异之家的大力掩护，遂能脱险到武汉。被中央军委派到第六军（军长程潜）政治部任秘书，协助政治部主任兼党代表林伯渠工作。

7 月，武汉"七一五"汪精卫背叛后，国共合作最后破裂，和林伯渠退出第六军。阳被派往张发奎第二方面军（郭沫若任党代表兼政治部主任，李一氓任政治部主任秘书）的第四军政治部任秘书，协助主任廖乾吾工作，住九江。

8 月 2 日，南昌起义的消息传到九江。张发奎在第四军清共，军长黄琪翔对共产党员下逐客令，限 3 日之内退出。阳决定去南昌，去找叶剑英（四军参谋长，住九江市内甘棠湖中的烟水亭军部）商量，得到支持，又与郭沫若、李一氓、梅龚彬一起共商去南昌事。

3 日，晚，与郭沫若、李一氓、梅龚彬（原任第二方面军第十一军某师政治部主任）坐手摇车离九江赴南昌。

4 日，下午抵达南昌，在起义指挥部先后见到周恩来、叶挺、贺龙、朱德、刘伯承、恽代英等；傍晚，见到李硕勋（时任十一军二十五师党代表）。

8—9 月，随起义军南下。8 月 5 日随叶挺部队（十一军）出发，受前委命，在抚州任十一军二十四师党代表，在汀州调任起义军总政治部秘书长（主任郭沫若）。在南下途中，阳参加过 4 次战斗：第一次打会昌的钱大钧（8 月 30 日）；第二次在会昌迎击黄绍竑（9 月初）；第三次是潮汕保卫战（9 月下旬）；第四次是在流沙突围（9 月底）。主持了十一军在汀州召开的全军党员大会；在汕头，协助林伯渠（财委会委员长）筹备了军款，建议李立三（汕头市公安局长）查处了暗藏的反革命武装，在贺昌（汕头市委书记）处听了张太雷传达"八七"会议的精神。

10 月，身患疟疾，经组织安排到海丰县一个半农半渔的基层农运干部家里养病；从群众那里听到了彭湃领导当地农运的很多故事，成为此后小说《地泉》和电影《中国海的怒潮》的一部分创作素材。

17

同月底，得农友帮助，乘小舟至香港。在香港病困至极，小说《趸船上的一夜》即取材于此。

11月，转移到上海，疟疾大发，住院后又到松江农村一友人家养病。构思小说《深入》（初名《暗夜》），开始写作《女囚》。此为创作小说的开始。

年底，病愈回沪。应郭沫若要求，经周恩来同意，加入了创造社。从此弃武就文，走上了从事革命文艺工作的道路。

1928 年   **26 岁**

年初，与潘汉年、李一氓组成创造社的党小组，同太阳社的两个党小组都属于闸北区第三街道支部。

2月，出席创造社和太阳社的联席会议，商讨两社联合，共同倡导普罗文学。随之，创造社、太阳社和鲁迅之间全面展开了关于革命文学的论争。

3月6日，写《文艺思潮的社会背景》，载《流沙》第2期。这是阳发表的第一篇文艺论文。

15日，与李一氓编辑的后期创造社综合性半月刊《流沙》创刊。短篇小说《马林英》连载于该刊第1—4期，始用笔名华汉（以下凡署"华汉"名者，皆不另注）。这是阳发表的第一篇小说，写大革命时期一革命女杰英勇不屈、慷慨就义的斗争事迹。

本月，（闰二月十四日）长女欧阳小华生于沪东西华德路蕃生里十二号。

4月14日，写论文《五一节谈农民问题》，载《流沙》第4期。文章认为，只有工和农、都市和农村、军事和工农的革命势力相结合，革命才能取得胜利和巩固。

7月，发表短篇小说《女囚》，载《创造月刊》第1卷第12期。小说以书信体形式、第一人称的手法，写大革命时期4个知识分子（三女一男）进行革命活动、被捕和在狱中同新军阀作斗争的经过。本年由上海新宇宙书店出版单行本。

8月1日，写成中篇小说《暗夜》，本年12月由上海创造社出版部出版单行本。小说写大革命时期岭南的农民运动，作者"力图在文艺作品中反映和宣扬土地革命的斗争"。

10月6日，写短篇小说《逗船上的一夜》，载《创造月刊》第2卷第4期。小说写南昌起义失败后一个革命者在香港的困境和感受。

11月5日，创造社主办的《日出》旬刊创刊，为主编之一，哲学论文《社会结构与社会变革》在该创刊号发表。

15日，发表论文《从道德说到尊孔》，载《日出》第2期。

25日，发表论文《突变与渐变》，载《日出》第3期。

12月5日，发表论文《青年知识分子底失业问题》，载《日出》第4期。文章说，虽然"革命已经成功"，但青年知识分子仍旧不能获得"政治上的言论自由和经济上的生活保障"，如果要想打碎身上的锁链，"没有第二条路，只有投身到广大的工农群众中去！"

15日，发表杂文《法商电水工会第二次罢工感言》，载《日出》第5期。

16日，写短篇小说《血战》，载《创造月刊》第2卷第6期。

1929年   27岁

1月12日，写短篇小说《十姑的悲愁》，初收上海现代书局出版的作者短篇小说集《十姑的悲愁》。小说写省港罢工后织袜女二十姑在遭受帝国主义和中国新军阀的凌辱中逐渐觉醒。

同月，上海闸北区第三街道支部改为文化支部，由区委领导改为江苏省委直接领导。阳先后任支委和书记。

2月1日，写短篇小说《奴隶》，载《新流月报》第3期。小说写锡矿工人的悲惨生活及其在青年革命者引导下的逐渐觉醒和反抗斗争。

20日，写短篇小说《枯叶》，初收《十姑的悲愁》。小说以枯叶为喻，写被剥削压迫而得了童子痨病的小姑娘的悲惨命运。

春，为现代书局主编《社会科学丛书》。

6月20日，短篇小说集《十姑的悲愁》由上海现代书局出版，收入《马林英》、《逗船上的一夜》、《血战》、《十姑的悲愁》和《枯叶》共5篇。

7月15日，写成中篇小说《寒梅》，本年由上海平凡书局出版单行本。小说写大革命失败后一个小资产阶级出身的知识分子经过徘徊、犹豫、苦闷和革命者的启发，"毅然地走回战线中来"。

8月，写短篇小说《活力》，载《萌芽》创刊号。小说写知识分子经过苦闷之后产生了活力。

9月，创造社、太阳社同鲁迅的论争仍在进行，江苏省委宣传部长李富春约阳谈话（在霞飞路一家咖啡馆），指出两社团批评鲁迅是不正确的，必须立即停止论争，要团结和争取鲁迅。潘汉年（中宣部干部）同时也接到这样的通知。他们召集夏衍、冯雪峰、柔石、冯乃超、李初梨、钱杏邨、洪灵菲等党员开会，传达了党的指示，又经过讨论，最后作出决定：立即停止论争；派冯雪峰、夏衍和冯乃超与鲁迅联系，并作自我批评。同时，党中央一位负责人也与鲁迅谈过话。鲁迅表示愿意团结起来。

10月，在党的领导下，开始了酝酿筹备"左联"的工作，并组成了鲁迅、潘汉年（一说彭康）、阳翰笙（华汉）、钱杏邨、夏衍、冯乃超、冯雪峰、柔石、洪灵菲、李初梨（一说戴平万）、蒋光慈、郑伯奇等12人的筹备小组。

12月20日，写短篇小说《归来》，载《现代小说》第3卷第4期。小说写一个参加过"五卅运动"的工人，由消沉而决心重新投入工人运动。

本年，社会科学论著《社会科学概论》、《社会问题研究》由上海现代书局出版（社会科学丛书第1种和第12种），都署名杨剑秀。

本年，在上海艺术大学文学系兼授文学概论，约两学期，并一度把党的组织关系转到"艺大"师生合组的支部。

1930 年   28 岁

3月2日，中国左翼作家联盟在窦乐安路中华艺术大学开成立大会，阳出席并发表演说，谈了形势、团结和大众化问题。

10日，发表短篇小说《马桶间》，载《拓荒者》第1卷第3期。写一老女工垂危在马桶间，向阿妹（女工）述说自己一家悲惨的遭遇，而后"倒死在那狼藉腥臭肮脏不堪的粪水中"。

29日，出席由《大众文艺》编辑部召开的第二次文艺大众化座谈会。

4月10日，论文《中国新文艺运动》收入冯乃超编《文艺讲座》第1册出版。

同月，写短篇小说《未完成的伟人》，载《大众文艺》第2卷第5、6期合刊。写一刽子手在医院里对镇压工人运动和自己被打经过的回忆，立意在讽刺。

同月，中篇小说《两个女性》由上海亚东图书馆出单行本，重点写大革命失败后三种类型的知识分子（四个人物），其中的两个女性，一个一直走着革命的路，一个走了一段弯路。

5月1日，发表论文《我希望于〈大众文艺〉的》，载《大众文艺》第2卷第4期。

10日，发表论文《普罗文艺大众化的问题》和《读了冯宪章的批评以后》以及散文《五卅的回忆》，载《拓荒者》第1卷第4、5期合刊。头一篇论文从理论、创作和组织等方面论述了普罗文艺大众化的问题，后一篇论文指出冯宪章对蒋光慈的两部长篇小说（《丽莎的哀怨》和《冲出云围的月亮》）作了错误的肯定的评价，"离开了马克思主义文艺批评的观点"。认为《哀怨》"只能激起读者对于俄国贵族阶级的没落的同情，只能挑起读者由此同情而生的对于'十月革命'的愤感"，是蒋光慈创作的一次"严重失败"。认为《月亮》也是小资产阶级思想意识的流露。希望蒋、冯勇敢地进行"自我批判"。

29 九日，参加左联全体会议。

同月，写短篇小说《兵变》，初收小说集《活力》。小说以军阀士兵哗变为题材。

7月，写成中篇小说《复兴》，本年由上海平凡书局出版单行本。小说以城市工人罢工为题材。

夏秋，从本年下半年至1932年初任左联党团书记。

9月17日，左联发起举行鲁迅五十寿辰纪念会，阳代表左联致词，称鲁迅为"同志"（没有称"先生"）。鲁迅很高兴。

30日，被国民党当局点名通缉。

同月，短篇小说集《活力》由上海平凡书局出版，收入《活力》、《奴隶》、《归来》、《马桶间》、《未完成的伟人》和《兵变》共6篇。

秋，写成中篇小说《中学生日记》。

秋，在党所领导的出版机构遭国民党封闭的情况下，代表左联与
宣侠父共同筹办湖风书局。

10 月，长篇小说《地泉》由上海平凡书局出版，由《深入》（原
名《暗夜》）、《转换》（原名《寒梅》）和《复兴》3 个中篇组成。

同月，小说单行本《暗夜》和集子《活力》被国民党当局所禁。

12 月，小说单行本《复兴》被国民党当局所禁。

同月，长子欧阳小修（农历十一月二十一日）出生于上海。

本年，社会科学论著《唯物史观研究》（上下册）由上海现代书局
出版（社会科学丛书第 14 种），署名杨剑秀。

1931 年　　　　　　　　　　　　　　　　　　　　　　　**29 岁**

2 月 7 日，左联 5 位革命作家被害（即左联五烈士）。

同月，在上海政法学院兼任国文教授。

3 月 1 日，发表短篇小说《最后一天》，载《文学生活》第 1 期，
署名欧阳翰。小说写革命者被杀害，写法上层层渲染，欲抑先扬。

春，湖风书局成立，秘密印行左联刊物和左联作家作品。

6 月，发表论文《科学的艺术观》，载《西湖一八艺社展览会特刊》。
文章强调科学的艺术观"时时刻刻都是把艺术拿到地下来和社会或阶
级发生关系的"，要"大家起来和只有利于统治阶级的唯心派的艺术观
战斗"。

8 月 14 日，写评论《南北极》（穆时英的短篇小说名《南北极》），
载《北斗》创刊号，署名寒生。文章说，作家"什么题材都可以写的，
要紧的是他的观点，他的态度"。

12 月 14 日，写评论《从怒涛澎湃般的观众呼喊声里归来——上海四
团体抗日联合大公演观后感》，载《北斗》第 1 卷第 4 期，署名寒生。

本年，中篇小说《大学生日记》由上海湖风书局出版单行本，署
名寒生。写大学生和教授的思想状况、生活方式和其中一部分人的逐
步觉醒，以及当局对学生运动的控制、镇压。

1932 年　　　　　　　　　　　　　　　　　　　　　　　**30 岁**

1 月 20 日，发表论文《新进作家把创作反帝国主义文艺的任务负担

起来》和散文《文艺随笔》(三则:《大动乱的年头》、《中国已经着了火》、《我们应向哪里走》),载《北斗》第2卷第1期,署名寒生。论文认为,进步的作家不能离开他的时代,在国难当头之时,应该暴露日寇的侵略和本国的投降主义,反映中国民众的抗日热情和英勇斗争。

同月,参加"文总"(左翼文化总同盟)在"文委"(党中央宣传部文化工作委员会)领导下召开的党团扩大会议,批评"文总"党团书记祝伯英的错误,随即调整了组织领导。

2月3日,与茅盾、鲁迅、郁达夫等43人联名发表《上海文艺界告世界书》,反对日本帝国主义侵占上海和国民党的不抵抗主义。

同月,不担任左联党团书记,改任文委书记和文总党团书记,直到1935年春。

5月,写《〈地泉〉重版自序》。1930年《地泉》出版后,评价不一。此次借湖风书局重版机会,特请读过此书"而且在口头上也发表过一些意见"的易嘉(瞿秋白)、郑伯奇、茅盾、钱杏邨写序,"严厉无情的给这本书一个批评",好使作者和读者"得到些宝贵的教训"。阳也写了"自序",简述了《地泉》创作的经过,感谢4位序文作者,并重点对易嘉和茅盾的意见进行了评论。说易嘉认为"《地泉》的路线是革命的浪漫谛克的路线,不肃清这一路线,新兴文学是不会走到正确的路线上去的"这种批评"非常正确","看得最明白,最透彻",点到了《地泉》的"失败处",但未能指出"病状的病根"和"我们应该向那儿走"以及"怎么样才能走得到"。阳认为,作家只有"抛弃"和"克服"小资产阶级的生活和意识,"深深的打入群众中","直接参加""残酷的现实斗争",才能创作出"真正反映现实斗争"的"大众化的新兴文学"。对茅盾指出《地泉》(还包括1928至1930年的同类作品)的两大缺点("缺乏社会现象全部的非片面的认识"和"缺乏感情的地去影响读者的艺术手腕")表示"诚恳接受"的同时,又对其"批评方法以及基于他这种方法所得出来的我们每个作家应走的道路"进行了争辩。阳认为,茅实际上是只"注重作品的形式",是"艺术至上主义",并举出茅的"三部曲《蚀》和蒋光慈的《丽莎的哀怨》虽然"具备了那两大条件"(即克服了那两大缺点),然而却是失败之作,因为它们"与我们所需要的新兴文学没有原则上的相同点"。说茅盾看轻"作品的内容"而只从"形式上去着眼"的"批评方法"和由此得出的"结论",是与"大众化"路线"有些原则上的分歧"的。

6月,发表论文《文艺大众化与大众文艺》,载《北斗》第2卷第3、4期合刊,署名寒生。文章就"新兴文艺"为什么要大众化、如何大众化以及大众化作家的来源等几个方面作了详尽论述。

7月,长篇小说《地泉》(即"华汉三部曲",包括《深入》、《转换》和《复兴》,书前有易嘉、郑伯奇、茅盾、钱杏邨和作者的共5篇序言)和短篇小说集《最后一天》(内收《活力》、《奴隶》、《归来》、《马桶间》、《长白山千年白狐》(即《未完成的伟人》)、《兵变》和《最后一天》共7篇)由上海湖风书局出版。

10月,写成中篇小说《义勇军》。小说以"一二八"战事为题材,写上海东洋纱厂工人自动组织义勇军配合十九路军抗击日军的故事,特别突出了军民的密切配合和同仇敌忾,最后"上头来了一道命令",他们被迫退却。结尾写道:"一大群的部队,向着后方退了去。在清冷的晨风中,到处都震响着前线的士兵们和义勇军的兄弟们痛骂着退却命令的声音,那声音,特别在退却时仓皇逃难的老百姓们的心里,永远都不会忘记。"小说出版后受到读者的热烈欢迎,作者还收到青岛纱厂工人群众的赞扬信。

本年,中篇小说《中学生日记》由上海湖风书局出版单行本,署名寒生。

1933年   31岁

1月,中篇小说《义勇军》由上海湖风书局出版单行本,署名林箐。

初春,为上海明星电影公司写成电影剧本《铁板红泪录》,这是阳创作的第一部电影剧本。剧本故事假托清末发生在四川农村,写农民不忍恶霸官僚的残酷压迫剥削起而进行武装反抗。"铁板"指地主的"铁板租"(有收无收都要如数交租),"红泪"指农民的斑斑血泪。

5月15日,写短篇小说《死线上》,载《东方杂志》第30卷第17期,署名林箐。小说以"一二八"战事为题材,写陈妈妈一家在日寇的流弹下挣扎。

16日,写《谈谈我的创作经验》,收入上海天马书店版《创作的经验》(楼适夷编)。文章回顾了自己的小说创作，说从 1928 年至 1930 年在创作方法上走的是"革命的罗曼谛克"的道路，"只主观的把现实的惨酷斗争，理想化，神秘化，高尚化，以至于罗曼谛克化"，自己是"感到不满的"。同时，又对那以后的两年中文坛的一些创作提出了批评，说那是"在唯物辩证法的盾牌的掩护下，在玩着旧现实主义的戏法"，"'旧的'之中，并没有'新的'产生，'今天'之中，并没有'明天'"，这"恐怕也不见得会比革命的罗曼谛克好多少"；表示自己常常都在"警戒着"，"生怕滚在新的泥坑里去"。

8 月 1 日，东方未明（茅盾）在《文学》第 1 卷第 2 号上发表评论《"九一八"以后的反日文学》，说阳的《义勇军》"并不曾'克服'他以前的错误意识和技巧两方面，还是他以前那一套。他并没有从过去的'泥坑'中跳出来"。

16 日，在《大美晚报》联名发表《中国著作家欢迎巴比塞代表团启事》。

9 月 16 日，发表论文《向着新的方向前进》，载《艺华周报》第 2 期。文章针对联华影片公司老板提出的"挽救国片，宣传国粹，提倡国业，服务国家"的所谓"四国主义"的制片口号，指出它"其实是'死国主义'和'锁国主义'"。

同月，文委决定，派阳加入艺华电影公司，和田汉一起主持编剧委员会；阳与上海的戏剧电影工作者广泛接触，为左翼电影界组织力量。

11 月 12 日，电影《铁板红泪录》开始公映，编剧署名阳翰笙（"翰笙"谐"寒生"，"阳"取"欧阳"中的"阳"字。以下凡用"阳翰笙"或"翰笙"名者，皆不另注），导演洪深，摄影王士珍，主演王莹、陈凝秋、王征信、谢云卿、朱孤雁。这是我国电影史上第一部写农民武装斗争的影片。报评它有"大众化的场面，新俄味儿的镜头"。

同日，国民党当局指使特务流氓捣毁艺华电影公司。

冬，为艺华写电影剧本《还乡记》和《中国海的怒潮》。前者未能拍摄。后者写沿海渔民不堪忍受封建势力和日本帝国主义互相勾结对他们的压迫和剥削，在中国海上举起土枪，掀起武装反抗的怒潮。

本年，为艺华写电影剧本《赛金花》，未能拍成。

1934 年   **32 岁**

2 月 19 日，国民党上海市党部奉《国民政府查禁百四十九种文艺书籍的密令》查禁文艺书籍，其中有阳的《唯物史观研究》（上下册）、《十姑的悲愁》《寒梅》《地泉》和《两个女性》。

同月，电影《中国海的怒潮》在上海开始公映，编剧未署阳的名字，导演岳枫（署岳枫编导），摄影沈勇石，主演查瑞龙、袁美云、王引、秦桐等。上映影片被删剪胶片三分之一，到处有"剪刀的裂痕"，"已失却了本来的面目"（见程季华主编《中国电影发展史》）。

3 月 1 日，凌鹤在《申报》本埠增刊发表《评〈中国海的怒潮〉》，称该片"无论是在故事的结构方面，或是画面的构图，都有新鲜而热烈有力的气氛"。

春，为艺华写电影剧本《生之哀歌》和《逃亡》。《生之哀歌》以知识分子失业悲剧为题材，揭示了当时贫富悬殊的社会现实，同时赞扬了正直知识分子的爱国思想和正义感。《逃亡》是为响应当时（4 月）我党提出的《抗日救国六大纲领》的号召写成的，写塞北农民在地主官僚残酷压迫和日寇飞机的狂轰滥炸下过着妻离子散、颠沛流离的悲惨生活，他们在苦难中逐渐觉醒，最后拿起武器奋起反抗，投奔义勇军，打回老家去。

下半年，影片《生之哀歌》拍成上映，编剧未署阳的名字，导演胡锐（署胡锐编导），摄影汪洋，主演王引、黎明晖、秦桐、胡萍等。郭沫若作主题歌词，有云："我们不能等着饿死，我们必须向生活战线肉搏，肉搏，把战歌代替哀歌，前进！前进！前进！"影片也被删剪。

9 月，写论文《东北义勇军运动之历史的考察——三年来东北民众武装抗日战争的内容》，载《新中华》第 2 卷第 20 期，署名寒青。文章论述了东北义勇军的构成、活动、成败原因及其前途。

1935 年   **33 岁**

2 月 19 日，因上海党组织遭破坏被国民党逮捕（同一天被逮捕的还有朱镜我、田汉、杜国庠、许涤新等），先同已被捕的左联诗人杜谈关在公安局；3 月 18 日深夜被秘密押送南京国民党宪兵司令部看守所囚禁。

3月，影片《逃亡》在上海公映，编剧未署阳的名字，导演岳枫（署岳枫编导），摄影吴蔚云，主演王引、袁美云、叶娟娟、秦桐等。主题歌《自卫歌》和插曲《塞外村女》由唐纳作词，聂耳谱曲。该片上映轰动影坛，被认为是1935年中国电影创作的重大收获之一，是左翼电影工作者经过艰苦奋斗取得的一次辉煌胜利。

10月，由柳亚子、蔡元培等营救并保释出狱，但仍被软禁在南京；生活拮据，身体虚弱，手风时痛。随即开始用笔名为当时南京唯一的一家民营报纸《新民报》写杂文、剧评等。保释出狱不久，即与我地下党秘密党员吕一峰取得了联系。

12月1日，受《新民报》主编、四川人赵纯继、陈铭德夫妇之约请，开始协助该报副刊《新园地》的编审工作，每周去报社两次取稿、送稿，酬金每月为60元。

在《新园地》创刊号发表"破锄白"，署名纯继。文章表示，《新园地》不种富贵的牡丹，也不种老朽的洋槐，只"种植健康蓬勃的花草"和"栽培能够经得起雷雨风霜的顶天立地的大树"。

同日，由洪深、马彦祥、唐槐秋、田汉等组织的中国舞台协会在南京举行第一次公演，演出田汉的《回春之曲》和马彦祥的《械斗》。《新园地》创刊号为此次公演开辟专栏，发表田汉、张曙、洪深、马彦祥的文章。

10日，发表"编后"，载《新园地》第10期，署名纯继。

24日，发表"编后"，载《新园地》第23期，署名纯继。

31日，发表杂文《旧的结束与新的开始》，载《新园地》第27期，署名纯继。

1936 年   34 岁

1月1日，发表杂文《恭贺新禧》，载《新园地》第28期，署名纯继。

6日，发表杂文《养狗篇》（上），载《新园地》第30期，署名小静。

7日，发表杂文《打狗篇》（下）和"编后"，载《新园地》第31期，前者署名小静，后者署名纯继。《打狗篇》（下）说，打狗一定要打"它的致命处"——"用最大的威力去扑倒它的主子"。这里和上文所说的狗，指卖国求荣的汉奸，也包括大大小小的特务。它们的主子，是它们依附的帝国主义。"编后"希望大家都来参加"打狗"。由这两篇杂文和"编后"，《新园地》掀起了一场"打狗"运动，发表了若干篇文章。

8日，发表杂文《关于"打狗"运动》，载《新园地》第 32 期，署名纯继。

22日，发表杂文《辨奸论》，载《新园地》第 44 期，署名一德。文章以狗喻汉奸，说打狗必先识狗，指出官僚买办、贪官、土豪、劣绅是容易由人变成狗的。

28日，发表杂文《一二八四周年祭》，载《新园地》第 49 期，署名一德。

2月1日，发表杂文《我们的征求》，载《新园地》第 52 期，署名纯继。

3日，发表杂文《提前警戒》，载《新园地》第 54 期，署名一德。

8日，发表杂文《国难艺术的兑现问题》，载《新园地》第 58 期，署名一德。

11日，发表杂文《插说几句》，载《新园地》第 61 期，署名纯继。

17日，发表评论《谈谈旧剧改革》，载《新园地》第 66 期，署名小静。文章指出，在民族危亡的关头，旧剧改革首先要改革内容，要由歌颂帝王将相改为描写民众，特别是写近百年中国民族的斗争史，同时也强调改革必须依靠内行。

19日，发表评论《〈长恨歌〉观后感——推荐一部值得一看的电影》，载《新园地》第 68 期，署名小静。

3月6日，发表杂文《国难艺术与电影》，载《新园地》第 82 期，署名一德。文章肯定我国电影"九一八"以来在与现实结合上所取得的一些成就。

7日，发表杂文《我们的要求》，载《新园地》第 83 期，署名纯继。

11日，发表杂文《偶像升沉感》，载《新园地》第 86 期，署名一德。

16日，发表杂文《再谈"劣等民族"》，载《新园地》第 88 期，署名一德。

17日，发表杂文《中国风味》，载《新园地》第89期，署名一德。

22日，发表评论《克服民族战士的弱点——〈洪承畴〉观后》，载《新园地》第92期，署名一德。文章认为，为了避免洪承畴那样落水当汉奸，民族战士必须克服自身的弱点。

23日，发表杂文《不知死活年》，载《新园地》第93期，署名一德。

27日，发表杂文《揭穿假面具》，载《新园地》第95期，署名一德。文章评析了田汉改编的托尔斯泰的《复活》，说它扬弃了原著的宗教成分，保留了积极意义，于中国的现实有益。以下的3篇文章，都是就话剧《复活》而写的。

28日，发表杂文《无抵抗主义》，载《新园地》第96期，署名一德。

30日，发表杂文《"伟大的良心"》，载《新园地》第97期，署名一德。

4月12日，发表评论《谈谈〈复活〉的改编》，载《新民报》副刊《戏剧与电影》第5期。

14日，发表杂文《"汉奸文化"》，载《新园地》第108期，署名一德。

春，通过欧阳予倩、应云卫、史东山等人，继续为上海的几家电影公司创作电影剧本。

5月11日，发表独幕话剧《晚会》（与田汉合作）和散文《关于〈晚会〉》，《晚会》载《新园地》第127期（6月2日）至144期。此为阳创作的第一出话剧。《关于〈晚会〉》载《新园地》第127期，署名纯继。

12日，发表杂文《无感之感》，载《新园地》第128期，署名一德。

13日，发表杂文《无言之言》，载《新园地》第129期，署名一德。

17日，发表杂文《"王道"无道》，载《新园地》第131期，署名一德。

18日，发表杂文《如此"乐土"》，载《新园地》第132期，署名一德。

20日，发表杂文《黑暗面的背后》，载《新园地》第134期，署名一德。

22日，发表杂文《从"睡狮"到"骆驼"》，载《新园地》第135期，署名一德。

26 日，发表杂文《两栖动物》，载《新园地》第 138 期，署名一德。

29 日，发表杂文《艺术相轻》，载《新园地》第 140 期，署名一德。

6 月 19 日，发表杂文《再唠叨几句》，载《新园地》第 155 期，署名一德。

22 日，发表杂文《铁锤与砧登之间》，载《新园地》第 157 期，署名一德。

30 日，发表杂文《胃口两样》，载《新园地》第 163 期，署名一德。

7 月 3 日，发表杂文《别再废话》，载《新园地》第 165 期，署名一德。

10 日，发表杂文《关于"谈兵"》，载《新园地》第 170 期，署名一德。

12 日，发表杂文《以阿治阿》，载《新园地》第 171 期，署名一德。

17 日，发表散文《我的哀思》，载《新民报》副刊《戏剧与电影》第 9 期。文章为悼念聂耳逝世一周年而作，指出聂耳"是中国第一个新兴的革命音乐家，第一个抗日救亡的国防音乐战线上的先驱者"，"是中国第一个被压迫大众的音乐家，第一个能够反映大众呼声、听取大众心脏鼓动的制曲者"。

27—29 日，发表论文《新歌剧运动的进路》（上中下），载《新园地》第 182—184 期，署名一德。

31 日，发表讲话《关于新歌剧及其他——田汉、洪深、阳翰笙三人之问答》，载《新园地》第 185 期。

8 月 7 日，发表杂文《阿 Q 精神的又一面》，载《新园地》第 190 期，署名一德。

11 日至 24 日，发表为明星公司写的电影剧本《新娘子军》，载《新园地》第 193—202 期。作品写大革命时期武汉军分校女生队的精神风貌，未能拍摄。

9 月 1 日，发表评论《关于〈赛金花〉》，载南京《女子月刊》第 4 卷第 9 期。文章对夏衍创作的话剧《赛金花》在艺术上和历史观上都作了肯定的评价，说它可以起到讽喻现实的作用。

9 日，发表杂文《漫话中国新闻纸》，载《新园地》第 271 期。

14 日，与田汉、史东山等 176 人联名发表《中国文化界为争取演剧自由宣言》。

25日，发表杂文《等待开刀》，载《新园地》第278期，署名一德。

28日，发表评论《〈狂欢之夜〉观后》，载《新园地》第280期，署名一德。

10月2日，发表评论《〈小玲子〉小评》，载《新园地》第283期，署名一德。

16日，发表杂文《鹰鸷和鼠狗》，载《新园地》第288期，署名一德。

19日，鲁迅在上海逝世。

26日，发表散文《悼鲁迅先生》，载《新园地》。文章对鲁迅的逝世表示"很震惊""很哀痛"，说鲁迅20年来，"以光辉新锐的思想，犀利无匹的铁笔，坚贞的落脚在大众的立场上，昂然不挠地屹立在战线的最高头，很英勇地同一切黑暗势力拼死的搏斗。在他那枝锐利的笔尖下，真不知戳穿了几多封建残朽和洋奴走卒！"表示"要纪念先生，却只有把他遗留给我们的艰巨重责，放上我们自己的肩头，同中华民族最危险的内外敌人——日本帝国主义和汉奸国贼持斗去！同全世界一切的黑暗势力持斗去！"

11月18日，发表杂文《扩大援绥运动》，载《新园地》第306期，署名一德。

12月1日，发表论文《关于〈生死同心〉》，载《明星半月刊》第7卷第4期，本月7日《新园地》第318期转载此文。文章阐述了《生死同心》的创作意图，是在"努力创作一个伟大的革命者"，并以此"在观众中激动得起一点御侮救亡的热情"。

2日，在《新园地》开始连载为明星公司写的电影剧本《生死同心》。作品以大革命时期为背景，表现军阀反动统治的腐朽和人民的革命斗争，着重塑造了一个历尽苦难折磨仍坚持斗争的青年革命者的形象。

同日，电影《生死同心》在南京试映，导演应云卫，摄影吴印咸，主演袁牧之、陈波儿等。主题歌《新中华进行曲》由江定仙作词，贺绿汀谱曲。

3日，《新园地》以整版篇幅发表寿昌（田汉）、樾山、段其雷和哈黛等人评介电影《生死同心》的文章，并刊有剧照。寿昌认为，看到这样的"英勇壮烈的故事为题材的影片是非常使人意远，使人气壮的。"它和其他几部影片的出现，对当时"乌烟瘴气"的银坛，"好象一联的消毒弹，替中国进步的影艺继续开辟一条大道。"樾山说，从影片可以"正确地理解许多，知道许多，并且学习许多革命的意义"。

5 日，《生死同心》正式公映，报称是"明星公司划时代巨制"。6 日、9 日有子在、绣枫和潇潇的评论文章。

10 日，发表论文《编剧杂谈》，载《电影·戏剧》第 1 卷第 3 期。文章论述了戏剧的特征、编剧的技巧和剧作者的学习借鉴问题。

冬，写四幕话剧《前夜》，载《戏剧时代》第 1 卷第 1—3 期。这是我国较早的大型话剧之一，也是阳创作的第一部大型话剧。当时日寇步步侵略我国，而国民党却继续推行"攘外必先安内"的反动政策，并与日本签订了卖国投降的《何梅协定》。《前夜》通过一对爱国青年同汉奸走狗作斗争的故事提醒人们，在国难当头之际，要高度警惕卖国贼的罪恶活动。此剧抗战初期在汉口、桂林、香港、"孤岛"上海及南洋一带上演。

1937 年　　　　　　　　　　　　　　　　　　　　　35 岁

1 月，为联华影片公司写电影剧本《草莽英雄》，由孙瑜导演，因战事日迫未能拍摄。作品以罗选青起义为本事，反映辛亥革命前夕川南人民的保路运动。

春，发表《抗战形势鸟瞰》，载《新学识》第 2 卷第 2 期。

春，为明星公司写电影剧本《夜奔》，写中国人民反汉奸、反走私的群众斗争，反映了"一二九"后全国抗日民主运动蓬勃发展的时代面貌。

5 月 16 日，发表《一九三七年中国戏剧运动之展望》，载《戏剧时代》创刊号。文章针对抗日救亡的形势论述了戏剧界的团结、学习和戏剧形式的大众化问题。

7 月下旬，"七七"事变后抗日战争爆发，国共第二次合作，南京当局向阳正式宣布释放；随后到上海。

8月2日，写成4幕历史话剧《李秀成之死》（解放后修改本增写了第1幕，共5幕），1938年1月由汉口华中图书公司出版单行本（《抗战戏剧丛书》之三），抗战时在武汉、"孤岛"上海、重庆、延安等地演出。作品以太平天国后期将领李秀成誓死保卫天京（南京）为题材，表现他智勇双全坚决反帝反清的斗争意志和牺牲精神，特别突出了群众斗争的巨大作用。

4日，上海电影编剧导演人协会成立，夏衍、阳翰笙等9人被选为理事。

同月，为新华电影公司写电影剧本《塞上风云》，当时未能拍摄。作品写蒙汉两族人民团结抗日粉碎特务汉奸破坏的斗争。约月底到南京。

9月，从南京到武汉，即赴我党长江局、周恩来处报到，恢复了党组织关系。

11月16日，发表论文《抗战戏剧运动应做到的几件事》和4幕话剧《塞上风云》（应赵丹、陶金约请根据同名电影剧本改编而成），载《抗战戏剧》创刊号（《塞》剧连载至该刊第1卷第4期，后由华中图书公司出版单行本——《抗战戏剧丛书》之四）。《塞》剧是我国第一部表现各民族团结抗日的话剧，抗战时期在汉口、重庆、成都、延安和南洋一带演出。

同月，长江局和周恩来交给阳两项任务：一、筹组文学艺术界各抗敌协会；二、协助郭沫若筹组国民政府军事委员会政治部第三厅。

12月12日，出席拓荒剧团召开的座谈会，以《怎样领导戏剧的游击队》为题发言，载《抗战戏剧》第1卷第5期。

年底，中华全国戏剧界抗敌协会成立，被选为常务理事。

本年，写电影剧本《八百壮士》，载《中苏文化》第1卷第5期。剧本根据"八一三"上海抗战的真人真事写成，表现800名爱国士兵在团长谢晋元、营长杨瑞符领导下坚守四行仓库的顽强斗争，同时也突出了广大群众同仇敌忾勇往支前的献身精神。

1938年　　　　　　　　　　　　　　　　　　　　36岁

1月1日，发表短论《我的祝辞》（祝剧协成立），载《抗战戏剧》第1卷第4期。

29 日，中华全国电影界抗敌协会成立，被选为常务理事。

同日，发表短论《今后的一点希望》（祝影协成立），载《新华日报》。

31 日，长江局周恩来、董必武、王明、博古等在武汉太和街 25 号郭沫若家研究郭是否应邀去参加军委会政治部召开部务会议的问题，阳亦在场。周主张郭赴会，去观察动向，并让阳同往，扮赵云"保刘皇叔过江"。

下旬，夫人唐棣华在重庆带着的 4 个孩子，两周之内因肺炎无法医治死去两个（1 女 1 儿：女名阿璐，4 岁；儿名难生，10 个月）。

2 月 1 日，随郭沫若出席政治部会议，因对国民党方面事先拟定的人事安排和"一个政府、一个主义、一个领袖"的宣传大纲强烈不满，愤然离开了会场，并马上返回向等候着的周恩来等作了汇报。随后，郭去长沙，阳返川探亲。

上、中旬，飞重庆后，携全家（共 4 人）拟回罗场探望父母；至宜宾接郭沫若电报，催速返武汉，于是接父母等到宜宾团聚了一周；后经重庆返武汉。

23 日，发表散文《还乡杂感》，载《新蜀报》。

3 月 26 日，发表论文《大家都来拥护这神圣的工作》，载《新华日报》。

27 日，中华全国文艺界抗敌协会成立。此前阳对剧协、电协和文协的成立做了大量的组织工作。

31 日，发表论文《关于国防电影之建立》，载《抗战电影》创刊号。文章提出了建立国防电影的五点建议。

同月，奉周恩来之命，协助郭沫若为筹组三厅进行了大量的组织联络工作，团结了各界人士，组成了坚强的阵营，当时社会上称之为"名流内阁"。

4 月 1 日，国民政府军委会政治部第三厅在武汉正式成立，阳为政治部设计委员兼三厅主任秘书，襄助厅长郭沫若处理厅务，同时兼三厅所属的中国电影制片厂（"中制"）编导委员会主任。三厅下设 1 个办公室和 3 个处（五处、六处和七处），每处下设 3 个科。

共产党在三厅的组织关系分领导干部党小组和三厅基层特殊支

部两个部分。阳是领导干部小组成员；经周恩来决定，他又与我党湖北省委宣传部长何伟联系，研讨一切大的宣传活动如何互相配合的问题。

7—15日，三厅在武汉开展了大规模的抗战宣传周，阳事先制定并安排了宣传周内歌咏、戏剧、电影、漫画和火炬游行等整个活动计划（时正值台儿庄大捷），并同郭沫若主持了最后的游行集会。

同月，电影《夜奔》被上海租界当局删剪后在上海公映，导演程步高，摄影董克毅，主演梅熹、谈瑛等，张曙为阳作词的插曲《一条心》谱曲。

6月20日，发表论文《纪念高尔基》，载《自由中国》第1卷第3期。

月底，多次主持武汉各界"七七"周年纪念筹备会，决定除开展宣传抗战之外，还组织赴各战区的慰劳团和广泛进行献金活动。

7月7日至11日，三厅组织献金活动，阳和冯乃超等主持，各界各行各业甚至无业（如乞丐）的人踊跃献金，周恩来、董必武等中共领导人亲临献金台将自己的献金向管理员清点后投柜，毛泽东也拍来电报献金。最后献金总数为100万元（相当于政治部长陈诚预计的250倍）。

25日，就《李秀成之死》的有关问题与唐纳的谈话发表（作者唐纳），载《抗战戏剧》第2卷第4、5期合刊。"谈话"内容包括该剧的创作动机、创作过程、创作手法和演出的现实意义等。

同月，电影《八百壮士》由"中制"拍成后在武汉上映，导演应云卫，摄影王士珍，主演袁牧之、陈波儿。此片随后在大后方和东南亚、南洋以及西欧上映。

9月中旬，带领程步高、雷平一，用献金的一部分去香港，为三厅慰劳抗日前线将士采购医药、医疗器械和运输车辆。

10月22日，出席香港文化界举行的鲁迅逝世二周年纪念大会，被推为主席团主席。他在致词中说，在痛失广州、武汉危急的当头纪念鲁迅更有特殊的意义，强调要学习鲁迅不屈不挠、绝不妥协、绝不投降的战斗精神，说最后的胜利必然属于我们。

11月，（农历十月三十日）二女欧阳超华出生于重庆渔村。

冬，母亲周淑贞病逝于故乡罗场。

1939 年   **37 岁**

春，由香港经桂林到重庆（时武汉已失守，国民政府定重庆为陪都）。

春，军委会"战时工作干部训练团"所属的"忠诚话剧团"（即"战干"一团）的一些青年在重庆演出《李秀成之死》，又与进步人士有不少接触，遭到顽固派的忌恨。在他们回到綦江后，扮演李秀成的李英被活埋，参加演出的 20 多人被枪杀，成了"綦江惨案"中的一部分死难者（"綦江惨案"共活埋 200 多人，40 多人被拷打致残）。

4 月初，同郭沫若等发起组成"旅渝剧人为《救亡日报》募筹基金联合公演演出委员会"。12 日至 14 日公演夏衍的话剧《一年间》，阳携女儿小华登台当群众演员。

14 日，被选为"文协"第二届常务理事。

初夏，一次同叶挺在防空洞躲空袭，交谈中，叶批评了"中制"没有摄制反映敌后斗争的影片，并讲述了这方面的一些生动故事；阳受到启发，成为以后创作话剧《两面人》的契机和一部分素材。

5 月，因伤寒病复发到重庆市郊北碚休养。休养中，为"中制"改编电影剧本《塞上风云》和《日本间谍》。前者是根据他的同名电影剧本和话剧剧本改编而成；后者是根据意大利人范斯伯的《神明的子孙在中国》一书改编而成，揭露日本侵略者在东北犯下的滔天罪行，同时描写了东北同胞的痛苦生活和义勇军的斗争事迹。

本年，国民党秘密颁布《限制异党活动办法》，加紧迫害共产党人和抗日人民，限制共产党人和一切进步人士的思想、言论和行动，年底开始发起第一次反共高潮。

1940 年   **38 岁**

1 月 27 日，出席《新蜀报》副刊《蜀风》召开的座谈会，讨论"文协"发起的保障作家生活的问题。

3 月 1 日，出席回教救国会召开的关于话剧《国家至上》的演出事宜。

20 日，出席王昆仑招待苏联作家、中国作家的宴会。

初夏，为"中制"写电影剧本《青年中国》，通过一支抗敌宣传队在国统区一个偏僻山区的活动，表现"只有军民合作才能抗击敌人"

的主题。

全家从市天官府十四号搬至郊区赖家桥何家大院。

6月20日，出席《戏剧春秋》社在纯阳洞召开的"戏剧的民族形式问题座谈会"。阳在发言中简略地回顾了"文协"、"剧协"、"电协"、"美协"和"音协"的活动情况，指出当时除"文协"较好之外其余都较为消沉，希望能竭力改变那种状况，同时也谈了自己因行政工作挤掉了作为作家的学习与工作时间的苦闷。

8月22日，三女欧阳蜀华出生于重庆市郊赖家桥。

25日，发表论文《合作运动与农村机构》，载《中苏文化》第7卷第2期。

9月，军委会政治部改组，第三厅被撤销。国民政府强迫第三厅工作人员集体加入国民党，遭到三厅绝大多数人的愤然拒绝；周恩来要将他们护送到延安，蒋介石很惶恐，决定他们"离厅不离部"，让组织一个搞学术研究的文化工作委员会，隶属政治部。

10月1日，文化工作委员会（简称文工会）在重庆通远门天官府街七号正式成立，郭沫若为主任，阳翰笙为副主任，有专职和兼职委员各10名，下设3个组（第一组管宣传研究，第二组管艺术研究，第三组管敌情研究），设有两个办公处（市里在天官府七号，乡间在赖家桥全家院子）。

10日，发表论文《我对于苏联戏剧电影之观感》，载《中苏文化》第7卷第4期。文章论述了向苏联电影学习的必要性。

同月，被解除"中制"编导委员会主任职务，改任为"顾问"。

11月2日，出席《戏剧春秋》社在天官府街召开的"戏剧的民族形式问题座谈会"第二次会议。阳在发言中肯定了抗战以来戏剧活动的成绩，同时也指出其"不够真实，不够深刻"和题材不够宽广的缺点，举出了当时现实中许多重要的问题需要戏剧去反映，要求戏剧要有"更现实的主题和题材，更生动的人物形象"，强调"要创造伟大历史性的作品，必须加强主题的积极性、题材的广泛性"。关于戏剧的民族形式问题，说"有三条道路可走：一条是话剧的再高扬，一条是改革了的旧歌剧，一条是新歌剧的创造"。至于旧戏地方戏，其"锣鼓音乐都应该加以改革"，使之也适合"反映新的生活"。说"最民族的东西应该是最大众的东西"。

阳的这两次发言见《戏剧的民族形式问题座谈会》，载《戏剧春秋》
第 1 卷第 3 期。

23 日，发表讲话《一九四一年文学趋向的展望》，载《抗战文艺》
第 1 卷第 1 期。

24 日，发表电影《青年中国》主题歌歌词，载《国民公报》。

12 月 20 日，写论文《抗战戏剧运动的展望》，载《青年戏剧通讯》
第 8 期。文章对戏剧界的领导机构、创作、评论和干部培养等方面发
表了意见。

28 日，参加郭沫若主持的文工会第一次文艺讲演会，并讲了话。

1941 年   39 岁

1 月 7 日，"皖南事变"发生，国民党加紧制造白色恐怖，阳奉周
恩来之命疏散文化界一些革命进步人士离渝后，17 日，以"省亲"为
名回罗场。3 月返渝。省亲期间，对罗选青起义事作了实地调查和访
问，为改编话剧《草莽英雄》作准备。

4 月 25 日，参加文工会举行的戏剧批评座谈会。

5 月 30 日，出席"文协"举行的第一届"诗人节"庆祝会。

春夏，为了在文化战线击退国民党顽固派，化被动为主动，阳等
向周恩来建议，从戏剧运动打开局面，并从文工会拨款 3000 元，筹组
中华剧艺社（"中艺"）。得到周的支持。随后阳负责筹组了"中艺"，
从此逐渐掀起戏剧运动的高潮。

7 月 8 日，参加文工会举行的第三次文艺讲演会，发表题为《戏
剧的新任务》的演讲（载 22 日《新蜀报》）。

11 日，同郭沫若等 200 余人致书苏联科学院，表示愿同全世界的
朋友携手共同反对法西斯。

9 月 3 日，6 幕历史话剧《天国春秋》脱稿，载《抗战文艺》第 7
卷第 6 期至第 8 卷第 3 期。此剧是专为"中艺"为庆祝郭沫若 50 寿辰
演出而作，取材于太平天国"杨韦事件"，旨在体现周恩来因"皖南事
变"而愤书中的"同室操戈，相煎何急？"的题词。

14 日，出席文工会举行的座谈会，讨论新诗的语言问题。

26日，建议并出席了文工会召开的"怎样认识川剧"的座谈会（第五次地方戏剧研究座谈会）。他在发言中说，地方戏在中华民族艺术生活中占了一个很大的部门，在社会上特别是艺术教育上担当很大的责任；必须从内容到形式对旧戏进行改革，希望川剧界的同志团结一致克服各方面的困难（座谈会的报导载30日《新蜀报》）。

10月上旬，受周恩来之命筹备郭沫若50寿辰和创作25周年庆祝活动。阳代南方局向各地党组织草写电报文，制定活动计划，组织工作班子，广泛动员文艺界、文化界、新闻界和各民主党派参加。经过一个月紧张的筹备工作，庆祝活动于11月16日（郭沫若生日）隆重开幕。除重庆之外，延安、桂林、香港等地也举行了庆祝活动。这次活动是"皖南事变"之后在国统区的一次大规模的政治斗争和文化斗争，并取得了胜利。从此，开创了在国统区以祝寿方式进行政治文化斗争的先例。

11月27日，《天国春秋》在重庆由"中艺"开始演出，导演应云卫，主演耿震、项堃、舒绣文、白杨。从即日起至1942年5月，《新华日报》、《新蜀报》、《时事新报》、《国民公报》和《戏剧岗位》等报刊发表评介文章。徐昌霖认为，《天》剧"是整个人类历史的演进的最好的榜样和缩影；它不单是'杨韦之乱的写实录'，同样也可以说是一切人类互相水火、互相残杀的惨痛教训和结局"。"历史上血与肉的事实放在我们的眼前：一个国家的盛衰的关键不在外力的侵入，最重要的是在国家内部的团结。"说它的演出"有重大的意义和宝贵的价值！"（《〈天国春秋〉底上演》，12月2日《新华日报》）欧阳凡海认为，《天》剧"是奠定中国历史剧的一块主要基石，一个纪念碑。"说它"气魄的浩瀚，可以接近莎士比亚的血统……那种功力，实不能不叫人想起莎士比亚的《奥赛罗》。"（《从〈天国春秋〉谈到目前的演剧水平》，《戏剧岗位》第3卷第5、6期合刊）

同月，影片《青年中国》由"中制"在重庆拍成，导演苏怡，摄影王剑寒，主演陶金、白杨、魏鹤龄、钱千里。影片中的几首歌曲，主题歌由贺绿汀谱曲，《秋收》由沙梅作词作曲，贺绿汀作词作曲的《游击队员之歌》广为流行。

1942 年　　　　　　　　　　　　　　　　　　40 岁

1 月 14 日，主持文工会时事问题座谈会，讨论"一九四二年国际形势的展望"（见 1985 年 2 月四川文艺出版社版《阳翰笙日记选》。以下出自"日记选"的内容，皆不另注）。

20 日，出席文工会召开的纪念钱亦石逝世 4 周年筹备会，董必武、沈钧儒亦出席。阳被推为筹备会负责人。

25 日，参加剧协理监事联席会。写散文《悼念钱亦石先生》。

29 日，参加钱亦石逝世 4 周年纪念会。

2 月 6 日，应邀主持《戏剧岗位》社召开的戏剧座谈会，讨论"雾季剧运的回顾与前瞻"。

12 日，应周恩来邀，赴红岩村八路军办事处作《中国新文艺运动之历史的发展》的报告，听者"感到非常大的兴趣"。

23 日，因友人根据张天翼的童话改编的话剧《秃秃大王》（明显地影射蒋介石）被政治部禁演，等于自我暴露，召集文工会二组同志谈话，希望他们"刻苦研究、努力创作、慎重发表"。

同月，由"中制"摄制的电影《塞上风云》公映，导演应云卫，摄影王士珍，主演周伯勋、舒绣文、黎莉莉、王斑等。影片主题歌由阳作词，盛家伦谱曲。报纸介绍该片云："费时两载，耗资百万，跋涉万里，价值连城"，"睥睨一切，雄视影坛"。

春，为写话剧《草莽英雄》作各种准备，包括反复修改提纲，阅读有关历史和文学书籍，拜访有关人士。

4 月 3 日，郭沫若的话剧《屈原》在国泰剧院首次公演，获得极大的成功。阳受周恩来之命是此剧演出的筹备负责人，演员的阵营是全明星制，连配角也选请名演员担任。在筹备过程中，遇着了种种阻力和困难，阳及时请示周，得到了对策性的指示，使任务能够顺利完成。

21 日，陪郭沫若赴北碚讲学。

5 月 11 日，开始写《草莽英雄》，并随时将其内容和写法告诉来访者，征求意见。郑伯奇说这是"一种传记体的写法"。冯乃超说，罗选青"是'阿 Q 时代'的另一种典型，也同阿 Q 一样，自己尽了历史的任务，却还一点儿也不知道自己在尽着历史的任务"。

6 月 1 日，在文工会纪念周上，在宣布研究计划时提出口号：多研究！多学习！多写作！集体的研究！集体的学习！集体的写作！

15日，政治部撤消郑用之"中制"厂长职务，改由胡宗南部下的吴树勋担任，连任的副厂长王瑞麟找阳商量对策；阳同他谈得很晚。

本月起，文工会戏剧组专题讨论戏剧问题，如怎样处理主题，怎样处理故事，怎样处理结构，怎样塑造人物，关于戏剧批评，怎样处理对话等，并集中研究了莎士比亚、莫里哀、易卜生、契诃夫等名家的作品。阳参加每次研讨会，并多次作总结发言。

7月7日，发表短论《两年内击溃日寇》，载《新华日报》。

15日，代表文工会赴红岩悼唁周恩来父丧并慰问周恩来、邓颖超。主持文工会在市里召开的关于国际问题的讲演会。

20日，《草莽英雄》初稿脱稿。之后，用各种方式广泛征求意见，并酌情进行修改。

8月13日，和冯乃超主持的群益出版社开始营业。

24日，向周恩来汇报文艺界特别是戏剧界遇着的种种困难。周指出，困难还会越来越多，要大家作好精神上的充分准备，坚持就是胜利。

26日，出席周恩来在郭沫若家对戏剧界几位负责人的宴请。席间，周介绍了国共两党斗争形势，要求戏剧界应有克服一切困难的决心和勇气。

27、28日，应周恩来之约，同冯乃超去红岩，将《草莽英雄》读给八路军办事处的同志们听，得到赞扬，也提出了一些修改意见。周恩来就此剧进一步谈到我国民主革命的历史经验，指出，我国资产阶级的民主革命只有在无产阶级领导下才能取得成功。

9月，从本月起，文工会文艺组和社科组分别开始进行学术研究活动，或召开专题讨论会，或召开专题演讲会。阳尽量参加各次活动。

14日，写论文《划时代的转变——九一八漫笔》，载19日《新华日报》。文章从文艺的各方面论述了11年来的巨大变化和发展，充分肯定了抗战文艺取得的成绩。

17—23日，修改《草莽英雄》。

27日，周恩来、邓颖超至赖家桥，同郭沫若、阳翰笙等谈国际和国内形势问题，同时肯定文工会在城乡两地大倡研究之风取得的成绩。

10月22日，开始阅读和进一步搜集材料，为写话剧《两面人》作准备。

11月22日，文工会主办的杂志《中原》月刊经内政部批准创刊，阳为该刊编委之一。

12月26日，写短文《贺洪深先生五十大庆》。

30日，参加为洪深祝寿宴会，到会的人很多，气氛很热烈，是一年来沉闷空气中"最有意义的一次盛会"。

31日，参加周恩来为洪深祝寿宴会和祝洪座谈会，并在座谈会上作总结讲话，讲话载《戏剧月报》第1卷第3期。

发表为洪深五十寿题词："丰富的热情，强烈的正义感，深沉的人生经验。"载《新华日报》。

1943年   41岁

1月1日，计划今后陆续写出已经搜集好一些材料的6个剧本：（一）两面人（又名《天地玄黄》）；（二）光明之路；（三）阿里郎（即《槿花之歌》）；（四）盗火者；（五）杜文秀；（六）文明之家。因国民党反动派迫害日甚和其他原因，这6部中只完成了《两面人》和《槿花之歌》两部。

同日，联名祝贺沈钧儒70寿辰，载3日《新华日报》。

17日，写短论《剧艺之交》，载《戏剧知识》。

2月1日，开始写《两面人》。

3日，联名献诗祝潘梓年50寿辰，载《新华日报》。

28日，灵感袭来，想写表现他故乡的"新旧剥榨致使人不能活，活着亦不象人"为主题的剧本，剧本拟取名为《还乡记》。

3月8日，阳在市里天官府十四号的住房和文工会办公室七号被蒋经国的"经济检查队"强行霸占或拆除。

11日，写散文《文协诞生之前》，记述他首先发起组织"文协"的经过，载《文协成立五周年纪念特刊》。

19日，四幕话剧《两面人》脱稿，载《戏剧月报》第1卷第4期至第5期，名为《天地玄黄》。作品以讽刺的手法，写一个在"阴阳界"的山上的茶叶公司总经理，为了自己的利益，在抗日和当汉奸两条道路的选择中的种种表演。这是阳写的唯一的一部讽刺喜剧。

23日，同夏衍向周恩来反映国民党加紧迫害文工会和严酷审查剧本的种种情况，以及刚成立的中国艺术剧社（"中术"）遇着的困难，并请求指示。周恩来认为，"中艺"、"中术"同时在重庆活动目标太大，会引来更多的麻烦，决定"中艺"离开重庆经资中、内江到成都进而到全川其他中等城市演出，说这样既能扩大我方的影响，同时又能渡过经济生活上的难关。之后，他们即照此执行。

27日，参加"文协"5周年纪念年会。

4月9日，着手进一步搜集写《槿花之歌》的材料，开始访问朝鲜革命同志金奎光、金东镇等人，并阅读有关书刊。

20日，影片《日本间谍》在3家影剧院开始公映。观众踊跃购票，一家影院的大门被挤倒，不少人被踩伤。导演袁丛美，摄影吴蔚云，主演罗军、陶金、刘黎、王斑、秦怡等。此片在拍摄过程中，经过了很多曲折巧妙的斗争。

26日，国民党中央图书杂志审查委员会主任潘公展在招待编导人的茶会上，宣布对《草莽英雄》的禁令。判曰：经"中央党史编纂委员会审核"，该剧本"（一）有类于为帮会作反宣传，在原则上与现行功令抵触；（二）技术上亦欠斟酌，所串插故事，抑党人而扬帮会殊属无理"。图审会"等由准此"，下令"禁止出版及上演或登载报章杂志……原稿扣存"。

此前看过《草》剧油印本的同志和朋友，都认为它是阳最成功之作。冯乃超曾在一次会上表示，要作一长文评介；洪深说它是一部很完整的艺术品，没有一个多的人物、场面和事件；戈宝权、欧阳凡海、陈鲤庭、夏衍、郭沫若等也一致称赞，认为是阳创作方法上的一成功的转变，并创造了罗选青、罗大嫂等的典型人物形象。

29日，蒋介石看了影片《日本间谍》后，认为"内容大有毛病"，是在借写东北义勇军宣传抗日联军，替共产党说好话，大骂主管审查影片的国民党中央宣传部长张道藩是"饭桶"，下令马上停映，并指派蒋纬国坐阵删剪改拍。此后改拍的影片，删剪了些揭露日本特务机关罪恶的情节，把义勇军的装束换成国民党军官学校的校装，搞得不伦不类。

同月，"中艺"工作人员沈硕甫和文学家万迪鹤因贫病交加先后去世，阳为其善后事特别是为万的遗孤照料问题操劳。

5月10日，灵感袭来，想写反映"五四"时代一群女战士20年来的变化的剧本，并决定当年完成。此剧后来定名为《苦行记》，并搜集了一些材料，但未能写出。

12日，教育部巡回戏剧教育队第二队在赣州开始先后演出《天国春秋》和《李秀成之死》。

20日，出席"中术"评议会和"上大"同学会。

6月15日，周恩来、邓颖超将返延安参加整风运动，郭沫若为他们饯行，阳等出席作陪。

19日，因周恩来即返延安，阳向周汇报情况并请求指示。周指出，与国民党顽固派的斗争会越来越艰苦和激烈，要有思想准备；要有策略，不要乱冲乱闯；要千万保护好干部。

同月，为写《槿花之歌》重新阅读契诃夫、莎士比亚等名家的剧作，对契诃夫的《樱桃园》尤为赞佩，认为它在气氛上、情调上和人物刻划上都很好，"意味深长"。

7月5、6日，主持文工会半年工作汇报会，并就文工会的特点、取得的成绩和存在的缺点等方面总结出12条经验和要求，还对几个具体问题提出了解决的办法。

16日，四女欧阳永华出生于赖家桥。

18日，发表短论《温故知新》，载《时事新报》。

27日，出席文工会委员会和郭沫若归国六周年纪念会。

8月4日，因劳累和营养不良患了肺病，开始吐血。

13日，应急赴北碚解决"中术"与当地管理局的纠纷问题。

本月至11月，郭沫若、杜国庠、胡风等在文工会作学术报告，郭作的次数最多，阳每次听讲。文工会此前也有这类活动。

10月1日，主持文工会成立3周年纪念会，强调要善于利用时间加紧研究和写作。

2日，开始写《槿花之歌》。

11月15日，《槿花之歌》初稿草成，随即一面征求意见，一面修改。载《文艺先锋》第5卷第1、2期合刊。作品通过崔老太太一家的命运，反映本世纪 20 年代朝鲜人民为赶走日本占领者所进行的前仆后继的斗争。这是我国第一部这类题材的话剧。

24 日，出席国民党中宣部主持的文化界茶会，并发言，力陈文艺工作者在出版、展览、演出等方面受到的种种限制和生活上的困难，要求主管当局给大家应有的自由。

12 月 3 日，在市内发现身边有特务盯梢，此后也发现有这种情况。当时阳被当局"封"为"五等作家"，即反对他们最激烈且能发挥大作用的作家。

7 日，应邀赴三圣宫军文班讲"戏剧创作中的几个中心问题"。

22 日，《天国春秋》经过种种周折，由"中艺"在成都上演。

30 日，出席"文协"举办的辞年恳谈会，谈了 1 年来戏剧成果的观感。

同月，《两面人》由重庆当今出版社出版单行本。

1944 年   42 岁

1 月 1 日，出席郭沫若庆祝董必武 60 寿辰宴请，赞郭朗诵的祝寿长诗是"一篇争取民主的宣言"。

6 日，参加拟写的话剧《胜利进行曲》集体创作讨论会。阳和潘子农写第 3 幕。

2 月 15—19 日，参加"剧协"举办的第 6 届戏剧节纪念活动。

3 月 14 日，陪郭沫若参观"工矿展览会"，感叹曰：伟大的中国，真不知何时才能成一工业化、现代化的富强康盛的中国啊！

26 日，访郭沫若，商量如何对待日前《中央日报》专门发表攻击郭的《甲申三百年祭》的社论《纠正一种思想》一事，都认为反动当局是不讲理的，只好置之不理。

4 月 14 日，写《一封向老舍先生致贺的信》（纪念老舍创作生活 20 年），载 17 日《新蜀报》。

16—17 日，参加"文协"举办的"文协"成立 6 周年纪念会、纪念老舍创作 20 年茶会和郭沫若、董必武致贺老舍的宴会。

28 日，出席左舜生、沈钧儒等邀请文艺界人士的宴请，公推孙伏园、茅盾起草文件，要求当局撤销严酷的审查制度。

5月13日至月底，《两面人》经过种种周折，由中国胜利剧团（"中胜"）在银社上演，场场客满。导演沈浮，主演韩涛、吴茵、魏鹤龄、谢添等。《新蜀报》、《新华日报》、《时事新报》和《文艺先锋》等报刊发表评介文章。丰村为这部"直接描写抗战"的好戏经过那样大的艰难曲折才得演出愤愤不平，说它是"颤颤抖抖地从乱刀缝里爬出来，带着满身的伤痕和惊喜的情绪走上舞台去"的。（13日《新蜀报》：《祝〈两面人〉的演出》）王亚平说阳笔下的两面人"正躲躲闪闪地混在我们的抗战阵营里，这是民族新生血轮中的毒菌"。（18日《新蜀报》：《峡谷之间》）郭沫若作诗揭露这种两面人的嘴脸和本质："阴阳界上阴阳脸，识向还如风信旗……道原是一何曾两，白马碧鸡不是双。"（23日《新华日报》：《观〈两面人〉》）吴仲仁认为此剧"不但在抗战的一点上给我们刻画一个'两面人'的典型，而且还应当有它更深远的意义，更现实的教训，那就是，人们抗战也好，建国也好，讲民主自由也好，我们不能够再象祝茗斋一样，从矛盾中找空隙，'两面三刀'。"（25日《新华日报》：《我看了〈两面人〉》）柳倩说两面人的性格"成为社会的普遍性格，而且甚至具有国际性的。"（28日《新蜀报》：《没有两面都可套弦的弯弓》）易水（冯乃超）说此剧"从无数'暂时的人物'的特性中，概括出一个两面性"，"作者眼光的锐敏是值得钦佩的。"（29日《新华日报》：《谈喜剧》）

27日，文化界人士在郭沫若家欢迎何其芳、刘白羽从延安抵渝，阳出席。何、刘传达了延安文艺运动的情况，大家听得很兴奋。

同月，《两面人》在西安由业余剧人演出。

6月1日，同朱海观谈文学创作的甘苦，说文学事业"实在是一种最最艰巨的事业"，要用"整个生命力去搏取"才可能取得一些成就。

14日，因第二战场开辟和欢迎从延安来的同志，阳与夏衍联名在郭沫若家宴请从延安至渝的何其芳、刘白羽、林默涵和文艺界有关人士，王若飞亦出席。

26、27日，向文工会讲《中国话剧运动发展史》。郭沫若听后很兴奋，希望阳还能作一次新文学运动发展史的报告。

本月至10月，郭沫若、杜国庠、胡风、丁钻等为文工会作学术报告，郭作的次数最多，阳大都参加听讲。

7月13日，文工会召开座谈会，由何其芳、刘白羽介绍延安和陕甘宁边区文化活动情况。

15日，在文工会举行的契诃夫逝世40周年纪念会上作《关于契诃夫的戏剧创作》的学术报告，后经整理，载《中原》第2卷第1期。报告从戏剧文学创作和舞台艺术实践论述了契诃夫的历史功绩及其艺术风格，强调要学习和借鉴契诃夫戏剧的长处。

8月27日，父亲欧阳静波在故乡罗场病逝，至为哀痛。各界人士来人来函致唁慰问。

同月，《天国春秋》由群益出版社出版单行本。

9月21日，写评论《〈孔雀胆〉的力量》，载10月8日《云南日报》。文章认为《孔》剧的题材、主题和形式诸方面都为老百姓所欢迎，说作者郭沫若此剧的创作道路和方向都是对的，"只有懂得老百姓的热烈的爱好的人，老百姓也才会热烈的爱好他"。文章显然是学习了《在延安文艺座谈会上的讲话》的精神后写成的。郭沫若见此文后，说"颇有独到的见地"。

10月1日，参加邹韬奋追悼会。

同月，为筹组"中胜"和群益出版社、《中原》杂志的出版事宜，多次与有关人士进行研究。

11月5日，与洪深、马彦祥等参加潘公展炮制的所谓"中国著作人协会"的成立大会。该"协会"成立的目的是为了维护反动当局严酷的审查制度和分化进步的文化力量。此前，阳翰笙同郭沫若、夏衍、徐冰、冯乃超等就研究了对策，决定"应邀"参加成立大会，在会上展开针锋相对的斗争，由阳和洪深提出我方的主张，若不得通过，就退出会场，以示反对。事态果如此发展，阳和洪先后的发言都是要求废除严酷的审查制度，并解除对100种剧本的禁令。这当然受到坐阵指挥的潘公展、张道藩的反对。成立会还未开完，阳等就愤然地离开了。之后，潘公展写信给阳等，请他们不要退出该"协会"，力图挽回败局，受到坚决拒绝。这样，该"协会"还未搭起架子就胎死腹中。

7日，同郭沫若等到苏大使馆参加十月革命纪念大会，郭发表了演说。

11日，郭沫若宴请从桂林至渝的柳亚子夫妇，阳出席作陪。周恩来席间赶至（10日同美大使赫尔利从延安至渝），大家畅快无比。

12日，出席郭沫若欢迎艾芜（从桂林至渝）、沙汀（从乡间至渝）的茶话会。

13日，出席文工会为郭沫若53寿辰祝寿会，周恩来、王若飞亦至，周热情地讲了话。

12月4日，深夜，周恩来到天官府会见郭沫若和阳翰笙，主要谈日本进犯贵州和国民党加紧内战的严重局势，但因第二战场已开辟，说形势很快将发生变化，要大家对前途抱乐观态度。（周随即又回延安去了。）此后，郭、阳和夏衍多次举行了"宴请"和"茶会"，向文化界贯彻周的指示精神。

9日，与夏衍联名召开戏剧界茶话会，主要座谈在严重时局下的戏剧工作问题。阳、夏等被推为此后戏剧界临时决策人。

10日，出席"文协"欢迎老舍和新近至渝的文化界友人的茶会。

12日，郭沫若在家宴请文化界友好，阳出席作陪。

14日，参加"文协"理事会，讨论对贫病作家和湘、桂至渝的文化人的救济问题。

同月，多次找文工会有关人员谈时局和相应的工作问题。

1945年   43岁

1月1日，发表散文《几点希望》，载《新华日报》。文章"希望我们能够自由的想，自由的说，自由的写"。希望"真正的去唤起民众"。希望"国家大事，应该让大家来商量，大家来负责"。

12日，郭沫若为沈钧儒寿辰宴请，阳出席作陪。

中旬，《天国春秋》在昆明由国防剧社开始演出。

20日，郭沫若举办茶会欢迎蔡楚生和各演剧队代表，代表报告了各队的工作，并提出若干需要明确和解决的问题，阳作了答复。会上推举阳、夏衍和孟君谋负责演剧队的工作报告和作品的出版事宜。

26日，周恩来从延安至渝，郭沫若设茶会欢迎，阳等文艺界数十人到会。

27日，周而复、林默涵（从延安至渝）向文工会报告陕甘宁边区文教大会情况，阳出席，听后异常感奋。

同月，《天国春秋》由"中艺"在成都演出。

2月2日，参加周恩来在曾家岩八路军办事处招待文化界的茶会，听周介绍了他这次与国民党谈判的经过（当时国民党在加紧准备发动内战。周于本月中旬又返延安）。

16日，写《槿花之歌》的"题记"，载3月3日《新华日报》。文章介绍了创作《槿》剧的动因、经过和目的。

17日，为发动文化界和民主人士为争取民主、反对内战的签名运动，走访丁钻和冰心。这次签名运动，是在周恩来、王若飞的领导下，由文工会主要负责人主持秘密进行的。

18日，应《新华日报》之邀，去红岩看《兄妹开荒》、《一朵红花》和《刘永贵》三歌剧的演出，觉得非常新鲜有力。

20日，出席"剧协"理事会，决定将戏剧节日所收捐款支助赵丹等4人（他们刚从新疆新军阀盛世才的监狱出来，即将至渝）和前线演剧队的18位伤病员。此前，阳等在渝多次活动，请有关人士要求盛世才释放赵丹等4人。

22日，称为"民主宣言"的《文化界时局进言》在《新华日报》发表，包括各界著名人士在内的共300多人在《进言》上签名。国民党当局非常震惊，蒋介石十分恼怒，随即追查发起者，许多签名的革命进步人士受到警告。同时，潘公展、张道藩又搞了一个所谓"文化界宣言"要人签名，企图挽回其败局，虽用了种种胁迫手段，但也凑不出一个象样的名单。

23日，同郭沫若出席苏联大使馆举行的红军节招待会和中苏友协举行的纪念晚会。

24日至3月15日，经过两个多月的交涉和斗争，5幕话剧《槿花之歌》由中央青年剧社在青年馆演出，导演马彦祥，主演吕恩、吴茵、蓝天虹等。许多朝鲜朋友观看演出，都感愤得流泪。《新华日报》、《新蜀报》发表评论文章。林未芜认为，《槿》剧"告诉了人们一个现实的问题，就是——给人奴役的人，没有幸福"；并"鼓励了被迫害者斗争的情绪"。说当时处在"那些充斥了混乱、模糊、多余而不恰当的噱头的某些戏剧之间，我们应该接受《槿花之歌》的严肃性"。（3月26日《新华日报》:《〈槿花之歌〉观后感》）

同月,《槿花之歌》由重庆黄河书局出版单行本。

3月3日,主持文工会关于工作的大会。为体现《在延安文艺座谈会上的讲话》精神,确定今后要加强对农村和民间艺术的调查研究。

15日,在《槿》剧最后一场演出中扮群众演员。

16日,到中苏文协看叶浅予等人的漫画展览,认为现实性战斗性很强。

18日,参加文工会举办的王亚平诗创作15周年和40寿辰纪念会,发言中力赞王肯为人民服务和助人为乐的品质。

25日,参加罗曼·罗兰追悼会。

28日,参加柳亚子59寿辰祝寿活动。

30日,由于文工会一直开展进步文化活动,特别是发动了《文化界时局宣言》的签名运动,张治中(政治部部长)下令"裁撤"文工会。郭沫若、阳翰笙对此早有预料,非但不感到惊异,反而觉得颈上打开了一架重枷一样的轻快,见面时都放声地笑起来。随即他们研究了善后事宜。

31日,政治部派的人气势汹汹到文工会与阳谈"移交"事宜。

4月1日,为庆祝第三厅成立7周年(又是文工会成立4年半的日子,刚好又是被"裁撤"的日子),文工会在天官府七号举行纪念活动。到会者中有很多是同情文工会和抗议国民党当局的会外知名人士。郭沫若在签名轴上愤书:"始于今日,终于今日;憎恨法西,勿忘今日。"阳主持了晚会,郭沫若讲话激愤,沈钧儒、翦伯赞讲话表示对文工会的同情和支持,对国民党的不满。周恩来在百忙中挤出时间到会与大家见面,勉励大家继续战斗。此后,各界人士和一些国际友人纷纷致函或亲临文工会,向郭沫若和全体文工会同人表示慰问。

2日,阳开始解决文工会的"移交"、善后和一些人员的安置问题,还常与国民党当局有关人士和他们派来的特务、兵痞、党棍周旋。断断续续,达半年之久。

6日,代替中苏文协研究委员会主任郭沫若开始主持工作(阳为副主任。郭将访苏)。

8日,出席重庆各民主党派和文化界人士欢迎郭沫若及文工会全体人员的宴会。沈钧儒(主持)、侯外庐、陶行知、王若飞、邓初民、史东山、马寅初、柳亚子、翦伯赞先后讲话，郭沫若对大家表示感谢，说文工会虽然解散了，但文化工作还要继续开展。

19日，到中苏文协开第一次研委会，研究委员名单和3个月的工作计划。代郭沫若出席中苏文协常务理事会。

20日，与冯乃超、蔡仪等研究筹备"文化研究所"（或"郭沫若研究所"，或"学术研究所"，或"文化研究院"，名称未定）事宜，阳和朱海观负责纲要的起草工作（成立的筹备工作此后又经多次研究讨论，因时局变化，该所终未能成立起来）。

5月4日，参加"文协"成立7周年及第1届"五四文艺节"大会（5月4日被文化界定为文艺节）。

10日，戏剧家贺孟斧病逝，悲痛不已。

11日，参加"文协"理事会，研究常务理事人选和支助贺孟斧家属事宜。

12日，向贺孟斧送葬，代表"剧协"主祭。

13日，应邀在中苏文协妇女委员会讲《中国戏剧中的新旧女性》，后经整理载《现代妇女》第6卷第3、4期合刊。文章列举了中国新旧戏剧中对妇女生活描写的大量事实，指出它是反映中国妇女近几百年的生活史，同时结合时代特点对各个戏剧中的主要妇女形象进行了论述和分析。

17日，赵丹、王为一、徐韬、朱今明从新疆至渝，阳会见大喜。

6月8日，出席"文协"、"剧协"和中苏文协欢送郭沫若参加苏联科学院成立220周年庆祝大会。

24日，参加庆祝茅盾50寿辰和创作25周年纪念活动。

春夏，当时剧运出现一股逆流，一些人演出内容庸俗低级的所谓"新文明戏"，演出方式是"游击式"的，片面追求票房价值。这一方面是由于国民党当局的支持，藉以破坏进步的剧运，一方面是由于当时物价飞涨，一些戏剧工作者生活困难所致。阳和有关人士多次研究解决的办法，但因时局动荡和其他种种原因，收效甚微。

7月1日，请邵力子在中苏研委会讲"中苏帮交问题"。同葛一虹、焦勉之等研究出版中苏研委会的季刊事宜；约请杜国庠、胡风等为刊物撰稿。

12日，《天国春秋》由杨宪益翻译成英文本将在美国出版，应邀写出自己的小传连同几张《天》剧的舞台剧照寄柳无忌。

夏，整理早拟写的剧本《苦行记》的材料，阅读了一些以妇女为题材的剧本和有关书籍，并构思出全剧的轮廓，还写出了几幕的大纲，终因时局变化和家事繁杂未能写出。

8月8日，召开中苏文协研委会，作关于经济状况的报告，研讨研究丛书和翻译丛书的编审问题。

10日，报载日本无条件投降，一阵空前未有的惊喜之后，因想到存在内战危机而百感交集，忧虑重重，一点也"狂欢"不起来。

11日，出席文化界和民盟召开的庆祝（抗战胜利）宴会。张澜发表演说。

14日，出席剧作者联谊会，决定向当局发表一个"献言"式的文件，坚决要求：（一）严办戏剧汉奸；（二）取消检查制度；（三）要求和平、民主、统一、团结。

16日，出席陶行知约集文化界的茶会，一致认为必须反对内战，要求和平、民主与团结。

17日，参加《胜利进行曲》集体讨论会（上次的计划未实现，这次在内容和形式上都较前有所改变），阳承担写文化人的一幕。

20日，同文化界人士到机场欢迎郭沫若从苏返回。

29日，得悉毛泽东至渝，大喜。同胡风到北碚，与老舍商讨发表"文协"的"祝胜进言"事宜。

31日，晚，应约在桂园（张治中的寓所）见到毛泽东、周恩来和王若飞，后陪他们去红岩看电影。之后，毛约阳、冯乃超和于伶谈话，听了他们的工作汇报，并时时有风趣地提问和插话，进行了一个多小时。毛挽留他们住下，想继续谈下去；阳怕毛太疲倦，他们告别了。这是阳第三次见到毛泽东。阳对毛的直感是，觉得他充满中国劳苦人民的优良特点。说他有农民的朴实，工人的英勇，学者的谦和，长者的慈爱。一方面觉得他智勇深沉，一方面又非常平易可亲，说这就是一个人民的领袖的特征。

9月1日，出席中苏文协为庆祝中苏友好同盟条约的签订举行的鸡尾酒会，毛泽东、周恩来中途到会，会场欢腾雀跃。

3 日，参加毛泽东约请文化界知名人士的谈话。毛谈话的结语是：我们的前途是光明的，人民是一定要胜利的，但我们还要走一段"之"字路。

6 日，出席苏大使馆招待中苏文协负责人的宴会。

7 日，出席苏大使馆招待文化界的茶会。

13 日，参加"剧协"理监事联席会，讨论戏剧工作者东下南京上海（即"复原"）的问题。

10 月 5 日，从住了近 6 年的赖家桥何家大院乡下搬家至重庆市里（17 日搬完）。

8 日，出席张治中欢送毛泽东返延安的晚会。

14 日，参加"文协"理监事联席会，研讨改"中华全国文艺界抗敌协会"为"中华文艺界协会"的名称和"文协"人员的东下问题。

18 日，与史东山、宋之的、司徒慧敏商谈成立中国剧影联营公司事宜，阳被推为发起人。此后与有关人士又多次筹划此事。

19 日，参加鲁迅逝世 9 周年纪念大会和"文艺漫谈会"（漫谈会以《讲话》精神检查总结过去的工作，此后又进行多次）。

20 日，被聘为政治部专任设计委员。

同月，为争取《草莽英雄》的首演和《天国春秋》的再次演出，多次与有关人士商谈。

11 月 1 日，《草莽英雄》送审后，图审会要求作些修改。阳认为这样于原作无伤，此后将剧中写到汉留（反清复明组织）的地方改为了保路同志会，因为这两者在辛亥革命时本来就是一回事。

7 日，参加苏大使馆举行的纪念十月革命节大会。

13 日，参加各界人士举行的反对内战联合会筹委会。

17 日，参加"戏剧漫谈会"（以《讲话》精神检查总结过去的工作，此后又进行多次）。

12 月 6 日，《天国春秋》再次由戏剧工作社在抗建堂开始演出，导演王瑞麟，主演陈天国、舒绣文、章曼苹、项堃。连演 20 多场，场场满座。19 日，周恩来率领的中共和平谈判代表团 30 余人观看演出。《新民报》、《新华日报》和《中央日报》发表评论文章。何其芳论述了"空前大规模的内战仍然在进行"的当时重演这部"旧作"的现实意义，并分析了塑造的几个主要人物形象的得失（1946年1月9日《新华日报》:《评〈天国春秋〉》）。

9日，在"戏剧漫谈会"上作8年来戏剧运动的报告。

同月，与郭沫若、茅盾、叶圣陶等17人联名致函美国援华会作者委员会及全美作家，呼吁美国朋友阻止美国支持国民党打内战。

同月，为《草莽英雄》排演和演员配备事，多次与有关人士商谈。

1946年   44 岁

1月7日，出席中共代表团招待各界人士的鸡尾酒会。

8日，与洪深、曹禺等50余人发表《致政治协商会议各委员意见书》，抨击国民党当局对进步文化事业的迫害，要求和平民主。

9日，参加文化界招待政协代表的茶话会，被选为主席团成员。阳等228人联名代表文艺界向政协会议提出停止内战、实现和平建国的意见。

2月10日，较场口事件发生，阳等影剧界人士致书慰问受伤者郭沫若、李公朴等，抗议国民党暴行。

同日至3月21日，被禁3年之久的《草莽英雄》由中国胜利剧社在重庆青年馆演出，导演沈浮，主演项堃、林晴、王珏等。《新蜀报》、《新华日报》等发表评论文章。杜重石说，没有四川的保路运动，就没有辛亥革命的胜利；而《草》剧是将保路运动搬上舞台的第一个。（2月18日《新蜀报》:《观〈草莽英雄〉》）欧阳山尊认为《草》剧是一部优秀作品，高度评价了其主题的积极意义，并对主要人物形象进行了分析，说在人物刻划上有"独到的地方"。（3月7日《新华日报》:《评〈草莽英雄〉》）

（2月）15日，参加抗战胜利后的第一个戏剧节纪念会，同时欢迎本月10日由昆明至渝的田汉，阳在会上讲了话。大会决议声援较场口庆祝政协会议的正义行动，慰问受伤人士。

17日，出席文化界欢送鹿地亘夫妇回日本的茶会。

同月，《草莽英雄》由群益出版社出版单行本。

3月3日，出席"文协"举办的欢迎田汉、马思聪、端木蕻良的茶会，并讲了话。会上成立"文协"重庆分会，阳等10人被推为分会筹备委员。

同月，为祝贺叶挺出狱和重新加入中国共产党，阳和郭沫若在一家饭庄宴请叶一家4人，董必武、邓颖超、王若飞等作陪。

4月19日，参加在青年馆为"四八烈士"（本月8日，王若飞、博古、叶挺、邓发等由重庆飞返延安途中在黑茶山遇难）举行的追悼大会，并发表散文《沉痛的哀思》，载《新华日报》"追悼飞延遇难诸先生特刊"。文章回忆了与叶挺的交往。

春夏，《草莽英雄》由抗敌演剧六队在成都演出。

5月2日，为纪念"文协"成立8周年，并欢迎抗敌演剧四队至渝和欢送郭沫若、冯玉祥等离渝，"文协"举行同乐晚会，阳出席。

4日，出席"文协"为庆祝第二届"五四文艺节"举行的集会，被推为主席团成员，并讲了话。讲话谈了纪念胜利后第一个文艺节的意义，指出今后文艺运动的目标和方向是要争取民主的彻底实现，希望文艺工作者团结起来，以笔作武器，向反民主的势力作坚决的斗争。

6月8日，应邀为抗敌演剧四队谈戏剧问题。

18日，参加中苏文协和"文协"重庆分会举行的高尔基逝世10周年纪念会，被推为大会主席。他在讲话中指出，高尔基是全世界革命文学的鼻祖，是新现实主义的第一个成功的伟大作家，是我们做人的模范和榜样；他的作品反映了十月革命前后俄国的社会生活。

20日，与重庆各界人士联名致电蒋介石、毛泽东，要求延长政治协商时限，协商谈判只许成功，不许失败。

21日，为欢送"中艺"东下和欢迎楚剧宣传二队至渝，新"剧协"筹备会等单位联合举行茶会，阳致迎送辞，赞扬两个队的苦斗精神，对当局的冷漠表示不满和抗议。

23日，参加为赵君陶（烈士赵世炎之妹，李硕勋之妻，李鹏之母）的饯别宴会，决定尽快写出李硕勋烈士的年谱和传略（年谱和传略都于本月27日完成。传略为何成湘起草，阳作了修改）。

7月10日，从重庆坐飞机至南京。

8月下旬，从南京至上海。

31日，上海"文协"分会在红棉酒家举行宴会，欢迎阳等至沪，欢送冯玉祥离沪，叶圣陶、郭沫若讲了话。

11 月中旬至 12 月下旬，《天国春秋》和《草莽英雄》同时在上海演出。《天》剧导演欧阳予倩，主演耿震、凤子、舒绣文、石羽；《草》剧导演洪深，主演蓝马、夏天、冯喆、王苹等。《大公报》、《侨声报》、《国民午报》、《联合日报晚刊》、《中央日报》、《中华时报》、《时代日报》、《申报》、《正言报》、《益世报》等纷纷发表评介文章，说两剧的演出打破了上海话剧舞台的消沉气氛，是"剧运消沉中的爆炸弹"。演出"欲罢不能"，两次延期。孟南说，鲁迅的《阿 Q 正传》"从侧面讽刺了反动派怎样吞吃辛亥的果实"，其任务是"讽刺和贬斥"；剧作《黄花岗》的主角是"一群革命的知识分子或士大夫"；而《草莽英雄》"才真是正面的以真正的主要角色——农民群——为主人表现了辛亥革命的真实"。（11 月 7 日《大公报》:《从辛亥起义谈到〈草莽英雄〉》)锟培认为，以太平天国革命史实为题材的一系列的历史剧作中，《天国春秋》"是一个比较成熟而优秀的力作"。（11 月 15 日《大公报》:《天国春秋》）一些文章中对两剧的得失也进行了讨论，如梁规认为，《天》剧"对杨韦之间的正面政治利益冲突表现得不够"，"而对于傅洪之间的妒忌纠缠场面，则写得异常多"，这是"淆乱历史的真实"的。（11 月 10 日《国民午报》:《傅善祥的悲剧》）乐少文说《草》剧中的唐彬贤"没有写好"。（12 月 5 日《大公报》:《〈草莽英雄〉与〈天国春秋〉合评》）

（11 月）23 日，出席上海中苏文协为欢送茅盾夫妇赴苏举行的饯别会。

秋，根据周恩来的指示，同蔡楚生、史东山、郑君里等，以战前联华影业公司同人的名义组织了影艺社，在非常困难和简陋的条件下（当时国民党"劫收"了所有的电影公司和摄影厂），租借战前联华厂址（在徐家汇）为拍摄场地，陆续拍出进步影片《八千里路云和月》、《一江春水向东流》上集《八年离乱》。联华影艺社是战后我党在国统区建立起来的唯一的电影基地，在白手起家的情况下，经过阳的大力活动，夏云瑚（比较开明的民族资本家，原重庆国泰大戏院总经理）出了 50 条黄金作为拍片资金。

1947 年   **45 岁**

5 月，阳等经过种种努力，将"联华"与"昆仑"合并改组扩大为昆仑影业公司，阳任编导委员会主任。改组后的"昆仑"大大充实了力量，先后拍摄了《一江春水向东流》下集《天亮前后》、《万家灯火》、《关不住的春光》、《丽人行》、《希望在人间》、《三毛流浪记》和《乌鸦与麻雀》等优秀影片。

10月，同于伶、田汉、陈白尘、徐昌霖、顾仲彝、吴天、潘子农等集体创作的3幕话剧《清流万里》（又名《文化春秋》）由新群出版社出版单行本。剧本歌颂了中国进步文化工作者艰苦奋斗的精神。

本年，接受韦布、陈鲤庭的建议，将张乐平的连续漫画《三毛》改编成电影剧本。为此剧的改编创作，访问了一些中、小型工厂、孤儿收容所和工人聚居的棚户区。阳在原作基础上突出了三毛的倔强反抗性格。原计划写成上、下集，上集中要写些"三毛在农村"的戏，下集中写三毛当童工，以此进一步暴露旧社会的黑暗。后因阳离沪，此剧本未能写完，由陈白尘等继续完成。

本年，国民党当局指令"中制"拍《共匪暴行实录》和《共匪祸国记》两部反动影片，"中制"正副厂长罗静予和王瑞麟从南京到上海秘密找阳商量对策。阳给他们出了"拖垮"的主意，具体想了4条办法：一、罗马上借口出国；二、王千方百计拖时间，并故意将片子拍得模糊不清，甚至拍坏；三、不找好演员扮演角色；四、坚持在南京拍（因南京正在建厂，设备不全）。他们照此行事，两部影片从本年开始筹备，到1949年全国解放，一部还没有开始拍，另一部只拍了几个镜头，成了我军缴获的战利品。

1948 年   **46 岁**

1月21日，参加《大公报》召开的"国产影片出路座谈会"，发言中列举了中国电影遭受的种种困难，指出"主要的困难是检查制度"，要求"放宽检查制度"，"否则就不是谈出路问题，而是研究如何收尸的问题了"。

7月，与沈浮合作写的电影剧本《万家灯火》（原名《新合家欢》）由"昆仑"摄制后开始公映，导演沈浮，摄影朱今明，主演蓝马、上官云珠、吴茵等。影片描绘了战后国统区小资产阶级的艰辛生活。上海《正言报》、《和平日报》、《中央日报》、《大公报》、《益世报》

和香港《华商报》等纷纷发表评介文章，《大公报》专门召开座谈会讨论，并用两个整版篇幅刊登发言。肖桑指出：" '这年头儿不好'，编导者在最后借故事中人说出这个问题的'症结'。所有的罪过都不是个人所能全部负责的，这责任在这个不合理的社会。"（13 日《益世报》:《看〈万家灯火〉》）在《大公报》召开的座谈会上，史东山、郑振铎、许之乔、柳倩、安娥、夏康农、杜守素、臧克家、梅朵、杨晦、黄佐临、曹禺、周伯勋、潘子农、金山、于伶、冯雪峰、赵清阁、章靳以、梅林、戈宝权、高集和田汉先后发言，一致觉得"很满意"、"很喜欢"、"很亲切"、"很感人"、"很成功"，说是"最近所有影片中最好的一部"，就思想性、艺术性和人物形象等方面对影片进行了评论，并指出了某些不足之处。最后阳翰笙和沈浮对会上提出的一些问题作了解答。（见 21 日和 28 日《大公报》）此片以后在国内外多次放映，叫座不衰。

夏，孙瑜将电影剧本《武训传》送"昆仑"拍摄，阳动员了他给"中制"拍，同时又请了"中制"副厂长王瑞麟接受拍摄此片。这样，"中制"大量的人力物力投入了《武训传》的拍摄工作，腾不出手来拍反共片了。《武训传》拍了三分之一，南京解放，"昆仑"继续拍摄完毕。

8 月，得南方局通知，秘密离沪经广州至香港。在香港与蔡楚生等筹建了南国影业有限公司。后因得骨结核病，在澳门一家医院（我地下党同志主持）治疗 4 个多月。

本年，电影剧本《万家灯火》由上海作家书屋出版单行本。

1949 年　　　　　　　　　　　　　　　　　　　　**47 岁**

3 月，得南方局通知和安排，取海道经天津至北平，投入中华全国文学艺术工作者代表大会（第一次文代会）的筹备工作。

24 日，第一次文代会筹委会成立，为筹委会委员。

5 月 4 日，发表论文《略论国统区的戏剧运动》，载《文艺报》创刊号。

6 月 2 日，发表论文《略论国统区三年来的电影运动》，载《文艺报》第 1 卷第 5 期。

7月2日至19日，第一次文代会在北平召开，阳为南方代表团第一团代表，被选为大会主席团、常务主席团成员，章程及重要文件起草委员会委员，剧影组委员，剧音演出委员会副主任。

9日，向文代会作《国统区进步的戏剧电影运动》的报告，收入《中华全国文学艺术工作者代表大会纪念文集》。报告分6个部分，汇报了我党领导的国统区进步的戏剧电影运动在不同时期进行的斗争情况和所取得的成就，同时，也指出了存在的不足之处。

19日，中华全国文学艺术界联合会（全国文联）成立，被选为全委会委员、常务委员，与郑振铎、江丰负责福利部的工作。

23日，中华全国文学工作者协会（全国作协）成立，被选为全委会委员。

24日，中华全国戏剧工作者协会（全国剧协）成立，被选为全委会委员。

25日，中华全国电影艺术工作者协会（全国影协）成立，被选为全委会委员、常务委员、主席。

8月，《三毛流浪记》由"昆仑"拍成，12月开始公映，导演赵明、严恭，摄影朱今明、韩仲良，主演王龙基、林榛、黄晨、关宏达。此片在国内外多次放映，深受观众欢迎。1981年5月在法国戛纳国际电影节期间放映，随后又在巴黎6家影院公映60天，盛况空前，10多家报纸纷纷发表评介文章，说它精湛完美，"真实、生动与迷人的魅力令人倾倒"，"足以与黑泽明、小津安二郎和卓别林的作品相比美"，使人"欣喜若狂"。1983年，在葡萄牙举办的第12届菲格拉达福兹国际电影节"30—80年代中国电影展"中，此片获评委奖。

10月1日，登上天安门城楼，参加中华人民共和国开国大典。

28日，发表论文《钦佩苏联友人的国际主义精神》，载《人民日报》。

同月，任中央人民政府政务院文化教育委员会委员、副秘书长和机关党组书记，兼任中央统战部第一处（文化处）处长。

1950年   **48岁**

夏，任总理办公室副主任，兼文化部电影指导委员会委员。

1951 年   **49 岁**

11 月 13 日，参加陈波儿追悼会。

20 日，参加文联一届八次常委会，任组成的北京文艺界整风学习委员会委员。

12 月至 1952 年 6 月，任全国政协组织的土地改革工作团第 20 团团长，领导 120 名团员（其中很多是文教、卫生、科研、出版单位的高级知识分子）赴广西柳城县参加土地改革，任广西省直属土改工作团第一分团团长，兼柳城县土改委员会主任，先后在柳城县的沙塘、六休等地蹲点。土改工作结束时在县委和二十团的总结会上，受到高度评价；在评功会上，被评为甲等功；广西省委授予一等奖。

1952 年   **50 岁**

4 月 4 日，发表在柳城县战地练兵会议上作的思想总结报告《是哪些不正确的思想障碍我们艰苦深入？》，载《广西日报》。该报在"编者按"中指出，"这个报告深刻地分析与批判了土地改革干部中各种各样的非无产阶级思想"，号召"各地土地改革干部，很好地来学习这篇报告……全心全意地把土地改革工作搞好搞透"。

下半年，因肺病和支气管扩张吐血，先后在北京医院和颐和园疗养，同时同邵荃麟（文教委员会副秘书长）、徐迈进（文教委员会办公厅主任）制定文教方面的五年计划。

10 月 6 日至 11 月 14 日，参加文化部举办的第一届全国戏曲观摩演出大会。为四川川剧演出团当顾问，建议临时改排《柳荫记》，由陈书舫、谢文新主演，并亲临现场指导。此剧演出轰动京城，获文化部颁发的剧本奖、演出奖和演员奖。

1953 年   **51 岁**

夏，去青岛疗养，构思反映土地改革的大型话剧《万户千村》。（后此剧写出详细提纲，剧本未能写出）

9 月 23 日至 10 月 6 日，全国第二次文代会在北京召开，被推为主席团成员和秘书长，任全国文联党组书记。自此从文化教育委员会调至全国文联工作。阳在文联开展工作，立足于为繁荣文艺事业，因而尽量为文艺家的创作创造条件，如经常约请国家领导人和著名学者作报告；有计划地组织学习参观访问；在"左"的影响日益严重的情况下，尽量保护一些同志免受或少受冲击；经济困难时期，设法帮助一些同志渡过生活难关，等等。由于他作了这些方面的努力，"文革"初期，他就被指为是"文艺黑线的组织部长"，"牛鬼蛇神的保护伞"。

1954 年   52 岁
5 月 3 日，中国人民对外文化协会（对外文协）成立，任副会长、党组书记（自此在全国文联和对外文协两处任职，在对外文协任职至1964 年）和中共中央国际活动指导委员会委员。阳在对外文协抓中日文化交流工作方面取得了显著的成效。

6 月，中苏友协代表团赴苏联访问，任副团长。

7 月，中国文化代表团赴波兰参加波兰人民共和国建国 10 周年庆祝活动，任团长（从苏至波）。

9 月，被选为人大代表出席第一届全国人民代表大会。

1955 年   53 岁
4 月，出席文化部、中国文联、中国剧协联合举办的"梅兰芳、周信芳舞台生活五十年纪念会"，作为大会主席致词。

6 月 1 日，中国科学院学部举行成立大会。经国务院批准，郭沫若、周扬、阳翰笙等为哲学社会科学学部常委会委员。

1956 年   54 岁
2 月初，任中国亚洲团结委员会副秘书长。

6 月 14 日，写《阳翰笙剧作选》后记。

9 月，作为列席代表，参加党的第八次全国代表大会。

1957 年   55 岁
1 月 25 日，出席中国剧协为成都市川剧团来京演出召开的座谈会，并在会上发言。

同月，与田汉、夏衍、欧阳予倩发出《举办话剧运动五十周年纪念及搜集整理话剧运动资料出版话剧史料集的建议》，载《戏剧报》1957年第7期。

2月，人民文学出版社出版《阳翰笙剧作选》，收入《李秀成之死》、《天国春秋》、《草莽英雄》和《两面人》4个剧本。

8月，发表论文《欢迎亚洲电影周》和《亚洲电影周献辞》，分别载31日《人民日报》和《中国电影》1957年第8期。

9月13日，在首都戏剧电影界召开的批判"右派"的会上因受到负责人×××的压力不得不发言，题目是《斥"小家族"中人"今不如昔"的谬论》，载《戏剧报》1957年第19期。这是他在历次批判运动中唯一的一篇批判文章。

11—12月，作为中国劳动人民代表团成员，参加苏联十月革命四十周年庆祝活动，同苏联有关领导人商谈中苏文化合作1958年的执行计划。随后，和田汉、刘郁民组成中国戏剧代表团，参加苏联戏剧节活动。

1958 年   **56 岁**

2月14日，发表短论《永世长存》，载《文汇报》。

4月，发表论文《要为作家解决几个问题》，载《剧本》1958年第4期。

7月，发表4幕话剧《三人行》，载《剧本》1958年第7期。作品写了3个知识分子在土地改革运动中的表现及其思想变化。

8月14日在全国曲艺工作者代表大会上致开幕词，后以《向曲艺学习》为题，载《曲艺》1958年第8期。

夏，去张家口坝上地区深入生活，此后创作的电影剧本《北国江南》即取材于此。

10月，发表《诗四首》，载《诗刊》1958年第10期。

11月，与田汉、夏衍等联名发表《我们热烈拥护降低稿酬》，载《剧本》1958年第11期。

1959 年   **57 岁**

3月18日，出席中国剧协召开的讨论话剧发展问题的座谈会，并

发了言。发言以《谈谈话剧艺术质量的提高问题》为题，载《戏剧报》
1959年第6期。

4月，被选为人大代表出席第二届全国人民代表大会。

6月，在中国剧协召开的话剧《南海战歌》座谈会上发言，载《剧
本》1959年第7期。

同月，在中国剧协召开的话剧《槐树庄》和《东进序曲》座谈会
上发言，载《戏剧报》1959年第14期。

9月17日，发表评论《谈优秀影片〈林则徐〉》，载《人民日报》。

同月，在中国影协召开的电影《林则徐》座谈会上发言，载《电
影艺术》1959年第10期。

11月8日，发表评论《决不让反动派窃取革命领导权——〈乐观
的悲剧〉观后》，载《人民日报》。

1960年   58岁

1月15日，发表短论《热烈的祝贺——祝成都市川剧院成立一周
年》，载《成都日报》。

2月8日，发表短论《为美术片的成就欢呼》，载《人民日报》。

3月2日，出席《文艺报》等单位联合召开的纪念左联成立30周
年座谈会，并发了言。

同月，发表论文《欢迎日本人民的文化使者——日本前进座剧团》，
载《文艺报》1960年第5期。

同月，在中国影协召开的电影《金玉姬》和《战火中的青春》座
谈会上发言，发言以《以无产阶级应有的立场来反映革命战争》为题，
载6月3日《人民日报》。

5月28日，发表散文《发展我们的战斗友谊》，载《人民日报》。

同月，在中国影协召开的电影《万紫千红总是春》座谈会上发言，发
言以《编、导、演的成就》为题，载《电影艺术》1960年第5期。

6月，发表论文《美帝国主义是世界和平的头号敌人》，载《剧本》
1960年第6期。

同月，发表论文《欢迎我们的战友日本文学家代表团》，载《文艺
报》1960年第11期。

7月2日，主持中国剧协为贵州省黔剧演出团在京演出召开的座谈会，充分肯定了黔剧这种新剧种在短期内取得的巨大成绩。

同月，阳等15人联名发表论文《电影工作者齐来围剿瘟神》，载《电影艺术》1960年第7期。

本月22日至8月13日，全国第三次文代会在北京召开，在会上作《中国文学艺术界联合会第二届全国委员会主席团工作报告》（载8月7日《人民日报》）。在大会期间召开的全国第二次剧代会上，以《在战斗中成长的话剧艺术》为题发言（载《戏剧报》1960年第16期）。被选为全国文联副主席，仍继任秘书长和党组书记。在剧代会上被选为常务理事。

10月，出席文化部、全国文联等单位联合举办的聂耳、冼星海纪念会。

12月23日，发表评论《再谈〈战火中的青春〉》，载《北京日报》。

1961年   59岁

3月20日，出席中国剧协为重庆市川剧院在京演出召开的座谈会。

5月15日，出席中国文联等单位联合举办的印度诗人泰戈尔诞生100周年纪念会。

6月10日，在中国剧协艺委会召开的话剧《黑奴恨》座谈会上发言，发言以《对种族歧视的控诉》为题，载《戏剧报》1961年第11、12期合刊。

同月，发表回忆录《回忆抗战时期重庆的戏剧斗争》，载《戏剧报》1961年第11、12期合刊。

1962年   60岁

2月，协助郭沫若征求对话剧《武则天》的修改意见。

3月2日至26日，文化部、中国剧协在广州召开话剧、歌剧、儿童剧创作座谈会（即"广州会议"），阳任会议党组书记，主持了会议，在会上以《为繁荣戏剧创作而努力》为题发表讲话（载《剧本》1982年第4期）。会议结束后，在广东、福建参观访问，随后至上海休养；休养中同导演沈浮研究创作电影《北国江南》的问题。

4月17日，发表《诗三首》，载《羊城晚报》。

6月，话剧《三人行》由中国戏剧出版社出版单行本。

夏，出席上海市第二次文代会，并在开幕式上致词。

秋，在上海应一个外国代表团的请求，同于伶一起向他们讲了我党在国统区领导电影运动的一些情况，后由丁小逊整理以《影事春秋》为题在同年8月26日至11月8日的《解放日报》连载，中国电影出版社于1984年7月出版单行本。

9月，发表《诗一首》，载《上海电影》1962年第9期。

冬，因四川川剧演出团在京演出《燕燕》，提前回京观看，对此剧及其作者徐棻给予充分肯定。

1963年   61岁

3月，《李秀成》（原名《李秀成之死》）由中国青年艺术剧院在京演出，导演金山、张逸生，主演杜澎、路曦等。阳就此剧发表谈话（载19日《大公报》），《人民日报》、《光明日报》等先后发表评论文章。

10月，《三人行》由中央实验话剧院在京开始演出，导演舒强，主演石羽、耿震、李丁。《光明日报》、《人民日报》、《文汇报》、《北京日报》、《戏剧报》先后发表评论文章，充分肯定它是反映知识分子思想改造并塑造了几个典型形象的一出好戏。

11月，发表电影剧本《北国江南》，载《电影剧作》1963年第6期。此剧写塞北农民为改变农村面貌所进行的一系列斗争。

12月下旬，出席中国剧协召开的第四届常务理事扩大会，就如何提高话剧艺术水平问题发了言。

1964年   62岁

3月31日，文化部举行1963年以来优秀话剧创作及演出授奖大会，《三人行》获创作奖和演出奖。

6月5日，出席全国京剧现代戏观摩演出大会开幕式。

下旬，《北国江南》由上海电影制片厂拍成在全国开始公映，导演沈浮，摄影罗从周，主演魏鹤龄、王琪、秦怡、张翼、张永平等，《人民日报》、《光明日报》、《大众电影》和一些省级报纸发表文章，一致肯定此片。

7月2日，中宣部召开中国文联各协会和文化部负责人会议，贯彻毛泽东关于文艺的第二个批示。此后，文联、各协会开始整风运动。

月底，在全国京剧现代戏观摩演出总结大会上，康生以突然袭击的方式点名攻击影片《北国江南》、《早春二月》、《舞台姐妹》和京剧《谢瑶环》、昆曲《李慧娘》等，把这些作品打成"大毒草"。30日，《人民日报》发表题为《应当严肃认真地来评论影片〈北国江南〉》的署名文章，并加了按语，号召大家"积极参加"讨论，发难批判《北国江南》。随即在全国范围内掀起批判此片的浪潮，并形成围剿之势，至本年底才近尾声，持续近半年之久，批判文章500来篇。在批判过程中，仍有些同志著文肯定此片，提出应当实事求是地进行评论，不能全盘否定，但这些同志很快也受到批判。以后的事实证明，康生与江青勾结，康生在会上的突然袭击以及他们控制宣传工具在全国掀起的围剿，是他们有目的、有计划、有组织的一次行动，是先从易于攻破的文艺界打开一个缺口，进而一步步篡夺党和国家的最高权力。江青自己后来也称这次批判是"文化大革命的序幕"。

年底，任政协委员参加全国第四届政协会议。

1965 年   63 岁

10月至1966年5月，随中国文联、中国剧协工作队去北京顺义县牛栏山公社金牛大队参加"四清"工作。这段时间，一方面协助搞"四清"工作，一方面因肺病、支气管扩张（常吐血）和高血压常回京治疗。

1966 年   64 岁

6月，"文化大革命"运动全面铺开，阳回到北京后失去自由，随即关进"牛棚"，常被揪出批判斗争。

8月1日，被宣布"隔离审查"，关在安定门外一个集中营里。

本年，文联及各协会被"砸烂"。

1967—1975 年　　　　　　　　　　　　　　　　**65—73 岁**

在集中营里被单独囚禁在一间屋子，常被拷问、毒打和凌辱，吃的是窝窝头、白菜帮之类，身体受到严重摧残，一身皆病，呼吸道、消化道的疾病尤为严重，常吐血。1974 年因脑血管硬化致半身麻木即将偏瘫，被送陆军医院治疗。1975 年春毛泽东批示说，周扬一案宜从宽处理，能工作的给工作，不能工作的养起来。这之前，周扬、夏衍被送往秦城监狱；阳因半身麻木秦城监狱不接收，被送往公安部医院。在这近 9 年的时间里，只准阳的家属探视过他两次，一次是 1971 年"九一三"事件后，一次是 1975 年春拟送秦城监狱前。这近 9 年里，只允许他读"老三篇"、毛选和一些马列的书，马恩的书信集他读过好几遍。在脑子里创作诗数十首，出狱后追记了一部分。

2 女欧阳超华在"文化大革命"中被折磨致死。

1975 年 7 月 12 日，被释放回家。

1976 年　　　　　　　　　　　　　　　　　　　　**74 岁**

4 月 8 日，写诗《"四·五"书愤五首》，载《诗刊》1979 年 11 月号。

10 月 6 日，"四人帮"被粉碎。

1977 年　　　　　　　　　　　　　　　　　　　　**75 岁**

写电影剧本《赣南游击赞歌》。

1978 年　　　　　　　　　　　　　　　　　　　　**76 岁**

12 月，党的十一届三中全会召开。

1979 年　　　　　　　　　　　　　　　　　　　　**77 岁**

1 月，获得彻底平反。

12 日，出席《文艺报》和《电影艺术》联合召开的学习周恩来 1961 年关于文艺工作问题讲话的座谈会，并发了言。这是"文革"后第一次公开露面。发言以《学习周总理的民主作风》为题，载 2 月 10 日《光明日报》，这是"文革"后第一次发表文章。

25 日，出席中国剧协在新侨饭店举行的新春茶话会，邓颖超到会同阳等握手、慰问。

2 月 5 日，出席中国文联筹备组召开的文艺工作座谈会，并讲了话。

19 日，与周扬等会见参加中国剧协召开的工作会议的代表，并讲了话。

同月，受命与林默涵等开始筹备召开全国第四次文代会。

3 月 25 日，发表诗 9 首《寄日本友人》，载《光明日报》。

4 月 25 日，参加田汉追悼会。

同月，代表全国文联筹备组在"四·五"运动优秀摄影作品授奖大会上讲话，讲话载《中国摄影》1979 年第 3 期。

5 月 22 日，主持焦菊隐追悼会。

24 日，代表全国文联筹备组在中国曲协常务理事扩大会议上讲话，讲话载《曲艺》1979 年第 7 期。

6 月，任政协常委出席全国政协五届二次会议。

9 月，写《〈草莽英雄〉再版序》，载《剧本》1980 年第 1 期。

10 月 30 日至 11 月 16 日，全国第四次文代会在北京召开。11 月 1 日向大会宣读《为被林彪、"四人帮"迫害逝世和身后遭受诬陷的作家、艺术家们致哀》。（收入《中国文学艺术工作者第四次代表大会文集》）11 月 3 日向大会作《中国文联会务工作报告》。（收入《中国文学艺术工作者第四次代表大会文集》）11 月 10 日在中国剧协第三次会员代表大会上致闭幕词。（载《人民戏剧》1979 年第 12 期）继任中国文联副主席、党组书记和中国剧协常务理事。

11 月，发表《诗十首》，载《诗刊》1979 年第 11 期。

同月，发表散文《悼念进步的电影事业家夏云瑚同志》，载《大众电影》1979 年第 11 期。

1980 年 78 岁

1 月 11 日，写回忆录《中国左翼作家联盟成立的经过》，载《文学评论》1980 年第 2 期。

24 日，写《关于川剧改革的一封信》，载《戏剧与电影》1980 年第 5 期。

3月28日，在纪念"左联"成立50周年大会上讲话，讲话以《"左联"的战斗历程》为题，载《文艺报》1980年第5期。

31日，发表诗《锦绣前程放眼看——怀念徐冰同志》，载《北京晚报》。

4月26日，田汉著作编辑出版委员会在北京成立，为编委会委员。

5月，发表回忆录《回忆郭老创作二十五周年纪念和五十寿辰的庆祝活动》，载《新文学史料》1980年第2期。

同月，写诗《为第三届电影"百花奖"题词》，载《大众电影》1980年第7期。

6月中旬，写回忆录《左翼文化阵营反对国民党反动派文化"围剿"的斗争》，收入《左联回忆录》（上）。

夏，去承德避暑山庄疗养，写关于第三厅的回忆录。

8月，发表短文《寒生是我的一个笔名》，载《新文学史料》1980年第3期。

同月，发表论文《谈谈戏曲的推陈出新——学习周恩来同志〈关于昆曲《十五贯》的两次讲话〉》，载《文艺研究》1980年第4期。

同月，为《阳翰笙选集》第一卷（小说卷）写序，以《我做小说的缘起》为题，载《文艺报》1982年第3期。

10月10日，写诗《悼念赵丹同志》，载《大众电影》1980年第12期。

11月至1981年11月，发表回忆录《第三厅——国统区抗日民族统一战线的一个战斗保垒》（一——五），载《新文学史料》1980年第4期至1981年第4期。

11月，为《阳翰笙电影剧本选集》写序。

12月，发表散文《发扬传统，培育新人——祝中央戏剧学院建院三十周年》，载《戏剧学习》1980年第4期。

冬，为《阳翰笙选集》第2卷（话剧剧本卷）写序，载《人民戏剧》1982年第3期。

1981年   79岁

1月26日，与茅盾、夏衍等联名发表散文《想想孩子们吧！》，呼吁解决孩子们看戏的剧场问题，载《人民日报》。

3月27日，发表回忆录《怀念叶挺同志》，载《人民日报》。

同月，写散文《时过子夜灯犹明——忆茅盾同志》，载6月13日《人民日报》。

4月，应日中文化交流协会邀请率中国文联代表团（任团长）访问日本。

7月22日，发表论文《社会主义文艺的发展离不开毛泽东文艺思想的指导》，载《人民日报》。

同月，发表回忆录《党的领导是胜利的保证——忆战斗在国民党统治区的抗敌演剧队》，载《戏剧论丛》1981年第3期。

9月15日，写诗6首《深切的怀念》，载《四川文学》1983年第8期。

同月，中国电影出版社出版《阳翰笙电影剧本选集》，收入《逃亡》、《塞上风云》、《万家灯火》、《三毛流浪记》和《北国江南》5个剧本。

12月，为《郭沫若在重庆》写序，载《抗战文艺研究》1982年第1期。

1982年   80岁

2月底，出席中国剧协三届二次常务理事会，并讲了话。

4月，写诗4首《怀念田汉同志》，载1983年12月17日《北京日报》。

5月17日，出席文化部和中国剧协联合举办的1980和1981年全国话剧、戏曲、歌剧优秀剧本评奖授奖大会，并讲了话。讲话以《兴旺发达，后继有人》为题，载6月9日《人民日报》。

26日，发表回忆录《〈讲话〉在重庆传播以后》，载《人民日报》。

同月，发表回忆录《宣侠父与左联》，载《人物》1982年第3期。

同月，发表短文《搞五十个川剧保留剧目》，载《戏剧与电影》1982年第5期。

6月11日，出席北京人民艺术剧院建院30周年纪念会。

19日，在中国文联四届二次全委会上，以《加强团结，促进文艺繁荣，努力为社会主义精神文明建设作出贡献》为题，作会务工作报告，载《文艺界通讯》1982 年第 6 期。

同月，发表论文《要多做艺术上的引导工作》和诗《赴日抒怀》，载《戏文》1982 年第 3 期。

同月，发表诗《囚室抒怀（外二首）》，载《四川文学》1982 年第 6 期。

7 月 16 日，参加金山追悼会，并讲了话。讲话《悼念金山同志》载《光明日报》。

同月，四川人民出版社出版《阳翰笙选集》第 1 卷（小说卷），收入短篇小说《马林英》、《女囚》、《趸船上的一夜》、《十姑的悲愁》、《奴隶》、《枯叶》、《归来》、《马桶间》、《长白山千年白狐》、《兵变》、《最后一天》、《死线上》12 篇和中篇小说《两个女性》、《暗夜》、《大学生日记》、《义勇军》4 篇。

9 月 1—11 日，党的十二次全国代表大会在北京召开，被选为文艺界党代表出席大会。

13 日，在中国剧协召开的学习党的十二大精神的座谈会上，谈了参加党代会的感受。

17 日，在中国文联召开的学习党的十二大精神的报告会上，传达了党的十二大的精神，谈了参加党代会的感受。

同月，发表回忆录《照耀我革命征途的第一盏明灯》，载《龙门阵》1982 年第 5 辑。文章回忆了恽代英对自己的教导。

10 月 7 日，发表论文《文学艺术与社会主义精神文明》，载《光明日报》。

11 月，发表论文《振奋精神，为建设社会主义精神文明努力工作》，载《人民戏剧》1982 年第 11 期。

12 月 25 日，发表散文《忆王莹》，载《光明日报》。

同月，发表诗《赠夏衍同志等五首》，载《四川文学》1982 年第 12 期。

同月，与许德珩共同追忆黄埔军校往事，缅怀革命先烈，载《广东文史资料》第 37 辑。

同月，为《白薇评传》写序，载《文艺报》1983 年第 5 期。

同月，中国戏剧出版社出版《阳翰笙剧作集》（上、下卷），收入

《前夜》、《李秀成之死》、《塞上风云》、《天国春秋》、《草莽英雄》、《两面人》、《槿花之歌》和《三人行》8 个剧本。

1983 年   81 岁

2 月 12 日，发表诗《新春抒怀》，载《北京晚报》。

3 月 21 日，在全国杂技创新座谈会上讲话，讲话载《艺术通讯》1983 年第 4 期。

同月，发表散文《〈天国春秋〉创作前后》，载《戏剧学习》1983 年第 1 期。

同月，写《写在〈天国春秋〉再度公演之前》，载 4 月 1 日《人民日报》。

同月，四川人民出版社出版《阳翰笙选集》第 2 卷（话剧剧本卷），收入《前夜》、《李秀成之死》、《塞上风云》、《天国春秋》、《草莽英雄》、《两面人》和《三人行》7 个剧本。

4 月 2 日，《天国春秋》由中央戏剧学院话剧艺术实验室在中央戏剧学院实验小剧院开始公演，导演何之安、金乃千，主演鲍国安、项堃（特邀）、李恩涛、麻淑云。14 日，中国剧协为《天》剧演出召开座谈会。《人民日报》、《文汇报》、《戏剧报》、《文艺报》等先后发表评论文章。

上中旬，发表谈《天国春秋》的散文 3 篇，分别载 3 日《戏剧电影报》、7 日《电视周报》和 13 日《人民政协报》。

18 日，发表《〈敌后日记〉序》，载《人民日报》。

20 日，出席文化部 1982 年优秀影片授奖大会（阳是评选委员会顾问）。

29 日，《茅盾全集》编辑委员会在京成立，阳等 34 人为编委会委员。

5 月，率中国文联赴川参观访问团（任团长）在成都、乐山、自贡、宜宾、重庆等地参观访问。访问期间，在有关座谈会上就文艺工作、川剧、抗战文艺、郭沫若研究等问题分别讲了话。

8 日，发表《诗一首》，载《成都晚报》。

15 日，发表《诗六首》，载《四川日报》。

27 日，发表《诗六首》，载《重庆日报》。

同日，中国郭沫若研究学会在京成立，阳等6人任学会名誉会长。

同月，发表回忆录《甲子一周怀硕勋》，载《人物》1983年第3期。

6月4—22日，出席全国政协六届一次会议，继续任政协常委。会议期间，阳等17人提出《建议成立中国广播电视文艺协会案》、《文联经费应在文化事业经费中占有一定比例案》等4项提案。

6月14日，发表诗5首《蜀乡行》，载《人民日报》。

同月，宜宾地区川剧团根据话剧《草莽英雄》改编的同名川剧赴成都参加四川省川剧调演（改编川剧本载《川剧艺术》1983年第2期）。改编刘兴明。

7月11日，在北京医院约见成都市川剧院赴京演出队领队，谈话内容以《推陈出新，勇于进取》为题，载《文艺界通讯》1983年第9期。

13日，发表散文《满怀欣喜还乡国》，载《人民政协报》。

8月，发表散文《关于抗战文艺》，载《抗战文艺研究》1983年第4期。

同月，为《中国话剧艺术家传》写序，载《戏剧报》1984年第8期。

9月，中国电影资料馆在该馆举行"20—40年代中国电影回顾"活动，阳出席1日的首场式，并讲了话。在12—13日的学术讨论会上，阳谈了党怎样领导早期的电影运动。"回顾"中放映了43部影片，其中有阳的《塞上风云》和《万家灯火》两部。

14日，发表诗4首《蜀乡即景》，载《人民政协报》。

27日，向冯乃超（9日逝世）遗体告别。

10月9日，写散文《深深地怀念田汉同志》，载《戏剧报》1983年第11期。

11月10日，中国文联召开在京著名文艺家座谈会，学习党的十二届二中全会精神。阳在会上发言，强调要开展批评与自我批评。

25日，写回忆录《田汉同志所走过的道路》，载《文化史料》1984年第4辑。

同月，发表论文《左翼电影运动的若干历史经验》，载《电影艺术》1983年第11期。

同月，发表论文《从〈巴山秀才〉谈起》，载《文艺报》1983年第 11 期。

12 月 15 日，出席文化部、中国文联、中国剧协等单位联合举行的田汉诞生 85 周年和逝世 15 周年纪念会，并发了言。（15—20 日举行田汉学术讨论会）

同日，发表散文《纪念田汉，学习田汉》，载《光明日报》。

20 日，中国田汉研究学会在京成立，阳任会长。

同月，发表散文《发扬田汉同志的创作精神》，载《剧本》1983 年第 12 期。

同月，发表日记摘抄《〈草莽英雄〉写作前后》，载《中国现代文学研究丛刊》1983 年第 4 辑。

同月，出席文化部、中国文联等单位联合召开的"振兴川剧"座谈会，并发了言。发言内容经过整理以《改革和繁荣戏曲艺术，建设社会主义精神文明》为题，载《文艺界通讯》1984 年第 1 期。

1984 年　　　　　　　　　　　　　　　　82 岁

1 月 4 日，写《诗二首赠廖永祥同志》，载《抗战文艺研究》1984 年第 2 期。

2 月，发表回忆录《战斗在雾重庆——回忆文化工作委员会的斗争》，载《新文学史料》1984 年第 1 期。

同月，发表论文《再谈保留剧目》，载《江苏戏剧》1984 年第 2 期。

同月，回忆录《忆我的良师益友张太雷同志》，收入《回忆张太雷》，由人民出版社出版。

3 月 15 日，出席中国文联等单位联合召开的纪念老舍 85 诞辰座谈会并发言，发言以《我所认识的老舍》为题，载 19 日《人民日报》。

同月，写诗《迎中岛京子夫人》，载 4 月 2 日《人民日报》。

4 月 7 日，为河北花山文艺出版社出版阳的中篇小说《两个女性》和《义勇军》两个单行本分别写序，载《文汇月刊》1985 年第 9 期。

17 日，分别出席《戏剧报》举办的首届梅花奖授奖大会和中国青年艺术剧院举行的该院成立 35 周年纪念会。

20 日，《草莽英雄》由中国青年艺术剧院在北京工人俱乐部开始演出，导演张逸生，主演董九如、王冰、王维国、朱奇、赵肖男、李庆祥、姜祖麟、刘仲元、李进军等,《人民日报》《光明日报》《戏剧报》等先后发表评论文章。

28日,发表散文《写在〈草莽英雄〉上演的时候》,载《北京日报》。

同月,发表回忆老舍的讲话,载《戏剧报》1984年第4期。

5月6日,发表散文《〈草莽英雄〉四十年》,载《北京晚报》。

29日,剧协四川分会等单位在成都召开"阳翰笙与川剧艺术"专题座谈会。

同月,发表回忆录《回忆上海大学》,载《新文学史料》1984年第2期。

同月,发表《阳翰笙日记片断》,载《红岩》1984年第2期。

同月,出席全国政协六届二次会议。

7月18日,在中国文联成立35周年纪念会上讲话,讲话载《文艺界通讯》1984年第9期。

8月,发表《阳翰笙土改日记片断》,载《乌江》1984年第4期。

本月至11月,发表回忆录《出川之前》(上、下),载《新文学史料》1984年第3—4期。

9月9日,发表论文《加强基本功,更上一层楼》,载《光明日报》。

20日,在中国剧协和中国影协联合举办的应云卫诞生80周年纪念会上讲话,讲话以《怀念和学习应云卫同志》为题,载11月19日《人民日报》。纪念会上放映了应云卫导演的阳的电影《生死同心》和《塞上风云》。

30日,为人民文学出版社出版阳的回忆录《风雨五十年》写序,载《新文学史料》1985年第4期。

同月,为《曾荣华舞台艺术》写序,载《戏剧与电影》1985年第2期。

10月10—18日,剧协四川分会、四川省文化厅等单位在四川高县联合举办"阳翰笙戏剧著作讨论会"。讨论会论文经选编修订后以《阳翰笙剧作新论》为书名于1989年8月由四川文艺出版社出版。

23日,出席中国美协等单位联合举办的许幸之艺术生涯60周年纪念活动。

26 日，出席中国文联、中国剧协等单位联合举办的梅兰芳诞生 90 周年纪念会并讲了话，讲话以《继承、创造、革新》为题，载 11 月 3 日《北京日报》。

11 月 20 日，出席中国剧协举办的中国旅行剧团成立 50 周年和该团创建人唐槐秋逝世 30 周年纪念会，并讲了话。讲话以《纪念中国旅行剧团和唐槐秋同志》为题，载《戏剧报》1985 年第 1 期。

同月，发表散文《恳切的希望》，载《郭沫若研究》创刊号。

12 月 29 日，出席中国作协第四次代表大会开幕式。

1985 年   **83 岁**

2 月 19 日，中国文联在新侨饭店举行迎春晚会，代表文联向到会的文联全委和各协会负责人等拜年。

28 日，出席中国文联等单位联合举办的纪念阿英诞生 85 周年学术讨论会并讲了话，讲话以《怀念阿英同志》为题，载 3 月 4 日《人民日报》。

同月，发表回忆录《在大革命洪流中》，载《新文学史料》1985 年第 1 期。

同月，《阳翰笙日记选》由四川文艺出版社出版，收入抗日战争时期（1942—1945 年）日记和建国后土地改革时期（1951—1952 年）日记。

3 月 9 日，《焦菊隐文集》编辑委员会成立，被推举为主编。

27 日，参加茅盾故居揭幕仪式。

4 月，出席全国政协六届三次会议。

14 日，发表回忆录《回忆老友叶希夷》，载《安徽日报》。

27 日，中国文联等单位联合举办洪深诞辰 90 周年纪念会，因住院未到会，作了书面发言。

5 月 22—28 日，四川省社科院等单位在成都联合举办四川现代作家巴金、阳翰笙、沙汀、艾芜创作学术讨论会。

同月，发表回忆录《参加南昌起义》，载《新文学史料》1985 年第 2 期。

6 月，发表散文《怀念洪深同志》，载《戏剧报》1985 年第 6 期。

8月3日，发表为杜埃著的长篇小说《风雨太平洋》写的序，载《文艺报》（周报）第5期。

10月13—31日，"郭沫若在重庆学术讨论会"和"重庆雾季艺术节"在重庆先后举行，阳致函祝贺。阳的话剧《天国春秋》（片断）和电影《青年中国》、《塞上风云》、《日本间谍》在艺术节演出和放映。

12月3日，为倪振良著《赵丹传》写序《风雨同舟五十年》，载《写作》1986年第7期。

10日，为纪念夏衍从事革命文艺活动55周年写散文《向夏衍同志学习》，载《文艺界通讯》1986年第2期。

同日，四川宜宾师范专科学校中文系召开"阳翰笙研究室"成立大会。

本年，因肺气肿和胃出血等病多次住院或在家治疗。

1986年 84岁

1月至3月，发表影事回忆录《泥泞中的战斗》（1、2），载《电影艺术》1986年第1期、第3期。

5月，发表为张大明著《现代文学沉思录》写的序《潜心研究我们自己的历史》，载《当代文坛》1986年第3期。

7月24日，发表散文《要有扎实的基本功——浙江绍剧小百花来京演出感言》，载《人民日报》。

夏，去烟台疗养。

8月，中篇小说《两个女性》由河北花山文艺出版社出版单行本。

9月，话剧《草莽英雄》由峨眉电影制片厂和中国电影发行放映公司联合改编拍成同名电影开始公映。改编赵尔寰、谢洪、李天雄，导演刘子农，摄影谢仁祥，主演夏宗佑、张国立、王姬、郭家庆、翁显樵、赵小锐、林俐等。

10月，人民文学出版社出版回忆录《风雨五十年》，四川文艺出版社出版《阳翰笙选集》第3卷（电影剧本卷）和《阳翰笙选集》第5卷（回忆录卷）。

12月，发表影事回忆录《泥泞中的战斗》（续完），载《电影艺术》1986年第12期。

（以下为发稿前补记——本书编者，1992 年 1 月）

1987 年　　　　　　　　　　　　　　　　　　　　　85 岁

7 月 28 日，发表为《洁白的明星——王莹》写的序《洁白的明星——王莹》，载《人民日报》。

9 月 3 日，发表与赵清阁的通信《灯下谈心》，载《人民日报》。

11 月 28 日，首都文艺界在北京人民大会堂举行"阳翰笙从事文艺工作六十周年庆祝会"，党和国家领导人和文艺界知名人士薄一波、杨尚昆、习仲勋、肖克、李一氓、夏衍、曹禺、贺敬之等出席并讲了话，邓颖超、李鹏同志派人送来贺信贺礼，阳翰笙从北京医院赴会。会场气氛热烈亲切。同一天，上海、武汉、重庆、成都、宜宾等地也举行了类似的庆祝活动。在此前后，《人民日报》、《光明日报》、《文艺报》等发表文章致贺。

12 月 15 日，发表为《许倩云舞台艺术》写的序《一个艺术家的成长之路》，载《文艺界通讯》1987 年第 12 期。

1988 年　　　　　　　　　　　　　　　　　　　　　86 岁

1 月 3 日，发表散文《我的生活与电影文学创作》，载《电影艺术》1988 年第 1 期。

6 月，发表散文《纪念马彦祥同志》，载《新文化史料》1988 年第 3 期。

7 月，发表论文《把郭沫若研究深入下去》，载《郭沫若学刊》1988 年第 3 期。

10 月 22 日，发表散文《珍视革命实践中创造的艺术财富》，载《文艺报》第 42 期。

12 月 15 日，发表论文《先驱者的丰碑——读〈田汉文集〉》，载《新文化史料》1988 年第 6 期。

1990 年　　　　　　　　　　　　　　　　　　　　　88 岁

1 月 3 日，发表为《周企何舞台艺术》写的序，载《人民日报》。

6 月 30 日，发表散文《白杨的路》，载《人民日报》。

1991 年   89 岁

6 月 29 日，发表短论《一个共产党人的自豪》，载《文艺报》第
25 期。

7 月 25 日，发表论文《增强文艺的使命感和责任感》，载《人民
日报》。

8 月，发表回忆录《李硕勋牺牲前后》，载《党史纵横》1991 年第
3 期。

11 月 16 日，发表为《中国影人诗选》写的序，载《文艺报》。

20 日，发表纪念田汉的散文《欣慰的纪念》，载《人民日报》。

23 日，发表散文《深深的怀念》，载《文艺报》。

1992 年   90 岁

1 月 9 日，发表为《舒绣文传》写的序《一代明星舒绣文》，载《人
民日报》。

（编写本年表，参阅了阳翰笙同志的回忆录和张大明同志的《阳翰
笙年表》以及其他有关资料，最后由阳翰笙同志核定了史实）

左翼作家在上海艺大（节录）

杨纤如

在上海艺大，老师中我接触最多的是阳翰笙。一来他参加了师生合组的党支部生活，二来我和江上青都写过小说，并且常给互济会办的《海光报》写些报道工厂斗争，反映工人生活穷苦、资本家残酷剥削的小小说。我和江上青都曾把自己的作品送给阳老师修改、推荐发表。记得我那时以袁长啸的笔名写过一个反映军阀混战的中篇，叫做《招募》，就是由阳翰笙推荐出去的。大概翰笙老师看出江上青和我还有点培养前途，他经常鼓励我们练习多写，还指给我们搞工厂文艺的道路。这样，我们除在课堂上、亭子间里支部会上见面外，隔不三两天就在静安寺路外围坟山里接头，一同坐在路边长椅上谈支部问题，谈写作。我记得他上课时总是穿着那件磨白了边的呢大衣和旧西装，而接头时则是穿长衫西装裤外加一条围巾。估计那时他的寓所就在静安寺附近，但我从来没到他家里去过。

翰笙同志有心培养江上青和我，因此经常携带我们参加左翼作家的活动，北四川路上公菲咖啡店楼上我就去过多次。这是一个犹太人开的店，因为是外国人常去的地方，巡捕包打听是不大注意的。大概正是这个原因，左翼作家才选定这里作聚会的地方。左联的筹备会就在这里开过多次。左翼作家为了培养文艺青年，也吸收少数大学生参加，我和江上青就曾参加过一次左联的筹备会。当时阳翰笙并没说明带我们去参加左联筹备会，我们只是按规定时间地点去开会罢了，事后才知道是一次左联筹备会。……

另一个接触左翼作家的机会，就是参加左翼作家的活动了。这种活动，大都由阳翰笙通知我和江上青去参加的。在会上，我们很拘束，因为在著名左翼作家面前，我们自居于一个小学生的地位。每次会后归来，江上青和我总不免在傻笑中有这样一些对话："我们将来能不能成为左翼作家呢？"或者："我们算不算左翼作家呢？"自我的答复是："够不上。"或者："我们没有出版过书呀！"有时也自我打气："将相本无种，好自为之吧。"直到参加过左联成立大会以后，我问到阳翰笙老师，他才对我说："你就算盟员了，你还要把上海艺大的左联小组组织起来。"……

（原载 1982 年 5 月中国社会科学出版社版《左联回忆录》〔上〕）

纪念"左联"缅怀战友（节录）

季楚书

华汉同志于（一九三二年）二月间到"文总"主持工作后，由于他是从"左联"来的，"文总"和"左联"的联系更密切了。……

同时，华汉还亲自抓紧了对"文研"的领导。"文研"象"社研"一样，在各大学都建立了分会，领导是光华大学一位姓谢（名字已忘）的"左联"盟员。由于华汉的主动帮助该会开展工作和随时解决问题，谢便常来"文总"找华商谈工作，有时偕他爱人（笔名是静子）同来。静子是一位作家，搞创作的，也是参加"左联"的。谢本人专攻文艺理论，外文也好，曾就德国海林格所著《文艺评论》（有雪峰由日文转译的译本）书中某些理论问题和我作过讨论。我于三月十八日被捕后，与同案曹荻秋等一起在法院受审讯时，我在旁听席上看到了谢。他不避嫌疑地敢来听审，估计是华汉布置他来了解案情的。

我在华汉同志领导下工作，时间不过二月，却体会到他不只擅长文学，而且富有白区工作的经验和卓越的全面领导的政治才能。这不只表现在处理日常工作中很有办法，提得起，放得下，作风干净利落，而还表现在善于掌握重要会议的精神，使会议开得有声有色。记得三月上旬，"文总"在他主持下召开了各左翼团体的代表大会（地点借沪西某校教室），由他先向大会报告工作，提出当前左翼文化运动的方向，接着大家踊跃发言，展开讨论，最后由他博采众议，即席作了总结。时值春寒，窗外朔风怒吹，而室内气氛热烈，春意浓郁。华汉素以辩才无碍见称，起立发言，口若悬河，演词流利酣畅，说到兴会淋漓，不觉眉飞色舞，额角流汗，手不停抹。整个会议，尽管内容丰富扎实，却进行得紧凑，活跃，大家始终精神饱满，收获很大。会议开得成功，这是与华汉老练的领导艺术和他付出紧张的精神劳动分不开的。

……

另一次就是借"泰东"编辑部举行的"文总"执委会议，也是由华汉主持的。该会议程较多，就我所记得的有：一，关于加紧工农文化工作问题，先由钱杏邨同志汇报编写工农教科书的内容和进程，讨论决定责成钱尽快完成。二，关于开拓新闻战线，筹设左翼新闻记者组织问题，讨论决定在"左联"所扶植的《文艺新闻》几个记者基础上进行，推定适夷、袁殊负责筹备。三，关于发表"中国左翼文化团体反对国际联盟李顿调查团来华调查日帝侵占东北声明"问题，先由潘梓年宣读声明文稿，讨论决定由"文总"会同"左联"、"社联"、"剧联"等七个左翼团体联署发出（原稿由华汉交我油印散发，可惜当日我去油印机关时被捕，在捕房抄身，落入敌人之手）。

这次会议，在闹市借开，由于华汉很能掌握时间，抓紧讨论，在短促的二、三小时内解决了许多问题。

华汉奔走革命多年，历经政治风霜，作为老练的战士，富有白区工作经验，他战斗在上海这个五方杂处的大都市中，看来，是时刻提高政治警惕的。即便在日常生活中，他也很讲究对周围社会环境的适应，以利于掩护自己进行紧张的秘密活动。他本人装束是道地中国式的，严冬早春时分，外穿一件半新不旧的蓝绸棉袍，蓝裤脚管折着，扎上黑色带子，打扮得活象一个做买卖的普通生意人一样。同时把住家安在一所普通的弄堂房子里。他赁居了一个统楼，可能还有一个亭子间，室内布置和他身份相称，完全是平常市民之家格式。他爱人表面看只是个能干而普通的家庭主妇，底子里政治上很敏感，是华的得力助手（由于工作关系，我得随时登门走访）。

可以这样说：在来"文总"联系工作的革命文化人中，数华汉是最善于适应周围环境，而又能褪脱自己的政治色彩于人们视线之外的一个。他从装束到住家，其特点就是普通。

……

（原载 1982 年 5 月中国社会科学出版社版《左联回忆录》〔上〕）

影事春秋（节录）

丁小逖

"艺华"被捣毁的前前后后

艺华影业公司是一九三三年左翼电影运动开辟的另一个重要阵地。她一开创就拍摄了《民族生存》、《肉搏》、《烈焰》（以上均系田汉编剧）和《中国海的怒潮》（阳翰笙编剧）等四部具有鲜明抗日反帝色彩的影片。这些影片曾有力地配合了当时的抗日救亡运动，起了重大的宣传教育作用。这也就是国民党反动派后来为什么要派特务、流氓捣毁"艺华"的重要原因。当然，国民党反动派的这一暴行，目的不仅仅是打击"艺华"，而是为了迫害和镇压整个左翼电影运动。

党的电影小组成立时，摄制左翼电影的重要阵地已有"明星"、"联华"两家公司。"艺华"是后来崛起的。她是怎样建立起来，以后又是怎样被国民党反动派捣毁，捣毁以后又如何经过一度的动摇，而最后终于堕落的呢？

"艺华"开创时期的创作倾向很鲜明，可以说，它是遵循了左翼文化运动反帝反封建的方针路线的。在《艺华周报》的创刊号上，他们也公开提出要"在全中国的劳动大众呻吟弥留于水旱兵疫的浊流中，一致把握着中国大多数群众的现实的要求去创作"（见任钧写的《力的生长》）。可见它的创作态度是非常严肃的。但人们怎么会想到，这家专门摄制抗日民主题材影片的电影公司，投资的老板严春堂，却是海上闻人大流氓黄金荣的徒弟——一个以贩卖烟土起家的暴发户。严春堂最初为什么要投资电影公司？一说是为了帮助徒弟彭飞（和查瑞龙搭档专门表演大力士的杂技团演员。查瑞龙平时对田汉同志非常崇拜）解决生活困难问题。彭飞后来也确曾在《民族生存》、《肉搏》和《烈焰》等影片中担任过重要角色。但更重要的原因是，严春堂想装饰自己的羽毛，冲淡自己"烟土大王"的臭名声。当时严通过经营烟土已经赚了约七、八十万元钱。他曾和贴身的徒弟谈起"做鸦片生意的名声终究不好听"，他的徒弟就给他出谋献策，说是开电影公司名气响，又好玩，做"制片人"和"监制人"的名声要比做"鸦片生意"好得多了。严颇以为然。事有凑巧，严春堂有个教太极拳的拳师，精于推拿按摩、气功（导引）治病的，名叫叶大密，严尊称他为"叶先生"。叶大密还能行医，因此也有缘认识田汉。严春堂于是就和叶大密商量，认为搞电影，不靠象田汉那样的名人是不行的。严知道叶经常为田汉看病，于是就请叶去向田汉游说，要"请田先生做顾问，帮助拉一些电影导演和明星，办个电影公司，自己是生意人，不懂这一行，一切均请偏劳"。田汉听了叶大密的这番话，立即去找阳翰笙商量。阳翰笙说："和鸦片大王合作，这要研究，要在党内讨论一下。"于是去向朱镜我同志（当时是领导文委的上海局宣传部的副部长）汇报，并由他主持召开了会议，参加者有杜国庠、夏衍、许涤新、田汉、周扬和阳翰笙等。会议围绕能不能和严春堂合作的问题进行了讨论。朱镜我在房间里踱来踱去，反复进行考虑。田汉同志力主可以合作，他说："我们何必书生气十足呢？我们党现在又没有钱，我们为什么不能用他的钱来办我们的事呢？""我去负责编剧委员会，制片方向不会出问题。"经过讨论，大家终于同意，说："好吧！那就干吧！"当时田汉又提出"我一个人不行，叫老华（华汉，即阳翰笙）同我一起去搞"。大家都表示："好吧！就请你们两人去搞。"这个问题就这样定了下来。接着，田汉就和阳翰笙一起研究编导演的人选，决定请廖沫沙、苏怡两位党员当编剧和导演；党外请了史东山、卜万苍两位大导演，还请了岳枫、胡涂；演员找了金焰、胡萍、黎明晖，田汉还请了当时有名的老电影明星殷明珠；以后岳枫又介绍了袁美云和王引。这样的阵容确是相当可观的了。严春堂得知田汉、阳翰笙肯这样帮忙，十分高兴，择日在先施公司举行盛大宴会，款待田汉和阳翰笙等人。当时田、阳两位曾经相互勉励要"出污泥而不染"。艺华影业公司就这样办起来了。

"艺华"成立以后，一连拍摄了四部抗日救亡的电影，显然是违背当时国民党反动派"攘外必先安内"的卖国政策的。于是，他们就迫不及待地于一九三三年十一月十二日上午（记得是星期天，没有在拍戏），派了两卡车三十多个人（有一些是反动派办的"江南学院"的特务学生），用法西斯流氓手段捣毁了"艺华"。对于反动派的这个暴行，当时的《大美晚报》曾有这样的记载：

> "昨晨九时许，艺华公司在沪康脑脱路金司徒庙附近新建立摄影场内，忽来行动突兀之青年三人，向该公司门房伪称访客，一人正在执笔签名之际，另一人遂大呼一声，则预伏于外之暴徒七八人，一律身穿蓝布短衫裤，蜂拥夺门冲入，分投各办公室，肆行捣毁……并散发白纸印刷之小传单，上书'民众起来，一致剿灭共产党'……等等字样，同时又散发一种油印宣言。最后署名为'中国电影界铲共同志会'。约逾七分钟时，由一人狂吹警笛一声，众暴徒即集合列队而去……该会且宣称昨晨之行动，目的仅在予该公司一警告，如该公司及其他公司不改变方针，今后当准备更激烈手段应付，联华、明星、天一等公司，本会亦已有严密的调查矣云云。……"

阳翰笙回忆说，这批打手，当时看起来是两部分人，一部分是国民党的 CC 特务，一部分是杜月笙手下的流氓；而幕后策划者却是潘公展。因为潘当时既是国民党"电影检查委员会"的头子，又是国民党 CC 在文化方面的负责人。文化、电影界很多坏事都是由他暗中指挥的。当时，暴徒们不仅乱打乱砸，而且还火烧了摄影棚，因此又称"火烧'艺华'事件"。国民党特务的这次暴行，充分地暴露了国民党反动派的法西斯面目和它绞杀进步文化的血腥罪行，激起了广大人民群众和文艺、电影界的无比愤怒。鲁迅不仅在他的《准风月谈》的"后记"里很有用心地辑存了《大美晚报》等报纸的上述记载,而且专门著文《中国文坛上的鬼魅》,揭露和痛斥国民党反动派卑鄙无耻的行径。鲁迅还提出,反动派是妄图以这种法西斯手段来绞杀革命文化,"然而实际上,文学界的阵线却更加分明了。蒙蔽是不能长久的,接着起来的又将是一场血腥的战斗。"

"艺华"被捣毁以后,田汉、阳翰笙、廖沫沙等同志只好暂时撤离,留下党外的卜万苍、岳枫、胡涂等人继续拍片。当时还有《逃亡》、《生之哀歌》和《黄金时代》等三部影片尚未完成。这些影片离开田汉、阳翰笙等同志是无法继续拍摄的。严春堂一方面受到国民党的威胁利诱,同时又看到在"艺华"的开办过程中,特别是"艺华"被捣毁以后,有很多记者去采访,他的"名气"突然大响。他从各方面深感田汉这条线还不能断。于是他就要叶大密再去找田汉和阳某人,甚至说:"现在国民党压迫我们,打我们,我和田汉和阳先生还是好朋友"。后来商定由叶大密出面租一间房子,表面上是叶的住宅,实际上供岳枫等人和田汉、阳翰笙同志会晤。这条"暗线"一直保持到这几部电影全部拍成。当时在这条"暗线"中接头的还有一位是唐纳。唐纳当时也是剧联小组的人,是搞电影评论的,严对他很相信。唐对继续完成这些影片也起了很好的作用。

"艺华"被捣毁以后,曾经经过一个动摇的时期。这个时期,即一九三四年到一九三五年,"艺华"在左翼电影工作者的支持下,在总产量的十一部电影中,还是拍了九部左翼的和左翼影响下的电影。但到一九三五年以后,田汉、阳翰笙同时被国民党逮捕,由于失去党的电影工作者的领导和支持,本来已经动摇了的严春堂,受到了国民党进一步的威胁利诱以后,就完全投向国民党的怀抱了。这以后,"艺华"接纳了黄嘉谟、黄天始、刘呐鸥等一批"软性电影"分子,而不愿与"软性电影"合作的进步电影工作者史东山、苏怡、魏鹤龄等则相继退出了"艺华"。这样"艺华"就成了"软性电影"分子的巢穴,开始拍摄反动、黄色、麻醉人民抗日意志的"软性电影"。"艺华"从此就堕落了。

《三毛流浪记》拍摄前后

　　阳翰笙说：要把张乐平的漫画改编成电影，最早是韦布同志提出来的。一天，他拉了张乐平、陈鲤庭和冯亦代等几位同志，在上海百乐门饭店（在静安寺附近）开了一个房间，专门同阳翰笙商谈这件事，并一定要阳执笔改编。他们说，把连续漫画《三毛》改编成电影，可以有力地揭露旧社会，加速它的崩溃和灭亡。阳翰笙说，漫画怎么改编成电影，这要花工夫。在韦布、乐平、鲤庭等同志的坚持下，阳翰笙终于同意改编。当时决定由韦布做制片人，后来改由昆仑影业公司拍摄。在酝酿电影改编的过程中，张乐平还是每天在画他的《三毛》。当时就有人提出"三毛往何处去"的问题。阳翰笙经过考虑后认为，三毛应该到工厂去当童工。按照这个路子去画和改编电影，就可以把电影摄影机的镜头对准工厂，就可以让广大观众了解工厂内部的情况，就可以集中揭露旧社会阶级压迫的种种罪恶，包括当时工厂中很多童工的悲惨命运。他认为，漫画和电影仍可保留原来的风格，但要适当增强三毛的反抗性。张乐平听了这个意见非常高兴。阳翰笙还专门约了张乐平、韦布以及影片的导演严恭、赵明等同志一起去一些中小型工厂（如铁工厂、皮鞋厂等）去体察工人的劳动和生活，还去参观了一所孤儿收容所和工人聚居的棚户区。阳翰笙原计划要把这部片子拍成上、下集。上集中还要加进一段"三毛在农村"的戏，反映三毛不服地主的压迫，在农村呆不下去才被迫到上海来。戏都写好了，但后来考虑到剧本通不过，才忍痛删了去。下集原计划就是要写三毛当童工的，但后来由于阳翰笙同志接到党的命令去香港，这个本子就交给了白尘、严恭、赵明和鲤庭几位同志去继续完成了。这几位同志根据当时的历史条件，对这部电影的摄制作了很大的努力。影片还在拍摄过程中，上海就解放了。原来准备在下集表现三毛到工厂去的一些设想，也就来不及搬上银幕了。

　　阳翰笙同志非常关怀旧社会流浪儿童的命运。他创作的电影《三毛流浪记》，不仅仅是表示他的同情，而主要是想通过这部电影，揭露旧社会阶级压迫的实质，以推翻这个万恶的旧制度、旧社会。

两部反动电影的破产

一九四七年，正当国民党反动派向解放区发动疯狂进攻的时候，国民党国防部文化特务头子邓文仪，指令中国电影制片厂拍摄两部反动电影：一部叫《"共匪暴行"实录》，一部叫《"共匪祸国"记》。当时的"中制"（中国电影制片厂）表面上是国民党军队系统的制片机构，实际上每个部门都有我们的朋友。由于我们党的统一战线工作，甚至使这个厂的正副厂长也靠拢我们，听我们的话，并在这个紧要关头为人民做了好事。

厂长罗静予和副厂长王瑞麟接到了邓文仪的这个"指示"以后，都很紧张，就匆忙地从南京赶到上海，秘密地找到了阳翰笙同志，问阳翰笙同志怎么办？他们说，如果拍出这样的电影来，今后就没有脸见共产党的朋友们，没有脸再见周先生（指周恩来同志）了；如果不拍出来，邓文仪是一个极端反动、狡猾的法西斯分子，自己就有可能被指控为"违反军令"而遭枪毙。他们都坚决表示不愿意拍这两部片子，想借故离开"中制"。阳翰笙同志跟于伶同志商谈之后，就和这两位朋友进行仔细的研究和磋商，认为他们如果离开"中制"，国民党必然会另派几个反动的家伙来接替他们的职务，那这两部影片就会很快地拍出来。因此决不能采取撒手不管、一走了之的办法，而是要采取"拖垮它"的方针，即接下来慢慢拍，用尽一切方法掐死这两部影片。最后商定了以下几个对策：一，正厂长罗静予借口出国，影片的拍摄任务暂由副厂长王瑞麟担负下来，这样可以在万一出问题时有个周旋的余地，减轻损失；二，从接受拍摄任务开始，就要千方百计拖延时间，并把片子拍得模糊不清，甚至拍坏它；三，不请一个较好的演员参加，或者不让这些演员出现正面形象，以免既助长反动派的声势，又毁了这些演员；四，坚持在南京拍，因为南京正在建厂，可以借口厂房、设备不全，拖延拍摄时间。

有了这几条对策，王瑞麟经过一番剧烈的思想斗争，终于激动地对阳翰笙同志说："那我就坚决遵照这个意见去办，请您放心，并请告诉共产党的朋友们，最后大不了枪毙我。"王瑞麟说完这句话，两行热泪夺眶而出。

事态的发展果然如此。这两部影片从一九四七年开始筹备，直到一九四九年全国解放，一部一点也没有拍，另一部只拍了很少几个镜头，而且在我百万雄师下江南时，成了我们缴获的战利品了。至此，国民党军统在电影战线的反共阴谋，跟它的军事战线一样，落得个一场空。

（原载 1984 年 7 月中国电影出版社版《影事春秋》）

当我走出人民大会堂时

——回忆阳翰笙同志和文艺工作者在一起

陶 金

当我迈步走出辉煌的人民大会堂时，邓副主席代表党中央向第四次文代会代表们致祝词的声音仍在耳边回响：

"……我们提倡领导者同文艺工作者平等地交换意见……衙门作风必须抛弃。在文艺创作、文艺批评领域的行政命令必须废止……在这方面，不要横加干涉。"

讲话是何等深入代表之心啊！作为一个老电影艺术工作者，我激动了，一股暖流遍及全身，我意识到恢复党领导文艺的民主传统的日子来到了！在回住地的路上，我的眼前不禁又浮现出了阳翰笙同志作为党的文艺工作的领导和我们亲密无间、同甘共苦的那些令人难忘的情景……

一九三七年九月，赵丹、魏鹤龄、顾而已、王为一、钱千里、吴茵、章曼蘋和我正在上海业余剧人协会排演夏衍同志的《上海屋檐下》，芦沟桥事件发生了。国民党反动派对人民要求抗战的呼声怕得要死，下令严禁宣传抗日，茶馆饭店都张贴着"莫谈国事"。就是在这样的政治空气下，一个阴郁的早晨，赵慧深陪着一位身穿长衫、瘦弱的中年人走进剧团来。我正下楼去排戏，赵慧深叫住我，指指说："阳翰笙先生。"阳先生微笑着和我招呼一下，便上楼到陈鲤庭、瞿白音、舒非（袁文殊）、老谢（章泯）几个人的房间里去了。几天后，蓬莱大戏院上演了由田汉编剧的《芦沟桥》，喊出了被蒋介石禁止的打倒日本帝国主义的第一声，吓坏了特务、汉奸、卖国贼，震惊了租界里的外国人。这时我才醒悟，原来这位瘦弱的阳先生是代表党来组织领导我们艺术创作活动的。

抗战八年，周总理邓大姐率领着八路军办事处驻在重庆，郭老任政治部三厅厅长，阳翰笙任秘书长，在总理领导下进行工作。由于蒋介石的假抗战真投降，要在国统区进行抗战宣传，真是处处矛盾，事事困难。那时敌人千方百计想分裂我们的队伍，阳翰笙不知花费了多少心血去解决矛盾。说也奇怪，坚持不下的双方，一闹到他的面前，意见就会解除，矛盾便会冰消，不管男女老少，连比他年长的也都能听他的话。他就象一块吸铁石，把各式各样的人都吸引到周总理、吸引到党的周围来。

阳翰笙除了秘书长的繁重工作之外，他还带头搞创作，挤出时间写出《塞上风云》、《日本间谍》、《青年中国》等电影剧本；组织《东亚之光》、《白云故乡》、《火的洗礼》、《湘北大捷》、《还我故乡》许多影片的拍摄；还创作了《天国春秋》、《草莽英雄》等话剧。在他的带动下，重庆文艺界人人踊跃，各尽其力，各展其才，真是万紫千红，盛极一时。尤其是郭沫老的《棠棣之花》、《孔雀胆》、《屈原》，曹禺的《蜕变》、《正在想》，夏衍的《法西斯细菌》、《一年间》，阳翰笙的《天国春秋》，宋之的的《春寒》，陈白尘的《群魔乱舞》，田汉改编鲁迅先生的《阿Q正传》等话剧的上演，更是有力地促进了抗战运动的发展，同时，也使话剧艺术水平发展到了一个新的高度。在党的统一战线的旗帜下，阳翰笙同志热情组织发动进步的文艺，把国民党的御用文艺压得喘不过气来，毫无还手之力，我们的戏总是车马如云、场场满座。他们的戏门可罗雀，剧场里小猫三只四只地乱跑。难怪当时国民党的中国电影制片厂厂长要声嘶力竭地对我们叫嚷："你们吃的是国民党的饭，可干的是共产党的事。"

回忆起那时的情景，虽然生活困苦，但是斗争的快慰至今仍使人憧憬。阳翰笙同志不仅在严酷的政治环境中善于发动群众，展开斗争，而且还善于正确引导和培养这支队伍。他的平易可亲的民主作风赢得了我们青年人的崇敬。我们到他家里去，他总是询问工作上有什么问题，生活上有什么困难，循循善诱地要求我们多读书，多看报，多关心时事。当我们对抗战的信念动摇了，他鼓励我们要坚持，要把眼光看到全国；我们对形势产生悲观了，他说黑暗总要过去，光明就在前头。我们有什么事，什么思想都愿意对他说，因为他既热情地培育我们，又平等地和我们交换意见，从不发号施令盛气凌人。

在艺术修养上，阳翰笙十分宽广渊博，他自己运用的是严格的现实主义，但他并不反对别人的浪漫主义，他说："总目标一致，条条大路通罗马嘛。"他支持我们学斯坦尼体系，但也不反对有人引用程式的表演。他说："借鉴洋人跟学习传统并不矛盾，都要得。"他本人的创作风格都属于正剧，但对别人的喜剧、悲剧、讽刺剧都同样感兴趣。

抗战胜利以后，阳翰笙又带领我们回上海建立了进步的电影基地昆仑公司，拍摄《一江春水向东流》、《八千里路云和月》、《万家灯火》……那时他既全身心投入昆仑公司工作，又挤出时间精力去支持其他公司，使这一时期的进步电影发挥了很大的战斗作用。

此后，还有两件事情我至今记忆犹新。

在拍摄《一江春水向东流》的时候，我对剧本里张忠良这个人物从好变坏，思想有抵触，我认为把一个小资产阶级知识分子写得太坏了，结尾应该让这个人物回心转意才好。阳翰笙说："从自我出发，要归结到典型。不要因为爱惜自己，把自己代替角色。"他的话使我懂得了演员和角色之间的合二而一又一分为二的辩证关系。阳翰笙既讲艺术民主，又能坚持原则，给我留下了深刻印象。一九五〇年，《十五贯》要拍电影，舞台上的结尾是释放了苏惜娟和熊友兰便闭幕。我考虑这样处理主题不够突出，想改为况钟平反了冤案正当释放二人之际，中军奉巡抚之命前来阻止，况钟不顾巡抚的无理干涉，当堂释放了无辜良民，然后去见巡抚。况钟此去结果如何便不交代了，这样的结尾处理，强调了况钟维护法制、依法办案的精神。但是《十五贯》的演出是毛主席和周总理肯定了的，该不该改呢？我把自己的想法告诉了阳翰笙，他高兴地说："你这个问题提得好，你想得好。"支持我把修改方案写出来。在阳翰笙同志和王阑西同志的支持下，我终于解放思想，大胆实践，获得了很好的效果。

在粉碎"四人帮"三年后的今天，邓小平同志代表党中央发出恢复党对文艺工作的领导的优良传统，我衷心感激和拥护。我相信，在党的方针政策决定之后，我们文艺的领导，一定能够进一步解放思想，更好地发扬艺术民主，使电影事业繁荣起来。

（原载《大众电影》1980 年第 3 期）

阳翰老与中华剧艺社

陈白尘

　　今年三月九日下午四时，我在北京拜访了阳翰笙同志。那天他精神很好，连谈了三个多小时，而毫无倦容。但我忽然想到他已是八旬老翁了，不该再纵谈下去，便起身告辞。他站起身来说："你等一等。"便进了书房，取出一张信纸来给我。那是他去年十月在北京医院写的《病中怀白尘同志》两首七绝。最后两句是：

　　　　　"记否张园文协内，
　　　　　　共谋破敌到鸡鸣。"

我们都会心地笑起来。因为这一下午所畅谈的，正是当年在重庆张家花园全国文艺界抗敌协会里"共谋破敌"的"战果"——即中华剧艺社的战斗历程，无怪乎他今天特别地精神抖擞了。

　　在回旅馆的车上，我想，翰老今年已八十高龄了，我有责任把中华剧艺社在国统区六年的奋斗史记录下来。因为这个剧社从孕育到成立，从政治上的指导到经济上的支持，从剧本的产生到演员的调度，都是他在秉承周恩来同志的指示下直接领导我们的。他是中华剧艺社幕后的指挥者。

　　一九四一年初，我在四川省立戏剧音乐实验学校（一般简称四川省剧校）教书刚满一学期，国民党反动派掀起第二次反共高潮，"皖南事变"发生了。周恩来同志在《新华日报》上"天窗"里的题词传到成都的同时，成都祠堂街几家进步书店和《新华日报》分社都被查封，省剧校也被涉及（但不叫"查封"而称之为"停办"），整个国统区笼罩着一片白色恐怖！我便匆匆赶回重庆，打算找阳翰老商量：是否立刻撤退去香港或者让我去革命圣地延安。但他给我的第一个回答却是："你先莫走，有话说。"于是我便在观音岩下张家花园全国文协的楼上一间斗室里暂住下来。他知道我这时有了一个剧本提纲待写，就说："你先赶快写起来。"但我总有些纳闷。

第二次反共高潮被击退，已经是春末了。不久，阳翰老来全国文协找我和陈鲤庭同志（他正住在我邻室）作了一次长夜谈，这才摆出他所谓的"破敌"的蓝图来。他说，反共高潮过去了，国民党为了装点门面，又拿出言语来：希望撤退去香港的文化人回重庆来"共同抗日"。好嘛！你国民党既然松口，那就见缝插针，从戏剧这道"缝"里打开一个"缺口"！

"又组织剧团？"我不禁惊问。

我这个"又"字用得很恰当。因为一九三九年初上海业余剧人协会因内部纠纷而在成都解体，一部分人去了中央摄影场，我和刘郁民、陈鲤庭、陶金等人却背负了全部债务，曾经赌咒发誓说，"戏子无情，再也不搞什么剧团了。"当时真是心有余悸，所以便脱口而出了。翰老正是当初动员在武汉的上海业余剧人协会入川和上海影人剧团合并的当事人，自然懂得我这"又"字的全部涵义。但他没有理我这个碴儿，只用他那四川人惯于摆"龙门阵"的特长，海阔天空地从国际形势谈到国内形势，从政治斗争谈到文化斗争，最后归结到一点，为了革命的需要，我们必须占领话剧这一阵地！

"为了革命的需要"，是我们三十年代文艺青年的共同出发点，我的誓言自然一冲就垮。但我从一九三七年九月参加组织上海影人剧团起，连续搞过两个职业剧团都中途夭折了，再组织职业剧团，我的信心是不够的。首先是从上海出发的戏剧电影界的菁华，这时除了少数奔赴延安的以外，大都参加了国民党的两个电影制片厂——即国民党中宣部直属的中央电影摄影场（我们简称为"中电"）和军委政治部的中国电影制片厂（我们简称为"中制"）。这批人马如何再调得出来？

"正是罗！"翰老不由击掌说，"前次文化人大撤退，就是这两批人马走不脱嘛!"他又幽默起来,"好嘛,这批人马就让他们养起,吃他们的饭,演我们的戏!罗学濂和郑哈儿我来对付!"

翰老的计划是:我们只要组织一个二、三十人的班底,有一些基本演员和舞台工作、行政工作人员,其余的人马都向"中电"和"中制"去特约邀请。因为这两个厂当时没有胶片,根本也拍不了电影。比如在"中电"的演员白杨、路曦、吴茵、顾而已、施超、魏鹤龄、谢添等等,在"中制"的舒绣文、秦怡、章曼苹、陶金、石羽、钱千里、陈天国等等,都是可以招之即来而有号召力的人物。此外还有怒吼剧社的张瑞芳等同志,也是可以邀请的。至于"中电"的场长罗学濂是翰老的旧相识,外号郑哈儿的"中制"厂长郑用之原是黄埔毕业生,也得买买曾任黄埔教官的翰老的帐。至于两处的导演更不用说是可以随时特约的了。有这样一张"义务兵"的名单摆在我们面前,我自然又跃跃欲试起来。等到我们知道这个计划已经获得"胡公"的支持与批准,我的誓言便抛到九霄云外去了。"胡公",就是当时我们对周恩来同志的代号与尊称。

于是我们进一步研究剧社的领导成员和班底人选。前者除了被戏称为 C.C.的鲤庭与我这"二陈"之外,优秀青年导演贺孟斧、剧运前辈辛汉文、剧务与事务管理专家孟君谋都被提了出来。但对内可以领导群伦、对外又可以对付三教九流和一切牛鬼蛇神,特别是向国民党反动政府登记立案时不致被怀疑的人物却没有。剧社,就是"戏班子",没有这种头面人物是兜不转的。在成都为剧社和当地袍哥大爷打交道的滋味我曾品尝过。最后我们都不约而同地想到了应云卫同志。他在上海业余实验剧团当过类似团长的职务,而他又口口声声自我调侃是"买办资产阶级",是可以胜任并被批准的。但是老应当时在"中制"当导演,虽非高官,却有厚禄,要他出来领导剧团,焉能象鲤庭、君谋那样可以在"中电"兼差,以业余身份参加剧社呢?

"好!"翰老毅然说,"拚我的老命也把他拖出来!"

于是我们内定了:中华剧艺社以应云卫为理事长,其他人物为理事。我兼任秘书长,管对内和编剧;辛汉文管艺委会;鲤庭、孟斧和云卫负责导演;君谋则以兼职身份管总务(一九四二年以后,理事又有增补)。后来翰老果然以他三寸不烂之舌说服云卫离开了"中制",

而且还费了更大的力气说服郑用之，才允许应云卫辞职。

所谓班底，即基本骨干，当时只想到两位：一是我们女才子赵慧深，担任宣传科长；二是以任劳任怨著称的刘郁民，担任剧务科长。其他人物等待应云卫去物色。这就是当夜"共谋破敌"的全部内容了。此外，让我赶快把剧本写出来，作为剧社开幕的第一炮演出。

大约在六、七月间，鲤庭从翰老处取来三千元开办费。这是周恩来同志以军委政治部副部长的身份批准，由郭老任主任委员的文化工作委员会以某种名义支出的。于是在重庆郊外南岸黄桷垭苦竹林地方租下两楼两底的一栋简易民房，中华剧艺社便进入草创时期。当时聚集在这里的有应云卫和程梦莲夫妇、辛汉文、赵慧深、刘郁民和我之外，演员只有丁然、苏绘、李纬、张立德等同志。由于翰老的工作，当时主持中央青年剧社的张骏祥也积极支持中艺的创立。骏祥把他在中青的几个青年骨干如耿震、沈扬、李恩杰、刘厚生等都调到苦竹林来。其后耿震就长期留在中艺了。另外，记得陈天国、舒绣文、杨薇、苏丹等同志为了躲避敌机空袭，也曾在此借住。总之，人数不多。舞蹈家吴晓邦和盛婕夫妇路过重庆，也曾在此小住。他俩为了答谢剧社的接待，每天早晨都率领大家做舞蹈性的早操，这也算是我们的形体锻炼了。这时我写的剧本《大地回春》已经脱稿，但演员不齐，尚未排演。云卫和郁民在忙于招兵买马，我和汉文在煤油灯下起草剧社的规章制度。慧深这位大姐则把青年演员聚集在她的周围谈今说古，做着团结人的工作。那时我有个毛病，梦中喜欢唱歌。但我这副嗓子是五音不正，平时绝不唱歌的，不知何以有此反常现象。慧深是个神经质的人，时常失眠，所以对我这"夜半歌声"殊为恼火，便结合晓邦的早操送给我一副对联。上联曰"清早起一二三四"，下联是"半夜里多来米弗"，横披："日夜叫唤"。这倒是苦竹林的生活写照。

九月，重庆进入雾季，也是话剧演出的季节开始，"中艺"（我们中华剧艺社的简称）从苦竹林迁入城内天官府文工会附近的一所破旧民房内暂住，积极准备演出。不久，又租到国泰大戏院对门一个大杂院里的一栋古老楼房作为社址，《大地回春》在此开排了。这时我们的队伍大大扩充，陆续参加的男演员有张逸生、项堃、郭寿定（阳华）、周峰、卢业高等等，女演员有金淑芝、熊辉、白云、李健、张鸿眉、阮斐、李雪梅、陈璐、邹明格、邝亚梅等等，剧务、舞台和行政工作人员有张垚、胡子、程泽民、卢珏、孙为力、金野、骆可、苏丹、潘杰、冯白鲁以及稍后来代替孟君谋为前台主任的沈硕甫等。十月初，由应云卫亲自导演的《大地回春》上演了，连连满座，盛况空前。在这个戏里，主要演员有顾而已、施超、陈天国、路曦、秦怡、吴茵、项堃、耿震、苏绘、李健、白云以及当时还是娃娃生的刘川等。大多数是从"中电"和"中制"特约来的。不用说，这种"借赵云"的工作虽由应云卫出面，而背后又是翰老打了招呼的。

《大地回春》演出成功了。这并非说这个剧本有什么可称赞之处，而是因为它揭开了一九四一——一九四三年雾季演剧的序幕，从而把抗战后期大后方戏剧运动推向繁荣的高潮。抗战开始，上海影人剧团就来到重庆。继之，上海业余剧人协会的演出也轰动过重庆。其后，"中电"和"中制"都成立过业余性的剧团（"中电"的叫"中电剧团"，即简称"中电"；"中制"的叫"中国万岁剧团"——简称"中万"）也不时举行过演出。此外还有本地业余性的"怒吼剧社"及演剧队的组织和官办的国立剧专、教导剧团等等也不时举行公演，但没有一个连续战斗的职业剧团，更没有把这些团体形成一个联合作战的整体。而"中艺"的成立和演出，客观上正适逢其会地担负起这个任务。在"中艺"演出的同时及以后，各个剧团也都纷纷活跃起来。中央青年剧社（简称"中青"）就同时演出我的剧本《秋收》和"中艺"唱对台戏。此后，重庆舞台上每到雾季，话剧演出连续不断，有时两三个剧团同时上演，也各都上座不衰。当时青年知识分子和市民热爱话剧胜于美国电影。一九四一——一九四六年是国统区话剧的黄金时代！一九四三年初，周恩来同志把各剧团的核心人物召集起来成立一个定期举行的座谈会，研究、协商各剧团的重大问题。这就是推动重庆话剧运动的总司令部。如果说恩来同志是总司令，则翰笙同志便是他的参谋。还有办事处的张颖同志，后来又有陈舜瑶同志，则同剧社和其他剧团的青年戏剧工作者保持着十分密切、也十分亲切的联系。国统区的话剧运动是我们党一手领导的。

《大地回春》演出不久，接着上演的是阳翰笙同志写的《天国春秋》。这个戏之轰动山城，正因为以历史隐喻痛斥了国民党的反共阴谋。而分属"中电"和"中万"的白杨（饰傅善祥）和舒绣文（饰洪宣娇），以及项堃（饰韦昌辉）、耿震（饰杨秀清）同台演出，真是珠联璧合，更使演出生色。这个戏之所以能够顺利上演，得感谢吴茂荪同志。那时戏剧演出的审查权属于国民党重庆市党部，吴茂荪同志正在市党部主管审查。他自然也得把一些痛斥反动派的太露骨的台词用红笔删去。但他对翰老说："我删归我删，你演归你演！横竖没有人拿着审查本子去看戏！"当然，国民党文化特务头子潘公展也不愚蠢，他的嗅觉灵敏，准备把戏剧演出审查权由市党部夺过去交给他自己主管的"中央图书杂志审查委员会"了。但，这是以后的事。

"中艺"的特号重型炮弹又打出来了，那便是一九四二年四月三日上演的郭老的《屈原》。一首《雷电颂》，使雾中的山城咆哮了！到处听到"你们滚下云头来！爆炸了吧！爆炸了吧！"许多观众带着行李卷睡在戏院前等候买票，沙坪坝的学生看完戏步行回去已经天明，有的就在戏院里过夜。演戏是斗争，看戏也是斗争，台上台下都把这一演出当作反对国民党对外卖国投降对内镇压人民的大示威来看待。后来周恩来同志在《屈原》演出庆功宴上说："在连续不断的反共高潮中，我们钻了国民党反动派一个空子，在戏剧舞台上打开了一个缺口。在这场战斗中，郭沫若同志立了大功！"这个缺口的打开，实际是对国民党反共高潮一次在政治上的大反攻！不用说，组织这次反攻的总司令就是周恩来同志！

这次演出的阵容是强大的：金山的屈原、白杨的南后、顾而已的楚怀王、张瑞芳的婵娟、石羽的宋玉、施超的靳尚、苏绘的张仪、丁然的子兰、张逸生的钓者……不仅是当时最理想的人选，即使在解放以后重演时也没能超过它。导演是陈鲤庭同志。在"雷电颂"一场里他使用整个管弦乐队伴奏（作曲是刘雪庵同志），使得金山的朗诵大大加强了悲愤而慷慨的气氛，是极为大胆的创造！《屈原》也是他毕生导演的最得意的杰作！但戏剧史家每每忘了他的功绩，新版的《辞海》里，甚至把这出戏的导演说成是应云卫同志，真是张冠李戴了！

从演出次日起，重庆报纸也出现了《屈原》热。除了大量评论文章外，《新华日报》和几家民营报刊不断刊出郭沫若同志和董必武、黄炎培、沈钧儒、柳亚子、田汉、沈尹默、潘梓年等同志的《屈原》唱和诗，一时和者纷起，据最近出版的黄中模编著的《郭沫若历史剧〈屈原〉诗话》（四川人民出版社版）中所搜集到的就达百首以上。这是剧场以外的另一场文化斗争。它把《屈原》的影响扩大到整个国统区去。这使得国民党反动派更加恼火，蒋介石对潘公展等文化特务头子大发雷霆，要他们反攻。

在《屈原》演出的前后，《野玫瑰》和《蓝蝴蝶》也相继上演。这是"战国策"派陈铨写的宣扬法西斯主义的剧本，由"中万"一部分不明底细的演员演出的。在整个抗战时期，重庆剧坛上演了近百本戏剧，都是左翼及进步作家的作品，国民党拿不出一个剧本来。陈铨这两个剧本成了他们的救命圈。由于有些曲折离奇的情节和色情的场面，也吸引了一些观众，但遭到话剧界大多数人的反对，进步的和中间性的报纸都群起而攻之。连正派点的国民党人士也表示不满。这场批评的结果，使得国民党控制的剧团再也不敢上演这类戏，而陈铨再也没敢露脸。这是国民党反动派在戏剧战线上的奇耻大辱。

结合这两大失败，潘公展等文化特务头子赤膊上阵，妄图以法西斯手段进行镇压了。他在都邮街冠生园的餐厅里举行一次大型的茶话会，各剧团的主要负责人和主要演员都被邀出席了。国民党的政客和一些右翼文人王平陵、卢冀野、易君左、王泊生、吴漱予等等也出席助威。会上，国民党唆使几个喽罗出来大骂《屈原》、大捧《野玫瑰》，都是一个腔调，一个板眼。据说王泊生这个搞过话剧改唱京戏的小丑最为卖力，但我却没有多少印象了，因为戏剧界里没有谁把他当作人。我只记得潘公展面红筋胀地大声嚷叫的一句话是："谁说《野玫瑰》是坏戏、《屈原》是好戏的，谁就是白痴！"对于这样狂吠，我们的答复是故意敲响杯盘，以示抗议。可笑亦复可气的是，卢翼野这样的学者、词人，虽未开口，却肉麻当有趣地替坐在对面的白杨写起诗来。大概他也欣赏她演的南后吧。

这个茶话会另一个实际作用，是宣布从今以后戏剧演出的剧本审查大权改归中央图书杂志审查委员会、即由他潘公展负责了。其实早在一个月以前他就从重庆市党部手里夺过这个大权来了，不过这天才正式对外宣布。确实，从这天起，他要大显威风了。不过他还没有那样的勇气和魄力，敢于公开禁止郭老的《屈原》演出。这时《屈原》

第一次公演已经结束，而后来暑天在北碚我们又第二次公演过。有人说《屈原》被禁演过，是不确的。但触霉头的倒是我。就在这天，中电剧团第二次重演我的《结婚进行曲》，潘公展的图审会突然又删削并修改剧本。我根据他们的"条例"只有删削而无修改剧本之权，提出抗议："不许修改！"结果剧团以"尊重作者及中央图书杂志审查委员会的意见"宣告暂时停演了结。这是另一公案了，按下不表。

"中艺"先后演出了《天国春秋》、《屈原》等戏，国民党反动派对此十分痛恨。一九四二年冬，当"中艺"将翰老的历史剧《草莽英雄》送审时，图审会下令"禁止出版、禁止上演、没收原稿"。禁印禁演过去屡有发生，没收原稿的横蛮作法是前所未有的。事后，反动头子潘公展还说过"这个戏分明是鼓动四川地方势力起来进行武装暴动，图谋推翻国民党政权的！"直到一九四五年秋国共双方签订《双十协定》后，我方争取到一些暂时的表面的自由，这个被禁锢四年之久的剧本才得到上演。

自然，"中艺"的处境从此日益困难了。不过，在这一个雾季里，除演出上述三个戏之外，还演了夏衍同志的《愁城记》（贺孟斧导演）、于伶同志的《长夜行》、凌鹤同志的《战斗的女性》以及老舍先生的《面子问题》以及果戈里的《钦差大臣》、托尔斯泰原作、夏衍改编的《复活》和奥斯特洛夫斯基的《大雷雨》（？）等等，战果确是辉煌的！

一九四二年暑期里，"中艺"在北碚躲警报和休整，再次演出了《天国春秋》和《屈原》。同时准备一九四二——一九四三年度的剧目。

一九四二年九月，"中艺"重返重庆，首先演出的是吴祖光同志的《风雪夜归人》，由贺孟斧同志导演。这个戏得到周恩来同志的赞赏。它是祖光的力作，也是孟斧导演中的呕心沥血的精品；项堃和路曦演的男女主角也得到戏剧界一致好评。继之演出了欧阳予倩同志的《忠王李秀成》和陈鲤庭再次导演的果戈里的《钦差大臣》。这时夏衍同志早到重庆了，应云卫睡在他床前的地铺上逼他写出了《法西斯细菌》（即《第七号风球》）并由洪深赶排上演，由白杨、周峰、路曦、耿震、金淑芝等同志主演，取得了巨大成功。郭老继《屈原》之后又写了好几个历史剧，虽然没有象《屈原》那样轰动，但《孔雀胆》却取得极大的舞台效果。它以后成为"中艺"的看家戏之一，每遇到经济恐慌便上演它。路明正是以饰演阿盖公主才驰名剧坛的。

一九四三年春，国民党反动派又发动了第三次反共高潮，"中艺"在重庆的处境日益艰难，政治压迫和经济压迫交集。每出戏演出都要受到阻挠或留难。我写的《大渡河》临到演出当晚，戏票已经售出，观众已经开始进场了，潘公展图审会的"准演证"才勉强发下来，但第一幕完全删去，只得没头没脑地从第二幕演起。这出戏公演时改名《翼王石达开》，特约张骏祥同志导演，耿震演石达开，张瑞芳演韩宝英，其他演员阵容也不弱，但由于国民党的捣鬼，尽管耿震喊破了他的金嗓子也上座不佳。我们前台主任美术家的沈硕甫同志也正在这次公演中间由于贫病交迫、公私交困而心脏病猝发，倒毙于由国泰戏院去群益出版社（他还是出版社的经理）的途中了！这更使"中艺"全体同志悲愤欲绝，无不号啕痛哭。重庆文化界以郭沫若同志为首，都亲临吊唁，并在出殡时亲自送葬。千百人的送殡行列通过重庆主要街道，成为沉默的示威。沿途处处路祭，参加送殡的行列愈来愈长，这是重庆人民对进步戏剧工作者的支持与安慰，也是对反动派迫害进步戏剧的抗议！

硕甫——全剧社都称之为沈大哥的死，仅仅是"中艺"及整个重庆剧运苦难的一个标志，也是更大苦难来临的信号。国民党对话剧运动的迫害是多重的。图审会的检查仅是直接和公开的一种，还有间接和隐秘的。第一是捐税。所谓"娱乐税"（这种税在成都曾叫做"不正当行为取缔税"，话剧演出和妓院营业被同等看待）、防空捐等几乎是票价的百分之百，而票价又有限制。因此即使场场满座，剧团收入也不足以支付支出，这就是以置剧团于死命。因此每次演出都得找一个公开的社团做"主催者"或"演出者"，由他们以筹募基金等等名义而出售一部分前排座位戏票，称为荣誉券。荣誉券既不纳税，而且可以戏票的十倍、五十倍的价格出售，剧团便是从这种荣誉券里分得一杯羹，以为辅助收入，而大部分为此种社团所攫取。但它也有个好处，可以帮助打通关节，通过剧本审查关。第二是剧场。剧场老板是商人，唯利是图，卖钱的戏他与你分成，不上座的戏则要你包场。遇到政治压力，他又根本不租给你场子。国泰戏院之所以可贵，就是它的经理夏云瑚对剧团还很讲交情。第三，是地痞流氓和军警特务的骚扰。他们只凭一身老虎皮或一张"派司"便可以出入剧场，不敢阻拦。甚至有人用一张妓女执照晃一晃就昂然入场。对付这班人物，就得找"保镖"的，那又得开销。第四，敌人企图从内部瓦解"中艺"。我的一位老同学就曾劝告我脱离"中艺"，另拜"老头子"。而从另一位仁兄那里，则透出口风，许我以什么官衔云云，只要我脱离"中艺"。最后，这两年中正由于剧运高潮，社会上又产生一种三百六十行之外的职业——戏剧"捐客"。他一手找一个社团为演出者，一手组织一批演员，一个剧本，临时凑合一场演出，也名为"打游击"，而从中捞取钞票。打游击式的演出，进步力量也曾利用，以组织临时演出某一特定剧本，演完就散，以避免反动派的追究。例如阳翰老的剧本《草莽英雄》审查时无法通过，最后倒是一位"捐客"替他出面演出的。但多数捐客的"游击"演出，则扰乱正常剧运，腐蚀戏剧工作者，是戏剧界的蛀虫。所演的戏自然都是"向钱看"的。

"中艺"是最穷的。别的剧团是官营的，有固定薪资。"中艺"只供演职员以大锅饭和统舱铺位，零用钱也很少，少到只够抽点蹩脚香烟。有些演员也不能不偶一为之地被拖去打打游击了。另外，一部新戏的费用是最大的开支，而浪费现象非常严重，浪费率高达百分之六十以上。而浪费中包含着什么，可以推想而知了。这就使得剧团本身大大削弱了战斗力！我在座谈会上向周恩来同志狂妄地要赌脑袋，正是为此。

"中艺"在重庆的处境日益艰险。阳翰老自然也向胡公反映了我们的情况，甚至由中共办事处匀出白米来救济我们。但政治压力却无法减除。这时，由香港、上海撤退的剧人又纷纷到达重庆。我们的总司令便作出决策："中艺"撤退去成都，由新返重庆的剧人另组剧社来接防。这便是由于伶、章泯、宋之的、金山等同志组织的中国艺术剧社，简称"中术"。而成都，四川军人还保存有一定势力，尚非国民党的一统江山，可以大大减轻对"中艺"的政治压力。而去成都是接受《华西晚报》的邀请，为它筹募基金作旅蓉公演，是临时西征，名义上也堂皇得很，并非败退川西。翰老为此又和我及云卫等同志作了深夜谈，并做了若干妥善的安排。后来才知道，《华西晚报》原是党所支持的一份民营报纸，后来挂了民盟的招牌，却是由党直接领导的。至于所谓

105

安排，就是由我党南方局通知四川省委，处处对"中艺"的活动加以暗中协助和保护。"中艺"在成都及川南一带活动了两年半之久，得以基本上平安无事，正是得到党的保护。

一九四三年初夏，"中艺"全班人马浩浩荡荡开往成都。成都文化界和《华西晚报》主人都热情欢迎。首次公演也盛况空前。全体社员都住在五世同堂街《华西晚报》编辑部的大院子里，成都的生活费用较低，社员生活比在重庆有所改善，大家情绪好转了。但重庆那些随时可以特约的演员难以随同前来，所以我们在离渝之前和到蓉之后，又加强了基本队伍，先后参加进来的演职员有路明、秦怡、吕恩、方菁、周彦、李天济、刘沧浪、罗毅之、程华魂、唐祈、郭玲、黄素影、王媛、王侠、胡德龙、徐沙风……以及前台主任刘沣珠等（时进时出的前后不下百余人，恕难列举），一时呈现出中兴之势。此时起演出的剧目，除了重庆演过的《大地回春》、《天国春秋》、《孔雀胆》、《棠棣之花》、《结婚进行曲》、《法西斯细菌》、《战斗的女性》等等之外，由贺孟斧同志新排演了曹禺的《家》和《北京人》。大概这是他继《风雪夜归人》之后最精湛也是最后的两次力作！差不多同时，怒吼剧社和"中青"也都相继来蓉公演，白杨、舒绣文、张瑞芳、章曼苹、张骏祥、金焰、吴祖光、丁聪、杨村彬、赵韫如……等又齐集成都，在川西坝里又一次掀起剧运高潮！"中艺"又打了先锋。

这时，阳翰老远在重庆，但还时时通信给予指示。但我那时也很"左"，在剧社情况好转之际，企图整顿内部，而又操之过急，原想根除那些浪费现象，却不料和应云卫同志发生龃龉，弄得他象《戏剧春秋》里的陆宪揆（多少是以他为模特儿的）那样要向我下跪。但我是深知他这一招的，于是互相对跪下来，演出了一场不愉快的喜剧。从此我虽然还挂名在"中艺"，却把精力放在文协成都分会和《华西晚报》副刊编辑等等工作上去了。是年冬，"中艺"又"开码头"去川南一带旅行公演，我则受洪深同志之聘去重庆教书两个月。在重庆，我向翰老汇报了"中艺"内部情况和对应云卫同志的意见。翰老自然没有责备我，但他却慨叹说："云卫这个人呢，大家都知道。他过去的生活和你我不同，能辞去'中制'那样优厚的待遇来主持'中艺'，也不能太苛求于他了！"

回到成都后，我便追去乐山和"中艺"同志生活了一个时期。以后由五通桥而自流井、而内江，转回成都。这是我对云卫所表示的一点歉意。在此时期，我目睹他和地方上党棍子、袍哥以及各色人等打交道时的困苦艰难，确非我类知识分子所能胜任。特别是听说其先剧社在泸州时，地方上封建小军阀玩弄女演员不遂，便以红帽子相威胁的故事，更令人发指。封建性的凌辱和法西斯式的迫害相结合，这是半封建半殖民地中国的土特产。江青之流也不过是这小军阀的后裔。但云卫当时能够保护女演员脱险，剧社也安全转移。而在"四人帮"横行之日他自己被批斗游街时，心脏病发作却不能自保，终于倒毙在上海马路之上！江青之流比之泸州小军阀则又是"青出于蓝"了！抚今追昔，能不惘然？但此后"中艺"在成都长期租赁下三益公戏院，有了栖身之所，演出的除旧戏外，大都是萧规曹随，重庆"中术"上什么，"中艺"也就演什么，我在"中艺"也没有多少工作可做，便把重心移到报社和文协方面去了。只是每周去三益公看看大家和演出。从一九四四年秋到一九四五年冬，"中艺"演出的戏除前述以外，还有《戏剧春秋》、《草木皆兵》、《上海屋檐下》、《离离草》、《大明英烈传》、《小人物狂想曲》及《桃花扇》等等，和重庆的"中术"遥相呼应、互为犄角，苦苦撑持到抗战胜利以后，一九四六年初才重返重庆。

"中艺"在成都三益公这最后二年确实是在苦撑中渡过的。也就是在所谓不断的"比期"中生活的，日日借债也天天还债，每天都在过年三十。而且是什么阎王债都借，邓锡侯的副官都是我们的债主。但在最艰难的时节，又每每出现一些意想不到的人解囊相助，以渡难关。解放后翰老才告诉我，那些貌似商人或寓公的债权人，其实都是地下党所派遣。"中艺"同人当时生活艰苦，依然吃大锅饭、睡统铺。一般的享受不过是在三益公戏院门口茶馆泡上一碗沱茶，从早晨喝到天黑。讲究健康的耿震同志只是口头上说说什么食品富于什么维生素，获"维他命耿"的绰号。当时成都的西红柿多而价廉，大约一分钱一斤，张逸生同志每天要吃上三、五斤，因此，他获得的外号是"西红柿张"。这就是他们的最高享受了。但贫与病相邻，在去成都前，云卫将所生刚满月的幼女留在重庆，不久便病死了。徐沙风的妻子彭波到成都后不久，便因患黄疸病逝世。来成都演出的友团的两位杰出演员施超和江村同志，都因肺结核病客死成都，无以为葬，是成都友人车辐同志为之经营的墓穴。一九四四年秋，贺孟斧同志这个当时舞台上最优秀的青年导演，由于家累过重，在重庆接受一次特约导演，突然肝炎病发，医治不及而病逝重庆了！和沈硕甫同志逝世一样，在陪都举行了庄严的葬礼，也和硕甫一起葬在南岸沙锅窑刘盛亚同志家的坟地上。在成都的"中艺"也举行隆重的大会，沉痛悼念这位年轻的戏剧艺术家。悲愤的巨石压在"中艺"同人的心灵上，这是可能降落到每个人头上的命运！……

　　一九四六年春，在重庆发生"校场口事件"和"沧白堂事件"，民主与反民主斗争剧烈的时刻，"中艺"全体由成都重返重庆了。这时"中术"已演过茅盾同志的《清明前后》和我的《岁寒图》，"中艺"该演什么新戏，成为同人争论的大问题。我写的"怒书"《升官图》已由四川省剧校师生为核心所组织的现代戏剧学会准备排演了。而"中艺"的刘沧浪、李天济等也都是这学会的成员，并准备去参加演出。"中艺"的同志们以刘郁民同志为首，便向应云卫同志进行了"逼宫"，说我是"中艺"的人，我的戏为什么"中艺"不演让别人演？其实我知道这出戏的演出风险很大，我不愿让"中艺"同志们为它受累。云卫身肩重任，也是想演而又担心其后果的。至此，便答应与现代戏剧学会作联合演出。翰老知道了，也主张闯这一关，就怕图审会这一关难办。

　　初生之犊不怕虎。现代戏剧学会的青年们愿意闯关。执行这一任务的是屈楚同志。他找了图审会一个负责审查剧本的小官员送了"金条"，便取得了一纸"准演证"。这位官员并非糊涂，因为他知道内情：国民党在舆论压力下早已取消了新闻检查，图审会也内定要撤消，即不再审查戏剧演出了，只是即将公布而尚未公布，他乐得笑纳这笔贿赂。但他没有细看剧本里以金条治病的那一情节，自愿做了个被讽刺的对象而已。及至这戏演出以后，他可能被训斥或撤职，但他总算捞到一票了。

　　《升官图》就是这么奇迹般地上演了。虽然国民党封锁了全重庆的大小剧场，"中艺"还是在七星岗的邻马路的山坡下租到江苏同乡会小礼堂作剧场。中共代表团全体代表都出席了四月七日的首场演出，并在一块红绸上签了名。但不幸的是，第二天叶挺、王若飞等同志飞赴延安，飞机失事，同时遇难。这便是四·八烈士。而那张签名的红绸，应该保存在应云卫同志手中的，但文革中他被抄家，是否还存在人间，不得而知了！

《升官图》公开演出以后，立刻轰动山城。抢购不到戏票的观众以至迁怒于现代戏剧学会成员、临时售票员刘川同志，包围他，逼使他抱着钞票箱子逃跑了。但国民党特务则以向剧场屋顶抛砖头、在剧场外敲锣鼓、对剧场内临时断电等等手法破坏演出。作为舞台监督，应云卫同志把守着后台通往隔壁邻居家的便门，以备万一时好让演员撤退。戏，就是在如此紧张状态下和观众热情鼓舞下坚持着演出到礼堂租期届满，约演了一个多月。但同乡会再不敢租赁礼堂了。剧社为了满足观众的要求，只好在中央公园一家茶馆里搭草台子演出。但在这儿更便于特务的骚扰捣乱，不久，只得宣布停演。

但《升官图》的演出既未明令禁止，回到上海去的中国艺术剧社改组为上海剧艺社，从五月间便开始接力演出，连满三个多月，创造了卖座最高纪录。同时国统区和收复区的大小剧团无论是民营的或官办的也都纷纷上演，虽然大都遭到国民党的禁止、破坏甚至逮捕。《升官图》的导演是刘郁民同志，早就要求去延安的，在重庆演出的中途被批准了，于是他挟着剧本和导演计划，把这个戏献给延安人民。各个解放区也都相继演出了。"中艺"和现代戏剧学会在重庆演出的功绩，就在于它点燃了火种，使之蔓延到全国去。

《升官图》是"中艺"演出的最后一个新剧目。不久它也离开重庆，顺流东下，沿途演出，于一九四七年春到达上海，完成它的历史使命，宣布解散了。

"中艺"草创时仅有三千元开办费，人员经常保持在一起二三十人，后来到四五十人左右，但能在敌人心脏地区辗转奋斗达六年之久，演出了包括在戏剧文学史上将长放光辉的大型剧本不下五十种之多，演出场次在二千场以上，观众约二百万人次，而且为未来的新中国锻炼出一批戏剧骨干。这一伟大成绩的取得，归根结底是由于有着党的领导！上有"胡公"这"总司令"，而始终具体领导着"中艺"的则是阳翰笙同志。自然，我也应该指出：没有应云卫同志这样具有特异人才的人和先后参加的一二百位社员的艰苦奋斗，也不可能有这样一段光辉的历史。

中华剧艺社成立至今已四十一年了。它的历史功绩以至抗战时期整个国统区话剧运动的伟大业绩，长期以来，没有获得应有的评价。到了十年浩劫中，更成为罪恶史。记得一九六七——一九六八年间，上海一位"革命群众"（作者按：当时上海的外调人员不用问，一望便知的，他们身上具有一种最最革命的光辉与气质）要我交待中华剧艺社是什么反动组织，我刚说它是在周恩来同志指示下成立的，来人便大吼一声，说我是"炮打无产阶级司令部"，不许说，也不许写；写了，也硬让我涂去，并捺上手印。当时我真个不懂。等到《文汇报》上刊出"解剖一个麻雀"那篇诬蔑演剧队的文章，才懂得这无产阶级司令部里是并无周恩来同志座位的。其实是自己糊涂。这些最革命的"同志"是连现在台湾的陈纪滢先生也不如的，他在香港举行一次会议上的书面发言中都说，抗战后期的文艺以话剧的成绩最显著。幸而文化部受中央组织部委托，在一九八〇年六月发出通知，继中国艺术剧社和在昆明成立的新中国剧社之后，中华剧艺社也被批准确定为党所领导的革命文艺团体了。但中国有些事情真怪，有些省市和地县文化局就以种种理由推托，说中央文化部的通知还不能算数，要中央组织部的文件才行。许多"中艺"旧人为此还是个不革命或反革命的身份。云卫不在了，作为"中艺"的所谓第二把手，我更有责任写出这篇回忆来。只是由于缺乏书面材料，仅凭回忆所及信手写来，谬误与遗漏必多，希望"中艺"的老同志们纠正、补充！

一九八二年四月廿八日于南京

（原载《戏剧论丛》1982 年第 2 辑）

《阳翰笙选集》第五卷编后记（节录）

张大明

　　当我把这一卷回忆录校完的时候，五卷本《阳翰笙选集》就算编完了。几年来，我反复阅读了阳翰笙同志的全部作品：不止是小说、戏剧和电影文学剧本，还有散文、评论、关于哲学与社会学的小册子，以及一部分日记。我的编选工作是在翰老的直接关心下进行的，曾多次聆听过他的指教。我们之间的接触与谈话，中心当然是为了选好作品，编好书，但也极其自然地要旁及社会人生，文坛轶事，创作经验，等等。

　　在他那里，我们海阔天空，说古道今。我没有压力和束缚，总是感到轻松和愉快。因为，他平易近人，和蔼可亲。他有长者的忠厚，而没有居高临下的威严；有老革命家的阅历和品格，却没有任何架子。他爱憎分明，嫉恶如仇，原则性很强，然而对我这样的晚辈却总是宽宥和鼓励，从来没有用过教训的口吻、命令的腔调。他谦逊灼人：有时为他整理一篇稿子，他看过之后，经过再三斟酌，觉得需要改动一句话，增删几个字，也要把我找去，说明理由，然后以商量的语气说："你再看看吧。"

　　编选集的过程，也是对翰老的认识过程。

　　通过接触，我感受到他的人品之高尚；文如其人，这有利于我去体验这种人品在作品中是如何表现的。

　　我是研究现代文学的，这便于我从现代文学的每个历史发展阶段及其全貌来估量阳翰笙的作用和地位。

同时，这几年我参与了主持《中国现代文学史资料汇编》中的《中国现代作家作品研究资料丛书》的编选工作，陆续审读过几十部现代作家研究资料，在与这些作家的比较之中，容易看清阳翰笙的个性。

去年，有幸与他一道去过他的老家——四川省宜宾地区高县罗场，对于领略一方山水怎样养育一方人，不无裨益。至此，翰老生平所履历的地方（罗场、高县、宜宾、成都、上海、广州、武汉、重庆、香港、北京），除香港而外，我都去过，这对于我理解他的思想发展及其作品，增添了感性知识。

地理孕育人杰，时代造就英雄。

翰老出生在川南山区一个小乡镇上。这个小乡镇具有川南山区的一般特点，也有它的个性。用翰老的话说，它是个"穷乡富镇"，交通比较发达，见过许多历史变迁。

罗场地处川滇边境。这一带，历史上各民族杂居；文化古迹较多，僰人悬棺即是一大奇观。到处有溶洞、石林，一年四季山青水秀。民性粗犷，民风醇正，离省城和国都远而又远，但有驿道上通云南昭通，直达昆明，下到宜宾，由水路而达重庆。比较闭塞，又能从山货客口中听到种种轶闻奇事。农民劳动艰苦，但卒岁可裹饥腹，中等人家即无啼饥号寒之忧。太平天国起义曾经在这里播下反清的种子，阳翰笙的先辈即直接投"长毛"造反。作为辛亥革命的前奏曲的保路风潮，在罗场，在高县，在宜宾，都表演得威武雄壮，有声有色。

山川之精英、土地之灵气，是陶冶情操的诗；风土人情，历史遗迹，是无字的文化。它使人秀美、纯正。太平天国和辛亥革命，在阳翰笙稚嫩的心田烙下了黑暗可以驱除、暴力应该推翻的痕记。

另一种文化修养，是读古书，另一种艺术熏陶，是看川戏。四书、五经，楚辞、史记，唐诗、宋词，八大家散文，这是强迫诵读，硬性灌输的。对于一个小孩来说，这不是愉悦，而是痛苦。但它们乃我国几千年古代文化文学的精华。先接受，囫囵吞下，日后反刍、消化，是会无声地起作用的。老一辈作家的功力往往长于现今的年轻人，原因之一就是因为他们读的古书多，这方面的知识渊博，文学的滋养，历史经验的启迪，使人聪慧。

川戏艺术的熏陶，为阳翰笙日后的戏剧和电影文学创作打下了最早的基础。翰老在回忆录中绘声绘色地描述了他在罗场看"扎冬班"，在筠连看连台本目连戏，在成都跑三庆会的情景，本世纪初叶，川剧界的名艺术家的表演，他都得以饱眼福。关键还在于，他所看的川戏不是东周列国故事，就是由古典文学名著改编的。不说《三国》、《水浒》和《西游记》、《红楼梦》，单是古代那十大悲剧和十大喜剧，置诸世界文学之林，也堪称独步。孩提时代的阳翰笙，可说是浸泡在川戏艺术里长大的。俗话说，吃什么补什么。精美的民间艺术，告诉他何谓真善美，何谓假恶丑，也偷偷地开启他的艺术心扉。艺术家的眼光，艺术家的思维方式，就在这时候开始孕育。

阳翰笙的成长与革命前辈、先贤的开导、教诲、指引分不开。

他在成都读高中时，自动组织四川省社会主义青年团，从事学生运动，得到吴玉章、王右木的支持和指导。

他说，恽代英是照耀他"革命征途的第一盏明灯"。当他受到军阀通缉、走投无路的时候，恽代英告诉他：有觉悟的青年，应该团结起来，反帝反封建反军阀，改造社会，走社会主义的道路。

他说，陈毅曾对他大讲巴黎公社和十月革命，又讲法国文学和俄罗斯、苏联文学，建议他离开北京，去上海大学读书，使他茅塞顿开，明确了奋斗方向。

在上海大学，当校长的是国民党元老于右任，教务长是邓中夏，系主任是瞿秋白，上课的教员除邓中夏、瞿秋白外，还有蔡和森、萧楚女、恽代英、张太雷、任弼时、施存统、李季、蒋光慈等。他们，有的是中国共产党的创始人，多数是党中央和团中央负责人、马克思主义理论家，有的是学者，是革命诗人，都有学问、懂理论。翰老说，他真正有指导、有计划、系统地学马列，是从这里起步的。能够听到这么多有地位、有名望、理论上有修养的第一代马克思主义者（有的人以后有变化是另外的事）讲课，他是幸福的！

一九二六年年初到黄埔军校工作，结识周恩来。从此，几十年来，他始终或直接或间接地在周恩来的领导下活动。周恩来的革命精神和崇高品德，周恩来的理论修养和策略思想，周恩来的工作方法和领导艺术，一句话，周恩来的高风亮节，感染着他。周恩来是一座宝库，那里积蓄着智慧和力量，信心和希望。翰老身上的美德，他的工作才干，无不可以从周恩来这里找到影响和被影响的关系。

以上，主要是从阳翰笙作为一个革命家、一个社会活动家的成长过程来说的。就他的文学道路而言，陈毅、瞿秋白、蒋光慈是启蒙老师，郭沫若以身教，鲁迅、茅盾树立楷模（茅盾并有直接批评，《地泉》序、评《义勇军》是好例），冯乃超、郑伯奇、洪深、田汉等戏剧家的直接帮助，在在皆可视为阳翰笙进入艺术王国的引路人和诤友。

因此，一个人的成长，总是有他人披荆斩棘，为之开路、指路和引路；他的成就溶化着别人的社会劳动。

阳翰笙很强调社会实践的意义。

早在中学生时代他就参加了学生运动，并是它的组织者和领导者之一。这是他立志改造社会、投身革命的最初的尝试。奋斗，不一定都是快乐，还掺和着痛苦；战胜痛苦和艰难，苦尽甘来，收到一种快乐。

最有效的锻炼是在上海大学读书期间，在五卅运动中，和工人的结合。由学校党团组织所决定，有李立三、邓中夏的指导，刘华、杨之华的示范，用先进理论武装，听工人述说他们是如何受压迫受剥削的，他们的思想状况和革命要求。理论和实际结合，亲自实践，自觉工作。时间不长，收获颇大。前面说过，阳翰笙是到了上大才系统地学习马列主义的。书本上的知识是不是学懂了，会不会运用，只有到实践中去检验，通过在工人当中的生活、工作、一起进行斗争，可以验证和丰富书本知识，把理性和感性结合起来，提高理论水平和政治思想觉悟，树立革命的人生观和宇宙观，增长才干。纵观阳翰笙的一生，他的工作有个特点，那就是几乎都和秘书工作有关；这意味着他头脑清醒，作风细腻，办事周到，善于组织，长于协调。他本是一介书生，这种本事从哪儿来？我认为这跟他青年时期的这些锻炼有关，与早期革命家的言传身教有关。读书，增加学问；实践，获得真知。不读书，不懂得马列主义科学，不知道社会发展的基本规律和方向；不实践，不知道中国社会实际和革命实际，书本理论不会变活，成为利器和法宝。二者结合，一个人的提高就快。

总而言之，阳翰笙的革命道路和文学生涯有他个人的特殊性，又有共同的规律。也许阳翰笙是有天赋的，但我觉得更可注意的是他所生活的时代和环境，是他的机遇和个人努力。

阳翰笙不单纯是一位作家、戏剧家、电影文学家，首先应当说他是我国无产阶级革命文艺运动的组织者和领导者之一，从长远看，即放在历史长河中看，文学史固然主要是作家作品的历史，但中国现代文学史自有它的特殊。特殊就特殊在，它和革命运动太密切了，革命文艺成了革命运动、革命斗争、革命事业的一个方面军，一个必然的、不可分割的组成部分，它和革命有着生死与共的关系。鲁迅说，左联五烈士的惨遭杀害，"已经证明了无产阶级革命文学和革命的劳苦大众是在受一样的压迫，一样的残杀，作一样的战斗，有一样的命运"❶，"证明了左翼作家们正和一样在被压迫被杀戮的无产者负着同一的命运，惟有左翼文艺现在在和无产者一同受难（Passion），将来当然也将和无产者一同起来。"❷与此相关的另一点是，中国现代的无产阶级革命文学和政治的密不可分，这两个特点就决定了革命文学运动的组织者和领导者的重要性。重要到没有组织和领导就不会有革命文学。中国现代无产阶级革命文学所以能够在那么严重的国民党反革命"围剿"之下存在和发展，占据现代文学的领导和主流地位，这完全是党的组织领导的结果。阳翰笙在历史的这一页是刻下劳绩的。

左翼文学是中国现代文学史的一个独立阶段，是一股强大的文学思潮。第一次大革命失败之后，全国一派白色恐怖黑暗得可怕。一些相当有影响的文学社团和刊物不提革命了。左翼文学在这个时候异军突起，旗帜鲜明地倡导无产阶级革命文学，建立殊勋。先后成立大小不等的社团一二十个，创办几十种刊物，涌现出一大批作家，一有创作即不胫而走，十分畅销。蒋光慈风靡全国，激发一代青年走上革命道路；左联的营垒坚不可摧，它象征力量和光明，是希望的所在，是革命的航标灯。大潮流，大趋势！疾风里的劲草，

❶ 鲁迅：《二心集·中国无产阶级革命文学和前驱的血》，《鲁迅全集》第四卷，1958年版第222页。

❷ 鲁迅：《二心集·黑暗中国的文艺界的现状》，同上，第227页。

严寒中的苍松！

这是党从组织上领导文艺的开始，是一页光辉的历史。中国现代史上的两位伟人——毛泽东和鲁迅——都对历史的这一页作了极高的评价。凡是以组织工作、理论活动、创作实践参与写作这一页历史的人，都是功臣。在这光荣榜上、功劳簿上，赫赫然写着阳翰笙的名字。

结束"革命文学"论争，团结鲁迅，成立左联，他做了具体工作。他先后担任左联党团书记和中央文委书记，领导左联成员和各左翼组织，与国民党作斗争，发展左翼文艺。他受党的派遣，进入电影战线，占领电影阵地，开辟新的革命领域，开创我国电影表现革命的新局面。抗日战争时期，他在中共中央长江局、南方局和周恩来、郭沫若的领导下，坚持统一战线思想，主要对团结各种各样的文学艺术家和从业人员，解决他们的从思想到生活的实际问题，发展国统区的进步的戏剧运动和电影事业，呕心沥血，鞠躬尽瘁。抗战胜利、复员到上海以后，他把全身心都投入昆仑影片公司的建立上；在《一江春水向东流》、《八千里路云和月》、《万家灯火》、《乌鸦与麻雀》、《三毛流浪记》等名片的拍成和上映的背后，是记录着阳翰笙的一片苦心的。他没有留名，但我们编写历史，应该把他写上去。一九四九年的第一次文代会，他是用纱布吊着患骨结核的手臂，参加筹备组织工作，并负责总结关于国统区进步的戏剧、电影工作的报告的。

白色恐怖那么严重，社会环境那么艰苦，文艺队伍那么复杂，要成就一番事业，谈何容易！党的领导，集体的力量和智慧，鲁迅和郭沫若的旗帜，是主要的，阳翰笙做了大量的具体工作。

……

当我握笔起草这篇编后记的时候，抬头审视日历牌，此时正是翰老八十二周岁寿辰。我祝他健康长寿！

即或不算他在成都从事的学生运动，只从一九二四年他入上海大学参加革命时算起，他也为革命整整奔波六十年了。六十年的日夜辛劳！六十年的耿耿忠心！

八十二年的人生行程，疲倦了他的身躯；八十二年几多变幻的风霜雨雪，磨练了他的意志。如今，历史正翻开新的篇章，祖国正是百花齐放的春天。翰老精神矍铄，老而弥坚。他思想敏锐，处事应付裕如。

他还在辛勤笔耕，还在坚持工作！

一九八五年一月二十五日修改定稿

（原载 1989 年 10 月四川文艺出版社版《阳翰笙选集》第五卷）

忠诚的老战士（节录）
——记老作家阳翰笙同志
周　明

在中国文联系统党的"十二大"代表中，有一位八十高龄的老同志，他就是中国文联副主席、著名的老作家、老戏剧家阳翰笙。十年动乱的残酷折磨，严重地损害了他的身体，直到近年才逐步恢复健康。作为中国文联驻会常务副主席，他以巨大的热情从事文艺界各项拨乱反正的工作。他对社会主义文艺事业的美好前景充满了信心，常以自己的创作生涯为例，鼓励中青年作家坚持深入生活，自觉担负起建设社会主义精神文明的责任。

阳翰笙，这位几与二十世纪同龄的老战士、从事文艺工作五十多年的老作家，有着丰富而独特的生活经历，在许多领域有大量著作，为革命斗争和文艺事业作出了巨大的贡献。在漫长的岁月中，他从事过学生运动、职工运动；参加了北伐战争和南昌起义军的斗争；他曾长期在国统区担任秘密工作和文化界的统一战线工作；从大革命以后，他写作了大量的小说、电影、评论和戏剧。由于多年来他在周恩来同志的领导下从事组织工作，建国以后极少介绍他的生平，广大中年以下的读者也就不大了解这位老战士为我们党的事业所付出的辛劳。

……

从左联时期到抗日战争初期组织文协、剧协等群众组织，从第三厅、文工会到解放后主持全国文联、对外文委工作，阳翰笙同志长期从事文化战线的组织工作，为团结群众、贯彻党的方针政策，默默地付出巨大的心血。这里且不谈他组织家干练的才能和旺盛的精力，只是谈一点组织工作者的精神和作风。

多年来，他广泛联系各界人士，有政治家，有军人，有专家学者，更有作家、导演、演员、编辑和各种艺术人员，他把交朋友、团结人、贯彻党的政策、反映群众的要求，作为自己的天职。在国民党统治区工作，生计都要自己解决，他常说："没有群众就无法立足，没有群众就谈不上干革命。"当时政权在反动派手里，共产党员人数很少，我党领导的文化斗争、民主斗争常常取得胜利，掌握了运动的主动权，主要靠的是什么？靠党的主张、方针政策正确，也靠党的工作者和群众的真诚团结。阳翰笙和其他在文艺界工作的老同志一样，尊重群众、依靠群众，从而取得许多朋友的信任。抗战时期，有些著名演员被邀参加某一电影厂，先跑来找阳大哥，问能不能去。工作遇到了难处，家庭、婚姻产生了纠葛，也来求阳大哥解决。阳翰笙同志熟悉知识分子的特点，非常尊重他们的劳动和意见，他总是首先看到某某同志的长处，以平等商讨的态度来进行工作，即使是批评性的意见也使对方心悦诚服。

在长期工作中，他以恩来同志为榜样，谦虚谨慎，平易近人，细致周到地关心同志、朋友，满腔热情地推动工作。他严格遵守组织纪律，保持和党的一致行动。他艰苦朴素，保持生活的清廉。他常常提起某某同志在抗日时期是有贡献的，某某朋友在困难时期帮助了党，某某同志在"四人帮"横行时期是保持了气节的……从来不埋没别的同志的功劳或长处，而自己则甘心做无名英雄。抗战初期文协、影协、剧协的建立，后来领衔的是别的同志，很少有人知道组织过程中主其事的是他。在三厅、文工会时期，他做了大量幕后的工作，从不与人道及。戏剧界盛传一时的《屈原》演出，为了取得演出成功，在演员配置上下了很大功夫，他到处奔走商借优秀演员，请名家导演、监场、配曲和美术设计，做了大量准备工作，累得吐了血。后来，《屈原》演出轰动了山城，在重庆举行庆功宴，他却病倒在赖家桥乡下。

粉碎"四人帮"以后，他极少谈到自己多年受到的迫害，而是以坦荡的胸怀，努力帮助尚未落实政策的同志搞清问题，及早恢复工作。他找机会多方面接触群众，了解新情况，吸收新的养料。他说："一个人脱离了群众，什么坏事都可能产生。"他十分关心同志的生活，在医院养病的日子里，他关心青年司机的婚假安排，他亲自打电话联系老作家遗孀的住房……他撰写回忆录的最早动机，是为了说明国统区党领导下的革命斗争，使许多同志解脱所蒙受的不白之冤。在这些回忆录中，没有对自己工作的渲染，没有个人生活的细节描写，而主要是谈党的领导作用，谈恩来同志的贡献和斗争艺术，谈烈士的事迹，谈党外朋友所做的有益于人民的事……

在国外有一种说法，老人退休后会产生"孤独感"。但我国许多革命的老同志，包括阳翰笙同志，不会发生这种情况。因为他们生活于人民之中，和人民群众保持着密切的联系。桃李不言，下自成蹊。阳翰笙同志三年前就申请退休，目前处在二线工作。可是，看望他的人络绎不绝。人们以各种不同的方式细致而真诚地表达自己的感情：一个火车站来的电话，几句托人捎来的问候话，一小包茶叶，一张小娃娃的照片，一本新出版的书籍，默默地透露出人们对这位老战士的爱护和关心。

（原载《剧本》1982年第9期）

气清秋色丽　孜孜奋笔求（节录）

——阳翰笙印象散记

潘光武

　　因工作关系，近几年我有机会经常面见阳翰笙同志。

　　一九八二年底的一天，我应约第一次到翰老家。去之前，我颇有一些莫名其妙的顾虑。心想翰老是"大官、大作家"，会不会有"架子"呢？！我带着惴惴不安的心情去到他家。进屋时，他正用电话与人谈话，见了我，忙放下电话说："是光武同志吗？请稍坐一会儿，我马上就来。"并嘱咐阿姨给我倒茶。接着，他又用电话继续与对方谈下去。

　　我坐在客厅里，茶水很快送来了，还端来一盘花生和一盘糖果。我一面等着他，一面环视屋内的布置。屋内简朴雅洁，临窗的大木桶里一丛竹子长得挺拔碧绿，格外引人注目；墙上挂着几幅条幅，有白石老人九十三岁时题画赠送的鸳鸯荷叶图，有吴作人四十年代赠送的沙漠骆驼图；另外几幅是祝翰老八十大寿的诗和画以及诗配画。其中有一首古体诗久久地吸引了我，中间有这样的句子：

弯弓潮汕后，夜走春申江。
腰刀且入鞘，提笔著文章。
"女囚"与"暗夜"，"铁板"及"逃亡"。
创作振左翼，普罗射巨光。
……
一声抗战起，三厅好佐襄。

双肩担重任，深谋斗强梁。
"天国春秋"愤，和"天地玄黄"。
从此影剧界，左翼放光芒。
建成新中国，辛劳志酬偿。
轻车驾熟道，文政孚众望。

　　我一面品味着诗句，一面不禁想起翰老半个多世纪的战斗历程……我正沉浸在翰老波澜壮阔的战斗生涯里，里屋的门一响，打断了我的思绪。

　　翰老从里屋慢慢地走出来，他一边走，一边说："真对不起，有些急事要交待处理，让你久等了。"他这样客气，使我感到很不安。他还未坐下，就叫我喝茶、吃糖，并亲自抓了几颗糖送到我的手里。他自己也剥了一颗先吃起来，一面吃，一面用浓重的四川口音与我聊起家常。问我老家在哪里，现在住何处，工作忙不忙，身体好不好。在短短的时间里，就打消了我原先的顾虑。我也同他无拘无束地谈了起来。他的脑子非常清晰，谈话很有层次，不紧不慢的，声音很洪亮，时时夹有一些四川的方言土语，谈到兴味处，就"嘿嘿"地笑起来。这情景，与其说我是在听一位革命老前辈谈工作，不如说我是在同一位慈祥的长者促膝谈心。

　　临行，我请他不要动身了，但他一定要站起来，并伸过手来握手向我送别。我在穿大衣的时候（当时是严冬），他一直站在我的身旁，并动手帮我穿好了大衣。我三步两步走向门口，回头向他说声"再见"，见他蹒跚着向门口走来，一边走一边说："路上骑车多加小心！"

　　那以后，我常到翰老家，有时是他事先预约，有时是我未打招呼就去了。每当我向他提出问题时，他先总是静静地听着，能一下抓住提的问题的实质，然后详细地说得清清楚楚，给我一个很满意的回答。有时，他对某个问题把握不准，就说："让我再想一想，下次再告诉你。"下一次——哪怕过了若干天，他也把他想好的问题主动提起来告诉我。他要我作的事，总是带有商量的口气："你看这样行不行？""这样是不是更好些？"交谈中，有时我还抢着说话，打断了他的思路。

　　去年五月，我陪同翰老去四川参观访问，与他朝夕相处。那时，来拜望他的同志和朋友很多，虽然他的身体不好，参加一天的活动之后更是疲乏，但他总是尽可能地接见。还常说："总是人家来看望我，真是过意不去！真是过意不去！"有一次，他听说张秀熟同志要来看望他，很不安地说："这怎么行呢！张老是辛亥革命的老前辈，行动也不方便，怎么能劳他的大驾！"很快，他就主动去拜望了张老。谭启龙同志率中国共产党友好访问团访朝返蓉的第二天，事先未打招呼就来拜访翰老。两位革命老同志见了格外亲切，谈笑风生。他们从井冈山的武装斗争，谈到国统区的文艺运动；从全国的大好形势，谈到四川的发展远景。我在旁边听了深受教育，深受鼓舞。启龙同志说："你是几十年没有回娘家了，这次回来，要给我们的工作多提意见。"翰老说："四川的工作三中全会以后，在很多方面都取得了突出的成就。我作为一个四川老乡，对此感到非常高兴。我们是来你们这里取经的！"他的这些话完全发自肺腑。在川期间，他每到一处，看着眼前的繁荣景象，就情不自禁地给我们讲起那里过去的情况。今昔对比，常常使他诗兴来袭。他平时是很少作诗的，在那段时间里，他居然写下了近三十首诗，其中绝大多数是他在参观途中哼成的。是什么使他如此兴奋？他在一首诗中回答了这个问题："天府今成真天府，巴山新胜旧巴山。满怀欣喜还乡国，老兴欲狂似少年。"日常活动之余，他就同我们摆起龙门阵来，天南海北，古今中外，风土人情，轶闻轶事，无所不谈。有一次参观武侯祠回来，他谈到魏、蜀、吴三国的用人路线，说曹操是搞五湖四海的，所以文臣如雨，武将如云，人才济济，事业兴旺；而刘备用人保守，武将只是五虎上将，其中的马、黄还不是核心力量，文臣总离不开原先从荆州带来的那批知识分子，不注意发现重用人才，所以总打不开局面；孙权能纳忠言，启用晚辈，但无宏图，安于现状……。他一直谈到很晚，第二天晚上又接着谈，使我们从历史的启示中深受教益。有一次谈到诗词格律问题，他说他很欣赏陈毅的"解放体"，陈毅豪爽，诗如其人。又说，诗人的"自我"，应该是置身于人民大众中的"自我"；诗的"品格"，首先是诗人自身的品格。革命文艺的这个宝贵传统，应该很好地继承和发扬。

翰老一直很忙，他虽年逾八旬，但仍在勤奋地学习、思考和工作，仍以满腔热情关注我国文艺事业的繁荣和发展，并尽可能地参加各种社会活动。他在"文化大革命"中被林彪、江青反革命集团囚禁折磨达九年之久，一身皆病，几乎偏瘫。近几年来，医生根据他的身体情况建议他去住院治疗；他总不愿去检查身体，因为一检查就要让他去住院。不管是在家里还是在医院，他都经常约请一些同志去谈工作；也常有不少同志去访问他，有的是向他了解有关革命史实的情况，有的是请他做些什么事。有时候，他一天就要接待三、四批客人，上一批还未离开，下一批又来了。他在住院期间，也照常看文件，看书报杂志，写文章。我每次到医院去看他，都见他的桌上、床头堆放着书籍杂志和稿件，有的是翻开着的，有的夹着一些纸条。听说他常常不听医生护士的劝告，不注意休息。今年夏天，他又有两种慢性病的征兆，我劝他多加注意，他笑了笑说："不碍事。我对这些新病和老病的态度是，以后给它来个一网打尽，连我一起玉石俱焚。"说罢，他哈哈大笑起来。

有一次，我向他提出这样一个问题：建国后文艺界某些"左"的批判中，你几乎没有写过什么赶浪头的文章，这是什么原因？他深有感触地说："这同我了解的情况较多有很大的关系。我同党内外不少人有过长期的接触，知道他们的过去和为人，知道他们对党的感情。我认为，即使他们有错误，也不是出于恶意向党进攻，不是有心反对社会主义。人家做了一百件好事，即使做了一件或几件错事，也不应该把他打成反革命。"他这几年集中主要精力撰写了大量的回忆录和怀念故去的同志的文章，其初衷是为了歌颂党和周恩来同志在国统区领导的革命斗争，追述当时的革命进步团体以及一些同志和朋友在党的领导下开展的革命工作，用事实解除林彪、"四人帮"横加给他们的不白之冤。他的回忆录有一个突出的特点，就是很少谈到他自己如何如何。我们从中看到的是党和周恩来同志的领导以及广大革命进步人士的艰苦斗争。他还很想主持编写一部象元代戏曲家钟嗣成编著的《录鬼簿》那样的一部书，为在"文化大革命"中被迫害致死的文学艺术家树碑立传。

建国三十多年来，翰老长期担任中国文联的领导工作，与文联一直有着密切的关系。他抓工作深入实际，每事躬行，因此他对文联的情况了如指掌。他曾多次谈到，要写一本文联简史，并总结我们开展文艺工作的经验和教训。为此，他收集和阅读了一些资料，并拟出了文联简史的写作提纲。有一次我到他家去，他正在研读几次文代会的资料。他向我谈起总结文艺工作的经验和教训时，目光严峻地说："过去用搞运动的方式来解决文艺中的学术问题是荒唐的。"说到这里，他忽然站起来，左手在桌子上用力地拍打着："这个惨痛的教训我们应该牢牢记取！"他喘着气，好久没有说下去。这次谈话，使我深深地感到，翰老虽然年逾八旬，身体不好，但对党的文艺事业，对文联的工作，仍然十分关怀，孜孜奋笔，倾注满腔热情，为繁荣发展社会主义文艺而尽着自己的力量。

我在同翰老的接触中，从政治、思想和知识等方面都受到很大的教育、启发和提高，他那坚韧不拔、顽强奋斗的精神，实事求是、光明磊落的品德和谦虚谨慎、平易近人的作风，更给我留下了深刻的印象。

一九八四年八月二十二日于北京团结湖

（原载《文艺界通讯》1984 年第 9 期）

生平和创作自述

照耀我革命征途的第一盏明灯（节录）

阳翰笙

二十年代初，四川地区因为连年军阀混战、封建割据，弄得民穷财困、生灵涂炭，巴山蜀水，一片黑暗。

五四浪潮冲击到西南地区，各种社会思潮也随之涌入四川，马列主义、无政府主义、乌托邦思想、国家主义、实业救国、教育救国……。有志青年都在寻求国家的出路、民族的出路、个人的出路，都在考虑究竟什么是真正的救国良方呢？青年的出路究竟在哪里呢？我们当时的一代青年在苦闷中徘徊、探索。由于各种不同的原因，每个人接受了各种不同的思想，而走上了各种不同的道路。

一九二一年，成都成立了学生联合会，组织学生反对旧思想、旧道德、旧礼教，推行新文化运动。我和李硕勋参加了学联的组织工作。我们成都学生在学联领导下发起争取教育经费独立的运动（当时四川军阀把教育经费挪作军用），打了省议会。一九二二年，成都一中换了个新校长严恭寅，是个官僚、政客，学生贴出通告反对他，甚至打坏了他的拱杆轿子，吓得他不敢就职。支持他的军阀就用武力镇压学潮，通缉学生代表。我也是被通缉的一个。同学们怕我遭到敌人毒手，劝我出去躲一下。我和李硕勋等就离开成都，取道宜宾，来到重庆。李硕勋准备去北京，我因缺少盘费，不能同行。天地之大，我的道路在哪儿呢？到什么地方去追求真理呢？这时，我想起了一个人——就是同学们常常谈起的恽代英。

恽代英当时是泸州川南师范学校校长，在成都、重庆、川南以及整个四川都很有名。我当时听说，他是少年中国学会会员，有新思想、新道德、新学问。和他接触过的人都非常推崇他，热爱他。他不但学识渊博、才华出众，而且对于青年循循善诱。人们喜欢读他的文章；爱听他的讲演；青年们乐于找他谈思想，请他解决疑难问题。凡受过他教导的学生都热烈拥护他，都以亲聆他的教导为幸。我下决心到泸州去请这位青年导师给我指出一条道路。

当时因为军阀混战，去泸州的水路被切断了，而旱路要经过土匪和败兵盘踞的永川。我克服了种种困难，费了许多周折，冒着生命危险，终于到达了泸州。

初次见到恽代英时，我见他平头，布鞋，一身旧学生服，比川师的学生穿着还要简朴。这使我联想起成都一中的那个新接任的校长，出门要坐三个人轮流抬的拱杆轿子。当时的成都，不要说是一个堂堂校长，就是普通教师也都穿得很神气，或长袍马褂，或西装革履，虽无官职在身，已是官气十足。而眼前这个恽代英，是海内有名的学者，青年领袖，又是川南师范校长，却完全是劳动人民的装束，不禁使我肃然起敬。一见面他就和蔼地问我："你从重庆来，路上好走吗？"我说："这条路很危险，到处是乱兵、土匪。"他问："那么，你冒着危险来干什么呢？"我说："我专程来拜访您，有一脑袋问题要向您请教。"他问我有些什么问题。我说："在四川，军阀混战，连年打仗，差不多月月打、天天打，打得民穷财困、民不聊生，我们青年学生读书都非常困难。这种局面究竟何年何月才能收场？老百姓什么时候才有太平日子过？"

他哈哈大笑着说："这不只是你们四川的问题，是全国目前最大的问题呀！你还有什么问题？"

我说："还有一些思想上的问题、个人出路问题……"我正要说下去，忽见窗外人影晃动，代英同志忙止住我说："你稍停停，我们劳动的时间到了，外边有十几个同学等着我呢。"他顺手拿起扫帚，要出去扫院子，边走边说："实在对不起，我们现在要打扫清洁了，你暂且在这儿等我一下，别着急。要不，你晚上再来，或者明天来，行不行？"他看着我十分苦闷的样子，就约我当晚八点钟来。

我看他带着十几个学生去扫院子，觉得自己也是个学生，在旁边看人家干活心里很不自在，就要求和他们一起劳动。他就让一个同学给我去找工具。那同学找了块破布来，我就帮着揩桌椅板凳。过了一阵，他们劳动回来了。恽代英笑着对我说："第一天来就让你跟我们一道劳动，太不礼貌了。不过我们这儿都是这样子的，要劳动，大家一起干。"

一开始，他就象一家人一样接待我，晚上再见时就更加无拘无束了。我开门见山地向他说："我这次来，想请教您：我们青年人的出路在哪里？我们同学里有各种各样的人：有的中学毕业后想当官，到军事学校去了；有的想当政客往上爬，到军阀那里去找一官半职去了；还有的做生意，甚至做鸦片生意去了；也有的想当教师，认为教育才能救国；有的学科学，认为只有科学才能救国。总之，什么人都有。您说，我们青年人究竟应该干什么呢？"

他没有正面回答，反而微笑地问我："你自己想干什么呢？军官？政客？还是做生意？你们川南做生意的人不是很多吗？还有教书，当教员？选一条什么路子，你想过吗？"

我坦率地说："这些都不是我要走的路。我不愿意当军官、当政客，不愿意去帮助军阀打内战，当军阀的走狗；当然也不愿意做生意。但是说教书吧，能给学生教点什么呢？究竟什么是真理呢？我们年轻人究竟应该走什么道路才好呢？"

恽代英蛮有兴致地问我在成都读书时还干了些什么。

我告诉他我在成都搞过学生运动，打过省议会，打过校长，打坏了校长的拱杆轿子，因而遭到通缉。我简单地叙述了一下闹学潮的情况。

他说："听说成都学生界很活跃，什么思想都有，是不是这么回事？"

我说："对，是这样。有马克思主义，也有无政府主义、人道主义，有巴枯宁的书，也有乌托邦的书。有人主张反对旧思想、旧道德、旧风俗。有人主张新文学、白话文。又有人说这还不行，需搞思想革命、社会主义革命，我在成都就装了一脑袋各种各样的思想，五花八门，乱糟糟的，不知道哪种思想最好。"

代英很注意我反映的情况，他含有深意地问我："这些思想里，总有一种思想你是比较接近的吧？譬如说，有人主张阶级斗争，你怎么看待呢？"

我说："我看过你翻译的考茨基的《阶级斗争》，觉得有点道理，但是还不大懂，有些问题弄不清楚。还有人道主义，我觉得也不是没有道理。乌托邦的书读起来也很让人着迷，要真能那样，倒也不错。还有无政府主义，讲自由平等，不要专制、压迫，好象也很好。教育救国、工业救国也都很有道理。各种思想在我脑子里斗来斗去。不知道哪种思想对，哪个主义才能救中国，我这次千里迢迢求师，就是想请您帮助我解决这些问题。"

他没有立即回答我的问题，仍然问我："这种思想也好，那种思想也好，你总有个比较吧！总有点研究，有点分析吧？你自己比较相信哪种思想呢？"

我说，我们几个同学议论过，觉得巴枯宁好象太吹牛了；乌托邦好是好，但是太玄妙。我们觉得还是马克思的科学社会主义比无政府主义讲求实际，可是马克思的书很少。听说苏联十月革命把资本家、地主都打倒了，可是介绍十月革命的书也很少。列宁究竟是什么样的人？还有什么第三国际？我们也弄不清楚。

恽代英停了片刻，又问我们还有些什么活动？我又讲了成都的学生运动和学生联合会，以及我们自己搞的青年团。我说："我们一批学生，童庸生、李硕勋、刘弄潮，还有女同学雷兴政等等十多个人按《新青年》上发表的建团章程，建立了一个社会主义青年团。高师的教师王右木给了我们很多帮助和指导。王右木认为我们的组织还不合法。他答应去上海时帮我们去寻找团中央。可是我们一中的人现在被学校开除了，不知道这个青年团现在怎么样了。"

恽代英注视着我笑着说："你们自动组织了社会主义青年团，这倒很少见。"接着他又郑重其事地说："目前，摆在全国青年面前的中心问题是：青年向何处去？孙中山有孙中山的道路，无政府主义者有无政府主义的道路，胡适派、国学派有他们的道路，共产主义派也有自己的道路。议论纷纭，主张繁多，大约总有十几二十多种吧。一个青年要找一条正确的路不是简单的事。你们认为社会主义比较好，自己又建立了社会主义青年团，你们这就找到了一条光明的道路。希望你们坚定信念，毫不动摇地走下去。"

恽代英在一个礼拜的空余时间里，向我谈了很多问题，主要是中国革命和中国青年的出路问题。他说：中国当前的革命问题是反对帝国主义、封建势力。帝国主义侵略中国，把中国变成半封建半殖民地了。封建军阀就是依靠各个帝国主义的。比如奉系军阀张作霖的后台就是日本军阀；直系军阀的后台就是英国和美国；皖系的靠山也是日本帝国主义。四川军阀和外边军阀都有联系，他们都是封建割据。现在青年人的唯一出路就是进行社会改造活动。除此而外，没有法子救中国。实际上你们已经找到路子了，社会主义青年团就是救中国的嘛。我看在今日的中国，对广大青年来说，社会主义青年团就是最好的组织。你们这些十几岁、二十岁的青年人有这个志向很好。可惜你们因为遭通缉就跑掉了。其实应该呆下去，为什么要跑走呢？应该坚持下去，直到实在不能呆为止。我说：我们现在还没有和团中央联系上，你能帮我们想办法吗？他说：这件事好办，我帮你们联系一下，不行的话，我也帮你们到上海去找找。恽代英同志谆谆教导说：如果有个青年团，和中央发生了关系，有了上级指导，那你出川不出川都没关系。你在北京、上海、重庆、泸州，随便什么地方都能改造自身、改造社会。因为在中国这块土地上，不只是你们四川，现在到处是一片黑暗，所以，我认为你有条件到北京去固然好，如没条件，在成都、重庆、泸州，甚至在你们家乡也一样能干革命。恽代英和我谈了七个晚上。我听了他的一番教诲，如同在黑暗中认清了光明的方向，我得出了一条结论，那就是：只有社会主义才能救中国。但是靠个人力量是不行的，革命青年必须组织起来。

我带着这些新的思想认识，怀着兴奋的心情告别了恽代英先生。在以后的岁月里，他的教诲一直深印在我的脑子里，对我走上革命征途起了决定性的作用。

（原载《龙门阵》1982 年第 5 辑，收入 1989 年 8 月

四川文艺出版社版《阳翰笙选集》第五卷）

133

在大革命洪流中（节录）

阳翰笙

一九二六年一月，陈延年到上海汇报工作，同时向中央要干部。当时我任闸北区委书记。陈延年要我到广东工作，罗亦农不放。但最后中央还是调我到广州。李一氓也是这时候被调到广州的。

我到广州后，先住市内农民运动讲习所。开始时我不大习惯：一是语言障碍太大，当地的粤语我根本听不懂；二是广州的饮食不大合我这个四川人的口味。但这里水果多，香蕉、菠萝、荔枝又新鲜又好吃，也不贵。这里四季长青。英雄的木棉树，火红的凤凰树，盘根错节的榕树，大叶芭蕉树，香气四溢的茉莉花，点缀着我们的生活。

在农讲所第一次见到毛泽东同志。到黄埔军校工作后，又随肖楚女去见过他，这一次并见到杨开慧。

在广州市内没有住几天，我就被分配到黄埔军校政治部当秘书，后调入伍生部政治部任秘书，又任中共入伍生部总支书记，同时兼作教官，教国际问题，有时也作时事报告。

不久，会见两广省委军委书记周恩来同志。他对我的工作表示关心和支持，并有所指示。以后，我就常到他家去。从这个时候起，在黄埔军校，在南昌起义的日日夜夜，在上海左翼文艺运动初期，抗日战争时期在政治部第三厅和文化工作委员会，解放后在国务院，三、四十年中，我都在周恩来同志直接或间接领导下工作。他那共产主义的胸怀，高度的原则性和灵活性相统一的思想，指挥若定、运筹帷幄的领导艺术，实事求是的科学精神，平易近人的作风，谦虚朴素的美

德，时时感染着我，鼓舞着我。我为一参加革命，就有这样一位党的
领袖、革命的同志始终领导我、指导我，感到幸福。

（原载《新文学史料》1985 年第 1 期，收入 1986 年 10 月
人民文学出版社版《风雨五十年》和 1989 年 8 月
四川文艺出版社版《阳翰笙选集》第五卷）

参加南昌起义（节录）

阳翰笙

八月一日，南昌响起了起义的枪声。二日，我们在九江得到消息，异常兴奋、激动。但就在这一天张发奎在四军开始清共。……

人家下了逐客令，我们当然只得退出。退出以后朝哪儿去呢？有人借此机会回上海，要求中央重新分配工作。我想参加南昌起义。

我去找叶剑英，共同商量出路。我表示：革命的军事力量在南昌，自己愿意加入；在党的安排下，创造一个新的局面。

三日，郭沫若和李一氓在九江与张发奎办好了退出政治部的交割。我去找到他们，共同决定立即赶赴南昌，参加起义。

……

南昌起义以后，在向南转移的路上，我参加了四次战斗：第一次打钱大钧，第二次迎击黄绍竑，第三次保卫汕头，第四次流沙突围。

起义部队到抚州后，休整四天。此时，前委决定我到叶挺二十四师任党代表。休整后，又经临川、宜黄、广昌，向瑞金出发。在壬田市，贺龙的先头部队与敌人打了一仗。

……

队伍在汀州休整个把星期，在此期间，提出了土地革命问题，没收了地主的土地。

在这里，我奉前委命令，从二十四师调到刚开展工作的全军总政治部当秘书长。总政治部主任是郭沫若。总政治部是空的，人从哪儿来呢？我们从各师，主要是从二十四师政治部抽调一些人上来，不几天，总政治部即初具规模了。

……

回到上海后，郭沫若根据周恩来同志的指示，要我到创造社工作。

……

郭沫若知道，我虽然没有写过作品，但爱好文学，具有一定的修养，又做过几年组织工作，于是由郭沫若的要求并经周恩来同志的同意，决定我到创造社工作，去发展组织，壮大革命力量。按我的本意，我还想重操旧业，从军上战场。但我是属于党的，我的一生必须交给党安排，我的工作应该无条件地服从党的决定。就这样，我便弃武就文，参加创造社，从此走上了革命文学的道路，把全部心血都献给了党的无产阶级文学艺术事业。

（原载《新文学史料》1985年第2期，收入1986年10月
人民文学出版社版《风雨五十年》和1989年8月
四川文艺出版社版《阳翰笙选集》第五卷）

中国左翼作家联盟成立的经过（节录）

阳翰笙

一九二九年秋天，大概是九月里，李富春同志给我谈了一次话。地点是在霞飞路一家咖啡馆。李富春同志先问我：你们和鲁迅的论争，党很注意，现在情况怎样了？

我简要地叙述了一下情况。我说鲁迅近来翻译和介绍了不少苏联的文艺理论、普列汉诺夫、卢那察尔斯基的著作，这是很好的；现在的论争已经缓和下来，不象去年那么激烈了；有些同志自己也感到与鲁迅争论是没有意义的。

李富春同志说：你们的论争是不对头的，不好的。你们中有些人对鲁迅的估计，对他的活动的积极意义估计不足。鲁迅是从"五四"新文学运动中过来的一位老战士，坚强的战士，是一位老前辈，一位先进的思想家。他对我们党员个人可能有批评，但没有反对党。对于这样一位老战士、先进的思想家，站在党的立场上，我们应该团结他，争取他。你们创造社、太阳社的同志花那么大的精力来批评鲁迅，是不正确的。这是第一点。第二点，我约你来谈话，是要你们立即停止这场论争，如再继续下去，很不好。一定立即停止论争，与鲁迅团结起来。第三点，请你们想一想，象鲁迅这样一位老战士、一位先进的思想家，要是站到党的立场方面来，站在左翼文化战线上来，该有多么巨大的影响和作用。你们要赶紧解决这个问题，我相信你们也会解决的，然后向我来汇报。

我当时就表示完全接受李富春同志的意见，接受党的批评。李富春同志和我谈话后的两天，我见到了潘汉年，他说他已经得到了这样的通知。于是我们俩经过商量，先开个党员会，传达李富春同志的指示。当时决定找的人是：夏衍、冯雪峰、柔石，创造社方面的冯乃超、李初梨，太阳社方面的钱杏邨、洪灵菲，另外还加上潘汉年和我，一共九个人，这些都是当时党内的负责人。开会的地点是在公啡咖啡馆。会议是由潘汉年主持的，他说李富春同志和老华（我当时用华汉的名字）谈过一次话，现在请他向大家传达。我传达完了之后，很多同志都拥护李富春同志的意见。有的同志还作了自我批评，说自己对鲁迅态度不好。（可能是钱杏邨同志，记不太准确了。）很多同志认识到对鲁迅的估计不正确，自己作法不对头。敌人正在很残酷、很厉害地迫害我们，我们应该想法壮大自己的队伍，不应该与鲁迅论争。也有个别的同志不表态，说鲁迅是一个激进的民主主义者，不是马列主义者，为什么不可以批评呢？实际上心中不以为然，但话讲得比较委婉，因为有李富春同志明确的指示。但到最后，经过反复说明团结的意义，会上的意见一致了。

就在这次会上决定：创造社、太阳社所有的刊物一律停止对鲁迅的批评，即使鲁迅还批评我们，也不要反驳，对鲁迅要尊重。

再一个决定，就是派三个同志和鲁迅去谈一次话，告诉鲁迅，党让停止这场论争，并批评了我们不正确的做法。当时还不便于直接说出是李富春同志的指示。去的三个人是：冯雪峰、夏衍、冯乃超。冯乃超本来写过文章批评鲁迅，但他们私人关系并不坏，这次算是代表创造社去见鲁迅的。鲁迅见到了他们还是很高兴的，笑容满面的。鲁迅对于年轻人的做法，是谅解的，表示愿意团结起来。

……

在一九二九年秋天这次会议以后，文化支部的同志都有一种要求，就是大家组织起来，以便统一行动。不仅创造社，太阳社，鲁迅以及他周围的一些人，还有搞美术的、戏剧的人，也都有这样的意见。文化支部就领导了这个工作，先在党内讨论，开了好几次会，进行了很长久的酝酿，决定成立"左联"。

（原载《文学评论》1980 年第 2 期，收入 1982 年 5 月中国社会科学出版社版《左联回忆录》〔上〕，和 1986 年 10 月人民文学出版社版《风雨五十年》、1989 年 8 月四川文艺出版社版《阳翰笙选集》第五卷）

左翼文化阵营反对国民党反动派文化"围剿"的斗争（节录）

阳翰笙

　　三十年代，国民党反动派在对我党革命根据地进行反革命军事"围剿"的同时，也对左翼文化阵营发动了反革命文化"围剿"。左翼文化战士，在党的领导下，英勇反击，不避艰险，不怕牺牲，粉碎了反动派的文化"围剿"，取得了辉煌胜利。

　　国民党反动派的文化"围剿"，在"左联"成立前就开始了。创造社、太阳社以及鲁迅等人的革命文学活动一出现，他们就想扑灭它。国民党反动派进行文化围剿的办法，首先是封闭社团及其出版部门、书店。如一九二九年二月，最早封闭了创造社，后来又封闭艺术剧社。书店也封过很多。有一个湖风书店就被封过。这是我们党领导的一个书店，可能知道的人不太多。"左联"两个有名的刊物——《文学导报》（冯雪峰、楼适夷编）和《北斗》（丁玲编），就是在湖风书店出版的。其次是颁布各种审查条例。除了书籍审查，又搞电影审查，成立电影审查委员会，先后也搞过很多条例。这一点使电影公司老板很害怕，很为难。左翼文艺工作者搞的电影，都是宣传反帝反封建的，观众欢迎，电影公司老板，为了赚钱，愿意拍。可是一碰到电影审查，不许演，就得赔钱。书报检查条例也很厉害。"左联"有一个《文艺新闻》（袁殊、楼适夷编），出了一段时间就被封了。为了逃避书报检查，我们也想了很多对策。例如我的一个长篇《地泉》，其中是三个互不联系的中篇——《深入》、《转换》、《复兴》，因为这三个中篇都被禁，无法再出。后来湖风书店想出了办法，把三个中篇合在一起，作为一个长篇，用了个《地泉》名字（其中又把《暗夜》改成《深入》，《寒梅》改成《转换》）来出版。这是为了逃避国民党的检查。还有很多同志变换很多笔名写文章，象鲁迅，用的笔名就最多，这也是为了逃避检查。据有的材料统计，到一九三一年四月，查禁的书刊有二百二十八种，到后来竟达七百多种。再次，是逮捕、屠杀。一九三〇年三月，国民党反动派的浙江省党部就对鲁迅下了通缉令，鲁迅在上海时期就多次避难。一九三一年，"左联"的柔石、胡也频、李伟森、冯铿、殷夫五位同志被逮捕、屠杀，这是大家都知道的，在这之前，还有左翼戏剧家宗晖，也是被国民党反动派枪杀的。宗晖有一次到老靶子路上海大戏院去看苏联电影《生路》，出来后被特务盯梢了，然后被逮捕，解到了南京，在雨花台被枪杀了。至于被捕入狱的就更多了。最后一个办法，是国民党反动派自己办刊物，来进行反共宣传。例如提倡"民族主义文学"的一伙就是。这一伙人有：王平陵、黄震遐、朱应鹏、范争波等社会渣滓，他们的后台是潘公展、陈立夫。他们之中很多人是特务。范争波就是一个，他就在公安局工作，常带人捕我们的同志。他们办的刊物有《前锋周报》、《前锋月刊》。国民党特务还办有个刊物叫《社会新闻》，也是很坏很恶毒的，它就是最先刊登出《多余的话》的。《多余的话》一登出来，我们就看出有问题，有些话仿佛象秋白的，还有许多话显然是经过敌人窜改的，决不会出自秋白之口。我个人认为：瞿秋白同志对党的贡献是很大的，他的功绩是不能磨灭的。

尽管国民党反动派的文化"围剿"很残酷，但真正有强大力量的还是我们。首先表现在我们出版了大量宣传革命和进步思想的刊物和书籍。这是国民党反动派无法相比的……这些刊物，有的生命长一些，有的因为国民党反动派的封禁，只出了一两期就停止了。不管怎样，都是起了斗争作用的战斗堡垒。国民党反动派，却什么象样的东西也拿不出来。

除了刊物，我们掌握的书店也很多。创造社、太阳社、我们社都有自己的出版部，实际上就是书店。还有湖风书店也是党领导的。四马路的一些小书店，也大部分和我们有关系，如光华书局、现代书局、泰东书局、亚东书局。光华书局出过潘汉年和叶灵凤编的《幻洲》，这个刊物，上半部分是风花雪月，下半部分是嬉笑怒骂——骂国民党反动派。亚东书局本来是保守的，但通过阿英的关系，也给我们出了一些书。我的一部中篇小说《两个女性》，就是亚东出的。

报纸是比较难打进去的，特别是《申报》。但它的两个副刊，我们还是利用了。一个是《自由谈》，鲁迅就在那上面写了大量的杂文。还有一个副刊叫《电影周刊》，是由石凌鹤编的，也成了发表我们文章的阵地。只有一个《新闻报》没有打进去，因为它不搞副刊。象《大晚报》、《大美晚报》，我们很多同志也都在那上面写了文章，虽然是所谓的"报屁股"文章，还是起了很大的作用的。

我们力量的强大，还表现在我们的队伍上。导演史东山、蔡楚生都是进步的，演员金焰是进步的，都受我们影响。艺华公司，是田汉和我在那里筹办的。还有电通公司，也是直接由党领导的，很多同志在那里工作，拍了很多进步影片，如《风云儿女》、《桃李劫》。夏衍、田汉和我经常帮助他们搞剧本。新华公司也有我们的人在那里，金山在那里拍过《夜半歌声》。那里的进步的编导、演员都是听党的话的。尽管白色恐怖很厉害，我们的活动范围还是很广的。例如苏联之友社中的一个人，他就在中国银行工作，我们还常常跑到中国银行里面开会，有时到电影公司的摄影棚开会，到教会学校，到青年会，敌人都是想不到的。

左翼文化运动传播了马列主义思想，不仅在上海起了很大的作用，在全国各地都有很大的影响。很多大城市都建立了分盟。北平就有"左联"的分盟，剧联的分盟。在武汉、广州都有戏剧、音乐的分盟，杭州有美联的分盟。成都也有左翼文艺工作者的活动。各地传播的马列主义书籍也很多。国民党反动派除了"三民主义"什么也没有。

左翼文化运动还有一个巨大的贡献，就是培养了大批的干部。就全盟范围来说，一个组织就有几十或几百个干部，全国各个组织加起来，就有一两千名干部。很多干部输送到瑞金、金家寨，到各个苏区。抗日战争开始后，又有大批干部输送到延安，到革命根据地，还有一大批留在国统区坚持斗争。这个文化队伍是以鲁迅为首的，鲁迅逝世后，以郭沫若为首。鲁迅在反对反革命文化"围剿"的斗争中，成为了中国文化革命的伟人，毛主席给了崇高的评价。他是左翼文艺运动的杰出代表。但领导整个左翼文化运动的是"文总"，在"文总"下面就有九个组织，几乎和今天各协会一样。这九个组织是：左联、剧联、社联、美联、教育工作者联盟、新闻记者联盟、音乐小组、电影小组，还有一个叫"苏联之友社"（又叫"中苏音乐学会"）。各个方面都是左翼的力量占优势。就以电影来说，当时上海有五家电影公司——明星联华、艺华、电通、新华，这些电影的编导权，差不多全在我们手里。例如明星电影公司，就是夏衍、钱杏邨、郑伯奇在那里搞编剧。联华，最先是田汉在那里，后来聂耳也去了。在反文化"围剿"斗争中，成长的并不仅是几个人，而是一大批人，一大批领导骨干。

总而言之，国民党反动派的两个"围剿"，都是被党所领导的革命力量粉碎了，是党得到了伟大的胜利。

一九八〇年六月中旬

（收入 1982 年 5 月中国社会科学出版社版《左联回忆录》〔上〕，和 1986 年 10 月人民文学出版社版《风雨五十年》、1989 年 8 月四川文艺出版社版《阳翰笙选集》第四卷）

第三厅——国统区抗日民族统一战线的一个战斗堡垒（节录）

阳翰笙

......

在确定郭沫若同志作第三厅厅长后，蒋介石派一个叫刘建群的特务头子来充当第三厅副厅长。刘建群是蒋介石的"十三太保"、"蓝衣社"的头头之一。"蓝衣社"是国民党反动派五次"围剿"共产党时组织的特务组织，后来扩大改名为"复兴社"。"蓝衣社"的十三个头子都是蒋介石的学生，被人称为"十三太保"。很明显，派刘建群来就是要控制三厅的实权，把郭老架空。蒋介石他们的如意算盘想得很美：有周恩来、郭沫若这样众望所归的人物，又通过郭老延揽大批文化、学术、艺术各界著名人士，同时将三厅掌握在自己控制之下，让周恩来作空头副部长、郭沫若作空头厅长。既装璜了门面，又羁縻了人才，这便是蒋介石心目中的"改组政府机构"。

根据当时斗争情况发展的需要，我党也积极从事第三厅筹建工作，争取把第三厅建成我党领导下的统一战线机构，有利于发动全面抗战的进行。由于政治部的其他各厅各处都是蒋介石的人，斗争的焦点便集中在第三厅副厅长的人选上。

经过上级党组织的批准，我方提出了一个比较著名的共产党员作为第三厅的副厅长。（听说他曾作为代表和国民党谈判过，对方知道这个人）国民党表示坚决反对。郭老说："我得有一个得力的助手。这个人北伐时期是我的秘书，后来又参加我们的‘创造社’，是追随我的人，我很有理由派他来当我的副厅长。"陈诚则千方百计地加以反对，企图让郭老接受刘建群。郭老坚决反对，他说："我本来就不想干第三厅。"郭老当时心里还有这样一种想法："在北伐时，我是政治部副主任，陈诚那时还只是一个团长，而贺衷寒那些人那时还不知道在什么地方，刘建群这家伙那时候还不知道是个什么东西，今天也居然当起厅长、副厅长来了。今天你陈诚当了政治部长，居然爬到我头上面来了。为了抗日，这些我都不说了。今天你还要派刘建群来控制我、监视我，我还干什么？"这些话他也对黄琪翔直接说过，当然不便提到陈诚。郭老还说："在朝也是抗战，在野也是抗战，何必要来当你一个三厅厅长作什么？"

这样，双方争来争去，相持不下，一直到一九三八年一月底。

一月三十一日，郭老突然接到一个通知，政治部要召开一次部务会议，请他参加。郭老当时很紧张，不想去参加。于是，马上请长江局的负责人周恩来同志、董老、秦邦宪等同志商议去不去的问题。这次会王明也在场。这会是在郭老家里开的，我也参加了。

一九三五年二月，我被国民党反动派逮捕。"七七事变"后，国民党被迫释放政治犯，我恢复了自由。长江局和周恩来同志先后给我两项任务：一项是筹备组织文学艺术界各个抗敌协会；另一项是要我帮助郭老筹组第三厅。后来中华全国文艺界抗敌协会、中华全国戏剧界抗敌协会、中华全国电影界抗敌协会，以及中华全国歌咏抗敌协会和中华全国漫画抗敌协会等，相继成立。记得我第一次请文艺界的一些朋友吃饭，商谈筹组文协的问题，还是我得了一笔稿费掏的腰包。后来我主要精力搞三厅，协会的工作由别的同志去搞了。

关于三厅工作，郭老一开始就抱消极态度，不愿意干。他曾多次和我商量，想组织一个艺术表演团体到南洋募捐资金来支援抗日。他一再向我提这个问题，我也一直对他说，这个问题不取决于你和我，而取决于党组织，要听恩来同志的意见。所以，这件事我没有帮他办。

在这个会上，我们商量明天那个会究竟去不去参加。恩来同志说："还是要去，看他们搞些什么名堂。"大家谈到，去又采取什么态度？恩来同志说："采取一个观察的态度，看他们究竟搞些什么东西，我们不发表什么意见。"郭老显得很勉强，沉吟半晌，说："那我一个人去吗？"周公说："让翰笙跟你一道去。"当时，大家就开玩笑地对我说："好，明天你就保刘皇叔过江去吧！"这样，我就扮演起赵云这个角色来了。

第二天我们去赴会。我记得这是二月一日，和第三厅成立相隔整两个月。一早，过了江，来到政治部。参加开会的人，我只认得黄琪翔一个人，陈诚我不认识。郭老也只说，这是阳某人，我们创造社的老朋友，准备参加三厅工作的。陈诚介绍说："黄副部长你们是熟的。张厉生——秘书长，贺衷寒——第一厅厅长，康泽——第二厅厅长，总务厅厅长——赵志尧。"他顿了一下，接着说："我还要特别介绍一下，这位是刘建群同志，我们准备派他到第三厅当副厅长，帮郭先生的忙的。"那个又矮又胖、肥猪样的家伙，就是特务头子刘建群，我们一看到他，心里就充满了气愤。陈诚他们分明是要造成既成事实，单方面强加于人。我们根本不和刘建群搭腔，一直不理他。陈诚看到这个局面，显得很尴尬。与会其他人都十分关注我们的反应，气氛比较紧张。

黄琪翔在中间打圆场，想把这件事得一个结果。但郭老和我毫不表态。

第二件事更使我们吃惊：张厉生拿了一个政治部的宣传大纲来，这是个定稿的印刷品。我们翻开一看，第一页的第一行，就是"要宣传一个政府，一个主义，一个领袖"。我们想，全国人民拥护的是中共提出的十大纲领，他们却在大纲里规定要宣传三个"一个"。这是地地道道的一党专政，哪里是什么"改组政府"、"共同抗日"？对这伙法西斯的顽固专横，我们气得差一点克制不住。

当时郭老说："我实在太冒昧，我事前并不知道，今天这会是部务会议，而我竟冒昧地参加了。我自信，我自己还没有充当第三厅厅长的资格的。"对于刘建群作副厅长问题和宣传大纲问题，我们保持沉默，始终一言不发。

会上，康泽指责当时的民众运动过火了。他愤愤地说："满街满道到处都在宣传些什么？现在群众抗日运动应该让他们走上轨道！"康泽是国民党军事委员会的别动队司令，是个实力派，非常骄横，对武汉等地的群众救亡运动流露出本能的仇视。刘建群个子小，嗓门大，夸夸其谈。他从国际形势直谈到国内，腆颜无耻地说："日帝现在不可怕，我们有英美的支持，什么条件都很好。……"张厉生则东说几句，西说几句。贺衷寒那双阴鸷的眼睛，东张张，西望望。会议的主持人陈诚左顾右盼，十分不自然地敷敷衍衍。环顾会场：这里张厉生是 CC 系统的特务头子；康泽、贺衷寒、刘建群属于"蓝衣社"的"十三太保"；还有其他一些国民党党棍。郭沫若在这么一个阵营中当厅长，这个厅长可怎么当法？郭老和我都感到无法把会开下去。接着，中午十二点了，还要会餐。我对郭老说："还会什么餐，走吧！"郭老也满肚子气，说："走！"我们站起身来，推说家中有事，告辞了，便气冲冲地离开了会场，始终没有给他们好脸色看。

回到郭老家里，长江局的同志们都在等着我们的消息。于立群同志说，周公先前已来过一趟。周公、董老、博古等同志很重视这件大事，关心今天会议的结果。我们汇报了陈诚、张厉生他们如何要把刘建群塞进三厅，如何要把"一个政府、一个主义、一个领袖"强加于人等等。大家听完了我们的详细汇报，作了一番分析。周公问："你们的看法如何？"郭老说："还有什么看法？象这个样子还能有什么看法？我今天当着大家表示这个态度，我干不了，不能干！"我说："什么'一个政府、一个主义、一个领袖'，被他们的宣传大纲套着干，还能干什么？这样不行！我们在民间可以做许多工作。到他们里面，去干什么？划地为牢的事不能干！派刘建群来，是控制监视我们的，是来作特务活动的，没有人事自主权，绝对不能接受！"郭老说："今天晚上我就去长沙。我到寿昌那里去，去帮帮他的忙，避开这里。"那时，田汉同志在长沙主办《抗战日报》。我也说："我的两个小孩子前星期在重庆相继死去了。棣华带着四个孩子到四川，死了两个。我想到重庆去看看。"大家听了关切地说："啊！还有这事！"大家估计了当时的形势，认为凉陈诚他们一下也好。周公说："好吧！你们都去吧。尽快就走！但有一条，接到我们的电报，就马上回来。"于是，郭老乘火车去了长沙。为了争取时间，我坐飞机到重庆。

我很快回到了重庆。我心爱的一儿一女因患肺炎无法医治，也没有钱医治，在两周内相继死去了。棣华遭受沉重的打击，极度伤心，形容憔悴。我回到了家，四个活泼泼的孩子只剩了两个，心里是难言的悲痛。就在这悲痛的气氛中呆了几天，我就偕同棣华和孩子们动身到宜宾，打算回高县罗场看望父母。我自一九二三年离家，到一九三八年已整整十五个年头没有回家了。当时我的父母都还在，于是我趁这空档赶回家去看看父母和兄弟姐妹。但是，刚到宜宾，就接到朋友们从重庆转来郭老的电报，要我赶回武汉。我来不及回罗场老家了，只好打电报请我父母家人赶到宜宾来会面，这样可以省去往返四天的路程。

父亲、母亲由兄弟侄子陪同来到宜宾。经过十五年生活的折磨，加上我在外搞革命，家庭政治上受到迫害，我的父亲已衰老不堪；母亲得了严重的肺病，行动很困难，走路必须由人搀扶。在宜宾大约住了七八天。在这段时间里，我日夜陪着我的父母，听他们倾诉自我离家以后家庭所遭遇到的种种困难；政治上的迫害、生活上的痛苦、经济上的贫困，以及两个老人身受的折磨和疾病的困扰，我非常伤心。但当时的形势，正是和日寇进行生死搏斗的时刻，我也不敢把我们艰苦斗争的情况过多地告诉父母和家人，只好隐瞒着。在这几天中，又接到郭老催我回去的电报，我在宜宾也不能多呆了。我是长子，但我既不能回家陪父母过哪怕一个极短的时期，当时又不能接他们到重庆或武汉过那受轰炸的生活。在这种痛苦的情况下，住了一周之后只好和他们告别了。当时我经济很困难，甚至没有给父母亲留下生活费就忍痛走了。从此一别，就再也见不到我的母亲了。

……

恩来同志接着说，沫若老是清高，他不想干厅长，这种思想是不正确的。我们是到尖锐复杂的环境中去工作，去斗争。我们不是去做官，我们是去干革命嘛！你不干，我不干，那末谁来干？你和他关系深，要做做他的工作。同时，不仅要做沫若的工作，而且要做民主党派人民团体的同志们的工作，让大家热情地而又很清醒、很有警惕地去参加第三厅的工作。

当时，恩来同志问我："我看你也不大想干这个工作？"我说："是的，以前十多年都是和国民党背靠背作斗争，现在要坐在一张桌子上面对面地斗争。我缺乏这方面的经验，怕搞不好工作。许多事情郭老不愿出面，让我去，有些事情又不得不和他们见面，而他们这些人又都是些什么东西呢！"恩来同志笑着说："必要的时候，还要和他们握握手呢！"我说："这种事情我实在没有经验，怕搞不了。"恩来同志亲切地说："有党嘛！我也在政治部，我也可以管一管你们的事情嘛！怕什么呢？"

恩来同志说，长江局研究过这个问题，决定由湖北省委一位负责宣传的同志和你联系，一起进行活动，内外一致，相互配合。这个人叫何伟，是省委的宣传部长。他问我熟悉不熟悉。我说，我们经常有接触。他说，那就更好了，你以后要经常和他建立联系。一些大的活动要和他一起讨论，共同商量部署工作，上下结合，内外结合。武汉这个地方经过大革命的影响，是有革命传统的。虽然它受到国民党反动派的摧残，只要通过我们一段时间工作，就可以把武汉人民动员起来、组织起来，就可以促进抗日斗争的大发展！……

和恩来同志的一番谈话，使我心里一块石头落了地。长江局和恩来同志早已作了周密的研究和部署，对国民党顽固派有了正确的估计，我们的工作也有了明确的方针政策，再加上和地方党建立了秘密的联系，这样工作起来就感到有把握了。

……

当时，前线感到最缺乏的是医药和医疗器材，连治疟疾的奎宁丸都奇缺。郭老提出来用一部分献金到国外去买药。这个建议，我们大家极为赞同。于是我们提出了买药的计划，经周恩来同志批准，又向政府请准了二十万元的外汇以后，我、程步高和政治部会计处雷平一同志三个人于九月中旬赶赴香港进行采购。在香港驻有各国大小公司的经销站，我们通过这些经销站向外国订货。雷平一管帐目，程步高管订购，我负总责，外汇均由中央银行支付，我们不经手。我们一开始就考虑到将来这些药物器材必需用卡车送到各战区去，而且三厅的宣传工作，特别是战地宣传工作也急需交通工具，因此我们一到香港首先就向国外订购了十辆能走山路的道奇牌卡车。这时战局发展得很快，物价也不断上涨，所以我们刻不容缓地请教了一些医药专家和熟悉行情的人，及时地办妥了大批订货。在等货期间，由于三厅工作的需要，我就先飞回桂林了（这时三厅已经撤退到桂林），留下程步高、雷平一两位同志负责一切采办运输事宜。在那样艰苦的战争条件下，他们的工作是做得很出色的。

不久广州失陷，日本海军南下，企图占领越南。我们这大批货物只有绕道越南，抢运云南。当货物运抵河内时，河内码头已十分混乱，托运遇到重重困难。幸亏程步高同志精通法文，又精明强干，大凡出色的导演都具有出色的组织能力，他用法语向法帝海关人员再三交涉，经过重重周折和复杂的搬运工作，终于将这大批药物、医疗器材和十辆卡车安全无损地运到了云南。但这个时候的云南是地方势力很强的独立王国。无论是中央军或龙云的地方军，纪律都很坏。大批卡车、药品存在那里，他们垂涎三尺，谁都想插上一手。程步高赶到重庆来报告这个情况，要三厅赶紧想办法，否则不是被"中央"军抢走，就是被地方军抢走。后来，程步高推荐了一个"中央"与地方、三教九流都通的人去疏通关系。经过多方努力，总算看住了这些药品。后来政治部调集了几十部车子把药品运回重庆来。二十万元的药品运到重庆时，时价已涨到五百万元以上。张厉生、陈诚喜出望外，马上打报告向蒋介石邀功，说政治部从国外买来了五百万元的药品和器材。在军事委员会会议上、政治部部务会议上，张厉生都侃侃而谈，把这说成是政治部的功劳，赢得了蒋介石的表扬，但绝口不提第三厅，不提第三厅主持的全国慰劳总会。

在分配这批药品器材上，和国民党又有一番斗争。这批药品器材由全国慰劳总会负责分送。国民党批的方案只分给十个战区，就是没有我们八路军和新四军的份。我十分生气，我对慰劳总会的同志们说："第三厅辛辛苦苦买来的药，怎么可以不分给八路军、新四军？应该分成十二份！"慰劳总会的简泰梁、罗髻渔、张肩重等同志十分支持我的意见。他们根据我的授意，没有听国民党的，把药品器材分成了十二份，而且八路军、新四军这两份还尽可能给得多一些。郭老和我两人抱着兴奋的心情到八路军办事处去见叶剑英参谋长和钱之光同志，代表全国慰劳总会和第三厅送给八路军和新四军各一份药品和医疗器材，请他们派人去监收。剑英同志和办事处的同志们都十分高兴，马上派了人去。满满装了两卡车都还没有装完。过了几天剑英同志和两位参谋人员带着八路军办事处的公函亲自到我们机关里来表示感谢。

我们大家也都十分高兴,因为在那个异常艰难的条件下,药品和器材是十分珍贵的。人民捐献的血汗,通过我们的努力,总算到了抗日前线,到了人民军队的手中,这是我们最大的安慰。

......

国民党反动派始终不放松对第三厅的限制和磨擦。他们看到慰劳总会作出了成绩,而且是在我们的控制之下,不受他们的支配,于是就用十分无赖的办法把慰劳总会从三厅夺走。他们先在背后策划,然后在会上宣布:"现在因为职权关系,我们政治部现在不能管慰劳工作了,所以今后慰劳工作和慰劳总会都划给社会部去管理。"我据理力争。陈诚出来为他们帮腔。这时周恩来同志到东战场去了,不在重庆,郭老也无法抵挡,就这样,慰劳总会、寒衣会全被他们夺走了。不久,他们又打我们那十辆卡车的主意。自从添了十辆卡车以后,三厅工作更加活跃,三厅所属的战地文化服务处、战地服务团都是用这些卡车运送宣传品和慰劳品;演出队、慰问队、摄影记者、工作人员上前线和从事其它活动也就非常方便了,因此各种抗日宣传工作都更加活跃地开展起来。这又引起了国民党反动派的仇视,非斩断我们的手足不可。他们声称这十辆卡车是政治部的,不能归第三厅单独使用,要强行"收回"。我们拒绝交出,拖了很久,后来陈诚出面,劫走了卡车。

到一九三九年冬,国民党对我们的迫害更是步步加深,我们在三厅的工作也就越来越困难了。

......

（原载《新文学史料》1980 年第 4 期至 1981 年第 4 期，收入
1986 年 10 月人民文学出版社版《风雨五十年》和 1989 年 8 月
四川文艺出版社版《阳翰笙选集》第五卷）

战斗在雾重庆（节录）

——回忆文化工作委员会的斗争

阳翰笙

　　一九四一年十月上旬的一天，郭老和我正在他家里商议工作，周恩来同志来了，他兴致勃勃地提出要庆祝郭老五十寿辰和创作二十五周年纪念。郭老当即谦辞。恩来同志深沉地指出："为你作寿是一场意义重大的政治斗争；为你举行创作二十五周年纪念又是一场重大的文化斗争。通过这次斗争，我们可以发动一切民主进步力量来冲破敌人的政治上和文化上的法西斯统治。"恩来同志责成由我主持这一工作，他强调要建立一个广泛的统一战线的筹备组织，由各方面的人来参加。

　　恩来同志要我代南方局起草一份通知，说明这次纪念活动的意义、内容和方式等项。通知由恩来同志改定后，以电报发给延安、成都、昆明、桂林、香港等地的党组织。我深感这一任务的繁重，经过反复考虑，提出了一个计划；并由文工会的冯乃超、罗鬓渔、石凌鹤、朱海观、翁泽永等二十余人组成一个工作班子。计划得到恩来同志批准以后，我便着手推动各项准备工作的进行。

　　在筹备组织的建立上，我首先找了中华全国文艺界抗敌协会负责人老舍，又找了救国会的沈钧儒老先生和陶行知先生，找了中苏文协的王昆仑、侯外庐等同志。这些单位大都由我们的同志、朋友在负责，他们都热情地表示愿意大力支持。各民主党派和无党无派著名人士如邓初民、翦伯赞、黄炎培、许宝驹、黄琪翔、罗隆基、侯外庐、王昆仑、屈武、章伯钧、刘仲容等，都一致赞同。发起人中还有冯玉祥、邵力子、张治中等。在新闻界，除了我们自己的《新华日报》外，周钦岳主办的《新蜀报》，陈铭德、邓季惺主办的《新民晚报》及《商务日报》都参加了。《大公报》这次也参加了进来。一个包罗广泛的筹备委员会成立了，几乎整个文化界、新闻界、文艺界都动员起来，各项纪念活动的准备工作进行得很迅速。

……

从高县家乡返回重庆以后❶，我反复考虑如何在新形势下继续革命工作。戏剧界的同志也有这种要求，纷纷向我提出："老阳，我们在这里等着挨打不是办法，要干，要演戏。"当时左翼戏剧运动的领导人大都转移了，就我和极少数同志留在重庆。但在几个电影厂里，戏剧人才不少，编剧、导演、演员、舞台美术人员，应有尽有。只要采取适当的方式把他们组织起来，就一定能通过戏剧给反动派以有力的反击。有一次在郭老家里和恩来同志会面时，我提出了这个问题和设想。恩来同志十分赞成我这个想法，要我提出个初步计划来。

回来后，我考虑到政治环境的险恶和经济条件的艰难，拟订的计划主要有三条：一是组织一个业余剧团，工作上比较主动；演员不脱离"中万"、"中制"、"中电"等单位，生活上有保证；二，演出剧目以现实主义的作品为主，以借古讽今、旁敲侧击的办法来进行战斗，比较适合当时的形势，我们也有足够的经验；三是出面领头的人选，这点很费斟酌，他既要听党的话，政治色彩又不要太浓；既要业务上真正懂行，又要有组织活动才能。我想起了应云卫同志。……我把上述想法先和郭老商量，得到郭老热情支持；然后再向恩来同志请示。他作了精密细致的推敲，然后同意了这一计划，还提醒我对反动派的阴谋要有足够的警惕。于是，筹备中华剧艺社的工作便开始了。

……

这时❷，我们接到王若飞同志的建议，要求我们动员文化界知名人士发表时局宣言。当时，郭老、冯乃超、杜国庠和我，根据党中央的精神进行讨论，拟定了六条要求的提纲，然后由郭老执笔起草，经过

---

❶ 时为一九四一年三月中、下旬——本书编者。

❷ 指一九四五年二月初——本书编者。

大家讨论修改，定名为《文化界时局进言》。这六条是和国民党针锋相对的，要求民主团结，所以一般人叫它做"民主宣言"。在党的领导下，文工会从郭老起所有领导干部都投入这一工作，以秘密方式发起一个签名运动。我们努力的对象主要是各界代表性人物，这样才有号召力，才能显示出文化界的力量。

我先找到女作家谢冰心，告诉她我们要发起一个签名运动，把"宣言"交给她看，征求她的意见。冰心看了爽朗地说："很好嘛，我赞成。"她当即在宣言上签了名。我又去找科学家丁赞，……这样，在这个宣言上签名的三百一十二人，包括了自然科学界，哲学、法律、历史、教育、出版、语言学等社会科学界，文学、戏剧、电影、音乐、美术、舞蹈等艺术界各方面代表性人士。文工会的全体领导，文艺界的党员，还有许多能保守秘密的朋友，四面八方都签了名。

这个《文化界时局进言》于二月二十二日在《新华日报》、《新蜀报》等报刊上发表，在舆论界引起极大的震动。……

（原载《新文学史料》1984 年第 1 期，收入 1986 年 10 月
人民文学出版社版《风雨五十年》和 1989 年 8 月
四川文艺出版社版《阳翰笙选集》第五卷）

泥泞中的战斗

——影事回忆录

阳翰笙

左翼电影运动，有不少经验和教训值得认真总结，这对繁荣和发展社会主义电影事业，会产生积极的作用。

我曾发表过《左翼电影运动的若干历史经验》一文，概括地回顾了三十年代初期至抗战期间，党领导电影工作的经验。这里，再具体地回溯我曾工作过的三个电影公司，即艺华影业公司、中国电影制片厂（简称"中制"）和昆仑影业公司的若干问题，以及我在其中工作的情况和电影文学创作活动。

一、早期艺华影业公司的组建及其制片方针

"艺华"成立于 1933 年。这时，中国经历了 1931 年的"九一八"事变，接着，日本帝国主义侵占了热河，进而企图吞并整个华北，步步进逼，欲灭亡中国。1932 年 1 月 28 日又进攻上海，发生了淞沪战争。十九路军在上海进行了英勇抵抗，而国民党还是坚持攘外必先安内的反动政策，以打内战为主，共产党不亡，蒋介石死不瞑目；对日本帝国主义则采取不抵抗主义，妥协、投降，国民党出卖整个华北权益，签订了上海停战协议。在这民族存亡的紧急关头，中国人民深感有亡国灭种的危险，奋起救亡图存，抗日救国的情绪高涨。

"一二八"淞沪战争的主要战场之一在闸北，而上海的许多小电影

公司就在闸北。在战火中，有的公司抢出一些机器，不少公司全部被毁。大敌当前，委肉虎蹊，电影界同仇敌忾，有了巨大的觉醒，反帝抗日的怒火燃烧起来了。这个觉醒包括整个电影界的从业人员，无论是编剧、导演、演员、摄影、美工、化妆、灯光……等，都有很大转变。但在"一二八"之前就没有这个觉醒，什么抗日不抗日，他们各自搞那一套落后的东西。这时很多人都觉悟了，一些著名的电影艺术家有了转变，不出名的也有了觉悟。例如，史东山过去是学美术的，比较喜欢唯美主义的东西，"一二八"战争对他的思想冲击很大，觉醒后即投入到反帝反封建的电影文化斗争的行列。象他这样的例子还很多。电影界的这种转变在我国电影史上有重大意义。群众的觉醒，是我党开展文化斗争、文化革命运动的社会基础。

我们党的电影工作者，正是在"九一八"、"一二八"之后的反帝高潮时期进入电影界的。1932年，夏衍、阿英、郑伯奇三人先进入明星影片公司。1933年春正式成立党的电影小组，成员有夏衍、阿英、王尘无、石凌鹤、司徒慧敏五位同志。电影小组的成员大部分做组织工作，有的抓创作，有的搞电影评论。他们与电影界进步的编、导、演、摄影、美工、录音、灯光、布景、效果……等从业人员广泛深入地取得联系，交朋友，逐步将电影纳入左翼文化运动的轨道上来，起了很好的作用。特别是一手抓创作、一手抓评论，有效地推动了进步电影的发展。在当时，不仅创作出一批进步影片，评论的威力也很大，尘无、凌鹤等同志作出了贡献。

在我们的同志中，田汉搞电影是较早的。1926年，他就创办了南国电影剧社，拍摄了未完成的《到民间去》、《断笛余音》两部影片。在1933年进"艺华"之前，也为联华影业公司编写了《三个摩登女性》、《母性之光》两个剧本，并由卜万苍导演摄制成影片，公映后曾轰动一时。我与电影界的接触，最先也是由田汉介绍我与"联华"的一些人认识，在摄制《三个摩登女性》时，导演卜万苍和主要演员金焰都来找过我，同我交换意见。

艺华影业公司，最初是由田汉帮助严春堂组建的。那么，田汉为什么会帮助上海的烟土大王严春堂组织"艺华"呢？回顾起来是很有意思的。

严春堂是大流氓黄金荣的徒弟，做鸦片生意发家，相当有钱，但名声不好。1933年电影界正处在大变动时期，上海的大小电影公司逐步恢复。"明星"、"联华"、"天一"等影片公司开始兴旺起来，赚了不少钱；特别是"明星"、"联华"拍摄了不少受到群众好评的进步影片，名誉很好。这时，严春堂的徒弟彭飞（大力士）要求他投资帮助自己拍电影。严春堂为了帮助徒弟解决生活困难；也看到电影是个名利双收的事业，就想把他的事业转到电影方面来。严春堂是个好大喜功的人，搞电影就想搞规模大的电影公司，还要找个有号召力并有名望的人来帮助他组织电影公司。田汉正是这样的人选，但他俩却互不相识。

回想起来，这也是件有趣的事。当时，严春堂有个打太极拳的老师，名叫叶大秘，是上海很有名的太极拳专家，也会按摩。他曾是民军，参加过辛亥革命，攻打过南京，后看到国民党不行，就不干了。他是田汉的好朋友。他治病很有一手，给我治过胃病，也很愿意与电影界的人交朋友。叶大秘对严春堂说："你要不搞电影就罢了，要搞电影就要组织个有威望的公司。想与'明星'、'联华'、'天一'对垒，就非找田汉不可。"并介绍了明星公司的情况，说"明星"原来拍《火烧红莲寺》，名誉不好。黄子布（夏衍）、郑君平（郑伯奇）、钱谦吾（阿英）三人到"明星"后，他们拍了不少进步影片，影响很大，从此"明星"开始名利双收。又说，田汉在电影界的朋友很多，他来帮你组织公司最合适等等。因此，严春堂决定请田汉帮他组建"艺华"。他们见面，严春堂请客吃饭时，叶大秘和田汉也把我拉了去。严春堂对田汉说："侬（你）的名望很大。我的徒弟生活没有出路，想演演戏、演演电影。因此，我想搞一个电影公司，不单为我的徒弟，我也想在这方面试试。我的公司就交给你，你说怎么办就怎么办，拜托拜托。"田汉说："可以，我尽力帮你的忙。"

田汉将上述情况提到党内，党内也考虑过如何办的问题。与烟土大王合作，过去我们从未搞过。当时，上海的资本家中有一类属流氓资本家，大流氓杜月笙（黄金荣的徒弟）就有许多徒弟是资本家。黄金荣的徒弟张善琨，就是上海大世界、大舞台的老板。他喜欢搞戏，也爱搞电影，后成立新华影业公司，并以此为主要收入。我们向叶大秘了解严春堂的情况，知道他没有什么政治背景。党组织认为，只要没有政治背景，不是国民党派来的人，不论他是否做鸦片生意，或是以拍电影掩饰其鸦片生意，我们都可以利用他，要他为我所用，若失去此机会是可惜的。严春堂是英租界的一大势力，在社会上很有一套，让田汉做公司的总顾问，是对他的信任。这对我们开展工作是有利的。

经组织研究决定后，田汉首先找一些有名的编导进"艺华"。编剧有田汉、我，还有廖沫沙。廖沫沙是南国社的，是田汉的学生，一个很好的同志。田汉请他参加编剧部工作时，对他说："你可以写剧本，也可以写电影批评方面的文章。"廖沫沙当时做了不少工作。此外，我们还特约一些人，如夏衍、周扬担任编剧顾问。全国解放后，周扬有时还提到"艺华"送给他三十元车马费的事。导演方面，有卜万苍、史东山、苏怡、岳枫和胡锐等。卜万苍原是"联华"的著名导演，特别是导演了田汉的《三个摩登女性》和《母性之光》之后，他的地位更高了，被称为上海四大导演之一。田汉找他，请他转到了"艺华"。史东山也是"联华"的大导演，被田汉请进"艺华"，导演了《人之初》等影片。岳枫、胡锐等人在一些小电影公司，也被请来当导演。演员方面，特约金焰主演由田汉编剧、卜万苍导演的影片《黄金时代》，王引是随导演岳枫来到"艺华"的；还有魏鹤龄等男演员；女演员有殷明珠，她是位老明星，名气很大，人很漂亮，也会演戏；还有一位年轻而漂亮的女演员袁美云。当时的电影公司是明星制，明星影片公司的大明星是蝴蝶，联华公司是阮玲玉，老板就靠这些明星赚钱，是他们的摇钱树。我们不可能把这些明星挖来。"艺华"要与他们对垒，就要培养本公司的明星，袁美云就是我们要培养的重点。与此同时，胡萍、玉莹、舒绣文也先后来到"艺华"。另外，还有摄影吴蔚云和化妆辛汉文等，一时人才济济。严春堂对这样强大的阵容也很满意。

当时，我在党的中央文委和左翼文化总同盟（简称"文总"）搞组织工作，兼顾电影，帮助田汉把公司组织起来。田汉同志的特点是交游广，朋友多，路子宽，是位艺术家，但缺少组织能力。我就帮助他进行了上述人事安排。总结起来，我们的工作有如下四项部署：

1. 调动部分党员力量进入"艺华"，如田汉、廖沫沙、苏怡、辛汉文等，这是党的力量，但在"艺华"未建立党的小组，他们的关系在"剧联"。

2. 在导演中，去团结一部分党外的、进步的或倾向进步的力量来贯彻党的制片方针，如史东山、卜万苍、岳枫、胡锐等。

3. 将"剧联"的一些进步演员调入"艺华"，充实"艺华"的进步力量，如从"五月花剧社"、"大道剧社"等演剧团体调出舒绣文、胡萍、魏鹤龄等人进"艺华"，成为"艺华"的骨干力量。

4. 在当时的情况下，"艺华"也不能搞清一色，也应容纳一些在艺术思想和政治观点上与时代不合拍的人物参加进去。但杜宇就是这样的人，他原是上海影戏公司的老板兼导演，在艺术上坚持资产阶级唯美主义。"艺华"要他的老婆殷明珠来演戏，严春堂也请他来"艺华"。那时，我们明知他与我们格格不入，也就算了。但杜宇喜欢自编自导。有一次，他构思个剧本来同我商量，他说："阳先生，我想编个戏，叫《美人鱼》。"我问他是怎么想的，他说："这是个传说，写一个渔夫撒下网，拉不起来，很重。拉起来一看，是个女人，就是美人鱼。"在全民要求抗日的呼声如此高涨的情况下，他要搞这样的东西。我劝他："你算了吧，这个要招人笑话的。"对这样的人，我们还是要帮助他。但他坚持自己的唯美主张，在"艺华"被捣毁后，他千方百计往里钻，企图夺取领导权，出了不少坏主意，我们就批判他。

"艺华"一开始就遵循了左翼电影文化运动的反帝反封建的方针。揭露国民党反动政权的黑暗统治，反映劳动人民被剥削、受奴役的苦难，以及他们的反抗。我们为"艺华"写的几部戏，都是体现了这个方针的。

首先是田汉自己站在第一线，自编自导了两部表现抗日救亡的影片《民族生存》和《肉搏》。那时，叶大秘先找田汉编戏；彭飞也请田汉为他编戏，并对田汉说，如果有人搞你，我们就做你的保镖。于是，田汉就编写出这两部具有鲜明的反帝抗日主题的戏。当时，在那种抗日有罪的白色恐怖形势下，我不同意田汉自己去导演这两部影片，我曾劝他不要去当导演；当导演，就要公开露面。田汉说："没关系，我怕什么，人家哪个不知道我田汉。"我说："特务很厉害，他们知道你是左翼作家的负责人。"他说："不管他。"这一点，我俩的意见不一致。他的革命热情很高，一连导演了两部影片。《民族生存》和《肉搏》公映后，受到舆论界的推崇，评价很高。在当时拍摄反帝抗日为主题的戏,是最受欢迎的,票房价值也很高,因为人民要抗日。田汉还写了《黄金时代》、《烈焰》和《凯歌》,他在"艺华"搞了五部影片,影响很大。

在田汉的催促下,出于革命的激情,我编写了《中国海的怒潮》,它是描写渔霸勾结侵略者压迫渔民、导致渔民起来反抗的故事。这个戏是与蒋介石提出的攘外必先安内的反动政策针锋相对的。蒋介石要反共,我们要求团结起来,组织武装斗争,救亡图存,团结御侮,动员全国人民起来抗战。继夏衍的《上海二十四小时》之后,《中国海的怒潮》和田汉的几部电影一出来,就引起了国民党对"艺华"的注意,对影片又删又剪,开始对电影进行镇压。我那时没出头,不在公司办公,有事在另一个地方碰头。所以他们不知道我,只知道田汉带着一批左翼的艺人在活动。以后,"艺华"又连续拍摄了几部以抗日为主题的影片。

要拍摄进步影片在当时是很不容易的,会遭受到各种迫害。一部影片从开始搞剧本到公开放映,要过三关:

1. 老板关。影片公司的老板都要看电影剧本或故事梗概,他首先考虑投入拍摄的影片卖不卖钱。他要请一些有名望的作家写剧本,因为这些剧本能保证影片的质量;但剧本出来后,他要看"左不左","电检会"是否能通过,估计通不过的,就不敢拍,怕赔钱。

2. 导演关。这一关较好通过。"艺华"的史东山、卜万苍都是我们的朋友。我们搞了多年的文学,他们欢迎我们写的东西。但他也要看你的剧本的思想内容是否进步,是否有生意眼。他们知道什么样的戏卖钱,什么不卖钱。所以,他们也要考虑票房价值的问题。

3. 检查关。这一关最难过。1933年,左翼电影蓬勃发展,取得了很大成就,国民党急忙采取措施,对左翼电影进行迫害。国民党中宣部下达了禁拍抗日影片的"通令"。1933年初就不断地加强对国产影片的检查,不仅删剪,还要审改。1933年9月,在国民党"中央宣传委员会"下成立了"电影事业指导委员会",下设"剧本审查委员会"和"电影检查会",进一步摧残左翼电影。各公司的老板都怕"电检会"的审查。拍出的影片如被"电检会"否定,摄制影片的资本就算完了,不管是"明星"、"联华"或是中等资本家都怕这一关。《中国海的怒潮》

是"电检会"最早动剪刀删剪的左翼影片之一。直到 1934 年 2 月公映时，影片已被删剪得不成样子了。后来，我们逐渐地学会了如何通过这一关，既要有进步的、革命的、符合人民要求的思想内容；又要有相当高的艺术水平的剧本，"不能左"，也不能右，这是艺术之外的斗争艺术。

"艺华"的老板严春堂，既无政治头脑，又不懂艺术，他把一切都交给田汉负责，所以"艺华"能拍摄出一批旗帜鲜明的反帝抗日、反封建的影片。

1932 年以后，在党的领导下，整个文化战线——文学、戏剧、电影、美术、音乐等门类的许多作家都写出以抗日为主题的作品，到 1933 年形成一个高潮。聂耳、贺绿汀、任光等人的优秀作品就是在当时出现的；戏剧界的斗争也很尖锐，"蓝衣剧社"提出到工人里去演戏的口号，并深入到工人中去；在社会科学方面，翻译出版了更多的马列主义书籍，以及分析国际形势的著作，影响很大。当时，我们就是这样通过各种不同形式，反映人民的愿望，体现了党的影响和威望。这对国民党有很大震动。

与此同时，电影战线在党的电影小组的领导和影响下，拍摄出一大批抗日救亡的进步影片，如"明星"摄制的《狂流》、《盐潮》、《上海二十四小时》等；"联华"拍摄的《母性之光》等；其中拍摄最多、影片反帝反封建的主题最鲜明的是"艺华"摄制的影片。国民党反动派要枪打出头鸟，认为"艺华"是个"赤色电影大本营"，他们要镇压，杀一儆百，企图通过镇压"艺华"，对整个文化艺术、新闻出版界进行恫吓，就连"良友图书公司"都接到恐吓信，并被"击碎玻璃窗"。他们本来对"艺华"做出要烧的样子，但怕把周围建筑物焚毁，便采用捣毁的手段；并点名要公司驱除以田汉为首的一批人。指挥者就是 CC 的文化特务头子潘公展，他是个专门镇压左翼文化运动的刽子手。伟大的文学家鲁迅在《准风月谈》的"后记"中，以犀利的笔锋，以别出心裁的转载报纸报导的形式对国民党反动派捣毁"艺华"和进步书店的丑恶行径进行了抨击和揭露。现将鲁迅先生在《准风月谈》的"后记"中转载上海 11 月 13 日和 16 日《大美晚报》的几段文字摘录如下：

艺华影片公司被"影界铲共同志会"捣毁

昨晨九时许，艺华公司在沪西康脑脱路金司徒庙附近新建之摄影场内，忽来行动突兀之青年三人，向该公司门房伪称访客，一人正在持笔签名之际，另一人遂大呼一声，则预伏于外之暴徒七八人，一律身穿蓝布短衫裤，蜂拥夺门冲入，分投各办事室，肆行捣毁写字台玻璃窗以及椅凳各器具，然后又至室外，打毁自备汽车两辆，晒片机一具，摄影机一具，并散发白纸印刷之小传单，上书"民众起来一致剿灭共产党"，……等等字样，同时又散发一种油印宣言，最后署名为"中国电影界铲共同志会"。约逾七分钟时，由一人狂吹警笛一声，众暴徒即集合列队而去，迨该管六区闻警派警士侦缉员等赶至，均已远扬无踪。该会且宣称昨晨之行动，目的仅在予该公司一警告，如该公司及其他公司不改变方针，今后当准备更激烈手段应付，联华、明星、天一等公司，本会亦已有严密之调查矣云云。

据各报所载该宣言之内容称，艺华公司系共党宣传机关，普罗文化同盟为造成电影界之赤化，以该公司为大本营，如出品"民族生存"等片，其内容为描写阶级斗争者，但以向南京检委会行贿，故得通过发行。又称该会……要求当局命令该公司，立即销毁业已摄成各片，自行改组公司，清除所有赤色份子，……

事后，公司坚称，实系被劫，……记者得讯，前往调查时，亦仅见该公司内部布置被毁无余，桌椅东倒西歪，零乱不堪，内幕究竟如何，想不日定能水落石出也。

十一月十五日，《大美晚报》

影界铲共会
　警戒电影院
　拒演田汉等之影片

自从艺华公司被击以后，上海电影界突然有了一番新的波动，从制片商已经牵涉到电影院，昨日本埠大小电影院同时接到署名上海影界铲共同志会之警告函件，请各院拒映田汉等编制导演主演之剧本，其原文云：

敝会激于爱护民族国家心切，并不忍电影界为共产党所利用，因有警告赤色电影大本营——艺华影片公司之行动，查贵院平日对于电影业，素所热心，为特严重警告，祈对于田汉（陈瑜）、沈端先（即蔡叔声、丁谦之）、卜万苍、胡萍、金焰等所导演、所编制、所主演之各项鼓吹阶级斗争贫富对立的反动电影，一律不予放映，否则必以暴力手段对付，如艺华公司一样，决不宽假，此告。上海影界铲共同志会。十一，十三。

十一月十六日，《大美晚报》

鲁迅先生站得很高，他揭露"'铲共'又并不限于'影界'，出版界也同时遭到复面英雄们的袭击了"。并对反动派对文化界进行的全面进攻，进行了有力地反击。

鲁迅先生不搞电影，但他知道左翼作家在电影界的活动。他与田汉没有什么接触，关系也不密切，但他仗义执言，通过收集报刊材料，有力地揭露了国民党的反动性，影响是很大的。

这时，新闻界也支持我们，在报刊上发表了不少反对国民党特务的反动镇压的文章，也造成了一定的声势。

嗣后，田汉和我们这些左翼的人就撤出"艺华"了。卜万苍、史东山等人还留在里面，因为他们不是敌人的目标，且系名导演，严春堂还想利用他们。

"艺华"被捣毁，严春堂在经济上受到很大损失，但他的名声从此可大起来了。国民党特务没有去砸"明星"、"联华"，而砸了"艺华"，因而"艺华"的名声更响了。所以严春堂还愿意继续与我们合作。这时，叶大秘起了很好的作用。他对严春堂说："把田汉、阳某人赶走，公司要维持下去是很难的。卜万苍不能编剧，史东山可以自编自导一些影片，但拿不准。那些演员都是听田汉他们的，将来我们找不到名演员怎么办？为了公司的利益，还是要想办法与他们联络。"严春堂说："不是已经把他们推出去了吗？他们恐怕不愿与我们再合作了。"叶大秘说："他们那方面请你放心，我想法子与田、阳二位联络。"于是，他又秘密与我们联系，对我们说："严春堂对这个事情没办法，不能让你们公开出面，但是希望你们继续支持他。"我们说："可以，我们不能出面，可以给'艺华'写剧本，也可以帮助改剧本。"就这样，我们通过叶大秘继续为"艺华"提供剧本。叶大秘是我们的同情者，严春堂很信任他，他起了很好的桥梁作用。1934 年，"艺华"继续拍摄我们的剧本，仍然是贯彻党的反帝反封建的方针路线。

与此同时，唐纳通过关系与严春堂相识，也进入"艺华"。唐纳是党员，是左翼剧联的。这个同志非常好，我们当时开玩笑，叫他少年唐纳。此人一表人才，英文很好，中文也很好，能编剧，又能写评论文章，很有才干。唐纳一进"艺华"，我们与"艺华"联系的线就没有断。

1934 年，我写了两个电影剧本，一个是《生之哀歌》，描写小资产阶级知识分子的；另一个是《逃亡》，写从东北流亡到关内的农民，在关内遭受的迫害，最后要打回老家去，参加义勇军。我写的这些影片的编导都是用岳枫的名字。田汉写的《烈焰》和《黄金时代》也在这个时期拍摄，他是用卜万苍的名字作编导。因为我们是秘密地将剧本交给他们，所以不能用本人的真名。但是，敌人的嗅觉很灵敏，他们威胁严春堂说："你还与他们一起搞这些东西！"并推荐鼓吹"软性电影"的黄嘉谟、黄天始、刘呐鸥等人进入"艺华"作编导。但杜宇在这时也起了很坏的作用，出了不少坏主意。一些进步的电影工作者，如史东山、应云卫、魏鹤龄等人不能与这些"软性电影"分子合作，相继退出"艺华"。1935 年下半年后，"艺华"成了"软性电影"分子的巢穴，拍摄出《化身姑娘》、《新婚大血案》等一大批黄色、反动的影片，真正是"眼睛吃冰淇淋，心灵坐沙发椅"了，从此堕落下去，一落千丈！同时，受到舆论界猛烈的批判。

我们在"艺华"的工作，积累了经验，总结起来有三条：一方面要体现党的方针政策；一方面再团结电影的从业员；一方面要同资本家搞好关系。

1. 贯彻执行党的方针政策方面的问题。1933 年和 1934 年，"艺华"在中国电影史上起了很大作用，它在两年内摄制的《民族生存》、《肉搏》、《中国海的怒潮》、《逃亡》、《烈焰》、《凯歌》等一批影片，都是反映党的抗日救亡、团结御侮的方针政策的。我们写的一些剧本，就是针对蒋介石的攘外必先安内、不抗日先反共的反动政策而编写的。

这两年，"艺华"与"明星"、"联华"、"天一"并列为四大电影公司，但"艺华"的影响比"明星"和"联华"都要大。程季华主编的《中国电影发展史》对"艺华"的评价是正确的。

国民党反动派采取了许多特殊手法来对付我们，进行特殊审查：剧本审查、电影审查；并使用流氓手段对"艺华"进行镇压。我们也进行了针锋相对的斗争，这个斗争很尖锐，取得了成果，如"艺华"被砸后，我们仍秘密地写剧本给"艺华"，起了作用，产生很大的影响。

1933年至1934年，党内执行的是王明的左倾机会主义路线，在我们的思想上受过一些影响，但这在电影战线上不是主导的。可是，在个别问题上可能左了一些，斗争策略也差一些。如田汉站到第一线自编自导《民族生存》和《肉搏》，就引起了反动派对他的注意。夏衍同志曾谈及马莱爵士和古久列来华一事，暴露了我们的缺点。马莱爵士是美国工党的左派，古久列是法共作家，《人道报》主编，他们来华访问是由中央文委接待并进行安排的。我们安排他们到工人中间去，和农民见面，并动员了程步高等人帮助工作，这一切都是秘密进行的。在安排他们与电影界见面时，田汉让严春堂公开宴请他们，请了七、八桌席的客人。电影界的一些知名人士，如蝴蝶、金焰、王人美、郑正秋、周剑云、史东山、卜万苍等人都出席了，席间由严春堂、郑正秋相继致欢迎词，马莱爵士和古久列致答辞，非常热烈，影响很大，《艺华周报》还为此出了特刊。此举使"艺华"更红了，更引起了国民党特务的注意。在这件事上，我们是有缺点的，"左"了一些。

这些经验教训对我们都是有益的，以后搞"中制"和"昆仑"就不那么莽撞、蛮干了，而是逐渐的成熟多了。

2. 广泛团结电影界的从业人员。在团结人方面，我们要真诚的与他们合作，要对他们真有帮助。卜万苍在"联华"时与田汉合作，执导了田汉编剧的《三个摩登女性》、《母性之光》。当时，他看到我们的力量很大，对他成名有利，他就请我们，要我们帮助他。我们介绍他入"艺华"，给他写剧本，"艺华"被砸后，还继续给他提供剧本，而且编导都署他的名字。他对我们的真诚是非常感激的。当然，以后在白色恐怖的压力下，他动摇了，成了一个投机主义者。

史东山与卜万苍就不一样。他最初迷恋唯美主义的东西，但在"九

一八"、"一二八"后有了很大转变，同我们交朋友，写《人之初》的
时候，他在旅馆开了个房间，把我关在里面，要求我帮他改剧本。我
也是真诚的帮助他。以后我们一直合作得很好。张善琨创建新华影业
公司的时候去请史东山帮助，史东山就来找我们，让我们介绍一些人
进"新华"。我们当时就是通过他的关系介绍一些左翼影人进入"新华"
的。这是题外话。

岳枫导演了我写的两部影片：《中国海的怒潮》和《逃亡》，舆论
界对他评价很高。当时，他愿意跟我们走。在白色恐怖下，他并不积
极地跟反动派跑。积极的是但杜宇。岳枫后来去到香港，与当时的环
境困难有关。

我们就是团结了这样一批著名导演、演员、摄影等电影从业员，
才使"艺华"在短短的两年内，拍摄出一批在中国电影史上起过作用
的进步影片。

3．采取灵活的策略与资本家搞好关系，从而占领电影阵地，摄制
出体现党的方针的影片，这也是一个很好的经验。在"艺华"，我们就
是利用严春堂的江湖义气、追求名利等特点与他合作，甚至在他挨打
后还要求与我们合作，说明我们的团结工作是有成果的。

上述这些经验，对我们在抗日战争时期组织"中制"是大有裨益的。

二、在中国电影制片厂的一段斗争史

我们是在泥泞中作战的。"艺华"时期，我们与流氓资本家严春堂
合作；在抗战时期，我们进入中国电影制片厂（简称"中制"），又与
蒋介石的十三太保、蓝衣社的贺衷寒这帮人共事，并与他们进行了针
锋相对的斗争，甚至逼使蒋介石亲自出面。在"中制"的这段斗争历
史，许多人还不知晓，回顾起来是很有意思的。

"七·七"事变后，东战场——上海浦东、嘉兴一带打得很厉害，
上海电影界的许多朋友都提出要到前线去拍摄反映抗战的影片。当时，
我在南京。史东山、陈波儿等人都来找我，他们急于上前线去拍新闻
纪录片。但是，要上前线，需有军委政训处的证明，否则会被抓为汉
奸而枪毙的。他们来同我商量怎么办。

　　同时，国民党军委"政训处行营电影股"的郑用之，以及罗静予、王瑞麟也来找我，提出现在是抗战时期，我们应该合作，郑用之为此还对我说了许多好话。他们想大干，到处去邀请电影界的名人，如请孙瑜、史东山、袁牧之、黎莉莉、舒绣文等人参加"中制"。史东山、袁牧之等人都有顾虑，因为"行营电影股"是剿共的，都怕陷进去，于是来问我，是否可参加"中制"。这时，很多人都认为蒋介石不是真抗战，而是假抗战。根据蒋介石攘外必先安内的反动政策，使东北沦陷，上海战争又步步后退，只在"八·一三"抵抗了一下。所以，对蒋介石叫嚷的抗战，真假难分。

　　"西安事变"后，国共第二次合作。当时，八路军办事处已经到了南京，中共代表团已在南京与蒋介石谈判，但未公开。孙瑜等人来向我了解当时的形势。我说，就我个人来说，吃过他们多次苦头。西安事变后，总的趋势是国共要搞第二次合作，但蒋介石一贯杀回马枪，背信弃义；表面上他同意联合抗日，但是真是假，我没有把握。我认为，为了抗战，合作是可以的，但不要加入他们的组织，也不要高待遇，等到了武汉再说。

　　到武汉后，我去找周恩来和博古同志，向他们汇报了上述情况。博古同志说："你们是怎么想的，这样的机会还不钻啊！人家不要你进去，还要设法钻进去呢。为何不进去，进去是占领它的阵地，没坏处，要跟他们合作。"恩来同志也说，应该进去，与他们合作。这样，我就组织了一批人进"中制"。

　　下面，我将具体地谈一下"中制"人员的组织情况、编导路线；我的电影文学创作和蒋介石下令停映《日本间谍》的始末；"中制"领导层的变化，以及抗战胜利后，罗静予和王瑞麟在"中制"抵制拍摄"勘乱"影片的情况。

（一）"中制"的人员组织情况

　　"中制"的厂长是郑用之，他是国民党中央军事委员会政治部三厅六处电影科科长兼厂长，并领导"怒潮剧社"，"怒潮剧社"后改名为"中国万岁剧团"（简称"中万"）。郑用之当时比较好，他原是黄埔军校第三期的学生，是周恩来同志的学生，又是四川人，对郭沫若同志很尊敬，同我也有交情，从没做过反共的事。他一再对我说，要很好合作，干一番事业。原"中制"只有几个拍新闻电影的人，没有拍故事片的编、导、演。他就请我们去搭架子，把班子组织起来。我们进去后，将原来的"汉口摄影场"改组扩充而成"中国电影制片厂"。我索性兼任"中制"编导委员会的主任委员。应云卫、马彦祥、程步高等人都担任"中制"兼"中万"的编导。这时，除"八·一三"后参加"中制"的史东山、舒绣文、魏鹤龄、黎莉莉外，还有袁牧之、陈波儿、郑君里、陶金、司徒慧敏、周伯勋、石羽、罗军、钱千里，以及官质斌、吴蔚云、郑伯璋、钱筱璋等编、导、演、摄、录、美等人员都参加了"中制"，一时阵容非常强大。罗静予、王瑞麟、钱筱璋等人摄制的《抗战特辑》在国内很受欢迎，在国际上也产生强烈反响。

郑用之在"中制"有军衔，我们则只要五十元工资，不要军衔，以避免出了什么事而受军事处分。当时，史东山等人每月的工资是二、三百元，但他们对郑用之说，只要五十元；并声明："我是自由职业者。"不参加组织，不要军衔。我们就是这样走一步看一步，想办法不被国民党反动派套住。1938年3、4月份，郭老参观了电影制片厂，曾在报纸上发表一篇散文，表彰中国的著名艺术家为了抗敌救国参加"中制"，不畏艰难，每月只取五十元的报酬。此事在社会上的反响很大。

（二）在编导路线上与敌人的斗争

蒋介石的得力干将贺衷寒企图控制郑用之，让他通过电影宣传国民党的"三个一个"（即：一个领袖、一个主义、一个政府），还限制共产党的活动，并要国民党去溶化共产党，这叫"溶共"、"限共"、"反共"。郑用之则拼命拉着我们，要我们帮忙。我们的朋友也很担心被利用去搞"三个一个"。针对这一情况，我们便采用个别谈话的方式，三、两人在一起谈，宣传党的抗日救国十大纲领，要求动员千百万群众进行抗日战争。在1939年国民党第一次反共高潮前，我们不可能公开揭露和批判国民党的反动政策，便正面提出：动员民众、全民抗战的口号。以此来反对国民党的单纯军事抗战、不动员群众的片面抗战；反对国民党一党包办；暴露日本帝国主义的罪行，反对妥协、反对汉奸出卖祖国的利益。这就是我们在第一次反共高潮前所采取的方针，在不同的阶段，很策略地与敌人展开斗争。

（三）我在"中制"的创作活动

当时，我们的电影创作就是贯彻上述方针，宣传党的抗日救国十大纲领。我在"中制"写了四个电影文学剧本：《八百壮士》《塞上风云》《青年中国》《日本间谍》，都拍摄成影片，它们都是突出抗日救亡这一主题的。

写《八百壮士》的起因是这样的：当时，郑用之要我写个剧本，不写不好；但不写国民党在那里抗战也是通不过的。这时，正是德国大使勾结蒋介石，让他对日妥协的时期。针对这一历史背景，针对他们搞的片面抗战，我就写了《八百壮士》，宣传全民总动员。《八百壮士》取材于"八·一三"上海抗战时，中国军队近八百名爱国士兵在团长谢晋元的率领下坚守四行仓库阵地的真实爱国事迹而编写的。在这个剧本中，我不单写八百壮士的英勇战斗，而且还写了工农商学兵、各人民团体对八百壮士的支持，这就是群众支持抗战，是全民的抗战。剧本由应云卫摄制成影片，袁牧之和陈波儿参加了演出。影片放映后，群众反响很强烈。

《塞上风云》原是我在"七·七"事变前夜写成的一个电影剧本，交给上海新华影业公司拍摄，但由于抗战时局的发展，"新华"没能投入拍摄。"八·一三"后，我将剧本带到武汉。当时，赵丹、顾而已等人从东战场刚下来，穷得很，他们要我写个戏。我说没有题材写话剧。他们说，你的《塞上风云》改成话剧本不好吗，并要求我在十五天内将它改成话剧。由于他们已定妥剧场，生活也很穷苦，我只好照他们的要求办了。他们见到剧本后都很高兴，参加演出的都是电影明星。当时武汉一家著名的电影院为演出这个戏而停放电影，演出十分轰动，既解决了他们生活的困难，也收到了宣传团结抗日的社会效果。

1939 年，我们撤到四川重庆。应云卫对我说："老阳，我现在没有片子拍，你将剧本《塞上风云》改成电影好吗？"我以原来的电影本和话剧本为基础，经过反复思考和修改，增加了一些人物和情节，最后改写成一个新的《塞上风云》电影剧本。当时，《塞上风云》要拍沙漠外景，最近的地方是陕北榆林。于是由导演应云卫率领，演员舒绣文、黎莉莉、周伯勋等共三十余人途经延安到榆林，再经延安返回重庆，历时九个月。摄制组回到重庆时，郭老在欢迎会上热情地赠诗一首，赞扬他们"以艺术的力量克服民族的危机，以塞上的风云扫荡后方的乌烟瘴气"！这在当时是第一部表现全国各民族团结一致、共同抗日的电影。

《青年中国》主要写我们的抗敌宣传队深入细致地动员群众、使群众觉悟起来共同抗日的故事。

武汉时期，在政治部三厅的领导下，我们在前线搞宣传鼓动工作的有：抗敌宣传队、抗敌演剧队、战地文化服务站和电影放映队等，他们在前线发动群众抗日，不但演剧、唱歌、访问、展览，进行各种口头和文字宣传抗战的道理，而且还送药、送盐、帮助收割等，解决群众的实际困难，从而起到很好的宣传鼓动作用。《青年中国》的剧本就是以此为背景而写成的。我在这一时期写的电影剧本，除《八百壮士》外，其它影片总是被拖着不让上映，《青年中国》被拖了两年才公映。

《日本间谍》是我根据意大利人范斯伯的原著《神明的子孙在中国》一书改编的。我利用范斯伯的这本书表面上写东北义勇军，实际上是反映东北抗日联军的斗争。影片描写日寇的职业特务范斯伯与东北义勇军的关系。由于范斯伯到义勇军驻地，看到义勇军的军民一致、官兵一致的事实，很受感动，转变了思想，便在暗中帮助义勇军抗日；并以范斯伯的特务经历，暴露了日本侵略者在东北犯下的滔天罪行。此片的导演是袁丛美，他拍摄这部影片是很用心的，影片拍得不错；郑用之也花了很多钱，当时在三家电影院放映，都很轰动，电影厂的人也觉得这是部好影片。

《日本间谍》上映几天后，蒋介石看了影片，勃然大怒，追查为什么拍这样的电影，认为影片是为共产党作宣传的，命令停止放映。当时军委政治部的部长是张治中，他不同意停映，他说：我自己去见老头子。蒋介石的二儿子蒋纬国不让他去，说老头子正在发脾气。张治中只好执行停映的命令。袁丛美在事后告诉我，蒋纬国坐在他旁边监督删改影片，并要把义勇军的戏全部改成穿国民党军队服装的士兵去重拍。斗争是很尖锐的。这儿摘引 1943 年 4、5 月份我的日记片断，从中可一窥当时的情况：

1943 年 4 月

20 日

伯休自城来乡找房子，并得悉《日本间谍》决于今日在"唯一"开始献演。费了大家好几年的心血，这部东西总算与观众有见面的一日了。这也总算是一件可慰的事。

29 日

得老瑞和德弟来信，知《日本间谍》忽奉令停演。原因是，当局看了表示不满。

从《日本间谍》献映以来，据城中友人来谈：观众购票的拥挤，比争买平价米还要热闹；一连几日，"唯一"大戏院门前被挤得水泄不通。据说戏院的大门被挤倒，柜台也被挤塌，观众中因争先恐后被人踩伤的也颇不少。这也可见我们这几年的心血没有白花，我们有代价，有报酬！

可是听说这一片子因为不合某公的口味，认为内容大有毛病。于是这一轰动山城由"唯一"、"一川"、"抗建堂"三处同时上演的影片，也就不得不同时借故停了下来！

这对于我，可说是接着来的第二个大打击！

5 月

13 日

近午老瑞来访，同我谈了谈《草莽英雄》被禁的情形和《日本间谍》奉令停演的经过。说毕，我问他"中万"今后的工作。他摇了摇头，却只对我长长地叹了一口气！

14 日

今天碰到袁丛美，他同我谈起《日本间谍》奉令停演和修剪改拍的经过：

当《日本间谍》正在三家剧院同时开演的时候，张文白部长一天忽然接到中宣部张道藩部长的电话，说《日》片内容有问题，委员长的意思，须立刻停演。张文白部长不同意，说这部片子是经过电检会审查通过的，是合法的，不能随便停演，而且，他还可以到委员长那儿去详细说明。于是《日》片也就继续演了下去。

到了第二天，张正准备去见委员长，蒋纬国忽来对张说，委员长对这片子的确极不满，劝张不必去解说，张无法，只好叫"中制"马上将片子停了下来。

接着蒋纬国奉令来"中制"监督修改《日》片。因之《日》片的内容就有不少的修剪和改拍。

这就是丛美对我说的大概的经过。

19日

饭后陪清阁、汉文去看改补后的《日本间谍》。看后，丛美陪我出来，又同我在"唯一"门口谈了许久。

31日

这次去城，目击文化界的现象，使我感慨很多。许许多多的文化人都失去了抗战初期的生动泼辣的精神，大都陷入了极度的苦闷状态中。有的常常爱醉酒，有的常常乱发脾气，有的无缘无故地爱对人痛哭，有的不管在什么地方一碰着人就大发牢骚，有的甚至打老婆、讨戏子、滥赌狂喝，好象从一个常态的人竟变成了一条变了态的兽去了的样子。这究竟是怎么一回事啊！谁使这些国族的精英竟变成了这种可怕的光景啊？！

这实在太令人担心了！

至于我自己，在三、四个月以前，就听人说，我是被人封为"五等作家"的头一名的。起初我还有点不敢相信，可是自从近月以来《草莽英雄》被禁、《日本间谍》被停、《天国春秋》送审年余至今不得出版，以及《天地玄黄》那样的剧本亦被拖延，亦须修改。这却不能不令我深觉人言之可信了。

不过我还可以自慰，我虽然受了这一连串的刺激，但我却还没有发狂，只要于抗建大业有益的，我这支笔还是得灵活地写下去！

这几段日记记载了《日本间谍》被禁映的过程，还反映了整个文化界在蒋介石的法西斯黑暗统治下的苦闷状况，但我们仍在奋起战斗。

（四）"中制"领导层的变化

蒋介石下令禁映《日本间谍》，问题就比较严重了。这不仅是禁一部影片的问题，而是认为"中制"的权落到了共产党的手里，蒋介石统治集团要想办法把权夺回去。他们认为郑用之在帮助我们，而不是打击我们，所以他们要处理郑用之。

郑用之在"中制"的初期是好的。这人很聪明，他尊周恩来同志为长者，他的周围都是进步力量。他要限制我们是行不通的，会遭到抵抗；但如果我们搞露骨的反对国民党的戏，他也不能接受，这是由他的地位所决定的。从事业上来讲，郑用之在重庆是一霸（人们称他为"小霸王"），他掌管的"中制"、"中万"的阵容都很强大，又是政治部三厅电影科的科长。那时，CC与黄埔有矛盾，黄埔是蓝衣社，他们相互倾轧。在这矛盾中，郑用之标榜中间，但对我们始终采取友好态度；对厂里的人，如对史东山、应云卫、马彦祥、郑君里、司徒慧敏等都较友好。蒋介石统治集团觉察到这种情况，认为非换下郑用之不可。

这时，张治中已接任陈诚的政治部主任。在十年内战中，张治中没有参加过"剿共"，抗战胜利后，他曾三次去延安，并陪毛主席来重庆谈判，和周恩来同志也有交往。这时，他却把郑用之软禁了起来，这出乎我们意料之外。我们当时在乡下，城里因敌机轰炸得很厉害，政治部的大部分人也都在乡下。郑用之被软禁在乡下政治部内。与此同时，张治中公布吴树勋任"中制"厂长。他说："我要教育我这个学生（他在黄埔军校带过郑用之），他有的事做得很不好，让他在乡下受些教育。"他不让郑用之进城，连他老婆都不让见，更不让他与厂里的人见面，因怕他发动厂里的人去反对吴树勋。张治中晚节还是好的，但在这一件事情上不得不接受了蒋介石的旨意，对我们进行打击，逐步把我们从"中制"赶了出来。

吴树勋原是胡宗南政治部的人，传说他是搞特务活动的，是个反动的家伙。他来到"中制"后，我看形势不对，首先提出辞职。他求之不得，立即同意。从此，我与他们断绝了关系。吴树勋在"中制"对一些进步的、从"三厅"转到"中制"的，或是郑用之在任时期邀请来的人，如史东山、应云卫、马彦祥、郑君里等人，都让坐冷板凳，进行刁难。他们知道这些人是同情共产党的，虽然没有反对国民党，但不搞国民党那一套。他重用的是何非光、袁丛美等人。何非光原来还伪装进步，这次也暴露了真面目。他不但在生活上糜烂，而且与国民党特务有关系。袁丛美原是"联华"著名的反派演员，后来搞导演。此人的名利心很重，官瘾很大。他跟四川军阀杨森有关系，在杨森处得了个少将参议的头衔，常穿一套军装，戴着那个一颗星的金牌牌。当时，郑用之还是个上校，就很讨厌他，认为袁丛美是个投机分子。袁丛美早期拍摄的影片还是好的，我对他抓得很紧，导演《日本间谍》时，开始时还照我的办，表现东北义勇军也是好的。在吴树勋来之前，他还导演过《热血忠魂》，也是表现抗战的影片。吴树勋来后，他和何非光一道投靠吴，但没搞出什么名堂来。袁丛美不是特务，后来跑到台湾当上中国电影制片厂的厂长。

吴树勋为讨好胡宗南，让制片厂的一些不懂事的女演员去陪来重庆的那批胡宗南的军官跳舞，搞些荒淫无耻的勾当；并拉拢一些有作为的年轻人去当特务，使之堕落下去。在编剧上，他们起用话剧《野玫瑰》的作者陈铨。我们的人不理他，使陈铨在"中制"很孤立。

张治中本来期待吴树勋在"中制"搞出些名堂来，但吴树勋太无能，使某些演员腐化堕落，名声很坏。连国民党里面有些正派的人对制片厂中的演员下流堕落，也表示不满，都说过去"中制"还是不错的，怎么张治中来后搞成这样子。为此，张治中很生气，想再换个人来抓"中制"，找个什么人来好呢？既要压左派，又要"能干"点的，找来找去，找到个蔡劲军来当厂长。蔡劲军原是公安局长，调这么一个人来当"中制"厂长，群众大哗。大家很苦闷，撤又撤不出来。那时半壁河山已失去，从"中制"撤出来就没有饭吃，又没有其他出路。于是，他们就继续在"中制"拿工资，拖着不拍他们的影片，而跟我们搞话剧。

1941 年初皖南事变前，国民党反动派强迫"三厅"的人加入国民党，我们全体从"三厅"撤出，又从"中制"拉出许多人来同我们搞话剧。南方局也同意我们搞话剧。于是，我们成立了中华剧艺社（简称"中艺"），"中电"、"中青"也都有一批人来同我们搞话剧。从此，"中制"就垮下来了。1949 年我在第一次全国文代会上的发言也谈到从"中制"撤出来搞戏剧的情况，这里也摘引一段：

> 针对着国民党这种反动政策，我们便开始转移工作目标，机动而又主动地把后方各大城市的戏剧运动组织起来，领导起来。这样先后成立了很多职业剧团，也掌握了所有国民党政府机关所

控制的剧社，经过无数次的规模盛大的演出（在两个雾季中共演出三四十个大戏），给予反动派以有力的反击！这些戏中，有的暴露和控诉了当时的黑暗统治（例如《雾重庆》、《法西斯细菌》等……）；有的借用历史剧的形式痛斥了国民党破坏抗战破坏团结的反动阴谋（例如《屈原》、《天国春秋》等……）。

（五）罗静予和王瑞麟在"中制"抵制拍摄"戡乱"影片的情况

抗战胜利后，张治中看到那批家伙无用，便起用了罗静予为厂长，王瑞麟任副厂长。罗静予在大革命时期和十年内战时期都和革命有过关系，参加过共青团，有一定的革命思想基础，他是"中制"的最后一任厂长。这时，国民党一边签订双十协定，一边向解放区进攻。张治中不管政治部了，国民党军委又成立了政治部政工局，"中制"交政工局管。政工局的负责人是邓文仪，他是蒋介石的得意门生，十三太保之一，法西斯分子。此人极善言词，而且能干。由这样的人主管"中制"，大家都考虑怎能同他共事，并商量怎么办？这时在重庆的人已开始复员，我们决定在"中制"的人暂不退出，还是挂"中制"的名义，让他们疏送我们回上海，否则我们连复员回上海的交通工具和经费都没有，于是大家没有动。史东山、郑君里、舒绣文等人就是随"中制"回到上海的。

1946年"中制"迁回南京。陈诚担任国防部总参谋长，企图以"中制"为反共基地；美国也大力支持"中制"，为"中制"提供了一批电影器材，使"中制"成为一个较大的电影制片厂。1947年，国民党反动派策划大规模反共，政训处令"中制"的厂长罗静予和王瑞麟赶拍"戡乱"影片《共匪祸国记》和《共匪暴行实录》，并限期完成。当时，罗静予和王瑞麟都很着急，不拍这些反共影片，是会掉脑袋的。所以，罗静予提出离开"中制"，要到英国去考察。王瑞麟不让他走，要求俩人同舟共济，想出抵制办法。这样，他们俩人秘密来到上海找我商量。

他们约我到虹桥公寓的咖啡馆见面。这事就象手上端了两盆炭火，自己要被烧死却没办法。他们说，要是把这些反共影片拍出来，我们有何面目去见江东父老。当时，八路军办事处设在南京梅园新村，我没法向中央请示。考虑到当时的紧迫形势，我表示同意罗静予走，因为他是厂长，首当其冲，而别人可有迂回的余地。王瑞麟说："那担子都落到我一个人肩上了。如果被逼拍摄反共影片，我有何面目见周先生和江东父老；如不拍，他们是法西斯，邓文仪会枪毙我。"我们一起研究了情况，提出了拍坏影片的方针。我说："我提个办法，你们看行不行：一是拖延，不急于拍；一是拍，往坏里拍。拍坏的办法很多，尽可能拖时间，好象在拍，但拍不出来，拍出来也是乱七八糟的。"他们问："解放战争要打到何时？蒋介石什么时候垮？"我也回答不了。我说："胜利是一定的，但到何时，没有把握，反正想办法把片子给他拖下去。"王瑞麟说："我一定照这个办法做。"罗静予说："这个办法好，拖、拍坏、怠工。"王瑞麟说："邓文仪这个法西斯自命是懂电影的，不大好对付。我采取'拖'或'拍坏'的办法，他们发现后就会处理我。且象袁丛美、何非光这些坏蛋在里面，可能造我的谣，如打个报告给蒋介石说我同情共产党，有意拖，很可能会枪毙我。这是很现实的。不过为了朋友，我一定拖。如我被枪毙，希望你告诉周先生，我王瑞麟为革命、为党做了这么件事，对得起党，对得起朋友。"他说到这里，流下了眼泪。我很受感动。我说："这也是没办法，只好这样搞。如果你们都离开'中制'，那只好由何非光、袁丛美他们来搞，他们可能三个月就拍出来了。所以，都走是不行的。"当时就这样决定下来，结果影片被拍得乌七八糟。南京解放后，我们接收了"中制"，在片库中看到这部片子，拍得简直不象样子，根本不能放映。王瑞麟碰到我说："阳大哥，我总算交卷了，给他们弄个乱七八糟。幸亏解放得早，再晚两个月，我就完了。"王瑞麟一直表现得很好，他还做了一件好事：在我军占领南京前夕，国民党做鸟兽散，许多人都往台湾跑，"中制"的许多人也动荡不安。王瑞麟在这时做了许多工作，劝说工作人员不要跑。在他多方面的工作下，"中制"只有袁丛美带领二十余人和部分机器跑到台湾，而大部分技术人员和设备基本完好无损地保留了下来。这些，王瑞麟同志是作出贡献的。

除此之外，罗静予和王瑞麟在我们筹备昆仑影业公司时，对我们也有过帮助。这两位朋友，对我们在国统区开展革命的电影工作是起过很好作用的。我到北京后向恩来同志作了汇报，我们一直很信任他们。全国解放后，罗静予先被安排在电影局技术处当处长，后又调到"北影"任总工程师，不幸在"文革"中含冤而死；王瑞麟担任"长影"副厂长，后被选为吉林省人民委员会委员，兼任吉林省文化局长，1956年病逝。这样一位对革命怀有拳拳之心的好同志，在"文革"中却被"四人帮"炸尸毁坟，实在令人气愤。粉碎"四人帮"后，我们为他们恢复了名誉。我想，如他们看见今天电影事业的蓬勃发展，是会含笑在"九泉"的。

三、组建昆仑影业公司使之成为进步电影的基地

1945年签订双十协定后，政治斗争十分尖锐，社会形势异常复杂。1945年12月1日，昆明国民党当局出动大批军警特务，武装镇压并屠杀殴打罢课师生，发生"一二一"惨案，从此一个以学生运动为主的反内战运动席卷整个国统区。1946年2月，重庆各人民团体在校场口集会，在庆祝双十协定签订的大会上，一群国民党特务、流氓蜂拥而上，打伤大会主席、无党派人士的旗帜郭沫若；同时，在南京打伤马叙伦，在昆明又接连刺杀李公朴和闻一多。6月，蒋介石悍然撕毁停战协定和政协协定，下令向我解放区发动全面进攻，内战爆发。

针对国民党的反动政策，我们提出争取和平、争取民主、反内战、反饥饿、反独裁的口号。在报刊上大量使用"复员回乡，家破人亡"、"流亡失业，饥饿死伤"等词句报道黑暗的社会现实。

在重庆双十协定签订后，我们准备复员，但看到很多人坐木船过三峡遇难，葬入鱼腹之中，大家都很着急。面对现实，大家都在考虑，要复员，怎么个走法；回到上海，电影界没有自己的阵地怎么办。这时，宋之的（当时他尚未去解放区）、史东山、郑君里、马彦祥都来找我，研究对策。

当时，我们这些人经常在任宗德的家——魏家院坝聚会，差不多一、两天就在那儿碰头一次，有时是几十人，甚至上百人。任宗德是四川人，与郭老是同乡，做生意赚了些钱，为人慷慨大方，欢迎大家去聚会。那时，于伶、宋之的、马彦祥还有电影界的许多人都在那儿商量下一步怎么办的问题。他们问我的意见，我说："现在唯一的办法

是我们自己办个民营电影公司。这个公司的阵容要强，我们要集中优势兵力，将主要创作力量集中到这个制片厂来。大家都同意这个办法。但是，要办电影厂第一要资本，第二要场地、器材，第三要人才。而我们只有人才，各种专业的权威性人才都在我们这里，这是我们最大的资本。只要大家齐心，不散，分头去活动资本就有办法。"他们说："老阳，你的人头熟，想点办法活动一下。"任宗德表示愿意加入一份股，由于他的经济力量有限，无法独家经营一个电影厂。

任宗德当时办了两件好事：一是支持我们办《新华日报》。那时，熊老（熊瑾汀）在《新华日报》任总经理，出版报纸经常缺纸张，就请任宗德帮助解决纸张的供应问题。任宗德的老家在四川乐山县，四川的纸出在乐山，取名嘉乐，任宗德就从乐山为《新华日报》提供最好的纸。有时报社买纸缺钱，熊老也请他先垫一下；报社在经济上发生困难时，任宗德也经常帮助解决。特别是在抗战胜利后，报社缺乏经费，任宗德说："不要紧，我给你们想办法。"第二就是在抗战胜利后，我们在他家讨论办民营电影公司的事。他是第一个愿意在经济上支持我们的人。

但任宗德个人的力量有限，我就去找夏云瑚。当时，夏云瑚在重庆开了个最漂亮的大戏院——国泰大戏院，我们曾在这个戏院演过不少进步的戏剧，《屈原》就是在这个戏院演出的。当然，他把剧场提供给我们演戏，也赚了不少钱。夏云瑚还是上江影片公司的经理，管影片的发行放映工作，这个公司主要发行苏联影片。我对夏云瑚说："搞电影是有风险的，可能会亏本；但也可能挖出个金娃娃。"夏云瑚说："老阳啊，我身上没有多少血。"我说："你抗战时期也赚了一笔钱，你可以作大头，再凑几个人搞个电影公司。你做电影制片公司的老板总比当电影商好，这样可以把制片和发行结合起来。邵氏公司就是经营电影制片公司赚钱的。"他问我有哪些人一起搞电影公司。我说："有蔡楚生、史东山、郑君里，还有第一流的演员白杨、陶金、舒绣文等。这些人，我们都可以调来。"我问他是否相信我的话，我有办法与这批朋友合作。他说："当然相信。"这样，就把他说服了，他主要是看到有蔡楚生参加。蔡楚生在电影界是很有号召力的，他拍摄的影片，票房价值都很高，老板都把他当成摇钱树。当时他不是党员，他的爱人陈曼云是党员，而且做很机密的工作。蔡楚生是位很好的同志，在"文化大革命"中被迫害致死，想起这些，我就很难过。当时蔡楚生正在为回上海后怎么办感到焦虑。我把办民营电影公司的事对他说了，他很积极。他和史东山、孟君谋、郑君里等人想把上海原"联华"的基地拿回来，建立个民营的电影公司。

在重庆时，我将办电影公司的设想向周恩来同志作了汇报：第一，建立民营电影公司和公司的制片方针；第二，何时将这许多人组织起来，如现在就组织起来，我们负担不起。恩来同志听我汇报后表示同意我们建立民营电影公司和公司的制片方针，对人员问题，他说："你们可逐步地撤退，他们的名额仍挂在'中制'和'中电'，否则连买船票、飞机票和回上海的路费都没有。现在对办民营公司的事不要到处宣传，待人员全部回到上海，再从他们那里逐步撤出，集中到我们这里来工作。"经总理批准后，我就放手去办这件事。

接着，我又去找袁庶华和季洪。袁庶华当时是章乃器的秘书。章乃器开了个公司，到处投资。我对袁庶华讲了要办民营公司的事，让他想办法让章乃器投资。于是，我们把章乃器找来，对他说搞电影是要担风险的，一怕影片被禁映；二怕被捕；但是也容易赚钱，是个名利双收的事业。章乃器被我们说服了，同意投资。这样，我们的资本就集齐了。夏云瑚投资最多，占51%；任宗德占30%；章乃器最后，大约是20%；另外，我还找到蔡叔厚，他是地下党员，资本不大，每部影片投资10%。这些都是在1946年春在重庆酝酿的，直到5月后基本上有了定局。夏云瑚的投资最多，任"昆仑影业公司"的总经理。史东山、郑君里、司徒慧敏等人随"中制"先回到上海，首先开展了一场争夺徐家汇联华摄影场地的斗争。

抗战胜利后，整个文化界处于极其困难的境地。国民党抢先对敌伪统治区的政治、财经、文化等单位进行全面接收（老百姓称为"劫收"）。上海的电影基地除在徐家汇的原"联华"外，伪"华影"、包括原"明星"、"新华"及其他一些影片公司的场地统统被从重庆飞来的接收大员罗学濂接管，作为中央电影制片厂的基地，并利用这些场地组成"中电"一厂、二厂，另在北京设有三厂。中国电影制片厂因军委会的关系迁到南京，在美帝国主义的支持下搞来不少美国的电影器材，准备搞一个美国好莱坞式的制片厂，规模很大。

当时，国民党与美帝国主义签订了出卖中国权益的条约。美国的军队开进中国，运军火武装给蒋介石；并进行经济侵略，以大批商船开到中国，又是一派半殖民地的景象。

1946 年的伏天，我回到上海，看到满黄浦江都是美军的军舰和商船，非常气愤。有一天，我对任宗德说："宗德，你找条船请我们到黄浦江上去玩一玩。"任宗德租了条游艇，我们从法租界那边的黄浦江上船。这儿，原是我国商船停泊的地方，现在满是美军的军舰和商船，我们的船只能在这些船中穿梭过去，到了吴淞口就是禁区。巡逻艇过来向我们要执照。我们问："要什么执照？"他们说："要通行证。"我们说："在黄浦江上还要什么通行证！我们没有带。"他们就不让我们过去，因为那个地方怕被中国人看见。那时，上海已成了美国人的世界，满街都是美国的剩余物资，上海的大旅馆都住着美国人和大流氓，高级旅馆的门外都挂着美国某某代表团的牌子，门口还有美国兵站岗。可以说，上海滩是被美国人占领了。1947 年，风子和沙博里结婚时，我对沙博里说："你有什么关系，能否在晚上带我们到美国人游乐的场所去看看。"沙博里是个进步人士，是同情共产党的美国律师。他带我们到跑马厅对面的国际饭店，那儿全是美国人，进门要出示证件。我们到了楼上的一层，看到美国官兵在那儿寻欢作乐，一些中国的女孩子在那里伴舞，这是蒋介石无耻布置的。我们三、四个人坐在那儿看到这种景况和气氛，实在无法忍受下去，就下来了。我当时对沙博里开玩笑说："过去上海是日本人的世界，现在是贵国的世界啰！"殖民地那个味道实在忍受不了。

中国人民正处水深火热之中，通货膨胀，物价飞涨，民不聊生。民族工商业大都破产，工厂关门，工人失业，知识分子没有出路；小资产阶级和小业主也面临绝境；农村严重破产，农民纷纷涌到上海来谋生。当时上海的社会秩序混乱不堪，人民在饥饿的死亡线上挣扎，每天都可以看见从街上拖走的尸体，显出一种国破家亡的社会情景。

国民党反动派企图垄断电影事业，独霸影坛，他们接收了所有电影场地，只剩下徐家汇原"联华"厂址因不属敌伪企业，未被占据。但"中制"的袁丛美想借军委会政治部政工局的名义去接收这块地皮。

袁丛美原是"联华"的演员，又是重庆来的接收大员，他打起"联华"的旗号，要去占领徐家汇，并挂上了"中制"的招牌。当时的形势很紧张，如果"联华"被袁丛美抢占去，问题就严重了。这时，史东山、郑君里等人组成"联华"同人保产委员会，史东山代表保产委员会向国民党接收当局要求发还"联华"产业。我回到上海时，这一争夺电影阵地的斗争已很尖锐了。

当我知道上述这些情况后，就去找罗静予。罗静予虽是"中制"的厂长，却为我党做了不少工作。我对罗静予说："徐家汇的'联华'厂址，袁丛美要用'中制'的名义去接收，你要想个办法阻止他。现在，上海的电影阵地都被'中电'拿去了（'中电'是属 CC 的），你得设法把徐家汇这个地方给我们留下。"罗静予说："对袁丛美这个家伙是要想点办法。"我们商量了很久。当时袁丛美就在上海，他的后台是国民党的总参谋长陈诚。罗静予决定去找陈诚。他对陈诚说："徐家汇到处是烂泥滩。我们要搞就找个好地方，到南京搞个规模大的厂，现已联系好从美国运来好的机器设备，不要去上海。如果我们去占了徐家汇场地，老百姓不高兴。原'联华'的大部分导演、演员在抗战期间都是'中制'的成员，他们现在要这个地皮，还是给他们为好。我们没有必要去占领它。"罗静予向陈诚谈得天花乱坠。陈诚是个好大喜功的人，如政治部搞个规模大的制片厂，他当然也光彩。于是，他下令不去接收"联华"。这样，就把袁丛美打了回去。原来，罗明佑也想收回"联华"但没资本，他与"中制"的关系比较好，本想在袁丛美接收时搭上一脚，这一下他的美梦也随之破灭。

我们立即在徐家汇"联华"旧址组织起联华影业社。当时，文华影业公司的老板吴性栽由于战时没有投敌，所以"文华"未被当作敌伪产业接收。吴性栽原是"联华"的老板之一，也占用着"联华"的一些地皮。他听说我们这些人要回"联华"组织"联华影业社"，也很高兴。他说："好！好！你们多占些地方没关系，我也用不了这么多地皮。"

我们有了摄影场地，没有机器也不行，我就派人到南京去找罗静予，向他借"中制"的机器，因"中制"的摄影机和电影器材很多。罗静予说："机器可以借，但天机不可泄露。如被袁丛美知道向上奏我一本，我就吃不消。我是支持你们的，但切要保密。"我们拍摄第一部影片《八千里路云和月》的机器，就是罗静予从"中制"秘密搬出运来的。机器不大好，但可以用。就这样，我们可以打锣开张了。先是以联华影业社的名义拍摄《八千里路云和月》和《一江春水向东流》，1946 年 9 月份，正式成立昆仑影业公司。

"昆仑"的阵容是很强的，编、导、演、摄、录、美等电影从业员都是一流的。我当时担任编剧委员会主任，还有陈白尘、于伶，特约的编剧有田汉、夏衍、欧阳予倩；导演有蔡楚生、史东山、沈浮、陈鲤庭，他们都能编能导，还有郑君里、徐韬、王为一这些导演；并从演剧队调来张客、赵明、严恭，由老导演应云卫带他们，女演员有舒绣文、白杨、吴茵、上官云珠、黄宗英、凤子、黄晨、王苹等，男演员有陶金、赵丹、蓝马、魏鹤龄、周伯勋、魏禹平、沈扬、齐衡、李天济等人；摄影有吴蔚云、朱今明、韩仲良；录音有郑伯璋、丁伯和；美术设计有丁辰、韩尚义等，一时人材济济。

上官云珠和蓝马是特约演员。上官云珠是个有头脑的人。在"孤岛"时期她是上海的著名演员。当她拍完《一江春水向东流》后，上海的"国泰"、"大同"、"文华"等许多影片公司都拉她去拍片，她都婉言拒绝，执意要求到"昆仑"来。蓝马对我说："我和上官要加入'昆仑'，上官让我对你讲，她要到你们这儿来拍戏。"我说："目前我们没有戏给她拍。"他说："没关系，可以等。"蓝马在重庆就同我们在一起合作了，对上官我还不熟悉，我问这是谁的主意，他说是上官的意思。有一次，上官请我到她家去吃饭，她对我说："我们还有两条金子，现在任何公司的戏我都不接，还可以等上一年，就等着上你们的戏了。"我说："你们的志气很好。但请你们谅解，现在'昆仑'没有戏，'昆仑'的资本也少。"在我写出《万家灯火》后，就同沈浮商量，找蓝马和上官云珠上戏，我相信他俩能演好。这件事说明，当时大家都倾向进步。

昆仑影业公司就是经过这样艰苦的工作和斗争，击碎了国民党反动派对电影的垄断，在国统区建立了自己的民营据点，并经过许多优秀的电影工作者的积极努力，巩固了我们的阵地，作出了成绩。

在"昆仑"时期，我们根据当时的形势，总结了过去在电影战线上的斗争经验，我们比较成熟了，这表现在"昆仑"制订的制片方针、培养干部、建立新的工作制度和作风以及开展电影批评等工作中，我曾在第一次文代会上的发言谈到这方面的问题。

第一，"昆仑"的制片方针就是：站在人民的立场，暴露与控诉国民党反动统治的罪恶，和在这种统治下广大人民所受的灾害与痛苦；并进一步暗示广大人民一条斗争的道路。在这个总方针下，我们摄制了一些不论在内容、形式，或在思想与艺术上都很完整的影片，来影响广大的群众。在本着这个大方针的积极努力之下，昆仑先后摄制成：《八千里路云和月》、《一江春水向东流》、《万家灯火》、《关不住的春光》、《丽人行》、《希望在人间》、《三毛流浪记》、《乌鸦与麻雀》和《武训传》等十部影片。自然这些片子严格说起来不是没有缺点的；或者可以说有些片子的缺点还很大。但无论如何，总还或多或少、或深或浅、或明或暗地本着前面所说的总方针来做了。因此，每部片子都还能给好几百万观众一些良好的影响。

第二，培养新的干部。我们在导演工作上采取实习制，配置了副导演，也由有经验的导演和年轻导演一起合作；帮助青年作家和艺术、技术人员参加电影的实际工作；在摄影工作上也采取实习制，配置了助理摄影师；在演员上则尽量起用从话剧中转过来的新工作者。这样在编剧、导演、演员和各种技术人员上，先后培养出好几十个新干部，给解放后的电影事业在人才方面作了一个准备。

第三，建立新的工作制度和新的工作作风。电影是一种繁难而复杂的综合艺术。如果没有一种好的工作制度和工作作风，是断难产生好的艺术品出来的。然而过去一般的中国电影，特别是有些掌握在投机商人和腐败官僚手里的中国电影，从来就没有建立过一个好的工作制度。他们不是无计划无准备地粗制滥造，就是违背艺术原则地乱捧男女演员作投机取利的摇钱树。种种腐败不堪的作风和作法简直说不胜说。而我们"昆仑"一建立便用很大的注意力来从事新的工作制度的建立。首先，在剧本上如果没有完整的剧本，如果这剧本没有经过编导方面的人无数次的集体研究、讨论和修正，我们是不会开始工作的。在导演方面，导演必须有整个的导演计划，而且他的计划必须经过全体工作者的研究、讨论和修正，得到全体一致的同意。在演员方面，对角色的创造上必须经过相当时间的分析、研究、孕育、酝酿，而且演员与演员之间又还必须要经过互相的研究、修正和探讨。上官云珠拍《一江春水向东流》就是例子，她在影片中演接收夫人，有一场从左门走到右门的过场戏，君里让她走了四十次才通过。君里帮助她分析此时此刻人物的心理、动作，又一次一次的走。上官当时是个挺红的大明星，第一次就碰到郑君里。上官说，原来就听说你们的工作制度严，这次才知道严到什么地步了，真考究，这么严肃啊！这样，编、导、演和全体技术工作者自始至终贯串着一种民主集中制的精神，相互配合而又相互发展，在和谐一致的气氛中把工作搞得很好。因此，有组织有计划的，严肃而又认真的新的工作制度和新的工作作风便渐渐地建立了起来。由于这，反动派曾嘲笑我们《一江春水慢慢流》和《丽人慢慢行》，慢是慢的，但我们可决不肯粗制滥造。

第四，建立电影批评。电影批评在中国电影运动的发展史上从来都是起着相当大的决定作用的。我们在"昆仑"也抓电影批评工作，一方面对美帝那些大量倾销到中国来的带有侵略性和麻醉性的影片给以严重的打击，另一方面对那些反动落后、含有毒素的中国影片也给予严厉的批判。再一方面，对于进步的中国电影也给予许多指导和鼓励。而且在批评的方式上对于进步影片我们还常常采取集体批评的方式。例如，我们对"昆仑"出品的《新闺怨》，就进行过批评。每当一部片子出来的时候，总会邀集三四十位文艺界的朋友们，用座谈的方式，由大家来作严正的批评。然后，把这批评的记录发表在各种报章杂志上。"昆仑"时期与三十年代基本上相同，我们与报刊评论形成了有组织的联系，如洪深在《大众报》主持副刊，我们的评论文章就交给他或其他有关系的报刊发表。这一方式不仅使电影工作者受到鼓励和效益，而且透过电影批评也揭发了国民党反动派统治的罪恶。因此，它的影响不仅及于电影工作者，而且更进一步地影响及于广大的人民群众。

以上是我在第一次文代会时谈的四条经验，在此还有两点是需要强调的。

第一，是在艺术上发扬民主的问题。我们党在政治上搞民主集中制，在"昆仑"时，我们在艺术上也搞民主集中制，并收到成效。在重庆时，我们就研究斯坦尼斯拉夫斯基，认为对艺术应严肃，不能随随便便，经常在一起探讨艺术问题。回到上海后，史东山写出《八千里路云和月》，蔡楚生写出《一江春水向东流》的本子，这都是他们自己主动创作的剧本。《八千里路云和月》饱含着史东山的满腔义愤，许多话讲得太露、太刺激。这一时期，我们总结了通过敌人剪刀关的经验，认识到不能再赤裸裸地在影片中表达自己的政治意念。于是，对史东山这样的电影界权威，也召集会议讨论他的剧本。除编导委员会的委员外，还请来老板夏云瑚、陶伯逊参加讨论。我们觉得东山编写的剧本的主题非常好，主要是能否通过剪刀关的问题，提出剧本过于激愤。我划了十来处地方，提出这些对话过于激烈，一些情节应隐讳一点，要改一下。东山很矜持，说改不好。我说，不改恐怕电检会通不过，词句改一下，含蓄一些不更好？也不影响主题。东山最后还是接受了意见。陶伯逊说："老阳发表的意见很稳。东山平时很傲气，不大接受别人意见，今天也变了，态度很好。"夏云瑚说："他们都是朋友，互相提意见，都是为了把剧本搞得更好。"

对蔡楚生的《一江春水向东流》，大家都很满意。蔡楚生对小市民的心理很熟悉，所以他的影片都很卖座，资本家对他很器重。而我们编导委员会对他的剧本提出十三条意见，认为应把太投合观众趣味的东西删去。如有一场是舒绣文打开皮包、陶金一个跟斗摔到皮包里的戏，我们觉得很无聊，要求蔡楚生改。在会上，蔡楚生不同意改，还很坚持。大家要我去找他谈，因我的年龄比他大，与他的个人感情也很好。我去谈了十三条意见，一条条地分析。他说："我最摸得着观众的心理，不能改。"我说："本来是很高的艺术作品，你何必放上这些东西影响主题和片子的格调。"最后，蔡楚生同意改掉八处，保留五处。

拍摄《万家灯火》时，我对沈浮说："从我们这儿开始做起，让大家都来讨论剧本，从老板到发行人员都派代表参加提意见，好的意见我们就接受，下去改。在影片开拍之前，先搞个导演计划，摄影也搞个计划，演员要分析角色。"

沈浮这个人的优点是善于形象思维，影片的动作性很强，对逻辑思维不大注意。当然，形象思维是主要的，但伤害了主题，或与主题思想无关的东西、累赘的东西都不行。我提出了八处要他修改，他无论如何也不接受。后来他说："老阳，你要割我的肉呵。"我说，那八处都没有留的必要，去掉是为了集中一些。当时，我们都是这样改、这样讨论的。过去在重庆时想这样做是很困难的，在"昆仑"时能这样做了。

第二，如何通过敌人的剪刀关。这是艺术之外的斗争艺术，在"昆仑"时期我们在这方面的经验已经较成熟了。以《万家灯火》为例，我们要表现工人的优秀品质，能团结起来斗争；表现小资产阶级的分化，表现工人阶级比小资产阶级强，通过这些来反映国民党统治区的黑暗。如何表现，怎样既表达出我们的主题思想，又能被电检会通过。我们在剧本中写了小赵和阿珍都是工人，阿珍的朋友也都是工人，写他们的团结互助精神。采用长镜头表现工厂大规模倒闭、所有的工厂的烟筒都不冒烟了、工人失业的情景。我们写了吴茵扮演的老太太到工人宿舍找侄女阿珍的一场戏。工人对老太太很热情，给打水等；在官僚资本家的家里就没人这样对待她。吴茵说："阿珍，你们这个地方真好，你们象亲姐妹一样和气、团结，对人这么好，有困难大家互相帮助，我看你表哥就比你差。"她的表哥胡智清就不行，反映城市小资产阶级在不觉悟时，对国民党反动派还抱有幻想，为公司卖命，幻想当厂长。用他们的行动对比来表现工人品质上的优点和小资产阶级的弱点。最后一场戏，小赵跨到胡智清家，看见大家都在检讨自己不对，就说："不是你不对，也不是他不对，是这个年头不对。"这句话包含了许多东西。这是个什么年头呢，打败日本，美帝又进来，内战开始。我们就是让人们去思考，反帝，反内战，反蒋介石的独裁统治。我们还怕通不过，夏云瑚就去找检查影片的人，以打牌输给他钱的办法去疏通官方。于是影片就顺利地通过了。回想起我在"艺华"搞《中国海的怒潮》时，头脑就很简单，只有革命的热情，结果影片被剪得支离破碎，也达不到预期的效果。"昆仑"是吸取了那时的经验教训，同时在长期的创作实践和不断地学习中也提高了我们的艺术水平，才取得这样的成果。

《八千里路云和月》和《一江春水向东流》放映后轰动一时，票房价值很高，舆论也很好。但这两部片子拍出后，"昆仑"在经济上出现了一次危机，其后公司的资本来源也起了变化。

正在"昆仑"的经济出现危机的时刻，吴性栽想来插手，想接过"昆仑"。吴性栽最早经营大中华百合影片公司，后与罗明佑合作，组成联合影业公司。由于他的经济实力雄厚，最后挤掉罗明佑。自1936年8月起，以他组织的银团华安公司接办"联华"的全部制片业务。抗战期间，他又利用徐家汇"联华"厂址成立联华影场，经营摄影场出租拍片业务。抗战胜利后改组成徐家汇摄影场，"昆仑"拍片即向该摄影场租赁摄影棚。当时，吴性栽欲吞并"昆仑"，首先企图来说服我，因为他知道我在"昆仑"的组织方面起作用。有一天，他在自己经营的"文华"办公室里请我和夏云瑚吃西餐。通过谈话我知此人很厉害，他不单是个资本家，而且在文学、艺术上也有一套。他是主张人性论的，不赞成揭露国民党黑暗统治的罪恶。他说搞阶级斗争不一定能通过，也不一定好，还是要合情合理，搞人情味多一点、重一点的作品好。我们的观点从根本上就不一致，我很委婉地向他分析人民的要求和以影片反映人民苦难的必要性；并向他分析形势，说明电影只有反映人民的心声才能受欢迎。吴性栽看我们谈不拢，就不再对我做工作了。但他很有手法，乘人之危，挖墙角。他主要想挖蔡楚生。他对蔡楚生说："你到'文华'来，我给你一辆汽车，一幢洋楼。你的朋友过来，我也不会亏待他们。你不过来也可以，只要你与我合作。"当时蔡楚生住在北四川路，住房很小，他回答吴性栽说："我离了朋友就不能生活，我的这批朋友都经过了抗战八年的风雨，是共过患难的，我们不会分开。他们好不容易才组织起'昆仑'，我不会离开他们，不能去'文华'。"

吴性栽的秘书娄某是个托派，吴很重用他。吴性栽重用的艺术家是费穆。费穆是个小资产阶级的大自由主义者，他是以导演为中心的，拍电影也是即兴式的。费穆拍电影的时候把剧本丢在一边，即兴式地想怎么拍就怎么拍，什么都得听他的。他在北京"联华"三厂开始从影，后迁到上海。吴性栽受过礼拜六派文学的影响，他很喜欢费穆，他们搞的都是那一套。娄某这个托派在政治思想上对吴性栽有影响，他常到"昆仑"窜来窜去，探听消息。当时袁应华是"昆仑"的办公室主任，季洪是我们编导委员会的秘书，大家对娄都有戒备。所以，我对夏云瑚说："吴性栽这个人很难合作，他身边有个托派。另外，他们拍摄的那一套影片与蔡楚生和史东山的不同。"

我们写出了电影剧本《万家灯火》，即将开拍时，"昆仑"出现了经济问题。我知道任宗德还有钱，所以找他想办法。我把吴性栽企图插手独资经营"昆仑"的事向他摆开了，问他怎么办，希望他来解决公司的经济问题。任宗德想了半天对我说："电影这个事业可以干。"他表示有一个财团可以支持他，他愿意做大股东。所以，"昆仑"的第三部影片《万家灯火》就由任宗德担任总经理了。其他由章乃器、蔡叔厚投资的股份都未动，夏云瑚也有些投资。继拍摄《八千里路云和月》和《万家灯火》后，"昆仑"又连续拍摄了《新闻怨》、《关不住的春光》、《一江春水向东流》、《丽人行》、《希望在人间》、《三毛流浪记》、《乌鸦与麻雀》和《武训传》，"昆仑"一共拍摄了十部影片。

《希望在人间》是沈浮编导的。剧本出来后，我们都很满意。第一次送到国民党的电影剧本委员会去审查，没有通过，经过修改，第二次送审才勉强通过。拍出的影片里，有许多毫不掩饰的、露骨的反法西斯的场面，国民党很反感。但他们觉得沈浮与共产党的关系不深，所以通过了。实际上沈浮与我们的关系很深，他一直很接近党。抗战开始后，他的思想转变很大，编导的《老百姓万岁》(西北电影制片厂拍摄)是一部较好的影片。当时的沈浮是位富有正义感、同情共产党的艺术家。《希望在人间》公映后，亦轰动一时，很受群众欢迎。

《三毛流浪记》是我编写的。当时看到在报纸上连载的张乐平的漫画《三毛》，认为很有意义，他对社会的矛盾观察很深，如人与狗争食的画，很感动人。上海有许多这样的贫困儿童，在冬季，第一天刮大风，第二天工部局就去收尸体。工农子弟无依靠，肚子饿坏了就去偷面包吃。我看到他们很难过，这是一群令人同情的孩子，我曾考虑如何以电影手法通过他们的遭遇来揭露国民党统治区的社会矛盾和黑暗。最早是韦布来找我，告诉我，他想搞个剧本，他还找了冯亦代。我说，漫画《三毛》不是一个连贯的故事，要写剧本必须重新结构。我当时想，如何在漫画《三毛》的基础上将主题深挖下去。电影剧本应采取其精华。我写的三毛是从农村来的，由于农业破产，农民失去了土地，三毛受到地主的迫害而逃进城，从而看到上海的种种罪恶，写三毛所受到的苦难。我还考虑过，流浪儿的出路在哪里？我曾想编写《三毛流浪记》的下集，曾带严恭、赵明参观曹家渡、苏州河两岸的很多工厂，看到工厂里童工的生活。准备在下集写三毛在工厂遭受的苦难，并在童工中交上了朋友，写三毛辗转在不同的工厂里做工，他的个人奋斗和他与资本家的冲突。最后，写三毛受到党的关怀，参加了新民主主义青年团组织。但是，上集刚写完，形势变得很严重，组织上叫我撤退到香港。《三毛流浪记》拍摄到后几段，上海就解放了，影片就以三毛参加游行欢迎解放而结束。我这时已离开上海，要是拍出下集那就更有意义了。

参加《三毛流浪记》摄制组的，都是新人，两位导演赵明和严恭都是从演剧队来的，是我们培养的对象。在培养干部问题上，我曾去说服任宗德，说明为什么要这么多副导演。我让严恭做应云卫的副导演，并让赵明和严恭大胆的干。演三毛的王龙基是王云阶的儿子，现在成了厂长，当时非常顽皮。许多有名的大演员，如赵丹、上官云珠、黄晨等人都在《三毛流浪记》影片中客串做配角，当时影响很大。《三毛流浪记》这部影片在国际上获得很高评价，外国人很喜欢这个戏，把它与狄更斯的《雾都孤儿》和卓别林的《寻子遇仙记》并提。其实，当时我们并没有联想到这些作品。

我们过去的制片方针是以少胜多，以质胜量；集中优势兵力，打歼灭战。同时，我们采取民主集中制的办法，发扬艺术民主，集中集体智慧搞好我们的电影创作。我们拍片的速度是慢了一点，但从质量上看，"中电"出十多部影片，也不如我们的一部。《万家灯火》公映后召开了一个座谈会，有人说："昆仑"的作品是空谷足音。而且，我们的作品都是与人民群众的心声密切相联系的。

结　束　语

我从 1932 年下半年写《铁板红泪录》开始参加电影工作，直到全国解放，整整十七年，其中经历了三个历史时期：十年内战、抗日战争和三年解放战争。1927 年南昌起义的第五个年头，党就打入电影界，这在文艺战线上是件大事。1932 年党派夏衍、阿英、郑伯奇三人进入明星影片公司，1933 年春正式成立党的电影小组。从此，电影界发生了质的变化，有了党的领导。在三十年代，我们领导过三个电影厂，夏衍、阿英、郑伯奇在"明星"，司徒慧敏在"电通"，田汉在"艺华"，这是党的电影小组成立前后的电影基地。在抗战期间，我们领导过"中制"。全国解放前，又领导过"昆仑"。这十七年，我们不仅领导过这几个电影公司，还影响到其他电影厂，如在三十年代的"联华"和"新华"等，就有我们的人在里面当编导和演员，也影响到这些厂生产的进步作品。最初，我们这些人都不是搞电影的，主要搞的是文学和戏剧。夏衍、阿英开始是搞文学的，后对电影有研究。当时，共产党是领导革命战争的党，主要搞武装斗争。白区的电影工作，是在党的地下组织的领导下进行的，党没有资本，没有场地，没有机器设备。党的电影小组是在国民党反动派的层层关卡、处处迫害下团结广大的进步电影工作者去占领电影阵地的。我们从无到有、从小到大，在电影界发展成一股巨大的力量，这件事不能低估。

抗日战争期间，"中制"属三厅管辖，我们在里面工作，在斗争异常尖锐和紧张的情况下，我们采取有理、有利、有节的方针，与国民党又团结、又斗争，取得相当大的胜利。

"昆仑"时期，我们已经有了十多年的斗争经验，取得了很大的优势。我们在"昆仑"集中了这么多的优秀人才，有编、导、演、摄、录、美，以及技术照明等，形成坚强的阵容。这些电影从业员都是有思想觉悟的，要求进步，有共同的理想，都愿意搞进步的、有革命意义的、有社会价值的作品。蔡楚生、史东山、沈浮、郑君里，还有许许多多年轻的同志，他们在三十年代就跟着党走，他们自觉地搞革命文学，主动地按照党的方针进行创作。史东山的《八千里路云和月》和蔡楚生的《一江春水向东流》都体现了人民的意愿、党的意愿。

十七年的电影工作，总结起来有这样一些经验：

一、党的方针政策、党的总任务、总目标要为党内外广大电影从业员所了解、掌握、运用，并能创新。电影艺术家要把党的方针政策化为自己的血肉，成为自己的思想感情，使之体现在自己的作品里。"昆仑"拍摄的十部影片绝大多数都体现了人民的愿望和要求，贯彻了党的意图。史东山编导的《八千里路云和月》就反映了抗战胜利后人民的苦难，描写了接收就是劫收，复员就是失业、就是饥饿，这些都体现了党的方针政策。这是史东山根据自己的生活体验进行创作的，他不用"反饥饿"等口号，而是艺术地表达了党的思维。

二、党的领导是通过一手抓创作、一手抓评论来体现党的方针政策的。我们除抓电影创作，还花费了很大精力来抓电影的舆论阵地。在三十年代，连《申报》都办起了电影专刊，经常发表我们的电影评论文章。《大公报》在解放战争时期对国民党是小骂大帮忙，在群众中造成个中间型的印象。《大公报》的负责人张季鸾是个很厉害的人，是蒋介石的政治谋士。蒋介石有什么问题经常请教他。张季鸾为了争取读者，要王云生编《大公报》副刊，王云生支持我们在副刊上写文章，后又请洪深去编电影专刊。这样，《大公报》也成了我们电影评论的阵地。对一些优秀的作品，我们通过报刊评论充分肯定他们的成绩，鼓励他们继续前进；对一些有缺点或落后的影片，我们就批评。如史东山的《新闺怨》一出来，我们就批评这部影片中存在的缺点，但是友好的，是把他当作自己的朋友来提意见，而不是进行打击，不是让他抬不起头，是让他自己总结自己的成功经验和失败教训，从实践中逐步得到提高。我们认为，人的思想认识是有个发展和提高过程的，人们要在思想上取得一致，不是一朝一夕就能办到的。所以，对艺术家应作耐心细致的工作。我们通过认真的电影评论工作来提高电影从业员的思想、艺术水平，同时也帮助观众提高对电影的欣赏水平。

全国解放前，电影观众一年只有几万人次，我们紧抓电影评论阵地；现在，我们的电影观众比过去多了成千上万倍，电视观众就更多，但国内除一些电影报刊外，全国有影响的报纸却没有一个电影专刊。对生产的影片，没有足够的评论来帮助观众去欣赏，以达到更好的宣传效果；对电影创作人员提高思想水平和艺术质量也没有帮助，这不利于发展电影创作。建议有关部门再抓一下这个问题。

三、党的领导人、党的电影小组的同志，或没有参加电影小组的党员，必须生活在群众之中，不能浮在群众之上，要尊重群众。在旧社会的一些学者、编导往往都是高高在上的。我们却平易近人，在电影界，无论是著名的艺术家还是一般的工人，我们都很尊重他们，与大家交朋友，哪怕是落后的朋友，我们也要想办法让他们转变过来。斯大林说过一句话：党的领导艺术的最艰巨的任务，是要能动员最落后的群众完成最艰巨的任务。要做到这一点并不容易，这要长期地做工作。党员对群众的创作不能采取冷眼旁观的态度，对电影的主题、题材和样式都要同群众一起商量，不能脱离实际地提出过高的要求，跨得太远就会脱离群众；又不能走得太慢，不能搞落后的东西，不能做群众的尾巴，要恰到好处。在电影界，我们党员并不多，但这些党员与群众的关系一直很好，都能和群众打成一片。

同时，我们还注意培养新生力量，调动了很大的力量到电影战线上来，使我们的作品在思想上、艺术上和社会影响上都取得了绝对的优势。

四、党领导电影，就要领导电影界的从业人员学习马列主义理论和无产阶级的文艺理论；并引导他们深入生活，研究生活和了解生活。当时，在创作上有成就的几位著名导演的学习都很努力。史东山的学习就很刻苦，研究斯坦尼斯拉夫斯基的理论，很有成绩。蔡楚生在大革命时期是广东汕头的一个店员，受到革命运动的影响。大革命失败后到上海找到同乡郑正秋，开始给郑正秋扛机器。他在业务上很钻研，读了许多革命的文艺作品和文艺理论书籍。沈浮也是很好学的。郑君里是南国社出来的，他多年钻研斯坦尼斯拉夫斯基的理论，从表演到导演都有许多实践经验。赵丹、白杨、舒绣文、陶金、蓝马都是同我们合作多年的人，我们帮助他们学习马列主义，学习文艺理论。他们自己也有这个要求。又如任光，他是位作曲家，曾留学法国，本来是按照法国方式生活的人，狂热，喝酒，醉了就大唱其歌，生活没有规律。后来，在党的影响下，他拼命找马列主义的书看。《月光曲》是安娥作词、任光作曲。安娥是共产党员，他们结婚后，安娥反映任光经常看马列主义著作。聂耳是田汉发现的，田汉和我帮助他进入"联华"从事作曲工作。到"联华"后，他主动要求进步，跟沈浮、金焰、凌鹤都很要好，与赵丹、唐纳是好朋友，他们相互学习，经常讨论无产阶级文艺理论方面的问题，以后他成为一个共产党员。聂耳创作的电影歌曲风靡一时，他是音乐家，但主要成就表现在电影作曲上。他的这些成就是与党的领导分不开的。另外，根据不同的对象，要读什么书，怎么学，以及如何深入和观察生活，我们都做了指导。同时，我们又从实际出发，要他们了解国内外的形势和当前中国的斗争任务，指出电影的出路在哪里，要他们懂得党的方针政策。我们不唱高调，不讲教条，而是讲事实。史东山的《八千里路云和月》和蔡楚生的《一江春水向东流》所以能写得深刻，就是因为他们深入地观察和研究了中国的现实斗争生活。我在创作《三毛流浪记》时，就有意识地带创作人员去工厂深入生活，其它作品也是这样，向创作人员介绍我的生活积累，引导他们到生活中去。他们也知道我们是党员，他们与我们志同道合，无话不谈，我们成了朋友，因此许多工作都是通过相互谈心而达到教育目的的。

五、搞好电影界的统一战线工作。过去，我们党内比较团结，这很重要；同时，与党外的同志的团结关系也很好。当时电影界虽然也受到"左"的路线影响，但是不深。电影界基本上是搞统一战线的，是团结广大群众，团结小资产阶级、资产阶级（电影公司的老板就是资产阶级）的，如果这个团结关系搞不好，我们在电影界就寸步难行，就不会有今天这个局面。当时，王明说，小资产阶级最反动、最可怕。我们却相反，把他们作为自己的好朋友。我们有几十个好朋友，如蔡楚生、史东山、卜万苍、任光等当时都是党外人士，都是小资产阶级，不是无产阶级，但我们合作得都很好。我们在工作中走群众路线，与各个不同阶层的人都能合作。这并不是因为我们有多大本事，而是客观形势逼迫我们非这样做不可，否则一事无成。那时，我们提出了联合一切可以合作的力量，取得了成果。到抗日战争时期，我们的工作在周恩来同志的领导下一直是沿着正确的轨道前进的。

六、"昆仑"时期，我们在艺术上初步建立起民主集中制的原则，对每部影片都组织群众代表讨论，发扬民主，集中群众的智慧，以提高作品的思想和艺术质量，这在过去没有搞过。电影是综合艺术，不发挥集体的智慧是不行的。当时，我们的一切工作都搞合作，文学、戏剧、美术、技术、新闻、报刊都在地下文委的统一领导下，相互合作得很好，与兄弟艺术团体的合作也很好。每部影片出产后，我们都召集各方面的人士开座谈会，这样更有利于提高影片的艺术质量。

七、电影与戏剧，在策略上要善于并肩作战；又善于轮番作战，根据形势和不同环境的变化来改变我们的作战方针，因此常打胜仗。如皖南事变后，敌人控制了电影厂，我们就转移，搞话剧，先后成立了"中艺"（中华剧艺社）、"中术"（中国艺术剧社）等剧社，把电影厂里的人抽出来，集中优势兵力在戏剧战线上形成一个高潮。抗战胜利后，我们又夺取了电影阵地，从电影界、戏剧界抽调人员，组成强大的阵容，按照党的制片方针，拍摄出一批优秀影片。同时，其他影片公司也在党的影响下，拍摄出不少进步影片。这些都是与党的正确的策略方针分不开的。

八、反复总结创作上的经验教训。我们的工作要从实际出发，在创作上要反右防"左"，左了，敌人通不过，或被剪得支离破碎；或停映，被掐死在摇篮里。如何躲过剪刀关，是我们的斗争艺术。但是，又不能右，影片还要体现党的思想，使其具有深刻的社会意义。表达革命内容不是呼口号，而是通过尽可能高的艺术形式去体现，这就需要很深的艺术修养。所以，左不得，右也不行，要稳扎稳打。我们在这方面有过成功和失败的经验，这也是一个领导艺术问题。

《中国电影年鉴》供稿

（原载《电影艺术》1986 年第 1、3、12 期）

《地泉》重版自序

华 汉

　　时间跑得真快，我这部《地泉》中的《深入》之开始写作，已经是五年前的事了，我现在执笔来写这篇自序的时候，对于过去，真激起了我无限的回忆。

　　记得是一九二七年的初冬，我在南边沿海的一个农村里一连害了十好几天的疟疾，我那时，没有床睡，没有粥喝，更没有药吃，一天到晚在寒热交作中，披着一床破旧的线毯在那生疏的村道上东走西奔，我有时实在病得不能走倒在路旁去了，我那些可爱的同伴总把我挟着扶着有时甚至把我背着没命的向前跑，我当时想，在那样险恶的环境中，我这条命大概是没有什么希望的了！后来幸而得着许多农友的救助，得坐了一只竹叶般小的木船飘到香港，在香港的一家糟透了顶的半中半西的医院里，吃了它几天金鸡纳水，不见效，又才跑回上海，哪晓得到上海还没有半天，我的疟疾又大发，一病二十余日，待我出院的时候，已经只剩下一副皮包骨头，走路都要人扶持了。

　　大病之后，什么也不能作，没有办法，只好跑到江南的一个农村里的朋友处揩油养病去，真凑巧，在乡间还没有住多久，就在我住不多远的村中突然起了一阵"土地的咆哮"，我受了那一件不平常的事情的激动，远远的望着我的足迹曾经踏过而同时也正在咆哮着的南边的海岸，我心中的热血沸腾着，于是开始计划起《深入》的腹稿来，我本想乘那时病中多暇把它写好的，后来因事返沪，一直拖延到一九二八年的夏天，才流着大汗，在半月的时间中匆匆把它完成。写完一看，较之我初时的腹稿已经不知缩小好多了。

　　这就是我制作《深入》时的前后的情形。

　　《转换》是写作于一九二九年的夏间。记得那时正是一般人所说的中国的"苦闷时代"，这一时代的特征，恐怕要以这大都市的上海反映得特别鲜明吧。在上海，我曾目击着许多小资产阶级出身的人，在这一时期中徘徊，犹豫，苦闷，四处找出路而又摸不着出路。可是，这一时期毕竟很短促，新的活力是不断的从这"苦闷时代"里新生出来的，所以也有不少的人从苦闷徘徊中毅然的走回战线中来，更有不少的青年因为失去了一切躲闪的余地大踏步的跑到前线上去，《地泉》中的《转换》就想去反映这一转换时期，明示出一条我们应走的大道的。

　　至于《复兴》，如果要去追问它的所谓时代背景，那正是丁玲女士的《一九三〇年"夏"上海》，那时有好多人都在这一"复兴"时期中发了狂，说大话，放空炮，成了这一时期的时髦流行病，我那时蹲在上海，大概也多少受了些传染，这在《复兴》中是深深的烙印得有不少的痕迹的。而且，我还记得：我那时白天没空，写作的时间，几乎全在晚间，现在我回想假如那时我没有传染着那种发狂般的情绪，我实在不能够战得胜那酷暑蚊子和疲倦的三面环攻而把这部不成样的东西写成的。

　　《地泉》出版以后，在当时出版的《文艺评论》上，虽也曾有人批评说是得到了相当的成功，但我在那时却早已经就感到了许多失败处。现在《地泉》是有机会重版了。在我们正在努力走向文艺大众化路线的现阶段，对于在《地泉》中我所走过的浪漫谛克的路线，我是早已毫无留恋的把它抛弃了的。如果《地泉》的读者在创作时竟跟着《地泉》的路线走，那在我这是一件大不快意的事！因此，在这次重版《地泉》的时候，我曾请了几个曾经读过我这部书而且在口头上也发表过一些意见的朋友，严厉无情的给这本书一个批评，好使我及本书的读者，都能从他们正确的批评中，得到些宝贵的教训，书前的几篇序，就是这样得来的。

　　感谢茅盾、伯奇、易嘉、杏邨，他们对于本书，都很能正确的指出我的失败处，这特别于我是有不少的教益，不过，有些地方，为了使读者能够更深刻的来明了我们现在所要走的道路起见，我似乎还有来补充说几句的必要。

首先我要说的是易嘉的批评。易嘉说："《地泉》的路线是革命的浪漫谛克的路线，不肃清这一路线，新兴文学是不会走到正确的路线上去的。"这话非常正确，可以说《地泉》的失败处，易嘉看得最明白，最透彻。只不过我还觉得易嘉在批评文中他还没有进一步的指明：为什么我们那时几乎无例外的大都去走浪漫谛克的路线，而不在创作方法上去走唯物辩证法的现实主义的路线，因此，他也就没有更深刻的告诉我们究竟要怎么样才能走到唯物辩证法的现实主义的路线上去了。

我们应该向哪儿走？这问题的正确的回答，似乎已经是好久以前的事了，然而一直到今天，我们究竟走上了没有呢？我们得虚心的回答：没有！

那么，为什么会尽都走不到呢？

这固然有由于我们许多的作家还没有虚心的去研讨过去的错误，认真的去看明自己的病状，但最主要的在我看来还是我们没有用最大限度的力量去克服造成我们那种病状的病根。

如果《地泉》真如易嘉所说，可以作过去中国新兴文学难产时期的代表，那末这一"革命的浪漫谛克"的路线的阶级基础，很显然的是革命的小资产阶级，正因为我们的作家的生活观点和立场都是小资产阶级的，所以，他才把残酷的现实斗争神秘化，理想化，高尚化，乃至浪漫谛克化，而他的作品的内容与形式，也就因之才形成了一贯的"革命的浪漫谛克"的路线。易嘉在批评文中没有着重的把这一点指明，因而他只教我们应该怎样走，还没有告诉我们究竟要怎么样才能走得到。

在目前，正当着我们的许多作家及不少的文艺青年，正在离开现实的斗争，企图关在书斋里悠哉游哉的创造新兴文学的时候，我们在批评过去的作品的时候，是应该严重的指出：我们如果不抛开我们小资产阶级的生活，不克服我们小资产阶级的意识，不深深的打入群众中，不直接参加在残酷的现实斗争里，那我们是不能真正反映现实斗争，不能真正创作出"大众化"的新兴文学。不然的话，那末我们的作家将要回答我们：应该怎样走的问题，他是比我们懂得更多的！用

197

不着我们再来多嘴！

其次我要说的是茅盾的批评了。

茅盾的批评，所涉及的范围是很广的，他不仅在批评《地泉》，简直连带的批评了过去自"一九二八到三〇年这一时期所产生的作品"，因此，他的意见，确实是值得"切实注意"的。

茅盾对于《地泉》所指摘出来的两大缺点，我是诚意接受的，然而他的批评方法以及基于他这种方法所得出来的我们每个作家应走的道路，我却认为还有探讨的必要。

茅盾在他批评《地泉》一文中所说的一部作品成功的两个必要条件，我觉得实际上只是一个注重作品的形式的基本观点，我们不是艺术至上主义者，如果一部作品真如茅盾所说只要对于"社会现象有全部的非片面的认识"；只要能够有"感情的地去影响读者的艺术手腕"就能够大告成功，那我倒要举一个现成的例子来请教：茅盾的三部曲《蚀》，大概是具备了那两大条件的了吧，然而究竟成功了没有呢？不错的，如郑振铎之流，正在推崇我们的茅盾的三部曲为划时期的作品；可是在我们看来，《蚀》，却与我们所需要的新兴文学没有原则上的相同点！

从这一种批评方法出发，所以茅盾只看见我们过去的失败处，而且是他认为最严重的失败处：是"脸谱主义地去描写人物"，是"方程式地去布置故事"。而他却丝毫没有看见过去我们的作品中比什么还严重的在内容上的非无产阶级乃至反无产阶级的意识的活跃。比什么还严重的在形式上（即在文字上结构上、人物的解剖上以及风景的描写上）离开了大众的文化水平的无条件的欧化主义的错误。

光慈的作品，依茅盾看来，是最好的"脸谱主义"的代表了。不错，光慈确实常把他作品中的人物画成"脸谱"，不过照我看来，光慈的最致命的失败，还不能简单的说全在他的"脸谱主义"。读过光慈一九二九年出版的《丽莎的哀怨》的人，大概总不会把那样一个悲惨动人的丽莎，看成是一张可以"戴来戴去"的"脸谱"的吧！这部作品如果照茅盾所说的两大条件来衡量，应该是得到相当的成功的了。然而在我们看来，这部只有激动起读者对白俄表示同情，对十月革命表示憎愤的作品，却是光慈未曾有过的惨败！

因此，我们在批评过去作品的时候，如果我们竟看轻了作品的内容，或竟抹煞了作品中的阶级的战斗任务而不加以严厉的检查，只片面的从作品的结构上，手法上，技巧上，即整个的形式上去着眼，这不仅在一般的文艺批评方法上不容许，而且，其结果，却更将有离开我们新兴文学运动正确的路线的危险。

大约茅盾以为我们过去的作品在别的方面差不多都没有什么严重的问题的了，过去的错误只在"脸谱主义"，只在没有"艺术手腕"，只在没有在书本上读懂"唯物辩证法"，所以他在结论中，只劝我们"更深刻地去经验复杂的多方面的人生"，却没有着重的指出：我们最最重要的是要到大众中去，特别是要到无产阶级的队伍中去充实我们的战斗生活，他只要我们在书斋里去"更刻苦地储备社会科学的基本知识"，却并没有着重的指出：我们最最重要的是应该面向大众，在大众现实的斗争中去认识社会生活的唯物辩证法的发展。他只要我们"更刻苦地去磨练艺术手腕的精进和圆熟"，却并没有着重的指出：我们最最重要的是应该参加在大众的斗争中去用批判的眼光去学习大众所需要的作品的内容与形式。

象茅盾这样的结论，似乎和我们所公认的应走的"大众化"路线有些原则上的分歧吧，不知茅盾以为然否？

话虽如此，茅盾对于《地泉》所指出来的两点，总是对的，虽说《地泉》的失败处还不只是那两点。但我相信：我是有勇气来改正那些错误，向着一条新的道路上走。

一九三二，五月

（原载 1932 年 7 月上海湖风书局版《地泉》，收入 1989 年 8 月四川文艺出版社版《阳翰笙选集》第四卷）

谈谈我的创作经验

华　汉

　　从一九二八年起，我曾写过好几篇小说。但这些东西，在我现在看起来，差不多没有一篇是令我自己满意的。

　　我本来是一个研究社会科学的人，但对于文学，却有着很大的嗜好。从我小时候在四川的"鸡婆学堂"里，天天念"云淡风轻近午天"一类的诗起，一直到现在，只要是文学作品，不管新旧，有空，我总常常喜欢去找来看看。

　　也许正因为自己不是"专家"的原故，所以，写出来的东西，连自己也都感到那只是成功的反面。

　　就我写的几篇长点的东西来说，《深入》，《转换》，《复兴》，和《两个女性》，都是在一九二八到一九三○年，这三年内写成的。这几篇东西，个别的说来，不管在内容上，或在手法上，有着怎样的差别，但就创作方法上来看，严格的说，都还不是唯物辩证法的现实主义的作品。

　　譬如《深入》吧，《深入》，我本想去反映那时咆哮在农村里的斗争的，但我在写的时候，却把本来很落后的中国农民，写得那样的神圣，我只注意去描画他们的战斗热情，忘记了暴露他们在斗争过程中必然要显露出来的落后意识。这样的写法，不消说，我是在把现实的斗争，理想化。

　　《转换》，我写的是一个小资产阶级，在"转换"后，去组织兵变的故事。这小说的前半部，我既没有把那两个小资产阶级"转换"的条件和过程写得很充分，到后几章，更把那样不容易的一件事情，又布置得那样的"得心应手"。实际上，哪怕就是一个很小的斗争，也绝不会是那样"万事如意"的。这部东西，在我现在看起来恐怕要算是我作品中的最失败的一篇了。

再说到《复兴》，这小说写的是一九三〇年夏间上海的法电罢工。如果说，我个人在那三年（从一九二八年到一九三〇年）的创作生活中，确然领有一条一贯的创作路线的话，那我倒要说，《复兴》，便是我自己走的路线发展到最高峰的好标本！这篇东西，在故事的发展上，是失败少而成功多；在主人翁的描写上，是只有百分之百的正确，没有一丝一毫的缺点。至于在手法上，解说多于描写，概念化而不形象化，更是显然的存在在书中的。像这样的作品，我都竟然写出来了。现在回想起来，大概是因为我在那时候也有一些"发狂"的关系吧。

《两个女性》，我虽说处理的题材不同，但在创作方法的基点上，也并没有什么大的差别。

很显然的，过去了的三年中，我在创作方法上所走的道路，并不是唯物辩证法的现实主义，乃是我们在好久以前就指明出来的，所谓革命的罗曼谛克。

201

革命的罗曼谛克的特征，是不能深刻的去反映社会生活中的唯物辩证法的发展过程，只主观的把现实的惨酷斗争，理想化，神秘化，高尚化，以至于罗曼谛克化。

这样的结果，我们每每只能从那些作品中，看见一些幻化出来的英雄的个性，在做着"时代精神的号筒"，却不能从严重的社会变革过程中，求得许多的经验和教训。

就中国普罗革命文学发展的历史来说，革命的罗曼谛克的发生，虽自有它的主客观的原因，但是，为了要使这一运动发展到更高阶段，我们却只有毫不留恋的抛弃这一错误的路线。

我个人，自从《复兴》出版以后，对于自己的作品，本来早就有些感到不满的。到后来，看了哈尔可夫大会的许多文献后，在普罗革命文学国际经验的教益下，于是我更加坚定的，想向着一个新的方向走。

这两年来，许多朋友在经过几次严厉的"自我批判"以后，大家都在说，我们应该纠正过去的错误，向着唯物辩证法的现实主义的道路上走。是的，这一点儿也没有错，不过，我们也不妨稍微警觉一点，提防着我们再滚落到另外一个新的泥坑里去。

我在这儿所说的新的泥坑是什么？

那便是在唯物辩证法的盾牌的掩护下，在玩着旧现实主义的戏法。

这现象不是没有的，它从最坏的方面表现出来的，便是美其名曰：我们也应该描写都会的黑暗面，（或者说得"科学"一点，便是所谓都会的消极面。）于是便离开了革命的必要，大胆的去描写那些咸肉庄，轮盘赌，甚至于燕子窠了。它从较好的方面表现出来的，便是在"揭穿一切种类的假面具"的号召下，用旧现实主义的态度，努力去写中国农村经济的破产，大都会里的失业恐慌。他们在替劳苦大众诉了一大顿苦后，那好像就已经完成了"揭穿一切种类的假面具"了。

这两种现象，前者的错误是很显然的，其实后者，也一样的不是唯物辩证法的现实主义。

为什么呢？

因为普罗革命作家和旧现实主义作家不同的地方，是在于：

"他要看见社会发展的过程以及决定这种发展的动力，就是要描写'旧的'之中的'新的'的产生，描写'今天'之中的'明天'，描写'新的'对于'旧的'的斗争和克服。这就是说：这种艺术家比过去任何一个艺术家都要更加有力量的——他不但去理解这个世界，而且自觉的为着改变这个世界的事业而服务。"（法捷耶夫：《打倒席勒》）

在中国这样大的政治和经济的危机里，从都市到农村，到处都在爆发着一切大小斗争。如果在我们的笔下写出来的，还是那样的"风平浪静"，"旧的"之中，并没有"新的"产生，"今天"之中，并没有"明天"，那我倒要说：这种作品，连"理解这个世界"都不够了。若说这就是在为着"改变这个世界"而服务，恐怕程度也很有限吧。

这还能说是唯物辩证法的现实主义么？

如果这种偏向让它发展下去，那它的错误，恐怕也不见得会比革命的罗曼谛克好多少吧。

别的人我不晓得怎么样，我自己实在常常都在警戒着，生怕滚在新的泥坑里去的。

我近来也很想动动笔，过去那一套"作风"，不消说我是要努力把它改变的，可是改变后向着什么地方走呢？如果要我也去跳泥坑，而且事先就给我一个定心丸："别怕！这就是唯物辩证法！"那我想倒不如谨慎点的好，我只好说一声："恕不奉陪"了！

我要走，还是照着大家都认为是很正确的道路上走我的，如果要我走去跌一交，那我只好预先提防着。

一九三三年五月十六日

（收入 1933 年 6 月上海天马书店版《创作的经验》，
又收 1989 年 8 月四川文艺出版社版《阳翰笙选集》
第四卷）

序言两篇*

阳翰笙

《两个女性》小序

　　一九二七年四月十二日蒋介石发动反革命政变之后，中国社会的形势怎样？这一重大事变在青年知识分子中发生了何种反应？恐怕现在的多数青年同志是难以想象的。

　　革命的道路艰难曲折。革命有热血和污秽。夺取胜利，创造光明，需要付出沉重的代价。

　　"四·一二"以后，白色恐怖太严重了，社会太黑暗了！许多共产党人和革命者倒在血泊之中，邓中夏、恽代英、萧楚女、张太雷、赵世炎、罗亦农、陈延年、陈乔年、彭湃、向警予等著名的共产党早期领导人都先后壮烈牺牲。幸存的革命者转入地下。过去有些慷慨激昂的人，有的叛变了，有的登报声明脱党，有的躲进了书斋，有的消沉、颓废、堕落……同时，也有人在沉思，在寻求，擦干净身上的血迹，准备新的战斗。

　　中国革命的出路在哪里？

　　这是一个需要叫喊，需要回答时代的提问，需要给人指示光明之

---

　　* 此处为之作序的两部作品，由河北花山文艺出版社分别出版单行本，《两个女性》已于1986年8月出版。

路的特定历史时期。

鲁迅说："地火在地下运行，奔突；熔岩一旦喷出，将烧尽一切野草，以及乔木，于是并且无可朽腐。但我坦然，欣然。我将大笑，我将歌唱。"（《野草·题辞》）

是的，"地火在地下运行，奔突"。革命没有完结，革命在深入。革命的枪声在中国的中部和南方响起来了，那就是"八·一"南昌起义，湖南的秋收起义，十二月的广州暴动；那就是井冈山上飘扬的红旗，革命已经找到了正确的道路。这革命还很弱小，但星星之火必将发展为燎原之势。

是的，"熔岩一旦喷出"，就将以其热力拥抱这世界，就将以其高温烧毁一切腐草，就将以其光焰照彻新的征途。

一切知识分子都将在这骤然发生变化的形势面前接受考验。

这就是《两个女性》的背景，也是小说的主旨所在。

丁君度是一个典型，这个形象有一定的代表性。我的另一个中篇《转换》（亦名《寒梅》)，蒋光慈的《冲出云围的月亮》，茅盾的《蚀》三部曲，都写到这种类型的知识分子，但各有侧重，各不相同。读者如能对照着读，正可互相补充，通过这些形象，认识生活，了解历史，增长见识。我对丁君度的痛斥是无情的，但在结尾我暗暗地给他留了一条生路。我相信，如果革命形势好转，我们的工作又做得深入细致，他是有可能重新革命的。

郑伯奇同志在为我的《地泉》重版写的序言中说，我的作品"题材多少是有事实根据的，人物多少是有模特儿存在着"❶。一点不假。丁君度有模特儿存在着，他的爱人玉青的毅然离去，也同样有根据，仅玉青到南方参加革命才是虚构的。书名叫《两个女性》，但我在玉青和另一个职业女革命家金文身上花的笔墨倒不太多。我对这两个女性充满感情。她们代表我的理想，她们有着圣洁之光。只要革命者在群众之中，火种就不会熄灭，红旗就永远不会倒。她们有共同的特征，但又各是她们自身。

《两个女性》在国民党查禁之前，销了好几版，可见它还是受读者

---

❶ 1932 年湖风书店版《地泉》第 10 页。

欢迎的。在我的小说创作中，我也比较喜欢这部作品。我认为，它至少反映了时代的一个侧面，具有时代的气息；它至少是明确地指示了出路，给人鼓舞，引人向上，基调是乐观的，它的几个人物也还算有生气，并不太干瘪。

《两个女性》是初期无产阶级革命文学（当时称为普罗文学）创作中的一种，几十年来，人们对普罗文学的评价是极不一致的。其实，只要以历史唯物主义的立场、观点来对待，不难得出科学的结论。中国有几千年历史的文明，但过去占主导地位的只有奴隶主、地主阶级的文学，资产阶级、小资产阶级的文学。民间文学也是一脉相承，不绝如缕，但未能登大雅之堂。而普罗文学的产生，工人、农民成为文学作品正面描写的形象，工农群众变革世界的斗争成为文学作品的题材。全新的气派，全新的时代精神，中国文学进入新的历史阶段。普罗文学顺应了历史的要求，发挥了巨大的战斗作用，召唤了一批又一批群众投入时代的洪流。毋庸讳言，和任何阶级的作品一样，早期的普罗文学也有其幼稚、粗糙的种种缺点；无产阶级，人民大众的文艺也有个成长、发展的过程，五十年来文艺的发展便是证明，个人作品的得失毁誉是不足论的。对于我们党领导下的革命文艺传统应该明确是非，分别主次，这样我们才能知所去从，继续前进。

我们经历了时代变革的阵痛，迎来了新的历史时期。在这转折关头，我们只有不脱离群众，不脱离实际，才能做一个清醒而坚定的革命者，尽到自己的一分责任。是为序。

一九八四年四月

《义勇军》小序

《义勇军》是我五十年前的旧作，与其说它是一部中篇小说，不如说它是一篇小说形式的报告文学。因为除有些人物系虚构的以外，作品中所反映的事件以至细节，全都是真实的。

小说写的是"一·二八"战争期间，上海工人义勇军开赴前线，抗日救亡的几个场面。

一九三一年九月十八日，日本侵略者在沈阳发动事变，因为国民党反动派奉行不抵抗主义，很快就侵占了全东北。一九三二年一月二十八日，日本侵略军又在上海制造事端，挑起战争，狂妄地宣称四小时内即可占领上海。国民党反动派仍然采取妥协、投降的卖国政策。但上海人民不干！中国共产党不干！国民党军队中的爱国官兵不干！日本的入侵遇到了中国军民的顽强抵抗。

枪声是号召，子弹是动员令。自战争一开始，上海各界人民就响应中国共产党提出的武装自卫的号召，纷纷组织义勇军、敢死队，协助军队作战。据史书记载："浦东，沪东，闸北，沪南，沪西各区都成立了义勇军办事处，工人，学生，市民纷纷报名参加。上海各大学义勇军、上海花纱业义勇军、上海水木业义勇军工兵队、沪东民众便衣队、上海中学联青年义勇军、招商职工义勇军、上海市民抗日决死队、上海市民联合会各分区义勇军、中国退职军人抗日义勇军、邮工义勇军、市民义勇军先锋队等，皆分别组织起来，投入战地服务……他们分别担任警戒、侦察、运输、筑路、检查、通信、宣传、救护、捉奸，以至协同防守、深入敌后瓦解敌军和扰乱打击敌人等任务，有力地配合了正面的作战。"❶ 在中国军民的顽强抵抗面前，日军打了一个月，三易指挥官，不得不几次增调兵力，虽然日军在装备和人数上都占绝对优势，但未能前进一步。后来，由于蒋介石、汪精卫的可耻出卖，签订了"淞沪停战协定"，才使中国军民的抗战失败。小说中的这支义勇军也在中国军队的枪炮的威逼下，放下缴获的武器，退出前线，解散了组织。

对这场侵略与反侵略的战争，我有亲身感受。日本帝国主义侵略者的烧杀践踏，激起我强烈的爱国义愤；中国民众英勇无畏，可歌可泣的抗争，催促我为他们树碑立传。要控诉侵略者的罪行，揭露国民党反动派的卖国行径，讴歌我军民的爱国主义精神。义勇军的事迹，国民党的报纸不报导，我更应写它。这是一个革命文艺工作者义不容辞的光荣职责。

---

❶ 引自《中国新民主主义革命时期通史》第二卷，人民出版社 1962 年 7 月新第一版，第 143 页。

当时我跟中共闸北区委书记很熟，跟参加过义勇军的部分工人也有来往。我向他们作过调查，我多方面搜集材料。上海工人义勇军开到闸北前线，配合十九路军作战。他们修公路，挖工事，运送弹药粮秣，战斗紧张时，也直接参战。他们用自己的历史主动性和革命积极性，谱写了一曲曲的壮丽凯歌。抗战前线血与火的斗争，使我无法抑制自己的激情。我产生了一种强烈的写作冲动，一种正义的使命感；我应该及时反映出工人义勇军的英姿和他们的斗争。写作进行得很快，可以说是一气呵成。正如前边说过，这是以小说体裁写作的报告文学，是记实而非虚构，是战斗而非舞文。假如它还有一定的生命力，主要不在于个人的文字，而在于它反映了民族危亡时期迸发出来的人民意志，民族的心声。

正因为小说反映了抗日斗争，出版后反应相当好。亲身参加过上海义勇军的人，以及多多少少直接间接为抗日救国出过力的人，所有爱国同胞，都欢迎记录"一·二八"战争的日日夜夜的作品，但这种作品却很少，集中写义勇军的就只有我这一本。书出版以后，不但上海的同志给我以鼓励，而且我还收到青岛纱厂工人的来信，谈他们读了小说的感受，表示了他们热爱祖国、憎恨帝国主义和反动派的鲜明态度。这对我是极大的支持和鞭策。我作为一个左翼文艺工作者，不能拿枪上战场，无力捐款买枪炮，我只能以自己的笔投入这一场民族解放战争，无情鞭挞中外反动派，着力歌颂同仇敌忾的人民群众。我是中华民族一分子，我有对生活的激情和对国家的责任感，我有多大的能力就发挥多大的光和热。只要我的作品对历史的反映是真实的，对人民的事业有好处，我就算尽到了自己的责任；如果它在艺术上还有某些可取之处，填补了文学史的某一处空白，人们觉得它还有存在的必要，那我更感到满足。

这也是我同意花山文艺出版社出版它的原因。我们不能忘记历史。《义勇军》这篇作品可以看作是我国工人阶级斗争史诗英雄乐章的一个节拍音符。青年们需要读各种各样的书，但愿这本书能帮助读者回顾革命历史，培养爱国主义情操，起到一点启发作用。

一九八四年四月

（原载《文汇月刊》1985 年第 9 期）

《阳翰笙选集》小说集自序

阳翰笙

一九二七年大革命失败后，党组织安排我从海陆丰转移到上海，先派我参加创造社工作，后又参加"左联"的工作。在党的领导下，我们努力推动无产阶级文艺运动的开展。我就是在这个时期开始从事文艺理论的探索和文艺创作的习作的。

这部选集的第一卷所收的是一九二八年至一九三二年间我写的小说。这些作品是在反动派进行残酷的"文化围剿"的艰难岁月中写的。它所反映的内容大都是我所亲见、亲闻、亲身经历的。

记得一九二四年至二五年，我在上海大学学习和做党团工作的时候，在邓中夏同志的领导下协助刘华同志从事工人运动中的教育工作。有半年多的时间，曾在苏州河南岸的工人夜校里教过书。在这里，我经常怀着愤慨的心情倾听工人群众诉说他们在中外资本家残酷压榨下过着屈辱痛苦的生活。一九二五年冬，我任上海闸北区区委书记，经常参加许多工厂的党的会议和工人的活动，对工人的疾苦和斗争有了进一步的了解。特别是在"五卅"运动中，我代表全国学生联合总会参加上海工商学联合委员会，和工人同志们并肩战斗，并且由于协助肖楚女同志编工商学联合委员会的会刊，经常深入到工人群众中去了解他们的斗争情况、思想感情以及他们的迫切要求。这一切使我深刻地感到，用革命思想武装起来的工人阶级，他们反帝、反封建军阀的立场和意志是最坚定的，他们的斗争精神是无比英勇的。这些深切的感受，迫使我后来拿起笔写了一些反映当时工人阶级的生活和斗争的作品。

　　一九二六年初我奉组织的命令到黄埔军校去作政治教育工作，后来又到国民革命军第六军和第四军协助林伯渠同志和廖乾吾同志作党的工作。这样，我就比较多地接触和了解到一些官兵生活。特别是南昌起义后，我一直在起义军中作党的政治思想工作，直接参加了历次战斗，一直到海陆丰。在这激烈的战斗生活中，我亲眼看到许多有高度觉悟的战友们，为了反对蒋、汪的背叛革命和血腥镇压，为了实现无产阶级的革命理想，克服酷暑南征中的重重困难，在敌人的枪林弹雨中，不怕牺牲，英勇奋战。许多可歌可泣的事迹，深深地感动了我。这些战斗生活后来也有一些反映在我的一些作品中。

　　在大革命时期我还接触到不少富于革命理想，又有革命行动，甚至带有传奇性的新女性。她们中有的着男装，剪短发，和男同志一样，在险恶环境中进行地下斗争；有的冒着敌人的炮火冲锋陷阵；有的在敌人的刑场上英勇不屈，慷慨就义。她们都是一些无愧于那一伟大时代的杰出的革命女性。我写的《马林英》，就是力图塑造这样一些令人难以忘怀的形象。

　　南昌起义、秋收起义、广州起义之后，在全国许多地方爆发了农民起义，土地革命运动蓬蓬勃勃地发展起来，这对我的思想产生了强烈的影响。早在大革命时期我就一直注意和研究彭湃同志领导的海陆丰农民运动，接触过一些从事农运的同志。后来在广东又目睹组织起来的农民手持梭镖、鸟枪、大刀、木棒，参加各种群众活动的高昂气概。特别是在海陆丰，当时我住在一户半农半渔的农民同志家里，接触到周围的一些农民群众，听他们讲述在彭湃同志领导下所进行的各种斗争的具体情况，了解到农民所受的残酷剥削和他们对地主豪绅的刻骨仇恨，深深感受到他们对土地的迫切要求。这些所见所闻促使我在一九二八年写了《暗夜》这部小说，力图在文艺作品中反映和宣扬土地革命的斗争。

　　大革命失败后，参加革命的知识分子起了分化。有的十分坚定勇敢，有的消极动摇，甚至颓唐，有的经过一度彷徨以后又回到革命阵营里来，也有极个别的人投向了反动营垒。这些在当时历史条件下是很普遍的现象。《两个女性》描写了四个人物，三种类型。我的意图是想刻划出这一时代某些知识分子的特征。

　　一九三二年"一·二八"事变发生时，我正在上海。我目睹日寇的疯狂进攻，亲眼看见闸北一带成了火海，人民惨遭浩劫。上海人民积极支持十九路军奋起抗敌。工人阶级主动地组织了义勇军奔赴前线，运弹药、挖战壕、抢救伤员，在战斗激烈时拿起武器同士兵们并肩作战，付出了很大的牺牲，表现大无畏的英雄气概。但是上海大资产阶级的一切大小报纸，为了抹煞工人阶级浴血奋战的业绩，概不报导工人义勇军的一切活动。我通过上海沪西区委和参加义勇军的工人们接触，做了一些比较详细的调查研究，写了《义勇军》这篇作品。这一作品原来定名为《上海工人义勇军》，但是因为国民党反动派见到"工人"、"农民"的字样，就十分害怕，书一出来就会遭到封禁，所以只好改名为《义勇军》。这个作品从形式上来说与其说是一部中篇小说，倒不如说是一篇小说形式的报告文学。它问世以后，出我意外地却受到不少读者的热烈欢迎。我曾收到过许多读者的来信，特别是青岛纱厂工人群众的来信，给过我很大的鼓励。这充分说明工人群众抗日救亡的激情是多么的强烈。

　　《大学生日记》只写了上部，原来打算在下部中写主人公经历了从"九·一八"到"一·二八"的抗日救亡运动，提高了思想觉悟，成为一个坚强的革命者，投身到工人运动中去。但是后来，由于白色恐怖严重，几乎所有和我们有关的书局都被查封和受到警告，连我们党所领导的最后一个书店"湖风书店"也遭到封闭。没有地方出书了，所以也就没有再写下去。

　　从一九三二年下半年起，由于革命的需要，要发展左翼电影运动，于是我进而从事电影创作去了，就没有时间来再写小说了。

　　这些作品已经是半个世纪以前的创作了，可以说是我国无产阶级文化运动幼年期的一些作品。虽然我意图在这些作品里真实地反映当时工农兵及其干部的思想和感情、生活和斗争，但是由于我的思想不深刻、生活不深入、技巧不成熟，所以这些作品是幼稚的、肤浅的、粗糙的。这些作品显然还反映了当时我党左倾路线的一些影响。在今天来出版这些作品，恐怕只能说对三十年代的左翼文艺运动的了解，多少有一点参考的价值而已。

从一九二八年到一九三二年这期间，我一共写了十几个短篇、七个中篇。这次选出的十二个短篇、四个中篇，除个别文字作了一些订正和小的改动外，仍保持了原来的面貌。

当年，这些作品出版一本，就被封禁一本。有的登载和出版这些作品的刊物与书店，也大都同样遭到查禁和封闭。有些作品虽曾经改换书名出版过，但因反动派禁锢严酷，毕竟流传不广，出书无多。在解放前我自己没有搜存多少。解放后，在同志们的协助下，虽也收集了一些，但并没有想到过要出版。十年浩劫，六次抄家，又全都散失了。这次，由四川人民出版社创议，张大明同志花费了许多时间和精力，搜集和编选出这些旧作，陈樾山同志也提供了很多帮助，才使这些小说能结集问世。这里，我特向四川人民出版社和付出了许多辛勤劳动的同志们表示我深深的谢意。

一九八○年八月二十九日

（原载 1982 年 7 月四川人民出版社版《阳翰笙选集》第一卷）

关于《生死同心》

翰笙

时间跑得真快，一九二五——二七年的大革命，转瞬就已经有十年的历史了。

我不是社会科学家，想去综合那一历史时期的经验和教训，那不是我份内的事。我只是一个艺术工作者，凭着我的直感，凭着我的回忆，凭着我心中消磨不了的深刻的印象，在今年的夏天，我便写了两部电影剧本：一部便是明星公司正在准备制作的《新娘子军》，一部就是即将呈献在观众诸君眼前的《生死同心》。

一九二五——二七年的大革命，虽然已经过去十年了，然而当时那些革命青年们的艰苦卓绝的奋斗精神，我想至今还应活生生地存续在人间，因此，我在《生死同心》中，除去想努力地去暴露军阀政治的黑暗、法律的腐朽以及统治者在垂灭时的疯狂的狰狞面目而外，主要的我还是努力创造一个伟大的革命者，一个受尽了人世间的一切苦痛——而仍不屈不挠的，最后不惜自己宝贵的生命牺牲在战线上的革命者。

我这一小小的企图，是否已在这一作品中达到了，那有待于贤明的批评家的指教。不过，当着敌人正在绥远全面向我们进攻的现在，如果《生死同心》的演映，还能在这千钧一发的危急存亡之秋，能在观众中激动得起一点御侮救亡的热情的话，那我已经感到无限的欣慰和满足了。

（原载 1936 年 12 月 7 日南京《新民报》第 4 版《新园地》副刊第 318
期，收入 1989 年 8 月四川文艺出版社版《阳翰笙选集》第四卷）

《阳翰笙电影剧本选集》后记

阳翰笙

　　这本选集，在历经了十七、八年的坎坷之后，现在终于出版了。自然，它的遭际，不只是这本书本身或我个人的荣辱毁誉问题，而是我们国家多年来政治生活中一场悲剧的普遍后果。十年浩劫文艺界是首当其冲，这是每个身历其境的人都记忆犹新的。然而，对于我来说，确实因为我有了这些作品，又使我最早遭受了山雨欲来前的狂风的突袭。而我之得咎，也使得选集出版工作夭折了。

　　记得一九六三年，中国电影出版社计划同时出版夏衍、田汉、蔡楚生和我的电影剧本选集，经过大量案头工作，终于把这些书稿编选完毕，陆续开始付印了。但是，到了一九六四年，政治形势发生了极大的变化，特别是在上层建筑各领域开始急剧地向极左的方向扭转，大搞所谓阶级斗争，风声鹤唳、草木皆兵。在文艺界掀起批判"封、资、修"，批判所谓"三十年代文艺黑线"，批判"修正主义文艺路线"的风浪，虽然在此之前也曾出现过极左的干扰，但到这时已经形成一整套指导思想，并付诸实施了，阴谋家康生、江青等人四出活动。六四年七月，在北京展览馆召开的一次文艺界大会上，康生首先发难，点名批判《北国江南》，武断地把生理上害眼病的银花，说成是政治上"瞎了眼的共产党员"，因而就是丑化和歪曲党，还加了诸如"写中间人物"、"否定阶级斗争"、"宣扬资产阶级人性论"等帽子。紧接着，报刊上就连篇累牍发表批判文章。事实证明：这是他们实现其政治阴谋的一个有组织、有计划的行动步骤，而《北国江南》则是他们向文艺界进攻的突破口。

在这种情况下，我们几个人的选集出版工作被迫停下来了。到了十年浩劫时，这些书稿便被扫进"历史的垃圾堆"了，有些书稿则被拿来当作我们的"罪证材料"，那些已经印好的纸型也被洗劫荡然……最后，连中国电影出版社本身也被彻底砸烂了。

粉碎"四人帮"不久，中国电影出版社得以恢复，他们还没有忘记要出版我的选集，可是，这次困难就大了，有些剧本已经无法找到了，象《塞上风云》、《三毛流浪记》原稿在劫难中散失后，现在连文字记载都没有了。感谢电影出版社的编辑同志，他们从影片上重新记录整理成电影剧本，从而，才有机会使我的这个集子今天能与读者见面。

当我这个幸存者看完《塞上风云》和《三毛流浪记》剧本整理稿时，不由想到亡友田汉、蔡楚生同志，他们一生创作了许多优秀剧作，对中国戏剧、电影事业做出过卓越的贡献，但是，他们再也看不到自己的选集出版了，即便有热情的编辑同志从影片上重新记录整理出他们的剧作，但他们二位再也不能来亲自修订了，这真是无可挽回的损失！然而，他们对人民的贡献将永远铭记在人民的心中。可以告慰的是：迫害他们致死的那个历史时代已经过去了，今天，我们正在党的领导下，总结历史的经验和教训，评隲是非得失，开始迈进了一个社会主义四个现代化新的长征。

现在出版的《阳翰笙电影剧本选集》，收入了五个剧本：《逃亡》、《塞上风云》、《万家灯火》、《三毛流浪记》、《北国江南》。

《逃亡》写于一九三四年下半年。这年的四月间，中国共产党为挽救民族危亡，再度发表告民众书，提出"抗日救国六大纲领"，主张全国总动员、总武装，广泛地开展民族自卫运动。《逃亡》就是在这样的背景下写的，揭露日寇的侵略罪行，反映农牧民的苦难遭遇及其觉醒，最后拿起武器，投奔义勇军。影片在一九三五年拍完，为避免反动派的阻挠，我没有署名，而用岳枫编导的名义。

《塞上风云》是"八·一三"上海抗战后，我写的一个电影剧本，但由于战局的严重，没有拍成。于是我便改成舞台剧，在武汉演出多场，反映很好。后来，我又在许多电影界同志的要求下在话剧的基础

215

上，再度改成电影剧本，而且在时代气氛的渲染、斗争的复杂激烈、情节的曲折和人物的塑造方面，都有不少的改动和加强。影片在一九四二年放映，这是用文艺形式第一次表现民族团结、共同抗日的主题，并把民族解放与阶级解放联系起来，着重表现消除内部隔阂、共同对抗日寇的思想，配合了我党制定的抗日民族统一战线的总方针的宣传和贯彻。

《万家灯火》表现战后国统区反动派疯狂的经济掠夺，通货膨胀，城市市民的失业，乡村农民的破产，从而反映他们特别是小资产阶级知识分子的痛苦、哀怨、挣扎和觉醒。是我和沈浮同志合编的，由沈浮导演，影片一九四八年开始公映。

《三毛流浪记》也是在于揭露国民党统治的黑暗与腐朽，是根据著名漫画家张乐平的连环画《三毛》改编的，反映国统区广大城市流浪儿童的不幸命运。影片的拍摄受到国民党特务的阻挠和恫吓，直到上海解放才拍完，为庆祝胜利，又加了一场三毛迎接解放的戏。

解放以后，我的行政工作很忙，没有多少创作时间。我写的唯一的电影剧本就是《北国江南》，没有想到，它竟成了康生、江青等阴谋家们向文艺界进攻的最先牺牲品。影片刚刚上映不久，就遭来了疾风暴雨般的摧残。把现实主义当成修正主义来批；表现人的美好心灵和高尚情感，被说成是资产阶级人性论；文艺要通过塑造各种不同个性人物来表现生活，被说成歪曲现实；而表现人物的复杂内心矛盾和转变，又说是写中间人物；特别可气的是，写一个党员的眼疾，就等于骂"瞎了眼的共产党"……总之，这些文艺创作的基本理论原则，全部搞颠倒混乱了。

当然，对《北国江南》的批判，已经不是文艺创作本身的成败得失范围了，它是把艺术问题强行拉到政治审判台上，穿凿附会，指鹿为马，真是欲加之罪，何患无辞！而无论政治问题，还是艺术问题，在当年，在一个没有法制的国度里，它的命运是可想而知了。这样的教训够惨痛了，而这样的历史再也不能重演了！这一点认识，是我们花了多么大的历史代价才得到的啊！！

但是，人民是历史最公正的评判者，粉碎"四人帮"以后，特别是十一届三中全会以来，许多冤假错案得到了平反，提出并解决了多年相当多的积弊。多年来，我们历史的一个大曲折，终于扭转过来了！这是人民的胜利，而这个胜利，对我们国家的发展将随着时间推移，益发会显示出它的伟大意义。就在这正本清源、拨乱反正的伟大改革中，我也和许多同志一样，获得了新生，而《北国江南》也和许多被打成毒草的作品一道，得到平反，我的这个集子也终于出版了。这是我在电影创作方面唯一的一本集子，虽然它在思想性、艺术性方面并非尽善尽美，缺点很多，但它确实是半个世纪以来中国人民的生活和斗争给我启示的产物，因此，颇有敝帚自珍之感。如果它能使读者从中得到一点启示，了解中国人民在历史和现实中的思想感情，痛苦和欢乐、追求和斗争的生活断面，从而愈加珍视我们今天的胜利，我也就感到极大的安慰了。这也就算做我这文艺界的一名老兵献给人民的一点微薄的礼物吧！

一九八〇年十一月于北京

（原载 1981 年 9 月中国电影出版社版《阳翰笙电影剧本选集》）

《槿花之歌》题记

阳翰笙

　　记得是十七年前北伐战争时期的事了：

　　在长江中部的战场上，我认识了十来个朝鲜的青年朋友，其中有一个姓李的，是跟我一起在一个部队里工作，而且就我们的关系来说，他还是我的部下呢。不过我们那时的部队，是无所谓上司与下属的，我们都是同志——是战友。

　　那时我们在军队工作中的青年朋友们，可以说大都是生动泼辣、热情澎湃、勇敢好斗的。可是李君却与我们有一些不同，他不大多说话，老喜欢一个人呆在一个地方去沉思默想。我们中有几个调皮的朋友，每当他在行军休息中翘首看天的时候，总爱开他的玩笑，说他是在想家，想老婆。他呢，他却不和谁去辩白，只是深沉地苦笑一下，整理整理身边的行装，依然默默无言地跟着大家走了。

　　然而当他在群众大会中，以东方被压迫民族代表的资格，出现在主席台上发表演说的时候，他却变成另外一个人去了：他浑身充满着热情，两眼燃烧着愤怒的烈火，他用煽动有力的辞句去描述朝鲜亡国后的惨痛的非人生活和百折不挠的英勇的革命斗争。他每一次的演说，都说得声泪俱下，台下的听众都为他无比的热情所动，都似触电似的，受到非常大的感动。

　　我从他每一次动人的演说里，知道他很了解中朝革命的关系，也洞悉他为什么要关山万里地跑来参加中国的大革命，更由此而测知他在朝鲜不是一个很平凡的人物。

为了关切，也为了更深的对于一个异国战友的了解，我曾经好几次向他探问过他的身世。起初，他都用了一些别的话把我的探问支吾过去了。后来，我们渐渐地熟了，他也就理解了我的殷殷的关切是出于善意的同情。于是，他就很坦白地对我述说他和他一家人惨痛的遭遇来：

原来他是朝鲜汉城人，他的父亲在朝鲜亡国那年便忧愤而死了。他有几个堂兄，也因参加暗杀运动和义军运动，先后惨死在日本人的手中。现在他的家中，只剩下他的母亲、妻子和一个弟弟了。他本人在婚后不久又因参加了一九一九年的"三一"独立运动，被迫逃亡到我国东北，然后再辗转到了广州，参加了中国的大革命——北伐。

他是非常热爱他的母亲、弟弟和妻子的。他对我说：他自从到了中国以后，常在梦中回到了他的家乡，可是每当他正在惊喜中和他的老母、爱妻和幼弟见面的时候，敌人的宪警却又每次都把他们惊散了。他竟连一个美好的梦也都无法做成！

这时我才懂得他为什么老爱看天，老爱沉思默想的真正意思了。

北伐战争以后，我回到了上海，我这个朝鲜老战友的消息，却从此一别渺然。我虽曾到处打探过他的行踪，但却谁也不知道他后来的下落。年复一年地过去，现在也就更加渺不可知了。

李君的行踪虽然迄今无从探悉，但他那阴沉忧愤的面影和他那悲惨沉痛的家世却至今还深深地铭记在我的心中。因此，当三年前有一位朝鲜友人热望我为他们写一个剧本的时候，我首先便记起李君，因而也就很想以李君为经，去描绘朝鲜的"三一"独立运动。

可是我对于朝鲜人民的生活的了解是不够深刻的，因此一直拖延了一年多我都还不敢动笔。这期间，我曾经访问过朝鲜的朴哲爱女士和金奎光先生。现在听说朴女士已经逝世了，她在生前在我材料的搜集上给了我不少的帮助。至于奎光先生，他是亲身参加过"三一"斗争，并曾身受过日本帝国主义者残酷迫害的人，在我和他二十余次的接谈中以及从他借给我的大批书籍里，使我获得了许多宝贵的资料。特别是当我把我要写的剧本内容提出来同他研讨的时候，他在惊异中很感动地对我说，这不是朝鲜一家一姓的故事，简直可以说是朝鲜十分之七八的"革命之家"的普遍的故事。他为了证明他的话没有说错，又特地为我详述了十几个朝鲜志士家庭大同小异的惨痛的遭遇。我听了也由衷地感到，我所要写的已经不仅是我的老战友李君一家人的身世了。这在剧本的构思过程中，给我的影响很大，而在创作情绪上所得的鼓励也很多。这是我要向奎光先生表示我的谢意的。

断断续续地经过了一年多的酝酿，一个半月时间的写作，两三次的修改，这个剧本总算已经写成了，而"叩天之福"，最近总算也快有出版和演出的机会了。我是这样想的：从北伐时期起就我的亲身经历来说，中国近二十年来的革命斗争里，朝鲜志士流血流汗的崇高的努力，是值得我们敬佩的。因此，假如我这点微末的努力，对于这个久已"被人遗忘了的国家"的解放事业，能够多多少少有点助力，这在我就已经感到非常大的满足了。

一九四五年二月十六日

（原载 1945 年 3 月 3 日《新华日报》，收入 1989 年 8 月
四川文艺出版社版《阳翰笙选集》第四卷）

沉痛的哀思（节录）

阳翰笙

　　……国府西迁后，他（指叶挺——编者）曾经在夏天里来过一次重庆。记得那时我还请他在中国制片厂看过一次我们制作的电影。电影看完，恰巧碰着敌机来袭，我又陪着他在制片厂的防空洞里躲过一次警报。就在那次躲空袭的时候，我曾经请他对于重庆的他所看过的戏剧和电影作一个批评。当时他也就老实不客气地责问我：为什么这里的戏剧电影所收的题材不是前方就是后方，敌后的英勇战斗，怎么一点也看不到反映？自然我当时对他也有些解释，但他听了却并不满意。正当敌机凌空的时候，他却还在滔滔不绝地对我讲述敌后斗争的实际情形，要我赶快动员人去注意敌后，关心敌后，描写敌后。到了今天，我可以坦白地说了，我后来写的《两面人》的题材，就是那次在防空洞里叶希夷将军提供给我的。要是没有他那次的热情的启示和殷殷的期待，我那个剧本是没有法子写得出来的。

（原载 1946 年 4 月 19 日重庆《新华日报》
"追悼飞延遇难诸先生特刊"第 5 版）

《阳翰笙剧作选》后记

阳翰笙

　　这部选集里的四个剧本，都是从我在解放前所写的剧作里选出来的。这些作品，由于在国民党反动派统治时期所受的审查制度的束缚，也由于作者当时思想水平和艺术修养的限制，都是有很多缺点的。因此，当这次有机会来重印这些旧作的时候，我都作了一些必要的修改。其中改动得较多的是《李秀成之死》和《天国春秋》；改动得较少的是《草莽英雄》和《两面人》。

　　《李秀成之死》是在抗日战争前动手写的。那时候国民党反动派正在实行所谓"攘外必先安内"的卖国投降政策，正把曾国藩当成是他们的救命恩人，五体投地地来崇拜的。我写了李秀成这个光辉的形象来同曾国藩这个大汉奸对立，就已经够使他们感到不快了；如果我再更进一步，正面地去写太平军的英雄们竟敢于同曾国藩、李鸿章之流所勾引来的帝国主义的侵略武装进行壮烈的战斗，那么这部作品的命运也就可想而知了。因此，在我的原作里，关于这些方面，我只好从侧面去写一写，却没有从正面去直接地加以描绘。这次，为了要弥补这一缺点，我便写了太平军围攻松江的英勇战斗，而且我还把我新写的这一幕，作为全剧的第一幕。这样，一开始也许就可以把太平军战士们反帝反封建的英雄气概展示了出来；同时，我想也就可以减少一些原作中的缺点。

　　《天国春秋》写于皖南事变之后，当时我为了要控诉国民党反动派这一滔天的罪行和暴露他们阴险残忍的恶毒本质，现实的题材既不能写，我便只好选取了这一历史的题材来作为我们当时斗争的武器。在我写作这一剧本的时候，我又为了要通过那一道难于通过的审查关，对于主人翁们的恋爱纠纷，也就只好加了一番渲染。后来，在这个剧本演出以后，我就感到这样写有些不妥了。因此，在我去年修改这个剧本的时候，我就索性把那些恋爱场面都删去了。

也许是这些作品的缺点太多了的关系吧，从去年起，我虽花了不少的时间去修改，可是改来改去，总还是不能令人感到满意。

从石缝里是很难生长出壮丽的花朵来的，过去了的东西就让它过去了吧。在我们伟大祖国的自由天地里，当我重新拿起笔来歌颂我们社会主义革命事业的辉煌成就的时候，我希望，我能够写得比较象样一点。

一九五六年六月十四日

（收入 1957 年 2 月人民文学出版社版《阳翰笙剧作选》，又收入 1989 年 8 月四川文艺出版社版《阳翰笙选集》第四卷）

《草莽英雄》再版序

阳翰笙

《草莽英雄》一剧写的是辛亥前夜，四川保路同志会（注）反对满清政府的一场英勇斗争。这一斗争是辛亥革命的前奏曲，也是四川人民反帝反封建的一次伟大起义。

那是将近七十年前的事了，那时我还是一个七、八岁的小娃娃，还正在私塾里读"人之初，性本善"的《三字经》哩。一天夜里，突然起了一场风暴，我们乡场上的统治者——一个姓周的团总的三个儿子一夜间被杀了。第二天清早，保路同志会的队伍便占领了团练局和乡公所。

我们场上的娃娃们玩耍时，也分成两队人马。一队装成赵尔丰（当时的四川总督），一队装成保路同志会。一到黄昏，便在大庙门前的空地上打起仗来。刹时间，土块飞舞，尘土飞扬，双方打得难解难分，各家的大人跑来劝架，也拉劝不住。

在乡镇上，大街小巷，街头巷尾，到处都可以看到刀枪剑戟、鞭铜瓜锤、梭镖鸟枪、前镗单响、土炮木炮，旌旗招展。练兵场上，更是钲鼓齐鸣、杀声震天，真正是好一派英雄气概！

特别是高县保路同志会的会长罗某人，当他在各乡各镇的同志们保护下，道经我们场上到县里去就职的时候，欢迎的喜炮和鞭炮声整整震响了一天一夜。第二天天一亮，我们跑到街上去一看，各条街上堆满了的鞭炮渣子，足足总有三寸厚。

人民群众欢欣鼓舞、意气风发的沸腾景象，在我脑海里留下了非常深刻的印象，至今记忆犹新，历历在目。

历史学家向我们说明：没有四川保路同志会的斗争，便没有推翻满清的辛亥革命的胜利。为什么这样说呢？因为四川保路同志会在成都杀了四川总督赵尔丰，震惊了满清朝廷。清廷急令钦差大臣端方率领两师新军从武汉入川，决意血洗四川，平息"叛乱"。却不料端方的新军一到资中、内江，就与四川的同盟会、秘密结社和保路同志会联合起来把端方杀了。于是，在资、内一带树起了起义的大旗。这时清廷在武汉的军力空虚，辛亥革命也就乘机奋起，终于推翻了满清朝廷，取得了伟大的胜利。

我这个剧本写的就是四川人民这一摇撼清廷的历史斗争。

《草莽英雄》写在"皖南事变"发生之后，国民党掀起了又一个反共高潮之时。国民党反动派变本加厉地对四川人民进行镇压和剥削。四川人民群众在国民党反动派的残酷统治下，忍无可忍，许多地方已起来进行斗争。甚至有的地方，例如华蓥山，在党的领导下，已建立了游击队，展开了武装斗争。在这种形势下，所以《草莽英雄》的剧本一写成，就得到了党内外许多同志的赞许和鼓励。但是，另一方面，反动派也同时加紧了对文化的法西斯统治。当《草莽英雄》的剧本送到以反动派头子潘公展为首的"剧本审查委员会"去审查时，就立即遭到了禁令："禁止出版，禁止演出，没收原稿。"罪名是"鼓动四川人民起来暴动，妄图推翻国民党政府，所以非严禁不可！"

直至一九四五年八月毛泽东同志到重庆与蒋介石谈判，签定了"双十协定"以后，才算争得了表面上的一点点自由。也就在这个时机，《草》剧才得到了出版和演出。在演出过程中当然又遇到了重重困难，但是由于戏剧界朋友们的热情支持和巨大努力（沈浮导演，项堃主演），终于使这个戏的演出获得了很大的成功。

《草莽英雄》一剧是在周恩来同志的关怀下写成的。我永远铭记在心的一次回忆，是在《草》剧写好后不久，恩来同志要我到红岩村去给同志们读《草莽英雄》的剧本。恩来同志亲自主持了这次会。当我念完了剧本之后，许多同志很热情地、很有见解地谈了自己的看法。最后恩来同志作了一个极为精辟的发言。他分析和论述了这个剧本所写的历史背景，深刻地指出："保路同志会的斗争和辛亥革命运动的胜利果实都先后被摇身一变为革命党的保皇党和以袁世凯为首的北洋军阀所篡夺；湖南、陕西、浙江、四川等省的起义领袖都惨遭屠杀，这个惨痛的教训是必须记取的。而且，历史为我们说明了，资产阶级的民主革命也只有在无产阶级的领导下才能取得成功。"

中国革命的发展历程完全证明了这一真理。

一九七九年九月于北京

注：保路同志会——辛亥前，满清政府应允四川、湖北两省人民群众自己投资修建民办川汉铁路。两省人民，各县各镇、各乡各村、各家各户都很踊跃地出资来修建这条铁路。但是待筹足了大批资金以后，满清政府突然下令宣布将这条铁路没收为国有，随后将修建铁路的权利又出卖给了帝国主义。满清政府这种欺诈剥削人民和卖国的行为激起了人民狂风暴雨般的愤怒。川鄂两省人民，各县各乡，星罗棋布，纷纷组织了保路同志会为反对满清政府出卖我国主权和人民利益而进行了英勇斗争。据几位四川同志讲，当时吴玉章吴老，就是四川省荣县保路同志会的会长。

（收入 1982 年 12 月中国戏剧出版社版《阳翰笙剧作集》〔下卷〕，又收 1989 年 8 月四川文艺出版社版《阳翰笙选集》第四卷）

《草莽英雄》写作前后[*]

——阳翰笙日记摘抄

一九四二年

一 月

三 日

今日未外出，华❶颇高兴。

晨致书梓园❷讨腊肉，书中有句："官居三品，尚不能不向远隔数百里外之老朋友讨菜吃，官味之苦，也就可知。"晚研读《草莽英雄》故事❸，许多地方都觉得须修改。

十一日

今天是礼拜日，整日未出去，在家读完《大波》❹卷下。

---

 * 本文摘抄自《阳翰笙日记选》（本书即将由四川人民出版社出版）。题目是辑注者所加。——《阳翰笙日记选》已由四川文艺出版社于 1985 年 2 月出版——本书编者

 ❶ 华，即阳之妻唐棣华。

 ❷ 梓园即肖梓园，阳的同乡老友。时肖在四川高县。

 ❸ 《草莽英雄》原是阳在"七七"事变前为联华影片公司写的电影故事，后因日本帝国主义侵占上海而停止拍摄；这时，阳拟将它改为话剧。

 ❹ 《大波》是著名作家李劼人著的长篇小说。

此书对于反正前后❶的四川，确实记录下不少的真实材料，对于我计划要写的《草莽英雄》将有不小的帮助。

十四日

晚看了很久《草莽英雄》的材料。

二 月

五 日

今天研读了许多与《草莽英雄》有关的材料。

八 日

今天本想写《草莽英雄》大纲的，一天到晚事情太多，实在无法操笔。这使我心里很烦闷。

三 月

十七日

晨读完《中国秘密社会史》。

午后摘录了许多与《草莽英雄》有关的材料。

在构思《草莽英雄》剧本时，得到许多有趣的片断，随即记录了下来。

十八日

晨，读完《黄花岗》。

午后，记录了许多哥老会❷中人常用的熟语，觉得那些语句颇有趣味。

晚构思《草莽英雄》至深夜。

---

❶ 反正前后：反，还也。反正，即复归正道。这里的"反正前后"，指辛亥革命前后。

❷ 哥老会，又称"哥弟会"，清民间秘密结社之一，为天地会的一支派。最初以"反清复明"为宗旨；太平天国革命失败后，会众相继参加农民起义和反洋教斗争；辛亥革命时期，有些会众接受革命党人的领导，多次参加武装起义。它在动摇清朝反动统治方面曾产生过积极作用，但在无产阶级领导的革命时期，它往往为反动势力所操纵和利用，其中不少人成为无产阶级革命的死敌。

十九日

想了一天,《草莽英雄》分幕轮廓已成,因目痛至剧,无法执笔工作,拟早入睡;不意上床后又不能成眠,剧中人物如游魂似的在我胸中闪来闪去,一下又捉不住他们,心里很痛苦。

二十日

忍着目痛,把《草莽英雄》分幕工作完成。计分六幕八场:

(1)序幕,金台山上郑成功送别汉留前王祖❶。

(2)辛亥年夏,罗选青及其左右筹划开山立堂——分两场。

(3)罗在深山中,于开山堂时为其兄弟骆某所卖,被捕。

(4)狱中之罗选青——分两场,第一场写罗之改良监狱活动,二场写罗之在狱中指导同志会起义及其出狱时的情形。

(5)胜利后罗之编练部队,义释王知事,及高县人民之狂欢。

(6)罗在叙❷翠屏山上被害。

二十一日

对于已规定了的剧中人物性格,又细细地推敲了一天。到晚上把自己详细记下来的各个人物研究了一下,还是不满意,特别是佘大嫂与小兰母女,总觉得还不够突出。

又是一夜的失眠!剧中的人物又在我脑中吵闹了整整的一夜。

二十二日

晨起,即觉右目痒痛至烈,决心跑几里路到医务所去诊治。

丁医官与林文秉医生的诊断一样,治法也一样。他要我隔一天去搽一次药,大约两三个月,这沙眼就可望根绝。

医治回来后,心里很难过,万一——时医不好,我怎么能够写作呢?真是倒霉之至!

二十三日

想了半天,觉得《草莽英雄》分六幕八场太长,拟将监狱一幕(即原计划之第四幕)删去。

---

❶ "汉留",即留汉,即反清复明之意,相传是郑成功组织的一个反清的秘密结社。郑在台湾派遣汉留首领前王祖返回大陆活动,在金台山上送行。

❷ 叙即叙府,即现在的宜宾。

229

对于全剧的人物，想来想去，又使我一夜睡不着——这已经是第三次失眠了。

二十四日

早起，即往医务所去搽药。往返至少得一点半钟，归来已经快中午了。

构思至晚，有几个难于创造的人物，已得到一个最后的决定。这样大约可望绘出几个明朗的形象。

二十五日

开始写每幕的场景及人物进出的详细情节。

到晚草定了第三幕的细节。

二十六日

草二、三两幕细节时，觉得监狱一幕不能删，五、六两幕倒可合而为一，只要将地点改成叙府不在高县就成了。

于是又改写为五幕，写至深夜，将三、四、五各幕细节均草成。入睡时心里很轻松，痛痛快快地一直熟睡到天亮。

二十七日

晨，在医务所遇见杰夫❶，他也去医沙眼。

将《草》剧各幕情节细看了一下，觉得有些地方还得改一改。回思此剧创作的过程，不能不引起我一些令人颇感兴味的回忆：二十五年❷腊月，居京❸（时正被软禁）至穷。那时槐秋❹兄受联华公司陶伯逊❺君之托，特请我替他们写一电影剧本，当即以《草莽英雄》剧名交之。至除夕之日，陶知我窘甚，特令其女公子预付叁百元来，于是我得在京过了一个肥年。

二十六年正月，此剧故事草成，联华因孙瑜❻兄系川人，故特请他来担任导演。孙正在积极筹备中，由于"七七"抗战军兴，此剧之拍

---

❶ 杰夫即朱杰夫，文化工作委员会第三组组员，阳的老友。

❷ 即 1936 年。

❸ 京指南京。

❹ 槐秋即唐槐秋，著名的戏剧家，当时为中国旅行剧团团长。

❺ 陶伯逊，联华公司的经理。

❻ 孙瑜，著名的电影编导；《渔光曲》《大路》等影片即由他编导。

摄不能不暂时中辍矣。

至去年春，我还家❶省亲，梓园、采凡❷诸至好，又一再促我将此剧改写成舞台剧；同时复在家得遇许多当年曾参加过保路同志会❸的老前辈，因而新材料亦甚多，特别是罗选青之大管事邵玉廷老伯，我从他的口述里更得到许多可贵的材料。我把那些材料记述下来以后，使我非常兴奋，决定回渝之后，即动笔开始写。

不料回渝以后，所受时局的刺激很大，乃又改变计划，先着手写《天国春秋》。现离《天国春秋》完成已半年，《草莽英雄》分幕大纲始初毕，一件艺术品创作之难，由此亦可见一斑了。

四　月

十二日

晨，电瑞麟❶，拟约他来商谈《草莽英雄》，不料电话竟为用之❺错接，遂被他坚请到家去午餐。

十三日

午前，老瑞❻来，我同他商谈《草》剧内容甚久。他很兴奋，对此剧颇感兴趣，也提供了许多很好的意见。我并将数日前访红帮❼头儿张树声的情形告他。（我访张时，张一面表示感谢，一面劝我别泄其帮会中之秘密。）他主张不管，写好了再说。

---

❶ ❷　阳的家在四川高县罗场。梓园即肖梓园，采凡即窦采凡，均为阳中、小学时同学。

❸　1911 年（宣统三年）5 月，清政府将民办川汉、粤汉筑路权出卖给英、法等国银行团，激起川、鄂、湘、粤等省人民反对，川人反对尤烈。6 月，川汉铁路股东代表在成都开会，成立了保路同志会，各县亦先后成立了保路同志会。9 月初，同盟会会员在各县组织同志军，发动武装起义。时阳 9 岁，在其家乡亦亲眼见过保路同志会的活动。

❹　瑞麟即王瑞麟，著名的导演、戏剧家，中国电影制片厂副厂长，中国万岁剧团负责人。

❺　用之即郑用之，中国电影制片厂厂长。抗战初期，任第三厅第六处电影科科长兼中国电影制片厂厂长，与郭沫若和阳关系较好；皖南事变后，由于国民党政治迫害加剧，他逐渐表现出动摇性。

❻　老瑞即王瑞麟。

❼　红帮，又称"洪帮"或"洪门"，清民间秘密结社之一，原是天地会的对内名称，相传以洪武（明太祖年号）的洪字为代称。其性质和演变情况参看"哥老会"注。

231

二十九日

到会得到张文伯❶部长"五·四"那天招待文化界的请客帖。去不去呢？颇使我有些踌躇。

我本来打算从"五·一"起，开始动笔写《草莽英雄》的，如果进城❷一次，又不知要拖到什么时候去了；可是如果不去呢，似乎又不大说得过去。这可把我难着了！

五 月

五 日

饭后，汉文❸来，我们一同到中央社参观《屈原》剧照。将晚，一大群人又同到郭家❹晚餐（郭为汉文、君谋❺做生❻）。途中与金山❼谈《草莽英雄》、《两面人》❽两剧的内容，他听得非常兴奋，说他如不走，一定来主演。

九 日

午后开始修改《草》剧分幕大纲。把新得的一些意见，又加了上去。

十 日

改正后的分幕大纲和人物性格表又重抄了一遍。抄至深夜，始就寝。

十一日

正式开始写《草莽英雄》第一幕，得五页，思绪还算畅顺。

不想多熬夜，早寝。

十二日

傍晚开始续写《草》剧，得四页。从骆小豪与罗大嫂的对话里，

---

❶ 张文伯即张治中，时为国民政府军事委员会政治部部长。
❷ 时阳住在重庆郊区歌乐山下赖家桥，文工会在城里和乡下各有一办公处。
❸ 汉文即辛汉文，著名的化装大师。
❹ 郭家即郭沫若家。时郭为文工会主任，阳为副主任。
❺ 君谋即孟君谋，出色的戏剧电影行政工作者。
❻ 做生即为祝贺生日宴请。
❼ 金山，著名的演员和导演。
❽ 《两面人》也是阳此时拟写的话剧。

232

渐渐地显露出两人的性格。大嫂这个人物，原先我很担心，现在这样一来，大概还不会写坏。

夜深始寝。

十三日

午约伯奇、乃超❶来谈，我把剧本的内容详细告诉了他们。一直谈到五、六点时始毕。

伯奇主张佘三妹还可以写新一点。乃超认为第四幕罗选青死时，最好还要死得凄凉点，乃至于让罗还要更糊里糊涂地就被人害了，说那样更好。

乃超的话是对的。本来，对罗之被害，我已经把他暴露得够糊涂了，现再要把他写得更糊涂点。这我却还得多想想。

伯奇又说这剧本的线条很粗，是一种传记体的写法。乃超说：这是"阿 Q 时代"的另一种典型❷，也同阿 Q 一样，自己尽了历史的任务，却还一点儿也不知道自己在尽着历史的任务。

他们对于剧本修改的意见很少，对于辛亥革命、中国历史上的农民战争倒谈了好久才走。

今天因为谈话很多，人太疲乏，简直就没有动笔。

十四日

午后，续写，思绪不畅，仅得四页。

十六日

整日写作，第一幕第一场草毕，共得二十余页；看了一遍，还算不错，拟全幕完再修改。

十七日

晚，开始写一幕二场。

十八日

晚续写第二场，进行甚慢。

---

❶ 伯奇即郑伯奇，创造社创始人之一，著名的左翼作家，"左联"的筹备人之一。乃超即冯乃超，文工会第三组组长，管敌情研究。

❷ 意思是，阿 Q 和罗选青都是糊里糊涂就被人杀害了；但他们又有所不同，阿 Q 不搞武装斗争，罗选青是搞武装斗争的，所以说罗是"阿 Q 时代"的另一种典型。

二十四日

晚续写第二场。

二十六日

午后，一幕二场完成，共得三十二页，粗看一遍，尚觉满意。

打算明日开始写第二幕。

晚，人很轻松，早寝。

二十七日

晚，开始写二幕，思绪不畅，得页不多。心里很闷，至深夜始寝。

二十九日

第二幕前半段完成，得十二页，因日内拟应子英❶之邀去北碚，故搁笔。

六 月

八 日

午后，夏❷自歌乐山归。来舍，我把《草莽英雄》同他谈了很久。他贡献了一些意见。晚饭时，他也把近将动手的剧本同我谈甚久，我听得很感兴趣。

九 日

晨，夏搭车去北泉，我送他上车。晚，构思了很久。想写二幕后半段，终未果。

十一日

开始续写第二幕，得五页。关于"出山柬"的文字，是根据罗选青当年开山堂时所用的原文加以修正的。闻该文系出自一廪生❸之手，但我细细读了两遍，觉得并不高明，故将它改了一改。

十二日

午后第二幕写成，先后共得二十三页，看了一遍，觉得还不错。

---

❶ 子英即卢子英，恽代英的学生，时为重庆北碚区长，与中共比较友好，与阳亦是好友。

❷ 夏即夏衍。

❸ 廪生，为科举制度中生员名目之一。

把第一幕一、二两场与第二幕详读一遍，觉得第二场应改成第二幕；现所写成之第二幕，决改成第三幕。这样全剧也就只好变成五幕去了。

二十一日

开始续写《草》剧第四幕，得五页，至深夜始寝。

二十二日

午后续写第四幕，得七页，尚顺适。

二十四日

晚写第四幕至深夜。

二十九日

从午后起，写至深夜，第四幕已完成，共得三十九页。

近一周来，因天气转热，创作时甚辛苦。

三十日

仔细校阅了一遍第四幕，尚觉满意，其中大嫂与罗争执一段及小豪被罗痛责一段，以及上镣一段，觉得比其余各段都要精彩得多，心里也轻松了一头。

晚，睡得很舒服。

七　月

一　日

午后，开始写第五幕，得九页；在就寝前，草草地看了一遍，甚满意。

三　日

整日续写第五幕，得七页，天气太热，室内温度亦将近百度；入晚因室当西晒，热流不散，蚊虫复多，致无法捉笔，故每天只能在早晨和午后四时始能写，进度也就很慢。这真是一件烦恼的事。

十　日

写至今日，已得四十页，大约还要十来页第五幕始能完。

就已写成之四十页看来，觉甚紧密，精彩之处也甚多。原来我是担心第五幕的，现在可不怕了。

二十日

《草》剧第五幕完，共得五十页，至此全剧算已脱稿。

此剧预备时间不算，自五月十一日开始动手，至本日脱稿，刚好是七十日。全剧仅近八万字，真也可以说是一次"难产"。

戏脱稿后，今天人特别松快，真是舒坦得很。

二十三日

午后，开始重抄第一幕，天太热，进行颇慢。

三十日

第一幕重抄改成，其余各幕也第一次改删完毕。午，分交与小华❶和李平等，将全剧再重抄一份，便交与"中万"油印。

八 月

二 日

晚，我把《草莽英雄》四、五两幕读与老瑞听后，他很兴奋，说此剧的大众性甚强，定能吸引许多观众，并说，他打算在阴历年上。

四 日

杜宣❷要读《草莽英雄》，并求我交与《戏剧春秋》发表。我答应了他。我趁他在读剧本的时候，一连写了致亚子、老大❸、凤子和于伶的几封信。不意信刚草完，我头突发晕，差点昏了过去。这多半是脑贫血的关系。身体如此，真使我非常担心！

九 日

晨起，读《草莽英雄》与昆、孟❹听。至第二幕，郭来条谓外庐❺已到，促速往吃水饺，乃作罢。

晚饭后，将余三、五两幕对昆读完，昆兄除称赞此剧之成功外，也贡献了不少的好意见。

---

❶ 小华即阳的长女欧阳小华，时在音专钢琴系学习。

❷ 杜宣，著名的戏剧家。

❸ 亚子即柳亚子，国民党的元老，左派的领袖，前南社的社长，著名的大诗人。老大即田汉。

❹ 昆、孟即王昆仑、曹孟君夫妇。王是文工会委员，曹是妇女运动的领导人之一。

❺ 外庐即侯外庐，著名的学者。

待入寝时，已快一点钟矣！

二十日

晨，在会对戏剧、文学两组同志念读《草莽英雄》，直至午后二时始念毕。

因为大家没有吃中饭，听得很疲倦，故未请大家发表批评意见。

二十七日

晚，偕超兄去豪兄府，当夜就睡在山上❶。

二十八日

晨，与豪漫谈乡情至快。

午饭后，休息一会，即将《草莽英雄》对诸友好念了一遍，念完时天色已将晚矣！

此剧颇得朋友们的赞扬，在许多批评的意见中，关于加强唐彬贤的作用（在一、二幕中）这一点可贵的意见，决采纳❷。

至晚始偕超兄回会。

二十九日

午后鲤庭、小羊❸等来，在郭寓谈了一会。我请他们留在那儿看《草莽英雄》的剧本。

三十日

午饭后，我请陈、羊诸兄发表他们对《草莽英雄》的批评。大家对这剧本都很感兴趣，也都主张把唐彬贤写强一点。我请他们把这剧与《天国春秋》❹作一比较批评。他们都一致认为，此剧比《天国春秋》好得多，即衍公❺也有同样的意见。

---

❶ 豪兄即周恩来（他在党内曾用过"伍豪"的名字），"山"指八路军办事处红岩。《草莽英雄》写成，朋友们评价很高。周恩来得知这一情况后，约阳到红岩把剧本读给大家听；阳也想借此机会向红岩的同志们征求意见，以便修改。这次，阳同冯乃超一起即为此事去红岩的。

❷ 《草》剧念完后，许多人都提了一些很好的意见，周恩来对保路同志会更作了很精辟的分析。

❸ 鲤庭即陈鲤庭，著名的戏剧导演。小羊即白杨。

❹ 《天国春秋》是阳于1941年写成的话剧。

❺ 衍公即夏衍。

九 月

十六日

今天很疲倦，本来想动笔改剧本的，结果还是没有提笔。

十七日

午后，开始动笔修改《草莽英雄》第一幕，至晚十一时尚未修改完毕。

二十一日

午后开始改《草莽英雄》第一幕。这回修改的重心，仍放在唐彬贤一个人身上：第一，我把唐之在无意中被打救，改成唐是有意到罗处来工作的；第二，把唐的性格改强了一点。他很有热情，也很有机智。改至深夜始毕。

二十二日

午后开始修改二、三两幕。

在二幕唐与三妹和大嫂晤谈时，把唐改成稍拘谨而迂酸，有礼貌而不文弱。至于三幕改动却甚少，仅在罗被捕前，把唐对罗说的话，口气加重了点而已。

至傍晚二、三幕始改成。

二十三日

午后开始修改四、五两幕。

第四幕，原来没有陈二顺在场的，现在把这个农民请进了监狱里来，让他泣诉一下他的痛苦。

第五幕，原来三妹在杀李成华后，再上场时是多少有点变态，狂笑着出场的。现在我却把她的态度改来很沉缓，声音改来很低沉。我的意思是要描绘她在深仇已报、经过一度痛快的狂喜之后，心里却又慢慢地悲苦起来了。

修改至深夜，全剧始全部改成。

二十九日

到中制访吴、王❶两兄，当即以《草莽英雄》交之，并请他们油印

---

❶ 吴即吴树勋。此时郑用之已撤职，由吴任中制厂长。王即王瑞麟。

得快一点。

十 月

二 日

午后二时，到制片厂向"中万"的同志读《草莽英雄》，至晚七时始毕。

十 一 月

十五日

照阴历算，今天是十月初八，是我四十岁的生日。流光易逝，匆匆地也就快过了半生了！

少年时代且不去说它。自从我离开四川以来的二十年间，从青年时代起，一直到现在止，我可干了些什么呢？

在这四十生辰的今日，来回忆一下，就我个人的生活史来说，我想是很有意义的。

一九二三年秋，离家赴北平。因各大学考期已过，与友人尹伯林、肖同华移住西山南营子，开始醉心于新旧文艺的研究。

一九二四年夏，离开北平赴青岛，自海道去沪插入上海大学社会学系。

一九二五年春，与友人李硕勋、刘昭黎❶读书于西子湖畔之葛岭山庄。夏五卅运动起，随即回沪，在全国学生总会内参加学生运动工作。秋仍回上大，兼事社会运动；开始与棣华相恋。

一九二六年春，初在黄埔军校政治部任秘书，继调入入伍生部政治部任政治教官兼秘书。冬回沪与棣华结婚。

一九二七年四月离粤赴武汉。先后在第六军和第四军政治部。不久，南昌起义，又随叶、贺军南征，初任起义军二十四师党代表，到

---

❶ 李硕勋，阳中学、大学时同学，中共优秀党员，土地革命战争时期，曾任两广省委书记，后牺牲于海南岛。刘昭黎，阳中学、大学时同学，后病死于沪。

汀州后，调在郭沫若先生主持之总政治部任秘书长，襄助郭主持全军政治工作。秋潮汕失败，至海陆丰，小住，因患疟疾，后又转道回沪。因病疟至剧，乃偕松柏昆仲❶隐居松江乡下，开始《女囚》的习作。

一九二八年，自松回沪。遵郭意，与民治❷入创造社，共编《流沙》周刊、《日出》半月刊，与创造社、太阳社诸君子，共倡普罗文艺运动和文化运动。夏完成长篇小说《暗夜》，冬复写就另一长篇《两个女性》及二、三短篇小说。

一九二九年春，为现代书局主编《社会科学丛书》，先后编著《社会科学概论》、《社会问题研究》及《唯物史观研究》诸书，同时完成长篇小说《寒梅》(后改名《转变》)。

一九三〇年，夏间完成长篇小说《复兴》，后又写了一个中篇《中学生日记》❸。

一九三一年，改名杨剑秀到法政学院担任国文教授。"九·一八"事变起，因忙于从事救国运动，文笔活动因之较少。

一九三二年，"一·二八"后曾以上海工人义勇军的活动为题材写成长篇小说《义勇军》，秋复完成《大学生日记》。

一九三三年，初春，替明星公司写一电影剧本名《铁板红泪录》。这是我从事电影剧本写作工作的开始。冬复为艺华公司写成《还乡记》和《中国海的怒潮》二剧。

一九三四年春，再为艺华完成《逃亡》、《生之哀歌》二剧。

一九三五年，初春，我被国民党反动派逮捕，后经柳亚子、蔡元培等保释出狱，被软禁在南京，一直到"七·七"事变国共合作释放政治犯时始获得自由。

一九三六年，在软禁期间，在地下党同志暗中支持之下，并在电影界进步友人大力的帮助中，我先后为明星公司写成《夜奔》、《新娘子军》及《生死同心》三影剧。后复完成舞台剧《前夜》。

❶ 松柏昆仲，即高尔松、高尔柏兄弟，都与阳是朋友。

❷ 民治即李一氓。

❸ 1930 年，阳曾参加筹备和建立中国左翼作家联盟（简称"左联"）的工作。1931 年至 1935 年之间，阳曾先后担任"左联"的党团书记、中央文化工作委员会（简称"文委"）的书记和中国左翼文化总同盟（简称"文总"）的党团书记。

一九三七年夏，写成电影故事《草莽英雄》及舞台剧《李秀成之死》。"七·七"抗战后，从南京到武汉，复完成《塞上风云》及影剧《八百壮士》。

一九三八年春，飞四川省亲，与家人晤于叙府。因连得郭先生电促，复回武汉，奉豪兄命，协助郭筹组政治部第三厅。待三厅成，任部设计委员兼三厅主任秘书，襄助郭先生处理一切厅务。武汉失陷前，复奉命去香港，主持购运药物和汽车等事，同司其事者有程步高与雷平一❶。

一九三九年春，自港经桂飞返渝，"五·三""五·四"大轰炸时，得伤寒，至剧，后去北碚休养。在病中替中制将《塞上风云》与《日本间谍》改编成。

一九四〇年初夏，为中制写成《青年中国》。后政治部改组，文委会成立，调任副主任职，仍助郭处理一切会务。

一九四一年，一月十七日因父病，回故里省亲，至三月始归。初夏开始写《天国春秋》，至九月始完成。秋入城，主持会务并兼主筹郭二十五周年创作生活纪念事。

一九四二年，三月返乡，开始写《草莽英雄》，同时并主持推动会内研究工作，至九月《草》剧始完成。

回想二十年来，文章事业，所成至微，而岁月不居，忽又届满四十！今后如再不加倍勤奋自励，眼见即将虚度此生，而会一无所成了！真要到了那步田地，那又将何以对国家，对民族，对人群！

一念及此，真叫人有点不寒而栗了！

有人说："人生自四十而开始。"是的。过去的岁月就让它平平地过去了吧。从四十年来的人生经验里，我已看准了我应该走的路，——那条路虽然明知是荆棘丛生的，然而我不怕，我得拿起我的笔，我的枪，我的一切武器，依然那样勇敢地走下去！

二十日

晚，看了看《草莽英雄》油印本，研究了一会江、浙地图即就寝。

---

❶ 程步高，著名的电影导演，当时在三厅六处电影科工作。雷平一，当时在政治部会计处工作。

一九四三年

一 月

二十二日

在回去的途中，老瑞又同我谈了半天《草莽英雄》的 Cast❶。

二十六日

到"中万"听老瑞说，《草莽英雄》有问题，已由图书杂志审查委员会核转党史编纂委员会审查去了！

光景好象很严重，大半也在我意料之中，不过我所奇怪的是，我又不是在替谁写党史，要"拖"要"禁"，想得出来的理由都很多，那又何必去兜这么大一个圈子呢！

午后靖华、以群❷诸友来谈，谈到文坛上近来的许多情形，大家都有同感，觉得今年将有许多新花样❸出现。

二 月

十一日

昨晚据泽民❹谈，吴树勋有停排《水乡吟》❺和《草莽英雄》的意思。真要那样的话，倒也干脆！

十四日

晤乃超，得悉城里各方面的事情甚多，《草莽英雄》确有被拖延下去的危险，城中的朋友都望我能亲自去解决。我想，我不去，一切审查演出等等的麻烦，恐怕都不能解决。自己的事情，似乎还是得靠自己！

---

❶ Cast 即演员表。

❷ 靖华即曹靖华，著名的翻译家、作家。以群即叶以群，著名的文艺理论家。

❸ 新花样，指国民党反动派迫害进步文艺人士采取的新措施和新办法。

❹ 泽民即程泽民，负责文工会会计工作。

❺ 《水乡吟》是夏衍的话剧作。

十九日

往访老瑞和伯休❶，得悉《草莽英雄》确有被拖下去的危险。提起这事，真令人气愤之至！

二十日

晨晤老瑞时，我通知了他：《草》剧现在演不演，我不愿正式对厂提出，如拖至四月尚无演出之望，我决正式拿出❷。他听了，自然有些难过，但他也知道这是没有办法的事，因为他也毫无把握能够在下半年保证演出这个戏。

三　月

二十四日

从白象街到银行服务社，时金山们正在排《家》❸。我把《草莽英雄》首演权可以转让给"中术"的消息告诉了金山，他听了快乐得跳了起来。

四　月

二十六日

髫渔❹、乃超忽自城来信说：张继、潘公展❺已正式宣布《草莽英雄》死刑。谓此剧抑党扬帮，违反国策，已通令全国，禁止上演与出版！

这自然是给了我一个严重的打击！这些人连我剧本的内容都没有看清楚，就乱下起禁令来。这世界还有什么理可讲呢！……

当这剧本去年由"中万"送到剧审会去后，剧审会拖了半年才说因此剧与四川党史有关，已送党史会审核。（我不懂：为什么会忽然与

❶ 伯休即尹伯休，文工会委员。

❷ 拿出即收回。

❸ 《家》，是曹禺根据巴金原著改编的剧作。

❹ 髫渔即罗髫渔，文工会秘书，负责城里文工会秘书室工作。

❺ 张继，国民党的元老，国民党的右派。潘公展，是国民党 CC 派头子之一，是图书杂志审查委员会和剧本审查委员会的负责人。

党史有起关联来!)那时因恐党史会诸公再拖延过一年半载,又会耽误演出时间,故我曾托川中元老吕汉群❶先生代为催问。初闻张的表示甚佳,对这剧本还有些好评;后来却又忽然听说他怕起来了;最后他竟对吕来了这样一封信。这一通令是我啼笑皆非的文件,不可不把它记下来:

> 汉群先生勋鉴:二月二十七日台函敬悉。阳翰笙君所编《草莽英雄》剧本,经由本会审查,以其内容有类于为帮会作反宣传,在原则上与现行功令抵触,所串插故事,抑党人而扬帮会,在技术上亦欠斟酌。业由本会函复,不准出版上演矣。用特奉复,敬希亮察为感。……

> 弟张继

> 三十二年三月三十一日

二十七日

整天心绪烦乱,一想到《草莽英雄》的被禁,就令我感到异常的痛愤!

从去年完成此剧以来,看了这剧的油印本的人,没有不异口同声地加以称赞的,认为是我全部作品中最成功之作。首先是乃超,他看完之后,曾经在一次文委会的会议上,在劝勉同志时表示:他将为此作之成功写一长文。其次是洪深❷,据金山对我说,他曾对他力赞过这一作品,认为这剧没有一个多的人物,没有一个多的场面,也没有一件多的事件,是一部很完整的艺术品。其他如宝权、凡海、鲤庭及衍兄、鼎老❸,看后亦没有不说好的,且认为我在剧作方法上有一成功的转变;其中特别是在典型的创造上,有几个人物写得异常成功,譬如主人翁罗选青和罗大嫂就是一个很好的例子。

---

❶ 吕汉群,是国民党元老中比较开明的人士。

❷ 洪深,著名的戏剧家。

❸ 宝权即戈宝权,著名的翻译家。凡海即欧阳凡海,著名的作家,时从延安调至重庆工作。鼎老即郭沫若,他曾用过"鼎堂"的笔名。

然而这剧却终于被禁了！……

我还有什么好说的呢！

二十八日

鼎老夫妇❶来乡。

从鼎老的口中，得悉潘公展宣布《草莽英雄》死刑时，是在日前的一次招待编导人的茶会上。真没有想到还有这样多的朋友被抓去"陪审"呢！

二十九日

在老瑞来信中，附来了审查委员会致"中万"禁演《草莽英雄》的通知。兹特将原件附抄如下：

前据该团呈审阳翰笙编《草莽英雄》剧稿一册，本会以该稿有关本党革命史实，当经函请中央党史编纂委员会审核见复在案。兹准该会本年三月三十一日德字第二九三号函复略开："查该剧本（一）有类于为帮会作反宣传，在原则上与现行功令抵触，（二）技术上亦欠斟酌，所串插故事，抑党人而扬帮会殊属无理。用特函复，即请饬知著作人不准出版与上演，原稿一册检还，统希查照为荷。"等由准此。查该剧既与革命史实不符，又与现行功令抵触，依法应予禁止出版及上演或登载报章杂志，除函复并饬各省图书杂志审查处知照外，特此通知，并转知为要，原稿扣存。

右通知　中国万岁剧团

中央图书杂志审查委员会四月二六日

（潘光武辑注）

（原载《中国现代文学研究丛刊》1983 年第 4 辑）

❶　鼎老夫妇，即郭沫若、于立群夫妇。

《阳翰笙选集》话剧剧本集自序

阳翰笙

这部集子共收了七部话剧。

《前夜》是我写的第一部剧作。

日本帝国主义继"九·一八"、"一·二八"之后，又进一步侵略我华北，而蒋介石国民党政府却依然采取不抵抗主义，竟和日本签定了卖国投降的"何梅协定"。北方的大军阀、大地主和政客们又进一步和日帝相勾结，鱼肉人民，出卖祖国。中国面临着亡国的危险。我党当即发表了主张停止内战、团结抗日的《八一宣言》。人民群众，特别是广大爱国青年纷纷起来与卖国贼、汉奸走狗作斗争，坚决要求抗日。《前夜》写的就是一对爱国青年与汉奸走狗作坚决斗争的故事，旨在鼓动人民群众起来抗日救亡，反对国民党反动派的卖国投降政策。

抗日战争初期，《前夜》首次在武汉演出。后来又在桂林、香港、沦陷了的孤岛——上海以及南洋一带演出。观众反应很热烈。今天看来，《前夜》这个戏是写得不够深刻的，但是由于它反映了当时人民群众抗日救亡的要求，所以普遍受到了观众的欢迎。同时，又因为它是较早的大型抗战话剧之一，因此在抗战话剧兴起的初期，这个戏演得较多。

《李秀成之死》是在抗日战争爆发后写成的，但构思这个戏的时间却要早得多。蒋介石反动派在五次"围剿"时期，把"攘外必先安内"的反革命主张作为根本政策，疯狂进攻中国共产党领导的红色根据地；将镇压太平天国人民革命的刽子手、引狼入室的卖国贼曾国藩极力吹捧为他们的精神偶像，大肆宣扬。在这种情况下，我决定写作历史剧，赞扬太平天国反帝反封建的英勇斗争，借以谴责国民党反动派的反共反人民的卖国投降政策。我搜集了大量材料，准备从太平军金田起义开始，写一组三部曲。但是日帝侵华形势紧迫，我便从我当时所搜集到的史料中选择了李秀成这个题材，突出李秀成智勇双全、坚决抗敌的斗争精神。当时因为是在国民党的统治下演出，因此对曾国藩、李鸿章勾引帝国主义进攻太平军的罪恶面目，只能从侧面来写。解放后，在修改本中，我增写了太平军在松江反击英帝国主义威胁利诱的斗争，作为全剧的第一幕，来充分揭露曾、李之流卖国投降的罪恶和歌颂太平军不畏强暴、不受利诱、坚决反帝的斗争精神。

这个戏于一九三八年春在武汉初次上演。当时广大人民群众强烈要求抗日救亡，坚决反对妥协投降，所以《李秀成之死》一上演就得到广大观众的强烈反应。这个戏在沦陷的"孤岛"上海，由于伶同志领导的上海剧艺社在法租界辣斐花园演出，改名《李秀成殉国》，由吴琛导演，每天日夜两场，连续演出了七十多场，盛况不衰，足见沦陷区人民同仇敌忾的悲愤心情。后来这个戏在重庆等许多地方相继演出，在延安也演了。

但是国民党反动派对《李秀成之死》却十分仇视。讲一件令人极为愤慨的事情：国民党自己的一个话剧团——"战时工作干部训练团"所属的"忠诚话剧团"的一些青年，由于主张抗日，和文艺界某些进步人士有些接触，被反动派怀疑与共产党有关系。一九三九年当他们在重庆演出《李秀成之死》的时候，他们和进步人士有了更多的接触，因而更遭到了反动派的疑忌。在他们演出了《李秀成之死》回到綦江以后，反动派竟诬以通共的罪名，将扮演李秀成的演员李英活埋，将参加演出人员二十余人投入牢狱。这些青年在狱中悲愤地高唱着《李秀成之死》最后一场太平军拒不投降、手拉手集体跳火自焚时唱的歌曲。后来这二十几个青年也被反动派枪杀了。这就是骇人听闻的"綦江惨案"。"忠诚话剧团"里虎口余生的青年逃来重庆，向我和陶行知等人控诉了这一血腥屠杀，引起了重庆各人民团体、爱国进步人士的极大愤慨，大家立即纷纷提出严厉谴责。国民党当局迫于社会舆论，不得不敷敷衍衍地撤销了战干团团长桂永清、特务头子滕杰的职务。

但此后不久，杀人凶手滕杰反而升了大官。"綦江惨案"的发生，进一步暴露了国民党反动派消极抗战、积极反共的真面目。

《塞上风云》本是一个电影剧本。原定由上海新华电影公司拍摄的，"八·一三"日寇侵略上海，就没有拍成。后来，赵丹、陶金、叶露西、魏鹤龄、刘郁民和顾而已等同志从东战场来到武汉。他们缺少剧本，要求我在十五天内将《塞上风云》由电影剧本改为话剧剧本。《塞上风云》写的是蒙汉两族人民团结抗日，粉碎汉奸特务破坏的斗争。日本著名的"田中奏折"中提出"欲征服中国，必先征服满蒙"，而日本帝国主义正是按此方针一步步侵略中国的。同时，国民党反动统治阶级歧视、欺压各兄弟民族，造成了严重的民族隔阂。日帝利用这一民族隔阂竭力分裂满蒙与汉族之间的团结。"九·一八"日寇侵占了东三省，成立了"满洲国"。蒙汉两族人民的团结就成了当时迫切需要解决的问题。《塞上风云》于一九三八年初在汉口初次演出时，受到了观众的热烈欢迎。吴雪同志领导的"四川旅外剧团"先后在重庆、成都、内江、宜宾等地也演出了这个戏。他们几乎演遍了四川各地。后来他们进入解放区，又将它带到延安，成为青年艺术剧院演出的第一个剧目。金山、王莹还将它带到南洋一带演出。在我所写的剧本中，《塞上风云》是演出场次最多的一个。后来，在中国电影制片厂工作的应云卫等同志要求我再把它改编成电影。我在人物和情节上又作了一些增删。他们到内蒙去拍摄外景时，途经延安，受到延安文艺界的热忱接待，进行了参观访问。这些同志是第一次进入解放区的自由天地，感受到极大的鼓舞和教育。

一九四一年发生了震惊中外的"皖南事变"，激起了全国人民的无比愤怒。为了控诉和谴责国民党反动派这一滔天罪行，揭露他们破坏团结，准备对日寇妥协投降的罪恶阴谋，我写了《天国春秋》。当时现实的题材既不能写，我便选了这一历史题材来作为我们当时斗争的武器。为了使剧本能通过审查，写时颇费了一番心思，加进了爱情纠纷；后来又和国民党反动派费了一番周折，幸得在国民党市党部工作的吴茂荪同志暗中大力帮助，这个戏才得以通过上演。解放后再版这个剧本时，我就把恋爱纠纷删去了。《天国春秋》上演时，观众对这个戏的针对性十分敏感。每当剧中人洪宣娇在觉醒后惊呼："大敌当前，我们不该自相残杀！"观众席中立即爆发出雷鸣的掌声，说明群众对蒋介石同室操戈的反动罪行怀着多么强烈的憎恨。

《草莽英雄》反映辛亥革命前夕四川保路同志会反对清朝统治的斗争。这次四川人民反帝反封建的大起义是辛亥革命的前奏。这是我童年时代耳闻目睹的大规模群众起义，当年人民群众意气风发、斗志昂扬的情景，我至今还记忆犹新，历历在目。这个历史题材在我脑海中孕育已久。早在抗日战争之前，我就以这个历史题材写了电影剧本，准备由联华拍摄，孙瑜导演。后因抗日战争爆发，未能进行。一九四二年，继《天国春秋》之后，为了歌颂人民起义的斗争精神，我将这题材写成话剧《草莽英雄》。剧本写成后，得到洪深、冯乃超和文工会许多同志的热情鼓励和赞许。特别是洪深同志，怀着浓厚的兴趣准备导演这个戏。不久，周恩来同志让我到红岩去给其他同志读这个剧本。许多同志很热情，很有见解地谈了他们的看法。最后，恩来同志对剧本所写的历史背景作了精辟的分析和论述。他指出：保路同志会运动和辛亥革命的胜利果实都先后被摇身一变的"拥护共和"的保皇党和以袁世凯为首的封建军阀所篡夺。四川、湖南、湖北、浙江、陕西等省的起义领袖均惨遭屠杀，这一惨痛的教训是值得记取的。历史为我们证明，我国资产阶级的民主革命只有在无产阶级领导下才能取得成功。

中华剧艺社的朋友将这个剧本拿去送审。国民党反动派对这个剧本非常恐惧，下令"禁止出版，禁止演出，没收原稿"。禁演禁印过去屡有发生，但没收原稿这样蛮横的处理是前所未有的。王昆仑同志对这个剧本非常关心，托国民党一位立法委员去询问禁演的原因。反动头子潘公展对他说："这还看不出来吗？这个戏分明是鼓动四川地方势力起来进行武装暴动，图谋推翻国民党政权的！"直到一九四五年秋，国共双方签定了《双十协定》后，我方争取到一些暂时的表面的自由，这个被禁锢四年之久的剧本才得到上演。由沈浮导演，项堃主演。在当时当地演四川人民的这一历史题材，气氛浓郁，表导演艺术都十分精彩。

在整个抗日战争时期有许多大大小小的两面派。他们一面表示抗日，一面又妥协投降；表面上愿意团结御外，暗地里又制造矛盾，进行磨擦。这种两面派的本质实际上就是一面派，目的是彻头彻尾地维护自己的私利。话剧《两面人》就是力图揭露这种两面派的本质。但在国统区法西斯统治下我只能选取象茶场主祝茗斋这样一个两面人来体现这个主题。祝茗斋两面敷衍，两面利用，两面逢迎，两面打击，目的是妄图永远保住自己的茶山。但是当群众觉醒，他的两面派真相败露后，就完全陷于孤立，遭到了失败。在一九四三年到一九四四年间演出这个讽刺喜剧时，由于它的现实性，《新华日报》一连发表了多篇评论文章，借此揭露和批判国民党反动派的两面行为。

解放后，一九五一年我参加了广西省的土改。我负责带领一个土改团到广西柳城。在柳城地委的领导下，我作为柳城县土改工作委员会主任参加领导了柳城县的土改运动。我们这个团参加了一批试点，两批土改，为时约七个月。这个土改团共有一百二十多人，其特点，都是高级知识分子，其中有三十三位医生，十六位自然科学家，如生理生化研究所所长冯德培，地球物理研究所所长赵九章，南京天文台台长张钰哲等等，还有作家、艺术家以及妇联和文教界的一些同志，如曹孟君、胡耐秋、叶君健、冯亦代、孟超、阿老、郁风、严良堃等许多同志。绝大多数人都住在农民家里，和农民同吃、同住、同劳动。我们这些知识分子和农民朝夕相处、共同斗争，对农民有了较深的了解，产生了感情。广西这场土改，斗争之尖锐，令人惊心动魄。我们到达柳城的第二天，就亲耳听见农民在大会上血泪控诉吃人心、吃童肝的令人发指的罪行，亲眼目睹了恶霸地主灭绝人性的物证——用药物泡制过的人心人肝，使我们这些知识分子极为震动。后来，和我们一起工作的两位辅仁大学的学生竟又遭到暗藏在土改队中的恶霸地主的狗腿子的暗杀。当时如果不是凶手的手枪卡壳，吴塘等同志也会惨遭毒手。经过了一场激烈的搏斗，才抓住了这个阴险凶狠的反革命家伙。这些血淋淋的事实使我们这些知识分子深刻地感受到阶级斗争的尖锐和复杂，从而在认识上有了很大的提高，思想感情上起了很大的变化。我后来写的《三人行》，就是通过知识分子参加土改这一题材，力图反映建国初期各种不同典型的知识分子，在翻天覆地的阶级斗争中思想感情的变化、发展和提高的。

以上这几个剧本，除了《三人行》以外，都是在解放前国统区的环境下写的。在那政治环境日益险恶、物质条件十分困难的情况下，话剧成为我党在国统区进行政治斗争和文化斗争的有力武器。特别是在重庆时期，国统区的绝大多数戏剧工作者紧紧团结在我党的周围，在周恩来同志和南方局的直接领导下，掀起了戏剧运动的高潮。我的几个主要的话剧也都是在这个时期写的。当时政治、文化斗争非常剧烈，创作时间紧迫，同时又受到国民党严酷的审查制度的百般刁难和重重迫害，所以许多话都无法说深说透。从石缝里是很不容易长出挺拔的大树来的。从我个人来说，也许正因为这些作品是长自石缝，我倒还有些敝帚自珍，因此我也就同意四川人民出版社编辑部的意见，将它们出版了。

一九八〇年冬

（原载 1983 年 3 月四川人民出版社版《阳翰笙选集》第二卷）

《风雨五十年》序

阳翰笙

本书所谓五十年，是个约数，从我出生到新中国成立，将近五十年；实际上，我的回忆只写到一九四五年抗战胜利。如果时间和精力允许，我将继续写下去。

已经写出的，也不算完整，不够系统。

我以一个川南山区小乡场上的普通人家的孩子，经历几个朝代，能够在政治和文艺事业上多少做了一些事情，不是靠个人的天赋，是靠党的培养和历史造就的。当然，我本人对真理的追求和探索，学习和实践，刻苦钻研，加强修养，对促进我认识的提高和思想的飞跃，对我选择革命道路和以文学为服务人民、为祖国献身的手段，是必不可少的内部条件。

少年时期，启迪我思想的是太平天国起义在高县和罗场的传奇插曲与悲壮情景，激励我情怀的是辛亥革命在四川的前奏——保路运动的风潮，川戏和祖母、母亲所讲的故事，把文学的种子撒满我稚嫩的心田，严格的私塾教育为我打下了文化知识的基础。而家乡的地理物产，饮食起居方面的民情风俗，对于陶冶一个人的情操是会起潜移默化的作用的。这是一种没有字的文化，是无声的诗。是谓一方山水养一方人。

读中学，是确定人生志向和形成世界观的关键时期。我的中学生活是在宜宾和成都度过的。从一九一八到一九二二年，那是一个翻天覆地的大变动的时代，是思想大解放的狂飙时代，是历史发生大转折、涌现一大批风云人物的时代。我就在这样的时代变革中，经风雨，见世面，接受新思想，探索改革社会的途径和个人的前途。革命的时代一天等于二十年。各种新思潮纷至沓来，我也如饥似渴地读新书。

我们读，我们想，我们说，我们更要行。我们闹学潮，争取教育经费独立，自动成立四川省社会主义青年团，省一中罢课，驱逐尊孔读经的政客校长。这是我革命生涯的第一步，它使我初步受到了社会活动的锻炼。

我从小爱看川戏。由高县而成都，在整个青少年时代，由元杂剧、明传奇和我国的其它古典文学名著改编的川戏，我差不多都看过。地方戏曲的这种熏陶，对我日后的走上文学艺术的道路，是有直接的因缘关系的。再说，我在罗场读私塾，在高县读小学，在宜宾读中学，所在都比较重视文史。我在老师的指导下，广泛地涉猎了古代的诗词、散文和历史典籍，初步具备了从事革命工作和文学创作的文化文学修养。

恽代英是照耀我革命征途的一盏明灯。陈毅的点拨坚定了我的志向，使我的探索具体化、明朗化了。

踏入上海大学，当了瞿秋白、邓中夏等共产党人的学生，参加中国共产党，那才是我自觉革命的真正起点。

只有到了上海大学，我才比较系统地学习了马列主义的基本知识。学校领导和教员中，邓中夏、瞿秋白、蔡和森、张太雷、恽代英等，他们都是马列主义者，是党中央负责人。通过他们的讲授和指点，我得以读到关于马列主义、共产原理的基本的书，粗知了一点辩证唯物论和历史唯物论，了解了社会发展规律和中国革命道理。在这里，打下哲学基础；在这里，确定革命的人生观。

上海大学的学习，理论和实际是结合的。根据学校党团的布置，我们白天上课，晚上从事工人运动。开初，我给工人讲"帝国主义是资本主义的最高阶段"，工人听不懂，我也苦恼；后来，由于邓中夏、李立三、刘华、杨之华等的示范和指点，我们改变了教与学的方式，效果很好。实际上是工人教育了我。

在上海大学我才真正参加了社会活动，特别是在五卅运动中，我在恽代英、肖楚女领导下，在全国学联和工商学联合会工作。我接触了买办资本家、民族资本家、中小工商业者、工人和学生，了解了社会人生的一部分情况，感受到了各阶级各阶层对革命的不同态度，从一个角落看到了反帝是怎么一回事，领略到恽代英等革命家的工作态度、工作方法、领导艺术。

我在上海大学读书的时间不长，但对我来说却相当重要。

从我一九二六年初到黄埔军校工作时起，在以后的四、五十年中，我始终直接或间接地受到周恩来的领导和关怀。他那共产主义的胸怀，高度的原则性和灵活性相统一的思想，指挥若定、运筹帷幄的领导艺术，实事求是的科学精神，平易近人的作风，谦虚朴素的美德，时时感染着我，鼓舞着我。我为一参加革命，就有这样一位党的领袖、革命的同志始终领导我、指导我，感到幸福。

黄埔军校，北伐战争，南昌起义，将近两年的军旅生活。又使我对军事、战争、军官和士兵有所认识，至少是在这方面增加了一点知识。而且亲身体验了从大革命高潮到白色恐怖的不同滋味。

我出生乡村小镇，对农民不陌生；五卅运动前后，与工人有接触；由黄埔而八一起义，又增添了军事方面的常识。自然，这些生活我都不丰富，不深入。我的凡是从这些方面取材的创作，也反映了这种特点。文学是生活的反映，生活是不能编造的。科学无情，艺术规律不容说假话。

我之走上文学道路，有其偶然性。偶然性当中也有必然性。

三十年代的左翼文艺运动，我不但是参加者，而且还多少负责一定的组织、领导工作。我有义务提供我所知道的史料。但我未能写系统的回忆录。我在思考问题，在准备材料。只要腾得出手来，我就写。关于党是如何领导革命文艺的，关于"围剿"和反"围剿"的斗争，关于关门主义和统一战线，关于创作方法问题，关于对左翼文艺的研究和对普罗文学的评价，等等，都是摆在历史学家、文学研究工作者面前的课题，我也想以一个过来人的身份与大家一起研讨。一九八二年，我曾说过，学术界对左翼文艺重视不够。据说，社会上对我的说法有不同的反应。我欢迎朋友们对我的观点提出批评，我拥护百家争鸣。对一个阶段的文学史的研究，可以从不同的角度、不同的侧面、不同的层次着眼，有不同的看法应该是好事。千人一腔，万人一调，不利于总结历史经验，会妨碍真理的发展。凝固的死水是要发臭的。我的想法是：左翼文艺是在特殊的历史背景和社会环境之下发生发展的，它有现代文学的一般规律，更有不可忽视的特性。我们对它的评价、臧否，要建立在共性和个性相结合的交点上。左翼文艺的特殊，并不单纯表现在这些外部形态上，而主要表现在现代文学发展的内部规律上。普罗文学的倡导和创作实践，无论如何，是现代文学发展的一种新开拓、一种显著的某种质的变化。开初，它是幼稚的，可以说，简直幼稚到了可笑的程度。但是，他们自觉地以马列主义文艺思想为指导，以可贵的政治热情，积极地写工写农写兵，写斗争写革命，开阔了文学反映生活的视野，让生活的主人、历史的创造者进入文学作品，成为文艺画廊的主角，这不能不说是历史性的发展。左翼文学的社会效果，也许只有我们这种亲身经历过的人才体会得更真切。幼稚归幼稚，但一部作品能启发千万青年人走上革命道路，是现代文学从来没有起过的作用。幼稚的作品能有这样意想不到的效力，这当中有辩证法。幼稚并不光荣，我们无时无刻不在追求进步；幼稚的时间并不长。把社会学和文艺学结合起来，左翼文学的分量才称得准。

我写三厅和文工会的活动，是想突出以下三点：

一、党的领导。在名义上，三厅是国民政府的军事机构，文工会是文化研究团体，都是统一战线组织。要不要坚持独立自主，坚持党对统一战线的领导，曾经是有争论的，它代表两种不同的路线。我是想通过一些具体事例，说明中共中央长江局、南方局、周恩来是怎样对三厅和文工会实现领导的。凡三厅和文工会的重大决策，都是由党和周恩来、董必武、王若飞等同志作出的。

二、记录三厅和文工会的干部与群众的活动。我们在党的领导下，利用合法的地位和身份，利用争得的权力，巧妙地进行有理有利有节的斗争，开展多种政治活动、社会活动、理论活动、文学活动、艺术活动，取得了极为难得的成绩。我们以自己的方式支援了前线，我们在艰苦中团结了朋友，培养了人才。这是一份历史功劳，是一份可宝贵的遗产。

三、表现三厅和文工会给群众的影响及群众与我们的关系。三厅和文工会人多，成份复杂，活动面广、范围大，接触的群众多，党的某一些决策，是通过它传达到群众中去的。我们也得到群众的支持和保护。

统一战线是中国革命的一大法宝，三厅和文工会好像一个窗口，我们由此看到一种范例。

由于时间的流逝，史料的匮乏，以及记忆的粗疏，我的回忆存在错讹、缺漏，在所难免。我欢迎指正，欢迎补充。

几位热心的同志帮我查找资料，整理记录稿，我向他们表示感谢。

一九八四年九月三十日

（载《新文学史料》1985 年第 4 期，收入 1986 年 10 月
人民文学出版社版《风雨五十年》）

关于《李秀成之死》

——与剧作者阳翰笙氏的谈话

唐 纳

《李秀成之死》，这个为戏剧界和广大读者群所热烈爱好着的革命历史剧，在这个时候出演是有着很重大的意义与价值的。一天在友人的家里，很巧遇到了剧作者阳翰笙先生，来不及寒暄数语，我们就开始了如下的问答：

"我们又已一别经年，不知你在什么时候完成了《李秀成之死》？"我首先向阳先生提出了这一个问题。

"远在五六年前，我早就想把太平天国的题材写几个历史剧了。"是阳先生的回答，"后来因为琐事繁忙，就一直没有开始。后来系身金陵狱中，重读到了曾国藩全集，又再一次的从曾氏口中得到许多太平天国宝贵的材料，虽然在曾氏的这个有偏见的敌意的记录中，到底还掩饰不了一些真实的事件，而终反映出了太平天国的革命的伟大性。因此当时在狱中就想开始写，可是材料总感觉得不够，而且狱中无法写作，后来于出狱后才又开始动手。本来是想分三部来写的：（一）金田邨，（二）洪宣娇，（三）李秀成之死。后来听说陈白尘兄已经写了，我与白尘是朋友，而且对历史的看法差不多，故就中途停止。后来因上海业余剧人协会要我写个剧本，而且个人对于李秀成之死一段特别感到兴趣，因此，我也就动手来描写太平运动这一悲壮的最后一幕。这个剧本我是经过了半年的构思，而于收集材料及择别材料上都深感困难，因为满清对太平天国有关的书籍都有伪造和删添，大都是靠不住的。譬如在李秀成的供状中，曾国藩居然说李有想投降清廷之意，这很明显是曾氏说的谎语。我们根据各种材料，李秀成的供状有六七万言之多，而现在却只存得有二万字左右，这不是已被删除的明证吗？自材料收集及构思完竣后，下笔写作的时候只是一个月，适逢'七七'事变发生（开始计划此剧时是在去年一月），中国的神圣抗战开始，上海业余剧人协会改组成上海救亡演剧队，因此此剧未在上海出演，现在能在汉演出，在我个人是很感到欣慰的。"

"为什么你对于李秀成特感兴趣呢？"

"在太平天国诸王中，从兴起以至灭亡，有两个人我最钦佩，在前期是石达开。他为人光明磊落，气节凛然。后期则是李秀成，他是很值得我们崇敬与学习的。李秀成出身微贱，他父亲是个贫农（根据李自供状及其他史料）。太平天国初起时，李把自己房屋烧掉了，破釜沉舟地去充当小兵，跟着洪秀全作战。一直到南京攻陷，李的地位还是很小。后来发生了杨、韦之乱以及石达开西走后，乃因自己的战功和苦斗得逐渐升为忠王，以一人之大力配掌了太平天国十年，手握军政大权，与清廷作艰苦斗争，曾经数解金陵之围，击溃大江南北大清军数十万，清廷的钦差大臣与将军之类不知被他消灭了多少。象李这样一个人物，自极低地位升至极高，成为太平天国之大政治家，大军事家，以一身系太平天国上下之安危，处事公正，德行超众，而在太平一朝真没有一个人能比他得上，就是清廷曾国藩，李鸿章，左宗棠，甚至英将戈登均对其敬畏备至，故从他的全部人格来说，无处不崇高，不伟大。因此，我个人对于这一次大革命中，最光辉灿烂的贫农出身的这个革命领袖，实在感到非常大的兴趣。"

"李秀成当时真为民众所信仰吗？"

"依我看，李秀成是真正代表了民众的利益而为民众所信仰的，在太平天国诸王中许多人已逐渐腐化，而李则始终如一，英勇坚贞，刻苦奋斗，继续领导民众反抗下去，他给了民众许多福利，在江浙两省，解除了不少民间疾苦，拯救了万千以上的贫民。因此李为民众信服，而有'忠王比天王好'的颂词。"

"你怎样写李秀成之死的呢？"

"我用历史的现实主义的手法来描绘李秀成之死这个戏的。在这剧本中，我们可能用这个手法去发掘历史的真实，自然在写作时感到很多困难，因为许多事实已被涂改。我根据新的历史的观念，像沙里淘金，尽可能地去发掘它。我在写这英雄时，也同时注意到环绕着这个英雄周围的广大群众。在第一幕里我写太平朝的上上下下如何希望李回来守城。第二幕写李在城上亲自指挥，从'天兵'和民众的苦斗生活上表现李秀成的伟大。第三幕在涧西村的农民身上，反映出他们对李的爱护与拥戴。所以我是在李个人与群众这两点集中起来写的。同时在技术上我尽量避免了一般的技巧，在努力采取写实主义的手法。如《前夜》，《塞上风云》中，Melodrama 的成份极重，而在此剧中我完全把它放弃了，我自己想从这种手法上去发掘历史的真实，表现这个革命英雄和革命的群众。希望我们从这个故事中获取不少血的历史教训，对于目前我民族的抗战，能够多少有点帮助。"

"你为什么要加进宋永旗这个人物呢？"

"宋永旗这个人是确实有的，而我把他写在这剧中，是因为宋代表了为艰难困苦所吓退了的动摇份子。金陵被曾国藩军队包围时，虽然太平天国能上下一致团结作英勇斗争，但仍有宋永旗之流的动摇份子存在。他是悲观主义者的代表，因此当他面对着艰苦斗争的时候即作逃避的热念，而且从他的感慨中，更反映出了在这样危急存亡关头，太平天国内部还有摩擦，还有斗争，这说明了太平天国的失败主要原因之一，是没有一个坚强的革命的组织来领导，结果李秀成正确的意见和主张不被采纳，因此终至促使太平天国的灭亡。"

"《李秀成之死》这个剧本的上演，与目前抗战有没有积极的意义呢？"

"我认为是有积极的意义的。很明显地，太平天国虽是失败，但失败得很英烈悲壮。在数十年后的今天，这部历史不但感到可歌可泣，而且还激发了我们抗敌的情绪。例如李在南京城中守城的数十万战士，就曾在自己的奏折上也说，他们不是战死就是自焚而死，决没有一个愿降。像这样伟大坚贞的民族精神，这样英勇的悲壮牺牲，是值得我们今日每一个人学习的。南京被围一直支持了两三年之久，粮食已尽，以草代之，但是还坚苦斗争下去。这种种事实，在抗敌到底的今日来上演这个戏，我认为不是没有绝大的意义的。"

"上演《李秀成之死》这个古装剧，在技术上该特别注意的是什么地方呢？"

"这个剧本在演出上困难很多，因为它是历史剧，服装布景，较现代剧麻烦。应该特别注意的是每一个演出者对太平天国的历史意义需深切理解。因为要有了深切理解，深切的领悟，才能用艺术方法发展和表现出来。另外，这个剧本因没有 Melo 成份，没有噱头，也没有曲折剧情，而且有很长的对白，如果没有修养很深的演员，在演出上是定会感到困难的。在导演的手法上，也要有极大的魄力，才能处理此剧。服装方面，我希望力求逼真。灯光和布景应特别注意，每一幕均需不同，因为每幕是各有其特性的。"

"《李秀成之死》不是个悲剧么？在目前出演你觉得适宜么？"

"在我认为，悲剧也许还比喜剧更能感动观众、刺激观众、鼓励观众的。当《前夜》公演后，有个观众曾寄信给我：'在抗战后的今日，看悲剧于心理上甚不适宜'。这是不对的。我们写代表恶势力的人物获得胜利和代表革命势力的受到牺牲，是能使观众对这个剧本详力思考，从剧中获取教训。如在《前夜》中，汉奸获胜，爱国青年被杀，观众如果发生了为什么不把这个汉奸杀死的疑问时，那末剧作者的目的已经达到了。因为他已经激起观众的铲除凶暴势力的热情了。《李秀成之死》虽系悲剧，但它鼓励观众的力量难道会比一个喜剧少么？"

因为时过晏，我们的谈话就这里打结。

（原载 1938 年 7 月 25 日《抗战戏剧》半月刊第 2 卷第 4、5 期合刊，收入 1982 年 12 月中国戏剧出版社版《阳翰笙剧作集》上卷、1989 年 8 月四川文艺出版社版《阳翰笙选集》第四卷）

研究、评介文章选辑

革命的浪漫谛克

——《地泉》序

易 嘉[*]

　　"第一，普洛的先进的艺术家不走浪漫谛克的路线，就是不把现实
神秘化，不空想出什么英雄的个性来做'时代精神的号筒'，不干那种
使我们高尚化的'欺骗'；而要走最彻底，最坚决，最无情的'揭穿现
实的一切种种假面具'的路线。第二，普洛的先进艺术家不走庸俗的
现实主义的路线，而要最大限度的肃清那些'通行的成见'，肃清马克
思所说的'事物表面的景象'，而写出生活的实质，就是要会尽可能的
最大限度的从'偶然的外表'之下显露出现实的客观的辩证法。第三，
普洛的艺术家和过去伟大的现实主义者不同，他要看见社会发展的过
程以及决定这种发展的动力，就是要描写'旧'的之中的'新'的产
生，描写'今天'之中的'明天'，描写'新的'对于'旧的'的斗争
和克服。这就是说：这种艺术家比过去的任何一个艺术家都要更加有
力量的——不但去理解这个世界，而且自觉的为着改变这个世界的事
业而服务。"（法捷耶夫：《打倒席勒》）

　　中国的新文学经过了自己的"难产"时期还不很久，华汉的《地
泉》显然还留着难产时期的斑点，正确些说，这正是难产时期的"成
绩"。这里还充满着所谓"革命的浪漫谛克"。《地泉》的路线正是浪漫
谛克的路线。

---

　　[*] 易嘉，即瞿秋白。

中国社会的现实是什么，中国最近几年的"大动乱"的大动力是什么？中国社会的发展过程和发展动力显然不是什么英雄的个性，而是广大的群众，不是简单的"深入""转换"和"复兴"，而是一个簇新的社会制度从崩溃的旧社会之中生长出来，它的斗争，它的胜利……正在经过一条鲜红的血路，克服着一切可能的错误和失败，锻炼着新式的干部。

但是《地泉》没有表现这种动力和过程。《地泉》固然有了新的理想，固然抱着"改变这个世界"的志愿。然而《地泉》连庸俗的现实主义都没有能够做到。最肤浅的最浮面的描写，显然暴露出《地泉》不但不能帮助"改变这个世界"的事业，甚至于也不能够"解释这个世界"。《地泉》正是新兴文学所要学习的："不应当这么样写"的标本。新兴文学要在自己的错误里学习到正确的创作方法，要在斗争的过程之中，锻炼出锐利的武器，因此对于《地泉》这一类的作品，也就不能够不相当的注意。

> 今年农忙的时候，他（张老七）便在九叔叔家做短工，九叔看他很勤快，一点都不躲懒，心里便很爱他，时常都想找些可以挣钱的事来给他做。……所以九叔叔便暂借了两块钱给他，要他花两天的整功夫，到四乡去拣选上色的红桃，预备端午节那天拿到镇上去卖贵市，张老七在感激之余，自然就照九叔叔的吩咐的去办。（《深入》）

这里雇主九叔叔和雇工张老七的关系是不是现实的呢？！雇主对于雇工不但不剥削，反而想尽方法帮他赚钱（！）这是现实的社会现象吗？这是一般的现象吗？退一步说：这或许是一个偶然的例外。但是跟着张老七却并不受自由主义的雇主的欺骗，他莫名其妙的得着了很明显而正确的意识，就这么参加了革命。这里对于社会现象的解释是根本没有的，更不用说深刻的去理解社会现象之中的客观的辩证法。

还有一个"往民间去"的女学生的梦：

> 想到这里，她（梦云）大大的失悔起来，她觉得从前他和她

求爱的时候，她不应该那样藐视他，使他过于难堪了。现在这位
曾经被她藐视过唾弃过被她视为糊涂蛋的他，却以自己英勇的战
绩，在万人敬爱之中显露出他峥嵘的头角来了；人毕竟是不能藐
视的，何况他，林怀秋，究竟还是曾经参加过革命的有思想有能
力的男子。(《复兴》)

　　这里简直是朱买臣休妻"马前泼水"那样的意识——最庸俗的势
利的通行的成见，甚至于还要坏，朱买臣的老婆是当初就没有见识，
因此和她的肉眼所不识的"英雄"离婚了；而梦云看不起怀秋的时候，
怀秋却的的确确是个颓废的无聊的值得藐视的浪人，后来怀秋改过了。
这对于梦云只会是可以觉得喜欢的事实，而决不会是使她失悔的事实！
《地泉》之中的英雄，正是这种出人意外的"在万人敬爱之中显露他峥
嵘的头角"的人物！这是多么难堪，但是又多么浪漫谛克啊！

　　至于《转换》的全部的题材——实际上也可以说《地泉》的全部
题材——都是这种"革命的浪漫谛克"。林怀秋是一个颓废的青年，以
前曾经是革命者，但是已经堕落了，过着流浪的无聊的贵公子生活。
后来莫名其妙的，一点儿也没有"转换"的过程，忽然振作了起来，
加入军队，从军队里转变到革命的民众方面去。梦云是一位小姐，女
学生，大绅士的未婚妻，她居然进了工厂，还会指导罢工。另外还有
一位寒梅女士——始终没有正式出面的，作者对于她没有描写什么——
而怀秋和梦云的转换，却都是受了她的劝告的结果。这几位都是了不
得的人物！固然，实际生活之中的确也有这一类的人。可是《地泉》
的表现，却不能够深刻的写到这些人物的真正的转换过程，不能够揭
穿这些人物的"假面具"——他们自己意识上的浪漫谛克的意味："自
欺欺人的高尚的理想"，——反而把丑陋的现实神秘化了，把他们变成
了"时代精神的号筒"。

　　就是《地泉》之中"用不着转换的英雄"，例如农民协会的会长汪
森，工联代表小柳——阿林等等，也都浪漫谛克化了；他们和一切人
物都是理想化的，没有真实的生命的。再则，事变描写方面，也犯着
同样的毛病：农民在乡村之中的行动居然是东南西北乡一致齐备的；
罢工委员会是机械的分裂成为三派的，而且一切事变都会百事如意的

得着好结果。

这种浪漫主义是新兴文学的障碍，必须肃清这种障碍，然后新兴文学方才能够走上正确的路线。

至于描写的技术和结构——缺点和幼稚的地方很多；文字是五四式的假白话，——例如农民老罗伯的对话里，会说出"挨饿受辱"这样的字眼，所有这些，都是值得研究的错误。我们应当走上唯物辩证法的现实主义的路线，应当深刻的认识客观的现实。应当抛弃一切自欺欺人的浪漫谛克，而正确反映伟大的斗争，只有这样方才能够真正帮助改造世界的事业。

一九三〇年❶四月二十二日

（原载 1932 年 7 月 25 日上海湖风书局版《地泉》，收入 1989 年 8 月四川文艺出版社版《阳翰笙选集》第四卷）

❶ 疑为一九三二年之误。——编者

《地泉》序

郑伯奇

华汉兄：

你殷殷叫我给你的三部曲写一篇批评，并不惮烦劳地将已经绝版了的旧书寄给我，让我重读一遍以新我将近模糊的印象。这样诚恳的态度，不仅是私交上我感谢你，就是站在一个作家的立场，我也非常佩服。在中国，创作和批评好象是对立的，作家和批评家也好象冤家对头一样。这种不好的倾向，就在我们的阵营里也是依然残存着。我们应该极力克服它；你这样虚心诚恳的态度，可以留下一个良好的先例。

这样讲，好象我摆起一个批评家的架子来了。这却不然。我这封短信，实在是向你告饶的。批评，我从来是不敢做的，尤其是现在，我更不能做。不过你既然这样殷勤诚恳，我就是告饶，也不好三言两句拒绝了你。所以我无妨把我的读后感写在这封信上，反来请你给我一番批评罢。

老实讲，我读这三部曲的时候，我一面兴奋一面又觉得难过。兴奋，是你的作品给一般读者的效果；难过，却是我自己反省的结果。再老实地说，我读你的作品的时候，我的心中却不住的和以前的自己算帐。当然，你的许多长处——斗争的实感，伟大的时代相，矫健的文字，强烈的煽动性——都是我所企求而不能得的；但是你的短处，却不幸有许多和我相同。

在普洛革命文学第一期的作品，一般认为有两个倾向：一个是革命遗事的平面描写，一个是革命理论的拟人描写。前一种倾向以太阳社为代表，后一种倾向在创造社特别的浓厚。现在读你的作品，这两种倾向都在字里行间活跃着。这并不是说是中间派，调和主义，这当然是社会环境的结果。其实，一切倾向，都是环境的反映。闲话不提，且看你的作品罢。你的作品，题材多少是有事实根据的，人物多少是有模特儿存在着，然而题材的剪取，人物的活动，完全是概念——这绝对不是观念——在支配着。最后的《复兴》一篇，简直是用小说体来演绎政治纲领。我并不是说这是不可以，作一篇宣传文学看，这是很成功的（其实，就在这三部曲中，《复兴》是最有效果的一篇）。但是站在普洛革命文学的发展前途上看，这毕竟是歧途；这种倾向——革命故事的抽象描写——是应该克服的。

总之，普洛革命文学的第一期，确实是一个浪漫主义的时代；因之，第一期的作品，也充满了浪漫主义的色彩。这些我们是不必讳言的。不，我们应该大胆地肯定了这历史的过程，而且勇敢地踏在过去的这一颗践石上面，向前迈进！普洛写实主义的文学，只有这样才可以产生；唯物辩证法的文学方法，也只有这样才可以获得。你的最后的作品《复兴》，已经告诉我们，你确实有前进成功的可能。所以，为中国普洛革命的发展前途着想，我希望你重新努力，再写出一部新的三部曲来！

信写完了，我忽然这样想：假使你觉得不大乱七八糟，那么发表了也没有什么不可。你以为如何呢？

（原载 1932 年 7 月 25 日上海湖风书局版《地泉》，收入 1989 年 8 月四川文艺出版社版《阳翰笙选集》第四卷）

《地泉》读后感

茅 盾

本书的作者问我对于本书有什么意见。

我的回答是：

"正和我看了蒋光慈君的作品后所有的感想相仿。"

本书的作者要求我详细说明，我就写了这一篇，并且依本书作者的愿望，附印在这本书的新版内，给凡曾读过这本书或将读过这本书者，以及曾经写过和本书同类的作品，或将写此类作品的人们，作为一种参考。

我的中心论点是：一个作家应该怎样地根据了他所获得的对于现社会的认识，而用艺术的手腕表现出来。说得明白些，就是一个作家不但对于社会科学应有全部的透澈的知识，并且真能够懂得，并且运用那社会科学的生命素——唯物辩证法；并且以这辩证法为工具，去从繁复的社会现象中分析出它的动律和动向；并且最后，要用形象的言语艺术的手腕来表现社会现象的各方面，从这些现象中指示出未来的途径。所以一部作品在产生时必须具备两个必要条件：

（一）社会现象全部的（非片面的）认识，

（二）感情的地去影响读者的艺术手腕。

两者缺一，便不能成功一部有价值的作品，至少写作此类作品的本来的目的因而不能达到；不但不能达到，往往还会发生相反的不好的影响。而这不好的影响也是两方面的，一在指导人生方面，又一则在艺术的本身发展方面。

现在我们来批评本书，就不能不说本书非但不能达到它写作的本来目的，且亦浓厚地分有了那时候同类作品的许多不好倾向。我在这里提出"那时候同类作品的许多不好倾向"一句话，要请读者切实注意。因为作为一种"风气"或文学现象来看，则本书的缺点不是单独的，个人的，而实是一九二八到三〇年顷大多数（或竟不妨说是全体）此类作品的一般的倾向，——这是一个值得讨论的问题了。

一九二八到三〇年这一时期所产生的作品，现在差不多公认是失败。

概要地说，其所以失败的根因，不外乎（一）缺乏社会现象全部的非片面的认识，（二）缺乏感情的地去影响读者的艺术手腕。关于前者，蒋光慈君的作品是一个现成的例子。蒋君的作品，我曾称它为"脸谱主义"。这，无非说蒋君所写的革命者和反革命者总是一套；他的作品中的许多革命者只有一张面孔，——这是革命者的"脸谱"，许多反革命者也只有一张面孔，——这是反革命者的"脸谱"；蒋君并没有把反革命者中间的军阀，政客，官僚，地主，买办，工业资本家，银行家，工贼，等等不同的意识形态加以区别的描写，也没有将他们对于一件事的因各人本身利害不同而发生的冲突加以描写；在蒋君的作品中，所有的反革命者都戴上蒋君主观的幻想的"脸谱"，成为一个人了。这是很严重的拗曲现实，这是很严重的不能把真确的现实给读者看，并且很严重地使得作品对于读者的感动力大大地减削，（我相信老是看一张 "脸谱"被许多人物戴来戴去在作品中出现，一定会使得读者感觉疲倦而终至于觉得太滑稽罢。）其次蒋君对于作品中的革命者，也并没按照他们之为小资产阶级分子或工人或农民出身之不同而作了区别的（特别在意识形态方面，在认识革命方面）描写；蒋君并没写革命者对于同一件事常常有认识深浅的不同，常常有错误深浅的不同；蒋君把他们写成"一个印板"里印出来的人，给读者以最不好的印象就是这些人物不是"活"的革命者而是奉行命令的机械人。这又是很严重的拗曲现实，很严重地使得读者不能得到正确的对于革命者的认识和理解。蒋君又常常把革命者和反革命者中间的界限划分得非常机械，两面的阵营中都不见有动摇不定的分子。这又是多么严重的拗曲现实！蒋君并没写到革命进行中在革命者的阵营中时常发生叛徒，也没写到反革命者在压迫革命一致而外，他们时时刻刻在互相冲突，在分崩，在瓦解。这又是很严重的不能全部的非片面的认识社会现象了。

批评蒋光慈君的作品，不是本文的正目的；我所要指出来的，就是本书《地泉》也犯了蒋君所有的那些错误，尤其在本书第二部《转换》与第三部《复兴》。这些错误在当时成为一种集团的倾向，而应该是指导文坛的批评家，非但不能校正这种倾向，却反而推波助澜，增长这种倾向。直到现在，文坛上还留遗着此种风气的余毒，这真所谓"深入"了。

其次，关于"缺乏感情的地去影响读者的艺术手腕"这一点，本书就是一个现成的例子。这也不是本书作者个人的单独的缺点，而是那时候很普遍的，成为集团性的现象。本书的三部是《深入》《转换》《复兴》；这从命题上已经可见是怎样性质的内容了。所以作者最重要的任务便是要用精严而明快的形象的言词来表现那"深入""转换""复兴"。能够完成这任务，本书就有成功的希望；不然，本书只是"深入""转换""复兴"等三个名词的故事体的讲解。而本书的作者，恰就只给我们三篇故事体的讲解。如果我们既读这本书后有所认识理解，那可是理智的地得出来的，而不是被激动而鼓舞而潜移默向❶于不知不觉。换一句话说，惟在已有政治认识的人们方能理智地去读完这本书而有所会于心，或有"画饼充饥"地聊一快意；至于对普通一般人，则本书只是白纸上有黑字罢了。这种情形，在实例上就是普通一般人对于和本书同类的文艺作品的不爱看。于是当时的革命文学批评家就奋然作色，以为"不爱看"者都是反革命。这真是太武断了！应该说不爱看者是由于政治认识不够，他们的脑子不能消化那样"硬性"的三个"革命"名词的"高期讲章"❷。他们需要一些直诉于感情的东西。而文艺作品之所以异于标语传单者，即在文艺作品首要的职务是在用形象的言词从感情的地方去影响普通一般人，使他们热情奋发，使他们认识了一些新的，——或换言之，去组织他们的情感思想。

还有一点，缺乏了对于社会现象全部的非片面的认识而只是"脸谱主义"地去描写人物，而只是"方程式"地去布置故事，则虽有相

---

❶ 原文如此。——编者
❷ 原文如此。——编者

当的艺术手腕,而作品的艺术的功效还是会大受削弱。(在指导人生这一点上会造成大错误,那是不用说了。)因为"脸谱主义"和"方程式"的描写不合于实际的生活,而不合于实际生活的描写就没有深切地感人的力量!就要弄到读者对象非常狭小!

所以本书在失败方面,就其成为当时文坛的倾向一例而言,不但对于本书作者是一个可宝贵的教训,对于文坛全体的进向,也是一个教训。现在时代是向前了,"脸谱主义"和"方程式"久已为众所诟病,然而真正有价值的作品迟迟尚未产生,人们在焦灼的期待中见一稍强人意的作品就哗然共呼曰:"在这里了!在这里了!"可是且慢。批评家们且莫以看见孩子们初能举步时那种惊喜的眼光来作过分的奢望,作家们还当更刻苦地去储备社会科学的基本知识,更刻苦地去经验复杂的多方面的人生,更刻苦地去磨练艺术手腕的精进和圆熟。较之一切政治工作者,一个艺术家的"成年"当更为艰苦,从事文艺创作的同道们固然不要狂妄自夸,然而亦不要妄自菲薄!

茅盾 四月二十四日

(原载 1932 年 7 月 25 日上海湖风书局版《地泉》,收入 1989 年 8 月四川文艺出版社版《阳翰笙选集》第四卷)

《地泉》序

钱杏邨

从一九二八到一九三〇年，华汉写了不少的创作。最主要的，有《深入》《转换》和《复兴》三部。《深入》是描写一九二七的农村革命。《转换》描写一九二七革命失败以后的小资产阶级的动摇幻灭，一直到转换。《复兴》则是描写一九三〇那一"发狂"时代的工人运动。

初期中国普洛文学，实际上，都是些小资产阶级的文学。内容空虚，技术粗糙，包含了许多不正确的倾向。最重要的，有下面的几种：

第一，是个人主义的英雄主义的倾向。史铁儿说明的很有趣。他说，这种倾向的内容是"英雄主义的个人，忽然象飞将军从天而下，落到苦恼的人间，于是乎演说，于是乎开会，于是乎革命，于是乎成功，——这种个人主义，'个人的英雄决定一切'的公式，根本就是诸葛亮式的革命。这样，甚至于党都可以变做诸葛亮，剑仙，青天大老爷！"这样的作品，当然是很可笑的，然而我们有的是。郭沫若的《一只手》，蒋光慈的《短裤党》，可算是这一类作品里的大好老。《一只手》里的英雄，当他一只手臂被打断了，他就拿着这只断手作武器，来继续和敌人战斗。蒋光慈，他是非常卖力的，把《短裤党》里的英雄，写成一个"鞠躬尽瘁，死而后已"的今代的诸葛孔明。（丁玲的《水》里的英雄，一样是"飞将军自天而降"，使读者茫然不知所措。）华汉的三部曲也是这样，《转换》里的英雄，先是幻灭，动摇，以后突然的不见了，到了说时迟那时快的当儿，却又兀的出现，大喊"老夫在此"，报告他一个人非组织性的去做了一番惊人的（当然说不上"惊天动地"）

准备好了即将发动的兵变，于是他成了革命的英雄了。

　　第二，是浪漫主义的倾向。这种倾向的作品，一是不老老实实的写现实，把现实神秘化了去写。二是没有失败，只有胜利，没有错误，只有正确，把现实虚伪化了去写。我们的作品，应该是最彻底的，决定的，无容情的，从现实上剥去所有的假面的东西，而这些作家不肯这样做。这样的作品很多，甚至可以说百分之一百。最进步的代表，要算戴平万的作品。他的一部《陆阿六》，可说是这一倾向的最高的发展。他描写的人物，都是些"璧玉无瑕"的天生的英雄，没有缺点，没有错误，顶刮刮的革命好汉。华汉的三部曲，也犯了同样的错误。《转换》里的一个女英雄，她被捕了，马上就实现了那位转换的英雄前来搭救，如《火烧红莲寺》；同时，革命的父亲被枪毙的时候，那射击手竟是他的儿子；于是"刀下留人"，于是宣传，于是四个人大联合，于是第二天早上革命成功万岁。

　　第三，是才子佳人英雄儿女的倾向。书坊老板会告诉你，顶好的作品，是写恋爱加上点革命，小说里必须有女人，有恋爱。革命恋爱小说是风行一时，不胫而走的。我们很多的作家欢喜这样干，蒋光慈当然又是代表。在这里，我只要说孟超。他的一部《爱的映照》，就是这一映照。外面在暴动了，我们的男英雄，正在亭子间里，拥抱着女志士热烈的亲嘴呢。革命的青年，一面到游戏场去玩弄茶女，一面是不断的咒诅资本主义社会，要求革命呢。至于那些因恋爱的失败而投身革命，照例的把四分之三的地位专写恋爱，最后的四分之一把革命硬插进去，和初期的前八本无声，后二本有声的"有声电影"一样的东西，那也是举不胜举，触目皆是的。华汉的三部曲，在这一倾向上犯的错误很少，——《转换》是稍有嫌疑，《复兴》的女同志是曾经做着马上英雄的爱的，他所描写的恋爱观是不很正确的。

　　第四，是幻灭动摇的倾向。在我们的这一类的作品里，是有一种老玩意儿了。就是凡写这种作品时，照例的是要写上转换的，最少，在结束的地方，要来几行转换，也要发一场转换的结论。这就是说，我并不同意幻灭动摇，深恐大家误会，特此声明，俾一体周知。可是，话总是话，事实总是事实，老虎也许会变成豹子，打肿肚子充硬汉究竟是假的，这结论是掩饰不了反映在作品中的作者的失败情绪。这也就是史铁儿所说的"感情主义"。关于这一类的作品，蒋光慈是首先"哭诉"的，"哭诉"些什么呢？请读他的长诗《哭诉》吧。在《哭诉》之后，他是来了一次复仇——《最后的微笑》。接着的刘一梦的令人酸鼻的《沉醉的一夜》，迅雷动摇的《火酒》，以至于龚冰庐的炸毁工厂复仇的无情炸弹——《炭坑夫》。这种感情主义的发展的结果，是产生了一部出人意外的蒋光慈的对白俄表示同情怜恤备至怨天悯人的长篇——《丽莎的哀怨》。华汉在三部曲里，也曾描写了幻灭与动摇，却没有犯这一种错误。其他的作品曾否走过这一条路，是一时想不起了。

这是主要的四种倾向。在创作里是如此。在理论批评上也是如此，特别是我自己犯的最多。在《太阳》里，我曾经欢迎过一次茅盾的《幻灭》。在《拓荒者》里，对于《陆阿六》，是称做"农民的典型的新姿态"。对于蒋光慈犯了上面严重错误的作品，曾经表示热烈的赞赏。这些，现在想来，真不禁"恍如隔世"，而"遍身发麻"。总之，我一样的从这些错误上走了过来，截至写这篇序文时还没有完全克服。这些错误的倾向，是非常妨碍我们文学运动的进路的。不肃清，真是只能永远的空喊"迈步前进"，而"永远不进"。这些倾向，特别是一九三一年，我们已经开始了斗争。从现在的作品里看去，是没有肃清，多少还有这些鬼存在的，不同的是他们已经从前楼移到阁楼亭子间，从楼下客堂乔迁到灶披间。为着我们运动的发展，只有坚决的无情的批判斗争下去。这不是路中间的小石子，而是一道阻路的牢实的大墙。我们要在错误中学习，要在大众化问题的开展中把这些倾向克服过来，也只有大众化问题的开展，才能克服这些错误的倾向。

然而这些作品，竟毫无意义吗？这又不然。这些不健康的，幼稚的，犯着错误的作品，在当时是曾经扮演过大的角色，曾经建立过大的影响。这些作品是确立了中国普洛文学运动的基础，我们是通过这条在道路工程学上最落后的道路走过来的。我们不能忘记它，不能说是"革命的不肖子"，而"一脚跌开去"。我们固然不应该上不顶天，下不着地的过高的评价，说是"庞然大物也"，可也不能前无古人，后无来者的说仅只是"白纸黑字"。华汉的三部曲，在这些意义上，是存在着的，这是初期的作品的一个面影。湖风现在重印这三部曲了，我认为华汉有一件事非做不可。这就是写一篇序。在序里，特殊的要把这三部曲所表现的，从一九二七年开始到一九三〇年这一时期的政治路线，批判的说明一回，免得比较落后的读者重陷入烂泥坑。对于华汉的三部曲，我要说的话，于是而已。

一九三二年五月二十五日夜三时

（原载 1932 年 7 月 25 日上海湖风书局版《地泉》，收入 1989 年 8 月四川文艺出版社版《阳翰笙选集》第四卷）

"九·一八"以后的反日文学（节录）

——三部长篇小说

东方未明❶

一、《齿轮》铁池翰作一九三二·九·上海湖风书局

二、《义勇军》林箐作一九三三·一·上海湖风书局

三、《万宝山》李辉英作一九三三·三·上海湖风书局

二 义勇军

如果《齿轮》的缺点是没有企图说明"时代"，那么，这部《义勇军》的缺点就是虽则努力想说明而有错误，且是概念的。这部小说也是八九万字的长篇，作者林箐，据说也是发表过若干作品的老作家。我们把《义勇军》读了一遍，就觉得这位作家并不曾"克服"他以前的错误意识和技巧两方面，还是他以前那一套。他并没有从过去的"泥坑"中跳出来。

这部小说的题材是"一二八"上海战事。大概我们还记得，"一二八"上海战事以后，文坛上流行的题材是：义勇军要求上火线而不得，士兵们要冲租界赶日本兵上船而不许。《义勇军》这部小说就是这样的题材。全书的故事是这样的："一二八"开火以后，闸北工人区的老百姓惨受屠杀，"反帝的热情"于是乎高到极点。工人中间有几个人原是

---

❶ 东方未明，即茅盾。

日本纱厂的罢工工人，此时早已加入"反日会"，在阿杜（也是纱厂工人）的领导下想把那些民众组织起来，——成立一队义勇军。书中主角之一，纱厂工人福生，也是这一小组中的活动分子。福生和他的同伴在义勇军办事处一次会议中弄明白了"枪要从敌人手里夺取"的道理，于是在夜间他们狙击一个日本步哨，缴得了一支长枪和一支手枪。后来这一队义勇军成立，举阿杜为队长，那一支长枪和一支手枪就成为全队仅有的火器。这一队义勇军由阿杜率领，去和正式军队的长官办交涉，要求上火线，可是不能达到目的，只派他们运送军火，后来又派他们掘战壕。义勇军不满意，都向队长阿杜问办法。阿杜实在也没有办法，只能用"我自有办法"一句话来防止部下乱来。末了，连阿杜也忍耐不下了，他"想了半天，觉得再不找机会去和东洋兵拼去，他真未免太饭桶！他焦着面孔，想了好久，想到最后，他大大的下了一个决心。他一翻身，从稻草里立了起来，他在怀中摸出一张老王临走时送他的上海地图，又坐下去在那里慢慢的细看，看了一阵，好像什么都有把握了。"（一三五页）晚上，日军开始了全线的反攻，阿杜坐在地上，捏着铲子，听着，看着，思索着，心里突然火一般的热了起来。他叫了福生来，告诉他"今晚上干得了！"（一三九页）义勇军中有一个阿三（他的两个哥哥是被东洋兵惨杀了的）愤怒到想跳出去拼命。阿杜专等派去探消息的人回来就动手干。但是在这关头，来了一个副官，命令他们上火线了。他们很出力打了几昼夜，于是在"总退却"之前夕，他们被调防——缴械。"在清冷的晨风中，到处都震响着前线的士兵兄弟们和义勇军的兄弟们痛骂着退却命令的声音，那声音，特别在退却时仓惶逃难的老百姓们的心里，永远都不会忘记。"（一八九页）

　　现在我们来检查这部《义勇军》的错误在那里。第一，这是产业劳动者的义勇军，所以全军的士兵除民族意识外，还有阶级的意识。可是作者只写了民族意识，——并且也写得很歪曲。例如作者先安排好了工人阿三的两个哥哥被东洋兵惨杀，阿三的老母因此"激怒而死"，随后作者就屡次写这家仇如海样深的阿三到处拼命，终于死在战场，这已经是很坏的写法了，好像阿三的拼命就不过为报兄母之仇。然而尚有更大的缺点，就是义勇军一百数十人中就只有一个阿三是被作者"特写"的，因此我们就看不见"民族战争"的特点。第二，书名为"义勇军"，作者的笔锋当真就死死地限于"义勇军"的范围以内；士兵的心理只在末后有很少的而且概念的描写（一五五页——一六〇页），老百姓简直没有描写到，尤其在全书的后半。所以上海民众在"一二八"之役的反帝斗争完全不能在这《义勇军》中找出来。也许作者以为义勇军就可代表，然而是不够的。第三，因为作者忘记了或忽视了"一二八"之役上海广大民众的反帝斗争，于是民众的反帝高潮怎样影响到士兵，这一要点，也就表现不出来；同样，作者写义勇军帮助作战就硬是作战，对于士兵的影响也没有写出来，——甚至连概念的叙说都没有。第四，从"敌来则抵抗，敌退不追"这一消极的战略到"总退却"之间的辩证法的发展，在作者是完全没有看到，所以写成了当真牺牲太大，不得不退守第二道防线。这一错误是非常严重的。第五，全书写东洋兵的凶恶残忍，可说是十分卖力，但是东洋兵被他们本国军阀驱上战场杀他们同阶级的人，他们中间扩展着反帝运动等等，却竟一字也没有。这一错误也是非常严重的。

本来"义勇军"那样的题材不容易写得好，作者取工人组成的义勇军为题材，并且全书没有一个人物是知识分子，这在"知识分子"的作者委实是难上加难。

至于小地方的缺点，这里不能一一详说，只举几个例罢。例如义勇军本在"反日会"指导之下，但既组织了后，这一队义勇军就和"反日会"没有关系；从九十八页起，我们就不见"反日会"的活动分子出现，阿杜焦灼地"想干"的时候，他只是独个儿闷想，至多看看老王送给他的上海地图。又如阿杜这人物，在先写成很"行"似的，后来当了队长后便成为不济事的脓包，只能用"我自有办法"一句话来搪塞部下的义愤。又如几个战争的场面，写得很不真切，真所谓"纸上谈兵"……

听说作者"经过几次严厉的自我批判以后"，纠正过去的错误，要向"唯物辩证法的现实主义的道路上走"。并且他在意识上是警戒着陷入了"新的泥坑"，并以此警戒别人的。但是我们读了这《义勇军》，觉得作者意识上的错误比他所警戒者还要严重些！然则"纠正"云云，也不是舌头一滚就算了事的，我们希望他切切实实下一番苦功！

（原载 1933 年 8 月 1 日《文学》月刊第 1 卷第 2 号）

关于《生死同心》（节录）

寿 昌*

　　在各帝国主义者极力进行第二次大战的准备的时候，在西班牙的军阀连络法西国家，驱策摩尔军与客籍军屠杀国内无辜民众的时候，在中国残余封建军阀，受着"友帮"军部的军刀指挥，在大青山畔进行无耻的战争的时候，看到《生死同心》这样以中国民众艰难困苦再接再厉组织反帝反军阀斗争的英勇壮烈的故事为题材的影片是非常使人意远，使人气壮的。特别是，在电影艺术的领域里来说，在日益严重的情势之下却有些想法异样的人们拚命制作一些迎合观众低级趣味的东西，一时侦探片与滑稽片大流行。所谓"意识"成了他们深恶痛绝的名词，而不知客观上他们正是在传播着一种殖民地某些落后阶层特有的意识。这样便在八年来比较清明的银坛来了一阵乌烟瘴气。但是中国新兴影艺的好的传统是终不会断绝的，近来真挚的努力虽在极艰窘的境中也稍稍可以看见了。《迷途的羔羊》之后而《狼山喋血记》而《狂欢之夜》而《小玲子》，于今乃有《生死同心》，这些片子以种种主客观的原因都不免包含或大或小的缺点，但是那是进一步责备贤者的话，比那些乌烟瘴气之作终不可同日而语的。它们好象一联的消毒弹，替中国进步的影艺继续开辟一条大道。

　　……

（原载 1936 年 12 月 3 日南京《新民报》第 4 版《新园地》副刊第 316 期）

---

* 寿昌，即田汉。

死的威胁　生的斗争（节录）

潇　潇

　　在这样的历史背境里，在这样的现实环境中，《生死同心》的演出，对于目前全民族"救死求生"的斗争，是有极大的暗示、启示和指示的吧。

　　它拿北伐成功的革命教训启示人们：被压迫者获得解放的唯一途径只有革命的斗争。

　　它暴露北洋军阀反革命的罪恶与黑暗，指示和激发被压迫者对反动势力的痛恶与仇恨，实行拚死的血斗。

　　它拿革命斗争的艰苦暗示着人们：只有不屈不挠、再接再厉地斗争，才能获得最后的胜利。

　　它拿英勇牺牲艰苦奋斗的革命者作人们的模范，指示人们：奋斗而死，是光荣的死；忍辱偷生，是可耻的生。革命的流血牺牲是革命成功必需的代价。

　　凡此一切，启示人们：

　　全民族的死里求生，只有抗敌的斗争！

　　中华民族时时在死的威胁下，必须时时在生的斗争中！

（原载 1936 年 12 月 9 日南京《新民报》第 4 版《新园地》
副刊第 319 期）

谈最近在汉口演出的几个戏（节录）

——评《飞将军》、《塞上风云》、《后防》、《战歌》

刘念渠

日本帝国主义进攻中国所引起的战争，根本的说来，不是民族与民族间的斗争，而是压迫者与被压迫者的斗争。在少数日本金融巨头及军阀的企图之下，有直接被屠杀的中国民众，有直接间接被压迫的蒙古民众，日本帝国主义为了达到它的野心，不惜用一切手段，更利用了民族（蒙汉两大民族）间存在已久的仇视，加以挑拨，因之，打倒日本帝国主义，不仅是被压迫的中国民众的任务，也是一切被压迫的民族的任务。《塞上风云》，就积极的指示了两大民族必须坚牢的携起手来。丁世雄（赵丹饰）代表了觉悟的汉族青年，郎桑（黄田饰）代表了觉悟的蒙族青年! 迪鲁瓦（陶金饰）则代表了无觉悟的蒙族青年。他们（觉悟者与无觉悟者）间的冲突虽然是很大的，但在帝国主义压迫之下，他们却必然可以团结起来，共同为自由解放而奋斗!

《塞上风云》的作者阳翰笙，前此有一部《前夜》，曾由怒潮剧社演出，是我们所熟悉的。两者的剧材与主题各不相同，《前夜》暴露了汉奸的丑恶，仍然存在着 Romance。这一现象，仍然关心着白青虹与林建平的恋爱。在《塞上风云》里，Romance 的成分已经消灭了，金花（叶露茜饰）、迪鲁瓦、丁世雄三人的关系，作者未曾着重的去写。他只是表现在民族间仇恨的一个具体说明。展开在全剧中的，我们看见了日本帝国主义间谍网的布置，蒙族统治者的压迫与利用宗教来愚民的毒辣政策，觉悟青年的艰辛的联络组织工作。他对现象所激发的情绪，不是温和的同情或怜惜，而是警惕，痛恨与悲愤。对于都市的现象，这种情调的戏，是比较适合他们味口的，尤其是这个故事的背境是塞外景色。现在，我们已经感觉到这种塞外风云的兴起，不久将来，我们会看见全世界被压迫的联合反抗，争取自由的斗争了吧。

（原载 1937 年 12 月 16 日《抗战戏剧》半月刊第 1 卷第 3 期）

《李秀成之死》

勾适生

我一气读了阳翰笙作的《李秀成之死》四幕悲剧，感情起了很大的激动：我觉得这剧底上演，在鼓动军民合作抗敌锄奸的作用上会有强烈的效果。

满清自一八四〇年鸦片战争起，在外交方面是处处失败，而且民间的疾苦更是一天比一天加深。适应着当时广大农民的需要，洪秀全于一八五一年领导武装的农民，由广西金田起义；经过艰辛的奋斗，打到了南京，这样以汉族为主力军向满清所豢养的湘军交战的民族运动，一方面是反满清，另一方面是反汉奸；可是一直到"五四"运动，不知有多少人未能把握住这个重要的意义，如"铁公鸡"皮簧戏就是一个歪曲事实而流毒最深的例证。

农民运动当然要顾到农民底利益，特别是耕地底重新分配以及苛捐什税底蠲免；要不然，那也不是农民运动。担负革命的太平天国在事实上确是作到了这一点，因而得到无数农民底拥护。太平天国底弱点是在军事上的失策，不该死守南京，而应以江西为退身步，不但可以避免在南京被湘军围困攻击，而且还可以进而占据武汉，北穷中原。天王洪秀全坚决地不愿放弃南京；忠王李秀成虽力主迁都，现在却也不得不拜命守城。这是一八六四年。

这个剧所描写的就是死守南京的一段悲壮的故事。这个故事至少有三点值得特别提出。

第一，李秀成至死不屈。当他从苏州回来向洪秀全报告苏杭已失而且曾国藩正率兵自安徽来攻的时候，他主张迁都，并且说："如若还想坚守南京，结果恐怕满城的兄弟姊妹都会跟着这一座死城同归于尽了！"因为天王不采纳他底意见，他在群众底恳切请求之后承担了守城的任务。一直到清兵用地雷轰毁了城垣，他还不顾危险地指挥着反攻。他终于被清兵捉着。他借用曾国藩给他"饯别"的三杯酒，头一杯拿来祭战死的天王和翼王们的英灵，说："回想我们在金田起义的时候，你们用无比的热情，用超绝的智慧，教导我们去杀灭满妖，鼓励我们去驱逐鞑虏，要我们齐心协力地去光复我们汉族底江山，要我们穷苦的老百姓自己起来打救自己！"第二杯拿来祭英勇牺牲了的兄弟姊妹。最后一杯拿来祭那成万的同胞，他们作了俘虏，但是他们不想贪生，大家用火自焚了。祭定之后，李秀成拔剑自刎！曾国藩劝诱他投降的毒计完全落了空！

第二，军民打成一片。南京已被攻陷，城外的涧西邨的农民正在为太平天国前途忧虑。他们怕那土豪劣绅吴二老爷回乡，因为这个地主一回来，他就要向他们索回积欠的田租呢！他们发现了天王和妃逃到这个小邨子时候，他们是又惊，又喜，并且掩护着这两位贵宾逃走。至于农民勇于应征入伍，而表现出军民一体的精神。老百姓还时刻不忘："我们天王定都南京以来，这些年头，我们一没有种，忠王就会给我们种；一没有耕牛，忠王也就会给我们耕牛；一没有粮食，忠王就会给我们粮食；租税又是那么轻；随便派，我们老百姓吃官司的事更可以说是完全没有。虽说这些年来都在兵荒马乱中，可是我们也过了不少快快活活的日子！"

第三，曾国藩是无耻的汉奸。宋末有文天祥，明末有史可法，都是在国家危芨存亡的时候宁死不向异族屈膝的烈士。曾国藩，李鸿章，胡林翼，左宗棠，身为汉人，却愿给满清作忠顺顽固的奴才，来压制汉族，阻碍汉族建国运动，扑灭了民族复兴的太平天国。可恨的是，御用的历史家只知颂扬曾左底武功，而未想想他们所杀的都是我们同胞呀！汉奸误国已不自今日起！今日的汉奸可是比以往的更可恨！

（原载 1938 年 7 月 10 日《抗战戏剧》半月刊
第 2 卷第 2、3 期合刊）

《天国春秋》底上演（节录）

徐昌霖

　　《天国春秋》不单是"太平天国的兴亡鉴"，它可以说是整个人类历史的演进的最好的榜样和缩影；它不单是"杨韦之乱的写实录"，同样也可以说是一切人类互相水火、互相残杀的惨痛的教训和结局。

　　历史上血与肉的事实放在我们的眼前：一个国家盛衰的关键不在外力的侵入，最重要的是在自己国家内部的团结。任何强大的暴力决不能摧毁一个内部团结得象铁一般的国家，反之，历史证明着即便一个拥有百万雄兵的武力的民族，若是内部不能融洽，自己互相杀戮，那不用外力的侵入，自己也必然会很快地走向灭亡的道路上去的。太平天国的史诗，便是一个最好的例子，一个再清楚不过的前车之鉴。

　　太平天国血淋淋的事实，证实着"对内的力量增加一分，则对外的力量减少一分"和"只有加紧团结才能争取胜利"的真理。
　　在我们全民族一致面向着日本帝国主义进行伟大的民族解放战争的当儿，在全世界的民主阵线一致团结起来站在一条战线上跟法西斯匪徒进行最剧烈的搏斗的时候，《天国春秋》的演出是有它重大的意义和宝贵的价值的！

（原载 1941 年 12 月 2 日重庆《新华日报》）

《天国春秋》观后感（节录）

潇　湘

　　我以为还值得特别提出的，就是剧中人会话的美，这是他的优点。本来文学是语言的艺术，《天国春秋》作者就深刻地活用了语言来描述历史上人物的个性所代表的阶层与真实生活上的矛盾。洪宣娇与傅善祥，杨秀清与韦昌辉，彼此之间相互的对话都表现着非常尖锐的斗争，使"出场人物的性格，他们相互间的关系，戏曲的全内容，都表现于会话中。"这就是《天国春秋》写作技巧上的优点。

　　说到缺点方面值得提出和考虑的要点是：第一，全剧以杨韦的政治的阶层的冲突为主线，以洪宣娇、傅善祥与杨秀清间男女关系和洪、傅间的吃醋妒嫉等为这一历史悲剧的第二线。但演出后，因爱情的场面太多，洪宣娇在事业上的忌妒、爱情上的忌妒的较重，使观众容易以为"杨韦之乱"的原因是由于洪、傅、杨间的男女关系，而对洪宣娇更易发生"女人误国"之感。这样就很容易用第二条线掩蔽第一条主线，"杨韦之乱"的重大的政治原因——如阶层间的斗争以及政策上的错误（如封王政策）等等。似第二线过重了一点。

　　第二，对于"人物的性格"和情象的创造上，我以为太平天国革命运动中产生的领袖如杨、韦诸人，其性格上和人格上的种种特点似未能从剧中人的动作上和表演中充分反映出来给观众以明确的印象。譬如杨秀清是太平天国最大的领袖，经过了长期的政治斗争，而政治上却少有警惕性，其政治经验反不若傅善祥；又如韦昌辉是一员大将且身为北王，其行为动作有许多地方都不大适合韦昌辉的身份。

第三，最后一幕以洪宣娇于万念俱灭之余乃离世入修道院为女尼，在礼拜堂的钟声中闭幕，作为这一悲剧的结局。这其间，是说明了太平天国政治没落与其失败的必然性，可惜接上第五幕太松了一点，落得较软的结局。

（原载 1941 年 12 月 11 日重庆《新蜀报》第 4 版

《七天文艺》第 37 期）

从《天国春秋》谈到目前的演剧水平（节录）

欧阳凡海

　　我看了第一次的《天国春秋》上演之后，心里就有很多的感触要想写出来，可是总没有工夫。而沉默着，把我想说的话，不向所有看过《天国春秋》、爱《天国春秋》的同好们谈谈，我的良心总不断地受着责备，好似是一种应该负担的义务竟逃避了。

　　我最强烈的感触有五：

　　第一，中国历史剧如果能够发展，那么我可以说，《天国春秋》的演出，是奠定中国历史剧的一块主要基石，一个纪念碑。

　　第二，《天国春秋》之所以成为奠定中国历史剧的基石，不但因为它本身是历史剧，而且还因为它是结构宏大、情节错综、充分具有戏剧的性格美、把生活深刻地浮雕出来的历史剧。这个剧本气魄的浩瀚，可以接近莎士比亚的血统。其中，通过人类历史，通过政治生活，去把捉嫉妒这一种人类的感情，去拷问人类的灵魂。那种功力，实不能不叫人想起莎士比亚的《奥赛罗》。

　　第三，而最主要的，还因为这样一个剧本不但创造在文字中，而且创造在舞台上。它的演出不仅是一种普通的成功，而且是空前的认真，空前的富有创造性的。

　　第四，更其重要的，是因为这样一个从剧作到演出都富有创造性的历史剧，这样一个气魄浩瀚的宏构，在今天正是我们所迫切需要的。《天国春秋》所告诉我们的历史，在年代上虽然和我们相隔将近百年，然而在精神上，却仿佛还在和我们一同呼吸。从这历史中所提炼出来的教训，是我们生死攸关的教训，是中华民族的历史本身能否存续的教训。

第五，而最可宝贵的是，这种历史的教训不是作者加在历史身上的，不是今人的作者借历史作傀儡来说出今人的思想；而相反的，这历史教训是从历史本身中涌现出来的。《天国春秋》从骨到肉都是我们的教训，它的教育意义和史实是不能丝毫分离的有机的一体。因此，作为观众的我们决没有可能进原作者加于历史中的思想，从而抽出历史。我们必须吞食《天国春秋》的全过程，每一个情节，每一句对话，每一个表情与动作，每一个声调与色彩，在我们是只要咀嚼其本身，便自会咽到我们所心爱的滋味的，而且越嚼越有趣，越嚼越浓烈，最后把我们自身也溶化进去。这样一步步震撼着魔惑着我们，直到第五幕。当韦昌辉笑容可掬地递过酒杯却忽然是从衫袖里抽出短刀刺杀杨秀清的时候，我们就是从抗战开始以来便黑了天良的人，这时怕也要岌岌不先吧？

……

作于一九四一年十二月十六日

（原载 1942 年 5 月重庆《戏剧岗位》第 3 卷第 5、6 期合刊）

祝《两面人》的演出

丰　村

　　据说，阳翰笙先生的名剧《两面人》在最近要搬上舞台了，如果真能成为事实，这总该是今年话剧界一件可喜的消息和可喜的事。

　　我说《两面人》上演是一件可喜的事，那因为，在今年上演的戏剧里面，这个戏是直接地描写抗战，并且，相当地表现了抗战的真实。在有些人一眼"生忘"，一心想和小市民"消遣"的心理"合一"，而上演世上不曾有，或者永远不会有的"幻想"剧的时候，把《两面人》费力地搬上舞台，首先有它相当重要的意义。

　　我说《两面人》的上演是一件可喜的事，那因为，这个剧有它的现实的事件，和活生生的人物。一般地说，读者或观众不难看出，作者在创造这些人物和这些事件的时候，是付出了相当大的大胆与苦心的。在有些人，耀武扬威地夸耀其玄妙与其"捏造"的天才的戏，而大叫"戏！戏！戏！"的时候，把《两面人》费力地搬上舞台，也不算不是一件本分的事。

　　然而，世界上的事往往是不公平的。

　　在重庆，在戏剧界，对于一个戏的演出，和对于一个戏的介绍工作，表现得尤其不公平。这种不公平在于：一个好的戏，在演出上总是"流落"和"难产"；另有些"戏"，却毫不费力，并且，"从此"大发其财。这种不公平在于：一个好的戏，仿佛是会叫人"头痛"，自然是不会有谁理睬；另有些"戏"，热闹非常，"专刊""特刊"之外，又是一片呐喊和叫好。《两面人》的遭遇，正是前者的命运。

可是，《两面人》真正地要上演，我仿佛看到它颤颤抖抖地从乱刀缝里爬出来，带着满身的伤痕和惊喜的情绪，走上舞台去。

我仿佛看到，布置这戏演出的那些朋友，流着汗，带着笑脸在欢呼。这不能不算是一种胜利。我带着欢欣的心情祝贺它，愿它胜利地完成演出。

《两面人》所以能够成为一个好的剧，是作者在这里创造了人物，和每个人物的完整的、独立的性格。特别是祝茗斋、许良佐、高仲豪、廖长生和张洪发。这些人物突出与活跃，是他们各自有各自的生活、思想、行为和对事对人的独特的看法，独特的态度。比如张洪发，他跟祝茗斋生活许多年，凡事他依赖他，并且，嫉妒他，即便是替敌人作事，他觉得这是祝茗斋的方法，他同情他。但是，等他也知道祝茗斋把粮食送给敌人，把套购的棉花送给日本鬼子的时候，他反叛了他。比如高仲豪——那个身经百战的粗鲁的军人，因为他事祝茗斋的手下，他什么都信任他，但是，祝不抵抗敌人，不与国军亲密合作，他怀疑他，首先反叛了他。等等，等等。

这些人物，真正地从他们各自的思想和生活里产生了他们的行动，或者说强固了他们的行动，自然，这些人物会跳跃起来，仿佛是在你的身边。

《两面人》里所创制的故事，带有充分的真实性。正因为真实，所以每一个事件的发生、发展，都显得自然而且紧张，从祝茗斋与胡曼蓉第一次会谈，从"国旗问题"到"委任状问题"，作者仿佛是把整个故事组织在悬崖的边沿上，读者或观众，一开始就会担心与恐惧。祝茗斋——那个只有一个死亡前途的人，他一手制造着这幕戏的演出，他带着观众在悬崖的边沿，到死亡与恐怖的森林里去参观，你愤恨他，但，你会担心他，因为，他随时会失脚到死亡里去，并且会连带别人。

我相信，每个观众会在心里埋怨他和警告他。

我觉得，这是一个戏的成功。

我读了《两面人》，深深感觉到两面人——祝茗斋不应该再活下去，因为他没有一点要活下去的"意思"，也没有再活下去的"脸面"。

因为，从始至终，他没有相信抵抗敌人是一条路。

枪毙两面派——祝茗斋，是必要而且必须的！

如果他要逃走，我会向观众喊叫："截住他！打死他！"

翰笙先生的戏，三年不见了。我带着饥饿的情绪，等待着这个戏的演出，并祝他和演出剧团的朋友们愉快和健康。

十日晨二时斗室中

（原载 1944 年 5 月 13 日《新蜀报》第 4 版《影与剧》
第 73 期《〈两面人〉演出特辑》）

峡谷之间
——读阳翰笙先生《两面人》
王亚平

　　"嗯！他吗？侬我看嘛，张三来了他就跟张三，李四来了，他也就跟李四。"

　　这是廖长生对"两面人"祝茗斋下的几句批评，这批评是从祝茗斋的生活观察后的一个简单的结论，也画出了"两面人"的姿态，以及他那形体内所包藏着的肮脏的灵魂。

　　在祝茗斋自己，他也许自诩聪明：敌人来了，欢迎敌人；国军来了，欢迎国军。敌军叫他去修筑公路，他派人去了；我们的政工队来了，他又派人用枪打散了修路的群众。到必要的时候，他可以穿"和服"，也可以穿草绿色"军装"。

　　祝茗斋昧着天良，两面应付，结果两面不讨好，两面疑惑他，最后他的太太也喊着要离开他了，弄得他神魂颠倒，前进也不是，后退也不是。他本想高跨在两山顶上卖弄灵机，以保持他的物产，保持他的地位，结果却堕进两谷之间，变成了一个天字第一号的可怜虫。他不得不歇斯迭里式的向他太太哀叫道：

　　"连一天到晚跟我吃在一道，喝在一道，睡在一道的人，都在怀疑我了，我还有什么想头呢？我还有什么活头呢？啊，啊，我要自杀，我要自杀，我要去跳崖，我要去跳崖！"

其实，这样的人，他有他的中庸哲学，有他"自有我自己的办法"，决不会自杀，也不会跳崖。

但，他的灵魂是永远痛苦的！他蒙着鬼脸对待人，昧着天良办理事情，歪着心说谎话，藏着刀子杀人。他以为天底下只有他一个人是聪明的，——其实唯有他才是最愚蠢的瘟猪。等他明白了"东偏西倒的两面态度是不行了"！"两面三刀的恶劣办法是不对的了"的时候，他那身上蒙着的虎皮也早被戳穿了，他只得把丑恶的原形露给群众。

这就是作者在他笔底下所刻划的"两面人"。这样的人，以他那大大小小的喽啰正躲躲闪闪地混在我们的抗战阵营里，这是民族新生血轮中的毒菌。我们必须及早扑灭它们，叫它没有活动的机会。阳翰笙先生在这篇作品里并没有扑灭它，也没有枪决它，却让它借故，——也许还是"伪装"着到重庆来了。这是幽默的讽刺呢？还是现实情景的揭露呢？难道一来到重庆，他就能够变成出力出钱的一个抗日国民吗？抑是作者存心把他留下来，让千千万万的抗日人民来扑灭他哩！

有人说，抗战是一面照妖镜，什么牛鬼蛇神都可以照出来。但我以为最不容易照出来的就是这种"两面人"，因为他是处在峡谷之间，混进血轮里的，纵然我们可以原谅反悔归来的"两面人"，但我们绝不容"两面人"在抗战阵营中存在。他既然要躲在"峡谷之间"，我们就应该让他葬身在"峡谷之间"！

读了阳翰笙先生之《两面人》，不禁有这么一些感想，寄函来请教于读者及观众吧！

一九四三、四、二十八、夜

（原载 1944 年 5 月 18 日《新蜀报》第 4 版《七天文艺》
第 112 期）

观《两面人》

郭沫若

　　天地玄黄图太极，人情反正有阴阳。茗斋不为茶山死，毕竟聪明胜知堂。

　　死守茶山事可嗤，道穷则变费心思。阴阳界上阴阳脸，识向还如风信旗。

　　品罢茶经读易经，顿从马将悟人生。东西南北随风转，谁想牌牌一色清？

　　道原是一何曾两？白马碧鸡不是双。识得此中玄妙者，主张穷处不慌张。

（原载 1944 年 5 月 23 日重庆《新华日报》）

我看了《两面人》（节录）

吴仲仁

　　我读了阳翰笙先生的剧本《两面人》，也看了《两面人》的演出。我觉得这样的剧本，能在这样的时候在重庆演出，可说是适时适地，而且针对了一个现实的问题，正如剧中人李玉英对两面人祝茗斋所劝告的，我们"需要一个诚恳坦白，光明磊落的正大态度"，我们再也不能够"东敷衍、西敷衍，东利用、西利用，东打击、西打击，东拉西扯，东倒西歪"了。

　　这现实问题是什么呢？ 在《两面人》的剧本中，是祝茗斋对抗战的态度。在实际上，这还不但是对抗战的问题，而且大之是对国家民族的前途，小之是对个人立身处世，再也不能够采取"两面三刀"了。这种两面态度，这种骑墙办法，是"会活不下去的"，是要"自取灭亡"的。

　　《两面人》的剧本充分刻画了这样一个典型，也告诉了我们结论是什么。

　　祝茗斋是两面派的代表，他走着东敷衍西敷衍的路。客观的世界虽然是复杂矛盾的，但是摆在他前面的路却明明只有两条：抗战和当汉奸。他是一个中国人，他的生死利害应该和民族是一致的，然而他为了——仅仅是为了他自己的一点财产，一座经营了十几年的茶山，使他糊涂起来，使他的认识从民族的利益游离出来。他站在这两条路的当中，想在这两个对立的力量中找空隙。

　　他为什么要找空隙呢？ 他不甘心作汉奸，"跟人家当工具，作傀儡，做听差，随便听人家调遣"，也不愿意抗日，使他的茶山，"让人家把它来变成一座战场"。他要"守住这座茶山"。

他能不能够找到他要找的空隙呢？当两个对立的力量还逼得不紧的时候，他有过一些"胜利"（第二幕），也提起了他的自信，"我有我的办法"，"我有自己的要走的路"。可是一到两方面逼得太紧，对立得太尖锐的时候，他什么也完了，什么回旋的余地，转折的空隙都没有了。他如果不自杀，就只有在两条路中走一条。

作者在剧本中，把这个发展过程用事实一步步加以说明，比一篇论文更深刻，比一串教条更生动具体。他告诉我们"东偏西倒的态度不行"，"两面三刀的办法不对"，那是"一条死路"。

这剧本不但在抗战的一点上给我们刻画了一个"两面人"的典型，而且还应当有它更深远的意义，更现实的教训，那就是，人们抗战也好，建国也好，讲民主自由也好，我们不能够再像祝茗斋一样，从矛盾中找空隙，"两面三刀"。

……

讲到这里，我们不能不提到剧本的结幕。《两面人》的主题是要说明两面态度是一条走不通的"死路"，所以就主题所要求的结果来说，并不在祝茗斋能够欢天喜地的到重庆来，而是在他两面彷徨，幻想破碎。在主题上，一个幻想破碎的祝茗斋，比一个欢天喜地离开茶山的祝茗斋要有力量得多。假如我们设想到祝茗斋经过两面敷衍，终于破灭，这印象所给予观众的影响，将不止是一个哈哈大笑而已。至于我们是不是应该或能够争取一个两面派的人物转变过来，那是另一个问题，不在这一个主题的范围以内。这正是阳翰笙先生《两面人》应该不同于曹禺先生的《蜕变》的地方。理由是它们的主题，在性质上本来是有差别的。

然而也许是剧作者有一个不能不转移他的主题，改变全剧结幕的原因在那里吧。就我们观众看来，一个曾经东倒西歪过的两面派人物回到后方来，实在不是一件可以欢迎的事，更不是一件值得表扬的事。

（原载 1944 年 5 月 25 日重庆《新华日报》）

没有两面都可套弦的弯弓（节录）

——《两面人》观后杂感

柳　倩

　　这种两面性，在抗战七年来的今日，不但随处可以发现，且在前方敌我交界的那些毗邻地带，特别明显地表现出来。这种两面性格，除掉正在被剥削的下层劳动人民之外，它是普遍地植根在大有产者、小有产者和知识分子各级各层之间，尤其知识分子更为显露。这种性格，成为社会的普遍性格，而且甚至具有国际性的。……作者在抗日的大目标下，深度地在刻划这种两面人的典型，也在抗日战争中来发掘、来暴露这两面游离的摇摆性格，是具有不可忽视的意义的……。

　　从整个剧中看，作者是煞费苦心地在创造两面人的典型，是更深度地在发掘它的历史所赐予的阶层的性格，后来且更正直地站在"不留一物，不遗一力"有助于敌人的整个中国人民必须团结御侮的立脚点上，宽恕祝茗斋，而给予一条生路。这种看法和这种处理方法无疑是正确的。……

（原载 1944 年 5 月 28 日《新蜀报》第 4 版
《七天文艺》第 123 期）

谈喜剧（节录）

——观《两面人》所感

易　水*

目前喜剧的趋势，有着可能发展的前途。现实一面在腐烂，死灭；另一面在萌芽，长大。死掉了的现实，送出它的丑角来愉乐世人。把没有生命的东西装做有生命的样子，它想象自己不是一具骷髅，同时盼望世人也跟它作同样的想象。于是装模作样，虚张声势，颠倒是非，指鹿为马，弄到一假百假，只得在伪善与诡辩中讨生存。在抗战胜利的前夜，敌伪及其同一范畴的人物——历史上属于"暂时的人物"，他们的特色愈来愈分明，庐山真面目愈来愈显露，真诚的作家们发现了在自己的周遭，蹒跚着无数的果戈里作品中的人物，散布着无尽藏的笑料，自然情不自禁地引起写作喜剧的欲望。

阳翰笙先生的《两面人》就是这样的一个戏。他从无数"暂时的人物"的特性中，概括出一个两面性。不论这个作品成功的程度大小，作者眼光的锐敏是值得钦佩的。

这所谓两面性，并不是说一个人有二重人格的意思，也不是说在一个人的内心中，有两种性格在作不断的斗争之谓。其实是，正如一个往地府去的鬼魂，先得通过阴阳界，而到人世来的新生命却没有听说非通过阴阳界不可的事，因此这个两面性只是走向死亡的人物的虚伪性之又一种称呼而已。在抗日的历史情势中，有着这样的典型人物，

---

* 易水，即冯乃超。

那就是"地是阴阳界，人是两面倒"这句话所表现出来的，而作者确也适当地抓住了它。作者所要暴露的当然不仅是祝茗斋的可以抗日也可以投降的两面性，而主要的还是这个两面性所藏着的那种没落的人物的虚伪性。事到临头弄得面面碰壁，弄得焦头烂额，弄得亲离众叛，不得不喊天了。"啊，天啦！这是什么报应，这是什么报应，我祝茗斋怎样弄到这样一步田地去了啊！连一天到晚，跟我吃在一道、喝在一道、睡在一道的人，都得怀疑我了，都得不相信我了。我还有什么想头呢？我还有什么活头呢？啊，啊，我要自杀，我要自杀，我要去跳崖，我要去跳崖！"但他却没有自杀，他是这类的人物，即历史还没有给他以彻底的致命打击以前，他会想办法活下去。矛盾稍许理顺了一点，他又会说："你可千万不能少掉我一根茶树，失掉我一个箩筛呀！"

这样，祝茗斋得活下去，而无数的祝茗斋也这样地活下去。

（原载 1944 年 5 月 29 日重庆《新华日报》）

谈谈《两面人》

陈淳耀

　　《两面人》的演出得到了很多的观众和好评，人们欣赏它，并不是简单地把它当作"一堆笑料"，而是真正体会到它里面现实而深长的含义！

　　日本法西斯的侵入和抗战的爆发基本上把中国人划分成两个阵营——抗日的阵营和降日的阵营。但也还有一部分人在这两条道路中间动摇徘徊，既不甘心当汉奸，作傀儡，又怕牺牲，下不了抗战的决心，于是变成了中间游离的两面人物。《两面人》最大的优点是成功地创造了这样一个典型。

　　作者阳翰笙先生非常透彻地分析了祝茗斋又抗战又投降的两面性，找到了这种两面性产生的最深远的根源。祝茗斋的动摇主要是因为他拥有颇大的财产。个人身家、性命、财产的观念在他心中占着重要地位，民族的观念反而是从附的。但他也不同于汉奸，他还没有完全丧失民族观念。他不甘心跟日寇"做奴隶，做牛马，做工具，做傀儡"。正因此他还有走上抗战道路的可能。另一方面，他又因为受个人眼前狭隘利益的蒙蔽，看不清个人利益与民族利益的正确关系，他不明白个人的利益必须放在民族利益里面才能得到发展，个人的利益与民族利益是一致的，前者应当服从后者，他却固执着个人利益和民族利益间的矛盾。他不晓得他的茶山只有抗战才能保全，却认为一抗战，茶山就会沦作战场，几十年的心血都要化成灰烬。这里就产生了他的妥协性。抗战和妥协两种思想在祝茗斋身上同时并存，结果形成他可

战可降、不战不降的两面性。作者通过他的艺术，帮助观众认清了祝
茗斋的本质，这样其他两面人产生的原因也就不难理解了。

由于两面人的两面性，又产生了他的两面作法，简单一句话，就
是制造矛盾和利用矛盾。祝茗斋两只手就拉着两个正相冲突的力量，
他既和抗日军往来，又和日寇勾搭。他代抗日军到沦陷区去购买安讯
器材，他又帮日本人到中国地套买米麦棉花。他见到中国人就高唱爱
国，见到日本人又大谈生意，但无论哪种力量要伸张到他的范围内去
活动他都绝对的不允许。他使两个力量互相牵制，利用一个打击另一
个。他故意表示和日本勾结，做出要投降的姿态威胁抗日军，又利用
他和国军的关系，装作要抗战的模范，吓唬日本人，使他们都不敢越
过一定的距离，以保持他在地方上唯一无二的统治。他制造矛盾，利
用矛盾，使矛盾的力量彼此平衡，自己却高高站在他们上面，左敲右
击，坐收渔人之利。阳翰笙先生把两面人的作法这样扼要这样明白地
表现出来，没有深湛的研究，决不可能。

阳翰笙先生对两面人的特点、作法、前途分析得这样透彻，概括
得这样精当，表现得这样生动，不但揭露了两面人的自私、虚伪和奸
诈，而且也道出了两面人内心的矛盾、斗争和痛苦，这就给一切两面
人一个非常有意义的教训：两面的作法行不通，不投降就要抗战，第
三条路是没有的；同时也告诉爱国的人民，两面人终究还不是汉奸，
争取他们转变是可能的，为了孤立敌人，扩大抗战的队伍，争取他们
也是必要的。

那么，怎样争取？《两面人》正确地解答了这个实际问题：靠爱
国人民和抗日军队的力量。没有强大的抗战力量，祝茗斋是不容易自
动转变的。要造成这样一个力量，就必须抗日军队的深入民众，用说
服教育，用宣传鼓动，用改善生活，用各种各样的方法动员民众，组
织民众，领导群众和军队一起向敌人斗争，一起说服争取祝茗斋。在
这种情形之下，祝茗斋的两面作法便不能继续下去。投敌就是死亡，
他当然要走到抗战方面来。所以正面积极抗战的力量，实际是决定全
局的关键，加强这一点，更可以提高全剧的意义和力量。但《两面人》
对这方面没有予以充分发挥。为什么作者正确地提出了这个重要的因
素却不发挥它呢？几个正面人物显得不够完整不够有力，譬如李玉

英，开始很幼稚，后来却非常精明，起初她对祝茗斋的抗日性估计太高，上了大当，后来又死不相信祝茗斋的转变，在紧急关头，放松了争取的工作。以李所负责任的繁重，依常理推测，她应当更干练一些。再说廖长生，他是茶农里民族觉悟最高的人，必须把他写得更有力，才能显出人民的力量，剧本中廖的表现嫌弱了。另外一个正面人物高仲豪，他有正义感，但是头脑极简单，生活"堕落"，这在现社会中是有的，但为了他在剧中所起的作用，似乎也可稍稍提高一点。除正面人物稍嫌软弱外，还有些事实如人民的起来，军民的结合，他们对祝茗斋的争取等等，也写得不顶充分。如果不是客观的困难，这些点加强以后，再添上些有力的场面，《两面人》一定能比现在更有力，更有意义！

（原载 1944 年 6 月 19 日重庆《新华日报》）

《槿花之歌》观后感（节录）

林未艽

　　简括来讲，这个戏是表现一个韩国革命家庭，如何在压迫之下，死的死，亡的亡，活着的遭受摧残，这样一个故事。在这里面，母亲、槿光、槿辉，都以他各自的行动，一个紧迫一个的，告诉了人们一个现实的问题，就是——给人奴役的人，没有幸福。这在开头，就由槿光说出：

　　"你可忘了我们是失掉了国家，也失掉了一切自由幸福的人了吗？"

　　母亲安排了无数次希望，现实却打破了这种种希望，槿光被迫做了一个流亡的革命者，槿辉也在三月一日独立运动的壮举中被捕，就连母亲自己也不得不落进囚狱中去。当她手攀着囚狱的铁栅，她说："苦就苦吧！我想总有一天，我们会苦出头来的！"假如在这儿我们感到了一个真理，它告诉我们，侵略者没有从他踞坐的地方掀开，悲剧的日子是不会真正结束的。但进一步来分析这个剧，是沿着怎样线索发展下来，而后，把这种现实的教育意义给了观众，那就会接触到这个剧的特点。我觉得这个特点，就是从最初起，到最后止，一条革命，与另一条反革命，这两条线是清楚明白的；作者通过艺术的表现，准备将观众引导向同情哪一方面，反对哪一方面，也是清楚明白的。

　　这里，也许有人会提出问题说：作者明确的态度，原是一部文艺作品起码条件啊！是的，在现社会中，凡是一种文艺作品，必然有其一定的倾向，肯定什么，否定什么，但我们应更从实际出发些来讲话。目前还是，一个艺术家在他创作时不得不受到种种束缚与局限的时候，并且易于由此种客观原因，而产生了主观思想上或表现上的弱点。因此在那些充斥了混乱、模糊、多余而不恰当的噱头的某些戏剧之间，我们应该接受《槿花之歌》的严肃性，它引起观众的情绪是明确的，一面是压迫，一面是反抗，这剧鼓励了被迫害者斗争的情绪。可是这剧是做了一个悲剧的结局，也许这个结局的悲剧性给人一个沉重之感吧！

问题在，谁如果不能在黑暗中看到新生的曙光，谁不懂得：在旧的压榨下，决定着前途的正是新的生长。那么，这个悲剧便只能成为一曲哀怨的低诉，那便只能消磨斗争，对现实投下暗影。在《槿花之歌》中显然不是如此，槿光的归来和重新负了人民无限希望之走向远方，带来一种光明，表现还有行动，在秘密中，在艰苦中，但那是希望，那是燎原之火呵。在这一个对比之下，槿辉在严酷受刑之后捐出自己生命，就给暴戾者的罪状下了铁的判语。这剧所写的年代是从一九一八——一九二二，这个悲剧是合乎现实的，同时也不是无望的。贯串着全剧的力量，也就正是这英雄的被压迫人们斗争的现实主题。

（原载 1945 年 3 月 26 日重庆《新华日报》）

307

评《天国春秋》

何其芳

　　《天国春秋》是阳翰笙先生三四年前的旧作。这次重演首先引起人回想起三四年前的中国的局面。那是在皖南事变以后，分裂与倒退的暗影沉重地压在中国的土地上，也压在中国人民的心里。然而当时大后方的人民还远没有今天的条件，不可能象今天一样广泛地怒吼出"反对内战"的呼声来。这种呼声，这种愤怒，只能找到少数的代表用曲折的方式来表达。在文艺方面，以郭沫若先生为首的历史剧的创作道路是最显著的例子。《天国春秋》也就是这种针对现实与鞭挞反人民分子的作品。所以在今天重演，当末尾的"大敌当前，我们不该自相残杀"的点题语说了出来，观众中仍然响起了热烈的掌声。中国人民所经历的内战实在太多了，太惨痛了，而今天，空前大规模的内战仍然在进行。

　　诚然，历史并不重演。不但今天，就是皖南事变时候，这个中国都已大大地不同于太平天国时代的中国。因此反人民分子在抗战中与抗战后所发动的内战也在根本上很有异于太平天国的内部斗争。但是，既然对于当前的现实只有中国的戈培尔之流可以享有发言权，作家们不得不被迫写历史，则针对今天，也只能限制在一定的意义上。这在两个很重要的地方，作者的企图我觉得是完成了的。

　　历史虽不完全重演，但任何时代的剥削阶级与其代表人物却有着本质上的酷似。尽管有大巫小巫之别，尽管花样手法一代胜过一代，这种吸血者都是卑鄙，奸险，毒辣，极端自私自利与两面派作风。因此作者着力地刻画了韦昌辉，也就是揭发了、鞭挞了当前的大大小小的人民之公敌。作者用历史的事实，用文艺的形象向观众说：看呵，他就是这样在人民革命运动中投机起家而又背叛了革命，反过来屠杀人民与反对派的！他就是这样一面花言巧语，甚至甜言蜜语，一面却暗带着刀子，准备随时插到你背上的！

在洪宣娇最后的内疚与忏悔中，作者也创造了一个动人的景象。依据作者的写法，洪宣娇是一个帮凶，是韦昌辉的一个工具。她积极地参加了屠杀杨秀清及其部下两万多人的大阴谋。然而当她看到了这阴谋的结果是如此严重，如此可怕，危害到整个太平天国的存在时，她恐怖了，她追悔了，她痛骂自己了。她喊道："我干的是什么勾当呵！""我为什么要那样去干呢！为什么？究竟为什么啊？我这刽子手，我这帮凶！我洪宣娇还算一个人么！我真愚蠢，真糊涂，真该死啊！"所以当她终于喊出"我们不该自相残杀"的时候，她的话是沉重而有力的。历史上任何时代的剥削阶级有它的代表人物，而这个代表人物又总有他的一批大大小小的帮凶，工具。由于利害相同，他们是不惜把他们的手伸到血里去寻取他们的私欲所要求的东西的。要他们觉悟，悔改，也许这不过是文艺家的宽大与奢望。然而，对于还有一点民族良心尚未丧尽的人，或者对于那些较下层的被利用者，被蒙蔽者，与还来得及从屠杀人民的买卖中缩回手来的人，作者这种沉痛的呼吁未始不可以打到他们的心上，有助于他们去思索，去怀疑："我干的是什么勾当啊？""究竟是为什么啊？"

全剧的好处不止这两点。这不过是我认为较重要的所在——也许不过是我个人较欣赏的所在。总的意义当然还在这里：在反动的统治集团的极端高压之下，假若我们不甘心放下文艺这武器，到底我们是应该在政治上让步，勉强说一点顺耳违心之话呢？还是宁肯表面上逃避所谓"现实"（其实只是反动政治的限制），或写历史，或托之童话，或对某些角落作比较隐晦的讽刺、暴露，总之曲折地然而还是无情地给这个"现实"以回击呢？郭沫若先生的几部有名的历史剧，阳翰笙先生的这个《天国春秋》，和旁的作者的其他作品，都告诉了我们一种范例，一种斗争形式。人民大众的立场我们无论何时何地都是要坚持的。即是在最困难的情形下，我们也宁肯逃避"现实"，宁肯谈鬼说狐，甚至宁肯沉默，却不去迁就人民之公敌的意愿。

当然，今天的韦昌辉及其猎犬们是鼻子更灵敏的。历史剧也有历史剧的灾难。后来有的干脆不准演出，不准出版。郭沫若先生的《高渐离》就是一个。因为秦虽二世而亡，他的爪牙也跟着完蛋，然而秦始皇及其文武忠实同志们的继承者却世世代代，香火不绝，写秦始皇就是犯讳。而勉强通过了的，也是一经审查，面貌突变。《天国春秋》也可作为一例。我曾经把作者最初的油印本和上演时的台词比较，和出版后的本子比较，发现有很多删改。颇可玩味的是杨秀清讲他的穷苦出身不准讲，杨秀清骂曾国藩是奴才头儿不准骂，韦昌辉做私货买卖不准提，洪仁发、洪仁达、洪仁政的罪恶也不准揭露，诸如此类，多得很。那些检查官竟是这样怕穷人，而又那样爱护汉奸、官商与恶棍！

不用说，这些删改是有损于这个作品的。不仅减少了针对今天的作用，同时还削弱了历史本身的真实的反映。太平天国内部斗争的政治背景，作者原来就写得不足，而这不足又遭删减，无怪乎有的观众感到洪宣娇忌妒傅善祥这条线索过于突出，过于着重渲染。

写历史剧并不就等于写历史。情节上（尤其是琐细情节上）的虚构是可以的，甚至是必要的。然而，正如对任何旁的文艺作品一样，我们虽不拘泥于事实的真假，却必须要求着历史的真实。今天来写历史剧，假若我们不是打算仅仅把它写成一个寓言，一个讽刺作品，则我们除了针对现实之外，还有一个很重要的意义，把过去反动阶级所歪曲、所涂改的历史从污泥中洗刷出来，还它一个本来面目。或者说得更精确一点，我们最好就通过这种写出历史真面目的办法来针对现实，教育群众。在这点上，文艺的历史剧与科学的历史是精神相同的。从这样的要求来看"太平天国"，则有些地方我觉得还可以讨论。

关于太平天国运动，我们还没有一部公认的详细而又正确的历史。我自己又并未研究过。要来接触这个问题是很不适宜的。但是我又想，也许仍不妨作为一个问题提出来。依据一般的材料，杨秀清似乎并不象作者所写的那样好，或者说，杨秀清还有更多的更大的弱点，作者没有写出来。阳翰笙先生笔下的杨秀清主要是这样一个人：缺点是自信自满，对人过严；但是在政治上在军事上他都代表着太平天国内部的正确路线，也可以说即是当时的革命人民的路线。在军事上我更无知识。我想，杨秀清主张北伐，主张直捣清朝皇帝的老巢北京，这不但在军事上，也同时就是在政治上，反映出来了他某一方面的激进，即反清的坚决。然而作者不止于此，还把他写成坚持实行天朝田亩制度的代表人物（这点在演出及铅印本上都被审查掉了）。这是一般的材料所没有的，不知作者有无可靠的根据。反过来，他的缺点，一般材料中所叙述的恃才耀功，骄傲专权，不能团结人，作者却没有足够地写出。有些情节，作者主要根据《太平野史》。这部野史的可靠程度姑且不论，然而就是在这部书里，也可以看见杨秀清和天国许多人都不能相处，和洪氏诸王，和赖汉英，和秦日纲，和胡以晃等等。有的自然由于别人不好，但也有的并没有什么重大的原因，并没有什么原则上的分歧。

另外，杨秀清被杀作者把主谋只放在韦昌辉身上，而天王洪秀全不过是受蒙蔽。不成问题，韦昌辉是太平天国队伍中的一个坏分子。但就是据《太平野史》所载，除韦昌辉而外，还有洪仁发，洪仁达，赖汉英，洪秀全老婆赖后，以及洪秀全自己，都是主张杀杨秀清的，因为他们都感到了天王的王位受威胁。我想，恐怕这是比较接近真实的。关于洪宣娇，即使可能与傅善祥有矛盾，或由恋爱纠纷，或由新老干部间的不协调，但总不会在这个事件中占这样重要的地位。没有无产阶级领导的农民，虽然爆发了伟大的革命运动，它最后是不能成功的。在占领了一定的地区，封王建都以后，其中保守分子固然容易腐化堕落，为家天下的封建思想所侵蚀，而激进分子也难免流于个人英雄主义，宗派主义，不能团结干部，以至脱离群众。这都自然而合理。

我们应当赞扬这个八十年以前的伟大的革命运动。我们应当把反动阶级及其历史家们涂在它身上的诬蔑与造谣洗刷干净。但是我们也不怕客观地写出那些由于历史条件所限制而产生的所有的弱点。假若我这个推测更合乎历史，假若作者这样来处理，把杨秀清的缺点写得更充分些，把洪秀全及其皇亲国戚与刽子手韦昌辉的联合写得更明确些，把这个革命运动发展到一定阶段而其领导干部就不能不分化以至于脱离人民群众的重要关键写得更科学些，则这个历史悲剧就不会使人感到恋爱纠纷的喧宾夺主，而其教育意义也就更丰富，更深厚。

一九四六年一月六日深夜草成

（原载 1946 年 1 月 9 日重庆《新华日报》，收入 1983 年 9 月
人民文学出版社版《何其芳文集》第四卷）

观《草莽英雄》后（节录）

杜重石

　　《草莽英雄》在重庆上演以后，甚得社会人士的好评。辛亥革命以来，革命史实搬上舞台的虽多，但以四川保路同志会为题材，而写当时社团——哥老会——活动情况的戏，这却是独一无偶的。因此我看这剧时，心里是充满了警惕与期望的情绪。

　　看完之后，这剧的各方面——包括取材写作排演以至于演出诸过程——在警惕与期望的两种情绪里，就社团的立场说，都使我满足了。

　　四川保路同志会的发难，实在是值得首书一笔的事，因为这一运动，在自觉与不自觉间已显示了如下的特点：

　　在民族意义上说，是反对民族间的压迫；在民权的意义上说，是反对清朝的官僚政治，争取人民的权利自由；在民生的意义上说，是反对专制政府对于产业的无理支配，争取有关民族发展的民营企业之生存。因其意义之重大，故义旗一举，万众响应，而辛亥革命卒因之以成。

　　在这剧里所表现的，是以当时社团领袖罗选青与革命党人唐彬贤配合活动的情形。我们看了这戏，使我们想到社团对于四川保路运动的供献，就是对于中国革命的供献，更不能不想到在这一重要历史事件之中，两个主要的教训：

　　第一，当时的革命党之所以能够获得迅速的发展与成功，主要的是能深入群众，运用民间的组织，发扬群众的力量。

　　第二，当时社团的领导人，有远大正确的认识，与革命党同声一气，为人民大众的利益而奋斗！所以能够在伟大事件中，起了决定的作用，而创造了自己光荣的一页史迹。

（原载 1946 年 2 月 18 日重庆《新蜀报》第 4 版
《新语》第 223 期）

评《草莽英雄》(节录)

欧阳山尊

(一)　先从剧本谈起

在《草莽英雄》的单行本出版的时候，广告中曾介绍说它是翰笙先生的代表作。是否代表作可以不论，不过一般的朋友们都公认为它是翰笙先生历年的剧作中一个优秀的作品，这是事实。

这个剧本之所以优秀，首先应该从它主题的积极性来看：

我们知道，四川保路同志会的起义，对于辛亥革命是具有着极其重大的意义的。《草莽英雄》不但生动地描画出了这一段轰轰烈烈的革命史实，并且也更进一步的总结了这一个革命运动中的经验教训。从这个剧本里，告诉了我们干革命光凭热情，光凭直感，光凭个人英雄和光局限在私人恩怨的小圈子里是不行的；要使革命能够继续向前发展，不致被阴谋分子所暗害，不致中途夭折，就必须要有冷静的头脑、锐利的眼光和明确的政治方向，必须要勇于迅速的改正自己的错误，正如勇于对付敌人一样，必须要随时，特别是在胜利的时候，百倍地提高警惕性。

罗选青，剧中的英雄，保路同志会的领导者，就因为他缺乏这个冷静的头脑、锐利的眼光和明确的政治方向，以致使革命受到严重的损失。他爱面子，好恭维，所以就容易被胜利冲昏头脑和走上个人英雄主义的道路。他不肯虚心的承认和毅然的改正自己的错误，反而认为"错，我们也得向错里干"。他对人处事光凭感情与封建的个人恩怨，而忽略了一定的立场和政治警惕性。他对像王云路这样"一只狡诈百出，鬼计多端的老狐狸"却来实行宽大，认为王云路以前为了诱降而施之于他的那套怀柔手段，是对他的"好处"，而应该给以"报答"，于是，便送给路费，送给名片，让这个革命最险恶的敌人得以到处通行无阻，畅所欲为。这种在客观上帮助敌人的行为，简直是对革命犯罪啊！

至于他手底下的那一些干部，也都跟随着他们大哥的后面，犯着同样的错误。"上辅拜兄，下管拜弟"的何玉庭就认为王云路是"在满清官吏中，像这些深明大义的人，是实在难得的"，并且说他"对革命有功"。作为罗选青"左右手"的罗大嫂，她也认为"王云路这个样儿，胆小如鼠，风都吹得倒"，是没有对他警惕的必要的。至于带过兵，打过仗的女英雄时三妹，她所心心念念的只是为她的哥哥报仇，她所看到的只是杀她哥哥的仇人李成华，却忽略了整个人民的仇人清朝的统治者，因此她也就把阴谋分子的毒计视为与自己无关，认为"管不了那么多"。同时，由于暂时的胜利，使她的脑子里产生出一大堆的幻想来，她想住武官学堂，她想当女统领，并且算计着革命一下就可以成功。此外，如吴文波，魏明三，冯杰，汪六等，他们也都看不到敌人的力量还很强大，前途的艰难还正多，却在打打闹闹的闲扯着"上国衣冠"的问题。所以当阴谋分子纠结着敌人来一个突然袭击的时候，就使得他们手忙脚乱，不知所措，以致遭受到极大的挫折。这是一个血的教训，而《草莽英雄》也就特别着重的把这个教训提供到我们的面前，还也正是作者所强调的主题的积极意义。在全剧终了时，作者借着罗选青的口大声疾呼地喊出："……记着，千万记着……那些扯起旗子反满清的，还有许许多多是来混水摸鱼的一些狗杂种！……千万当心！"对啊，有一些表面上表示拥护民主的人，不是背地里还在阴谋诡计的企图破坏民主的协议吗！千万当心啊！

中国革命的长期性和曲折性，是由中国半封建半殖民地的社会性质所注定了的，所以只有从基本上来改变中国的这种社会性质，将它改变成为完全民主化与工业化，才谈得上革命的成功。至于任何表面的变动，那都只是一种换汤不换药的骗人的花头。就那辛亥革命来说吧，满清虽然改变成了民国，皇帝虽然改变成了总统，可是历年以来军阀内战，贪官横行，人民还不是照样受苦，百姓还不是照样遭殃，比起清朝来又有什么两样呢？可是这种事实，这不是一下就能认清的，往往容易被一些表面的现象弄糊涂。譬如剧中的罗选青，当他看到闻知府和周统领都把辫子剪掉了的时候，就认为他们已经背了清朝，顺了革命，从此就可以天下太平了。在这里，作者借着唐彬贤的口说："你别以为剪了辫子，就算他们真心降汉了！""……难道头发剪了就不会长起来？"是的，头发剪了是又会长起来的，旧的皇帝没有了，新的皇帝，变相的皇帝是会起而代之的！辛亥革命以后，三十多年的历史不是完全证明了这一点吗！

"自来每个革命的成功，必定是动员了广大民众，各阶层的革命力量。什么东西能够发动这些民众呢？第一是国家的存亡问题，第二是人民的切身利益问题。四川铁路风潮之所以能发动极广大的民众，使他们能坚持到底，成为革命的主要动力，就在于它包含了这两个条件。"（纪念中国辛亥革命廿五周年的一个回忆——吴玉章）我们知道，川汉铁路的股本是从每个农民的土地上所谓租股年之征收得来的。农民虽然年年苦于租税的繁重，但总盼望着一段铁路修成，就能够有利可图了，可是当时满清却假铁路国有之名，要把川汉铁路收回国有而转卖与美国，这自然就激起了广大人民的反对。所以保路同志会之能够把群众发动起来，一方面是由于提出了"排清兴汉"的口号，另一方面也正因为与广大人民的切身利益结合起来的原故。可是，在《草莽英雄》中，我们却没有看到作者怎样提及这第二个条件，这不能不说是一个很大的漏洞。由于这个漏洞，就容易使观众感觉到罗选青这一群人的活动，行帮色彩的非常浓厚，因此也就看不到群众伟大的力量。在全剧中，正面的角色绝大多数是属于江湖上的人物的，从罗选青起到翁老幺，在他们的身上都很难找到农民的气息。只有陈二顺，才是唯一被作者明确的指出了的农民，却又被描画得那样笨拙可笑，在剪辫的问题上，作者跟他开了一个很不小的玩笑。是的，农民是有着他那保守和落后的一面的，可是我们不应该强调他的这种保守和落后以求博得观众的一笑。我们为什么不去强调他那种朴实，纯洁，坚定，勇敢的本质呢？再说，农民之所以保守和落后，并不是从娘胎里带来的，而是由于不合理的社会所造成，所以我们应该强调的倒是社会的不合理这一方面。

作者对于以罗选青为首的这一群"草莽英雄"是有着批判的。可是这些批判比起作者加之于他们的歌颂来，是显得很有些不够。因此，也就容易使有心的人们把它来和最近所发生的一些事件联系起来，而忧虑到它可能产生的副作用。我想，问题应该是这样的：凡是能够顺着时代的潮流走，能够对革命起到一定的作用的人，哪怕还存在着某些缺点，基本上我们是可以歌颂他的（当然同时应该严正的批评其缺点）；对于一时受了蒙蔽和欺骗，跟着反动势力在一起兴风作浪的人，我们应该给以警告和提醒，希望他赶快觉悟；至于那些死心塌地拉着历史向后转的家伙，我们是应该给以有力的反对的。我想，无论是总结历史也好，衡量现在也好，对于上述的这三种不同的情况是应该加以区别和给以不同的处理的。

在人物刻画上，作者是有着他独到的地方的，同时由于作者对于这一题材熟悉，所以汉留哥弟在他的笔尖下就得以生气勃勃的突了出来。在这些人物中，罗选青、何玉庭、骆小豪、罗大嫂，都是写得比较成功的。对于时三妹这个角色，作者是想把她写成一个带野猫性格的女孩子。她带过兵，打过仗，应该是一个胆大敢为、健康豪爽的女性，可是当她手刃李成华，为她的哥哥报了仇（这对她应该是一件再痛快不过的事）以后，作者却把她写成"受了很大的刺激，情感异样，声音低沉"十分歇斯特底的味道。这似乎是不大调和。

……

（原载 1946 年 3 月 7 日重庆《新华日报》）

从辛亥起义谈到《草莽英雄》（节录）

孟　南

（二）

在进步的历史著作中，辛亥革命已有其新的认识和新的评价，革命的农民大众第一次在这种历史书上占有主要的册页，被历史家所承认。但在文艺的领域中，三十年来没有一部象样的从正面来表现辛亥的作品。若干早期作家，虽也尝有从这方面取材的，可是并无成就。《阿Q正传》是唯一的一部不朽的著作，然而它只从侧面讽刺了反动派怎样吞吃辛亥的果实，描写了农村无产者在这次革命中遇到怎样的悲剧。这部不朽的著作，主要是暴露中国民族性最坏的一面，阿Q性格或阿Q典型。鲁迅先生的任务是讽刺和贬斥。此外，有一本《黄花岗》，真是从正面来写辛亥革命的一部历史剧作，但这里所描写的主要是一群革命的知识分子或士大夫，因为事实上，黄花岗之役是这一群人在扮演主角。直到最近，阳翰笙先生的《草莽英雄》出版，才真是正面的以真正的主要角色——农民群——为主人表现了辛亥革命的真实。所以从文艺的领域中来谈辛亥革命，这部剧的出版和上演，是特别值得重视和歌颂的。

《草莽英雄》一剧，正如书名所示，写的一群草野的农民，江湖的"袍哥"（即四川的"汉宙"），他们以会党（汉流）为基本的组织形式，以"保路同志会"为政治斗争的号召，在辛亥前夕，从事反清反封建的斗争。我们知道：四川"保路同志会"的革命斗争，是直接产生了辛亥的武昌起义的，它与长沙"汉帜"（由焦达峰领导）的响应起义，克复湖南，前后媲美，真算得辛亥史上的双绝。把它们用文艺作品艺术形象表现出来，正是文艺家应有光荣的任务。

（原载 1946 年 11 月 7 日上海《大公报》第 10 版
《戏剧与电影》周刊第 5 期）

傅善祥的悲剧（节录）

梁 规

　　由于作者对杨韦之间的正面政治利益冲突表现得不够（这虽见之于前三幕，但也写得非常的微弱），而对于傅洪之间的妒忌纠缠场面，则写得异常多；尤其后三幕，差不多只见到她们之间的桃色纠纷，致使成为历史推进原动力的两集团间冲突，便给冲淡，甚至模糊，认为天国之亡，是由于洪宣娇一时妒忌的冲动，把罪过加诸她的身上。作者也许清楚地看到了这一点，假借第六幕洪宣娇忏悔的场面，企图使观众去了解内讧的为害。可是用说明式的方法，决不能追上形象的深刻。因此，使观众于唏嘘感喟天国失败之余，很易陷于太平天国失败是由于女人祸水的感觉，淆乱历史的真实。这是极大的损害，也是作者失败的地方。这种观众效果在别处上演时，是屡见不鲜的。

　　为什么剧作者会这么写？也许他有此外的企图或见解，但使我们感触到的是由作者太酷爱傅善祥这个人物的结果。他以大量的场面来描写傅善祥……傅善祥在这个剧本里显得突出，太主要，像单是写她一个人的故事，不是写太平天国的覆亡史。……而傅善祥……这个光明的人物失败了，惨死于东王府的火堆里，来个惨淡的结局……所以如其说《天国春秋》，不如说《傅善祥的悲剧》来得更切合恰当。

（原载 1946 年 11 月 10 日上海《国民午报》第 2 版
《演剧生活》副刊）

《天国春秋》（节录）

锟　培

　　……如果从同一个以太平天国的革命史实作为题材的历史剧《李
秀成之死》到《天国春秋》，我们可以看出阳翰笙先生在作品的写作上，
是显示了一种新的笔法与新的风格。他对于这个题材的选择，是做到
了客观环境的具体反映。他针对着客观环境的迫切需要，提出了历史
的人物，作为现实社会的有力反映。他揭示着许多惨痛的历史教训，
作为我们警惕自己的殷鉴，而使观众对于剧中人发生一种深切与笃实
的同感。

　　《天国春秋》是阳翰笙继《塞上风云》以后的作品，在写作技巧
上表现得相当优越。在历史悲剧的领域里，它与陈白尘的《冀王石达
开》同是以太平天国的英雄人物故事为题材的作品，不过《天国春秋》
所写的人物是杨秀清与洪宣娇罢了。这是一个时代的悲剧，但处处能
激起人们对国家的崇敬，而且更有力地将这些历史的悲剧命运，反映
到当前的现实社会生活里去。作者是以非历史家的手法，处理这个戏，
在形式上并不显得过分单调，而整个戏的情绪是悲壮热烈的。作者所
写的是一个中国历史上农民革命运动表现得最冲动激荡的时代。太平
天国虽然已成为革命行动上惨遭失败的名词，但以整个反清朝、反帝
制的革命史来说，它依然是革命过程中的一个重要阶段。它不幸失败
的厄运，将永远遗留在人们心的深处，而作为一种惨痛的历史教训。
我们重视这一页用血与泪写成的悲惨历史，特别是对于太平天国这一
群悲剧英雄人物的创造，《天国春秋》的作者是十分恰当有力地把握

了。这样一个伟大的革命时代，发挥了杨秀清等这一个悲剧的主角，
而完成了一个理解主题，把握史实，达于必要深度的使命。作者特别
强调太平天国农民革命失败的症结，是基于个人英雄主义思想的高度
发展，和许多表现于自身的劣性污点所致。太平天国里的英雄们都憧
憧着桃色美人的幻梦，带着英雄美人的传奇色彩，投身于革命的洪流
中，致使整个革命工作的推进，遭受了重重困难，有些逃避现实，有
些灰心气馁，……演出了种种必然的错误，象征着一个无组织、无毅
力、无决心、无群众的革命集团，终于在严正的现实面前遭受瓦解溃
散的末路。

    ……《天国春秋》写出太平天国末年内部争权夺利的史实，作者
对于这一页惨痛的历史，十分珍视其失败的教训，并且十分强调其可
贵的社会价值。他在这个剧本中，不仅是对于这次革命行动中英雄的
创造，而是着重于发掘与理解这一革命的本质，批判这一革命的人物，
向他的观众提供了血泪的教训。它的主题是可以作为明显对照的两方
面的描写，一方面是代表着艰苦的革命生涯，这儿有一切为了革命的
东王杨秀清，多才多艺的女状元傅善祥，忠心耿耿的赖汉英。另一方
面是无耻奸贼的猖獗，和破坏革命的自掘坟墓。这儿有卑劣阴毒的北
王韦昌辉，有因妒恨而受人利用的天王妹洪宣娇，有挑拨离间的汉奸
张炳垣。这个剧本也并不是说它就没有任何缺点，剧作本身值得商榷
的地方是材料处理上有许多地方还欠紧凑，特别是表现在第一幕与第
三幕里，以致未能有一个更动人完满的效果。

    在以太平天国革命史实为题材的那一系列的历史悲剧中（《翼王石
达开》，《忠王李秀成》，《李秀成之死》,《天国春秋》），阳翰笙的这一
部作品，该是一个比较成熟而优秀的力作。……

    （原载 1946 年 11 月 15 日上海《大公报》第 8 版《游艺》副刊）

323

评《天国春秋》（节录）

杨廉沅

　　在《天国春秋》里，作者阳翰笙先生着意于天国中兴以后趋向没落的一段时期。这中间观众已然是无法再在这剧本里看到天国革命兴盛的形相，而他是强调地指出了太平天国功败垂成的关键——因杨韦之争而引起的内乱和分裂。更因为作者以太多的笔墨塑成傅善祥这个人物，由于她，才把这个革命的悲剧渲染了很多很多罗曼蒂克的气息。假若说《天国春秋》是指出了太平天国失败的症结所在，这却是值得斟酌的，因为天国失败的因素内在和外来的都有。说杨韦之争的纠纷是因素之一则可，若要以这个革命集团的内乱和分裂来强调此一历史现实，当然作者是有其本身的企图和见解，但在我们对历史的忠实上来说，这多少是一种遗憾！

（原载 1946 年 11 月 19 日上海《中华时报》第 3 版《华国》副刊）

《天国春秋》观感（节录）

英　郁

　　《天国春秋》在目前演出，发挥着促人猛省的作用。

　　看当年的太平天国囊括了东南半壁的河山，整军经武，忠义之士来归；声威广被中国，清廷震恐已极，战争所向披靡，妖逆望风降伏，只等部署北伐，我民族故土即可光复了。谁想诸王内讧，不顾大局；所以当时虽击溃了向荣与曾国荃军的钳形包围，金陵更形巩固，终以北王韦昌辉的嫉才争权，和东王杨秀清的刚愎自用，揭开了兄弟间自相残杀的一幕。这场惨痛的流血，糟蹋了太平天国四五万的优秀儿女，仅只为了在上者几个人之间的富贵得失和恩怨报复，使一代轰轰烈烈的民族解放的功业就此烟消火灭，成为历史上"发逆"和"粤匪"的一段陈迹，所谓"出师未捷身先死，长使英雄泪满襟"。睹今思昔，尤不胜低徊之至的。

　　翰笙先生的剧作提炼了历史的精义，把天国的兴亡因素活泼生动地配合在几个不同的人物身上，好比对人物赋以创造的灵魂，然后塑以情感的血肉。像东王杨秀清代表个人英雄主义的执政者，状元傅善祥代表干练开明的民间人士，北王韦昌辉代表没落的失意政客，西王娘洪宣娇代表好强变态的女贵族。在这几个至命的悲剧性格间自然展开了一场争权、争风、阴谋、暗杀的大悲剧，而整个的组织、格调、故事的安排、剧情的起伏、言语的表达、主题的强调，又都是循着忠于历史、忠于现实的路途，因此这一出情文并茂、单纯而又火炽的戏文的产生，如果认为是一件珍贵的艺术品的完工，也不为过。

　　　　　　　　（原载 1946 年 12 月 2 日上海《联合日报晚刊》第 2 版）

《草莽英雄》与《天国春秋》合评（节录）

乐少文

《草莽英雄》与《天国春秋》是作者阳翰笙先生两个"较珍贵"的戏——拿他自己的话来说。

就剧本的制作讲，我毋宁更喜欢《草莽英雄》，为了在这个戏里，作者创造了几个比较真实的人物，和几个动人的场面；间架结构，不支不蔓，顺理成章。《天国春秋》的人物就写得比较的要荏弱一点，情节和整体结构，待商榷的地方也较多。拿中心人物来检视一下：《草莽英雄》里的罗选青和《天国春秋》里的杨秀清相比，有他们的共同之点，——都是极端个人英雄主义者，而罗较杨质朴得动人；杨虽华衣衮服，但给予我们的印象并不太深。作者之于罗选青完成了一个揭竿起义的草莽英雄的塑像，杨秀清没有给予我们一个平章军国大计、身系天下安危的人物的形象，剧本所示的杨秀清规模不够阔大。当然罗选青这个人物的创造也不是没有缺点，如每一次事变到来，他都是临时发布些口头命令，从来没有谋定后动的策划，因此他们的壮语都变成了大话。

《草莽英雄》里面有"开山立堂"、"探监劫狱"、"揭竿起义"极端富于戏剧性的壮观场面，《天国春秋》的动人场面只是一些情绪的场面，只有漪涟，没有波涛。

……

《草莽英雄》有一个人物没有写好，即唐彬贤，是作者在上半部把他写成功一个腼腆的"书生"，第四幕没有让他上场，也没有一句话点明他，以致第五幕他的先见之明，和苦谏之勇，观众不把他当做一回事。他在这个戏里，是唯一的"革命党"，如果写得好，穿针引线，画龙点睛，可以使全剧发展得更好。以罗选青的轻信，何玉廷的愚忠，加上唐彬贤的庸懦，观众不待剧终，早已知道戏的结局了。

太平天国的灭亡，一半是为了封建势力的强大，一半是为了"内讧"。这所谓"内讧"，是由于功臣国戚间的基本上的矛盾，决不是意气之争。作者描写杨韦斗争，缺乏对这一方面的综合暗示，致给人以为两方相残，不过为了一个妇人——红鸾，和几条船而已。

历史剧以去今愈近愈难捉笔，《清宫外史》与《天国春秋》之不容易讨好者以此。慈禧与光绪，杨秀清与韦昌辉，实在离我们太近了，我们要求更多的真实。如果写汉唐就比明清容易，写盘古氏（如肖的《千岁人》，写《伊甸园》故事）作者就有充分创意的自由。《草莽英雄》是根据野史私史写成的，人物又非我们所熟知，作者有更多艺术上的自由，因此成就亦多。

（原载 1946 年 12 月 5 日上海《大公报》第 10 版
《戏剧与电影》周刊第 9 期）

看《万家灯火》（节录）

肖 桑

　　胡智清的老母去骂那位钱经理时，虽然只是"泄愤"，却剥去了伪善者的外衣，这是我要尊重的"贫贱不能移"的争"真理"的态度；那位钱经理辞退他的老同学胡智清时说："你既然要顾名誉，就管不了吃饭！"这一针正刺中了社会的痛处。今日要想混得好，就要不顾名誉，就连最低限度的"吃饭"也不例外。凡珍贵自己品格而又要求生活下去的，应该有勇气站起来，向卑鄙的钱经理之流奋斗才是一条"出路"。这一条路是编导者为千百万如胡智清一样的人所指出的。

　　"这年头儿不好"，编导者在最后借故事中人说出这问题的"症结"。所有的罪过都不是个人所能全部负责的，这责任在这个不合理的社会。"这年头儿不好"，你知道有多少人是在这样的苦难中打滚挣扎，而且这年头儿一天不好起来，这苦难便一天不会完结。

　　为着"这年头儿不好"，编导者给那些可怜的生活的弱者，指出了病根所在。击溃那些特殊阶级，要年头儿好起来……。

（原载 1948 年 7 月 13 日上海《益世报》第 4 版）

《万家灯火》座谈（上、下）（节录）

张衡模

出 席 者（以签名先后为序）

冯雪峰	章靳以	许之乔	潘孑农
梅 朵	梅 林	杨 晦	郑振铎
柳 倩	曹 禺	戈宝权	高 集
臧克家	夏康农	赵清阁	杜守素
金 山	周伯勋	黄佐临	安 娥
田 汉	于 伶	史东山	阳翰笙
沈 浮			

（这份记录，未经各发言人过目，倘有错误，统由记录者负责。）

史东山 昆仑公司一向对外说话，都是阳翰笙兄出面，今天要"审判"
他的作品，因此，现在轮到兄弟首先发言。第一，我代表昆仑同
仁向大家致谢，朋友们都肯惠然莅临，这在公司方面，认为荣幸
的；第二，昆仑的作风，一向欢迎朋友们的意见，现在敬请大家
的指教。

郑振铎 看完了《万家灯火》，我对于那些做黄金美钞的人——象剧中
的钱剑如之流，真觉得可恶极了。我觉得要向有钱人借钱，希望
得到资本家的帮助，那是不可能的。所以，我想，我们不要向资
本家们找朋友，应该向老百姓找朋友，真正帮助人的是老百姓。
这戏的主题，也许就在这一点上；而我同时觉得这一点，也就是

作者阳沈二先生的高傲之处。

安　娥　我很喜欢这片子，这片子使我感觉亲切、现实、自然。片子的前半段嫌多了，可以剪得紧凑一点。后来，人物转变的时候嫌急促了。片子里的资本家——钱剑如，我觉得把他写得太原则了一点，写的很阴晦——也许编剧者有说不出的苦衷。在物价高涨中，资本家想关厂也是困难的，钱剑如把厂关了，做黄金美钞的生意，也应该有他的必然性和过程。假使片子里写出了钱剑如在他的个人利益立场之下把厂关了，是不是会觉得更现实，更能解释这个社会？我总觉得剧中胡智清的顺手拿钱包是编剧者逼迫他这样做的，它缺少了一些材料。我还觉得那个女工——阿珍不象工人，倒象知识分子。

杜守素　片子的情节，主人公们的这样的下场，那种酸甜苦辣，真是亲切有味。男主人对母亲孝，跟妻子感情也颇恩爱，以致后来在母妻中两面周旋，左右为难，这完全是中国式的。这种情感，在目前以至未来的社会中都会保存下去的，不过其形式得随社会的新的条件而有所改变。这点，《万家灯火》的编导者在片子中已表现得很成功了。

臧克家　这片子很有人情味，很感动人。我看电影很少流眼泪，但这片子的确感动了我，而使我非流泪不可。故事情节是由婆媳之间、夫妇之间、家庭与社会之间的矛盾交织起来的，它发展得都很真切。剧中主人公胡智清的失业，对于将来家庭的纠纷，其关系是很大的。因此，对他失业这一笔须要加强一些，并且强调他的事业追求心，那么他失败的打击也就大了，那么感动力就更强。现在所表现的还嫌不够。钱剑如写的稍抽象一点，表现得不够深入，他的坏，似乎坏在表面上。结尾偶然性太重了，胡智清碰上的汽车是钱剑如的，未免太巧合了。最后的大团圆，也巧得过份，母亲先到家里去，我还不觉得怎样，儿媳也回去，我也不觉得奇怪，就是在母亲儿媳都去了之后，大儿子也同时回来了，这就太象戏了。

杨　晦　这剧本的现实性很强，对现在一般人能唤起同感。看后，很多人都非常感动。有一个问题我正在研究，就是最后这群人到什么地方去？底下的问题如何解决？我觉得他们的去处应该由老太太带着儿女回去。他们到都市来，找出路找不到，幻想毁灭了，应该回去的，应该有觉悟。而他们为什么到都市来，我想，编导者应有不得已的苦衷——无法交代的。公司的关门问题，我同意安娥的意见，现在做黄金美钞是很平常的事，但需要有过程，不会这样简单，应该有它的必然性。钱剑如从囤货到做黄金美钞是缺乏过程的，倘使把这一面写的更仔细，加强过程，对于说明上海的一面就更好。并且这样子使钱剑如和工人们对于生活的态度，更有了对照。工人那些人物写得太学生化了。全剧的收场有点大团圆的嫌疑，显得做作——这是失败的一笔。人物方面，大儿子写得太"完全"了一点，他没有一点脾气，他又近乎"孝子"。在汽车上他拿钱的一笔，倒是很合理的，没这一笔，这人物就更"完全"了。

曹　禺　从这个戏的编导上来说，是观察很深，非常人性，跟我们的人生经验相符合。有一点值得特别提出和供我们学习，就是这片子的表现主题的方法。我们认为的是非，就是良心，信仰，这也就在平常我们的心中慢慢地形成一定的固定的形式，而这怎样借助艺术形式可以弄得很好，这是个问题。我想，这要顾到三位朋友，第一个朋友是老板，对老板要保证卖钱；第二个朋友是检查，要交代得过去；第三个朋友是观众，观众得欢迎才行。因此，一部电影的出产，的确不是一件容易的事。许多人批评为什么在电影上不把明白的道路指出来，明确地摊出来，我相信阳沈两先生很知道这些道理的。这片子通过了人情味的巧合性，这些都是观众喜欢的地方。我不是袒护这些地方，可是有许多人就提出"为什么这样结尾"、"为什么把这些人物放在一起"等问题来责备你。目前的社会须要改，须要变，须要大变动，从这一点上看这片子，我以为两位先生是够辛苦的了，我懂得他们。

于 伶 （他是大病初愈，神色仍甚衰弱，但他的出场，给朋友们很多振奋，座中曾为他的康健举杯祝贺。）我从好的和坏的两方面来讲，而且是从最小的问题来谈：①刚才杨晦先生说这样的社会必须崩溃，这点在片子里表现得很好。②虱子是小问题，但片中用它来表现了婆媳之间的矛盾，是否可以用其他的方法来表现呢？③又兰责备智清说："谁叫你向家里尽吹牛。"我们觉得如果他不吹牛，乡下老太太还是要赶来的。而现在这样反而影响了悲剧性的效果。④胡智清拿皮夹子的问题，在前面是否可以在生活上发生一些什么事，可否在母妻间给他以比较更重的金钱上的威胁，这使后来他看到钱包而顺手拿起更觉得势所必然了。⑤诸位是否有这印象：老太太一群的一举一动成了都市人在欣赏乡下人的缺点？

冯雪峰 对于批评，能够做到非常恰当，那是很难的事。《万家灯火》我很满意——这话近乎官僚腔了。它在作风上是新颖的，进步的，没有噱头，非常亲切。上海文艺工作者，能够守着这一目标，必有很大的贡献。这片子取材朴素、真实。我觉得这片子的问题，在农村破产以后，无论你如何计划谋补救，都是白费心血的。老太太一家从农村出来到了上海之后，如果你想叫他们回去，在整个农村破产的局势之下，回到那个农村去，都是不可能解决问题的。而且事实上片子中主角对农村和城市都没办法，农村固然没办法，他想走资本主义的路也没办法。透过这个可以看到整个社会的矛盾，这才是最基本的一点，也就是作品的历史背景。

赵清阁 笼统地说，这是个好戏，写尽了今日的时代，今日的社会生活，写尽了人与人之间的感情。它有三大特点：①朴素象木炭画。②是个喜剧，没有一点低级趣味。③它也是悲剧，但不落俗套——此外我同意安娥说的，钱剑如的汽车碰伤胡智清过于偶然，而且，应该给钱剑如一点惩罚。结尾，大家不一定回农村去。关于黄金美钞，只是在对话上介绍，戏上少，因此给人印象不够强。

戈宝权　昆仑公司四部作品，我都看过。这四部作品拿来和其他影片一比，我觉得对于昆仑应该给予更高的敬意。从《八千里路云和月》到《万家灯火》，昆仑公司的作品有一个一贯的精神，就是不肯马虎，肯费心血，肯费苦心，而这苦心是顾到多方面的：一方面要卖钱，一方面要顾到客观环境，一方面还得要批评家满意。①在这片子一开始，我猜想这是牵涉到农村与都市的冲突，但剧情发展下去，却是社会与家庭扭在一起的问题。而且，编导者通过一个市民的家庭生活，把这个社会表现出来了，控诉出来了。这是不容易的工作。②这戏的出路问题是值得研究的，在结尾大家团圆时，丈夫说自己不好，母亲和媳妇也都责备自己不好，究竟谁不好呢？我想，问题是摆得明明白白的。即使他们都回到农村去，也不能解决问题的。编导者似乎把解决问题的启示放在工人身上的，象告诉我们：大家生活在一起是有力量的——这是暗示。

高　集　《万家灯火》很好，确实不坏，主角——胡智清这人物写得太"完整"了，他的为人太好了，好到钱剑如解了他的职，他连一声"——钱剑如你这王八蛋！"都骂不出口。这个戏是人情味的，但我觉得人情也太过分了一点。老太太跑到上海，象钱剑如这样的人物也请她吃了一顿饭，太"人情"了。

田　汉　这个戏是母与子、婆与媳、家庭问题与妇女问题纠缠在一起的。现在我说一些意见：①剧中人物大儿子胡智清写得不很够，今天一九四八年小资产阶级知识分子的典型，不是象这人物如此"完整"的。他对很多事都没反应，这几乎是不可能的。他过度懦弱，我看不出这人物有任何转变，他一直是走着资本主义的路线。钱剑如给他那么大的打击，他一直都没反抗。这在今天的知识分子是绝对不可能的事。今天的知识分子发觉资本主义路线走不通时，他不会再踏上陀斯妥也夫斯基所走的那条路线的——屈从，或者报复，那是绝不会的，一定对当前现实想得更透彻，走更好的道路。而他的母亲老的一代，对现实倒没有寄存幻想，她是反抗的，大儿子却糊涂，但是：②母亲究竟是怎样的人物形象呢？她应该有怎样的身份呢？有人说她是小地主，我却觉得她是没落的地主，失了土地的人。她坚决、有觉悟、为人正直，再加上封建社会的旧美德，为了儿女牺牲她自己。③婆媳之间也不能算代表新旧之间的斗争，新的一代——盛又兰所表现的比前一代落后。这人物对钱剑如是寄存着幻想的，只要保持着丈夫的职业，她似乎是无所不从的。她是个人主义者，她把晒台楼盖起房子来，也不想过自己有间舒服的睡处，这种牺牲态度不是新的，是落后的。她和婆婆的争吵也不过是为了保持现状而已。她对母亲的态度有点迫胁，如说菜钱用多了的话是过重的，而且算盘敲得也多了，这会招得老人家多疑的。④剧中人物的新生代，似乎是女工，但不是主线。这条线要写得周到，固然很难，但从此看沈浮兄，他对旧时代是给了更高的评价，而对新的一代是谴责多，却没给予什么基础。⑤于伶兄提到虱子问题，并且说到对乡下人的若干动作带有"欣赏"的意味，这情形是有的，其实乡下人不生虱子——除非太肮脏的乡下人多半生跳蚤。钱剑如请客，也不过是摆摆架子，拿乡下人开开心而已。⑥中国的问题是农村问题——这几乎成了我们常识的 ABC 了，大儿子没觉悟，回到乡下去也起不了作用，留在都市尤其没用。⑦钱剑如代表豪门资本——至少是"影子"，他不弄"货"，而改做黄金美钞，这中间是应该有过程的。公司关门，他对于他的下属似乎也不可能一律"裁员"。他看上的，顺眼的，可以留下，继续为他努力；他不顺眼的，反对他的，才遭革职。⑧结尾是大团圆型。最近电影有两种收场，一种是被警察抓走，象《夜店》、《还乡日记》、《鸡鸣早看天》都是。一种呢，就是大团圆。⑨昆仑公司一贯的作风，是现实主义，现在更加正确了。希望此后更加严肃，更加正确。

夏康农　我首先还是要谢谢艺术工作者的雅量，各位忙出来的工作允许外行人也可以开腔。

这次的影片写的是小市民，可是编导者却否定了小市民的生活，而且指示了他们一个方向，我以为这是《万家灯火》最值得推崇的地方。自然，小市民绝不会因为艺术家的否定而就会都放弃了他们生活的常态。但是，作为艺术家的，却不得不否定他们的这个生活常态，因为这种生活之应当否定，我们都太熟悉其形象的与意识的内容了，尤其是在今天这样的现实条件之下。这里就存在着艺术家的责任，而《万家灯火》也确实担负下了这样的一份责任。昆仑公司担负下了这样的一份责任而通得过剪刀，这里不只说明了两位编导先生的艺术稳练，叫剪刀无从下手，而且几乎连"剪刀"都值得称许了。

至于鞭挞的方式，扭结的纠缠愈趋愈紧，一个结一个结地尽扭下去，叫人有点嗅出了陀斯妥也夫斯基的气息。但是这里没有陀斯妥也夫斯基式的绝望，因为我们的社会条件与时代条件并不存在这样的绝望。在这里我要附带提出，我并不佩服那些叹息中国没有"罗亭"型的人物那样的意见，那只是批评家的书斋里的意见，是一种"精神过瘾"的要求。在这一点上，我是推崇《万家灯火》作者的艺术的忠实的。接触了一点陀斯妥也夫斯基却没有他的那种绝望，这又是作者对于民族生活的忠实。

由于这对于民族生活忠实的理由，我喜欢剧中老太太的倔强，倔强并非顽强。中国确实存在着这样的老的一代。

要我说到剧中的缺点，那我就以为剧中人的农村身份以及抛弃农村的经过稍嫌模糊。这里面自然有技术上的困难，但是假使烘托得稍加分明，点破那倔强老人洗刷掉她的顽固的理由，那我们就更容易同情她对于城市的抗议，以及她抗议以后还能指示后辈新的生活方向是振振有辞了。还有一点，就是城市新的生活方向的一面假使稍加着力，多顾到实际存在着的严肃性那一面，那就全篇更为完整了。——自然，我这也是一种空口白话的苛求，只是作为春秋责备贤者这样的意思而已。

335

史东山　下面应该是让沈阳两先生给我们的"自供"了。

阳翰笙　谢谢诸位，朋友们给我们很多鼓励。这片子的创作过程中经过了不少的辛酸和麻烦，今天不提了。我们想把刚才各位所提出的一些问题，简单地解答一下：①夏康农兄提到这一家人的身份是地主呢？是农民？这问题经过了我们研讨之后决定了的也是今天所表现的——是自耕农。不过是由小地主破产下来的自耕农。至于她们如何来到上海，本来想交代一下的，但不太容易下笔。经过了再三的考虑，所以用信的方法，信上所表现的就是"……刻下乡间穷困已极，家人早已不得安生……"至于母亲的性格，因为她过去本身是曾经过小地主的生活，所以才保留这样带点倔强的性格。农村方面在技术上不能交代得清楚，这是没办法的事。②有人问男主人公所供职的"伟达"，是公司还是工厂？我们的回答是"公司"，是豪门资本的公司，是同报上常骂的一些专做投机买卖操纵金融市场的公司一样。在阿珍跟小赵说的一段话里："你们的公司了不起，有外汇，有专卖权……"就把公司的性质明显地介绍了。豪门资本的公司由囤货而转到做黄金美钞、以致操纵金融市场，也是经过事实的考察的。当然，这些在今天也不能写得太多，太明显。③结局的问题。朋友们常说，昆仑的每部片子，尾巴似乎都成问题，这部片子也不能例外。本来我们想让他们回家乡去的，而且表现的是他们回去时已经对这社会懂得了许多。现在呢，改成了不回家乡了，而且只让胡智清最后说一句话，而那一句话也是我们经过深长的思考才想出来的。④胡智清这一角色我和沈浮兄都绝没有想把他写成知识分子或文化人的意思。如果把他写成知识分子或文化人，这个剧本就得重新写过，就不能成立。我想这是谁都可以看得出来的。他只是一个中下级的职员，他有向上爬的天真的梦想，性格非常软弱。他只是一个普通平凡的人物，根本没有想在这人物身上放一点革命的气息进去，而且一家人全是一般的小市民而已，象这样的家庭因而也闹出了这样的悲剧。因此我们所表现的是把他当成小市民阶层的人物来写，而最后他自己又把他自己否定了的。而另一阶层阿珍她们工人间的生活，也只能迂回曲折地提到了一点，即工人们能互相照顾、互相帮助的集体精神这一点点而已，叫智清要学的也只是这一点点罢了。⑤至于主题：这片子的主题似乎也不是几句话所能说清楚的。我们想，今天小市民家庭的破产和痛苦是为了物价的飞涨和失业的威胁以及求业的艰难，可是谁使物价飞涨？谁在制造失业？这自然是钱剑如之流了！在这样的社会里，谁温暖了谁？我想只有在苦难中的人才能够照顾苦难中的人吧！至于居今之世我们要活下去，也恐怕只有照主人公最后所说的，让我们大家靠得紧一点吧。我们花了五万多尺胶片，剪到剩下一万一千尺，想要对观众说的也就仅止这么一点点。最后谢谢各位的指示，我们获得教益不少，可能改的，我们当然尽量改，但是到了今天，技术上、力量上都很受了限制——这不是托辞，是实情，所以恐怕只能把能改的加以修正了。

沈　浮　我谢谢大家。刚才朋友们许多宝贵的意见，不但对本片有益，而且对今后制作也有很大的帮助。我们之所以写胡智清，简而言之，是因为目前社会上胡智清这样的人太多。我们之在《万家灯火》里来否定他，也只是想在他们走错了的路上，牵一牵他们的衣角，指给他们一个方向而已，因为我们觉得今天的胡智清群是值得同情的，而且他们也是种力量。至于在利本式导演上有什么应该加以解释的，除翰笙先生所说的以外，愿补充如下：①高集兄说的钱剑如请老太太的问题，这是为了想给老太太后来去骂钱剑如的事先一个安排而已——否则门要走错的。②胡智清睡在医院里的许多叠印镜头——锁、猫、春生踩三轮，大家找智清，花瓶流水——原意不是智清的幻想，而且让又兰小产后和后来回家之前的中间有一个时间过程和准备而已。猫，代表饥饿的和平；锁，代表生活的枷锁；花瓶的流水，想借一流清水醒智清的脑筋，当然这些表现得都不大恰当，所以看不明白。③佐临兄问又兰同学的身份。这人物原先我们是想把他安排为一新闻记者，写智清因与他常往还，以致引起钱剑如的猜疑；但后来怕戏多出枝节，也就省掉，因而也就出了今天这样身份不明的毛病。好了，没有旁的话说了，今天耽误了诸位不少宝贵的时间，让我谢谢大家吧。（环揖）（完）

（原载 1948 年 7 月 21 日、28 日上海《大公报》第 7 版
《戏剧与电影》周刊第 91 期、92 期）

《万家灯火》略评

邵荃麟

今天，蒋管区的都市社会中，可以看出在进行着一种非常明显的阶级分化，这就是一批小资产阶级经济状况底急剧地无产阶级化。这些小资产者在都市居民中间，往往占着人民的最大比例。在蒋政府的疯狂掠夺政策之下，他们大量地陷入于失败、破产和饥饿中间。这种趋势的发展，产生了两种结果：一方面是都市消费力普遍的降低，形成都市经济的致命危机；一方面是迫使这些没落的小资产阶级以及中产阶级势必更靠紧无产阶级，形成政治上统治者与官僚资产阶级的绝对孤立。小资产阶级，特别是城市的小市民阶层，原来是非常软弱的，但是现实形势的发展，迫使他们不能不逐渐自觉地认识到自己在革命中间的基本同盟军地位。事实上，他们也只有和无产阶级紧紧靠在一起，才能有他们的出路。这些年来，纵然曾经长期在都市物质诱惑与思想麻痹生活下底小市民，已经渐渐的认清这一点了。

《万家灯火》这部影片的最大特色，就是在表现了小市民阶层这一种急剧变化的过程。作者是抓到了当前蒋管区都市社会中一个普遍的现实的问题。他并不象有一些剧作者往往从伦理善恶观点上去处理他的题材，而是从社会与阶级关系上去认识问题。这是作者在现实主义上的成功之处。在这一点上，它是超越其他也许技术上比它更高的片子。主角胡智清最后一句话："我们今后要更靠拢一点！"这是作者的主旨，这主旨是明确而主要的。

但是，我们也可以指出一点，就是作者虽然把握了这个关系，非常注意地在发展着他的人物与故事，可是却不免忽略了去表现整个社会的动乱与矛盾状态与这一个家庭的矛盾底关系，致使我们不容易从这剧本中清楚地感觉到那整个社会在崩溃的气氛。这一方面的气氛渲染，非常不够。因此，迟钝一点的观众，不免仍然会把它看成一个伦理的片子，仿佛是好人与恶人之间的一个悲剧。这就是说，描写推动这个故事发展的典型环境不够，因而使它主题应有的强度，不免削弱了。

作者把胡智清写成一个柔弱的性格，把他的妻子写成一种庸俗的性格，这都把握了小市民性格的特征，而把这些性格和从农村来的老太太与春生的强悍而健康的性格，以及阿珍等的工人阶级坚决性格相对照，这些处理我以为都是很好的。这也说明作者是从阶级关系去把握性格的特征。但是，阿珍和小赵的性格似乎把握得还不够，因此也不免多少影响到剧本主题的力量。如果阿珍这个人物能够处理得更有力更主动的话，我想对于主题的积极性会表现得更强烈的。

从剧情发展来说，后半部戏剧性过强。胡智清失业以后，我以为应该让他向社会其他方面，多碰几个壁。在这里，也可以反映出社会各方面的崩落状态，不必老针对着钱剑如；连砸车也非他不可，反而使观众感到仿佛罪恶就在钱剑如一个人身上似的。而且，象胡智清这样一个地位的人，因为一次失业就陷到一筹莫展的窘境，在过程上也不免太急促了一点。

以上是我对于剧本的一些浅见。在上海那样严厉管制的环境下，能够产生这样的电影，实在是不容易的，至少在反映现实关系一点上，这剧本比我以前看过的几个国产片是有它更大成就的。

至于导演方面，我以为最大的特色是严肃。在描写小市民生活，为小市民而写作的戏里，并没有给我们带来小市民落后的东西，如色情、噱头之类的低级趣味。这在今天是应该特别赞扬的。事实上，这些东西不过是没落文化的特征而已，真正为小市民的作品是并不需要这些。这个剧给了我们一个事实的证明。

在演员方面，我以为吴茵的老太太，蓝马的胡智清，上官云珠的又兰和傅惠珍的春生妻，都演得很好——特别傅惠珍能够从没有戏中间演出戏来，是非常难得的。

不过关于这方面，我很外行，所以就说到这里为止吧。

（原载 1948 年 10 月 1 日香港《华商报》，收入 1981 年 4 月
人民文学出版社版《邵荃麟评论集》〔下册〕）

评《万家灯火》

周而复

一

　　小资产阶级是过渡阶级，少数会走向资产阶级，多数要走向破产，进入无产阶级的行列。这分化过程是越来越明显了。

　　所以，小资产阶级是具有两面性的，他可以跟资产阶级走，也可以跟无产阶级走。小资产阶级对中国革命的态度和立场，是决定于他们在社会经济中所占的地位。在目前，以四大家族为首的豪门掠夺搜括，屠刀不仅指向无产阶级和农民，而且指向小资产阶级，而且也威胁自由资产阶级，这就是为什么中国小资产阶级绝大多数是具有革命性，因为小资产阶级本身也在遭受统治阶级的压迫，想奔走权门往上爬而不可得；即使退而想苟安一时，只图三饱，也不可能；那他只有走向无产阶级，参加革命行列了，也只有参加革命行列，他们才有出路。

　　现实的发展，领导小资产阶级走向无产阶级的行列。

　　《万家灯火》所反映的，就是小资产阶级转化过程中的一幅逼真的醒目的图画。

　　新现实主义的作品，要求反映历史现实的真实，也就是特定时期的阶级关系的本质的反映。《万家灯火》在一定程度内，完成了这个任务。因此，这部片子在战后的电影中，博得崇高的声誉，得到广大群众普遍的欢迎，不是偶然的，这是新现实主义作品的胜利，也是《万家灯火》工作者的胜利。

二

从这一理解出发，来看看因《万家灯火》所引起的一些分歧的意见。

许多人都以为把主角胡智清写得太好了，太完整了，他正直，他自尊，他善良，他温情，他努力，他挣扎，他忠厚——钱剑如辞了他的职，甚至连"钱剑如这王八蛋"也不敢骂一声，简直是千古完人似的。于是乎有人主张他最好跌到钱剑如的怀抱里，为虎作伥，遭受一次人性的践踏，再站起来。

首先我们要问胡智清是怎样一个人。"他只是一个中下级的职员，他有向上爬的天真的梦想。"（阳翰笙）也就是说，他是一个城市小资产阶级，他的主观愿望是靠紧豪门主干钱剑如之流，想从这一个梦想的梯子爬上去，并且已爬上几级，成为"伟达公司的忠心保国的一员大将"。假如伟达公司不关门，胡智清的工厂计划得到青睐，他便会当上厂长，上升为高级职员，一步步深入豪门了。又假如伟达公司虽然关了门，他靠着和钱剑如的"乡谊"关系，并不解雇，胡智清会不帮钱剑如一手套外汇买黄金吗？我想是会的，因为在伟达公司做着非法经营的时候，胡智清这员大将，是忠心保国，进货运货了。倘如是，那胡智清便一帆风顺，直上青云，走向资产阶级的路上去了。

钱剑如的历史发展，在戏里虽然语焉不详，但我想，大体上就是从这样一个梦想的梯子爬上来的。原先在乡间，他并不得意，还要靠胡智清母亲的资助，可见从前连胡智清也不如，不过钻营得法，掠夺有"道"，遂成了豪门的主干，在市场上兴风作浪，累积了大量的财富。小资产阶级出身的钱剑如，走向资产阶级以后，资产阶级所具有的阴鸷、毒辣、诡谲、无情、压榨、贪婪等特性，钱剑如也具备了。这对胡智清来说，恰好是一面镜子。不过胡智清没爬上去。他的眼光只限于家庭的狭小天地，他所追求的是个人和家庭的幸福，他软弱，而且对社会认识不清，想做钱剑如的奴才而不可得。对钱剑如之流来说，他固然是被压迫者，但是他还有更重要的一面：奴才性。

不过他从爬向资产阶级的梦想的梯子上跌了下来。这由于以四大家族为首的豪门资本的强取巧夺，横征暴敛，使得蒋管区的阶级起了急遽的分化，小资产阶级以空前的速度在无产阶级化，现实的生活教训了胡智清，钱剑如的凶恶面孔帮助他从梦幻的境地清醒过来，终于否定了自己，了解了只有依靠无产阶级，大家团结得紧紧的，才有出路，才有前途。

但是具体的过程还有点儿不够，表现在胡智清和钱剑如的矛盾不够深刻与尖锐，胡智清爬不上去的必然性表现得不够。这是很重要的一点，如果不加强反映他们矛盾的社会原因，容易使观众得到这样的印象：以为只是钱剑如忘恩负义，这社会好人没法生存；那会削弱了主题的积极性的。

胡智清何尝是完人呢？只不过小资产阶级一般所具有的缺点弱点暴露得不够，或者说，只是强调了好的一面。他的奴才性，他的向上爬的"忠心保国"的一面，反而被人忽视了。

因此，认为胡智清想走中间路线，想走妥协的路，这种说法不对，是显而易见的。胡智清何曾是中间路线者？他主观愿望是走向资产阶级，但是此路不通（当然也有少数人走通的），客观现实把他逼向无产阶级这边来了。现实社会的发展，小资产阶级的前途必然走这条路，差不多已成为一种规律了。

这里接触到陀斯妥也夫斯基式的鞭挞问题。把胡智清否定自己的过程，和陀斯妥也夫斯基式的鞭挞，相提并论，我觉得不妥。这不妥倒不是仅仅在于社会条件和时代条件不同，也不仅仅在于和陀斯妥也夫斯基式的绝望不同，主要的是陀斯妥也夫斯基的鞭挞是离开俄国写实主义的传统，不是从社会学的把握，来说明典型和现象，而是"在反动的意识形态，以及跟俄国文学的许多最重要的写实主义的传统绝缘的主观心理学的艺术方法的基础之上的。"（Ⅴ·叶尔米洛夫）高尔基说得好："他感觉到自己似乎是某些黑暗的和敌视人类的力量，他经常地指示出人的破坏性的意向，这种人主要地在寻求充分的个人的自由，要求承认他的操纵一切，享受一切，而不受任何节制的权利。"

陀斯妥也夫斯基虽然也懂得资本主义孕育着无产阶级的革命，他看到这个远景，但他在这个远景面前怎样呢？"他对资产阶级的怨恨，他的在变粗暴了的资产阶级人物的资本主义的掠夺和任性的恐怖与诱惑面前恐惧，同时也显现出了对革命的工人阶级对于社会主义的憎恶和在无产阶级革命之前的战栗。"于是乎"企图拉历史开倒车，他一跃而为三位一体的公式——正教，专制政体，民粹——激烈的辩护人。"（Ⅴ·叶尔米洛夫）这就是陀斯妥也夫斯基的主要思想，也是他鞭鞑所企图达到的目的，消极地向痛苦屈服，堕落到成为反动的工具。而《万家灯火》，是从社会学的把握，积极地向黑暗反抗，引向光明的大道。

陀斯妥也夫斯基现在被华尔街的反动文学贩子利用，作为反动阵营向世界人民进军的前卫，怎么能和《万家灯火》相提并论呢？

此外，还有一种意见："万家灯火所强调的主题，是一种战斗人格的完成。"什么是"人格"呢？什么是"完成"的"战斗人格"呢？每一个社会阶级都站在自己的立场来赋予人格一定的内涵，这一阶级所规范为崇高的人格，另一阶级就认为是卑下的；反之亦然。在阶级社会里，人格问题，就是阶级性的问题。就历史来看，凡是站在人民立场，为人民服务，为人民谋福利，且具有无产阶级优良品性的，是最高上〔尚〕完整的人格，也就是无产阶级的人格。从这一观点来看，胡智清的人格，如上面所分析的，算不算得是"完成的战斗人格"呢？显然不是的。他仅仅是从幻想的梦境里刚开始认清方向而已，离真正的崇高的人格既远，离"完成"这种至上的人格更远。这其间，有一段悠长而且艰苦的改造过程。既如是，以"一种战斗人格的完成"，作为《万家灯火》的主题来理解，不消说得，自然落空。

那么，什么是《万家灯火》的主题呢？且引剧作者阳翰笙先生的话来看：

"这片子的主题，似乎不是几句话所能说清楚的。我们想今天小市民家庭的破产和痛苦是为了物价的飞涨和失业的威胁，以及求业的艰难，可是谁使物价飞涨？谁在制造失业？这自然是钱剑如之流了！在这样的社会里，谁温暖谁？我想只有在苦难中的人才能够照顾苦难中的人吧！至于居今之世，我们要活下去，也恐怕只有照主人公最后所说的，让我们大家靠得紧一点吧。"

这就是反映小资产阶级在无产阶级化，同时指出只有依靠无产阶级才有前途的题旨。这个片子之所以成功，主要在此；能超越其他一些优秀片子的，主要也在此。

三

现在我们来看看作为肯定方面的人物。

作为这方面的代表人物，主要的是女工阿珍她们这一群，其次是从小职员转变为汽车工人的小赵和农民春生等。

如果说编导者对胡智清的精细入微的真实亲切的描摹，是由于编导者本身也是属于小资产阶级的一份子，对于这样的人物有深切的感受，因此在银幕上出现的胡智清的形象是有血有肉，生动而多彩，那么，对于阿珍工人这一群就觉得认识的不够深入，只是表面的把握，有些场合流于轻浮，有些地方失去真实。阿珍一群只见到浮面的乐观主义的战斗精神，须知阿珍一群和胡智清是生活在同一的时间和空间里，社会崩溃动乱和生活压迫，在这儿该有一定程度的反映，但从胡母到阿珍他们那儿去，大家赠之以新手巾，新肥皂，新脸盆等物件来看，就现在的工人生活水准而言，仿佛他们比较过得去，没受到如胡智清所受到的经济生活的压迫，当然他们之间，应有程度上的不同。一般的说，工人所受的生活压迫，是更甚于小资产阶级的。这虽是小事，实关乎大节。如果把赠品换之以用过的旧物件，对租车押金凑集的困难加多，那会更真切，更感人。在这样的四大家族统治的黑暗社会里，他们的压榨的触角是无往不在，如水之就地，并不是当了工人，就截然不同，只是工人虽然同样遭受各式各样的压迫和剥削，他们有共同的目标，和坚强的团结，有胜利的信心，有真正的友爱，因此她们才有坚毅而又沉着的乐观。然而我们在阿珍等人身上很难看到这份重要的精神。编导者企图表现这种精神是有的，也是值得我们尊敬的，但是没有表现出来。

同样，在春生身上，编导者和演员，都花了相当多的心血。一般的农民浑厚，但并非愚蠢；淳朴，并不是憨傻；老实，也绝非无知；粗犷，却不是野蛮；这其间有分寸，有距离，不可超越。否则就会多少给人以丑角的印象。现实环境不允许艺术工作者和工农接近，现在来要求塑造一个真实的完整的农民形象，不免有点苛求，我只是希望比较更接近真实。

这些从来在银幕上很少占主要地位的工农人物，现在作为这剧的肯定方面，是弥可珍贵的。

四

上一节所提到的工人生活，反映动乱社会的影响不多——固然工人宿舍里也有那个失业工人，但那失业工人所受到的熬煎和影响渲染不浓，这是为什么呢？

我想主要的怕是编导者想把戏集中在胡智清的家庭之内，生怕多出枝节，尽量做到不蔓不枝，集中而又经济，甚至不惜牺牲了某些过程和说明。如小赵从职员一跳跳到工人，作为曾经是知识分子的工人小赵，没有具备工人的特性，倒无可厚非，勿宁说正应如此，存在着一些轻浮，一些油滑，是理所当然的；但他从职员到工人的经济生活压迫过程是没有的，思想认识过程是缺乏的。其次，又兰出走到一个同学家里，这是怎样的一个同学，以前也缺乏伏线的安排，造成人物身份不明和突如其来的缺憾。农村的情境，由客观政治条件的限制，也只是以一封信轻轻带过，编导在处理过程中所遭遇到的困难，是不难想象的。

就连胡智清家庭间的矛盾，也仅仅通过钱剑如这个桥梁来反映社会的矛盾，并且钱剑如这个罪恶的化身，也不过点了几笔，而且都是针对胡智清的。如果把钱剑如之流，在这崩溃过程中，他感到绝望与混乱，如何在千方百计地想保持现有的统治和财富，同时又不可能，陷于恍惚迷离疯狂的境地，那将是更完整而有力。但在检查老爷剪刀暗影的，编导者下笔不得不慎重而又踌躇，终于有许多要说的话，留给观众去想象。

那么，是不是说由于客观政治条件的限制，完全不可能进一步把握家庭之间的矛盾和整个在崩溃过程中社会矛盾的关系呢？是不是不可能更多的渲染动乱社会的气氛呢？当然不是。家庭之间的矛盾是社会阶级矛盾的反映，牵一发而动全身，家庭间每一个矛盾的细节，无不和整个社会的深刻矛盾有关，如果把胡智清家的门，向社会开得更

347

大一点，反映动乱的社会矛盾更广更深，渲染动乱社会的气氛更浓更厚，那《万家灯火》所得的成就会更高。

五

《万家灯火》最大的特点，是朴素无华，真切感人。

中国有许多片子是图式的罗列，情节的卖弄，玩噱头，耍技巧，每一个演员在矫揉造作，在"演戏"，许多动作是为了博得观众廉价的喝彩。这为什么呢？对生活不熟习〔悉〕，观察不深刻的演员，只好乞灵于情节、噱头等等法宝了。不能掘发生活的深处，自然要用所谓架空的"技巧"，来装饰内容的贫乏。统治阶级为了掩盖现实生活的真实面貌，企图通过低级趣味来麻醉观众的，这当然又做别论。

《万家灯火》超拔于这些庸俗的泥沼，写的是平凡的小事情，平凡的小人物，既不轰轰烈烈，也不曲折离奇，像是一溪清流，自然，明快，而又丰润。编导的企图，达到相当谐和完整的境地。这是难能可贵的。

绝大多数的演员都适合于角色的身份，如日常生活一般的在层层展开，奇峰叠出；这里自然有艺术上的加工，然而既不做作，也不过火，纯熟，贴切，恰如其分。特别是蓝马、吴茵、上官云珠等几位演员，几乎达到炉火纯青的地步，性格的触角是那样凸出，显明，逼真，仿佛可以摸得到的，眼睛一闭，似乎就在我们面前。每一个观众坐在戏院里，好象不是在看戏，而是和戏中人生活在同一个天地里了。这种亲切感，是来自丰富的生活内容和饱满的人情味。

正因为是从庸俗的泥沼里超拔出来的，脚跟上还不免带有一丁儿泥巴，一些儿残余，这就是下半部某些情节的巧合，和个别叠印镜头的不贴切等。但看得出编导竭力在避免，有些是因为着眼于洗练，而疏忽于更自然的发展，更必然的结果。

六

不管《万家灯火》还具有主观原因和客观原因的些微缺点（这些

微缺点上也只是在求全责备的意义上提出来的），就胜利以后的电影事业来说，它是优秀的片子之一。甚至放到国际影坛上去，也并不怎样逊色。产生了这样的片子，我们值得高兴，我们值得骄傲。

为什么呢？

因为中国的电影事业是在困难重重的环境中开拓出来的。首先是美国电影的侵略！狂吠"美国第一美国世纪"的华尔街老板，他们以雄厚的资本，在撒开奴役世界的网，向各个角落伸展开去。最先伸展出去的便是电影。电影是美国奴役世界人民急先锋，是美国奴役世界人民所进行的思想准备的工具，是瓦解各国人民健康精神的号角，是腐蚀人民心灵的毒剂。在美国电影里，不是酗酒，便是渔色，要么发财，或者是强盗当皇帝，总之是教人堕落，教人男盗女娼，培养各国人民的卑下情操，因而开辟了美国帝国主义统制和奴役的道路，企图在各国造成大批的奴才和准奴才。

中国的统治阶级是美国在中国的代理人，是奴隶总管，当然"以鸣鞭为业绩"，美国电影在中国得到一切的便利，泛滥在各个城市，不是偶然的。因为美国片子实际上也帮助中国代理人的统治。

这是外来侵略的一面。

另一面是内在的，奴隶总管也有自己的鞭子，这就是国民党办的电影事业，以封建、迷信、间谍、色情、荒谬的内容，来麻醉中国人民。其毒素，其目的，和美国电影是一样的，是姊妹，是相辅而行的，所不同的是前者以美国人扮演，而后者是中国奴才动手。

每天有数百万的人民在承受着帝国主义的和封建买办的毒素的腐蚀，还不知不觉，"不识庐山真面目，只缘身在此山中"，这是多么可怕的事啊！如果再不起来反对，纠正，将不知伊于胡底。

在这样险恶的环境中，几家民营电影公司和许多进步电影从业员的坚苦卓绝的努力，不顾一切的和恶势力搏斗，通过检查老爷的剪刀下面，所流出的每一滴血汗，所贡献的每一次成就，更加弥足珍贵，更加值得尊敬。

冲破重重难关走出来的《万家灯火》和其他几部优秀片子，是近几年来文化上的重要收获，成为我们的精神财富之一。但中国电影事业，和其他姊妹艺术一样，是远远落在现实发展之后。我们现在处在激变的时代，翻天覆地的土改运备〔动〕准备下物质基础，不久将要到来的全国解放形势和人民空前的觉醒，准备下精神基础，在这个基础上求发展，一切文化事业的前途是广阔而又辉煌。电影将面对着四万万七千万的观众，特别是占着最大多数的农民观众，这需要我们思考，需要我们准备，需要我们追上，追上那不久将要到来的波澜壮阔的历史的新页，为他们服务。

中国电影事业的前途无量，中国电影从业员的前途无量！

剪刀时代快成过去了，将来是我们的。

我们怀着更大的希望，期待和预祝优秀电影从业员将来更高的成就。

一九四八，十一，五，香港

（原载1948年12月香港《大众文艺丛刊》第5辑《怎样写诗》）

一个动人的英雄形象（节录）

——《李秀成》❶观后感

凤 子

由于工作关系，曾读了一些写太平天国的历史剧；不同的作家艺术处理却基本相同，一般都是从金田起义写起，到天国覆灭为止。个别的作品曾是以杨秀清或洪宣娇为主线，而主题都不出反映农民革命的局限性。作为历史，当然可以从这样的结构看出太平天国农民运动的兴亡，题材、主题都符合历史和体现了历史的真实。历史教训当然值得深思，但更重要的是如何深刻地挖掘蕴藏在历史生活中的积极因素，如何树立正面的力量，从而更好地收到鼓舞、教育观众的效果。

看《李秀成》，我认为这个剧作是解决了这样一个问题的。作者着力塑造了一个忠心耿耿的英雄形象，一个临死不屈的英雄形象。李秀成这个英雄人物的形象相当崇高地矗立在观众的眼前，留下了深刻难忘的印象，也留下了值得深思回味的问题。通过李秀成的死既看出了农民起义消极的一面，更重要的是同时给人看到具有积极意义的另一方面。《李秀成》的历史时代是当太平天国领导集团发生内讧以后，实力削弱，清朝又勾结帝国主义从外面施加压力，农民出身的李秀成，在农民革命队伍中得到锻炼，这时已成长为一个足智多谋的政治家、军事家。可是他虽然几次出奇制胜，支撑了危局，但为了取信于刚愎自用而又失去革命斗志的洪秀全，为了尽这一点愚忠，终于挽救不了

---

❶ 《李秀成》即经原作者修改后的《李秀成之死》。

天国的灭亡。这一段史实是历史悲剧，正是太平天国农民革命所不可能突破的历史悲剧。作者避开正面写李秀成和洪秀全的冲突，而着眼于写李秀成对革命事业的忠诚和他的爱国的正气，这正是作者所要歌颂的有积极意义的一面。李秀成的死是执行了洪秀全的错误的斗争路线的结果，李洪矛盾用的是暗笔，对敌斗争却是实写，显然是想借这一历史悲剧为这一轰轰烈烈的农民革命运动的必然失败，用艺术手法作一形象的总结。作者没有隐讳李秀成思想上的局限，但主要是写这一英雄人物敢于斗争的气概。作者并没有脱离具体的历史背景孤立地来写人物，而是忠于史实，给人物以历史的科学的评价，但并不损害李秀成作为英雄的品质。因而这个百年前农民起义的英雄形象是突出的，也是可信的。

（原载 1963 年 3 月 27 日《人民日报》）

知识分子前进的道路（节录）

——介绍话剧《三人行》

赵　寻

　　《三人行》的内容决定了它的艺术特色：在戏剧冲突上，这个以思想改造为内容的戏不同于一般反特或地下斗争的戏剧，在形式上不是那样矛盾尖锐、戏剧性强。大多的戏剧冲突表现在性格矛盾、思想斗争和人物的内心活动中，有时要通过平静的外表来表现炽热的内在冲突。它是静中有动，动静相结合的。因而在故事情节上，它不是以情节取胜，而是以人物性格刻划为主。作者用这些大家都熟知的生活细节描绘了几个真实、生动、有代表性的人物。情节看来平淡，而淡中有味，它是浓墨淡写，浓淡相结合的。这样，在剧本结构上，它并不是以反美蒋斗争或土改运动为中心线索贯串到底，这些斗争是当着时代背景和戏剧的典型环境来处理的。它的贯串线是剧本的主题思想和围绕这一主题思想的人物性格的发展，这样的结构容易松散，但《三人行》用人物思想性格内在的红线，把看来并不十分连贯的场次紧紧地联在一起。它是似松实紧，松紧相结合的。剧本反映了重大的主题，严肃的斗争，在风格上却又充满喜剧的色彩、活泼的气氛。它是寓严肃于活泼之中，严肃与活泼相结合的。

（原载 1963 年 10 月 21 日《人民日报》）

一面镜子三种人物两条道路（节录）

——漫谈话剧《三人行》

华 夫

看了中央实验话剧院演出的《三人行》，随手写下几点感想。

三人同行，他们何去何从呢？

他们是三个大学教授，三个老朋友，在全国解放后不久，一道下乡去参加土改。剧本写的是这三个人物在这一场火热斗争中的思想变化，写的是知识分子道路问题，思想感情的改造问题。

愿不愿意在群众的火热斗争中进行思想改造，能不能够同工农群众的思想感情相结合，这是考验知识分子是否真正革命化的试金石。经过一场考验，有的人善于总结经验教训，决心改造自己，因此走上了同群众结合的正确道路。这就是剧中的工学院院长赵文浒。有的人一脑子胡涂观念，可是在事实的教育下，开始清醒过来了。这就是剧中的地质学家吴思贤。有的人经不住考验，反而进一步暴露了自己的反动立场，更深地陷入危险的泥坑。这就是剧中的物理学家石人俊。

一面镜子，三种人物，两条道路。

石人俊是一个彻头彻尾的个人主义者，走的是同时代背道而驰的资产阶级专家的道路。这条路在新社会是走不通的，违反社会发展规律的。无怪乎解放后人人高兴，独有他成天价愁眉苦脸，牢骚满腹。社会越是向前发展，这种人同新社会的矛盾越是尖锐。他自鸣清高，表示不问政治，实际上却站在资产阶级和地主阶级的反动立场，诽谤农民的翻身运动。这种人随后堕落到包庇地主、破坏土改、欺骗组织、欺骗朋友的地步，是合乎生活逻辑的。剧作家拿他做反面教员，剖析了他的肮脏灵魂，让人看到，一个人如果坚持反动立场，拒绝思想改造，到头来还是自己害了自己。

吴思贤虽然政治觉悟不高，到底不失为一个爱国的知识分子，有一定的进步要求。他热爱自己的专业，愿意以自己的所长为新中国服务。可是他一向忽视政治，把业务与政治的关系摆得不对头，因此在土改工作中，几乎铸成大错。他把地主的爪牙当成好人，引为知心朋友。这个情节富于喜剧效果，同时有尖锐的思想意义。在严酷的事实教育下，他开始懂得了看人"得有阶级观点"，遇事"得走群众路线"。可是在一件事情上清醒了，在另一件事情上又胡涂了。他看不出石人俊的一些表面言词的虚伪性。这说明资产阶级的立场、观点、方法的改造，无产阶级的阶级观点、群众观点的掌握，是很不容易的，必须经过长期的努力。好在吴思贤这种人，是尊重事实，愿意改正错误的。观众相信他能够逐步走上正确的道路。

剧作家着重描写的赵文浒，在反蒋的民主运动中，是一位坚决、勇敢的进步人士。他在斗争的重要关头挺身而出，义无反顾。他当时就看清了解放区是光芒四射的灯塔，鼓励青年走向革命。解放后，他老当益壮地热心于工作，心悦诚服地接受党的领导，因此赢得青年人的爱戴。剧本提供了这样一位爱国的革命民主主义者在群众斗争中接受新的锻炼、决心把自己改造成为共产主义战士的生动榜样，对他寄托了殷切的期望。

赵文浒开始并不意识到自己有投身于工农群众中彻底改造自己的必要。后来听到一些谣言，说是土改工作有这样那样的一些偏差，他抱着满腔热忱和高度自信，决心以自己的学识经验，下去帮助群众把工作搞好。可是一到农村中去，就暴露出他对群众的无知，对阶级斗争的无知，简直是帮了倒忙，成了工作上的累赘。并不是他不肯同群众共甘苦，这方面，他的刻苦自励，倒是令人感动的；而是正像他的儿子一针见血指出的，他"只差一双劳动人民的眼，一颗劳动人民的心"，因此在复杂的阶级斗争中，就分不清是非，看不见真假了。认识到这一点，是痛苦的，而认识自己就是改造自己的开端。

给赵文浒以更大震动的，是石人俊包庇地主、欺骗组织的卑劣行径。那人不但不接受老朋友的热情帮助，还反咬一口，诬蔑赵文浒是为了讨好组织、讨好群众而出卖朋友！观众或许会怀疑：赵、石二人是多年的朋友，而思想上的距离是如此遥远，这友谊的共同基础何在呢？剧本在这一点确实交代的不够清楚。可想而知的是，当一个人对于自己的资产阶级意识还缺乏自觉的时候，他是很难帮助别人认清错误、改正错误的。长期以来，赵文浒甚至没有帮助自己的妻子打开眼界，不也很可以说明问题吗？石人俊的女儿晓芬批评这位老前辈对待她父亲的错误一向采取姑息、容忍的态度，那是说得很对的。正因为这样，当石人俊的问题彻底暴露的时候，赵文浒受到的震动也就非同小可。他痛感到自己连这个多年相处的老朋友的真面目也看不清楚，这才进一步地对于自己老一套的立场、观点、方法，发生了根本怀疑，因而坚定了他那寻求革命真理、彻底改造自己的决心。

可见，观众能够从这三个人物身上，吸取一些可贵的经验教训。

三个人物，三种不同的心理状态，对待生活的三种不同的态度，表现出三种不同的性格，碰到一起，就要发生矛盾。正象赵文浒的妻子顾淑珍所描写的："一碰头又你一嘴我一嘴的啄起来了。"

这三个人物，又有他们的共同之处：都是旧型的知识分子，背上背着不同分量的资产阶级包袱。石、吴二人就不必说了。连赵文浒也深自慨叹："我身上背的肮脏的包袱实在是太沉重了。"

这样，三个人物又面临着共同的矛盾：他们同无产阶级领导的阶级斗争要求的矛盾；他们同劳动人民的思想感情的矛盾；他们同掌握土改工作的青年干部的矛盾……。这些，又都是在土地改革这一场轰轰烈烈的敌我矛盾的基础上表现出来的，而三个人的表现形式又各不相同。

矛盾的交错，深化了性格冲突的内容，表现出层出不穷的戏剧性的波澜。

剧本的第一幕，单独看来，非常激动人心。可是它并没有替后来的剧情发展提供思想准备。观众看完了第一幕，对主人公赵文浒临危不惧的悲壮性格，已经产生了深刻印象，引起了崇敬的情绪，随后再看到这个人物的一些喜剧化的表现，就感到一时转不过弯来。

导演对第一幕的悲剧风格也可能是着色太浓了，就显得同后来的一些场面不那么调和。

赵文浒后来在土改中间同儿子伟森的矛盾，本质上是资产阶级思想同无产阶级思想的矛盾。可是作为阶级性质的矛盾，正面的力量不够旗鼓相当。赵伟森是一个好干部，但他究竟也还是一个有待继续改造、锻炼和提高的青年知识分子。可惜剧中提到的郑觉人这个党组织的领导人物，始终退居幕后。要是他走出来，进入斗争漩涡中，那该多好啊。

要是正面力量增强一些，那么在第三幕中间，土地改革的时代气氛，可能得到更充分的表现。

《三人行》是老剧作家阳翰笙同志解放后的新作。这个新作是成功的，可贵的，值得祝贺的。剧本艺术地总结了有关知识分子思想改造的一些经验教训，令人感到十分亲切。

话剧重新活跃起来了。出现了几个具有尖锐现实意义的新剧本。剧作家凡是善于抓住当前具有尖锐现实意义的主题，抓得准而且抓得深，他就能抓住观众的心。

《三人行》已经赢得了观众的喜爱。观众也许还希望知道：这三个人物，在随后的社会主义革命和建设中间，他们的表现如何呢？如果剧作家乐于进一步回答这个问题，那时，必定另有一番好戏可看！

（原载《文艺报》1963 年第 11 期）

话剧《三人行》创作浅谈（节录）

张 颖

　　《三人行》中作家对三个主要人物，是用细针密线来缝的，结构严密，笔墨洗炼，表现出高度的艺术概括力量。所有戏剧情节的选择都是为了刻划人物思想性格的发展，作家的笔自始至终倾注在主要人物身上。对其他次要人物，不管戏多戏少，也都注意到用画龙点睛的手法来突出不同人物的不同面貌。阳翰笙同志的话剧、电影作品我们都看过不少，我觉得《三人行》比起阳翰笙同志其他的作品，在思想性和艺术性上更为成熟，正在走上新的艺术创作高峰。

　　阳翰笙同志曾介绍自己对剧本创作的体会说：把戏写好要忌三多而做到三少：人物少（没有一个多余的人物），事件少（没有多余的故事情节），对话少（语言精炼）。我理解他的意思是戏剧创作需要高度的艺术概括集中，语言必须准确精炼。这是老作家数十年来经验之谈，也针对着当前戏剧创作中普遍存在的问题。《三人行》的创作，正是在作家总结了以往经验的基础上生产出来的新的花朵。其中确有不少值得我们细细研究和学习的。

（原载《剧本》1963 年第 12 期）

应当严肃认真地来评论影片《北国江南》*

汪岁寒　黄式宪

　　马林同志评论电影《北国江南》的文章——《千里塞外变江南》（刊于《人民日报》一九六四年七月十九日），对这部影片作了极其错误的评价。这部影片，在怎样正确反映农村阶级斗争，怎样塑造正面英雄人物的形象，怎样正确对待中间人物在创作中的地位和作用等根本问题上，都存在着严重的错误，值得我们严肃、认真地讨论。

　　马林同志在文章一开头就说：《北国江南》"是一部描写人民群众在党的领导下，依靠自己的力量，改造自然，变塞外为江南的赞歌"，并强调指出："这部影片所描写的虽然是一场战胜自然的斗争，却是用一根阶级斗争的红线贯串着"，"通过与阶级敌人的斗争展示出人物的成长和变化"，"塑造了主人公吴大成的光辉形象"。

　　《北国江南》真是这样一首"赞歌"吗？真的"是用一根阶级斗争的红线贯串着"的吗？真的塑造了"光辉形象"吗？

　　＊　关于《北国江南》的讨论，可分为三个阶段，文章共计 507 篇。第一阶段，即《北》片放映之初，共有文章 11 篇，都一致肯定此片。第二阶段，即康生在全国京剧现代戏观摩演出大会总结会上点名批判《北》片之后，《人民日报》立即发表了《应当严肃认真地来评论影片〈北国江南〉》的文章，并加了"希望读者积极参加"讨论的按语（此前一天《北京日报》发表署名"陶文"的文章，亦属此类。陶文者，声讨之文也），全国"讨论"急转直下，形成围剿之势；但也发了少数主张"不能全盘否定"和"应当实事求是"评论此片的文章，而这些文章都毫无例外地受到批判。这阶段的文章，共计 492 篇，现选录 2 篇。第三阶段，即粉碎"四人帮"之后，涉及《北》片的文章共 4 篇。

看不见"阶级斗争的红线"

　　影片情节发生在合作化时期风沙漫天、荒凉瘠贫的千里塞外。影片作者也写了农村的阶级和阶级斗争，但是，影片反映的"阶级斗争"的一个触目特点是：敌人在猖狂破坏，而群众、干部和党员却长期没有感到阶级和阶级斗争的存在，更没有进行任何有效的斗争。结果是：我们搞建设，敌人搞破坏；我们打井要改造自然，敌人就移动标石叫我们白费气力打不出水来。虽然影片将近结束的时候，县委书记指出了这一点，但是，作为合作社社长兼党支部书记的吴大成，也仅仅是引起怀疑，仍未及时穷追敌人。

　　这场尖锐复杂的阶级斗争，是怎样解决的呢？也不是由于对阶级敌人和资本主义自发势力进行阶级斗争的结果，而是由富裕中农董子章突然转变，"良心"发现，跑来揭发，才算真相大白。

　　董子章是怎样转变的呢？他的转变是自发的，偶然的，并不是接受了正面人物的正确思想影响然后发生转变的。

　　为了说明问题，不妨引一段戏为例：富裕中农董子章受了反革命钱三泰的唆使，企图对合作社的牲口下毒，但一看到自己入社的那两头牲口时，心就软了。在分镜头剧本中是这样描写的：

　　　　"董子章走过来（进画）到牲口前，亲热地望着它们，抚摸它们，不由己的在马头前矛盾起来。"

　　　　"红马和大青骡，看见董子章的这副样子，好象颇有灵性地紧着摇头。"

　　　　"董子章酒气未尽，满脸汗光，伸手掏出毒药来，就在这时一阵冷风吹刮得他须发飘动，他不禁哆嗦了一下，而头脑也好象有点儿清醒（了）"。

　　从这些描写可以看到：影片的作者企图用这样的事实说服观众：董子章在此时此地由对牲口的感情而"良心"发现没有下毒，加上事后受到暗藏反革命分子钱三泰的威逼，从而很快转变。只要稍具阶级斗争的观点，就不难识破董子章这样的人物的这种转变，是不真实的，是十分牵强的。

在评论双方争夺小旺这个重要情节的时候，马林同志说：这"就是思想领域中的一场激烈的阶级斗争"。那么，这场斗争到底是"谁战胜谁"了呢？从影片的描写看，董子章从弄断车轴、贩私货做生意到和吴大成争夺小旺，甚至险些在暗藏反革命分子钱三泰的唆使下对社里的牲口下毒，活动甚为嚣张。尤其是小旺，竟轻易就被董子章这个富裕中农拉了过去，而吴大成等实在显得软弱无力，他们使用的主要斗争手段是：发脾气冒火（吴大成）、哭鼻子抹泪（银花）、打架动武（明新）、躲在一边干着急（凤兰、桂芬），别无他法。

由此可以看出，影片表面上是写了"阶级斗争"。然而，影片绝大部分篇幅描写的，却只是资本主义自发势力的嚣张活动以及阶级敌人的猖狂进攻，人们并看不见革命人民对他们的斗争。

马列主义阶级斗争的学说教导我们：阶级斗争总是敌对的两个阶级之间不可调和的你死我活的斗争；在斗争中，革命阶级总是促成事物发生革命转化的决定性力量；但是，为促成革命转化、战胜反动阶级，必然就要经历一个斗争过程。所以，革命的文学艺术工作者，要想在自己的作品中正确反映出我国当前社会主义革命和社会主义建设时期的阶级斗争，那就不能仅仅只写阶级之间的对立，更重要的，还必须写出对立阶级之间经过激烈的斗争所必然导致的革命阶级胜利的革命转化过程。而这恰恰是这部影片所缺少的。

《北国江南》没有表现出人民群众在党领导下的革命实践、革命斗争的真正胜利，没有用革命的阶级斗争的观点和革命的辩证法来概括、提炼与反映社会生活中的矛盾斗争。影片中虽有一些先进与落后的思想冲突，但是，在影片所描写的这场矛盾冲突中，革命阶级所以取得胜利，并不决定于敌我力量的对比，也不决定于我们的斗争和强大的思想力量，而是决定于所谓"良心"、"人性"以及抽象的"感情"，等等。这怎么能构成"一根阶级斗争的红线"呢？

并不是我们时代的"光辉形象"

是不是用阶级分析的方法来反映时代精神，首先表现在文艺作品歌颂什么人以及怎样歌颂这个问题上。这里，让我们分析一下影片所塑造的"光辉形象"吴大成。我们认为，只有在作品中，塑造出直接从当代火热斗争的各条战线上涌现出来的、最能体现无产阶级革命理想的正面英雄人物形象，才能深刻、有力地体现我们今天的时代精神。

影片中作为合作社社长兼党支部书记的吴大成这一人物，是怎样的形象呢？

马林同志说："影片在矛盾冲突的漩涡里，塑造了主人公吴大成的光辉形象"。"影片通过吴大成克服缺点的描写，表现了他的成长"，这样，"一个勤勤恳恳、全心全意为人民服务的优秀农村干部的形象"，便在我们面前"矗立起来"。

类似这样的评论，也可以在七月二十三日的《光明日报》上看到："影片着力刻划了吴大成这个忠心耿耿的党的农村基层干部形象"，影片"展现出他的坚毅的性格和鲜明的阶级观点，展现出他对社会主义事业的耿耿忠心和高尚的精神境界"。

在一九六四年第六期《大众电影》上，题为《不可忘记阶级斗争》的影评中，甚至还可以读到这样的文字："《北国江南》在表现这场斗争中，正是让正面的社会主义力量处于描绘的中心，表现出他们的强大的精神力量：社长大成的形象，洋溢着革命的志气和勇气，浑身是劲、全无私念、敢于斗争。……"

如果真是这样，那当然是一件很好的事情。因为，在我国文学艺术中所创造的无产阶级新英雄人物形象的画廊里，又将增添一个新的画像。可惜，事实却不是这样。

从影片关于吴大成这个人物的全部描写来看，这个人物虽然主观上想干革命，想把工作做好，愿意勤勤恳恳为人民服务，但是，他身上的缺点实在太多，而且性质相当严重。首先是他十分缺乏阶级斗争的观念。当上级领导已经指出可能有阶级敌人进行破坏的时候，他还没有采取积极行动，口口声声只是要同自然作斗争。其次，他也脱离群众，一味蛮干，处事简单粗暴，甚至不懂得要给群众安排烧饭的时间。他在各种斗争中都不是一个胜利者——在与暗藏反革命以及资本主义自发势力的阶级斗争中，丧失警惕；在争夺青年一代的斗争中，处处被动；在改造自然的斗争中，接连吃败仗。当我们看到群众都离开了他、只剩下他一个人在井下咬牙掘土时，由于明明知道打不出水来，干也是白干，因而我们对这个人物的所作所为，除了焦虑、不安而外，实在很难感受到什么"强大的精神力量"。在他身上，哪里有一点革命战士的斗争智慧呢！更谈不到无产阶级革命理想主义的"光辉"了！这个人物，完全是作者的主观臆造，完全歪曲了农村干部的真实形象。

令人费解的是，马林同志居然在文章最后得出了这样一个结论："正是由于我们有着千万个象吴大成这样的优秀干部，他们在党的领导下，坚定地依靠贫、下中农，紧密地团结群众，才一次又一次地击退了阶级敌人的猖狂进攻，捍卫了和发展了社会主义集体经济；才能创造出千里塞外变江南和无数个改变一穷二白面貌的丰功伟绩。"这个结论对实际生活来说是完全正确的，但是，用来分析吴大成这个具体形象，不能不说差距甚大。

我们认为这与文艺界某些人提倡过的要写英雄人物的所谓"复杂性格"的论点有关，也与作者没有深入农村，不了解农村的真实情况有关。不然，怎么可以理解农村干部在作者的眼里会是这样的人呢？

前不久我们刚从农村参加社会主义教育运动回来。在农村，我们确实看到了许许多多优秀的农村基层干部，他们公而忘私，对党对人民一片赤胆忠心，他们许多人都是既有远大的革命理想又是富于斗争智慧的。在一个村子里，这样的干部正是贫下中农和其他劳动人民的带路人，是坚定地维护他们的阶级利益并团结他们不断革命的阶级战士。我们从他们身上学到了许多东西，在与他们并肩斗争中，时时可以从他们汲取到无穷的精神鼓舞力量。我们在生活里所接触到的这许多农村干部，与影片中吴大成的形象，实在很难联系到一起。能够说，吴大成的形象是真实的吗？是典型的吗？作者是从什么感情出发来塑造我们的农村基层干部呢？

一群不好不坏的"中间人物"

这部影片中的绝大部分人物，包括处于正面地位的角色，实际上是一群不好不坏的"中间人物"。我们并不反对文艺作品中描写"中间人物",但是,不能用"中间人物"来代替或冒充先进人物,更不应该把先进人物写成中间人物。就是写中间人物,也不能加以歪曲和丑化,把他们描绘成只知道发火打架、哭哭啼啼、乱糟糟的一群"芸芸众生"。比如影片中跟着吴大成后面瞎忙的副社长郑万全,还有他那位一闹气就不出工的妻子郑二嫂;再如只管定"井标",而不管是否打得出水来的糟糟懂懂的老汪头;在年青一代中,明新、凤兰、桂芬都是如此。

影片中描写的群众与干部的矛盾,也令人难以理解。他们好象毫不懂得干部带领他们挖井是有关自己切身利益的,完全不能与干部同甘共苦、战胜困难。今天可以撒手不干,明天又一拥而上。这些形象,显然不是真实的,也不是典型的。

尤其令人奇怪的是小旺,他的父亲受尽地主压迫剥削,逃亡他乡,生死不明;他的伯父董子章,也不愿收留他。他是在吴大成这个革命家庭中长大的。这样的青年,本来应该成为一个革命的接班人,谁知竟会如此莫名其妙地就被他那位富裕中农的大伯董子章拉了过去,在一双旧皮鞋面前就拜倒,一听说进城当小工每月有二十来块钱,就连爱人也不要了,自己的家乡也忽然成了"鬼地方"了,一心要进城。能够说,小旺的形象是真实的吗?是典型的吗?作者又是从什么感情出发来塑造我们农村的年青人呢?

影片还格外突出地刻划了另一个名为先进人物、实为中间人物的银花。作者把她处理为一度是瞎眼的党员。这个党员,毫无政治头脑,只不过是一个庸庸碌碌的"贤妻良母"。这个人物不是以革命的思想,而是以她唯一的"瞎眼症"作为参加阶级斗争的武器。在影片情节发展的三个紧要当口,她总共做了三件事:一是解决郑二嫂出不出工的问题(实际上是解决群众出不出工打井的问题),二是解决吴大成的工作作风问题,最后是解决小旺的思想问题。这三个重要问题的解决,并不是由于这个共产党员用自己的无产阶级的立场观点、按照党的原则,去对自己的爱人进行思想斗争,帮助他纠正严重的缺点;去向落后的群众进行耐心的说服教育,提高他们的思想觉悟,而是凭"瞎眼症"去激发人们的同情,以及由此而产生的愧疚,不安,自我谴责。于是,问题一个个顺利地解决了。

在这部影片里,决定的因素是人的感情的作用。当然,我们并不否认感情在某种场合起一点的作用，但是问题在于什么样的感情，它包含着什么样的内容。而在银花这个一度瞎了眼睛的共产党员形象身上，人们却只能感到资产阶级的人性论观点和腐朽的人情味。

两 个 问 题

在评论这部影片的一些带有根本性的问题的时候，我们认为有必要同目前文艺界正讨论的两个重大问题联系起来研究。

一个是目前正在报刊上讨论的周谷城的美学思想。周谷城认为，时代精神就是"广泛流行于整个社会的时代精神"，即由各个阶级各种不同的思想意识"汇合"而成，"各时代的时代精神虽是统一整体，然从不同的阶级乃至不同的个人反映出来"。我们认为，《北国江南》这部影片在处理阶级和阶级斗争的问题上，正是反映周谷城的美学思想的典型。

另一个是文艺界有些人提倡过的多写所谓"中间人物"的论点。持有这种论点的人认为：文学艺术应当大量反映"不好不坏，亦好亦坏，中不溜儿的芸芸众生"，即中间状态的人物。他们对于先进人物、英雄人物显然缺乏兴趣，而企图以大量的中间人物来代替先进人物和英雄人物，作为文学艺术作品的主角。我们认为《北国江南》这部影片正是以这种论点为创作思想的典型。

这些问题，都是值得我们严肃、认真地来思索，来讨论的。

（原载 1964 年 7 月 30 日《人民日报》）

我不同意汪、黄二同志的观点
——也谈电影《北国江南》

江 林

对于《北国江南》这部电影，有人完全肯定，说它是一部杰出的新作；有人完全否定，说它歪曲了英雄人物的形象，用资产阶级的人性代替了阶级性等等。现在来谈谈我对这部影片的看法。

我认为对于一部影片，不但要严肃认真，而且还应全面正确地去评价。文艺作品不是军队上的打仗，不是胜就是败。有这样一些作品，它在塑造人物和一些问题的处理上，有些不得当，甚至不正确，但是它还有一定的教育意义。我认为《北国江南》就是这样一部作品。在我看来，七月十九日发表在《人民日报》上的马林同志对这部影片的评价过高了，而汪岁寒和黄式宪同志的文章又过低的评价了它，甚至是一棒子打死。汪、黄二位同志有些观点，我不能同意，愿意提出来：

关于阶级斗争

这部影片自始至终确是贯穿着阶级斗争的。阶级敌人钱三泰趁刮大风之际，打开了牲口圈和羊圈，企图把牛、羊放跑；社里打井，搞水利建设，他给移动打井的标石；他还指使富裕中农董子章去给牲口下毒药。但是敌人的这些破坏活动并没有得逞，水利建设搞成了，克服了千年来的干旱，果真变塞北为江南了。而敌人呢？被逮捕法办了。这怎么能说没有阶级斗争呢？

在这部影片里，作者是有意这样写的，党支书吴大成有一些缺点：性格有些暴躁，调查研究不够，注意群众生活不够，阶级警觉性不高。但是最后经过县委张书记的指示，群众的帮助，他的这些缺点克服了，并且懂得了阶级斗争，这样就使吴大成升华到英雄人物的境界。通过这样的描写，显示出了人物的成长。我们认为作者这样写是完全可以的，是无可非议的。

当然作品在处理董子章的转变上，不能让人完全信服。富裕中农董子章一心想走资本主义道路，留恋过去的生活。总觉得入社吃了亏，不积极干活，却热心于搞投机生意。反革命分子钱三泰趁他酒醉指使他去给牲口下毒。当他走到牲口槽前，忽然一阵冷风把他从酒醉中吹醒，这时他又看见了自己家的牲口，他感到于心不忍，感到这样做受到良心的谴责。这里，我要说，良心不是坏东西。只要他不是阶级敌人，只要一个人的良心还在，即便是不靠阶级觉悟，就只凭他的良心，他也不会做出与人民为敌的事情来的。后因钱三泰的追逼，他才发觉自己上了当，钱三泰是在借刀杀人。于是他便向吴大成去揭发，后来在与钱三泰的斗争中还负了伤。这样的转变是有一定的道理的。但是作者却忽视了促使他转变的一个更重要的原因，那就是党的教育和正面人物对他的影响，关于这点作者根本没有写。虽然在董子章的投机生意被揭发后，吴大成也批评了他一顿，但是他并没有接受这个批评，这点批评在后来董子章的转变上没有看见起任何作用。我们认为这是这部影片的错误所在，应当受到批判。

关于吴大成的形象

影片中吴大成的形象，我认为基本上是成功的。他出身于贫农，在解放前为救阶级兄弟坐过牢，并在牢里结识了一个共产党员，使他懂得了真理。解放后他成了黄土屯党支部书记兼生产队长，他领导社员不怕任何困难，要干改天换地的大事业。这确实是一种英雄行为！遇到风灾以后，他赶忙召开了支委会，根据县委张书记的指示制定了生产救灾的计划，并且立即领着大伙干起来了。为了彻底消灭旱灾，在他的领导下，展开了轰轰烈烈的冬季打井运动。难道能说他不是"一个勤勤恳恳、全心全意为人民服务的优秀干部的形象"吗？影片通过打井这个既和自然斗争又和人斗争的场面里，难道不说明吴大成是一个"洋溢着革命的志气和勇敢，浑身是劲、无私念、敢于斗争"的人物吗？

作者写了吴大成的缺点，通过克服缺点得以成长，这是完全正确，也是合乎客观规律的。每个人的成长过程都是这样的。不存在缺点的人在世界上是找不到的。

关于"中间人物"

汪、黄二位同志说这部影片中的大部分人物是不好不坏的"中间人物"。果真是这样的吗？我认为不是。他们说副社长郑万全、郑二嫂、明新、凤兰都是一些只会发火打架、哭哭啼啼的人物。请问，不正是他们为改造自然而进行了英勇顽强的斗争吗？不正是他们不远千里冒着生命的危险去到张家口背的雷管吗？不正是他们冒着"黄毛风"去往山上送的雷管吗？不正是他们在同自然和人的斗争中把塞北变成了江南吗？怎么能说他们是不好不坏的"中间人物"呢？

至于缺点，那是每个人都有的。我们怎么能够单凭个人的主观想象，要求这些人一点缺点都没有呢？

我们认为他们不只是会"发火打架，哭哭啼啼……"而是具有冲天的革命干劲和坚韧不拔的革命意志。劳动时那种歌声四起、笑声荡漾的场面，难道汪、黄二位同志没有听到和看到吗？要求青年人没有哭笑那是不可能的。至于打架，那也是绝无仅有的一次，而且他们还受到了批评。

小旺这个人物，汪、黄二位同志说的就更没有道理了。是的，出身好，应该成为革命的接班人。但是出身好，并不等于进了红色保险箱。在现阶段，阶级和阶级斗争还存在，资产阶级各式各样的坏思想，每时每刻都在腐蚀着我们的青年。阶级敌人在用形形色色的手段拉青年下水，和我们争夺青年。小旺这个形象的出现在当前我们社会上是一个发人深省的社会课题，所以我们党提出来要大抓阶级教育，教育青年不要忘记阶级斗争，不要忘记过去，要教育他们成为红色的接班人。如果说出身好就自然能成为红色接班人，那我们为什么不提出来只要教育那些出身不好的青年，而那些出身好的青年不用教育就会自来红的口号呢？怎么能说"小旺的形象不真实"呢？话剧《年青的一代》里的林育生，《祝你健康》中的丁少纯，不都是这样的形象吗？

小旺不是"如此莫名其妙地就被他那位富裕中农的大伯董子章拉了过去"，而是有其思想根源的。他出身虽然好，但是家庭对他教育很不够，而他大伯董子章却时常给他灌输资产阶级思想。打井遇到了困难，恰好在这时，小旺到张家口买雷管，遇见了他大伯，他大伯又给他说了一些什么城市比农村好啦，给他找工作啦等等。而且后来这个工作真的找到了，于是他动摇了。在他做思想斗争时，不是还想起了他大伯那"人一辈子掐头去尾就剩二、三十年，一飞就过"的话吗？怎么能说他莫名其妙地被他那位富裕中农的大伯董子章拉过去了呢？

关于银花的形象我不想多谈，现在只谈一点小旺的转变。汪、黄二位同志说，小旺是由银花的"瞎眼症"激发了他的同情心，是银花用她那资产阶级的感情感动了他才转变的。真的是这样吗？

当小旺决心要走时，银花抱着刚做好的棉袄追了出来，她对小旺说："你说你到城里去工作，可是党叫咱们要重视农业，搞好农业。你怎么连党的话都不听了呢？你以为到了城里搞建设就不艰苦了吗？告诉你，一个人想贪图舒服，不管是城里乡下，都没有你站脚的地方！"请问，这段话汪、黄二位同志又怎么解释呢？这难道是资产阶级的感情和那腐朽的"人情味"吗？汪、黄二位同志也不否认感情在某种场合起一定的作用。银花正是站在了无产阶级的立场上，按照党的原则，对小旺进行了说服教育，甚至斗争，使他提高了阶级觉悟，再加上她对小旺的革命感情终于使小旺转变的。这样的转变难道不正确吗？

因此我们认为有些人在评价一些作品时，总是在自己脑子里先产生某种观点，这种观点是由个人的主观片面的判断所确定的，然后再在作品里断章取义地去找论据。这种评价作品的态度，我们认为是不严肃的，也是不正确的。

（原载 1964 年 8 月 13 日《河北日报》）

369

中国现代文学史*（节录）

唐 弢 主编

第六章　无产阶级革命文学运动和中国左翼作家联盟

第五节　瞿秋白和马克思主义文艺理论在中国的进一步传播

一九三二年夏，华汉的小说《深人》、《转换》、《复兴》三部曲合成为《地泉》重新出版，瞿秋白、茅盾、郑伯奇、钱杏邨及作者本人都写了序言，对这部在无产阶级革命文学运动初期得过好评的作品作了严格的批评和自我批评，指出其中存在着小资产阶级的思想倾向和"用小说体裁演绎政治纲领"的缺点，并把它们作为初期革命文学作品的"一般的倾向"来批评。这是革命作家在前进中随时总结经验、努力克服弱点的一个很有代表性的例子。

第十章　第二次国内革命战争时期的文学创作（一）

第一节　蒋光赤和早期提倡无产阶级革命文学的作家

一九二八年前后出现的革命作家中，较多的是太阳社、创造社成员或在太阳社、创造社所编刊物上发表创作的青年。他们的创作都与

＊　节录自《中国现代文学史》（二），人民文学出版社 1979 年 11 月版。

蒋光赤的作品有着近似的特点。他们描写劳动人民的痛苦，宣传阶级斗争，表现出革命的热情，但作品也比较普遍地存在着一些缺点：缺少生活实感，主观臆想色彩较浓，高昂的革命呼唤未能得到相应的艺术体现，小资产阶级知识分子感情较为明显。阳翰笙（华汉）有中篇小说《女囚》、短篇集《十姑的悲愁》等，较重要的作品是长篇小说《地泉》，包括《深入》（即单行本《暗夜》）、《转换》、《复兴》三部曲，反映农村革命的"深入"，小资产阶级知识分子的"转换"，工人运动的"复兴"。作品描写了较广阔的社会生活面，并企图表现革命的出路，却因生活的不足和艺术表现上的弱点，给人以概念化的感觉。革命作家曾借该书再版的机会，撰写序文总结过这方面的经验教训。

蒋光赤和这些作家的创作、理论和组织活动，都为我国无产阶级革命文学作了初步的拓荒工作。他们旗帜鲜明地为无产阶级领导的革命事业服务，政治立场鲜明，革命色彩强烈。他们的作品以主要篇幅反映工农群众的生活，描绘革命者的抗争。这些，都给新文学带来了新的内容和新的特色。但是，由于思想认识上的限制和实践经验的不足，在他们的文学创作中也存在着明显的缺点。比如对于作家的非无产阶级思想感情的改造，作品表现生活的深度，艺术描绘等方面都重视不够。有些作品，在革命形势的估计、革命活动的描写以及无产阶级与资产阶级的矛盾斗争的处理上，还不同程度地显露出"左"倾思潮的影响。这些成败和得失，共同地显示出革命文学在前进过程中留下的足迹，给随后的革命作家提供了经验和教训。

中国现代文学史*（节录）

唐　弢　严家炎 主编

第十三章　在民族解放旗帜下的文学创作（一）

第四节　《屈原》及其他历史剧

剧❶中演出的"杨韦事变"，使观众和读者自然地联想到刚刚发生的"皖南事变"。共产党所领导的八路军和新四军，正是抗日民族统一战线的柱石；而阴谋"聚歼"新四军军部的国民党反动派，不是同韦昌辉十分相似么？在那日本侵略者大敌当前的关头，正是他们这帮顽固势力，不顾民族大义，不仅腐化堕落，贪赃枉法，陷人民于水火，而且策划阴谋，诱杀坚持抗战的新四军。因此，这个历史剧的演出，也曾引起强烈的反响，对揭露国民党反动派发动"皖南事变"的反动实质，鞭挞他们反共卖国的滔天罪行，起了很大的政治作用。杨秀清对韦昌辉的斥责，体现了周恩来同志"同室操戈，相煎何急"的诗意，表达了党和人民的义愤；洪宣娇的忏悔，对那些被利用者和受蒙蔽者的悔悟，也不是没有启迪作用的。不过，剧本贯穿的爱情纠葛，有些过分突出和夸张，多少削弱了所要表现的主题。作者后来解释过，那是为了通过"审查关"不得已加上的"一番渲染"。（见阳翰笙的《〈阳

＊　节录自《中国现代文学史》（三），人民文学出版社 1980 年 12 月版。

❶　指《天国春秋》。——本书编者

翰笙剧作选〉后记》)

　　《草莽英雄》，一九四二年十月脱稿。剧本取材于辛亥革命前夕川南保路同志会与丧权辱国的清政府进行英勇斗争的悲剧故事，塑造了罗选青和陈三妹等人民英雄的形象。他们在斗争中虽然表现了可赞颂的坚贞不屈、无所畏惧的气概，并且一度干得轰轰烈烈，但是，由于他们对隐藏内部的敌人丧失警惕，一俟取得了一定胜利，又头脑膨胀，不听忠言劝诫，以致误信敌人诈降，终遭暗算；不仅罗选青重伤身死，而且把辛苦经营的革命事业毁于一旦！罗选青临牺牲时对同盟会会员唐彬贤说："你快点设法去告诉孙文先生……那些扯起旗子反清廷的，还有许许多多是来混水摸鱼的一些狗杂种！请他千万当心！"作者通过这个西南地区人民尤感亲切的历史教训，启发和教育观众：在抗日统一战线中，也要警惕那些"混水摸鱼"的家伙，如不对他们的阴谋诡计及时展开斗争，也会危及正在坚持的抗战的前途。

《地泉》和"革命的浪漫谛克"（节录）

方浴晓

把《地泉》三部曲这样简单地巡视一番之后，就可看出它既没有多少认识价值，也没有多少艺术借鉴的价值。然而在某种意义上它却又很有价值，那就是历史文献的价值。《地泉》并不能概括初期无产阶级文学创作的全部特点，但可以代表某一方面的重要特点。

《地泉》在一九二八年到三〇年间，在大革命失败后中国革命转入新阶段之时，以地下的奔流比喻正在兴起的工农革命运动，主观上力图表现农村革命的深入和城市斗争的复兴。作家企图以此来尽了文学为政治服务的责任，实践无产阶级文学倡导运动的主张。当着白色恐怖笼罩大地时，写《地泉》这样的小说是要犯杀头之罪的。当着诸如林怀秋一样的人正在失望、彷徨中大写"性感小说"时，华汉却要歌颂工农的斗争，宣告革命的复兴。这些是不应轻予抹杀的！

《地泉》在一定程度上体现了无产阶级文学运动所坚持的方向。尽管由于各种条件的限制，《地泉》中不可能塑造出真正的、成功的工农形象，但它还是表现了三十年代左翼文艺创作在题材和主人公形象上，较之"五四"时期新文学的巨大变化。正是从像《地泉》这样一批作品开始，工农的生活、斗争才成了文学创作上比较普遍的题材。我们可以看出，这类作品较之前一时期的"乡土文学"，思想上有了很大的发展。

《地泉》在当时对于在黑暗中摸索道路的青年，起着鼓舞他们寻求并投身革命的积极作用。这一点如果脱离当时的具体历史条件是很难理解的。饮鸩止渴是可悲的。但是如果在沙漠中没有汽水、酸梅汤，而去喝一杯凉开水，那怕是其中含有某些杂质，对于解渴还是有好处的。一些老同志曾回忆当年蒋光慈等的作品如何鼓舞着他们参加革命。正因为具有这种作用，《地泉》出版不久就被列入国民党反动派查禁的"普罗文学"书目之中。

放在一定的历史条件下，《地泉》自有其不应抹杀的积极意义。我们从上述这几个方面对《地泉》所作的肯定，大致上也是初期无产阶级文学创作所应予肯定的贡献。

《地泉》的缺点也是十分明显的，至少这样两个方面也是初期无产阶级文学创作的通病：

第一，是它的概念化。作家只是概念地了解革命，而由于生活的局限，对工农的生活并无具体的感受，至多只有一些肤浅、皮毛的了解。他亲自看到农民奋起反抗，却只是远远地站着看，而不可能与农民滚到一块，一起干。这种看一看，对于创作充分现实主义的作品，是远远不够的。他的"激动"、他的"热血沸腾"，是不能代替对客观生活的细致精确的描写的。就是说，作家的主观愿望和他当时的实际能力之间，还有很大差距。因此当他写到工农时，只能凭空虚构某些情节，或者让人物讲些大道理。老罗伯是如此，就是《复兴》中的工人，在家庭生活中的对话，也有点像政治课教师在课堂上念讲义。作品中失实的描写，更说明作家生活准备的不足。为了表现张老七受压迫，虚构了一个他卖桃遭打的故事。在表现人物对桃子的珍爱时，竟让他在桃上洒水。如果这是真实的，那也只能说明张老七缺乏生活知识。

第二，作品充满了小资产阶级知识分子的自我表现。作家真正饱含着感情去描绘、渲染的，是林怀秋、梦云等人的生活。作家让梦云从一个出身中产家庭，为反对包办婚姻而出走的女子，一下子"突变"而当了工人，成了工人运动的领袖人物。对林怀秋虽有批判，但十分无力。极力渲染他的颓废生活，说明作家多少有点欣赏这种生活。实际上林怀秋是作家心中的英雄，作品最后也确把他"突变"成了凌驾于群众之上的天马行空的英雄。如果说概念化的缺点主要反映了左翼作家生活准备的不足；那么以描写工农斗争为题材的作品，却包含浓

375

重的小资产阶级知识分子的自我表现，则反映了左翼作家思想意识上
的不纯。这两点是三十年代左翼作家们带有普遍的缺点（尤其在前半
个阶段），而都在《地泉》中表现得那么鲜明。从这个意义上说，这是
值得一读的作品。

此外，《地泉》还有一个问题，那就是在《复兴》中描写了第二次
"左"倾路线指导下的城市斗争，这对于分析"左"倾路线对左翼文艺
的影响，也是一个重要的材料。因为在当时左翼创作中如此直接、正
面地描写错误路线，是并不多见的。

《复兴》完成于一九三〇年七月，其时正值第二次"左"倾路线在
党内占了统治地位期间。作品描写的第一次工农兵代表大会，显然是
指这年五月在上海召开的全国苏维埃区域代表大会。这次大会是在李
立三同志的指导之下，所通过的决议中已存在着"左"倾机会主义的
错误。《复兴》通过林怀秋之口告诉梦云，在红军中打起旗号不攻坚、
不打重要城市的方针受到了否定。"大会决定：第一、应该猛烈的扩大
我们的部队，一切武装都应该集中到我们的部队里来，第二、应该坚
决的向重要城市进攻，绝对反对逃避战争的保守观念！"提出扩大武装
到五十万，进攻城市，城市最重要，"中心城市里爆发一个总同盟大罢
工，那，那新的革命高潮便算到来了啊！"等等，这些都是第二次"左"
倾路线的内容。因此，小柳和阿林组织工人总同盟罢工，"用群众的威
力去拦车子，打走狗，说服新工，驱逐白俄，示威游行，包围公司"
等冒险行动，还有作品最后的飞行集会，便都是在第二次"左"倾路
线指导下的错误行动。其结果倒真要像书中所述："表面上这些话非常
好听，实际呢，……只有教我们的工友，规规矩矩攒西牢里！"不过这
话是出自工贼一类的阿雷之口，说明作家是不赞同的，而他所肯定的，
倒是在"左"倾路线下的那些冒险行为。《复兴》在歌颂工人的英勇斗
争的同时，也错误地肯定了"左"倾路线。限于作家当时的政治觉悟
程度，他不可能识别党内的路线是非，因而受了"革命高潮已经到来"
之类的蛊惑，在自己的作品中宣扬了某些错误观点，这也是《地泉》
的一个错误。

林彪、"四人帮"曾经夸大这类错误，以根本否定三十年代的左
翼文艺。上面已经提到，像《地泉》这样明显地写错误路线，在三

十年代左翼文艺创作中并不多。如果仅就一部作品而论，《地泉》这个错误也不足以推翻我们前面对它所作的某种程度的肯定。其次，比较起概念化、小资产阶级自我表现等，这个错误毕竟是次要的，严重阻碍左翼文艺创作的进步的，不是这个错误，倒是前者。路线斗争是党内的政治斗争，对于大多数作家来说，则主要是认识问题。在这种条件下他的认识受这种观点的影响，在另一种条件下又可能受那种观点的影响。一九三〇年的华汉肯定地描写"左"倾路线在城市斗争中的表现，到了一九三二年再版时，他就检讨说：一九三〇年时"有好多人都在这一'复兴'时期中发了狂，说大话，放空炮，成了这一时期的时髦流行病，我那时蹲在上海，大概也多少受了些传染，这在《复兴》中是深深的烙印得有不少的痕迹的"。如果不苛求于人，则对于作家思想认识过程的某一段落中的问题，对于他早已检讨并放弃了的认识，应该实事求是地给予评价。在文艺评论中，对路线影响问题要作恰如其分的估计。既要面对客观事实，也要摒弃那种夸大路线影响，甚至以之作为判断创作成败的最重要标准的做法。因此既不必因为《地泉》歌颂了农村革命的深入，就吹捧它如何站在正确路线方面了；也不能因为它描写了城市斗争中"左"倾路线而大加挞伐，全盘否定。

我们不遗漏作家任何一点值得肯定的成绩，也不回避客观存在的那些局限、错误。把两方面全面衡量之后，就会看到《地泉》并不是成功之作。不必因为它挂着"无产阶级文学"的招牌就不敢承认它的失败。可贵的是，无产阶级文学的倡导者们敢于进行自我批判。浑身竖着黑毛的毛虫多么难看，然而它后来竟变成一只只美丽的蝴蝶。当蝴蝶翩翩飞舞在花丛之上受到人们的赞赏时，不必否认自己的前身就是一条黑黝黝的毛虫。这正如承认我们的祖先是猴子，并没有什么耻辱一样。但是如果猴子不能变成人则永远只是猴子。毛虫之能化为蝴蝶因为它来了一番自我否定。当无产阶级文学要求前进时，她也开始了自我批判。华汉在"左联"成立之后，就在《拓荒者》上发表了《读了冯宪章的批评以后》，批评蒋光慈的《丽莎的哀怨》以及对这部小说的错误评论，作为"左联"清算倡导期错误的一个行动。接着，在重版《地泉》时他又作了自我检查，表示"在我们正在努力走向文艺大众化路线的现阶段，对于在《地泉》中我所走过的浪漫谛克的路线，我是早已毫无留恋地把她抛弃了的。"四位被邀写序的同志，大都严格地批评了这部作品的错误。他们几乎都把《地泉》作为失败的作品。

（原载《厦门大学学报》1980 年第 4 期）

阳翰笙（节录）

张大明

"革命浪漫谛克"的小说创作

三　基本特点及历史地位❶

可贵的政治热情，自觉写革命，这是阳翰笙小说的最基本最重要的特征。

阳翰笙对生活的态度始终是积极的，他总是以主人翁的姿态站在改造世界的前列。党要他从事武装斗争，他干得出色；党要他搞文艺，他愉快服从。他对革命不是被动的，而是主动的。既然文艺工作是整个革命事业的一条战线（用当年的话说，叫一个战野），那么写小说也可以当尖兵。他虽然爱好文学，读过中外古今不少文学名著，但没有搞过创作。为革命，他知难而进；为革命，他学写小说。

写什么呢？窃玉偷香，私订终身后花园，公子落难中状元，最后一个大团圆，是小说；无病呻吟，悲秋惜春，对花垂泪，是小说；酥胸肥臀，三角四角，既肉感又吸引人，也是小说。它们都有读者，都有市场，可以不要生活，坐在屋里生产，不费力气，稿费、版税还多。但这些，跟一个具有政治热情、自觉为革命服务的作家来说，是无缘

---

❶　省略的前两个问题的小标题是：一、小说的基本内容；二、《地泉》——"华汉三部曲"。
——本书编者

的。阳翰笙要写革命，要把握时代的脉搏，要关心人民的命运，要指导人们行动。纵观他的小说，全都是写的重要题材，全都是写的革命。从"五四"运动高潮之后的学生生活到"一·二八"的军民抗战，十年中的重大政治事件、历史动向，他都艺术地概括在作品中。难能可贵的是，他从不同的侧面反映了"四一二"之后的白色恐怖和各阶级各阶层人物的政治态度，以及革命的复苏。他通过《马林英》、《两个女性》、《趸船上的一夜》写了南昌起义。客观情势不允许他对南昌起义作正面的直接的描写，但精细的读者能够体味出作品写的是什么，知道革命的火种没有熄灭，革命仍在进行，而且采取了武装斗争的形式，找到了到农村去、与农民相结合的正确道路；尽管它又不断遭到挫折，但红旗没有倒。把南昌起义写进文学作品，阳翰笙是第一人。他通过《深入》，比较真实地反映南方农村农民革命运动的重新兴起，而且它是那样有声势，锐不可当。小说写到党的领导，抓武装，建立农民自己的政权，打土豪分田地，解决农民对土地的要求，这些都是革命的主要内容，是革命的正确途径。如果我们再结合题材和主题都大致相似的戴平万的《村中的早晨》、洪灵菲的《大海》、蒋光慈的《咆哮了的土地》、楼适夷的《盐场》等作品来读，更可在综合中、在比较中看出阳翰笙的作品的价值。现在我们是知道了，中国革命要搞武装，建立农村根据地，走农村包围城市的道路。但阳翰笙一九二八年写《深入》的时候不知道这个理论，也还没有这个理论。——这个理论是毛泽东、朱德、陈毅、一批革命者、广大农民通过实践共同创造、而由毛泽东加以总结、逐步明确的。阳翰笙只不过是根据自己的所见所闻，写了一部分生活真实，而这生活中就蕴藏着革命真理。因此，尽管它粗糙，但它可贵。即是说，他不是先掌握了一种理论，为了宣传它，就编造一个故事，借人物的嘴来演绎这个理论。他写的是生活，由这种生活，人们可以总结出一种理论，抽象出一种真理。前者是不可取的，后者是宝贵的。写工人的生活和斗争，在阳翰笙的小说创作中占了比较大的分量。他反映了工人受的压迫和剥削，工人生活的苦难。这是比较容易写的，一般写写，也不足为奇。他又写了工人运动的由高潮转入低潮，经过短暂的停滞，又艰难地再起；而且由经济斗争转入政治斗争，政治斗争又和农村的革命武装斗争遥相呼应，紧密配合。

这样写，就具有一定的深度。他写得最多的，还是知识分子的题材；人物形象，也以知识分子较为鲜明。风流倜傥、飒爽英姿、驰骋疆场、从容就义的马林英，可歌可泣；坚持革命、血洒中国的云生，可钦可佩；身居陋室、胸怀天下，既有女性的温柔细致，又有振臂一呼、应者云集的领导才干的金文，可亲可敬；厌弃锦衣玉食的生活条件、搂搂抱抱的闺中之乐，毅然奔赴前线，化悲痛为力量的玉青，可感可羡；为反抗家庭的封建逼婚，自觉去当工人，与工人相结合，把口头的壮志豪情化作艰苦的实际行动的梦云，可喜可贺。丁君度和林怀秋的形象更有典型意义。有那么一批小资产阶级知识分子，他们在革命处于高潮的胜利日子里，慷慨激昂，唱高调，有热情，也能吃苦，能拼命工作。但当革命处于低潮的时候，他们被血吓得目瞪口呆，再也不敢出头露面，不敢革命了；但要他们叛变革命，投降敌人，转过来拿同志的鲜血和生命去换取一官半职，换取个人的荣誉，他们不干，他们的本质没有那么坏。要他们自杀，他们也没有那个勇气，他们还是看中自己的生命和某种才能，他们留恋人生。于是，彷徨，苦闷，消沉，颓废，堕落，口不言革命，尽可能离政治远一点，借酒消愁，寻求刺激，用醇酒和妇人来磨钝自己敏感的神经。这就是丁君度，就是"转换"之前的林怀秋。丁君度是变得比较厉害的，已到了可厌可恨的程度，成了"蛆虫"，但是作者对他还留有余地。玉青还没有说他是敌人，金文也在对他施以言教和身教。如果形势好转，工作做得到家，他还有重新站起来革命的可能。林怀秋的"转换"有点神秘和突然，但分析其前后表现和周围环境，有其必然性；考其历史，也不乏其例。如实地写出这种人的表现，批评、鞭挞其错误，晓以利害，指明出路，引导到光明，具有现实性。阳翰笙正视现实，不回避苦难，不欣赏落后，敢于把笔伸向生活的这一角落，用革命的愤火去焚烧腐烂，用正义的力量去拯救堕落的灵魂，用炽烈的热情去煽燃青春的光焰。因此，他的小说，就是在这种地方也能给人以力量。"一二八"战争过去不久，他又写了《死线上》和《义勇军》，及时反映那滚烫的生活，歌颂爱国军民的神圣抗战，控诉帝国主义的侵略。葛琴的《总退却》、文君（杨之华）的《豆腐阿姐》也是及时反映"一二八"的，但若就这三篇比起来，仍以阳翰笙的小说视野广阔，容量大，富于真实性和代表性，社会效果显著。

可贵的革命热情，扑面而来的政治气息！他为革命而写作，写革命的事件，也鼓舞人去革命。他常常按捺不住自己的情感和对革命的坚贞，要跳出来发议论，表示自己的态度。他总是给人们指示一条出路；他也写弱者，揭露生活的阴暗面，但没有悲观的情调。鲁迅的作品启发人思考，阳翰笙的小说鼓动人行动。它不以深刻的思想、睿智的哲理取胜，而是直接诉诸行动。它使你读的时候热血沸腾，读后要起来去革命。

记录本人的脚迹，反映自己的生活历程，这是阳翰笙小说的第二个显著特点。

他为什么写了那么多反映工人生活的小说？是因为一九二四至二五年他在上海大学读书时，头年参加社会主义青年团，次年转入中国共产党。根据学校党、团组织的布置，他白天上课，晚上深入沪西工人当中去，帮助建立工会，办夜校，给工人上文化课和政治课，代工人写信，写标语，到工人中搞宣传，组织募捐。这样，他跟工人的关系搞得好，工人对他无所不谈，他了解到工人的生活和思想，过去和现在，自己也受到教育。又因为有李立三、邓中夏、杨之华、刘华等人的指导和帮助，他学会了如何深入工人，如何做群众工作的工作方法。三十年代，他先任左联党团书记，后任文总（同时也是文委）的党团书记，他跟沪西区委、闸北区委的关系密切，跟工人领袖有不少交往。因此，他写工人，不完全是出于政治需要和理论驱使，凭空杜撰，而是真正有生活。当然，这种生活毕竟是比较表面的，不深入，不丰富。由于封建军阀和国民党的白色恐怖政策，使他不可能深入到工人的家庭，亲自到生产第一线去劳动，也就不可能探索到工人内心生活的丰富、复杂、微妙、瞬息万变的情景。这就使他的这一部分小说容易流于浮泛。他之写农民，是因为他出生在四川偏远山区的小乡镇，从小就对农民不陌生；他在海陆丰流亡，在松江养病，都听讲过农民运动的壮举，都感受到了农民运动的威势，体味到了农民的觉悟。因此，他创作的《深入》和《马林英》、《转换》（背景可见农运），才令人可信，有感人的地方。至于本夫在 E 港街头彳亍的感受（《趸船上的一夜》），没有亲身经历过的人，是很难写出那种心理活动的。马林英的生活经历，简直可以说就是他的经历的缩影。

在他的小说中，他最不满意的是《兵变》和《血战》，因为二者皆没有生活的实际感受，所以在关键的地方都显得苍白。

阳翰笙小说的毛病我将放在普罗文学的共同性当中去讲。这里只略说两点：一是"左"，二是人物对话的学生腔。虽说"左"有很复杂的社会条件和主观认识的原因，不可不加分析地批判，但在历史已经过去五十多年的现在，我们来谈反映那个时代的生活的作品，不能不指出它的历史的局限性，不然就不能正确地总结历史经验教训。阳翰笙小说中充满着"斗呀，拼呀，杀呀，烧呀"的叫喊，弥漫着单纯的复仇、出一口气的情绪。有的地方写工人鲜明的阶级观点、坚定的革命立场，也因为"左"，反而使实有的生活显得不真实。如《复兴》中生肺病的阿珍和搞工运的丈夫阿林关于治病的对话：

> 阿珍："医生，啊，还不是那一套！他要我绝对不要劳动，又要我到一个空气新鲜点的高山去疗养，还要我打两针静脉针，又说睡的地方要绝对清洁！……真是一些狗屁不值的鬼话啦！"
>
> 阿林："当然啦！在从前，医生是黄〔皇〕帝的御医，现在，又何尝不是资本家的御医呢？你的病，要靠那些王八蛋给你医好是不成功的！"

这不是一般的"左"。它"左"得出奇。第一，在当时的医学科学条件下，对于肺结核患者，恐怕只能是那样的治疗办法。就医学科学本身来说，无论是谁，治疗办法都是一样的。至于一个穷工人是不是有条件用那些办法治疗，是另外一回事。可以仇恨帝国主义和资本家，但不能仇恨科学。医生不能因为患者是穷工人，就讲肺结核可以不治而好，或者说可以服用姜糖开水来治肺结核，更不能说得了肺结核还该强劳动。第二，牵涉到对医生的看法。医生给人看病为生，也是一种职业，是一种通过高级劳动谋生的职业。在旧社会的多数医生也是穷知识分子，他也许给十个穷工人看了病而得不到一文钱的诊治费。医生要救死扶伤，实行人道主义，不管是谁，只要有病，他都看，因此，不能说他们是"资本家的御医"，是"王八蛋"。不能因为他们有点知识，就排斥他们，甚而至于被划到敌对阵营。革命阵营虽然有领导阶级、主力军、同盟者、附庸的区别，但革命不是哪一部分人可以包得了的，革命要没有知识分子参加，这革命是难以进行、不能取得胜利的。应当说，阳翰笙小说中所流露的"左"倾情绪主要在革命的路线、策略方面。比方说，《复兴》中林怀秋向梦云传达的军事路线以及他们的分析和兴奋的心情，这种地方，不折不扣地是李立三路线的表现。它是硬性灌到作品中的，和作品的情节缺少有机的联系。罢工工人断然拒绝调停，提出的条件丝毫不让步，这也是把工人阶级的斗争性、革命的原则性看得太机械了。作品中的类似这种地方，也是最缺乏艺术感染力的地方。连死都不怕的革命坚定性，在作品中反而不感人，这是应该深长思之的。

阳翰笙的小说在叙事和抒情方面，朴实，流畅，但人物对话多是千人一腔，统一于学生腔。且举《深入》一例。农民武装打了胜仗，占领了陈镇，贱骨头有了天下。老罗伯发现他的儿子牺牲了，先是悲痛欲绝，然后"愤愤然的发狂般的"怒吼：

> "啊啊，钱文泰！钱文泰！你这陈镇的田主们所养的恶狗！你你你毕竟把我的儿子咬死了！血淋淋的咬死了！你你你王大兴呀！你你你这吃我的血肉，喝我的血汗的，狼一般贪婪猪一般肥胖的吸血鬼呀！你吮吸了我十五六年的血还不够，你又活活的把我的儿子枪杀了！血淋淋的枪杀了！啊啊，我的儿我的儿！我们穷人的儿子！我们穷人的儿子！统统都被你们这般吃人肉的魔鬼杀死了呀！不是吗？！不是吗？！看我们这一村。看我们这一镇。再看我们这一县和我们这一省，哪处的贫穷农家的儿子，不是被你们这些钱文泰、王大兴一样的魔鬼活活的害死了的？啊啊，你你你全县的钱文泰！你你你全县的王大兴！……全省全国……"

这是老罗伯在他儿子尸体旁的哭诉，后面还有他在庆祝大会上的发言，前面已摘引。恐怕谁都会承认，这是知识分子的怒吼，而不是一个老农民的哭诉。第一，太理智。老罗伯自己受了伤，儿子又牺牲，他的愤怒是不可遏止的；一个老农民失去长子，而且这个儿子在老罗伯的心目中还是一位英雄，他的悲痛是没法用语言来表达的。在这种时刻这种场合，他哪能长篇讲话呢？即或讲，也只能是"意识的流动"（借用这陈旧而时髦的说法），是不连贯的断语，甚至是使人不知所云的事儿。他哭昏了，更不会有理智。第二，太合逻辑。老人骂地主恶霸会从村、镇到县，一直到全省全国，严格照顺序说；老人会说不但有全村的钱文泰、王大兴，而且顺次有全镇全县全省全国的钱文泰、王大兴；老人会说"为了我们自己的衣食住"，以及顺次有"我们大家的衣食住"、"我们大家的子子孙孙的衣食住"、"我们将来的全人类的衣食住"，我们不要怕流血牺牲，用不着哭泣。且不说这个老农民有没有这样高的思想觉悟和理论水平，有没有这样的眼界和心胸（吴琼花是除了知道她那个村而外，并不知道还有海南岛，更何况广东省全中国的），即或都有，他也不会这么说。这样的逻辑顺序，这样的思维方式，不会是老罗伯的。第三，阶级观点太露。象老罗伯那样的农民表达思想感情和阶级立场，不会那么直，那么空。他会讲一些具体事实，也许只讲自己受过什么苦，受到何种欺负（并非地主恶霸，哪怕也是贫雇农，只要欺负过他，他都会讲）。文学创作当然要提炼，要以阶级分析方法来筛选，但不能把活鲜鲜的生活提炼成了政治经济学教科书。第四，说得尖刻一点，这里的每一句话都是学生的书面语言。这老农民在庆祝会上的讲话，还有"那么样一点血"、"无量数的血汗"、"血浪掀天的汪洋大海"之语。这修饰语，这层层递进的逻辑，绝不能从农民口中说出。农民的语言也是优美、生动、形象的，它带着生活的朝露，显得机智，透露活力。书中类似的学生腔例子有的是。这只能说，作者生活积累不够，艺术修养欠火候。就是写老罗伯的行动，也有不尽妥帖之处。在小说一开头，当老罗伯听到儿子转述农会的意思，将以抗租来对付地主恶霸，又见儿子有决心杀田主之后，——

> 突然，老罗伯将他那脉络隆然的老拳，在桌上沉重的一拍，发狂般地怪叫一声过后，从桌旁跳了起来，一冲便跑到门坎边。

"拍"、"狂"、"叫"、"跳"、"冲"、"跑"，怎么能跟一个五十多岁的老人、一个未见过世面的农民、一个肯动脑筋思考问题有威信的父亲联在一起呢？说他是青年学生的举措还差不多。

阳翰笙的小说还有其它毛病，但是这两点最突出。

阳翰笙的小说在普罗文学创作中的历史地位是铸定了的。

普罗文学即无产阶级文学，是一九二八年前后在中国大地上出现的新事物。这是时代的潮流，锐不可当。《创造月刊》、《文化批判》、《流沙》、《畸形》、《幻洲》、《太阳月刊》、《我们月刊》、《海风周报》、《新流月报》、《拓荒者》、《萌芽》、《现代小说》、《大众文艺》等等刊物全都刊登普罗文学作品。浪漫主义诗人郭沫若写了现实主义色彩浓厚的童话小说《一只手》；提着"红纱灯"，从象征主义园地走来的冯乃超，对小偷、妓女唱赞歌，叫他们说："我们反抗去！"❶穆木天也从唯美主义走向现实主义；叶灵凤不出色情的窠臼，但加进了革命，而且革命得离奇；蒋光慈继续在写革命小说；洪灵菲、华汉、戴平万、孟超、卢森堡（任钧）、殷夫、钱杏邨、杨邨人、刘一梦、楼建南（适夷）、顾仲起、冯宪章、祝秀侠、龚冰庐、柔石、冯铿，等等，出现了一大批文学新人。他们十分活跃，给文坛带来新的声音、新的色彩、新的气象。他们愤吼，他们怒吼，他们歌唱。

在这些人当中，创作的数量较多、普罗文学特征显著的首推蒋光慈、洪灵菲、阳翰笙。三人几乎同岁。蒋光慈生于一九〇一年，洪灵菲约生于一九〇一年，阳翰笙生于一九〇二年，这时他们不到三十岁。蒋光慈文学活动的方面多，创作，翻译，理论，编刊物，教书，组织社团，哪一方面都有实际贡献。以创作而论，他早已出版过新诗集《新梦》、《哀中国》，中篇小说《少年飘泊者》、《短裤党》，短篇小说集《鸭绿江上》，大革命失败以后又创作或出版了长诗《哭诉》、中篇小说《野祭》、《菊芬》、《最后的微笑》，长篇小说《丽莎的哀怨》、《冲出云围的月亮》、《田野的风》（发表时名《咆哮了的土地》）。他拥有广大读者。每有创作都不胫而走，被人争先捧读。他的书一年中可以再版几次；皮包书店、野鸡书店可以改头换面出版他的书（盗版），从中渔利；有

---

❶　冯乃超 1925——26 年期间，创作象征主义诗集《红纱灯》，1928 年以后出版了革命文学小说集《抚恤》。这里引的话，见话剧《同在黑暗的路上走》，载 1928 年 1 月 15 日《文化批判》创刊号。

些商人甚至把别人的作品以他的名字出版（如《三对爱人儿》），盗名欺世。这说明蒋光慈的威望，说明蒋光慈的影响。但单丝不成线，独木不成林，众星拱月，才能烘托得出璀璨的局面。洪灵菲有短篇小说集《归家》，自传体长篇小说《流亡》三部曲——《转变》、《前线》、《流亡》，有中篇小说《大海》、《新的集团》。三部曲用粗线条勾勒了从"五四"到土地革命时期的开始阶段，一部分小资产阶级知识青年的人生经历和精神面貌，作为背景和主人公的生活内容，小说程度不同地展示了大革命的进行、国民党新军阀的叛变和共产党内的路线斗争。《大海》直接写华南农村的土地革命，具有雄浑的革命气势和鲜明的时代特点，地方色彩浓郁。但情节缺乏波澜，人物缺乏性格，全文没有立体感，没有艺术魅力。以反映小知识分子的生活、经历、思想感情的作品来讲，阳翰笙的小说，没有洪灵菲的《流亡》三部曲那么广阔和富于变化。洪灵菲的所有作品都有一股强烈的南国气息和异国情调，这也是阳翰笙的作品所缺乏的。但阳翰笙反映的生活面更宽广，接触更实际的社会问题，作品中的有些人物也栩栩如生，而且从总的发展趋势看，他的创作越来越成熟。这些，又是洪灵菲所不及的。就总体说，蒋光慈了不起；如果没有蒋光慈，普罗文学不知道要逊色多少；当然，也还可以从另一个角度说，普罗文学的通病也比较集中地体现在蒋光慈的作品中，它们在现代文学史上的消极影响，也以蒋光慈为甚。在"四一二"之后，蒋光慈在创作上曾走过一段弯路。《野祭》和《菊芬》已经深藏着无可奈何的哀伤，同时有个人意识的露头，而歌颂以暗杀为手段的复仇，更是错误。《最后的微笑》多写梦境和幻觉，主人公的思维活动是混乱和跳跃的，多少有点脱离常规，"于是人物就显得有过多的神经质和痉挛性，失去了生活的真实感，也不大象一个工人的作为。这与作家当时受陀斯妥也夫斯基的影响是分不开的"❶。这部小说完全写暗杀，写个人复仇，可见这种思想曾一度主宰过蒋光慈。小说创作方法的变化也反映着作者思想的某些变化。这种变化虽然有社会、环境的原因，但作者主观上的变化是起主导作用的。到一九二

---

❶ 范伯群、曾华鹏《蒋光赤论》，原载《文学评论》1962 年第 5 期。转引自《蒋光慈研究资料》，宁夏人民出版社 1983 年 7 月版。

九年出版《丽莎的哀怨》,蒋光慈思想上的消极情绪就公开地流露在作品中了。应当说,作者的初衷并不是要同情坚持反动立场的白俄贵族妇女,更不会控诉十月革命之后苏联的无产阶级专政。但是,由于他对丽莎的哀怨作了过多的渲染,把丽莎昔日的显赫华贵和今日的没落凄苦对比得太鲜明,这就容易使人从"人"的角度同情她。有同情必有憎恨。人们自然首先是憎恨帝俄的统治阶级,憎恨阻碍革命的进行、社会的向前发展的反动势力,但又的确可能还会潜带着什么。这就是作品的思想错误所可能带来的不好的社会效果。到写《冲出云围的月亮》的时候,蒋光慈的思想又开始回升,王曼英在革命者的启发和影响下,终于冲出云围,从堕落的泥淖中拔出腿来,毅然走进工厂,开始了崭新的生活。尽管作品关于王曼英堕落的部分写得露骨了一些,也许可以说就中还残留着蒋光慈思想的消极成分,但通看全篇,仍不失为佳作,透露出蒋光慈的创作从思想到艺术都将有新的起色的喜讯。《田野的风》是蒋光慈的最后一部著作,也是在他的小说创作中思想和艺术都日臻成熟的著作。如果要找毛病的话,小说也还有概念化的疵点,而且又歌颂了"左"倾情绪。生活无情,世界观和创作方法之间的关系微妙复杂。在生活中,蒋光慈抵制和反对党内的"左"倾思潮,但在作品中,他又肯定和赞扬"左"的情绪、"左"的举动。分析洪灵菲的全部作品,分析蒋光慈最后三、四年间的作品,在比较之中,有利于看清阳翰笙的小说创作的历史地位。他们各有所长,各有所短,互为补充,交相辉映。谈普罗文学长处也好,短处也好,只谈一个人的创作,证据不充分,特征不明显;合起来谈,在比较中看,事物的个性和共性都易于掌握。

说蒋光慈、洪灵菲、阳翰笙三足鼎立于普罗文坛,也许是恰当的。

当然,这样说并不贬低前面列举的其他普罗作家的作用和地位。戴平万的《激怒》、《母亲》、《春泉》、《村中的早晨》等一批以农村革命为题材的短篇小说,清新隽永,抒革命的情怀,很耐研读。写过《爱兰》的楼建南,创作了《盐场》,气势磅礴,还正面描写了党内的右倾机会主义路线给革命带来的危害。殷夫的红色鼓动诗是继郭沫若、蒋光慈之后的崭新的无产阶级诗章。它是工人阶级正义的怒吼,庄严的宣言,雄壮的进军号。声声鼓点敲击在人们的心上,激励人们高举双拳，奋力砸碎旧世界。每个人都有各自的建树，共同开创一种新局面。阳翰笙是众人中的一员，又有其独特的贡献。

四 "革命浪漫谛克"简析

为要从总体上、从文学发展的内部规律上进一步探讨阳翰笙小说创作的得与失、成就与地位，必须对"革命浪漫谛克"的来龙去脉搞清楚，并且作出评价。评价"革命浪漫谛克"是一个大题目、大工程，它牵涉到中国革命的进程。一九二八年前后阶级斗争风云的变化莫测，牵涉到对党的历史的正确认识和正确评价；牵涉到文学和政治的关系，文学的特殊规律；牵涉到现代文学史的全貌及普罗文学发展阶段的独特性；牵涉到对国际共运、对"红色的三十年代"文学情况的掌握和重新评价，如此等等。本文是谈阳翰笙，对"革命浪漫谛克"不可能铺开来写；但为了把阳翰笙的小说创作放在一个大前提下来衡量，避免就事论事，又不能不涉及这个问题，谈阳翰笙的小说创作而不谈"革命浪漫谛克"，这文章就还不能收尾。

不过只能提要式地简单说一说。

"革命浪漫谛克"是伴随着普罗文学的兴起而出现的，又随着左翼文学的成熟而被逐步克服的。

普罗文学是普罗列塔利亚（英文 Proletariat 的译音；译音也有多种写法，这是比较普遍的公认的写法）文学的简称。普罗列塔利亚即无产阶级，普罗文学即无产阶级文学。当时白色恐怖严重，"无产阶级"不能够在报刊上露面，就巧妙地请洋先生"普罗"来代替。

普罗文学不是从天上掉下来的，它有一个酝酿发展的过程，是在诸多条件具备之后，产生突变的表现。早在二十年代初，针对"五四"高潮之后新文学运动当中暴露出来的弱点，一批从事革命实际工作的共产党人，要求文学更多地反映现实，接近人民，不要脱离革命。这些重要思想被蒋光慈、茅盾、郭沫若所接受，他们凭借自己渊博的中外文学知识和本人的创作实践，又对这些思想加以发挥，使之比较符合中国文坛的实际。然后，他们大都以不同的方式投入大革命的洪流。大革命失败以后，他们又都从不同地区不同战场，带着战争的硝烟，带着对敌人的仇恨，带着对革命的思考，聚积到上海；同时还有来自南中国各基层县市的避难的青年；更有从日本留学回国的青年，他们带着国际普罗文学思潮的气息，有大展宏图的抱负：这是产生普罗文学的物质条件。另一决定因素是革命的具体任务的变化，党的斗争策略的转变。党所领导的中国新民主主义革命的总的任务没有变，革命性质更没有变，但具体任务变了：原先是反帝反北洋军阀，现在是反帝反国民党统治政权；原先是和大小资产阶级组成统一战线，现在是连民族资产阶级都要反（这当然是错误的）；过去是国共合作，现在是工人阶级通过中国共产党单独领导革命。文学不能不反映这变化了的现实，不能不为这有所变化的革命所左右。国际条件国内条件，文学运动自身的规律，队伍的具备，普罗文学便应运而生了。

年青的普罗作家们凭着对革命的无限热情，对刚刚叛变革命的反动阶级的刻骨仇恨，认为普罗文学就是要写工，写农，写斗争，写革命。这是一种完全新型的文学。旧的现实主义不行，时髦的象征主义、未来主义、表现主义不合国情，"五四"文学的"资产阶级衣衫"也要脱去。那么，普罗文学究竟该用什么方法？该怎么写？没有完整的理论，没有成功的经验。他们共同探索，各自实践，共同形成一条不中不西、包括思想形态和创作方法在内的"革命浪漫谛克路线"。当时喜欢用"路线"、"战野"这样的新名词；其实，这里的"路线"仅仅是指普罗文学的创作倾向。

（一）"革命浪漫谛克"创作倾向的主要特征

特征之一是：充满政治热情，表现自觉革命的精神。普罗文学作者把文学战线当作一个战场。他们不是要在这个园地来消愁释闷，求偶安家，而是要借它来革命。他们把对大地主大资产阶级的仇恨凝于笔端，让每字每句都是炸弹。他们相信文学是宣传❶的理论，坚定文学是工具、是武器的说法，使文学紧密地直接地反映革命；要紧密到可以用革命运动来代替文学活动，要直接到具体写革命的政策和决定。文学不能脱离时代，脱离人民，脱离革命，必须与时代和革命同步运行，必须关心民众的疾苦，代表民众的呼声。因此，普罗文学作家的

---

❶ 美国辛克莱在《拜金艺术》中的理论。

这种政治热情是可贵的，这种革命的主动性、历史积极性、自觉性是不可否定的。

特征之二是：全都写革命。写工人农民的造反、斗争、革命（对象多系资本家和地主）。写斗争的胜利，前途的光明。人物都是英雄好汉，能振臂一呼，应者云集，慷慨激昂，英勇牺牲。场面轰轰烈烈，情节动人心弦。地主资本家一打就倒，工人农民无往而不胜。充满豪言壮语，不乏政治演说。在新文学中，写农民不算新鲜，鲁迅就塑造了阿 Q、祥林嫂、闰土、九斤老太等典型形象；叶圣陶有《苦菜》和《晓行》，表现农民的苦难；王统照、许杰的作品也写了农民和地主的矛盾。普罗文学作家不仅写了农民的被剥削，生活的穷苦，更写了他们的觉悟，他们的斗争和革命。"五四"新文学作品中写工人的不多，但普罗文学作家们则普遍都写，蒋光慈的《短裤党》、《最后的微笑》、《田野的风》（小说中的一个主要人物是矿工张进德），阳翰笙的以工人生活为题材的小说已如前述，冯乃超的《抚恤》，殷夫的诗，多得很。题材、风格的变化，主题的新开拓，标志着"五四"文学已经发展到一个新的阶段。

特征之三是：革命加恋爱。写个性解放，青年人的婚姻恋爱，是"五四"新文学的一大内容。普罗文学家已不满足于反封建、个性解放、自由平等式的婚姻恋爱观。他们为恋爱注进了革命的色素。丁君度（阳翰笙《两个女性》）、柳遇秋（蒋光慈《冲出云围的月亮》）沉湎酒色，因恋爱而不革命，受到批判；李尚志、云生，因革命而获得纯真的爱情，被作者们着力歌颂；林怀秋因革命而端正了对恋爱的态度，亦被肯定；霍之远小资产阶级狂热式的革命、浪漫式的恋爱（洪灵菲《前线》）也得到具体描写。他们在作品中借人物之口说："我们也不要牺牲爱情，亦不要牺牲革命。""为革命而恋爱，不以恋爱牺牲革命！"（同上）革命第一，恋爱第二，这是他们反复宣传的观点。这种观点无疑是对的。但有些作品结合得比较勉强：革命变成了贴到恋爱上的标签，恋爱成了革命的一种点缀，堕落、转变、获得，不管哪一种类型，都不够自然。这样的作品多了，形成公式，就产生消极作用。

特征之四是：作品产生强大的社会效果。一个时代有一个时代的文学，一个时代需要一个时代的文学。顺应时代潮流，即便是粗糙的文艺作品，也有人喜欢，也能起到难以想象的社会作用。按列宁的说法，当千百万劳动群众连黑面包都吃不上的时候，对于精致的少得可怜的白面包倒不怎么需要。启蒙时期的文学作品，今天看来有不少消极的因素，但它对反对中世纪的神权统治，对打破禁欲主义的枷锁，却起到了振聋发聩的作用。一九二八年前后的特定时期，只要有人喊一声"扛上红旗，革命去！"就了不起，就有可能成为时代的伟人，历史的英雄。不止一个老同志讲过：他们为什么要革命？就因为读了蒋光慈的小说。阳翰笙曾不止一次地讲起一个例子，说张治中说过，他是读了蒋光慈的《少年飘泊者》、《鸭绿江上》，才参加革命的。连国民党人士都这样，共产党革命队伍里更不乏其人。这简单的事实雄辩地说明：普罗文学作品固然粗糙、简单、幼稚，但它有个最大的长处，就是明白无误地指导你行动，直言不讳地鼓舞你去革命！影响一代人走上革命道路，这种文学的历史功绩是不能磨灭的。

特征之五是：普遍存在的政治和艺术不统一。不少作品充满政治口号，个别作品在演绎概念。常常是议论多于叙述，作者的主观介绍代替了情节的发展和人物性格的成长，扑面而来的革命热情没有附丽于强烈的艺术感染力。我曾经借钱杏邨的小说集《革命故事》、《义冢》、《欢乐的舞蹈》、《玛露莎》，将普罗文学作品艺术水准之低作过很极端的概括：

一、结构松散。不大讲究谋篇布局，看不出艺术匠心。似是抓取一件事、听来一句话，即兴之所至，把思想安进去，没有经过仔细推敲，精心设计。

二、没有激动人心的情节。一般都是只写了一桩事，最多是讲了一个故事。平淡无奇，单调得要命，没法打动人。

三、人物形象不鲜明。他们只讲故事，不写人，更不会写性格，尤其谈不上塑造典型形象。

四、赤裸裸地说教，缺乏思想深度，又无艺术魅力。小说读过之后，留不下印象，无回味的余地。❶

---

❶ 见拙著《踏青归来》，天津人民出版社 1981 年 8 月版。

钱杏邨的小说属于这一种，阳翰笙的《复兴》、《血战》属于这一种，冯乃超的《同在黑暗的路上走》和收在《傀儡美人》中的小说，洪灵菲的《木筏上》、《路上》和《女孩》❶，杨邨人的《女俘虏》、《田子明之死》和《三妹》，孟超的《茶女》和《梦醒后》，刘一梦的《沉醉的一夜》和《车厂内》，楼建南的《烟》和《蒙达尔之夜》，顾仲起的《离开我的爸爸》❷等等也属于这一类。即便是蒋光慈、洪灵菲、阳翰笙、戴平万、孟超、楼建南、李守章、殷夫、任钧等人的代表作，也都或多或少地存在着这些毛病。这是幼稚。

有一种论者说，普罗文学作者们既在作品中流露了个人英雄主义，又隐藏着忧伤抑郁的情绪。是有这种毛病，但不是普遍的。蒋光慈的《野祭》、《菊芬》、《最后的微笑》、《丽莎的哀怨》有这种情绪，但很快就克服了。我认为倒是普遍存在于这些作品中的单纯复仇思想和对革命有害的"左"倾情绪，不大被人重视。单纯复仇不是革命，一味的"左"只能危害革命、断送革命。热情和冷静必须辩证统一，革命一定要讲究策略。鲁迅多次说过，口头上的慷慨激昂，笔底下的痛快淋漓，恐怕其实是寻找刺激，为了安慰寂寞的心。这个见解是异常深刻的，因为太多的叫喊，反而感到孤单，太多的鲜血，反而叫人感到冷！

（二）出现"革命浪漫谛克"创作倾向的原因

首先是时代的需要。普罗文学兴起于一个需要大喊大叫，需要振奋精神的特殊革命阶段。大革命曾经惊天动地，席卷全国，轰轰烈烈，热气腾腾。以蒋介石为首的大地主大资产阶级的叛变，一闷棍把许多人打懵了，从血泊中爬起来的人，需要加油鼓劲；正在爬动的人，需要拉一把，拉起来之后，又要为其指明方向；躺下来不愿起来的人，需要大喝一声，击一猛掌，向他叫喊，向他宣传。只有大喊大叫，才能打破冷冷清清的局面，给生活增添活力；只有热与火，才能溶化冰霜；只有让人看到胜利，看到光明，憧憬将来，才能获得站立起来、重新战斗的力量。

---

❶ 见小说集《归家》。

❷ 以上十篇小说分别刊在 1928 年《太阳月刊》1 月号至 7 月号。

第二，国际的影响。此时，正是苏联"拉普"、日本"纳普"得势的时候。"拉普"和"纳普"都有些"左"，都提倡"唯物辩证法的创作方法"。由这个口号出发，"拉普"即主张"不是个人，而是团体"，"不是一个人，而是阶级"❶。拿这种机械论去指导文学创作，非产生公式化概念化、产生标语口号文学不可。当时左翼文学风靡世界，苏、日、美、德、法等国尤为盛行。中国普罗文学的提倡者和实践者大都懂外文，他们或从原文或从翻译大受其影响。他们甚至不辨真假，不分良莠，一概接受，有时竟把谬误也当成了真理。有些理论和做法在局部（比如说一个国家）是正确的，但并不带普遍性。笼而统之，囫囵吞枣地吸收，也就酿成弊病。

第三，认识上的机械论。普罗作家对文艺与政治的关系作了简单化的理解，对于写革命、为大众作了机械的理解，对于传统文学、"五四"文学的弱点和短处作了绝对化的理解。文学就是文学，它跟政治有关系，但它不是政治，政治不等于艺术。文学所以成为文学，就因为它要讲艺术，要讲人物与形象、性格与典型，要讲凝炼与含蓄，要讲意境和诗味。文学更忌讳把话说尽，不留余地。文学不能脱离政治，但不应图解政治，演绎概念，空喊革命口号。在作品中填满"杀！杀！杀！""干！干！干！""拚命！拚命！拚命！"（《深入》）并不能增强革命性，不能加浓政治色彩。这些口号只有在与人物性格高度统一，是情节的自然流露的情况下，才是有生命力的，否则，喊得再多，也苍白无力。

第四，无经验，没有范本可借鉴。自十九世纪四十年代欧洲工人运动兴起，马克思主义诞生以来，革命文学就有过。但它们仅是少量的诗歌和民歌，不成阵势，没有发生影响。十月革命之后，布尔什维克党还分不出精力来领导文艺，成熟的无产阶级文学家也还没有出现。苏联文坛派系林立，思想杂陈，位居正中的"拉普"理论上又有诸多错误。日本的情况大致也如此。苏、日的左翼作家也创制了一批新兴的革命作品，但多数算不得典范，且未翻译成中文。在理论上，马克思、恩格斯、列宁都有精辟的见解，伟大的建树，但文艺界尚未将它

---

❶ 法捷耶夫著、何丹仁译《创作方法论》，1931 年 11 月 20 日《北斗》第 1 卷第 3 期。

们理顺，中国的介绍也是零星的，没有见到真货色。"理论启迪的是信心，榜样所确定的是行动的方式。"❶马列主义学说、革命道理，只能启迪、鼓舞年轻的作者们创制新兴的普罗文学，但这文学该是啥样子，却没有榜样可供效法。因此，究竟什么是普罗文学，只能是纸上谈兵，只能根据自己的理解，根据自身的条件，独自去摸索。体会成什么样，就写成什么样的作品，有什么条件，就写成什么篇章。

第五，修养差，生活不充实。修养包括思想修养和文学艺术技巧技能两个方面。就政治思想说，别看普罗作家张口闭口都是马列主义词句，实则关于辩证唯物论和历史唯物论的知识是极其有限的，离掌握它、运用它来观察中国社会，正确地制定中国革命的战略和策略，还远得很。因为我们党也还刚刚度过幼年阶段，理论水平也不高。在文艺思想方面也是一知半解，从外国了解到一些皮毛，远远未能进入马列主义文艺理论的堂奥。文艺思想是马克思、恩格斯、列宁的完整的学说的一个组成部分，它是以辩证唯物主义和历史唯物主义为理论基础的，它富于历史感，充满辩证法。对马列主义精髓不掌握，不能正确认识中国；对马列主义文艺理论的基本精神不掌握，就难免不犯主观性、片面性的错误，就难免不犯简单化、机械论的错误。

在文学艺术的修养方面，普罗文学作家们有所准备，但应当说是很不充分的。除蒋光慈等少数人而外，他们都是匆忙上阵。他们都很年轻，一般都只有二十多岁，对中外古今的文学名著涉猎有限。再加上他们中一些人由于对普罗文学理解的错误，普遍轻视遗产，轻视传统。好象普罗文学之"新"是从天上掉下来的，与过去的文学毫无牵连。本身准备不足，又拒绝学习，其创作幼稚就是不可避免的。

还有一个重要原因是生活基础薄弱。这一批普罗文学作者各各都有一段不平凡的生活经历，差不多都经历过革命烽火的洗礼，都是从前线聚集到上海来的。象蒋光慈，在"五四"时期中就参加过学生运动，入党较早，到苏联学习过，当过冯玉祥的俄国顾问的翻译，大革命时期在武汉办报；象洪灵菲，学生时期就参加革命，第一次国共合作时，担任国民党中央海外部的重要职务，后流亡香港、新加坡、泰

---

❶ 亚·伊·赫尔岑《论俄国革命思想的发展》，《文艺论丛》第19辑。

国；象阳翰笙，在上海大学读书时就任中共上海闸北区委书记，后到黄埔军校当教官，参加过北伐和南昌起义；象钱杏邨、孟超、杨邨人，都是在武汉革命政府工作过的；象戴平万、楼建南都在各自的家乡搞过武装暴动；……时间长短不等的革命生涯，对工农商学兵的某些接触，为他们写普罗文学创造了条件，但戎马倥偬，没有静观默察的时间，血气方刚，难得冷静思索人生。他们对什么生活都不扎实，不深厚，更说不上充盈。从事创作普罗文学以后，力量单薄，为了造成声势，布成战阵，又必须快写多写，对那有限的生活，也不能加以反刍，更无条件回到生活当中去，再实践，再验证。所以他们的作品都不是全无生活根据，但又显得模糊，时见概念在起作用，在理念指导下编造生活。他们没法将生活浓缩、提炼，从众多人中概括出一个典型来，而是将一片生活分成几份使用，时见捉襟见肘，入不敷出，笔中墨水枯竭。这样，戏不够话来凑，就只好凭空编造，只好发议论，作者跳出来解释，急急忙忙地把自己的思想、意图说出来，灌输给读者。他们对工农兵生活说不上熟悉，又不愿多写自己摸得透的小资产阶级知识分子阶层，于是凭着政治热情和革命责任心，凭着对革命文学的粗浅且并不完全正确的理解，以意为之，写工写农写革命。这样写出来的作品，当然毛病多。我认为，这是普罗文学出现"革命浪漫谛克"创作倾向的重要原因。

第六，创作上无权威，批评未起到指导作用。左翼文学思潮是从国外传来的，但国外也没有典型的范本可供借鉴。高尔基的《母亲》、法捷耶夫的《毁灭》、绥拉菲摩维支的《铁流》、富曼诺夫的《卡巴耶夫》、革拉特珂夫的《水泥》、里别进斯基的《一周间》、小林多喜二的《一九二八年三月十五日》和《蟹工船》、德永直的《没有太阳的街》、巴比塞的《火线》和《光明》、辛克莱的《屠场》、《石炭王》和《煤油》，等等，都称之为普罗文学作品，但情况也很不一样；即便都可参鉴，也是从一九二九年起才陆续翻译成中文，对普罗文学产生广泛影响的。在国内的普罗文坛，唯一可以效法的就是蒋光慈的《少年飘泊者》、《鸭绿江上》和《短裤党》。有榜样效法自然比根本没有、完全靠瞎摸强，但这个榜样却是不成熟的。普罗文学究竟应该是个什么样子，没有准绳。于是，大家把写工写农，写斗争写革命，大发议论，将主题思想和盘托出，当成它的主要标志。

创作幼稚，要是批评跟得上，充分肯定成绩，肯定大方向，严正指出其薄弱之处，晓以利害，分析所以不成熟的根源，开出救治的药方，那也能促其猛省，正视现实。实际情况则不然。那些打杀和骂杀的批评可以不管（其实其中也有合理的因素，如果把阶级偏见、反动的政治立场那一部分去掉，就作品而论的部分是可以有选择地吸收的。但两军对垒，年轻的普罗作者们不可能那么冷静。）一味吹捧、盲目肯定也是十分有害的。比如钱杏邨和冯宪章对蒋光慈的小说的肯定就太过分了。普罗文学刚刚在中国大地露头，比较嫩弱，需要加倍爱护这一新生事物，这是对的；普罗文学遭到扼杀，有人想把它掐死在摇篮里，揭露某些人的阴谋，不许任何人来戕害幼苗，这是应该的。但必须实事求是。实事求是才有力量，才是最大的爱护，最有力的反击。然而普罗文学作者很少得到这种带指导性的出于爱护的严厉批评。

总而言之，普罗文学的"革命浪漫谛克"创作倾向的出现不是偶然的，它有其时代的、社会的、国内外环境的、个人的原因。时代需要，没有经验，理论水平低，文学修养差，生活基础不牢固，是诸多原因中的起主导作用的几条。不是谁有意提倡，也不是从国外贩来的，是中国现代文学在自身的发展过程中自然出现的一个阶段。因为它有悖于文学艺术的规律，它很快就被无形地否定，受到普罗文学倡导者们的自觉清算。为了革命的利益，为了无产阶级文学的健康发展，普罗文学的倡导者和实践者并不固执己见，坚持错误，应该说，这种传统是可宝贵的。

（三）怎样评价"革命浪漫谛克"的创作倾向

……

通过以上分析已经知道：蒋光慈、洪灵菲、阳翰笙等是"革命浪漫谛克"创作倾向的主要代表者。他们鼎立于普罗文坛，开创了现代文学的新阶段。他们以新的姿态，为现代文学注入新的因素，引起前所未有的变化。他们的作品首先是有革命的价值，有文献的价值，曾经起过不可低估的社会作用。从历史唯物主义的高度看问题，就应该承认这无可辩驳的事实。他们的作品（并非全部）的确粗糙、幼稚，思想不深刻，人物性格不鲜明，编造的痕迹十分明显，因而影响了这些作品在更大范围内征服读者，不能以强大的艺术力量震撼读者的心灵，也就不易传之久远。但不管怎么说，普罗文学是方向。度过了开创期的艰难，刻苦努力，虚心接受批评，及时总结经验，幼稚很快即转化为成熟。丁玲、张天翼、洪深、沙汀、艾芜、耶林、李辉英、叶紫、周文、蒋牧良、欧阳山、草明、葛琴等都是踏着普罗文学的阶梯，登上三十年代左翼文学创作的堂奥的。

筚路蓝缕，创业惟艰。做开拓工作的人，历史应该专门为他们立一块路碑，阳翰笙的名字也就显赫地镌刻在这块路碑上。

（原载 1986 年 10 月天津人民出版社版《三十年代文学札记》）

阳翰笙文艺理论批评文章述评（节录）

张大明

阳翰笙于一九二七年冬参加创造社，走上文学艺术的道路。五六十年来，他的主要成就在小说、电影和话剧的创作方面，他的大部分精力用在无产阶级革命文学艺术的组织领导上；他首先是革命家、文艺运动的组织领导者、戏剧家、电影创作家。关于文艺理论批评方面的文章他写得不多，凡所写都是为了工作的需要，为了无产阶级文学艺术的根本理论建设，为了贯彻党的方针政策。这些文章，有的至今仍具有理论价值。把阳翰笙的文艺理论批评文章放在历史长河中，联系当时当地的具体历史环境、政治形势、文艺思潮，人们可以从一个个小的侧面，窥见党领导革命文艺所走过的道路，以及阳翰笙本人所进行的努力和探索，因而从总体来说，它们都具有某种史料价值。

从一九二七年大革命失败到一九三七年抗战爆发这十年，现代文学史家简称为左翼十年。这十年，是无产阶级革命文学从倡导到逐步走向成熟、以至占领文坛、从而起到决定历史性质的作用的十年。在左翼文艺运动之初，阳翰笙主编了创造社的《流沙》半月刊和《日出》旬刊。之后，他奉党中央指示，积极参与了结束革命文学论争、促进革命文学队伍内部的团结、筹备建立左联的工作。左联成立后，他担任党团书记；接着，又担任文总和文委的党团书记，直到一九三五年春失去自由。这期间，他写的文艺理论批评文章比较多，有的还带有指导意义。这些文章主要有四个方面的内容：

一、传播马列主义的基本原理，建立普罗文艺的基础理论

轰轰烈烈的大革命遭受失败，广大人民群众受到了一次重大的打击。有的人消极颓废，有的人叛变投敌。天空布满乌云，白色恐怖笼罩大地，到处在流血。到底还要不要革命？革谁的命？怎样革命？还处于幼年时期的党，应该如何领导以后的革命？什么样的路线、方针、政策才是正确的？人们需要回答这一系列问题的革命理论！没有革命的理论就不会有革命的行动。为此，阳翰笙写了政治、哲学方面的论文，编辑了《社会科学丛书》，出版了《社会科学概论》、《唯物史观研究》、《社会问题研究》三种通俗浅显的小册子，文艺方面则有《文艺思潮的社会背景》。

革命文艺工作者，在建立无产阶级革命文学的响亮口号声中，闯开了一九二八年的文艺大门。革命文学，早在一九二二、二三年，早期共产党人就有所酝酿，北伐前夜，文学研究会的沈雁冰、创造社的郭沫若，又有进一步的阐述，一九二八年的《创造月刊》、《文化批判》、《太阳月刊》，正式张扬出旗帜，理直气壮地宣告：无产阶级要做文艺的主人，历史已经翻到了要建立无产阶级文学这一页。但是，个别资产阶级文人学者却说什么，文艺只有少数天才才能创造和鉴赏，满身臭汗的无产阶级根本没有资格来谈文艺，因为他们只不过是会生孩子的人群。针对这些谬论，为着普罗文艺理论建设的需要，鲁迅、冯乃超、李初梨、蒋光慈等都进行了理论探讨，阳翰笙的《文艺思潮的社会背景》也是其中之一。

阳翰笙从分析上层建筑与经济基础、文艺与阶级的关系入手，以欧洲十八、十九世纪直到本世纪初的文艺思潮的实例，说明各种文艺思潮的发生发展都有其必然性，都遵循一定的规律；离开了事物运动的规律，任何天才都既不能阻止也不能创造。他说："文艺是社会的一切意识形态中的一种，它不是凭空而生的，它有产生它的社会背景，它有它所反映的阶级，同时也有它的阶级的实践任

务。"❶ "文艺思潮的流变，也不是全靠某几个天才"的推动，而是"因下层基础之动摇"。什么样的经济基础、什么样的历史条件、什么样的阶级关系，需要而且也产生什么样的文艺；这种文艺一旦产生，它就为促使它产生的那个阶级的利益服务。当历史前进，社会的阶级关系发生了变化，原有的文艺思潮已经不适应变化了的新形势时，又会从这社会内部产生新的文艺思潮及其代表作家。古典主义、浪漫主义、自然主义、批判现实主义、新浪漫主义（神秘主义和象征主义），直至无产阶级文艺的出现，无一不是在新陈代谢之中运动和发展的。阳翰笙的论文扼要地分析了这些文艺思潮所产生的社会背景、"它反映的阶级意识"、"它的阶级的实践任务"❷。从这些分析中，便会令人信服地得出一种结论：在中国，随着无产阶级登上历史舞台，掌握自己的命运，独立领导反帝反封建的民族民主革命这种历史新阶段的到来，这种阶级关系的新发展，也必然会出现无产阶级文学，这是谁也阻挡不了的。这是崭新的文学，是为无产阶级夺取政权制造舆论的文学。在革命文学论争中，阳翰笙并没有跟创造社、太阳社的战友们一起写同鲁迅论战的文章，而是老老实实地做他力所能及的理论建设工作，这一份功劳历史是不会淹没的。鲁迅也这么评价。

在随后的其它一些文章中，阳翰笙又根据新的情势，继续介绍和传播、并进一步深入地阐述了马列主义文艺理论的有关原理。

二、文艺必须大众化

关于文艺大众化的问题，左翼文坛一共大讨论了三次。第一次是一九三〇年，重点是为什么要大众化，即文艺大众化的必要性。在这次讨论中，阳翰笙写了《普罗文艺大众化的问题》。第二次是一九三二年，集中讨论如何大众化，阳翰笙写了《文艺大众化与大众文艺》。第

---

❶ 关于文学"负有阶级的实践的任务"的类似提法又见于李初梨的《怎样地建设革命文学》。这个提法的积极的一面在于：要重视文学的实践效果，文学作品一经产生，就会通过读者反过来对社会起促进或促退作用。但不能把这种作用强调过分，如果认为文学的作用比政治威力还大，比"武器的批判"还有力，它能旋转乾坤，那就谨防要跌入唯心论的泥坑。

❷ 以上引文均见《文艺思潮的社会背景》，1928年4月1日《流沙》半月刊第2期。

三次是一九三四年，主要涉及的问题是如何利用旧形式、使用大众语；阳翰笙因为集中精力去开辟电影战线，没有写文章。

如果跟左翼文艺的发展历史联系起来，跟现在能够找到的革命文艺的文献对照起来看，就不难发现，阳翰笙的这两篇论文都不是孤立地仅仅代表他个人，而是代表组织、代表党在发言，具有某种权威性。论文态度鲜明，论述全面，认识深刻，体现了左翼文艺理论的最新水平。

依据列宁的理论，阳翰笙指出："我们的无产阶级文艺运动是整个的无产阶级革命运动中的一个战野（方面军）"，"我们的文艺作品是无产阶级解放斗争中的一种武器——一种机关枪，一种迫击炮"。"无产阶级的文艺运动应该和无产阶级的革命运动合流"，只有这样，才有助于缩短历史进程，求得无产阶级的彻底解放。文艺不是可有可无的，它是革命的一个组成部分，是进攻的一个方面军。因此，是不是让工农革命大众掌握文艺，用文艺去启发教育他们，去动员组织他们，去反映他们的生活、思想、情绪及他们所从事的斗争，去鼓舞他们的斗志，就不是个人愿意不愿意的问题，而是态度问题、立场问题、原则问题。文艺产生于大众，也就不能脱离大众；文艺来源于生活，也就不能不关心血与火的现实。

在大众化讨论中，出现过貌似革命的理论。一种人认为：既然无产阶级是人类社会发展的最后一个阶级，那么，无产阶级文艺就是"有史以来文艺发展的最高峰"，因而没法大众化；另一种见解恰好与此绝对相反，认为既然要大众化，那就得俯就大众，大众的文化水准低到啥程度，大众化就需要"化"到啥程度，只要符合大众需要，就该"给它以最高的评价"。两种说法都是形而上学的，都不符合辩证法。不扫除这些思想障碍，大众化只能是纸上谈兵。阳翰笙批评了这些观点，正面阐述了自己的主张。产生思想障碍的原因是多方面的，其中一条是不能正确理解文学作品的艺术价值。其实，文学作品的艺术性并不是玄而又玄、神秘莫测的东西，而是指文学艺术反映生活的真实程度、深刻程度、概括程度和作品在美学上对读者的感染程度。不是说，高级艺术品工农大众统统不能接受、一概不需要，更不是说，大众化的作品就该粗制滥造，不讲究艺术性。少而精的食品，解救不了千百万人的饥渴，缺乏营养价值的窳陋食物，只能造成干瘪、病弱之躯。不能各走极端，要粗细搭配，高低结合，量中有质。先提供一定的量，解救燃眉之急，而这量又必须保证不是红袋中的烂肉、纸包里的毒药，更不会含着有害的砒霜。

关键是要尽快地拿出作品。而能不能拿得出大众化作品的关键，又在于普罗作家是不是投身革命，亲自到工农大众当中去。"如果永远和无产阶级的实际斗争隔离"，那就"一生一世都不会制造出新的形式和新的内容"，所谓大众化，也仅是一场"春梦"。有利于革命、适合大众需要、经受得住历史检验的大众化文艺作品的产生，"只有作家的生活浸润在无产阶级的实际斗争中才有可能"❶。

阳翰笙痛感"只有人叫，没有人去干的严重现象"存在。左联曾接过革命作家国际联盟的口号，开展工农通信运动，从工农当中培养作家。艾芜就奉命去开展过这项工作。但由于历史条件的限制，此项活动收效甚微。周文也曾将世界文学名著《铁流》、《毁灭》、《没钱的犹太人》改编为章回体的大众读本；但不是一出版即遭禁，就是根本不能出版，连原稿都被没收。因此，要创作无产阶级文学、实现文艺的大众化，更主要的是改造小资产阶级作家，使他们到大众当中去，跟大众结合在一起，转变立场，改造思想感情，获得无产阶级意识，为大众写作。为此，阳翰笙斩钉截铁地讲："不能容许我们有一个作家站在大众之外，更不能容许有一个作家立在大众之上，我们的作家，都必须生活在大众之中，自身就是大众里的一部分，而且是大众的文艺上的前锋的一部分，应该同着大众一块儿生活，一块儿斗争，一块儿去提高艺术水平，应该坚决的反对那些不到大众中去学习只立在大众之上的自命'导师'，坚决反对那些不参加大众斗争，只站在大众之外的自觉清高的旁观者！"❷认识是何等的深刻！态度是何等的坚决！

在某种意义上说，阳翰笙的文章起到了总结头两次文艺大众化讨论的作用。因为尽管鲁迅、瞿秋白、茅盾、夏衍、周扬等都写了较长的讨论文章，且不无尖锐、深刻的论点，但它们都不如阳翰笙谈得全

❶ 《普罗文艺大众化的问题》，1930 年 5 月《拓荒者》第 1 卷第 4、5 期合刊。

❷ 《文艺大众化与大众文艺》，1932 年 7 月 20 日《北斗》第 2 卷第 3、4 期合刊。

面；他们谈的都是个人意见，阳翰笙的文章则经党组织讨论过。阳翰笙从大众化的必要性、目的性、可能性，谈到大众化的步骤、办法，以及需要扫除的种种障碍。关于作家同生活、同人民大众的关系，针对当时左翼作家的具体情况，他提出的口号最响亮，阐述得最清楚。在讨论中，有的人就事论事，眼光看得不远；有的人又堆砌术语，活剥经典词句，不接触实际；有的在一两个具体问题上，经过争论，谈得较深较透。阳翰笙的文章从切实的问题入手，又能提到理论的高度加以分析。它有理论，而不空泛、艰涩，解决实际问题，又未被枝枝节节所囿。

三、开展文艺批评，树立良好的批评与自我批评风气

先说《读了冯宪章的批评以后》。一九二九年蒋光慈写作并出版了长篇小说《丽莎的哀怨》，一九三〇年一月又出版了长篇《冲出云围的月亮》。两部小说一问世，太阳社成员冯宪章就在蒋光慈主编的《拓荒者》上发表书评，给予《丽莎的哀怨》以极高的评价，说它在政治价值上是一部布哈林的《共产主义 ABC》，在艺术价值上是一部"诗的散文，散文的诗"❶。阳翰笙尖锐指出：这种评价显然不符合蒋光慈及其《丽莎的哀怨》的实际。接着，他复述小说的故事梗概，引用原文，批评了小说的政治错误，而且进一步指明产生这种错误的原因在于蒋光慈世界观方面及思想感情深处的严重弱点。

冯宪章不但没有指出蒋光慈的这些弱点，反而对错误的作品大吹大擂，这就说明普罗文学批评应该树立正确的批评标准，应该树立良好的批评风气。对于普罗文学的批评标准，左翼文坛已经有过介绍和论述；阳翰笙的对批评的再批评，即是具体实践。透过这个实践，我们体会到：评价一部文艺作品，应该看其是否反映了时代，是否装下了时代的风云雷雨，看其代表哪一个阶级的利益，政治倾向怎样，思想感情健康与否，看其艺术感染力如何，看其对历史起什么作用。好

---

❶ 冯宪章：《〈丽莎的哀怨〉与〈冲出云围的月亮〉》，1930 年 3 月 10 日《拓荒者》第 1 卷第 3 期。

就说好，坏就说坏，实事求是，恰如其分。无论对什么人都是一杆秤、一个尺度，而不能对自己圈子的人就吹吹捧捧，甚至庸俗到是非不分，放弃原则。

《地泉》重版的五篇序言特别值得重视。《地泉》是阳翰笙的一部长篇小说，由三个并不大连贯的中篇组成，它们都分别出版过。革命同志读了这部作品，有的说好得很，有的曾经在口头上对作者表示过批评意见。一九三二年，趁湖风书局重版的机会，为着总结普罗文学的历史经验，为着活跃批评空气，树立良好的批评学风，阳翰笙就请这些同志"严厉无情地给这本书一个批评，好使我及本书的读者，都能从他们正确的批评中，得出些宝贵的教训"。他把这些批评原封不动地放在书前，以为序，同时自己也直言不讳地谈自己的想法——接受什么不接受什么。这就是易嘉（瞿秋白）、郑伯奇、茅盾、钱杏邨及作者本人的五篇序。五篇序言主要涉及对初期普罗文学的评价问题，涉及到普罗文学的创作方法问题。抛开内容不说（下面将要论到），这种做法本身就是左翼文坛的一段佳话，给人们以宝贵的启示。

第一是敢于批评。文艺批评的活跃，是左翼文艺兴旺发达的标志之一。那时候，左翼文坛内部尽管也有宗派情绪，但总的说来，关系融洽，风气淳正，有话直说，对事不对人。蒋光慈是阳翰笙在上海大学读书时的老师，两人私交甚好；而且蒋光慈无论在新诗、小说、翻译、理论、革命文学运动组织的哪一个方面，都比阳翰笙名气大。那么，还敢不敢批评呢？为着事业的需要，为着帮助一个同志提高水平、沿着健康的道路前进，则不管是谁，该批评就批评，因而，阳翰笙对《丽莎的哀怨》、对冯宪章的书评的批评，是相当尖锐的。看瞿秋白等四人对《地泉》的批评那也是丝毫不留情面的；瞿秋白持的是全部否定的态度，茅盾更没有说一句好话。只有中肯的批评，才有利于被批评者，才对促进文艺发展有好处。至于批评者应该抱善意的态度，出以公心，真正有理，讲究方法，戒训斥，绝武断，是自不待言的。

第二是乐于接受批评。蒋光慈接受批评以后，写出政治思想和艺术水平都比较高、并结合得比较好的《咆哮了的土地》。阳翰笙也乐于接受批评：认为"他们对于本书，都很能正确的指出我的失败处，这特别于我是有不少的益处"；说瞿秋白对《地泉》的"失败处"，"看得最明白，最透彻"，对茅盾指出的弊病，都能"诚意接受"。左翼文艺是个新事物，大家都没有经验，都在摸索。因此，初期作品的幼稚，有缺点有错误，在所难免。瞿秋白等人的批评尽管措词严厉，但出发点是好的，就中不无深刻的道理、精辟的见解，的确是说中了某些要害，而对革命浪漫谛克的分析尤中肯綮。没有批评就不能前进。闭目塞听，堵塞言路，自以为是，目空一切，对自己的创作妨害极大。老虎屁股摸不得，甚至会断送个人的前途。接受批评，将批评展示的道理化为自己的营养，有分析地吸收，自己就将聪明一分，提高一步。举例来说：当沙汀的第一个小说集《法律外的航线》出版后，茅盾在充分肯定其特点之余，又严肃指出其中几篇的标语口号倾向；当周文的成名作《雪地》发表时，茅盾就把小说的光明尾巴给宰掉，而且写短评，道及栽尾巴的危害。两位作者乐于接受批评，充分发挥自己之所长，终于走上严谨的革命现实主义的创作道路。

第三是敢于反批评。敢于批评，不一定都批评得对；乐于接受批评，不需要把错误的批评都揽下；尊重科学，据理答辩，态度更积极。坚持真理，修正错误，不腹诽，不背后乱说，这是革命者应有的修养。阳翰笙正是这样做的，他首先主动请求批评，就批评者的指点，正视自己的缺点、错误，勇于自我批评，不留情面地解剖自己，毫无保留地把自己交给读者大众；又就自己的认识和理解，对批评中觉得不能接受的部分，甚至认为有错的部分，写出反批评文章，进一步商榷。这正表现了他的态度诚恳，光明磊落。瞿秋白也是阳翰笙在上海大学的老师，两人过从较密，且他当过党中央总书记，威望很高；茅盾是文学研究会的创始人，不管是创作、评论还是翻译，都水平很高，成绩卓然。为了探求真理，阳翰笙依然毫不客气地在自序中进行驳诘。他说瞿秋白未能找到革命浪漫谛克的阶级根源，以及"究竟要怎么样才能走到"正确的道路上去；又说茅盾的批评方法是形式主义的。不是为《地泉》的幼稚辩解，而是力求准确地找到初期普罗文学普遍存在的毛病的病根之所在。还应说明，敢于反批评，在于被批评者的胆识；而能不能反批评，则又要看批评者的态度和当时的文坛风气。若批评者以我就是真理的化身，一言定案，只许州官放火，不许百姓点灯，封住被批评者的口，甚而至于在批评话语的背后藏着杀威棒或者脚镣手铐，那么，被批评者是欲敢而不能的。这样，批评依然活跃不起来，真理有时就有可能被谬误代替。

三十年代的经验值得借鉴，三十年代的传统应该发扬。

四、关于创作方法问题的讨论

这个问题，阳翰笙在《读了冯宪章的批评以后》、《〈地泉〉重版自序》、《文艺大众化与大众文艺》、《谈谈我的创作经验》等文章中都曾涉及。

革命文艺工作者倡导无产阶级革命文学，也就同时重视对创作方法的探讨。他们认为新的文学应该用新的创作方法，旧的现实主义和浪漫主义方法不能用了，时髦的神秘主义、象征主义、未来主义之类更不合中国的国情，无产阶级尤其不能接受。于是从日本进口新的写实主义（其实是苏联货），这种新的写实主义有何特点，与以往的批判现实主义有啥本质的区别，当时还没有人说清楚过。从事创作的年轻普罗作家们，如蒋光慈、洪灵菲、阳翰笙、戴平万等，在实践中，由于没有经验、找不到借鉴，仅凭对革命文学简单而幼稚的理解，共同形成了一条不中不西、包括思想形态和创作方法在内的"革命的浪漫谛克路线"。（阳翰笙的短篇小说集《十姑的悲愁》、《活力》，未收集的《女囚》，中篇小说《两个女性》，被称为"华汉三部曲"的《地泉》，都是革命浪漫谛克的代表作。）他们凭着一股政治热情，怀着对刚刚叛变革命、双手沾满革命人民鲜血的反动派的满腔仇恨，在完全抛弃了旧的、又还没有新的来补充的情况下，简单地、机械地、幼稚地理解为：无产阶级革命文学就是要写革命。要写工人农民的造反、斗争、革命（对象多为资本家和地主），要写斗争胜利，前途光明。人物都是英雄好汉，能振臂一呼，应者云集，慷慨激昂，英勇牺牲。场面轰轰烈烈，情节动人心弦。地主资本家一打就倒，工人农民无往而不胜。充满豪言壮语，不乏政治演说。革命之中还加点恋爱，既有"反对"和"打倒"，又有接吻和拥抱。在普罗文学的倡导时期出现这种作品是必然的，不可避免的。就当时的历史环境说，群众、尤其是青年，也需要这类直白无误地宣传革命的作品，这种作品确曾起过不可估量的历史作用。但它们毕竟缺乏生活基础，毕竟在艺术上不成熟，不耐咀嚼；它们可以激奋人于一时，却不易使读者头脑清醒，正视现实，也影响作品的传之久远。于是，这种方法遂引起怀疑。读者也转而推崇用革命现实主义方法创作的张天翼、转变创作作风的丁玲，以及稍后出现的沙汀、艾芜，体现革命浪漫谛克路线的普罗文学也从而完成了它的历史使命——中国新文学由文学革命到革命文学的转变。

一九三〇年十一月，国际无产阶级作家在苏联乌克兰首都哈尔可夫开会，左联派萧三代表中国出席。会后，萧三给国内写了长篇报告。这个报告虽说在中国发表较晚❶，但左联的领导人，如鲁迅、冯雪峰、阳翰笙、钱杏邨、茅盾、瞿秋白等，见到它却比较早。哈尔可夫会议接受了苏联"拉普"（俄罗斯无产阶级作家协会）提出的唯物辩证法的创作方法的口号，萧三的报告也强调了这一点。正如中国共产党是第三国际的一个支部，唯国际之命是听一样，中国左联也是国际革命作家联盟的一个支部，国际的决定也必然坚决执行。于是，在一九三一年、主要是一九三二年，左联成员在机关刊物《北斗》上，在其它文章中，都异口同声地提倡唯物辩证法的创作方法，也都众口一词地清算革命浪漫谛克路线的错误。

瞿秋白介绍了法捷耶夫的文章，口号是"打倒席勒"！他说："浪漫主义是新兴文学的障碍"。（阳翰笙并不同意这种观点）应当肃清这种障碍，"抛弃一切自欺欺人的浪漫谛克"，走最彻底、最坚决、最无情地揭穿现实假面具的唯物辩证法的现实主义路线。原太阳社的文艺批评家钱杏邨将革命浪漫谛克的不正确倾向概括为：（一）个人主义的英雄主义倾向；（二）浪漫主义的倾向；（三）才子佳人英雄儿女的倾向；（四）幻灭动摇的倾向。他说："为着我们运动的发展，只有坚决的无情的批判斗争下去。这不是路中间的小石子，而是一道阻路的牢实的大墙。"原创造社的阳翰笙给革命浪漫谛克路线下的断语是：（一）概念主义的倾向；（二）个人主义的英雄主义的倾向；（三）脸谱主义的倾向；（四）团圆主义的倾向；（五）人道主义的倾向。认为这种创

---

❶ 载 1931 年 8 月 2 日左联秘密发行的机关刊物《文学导报》第 1 卷第 3 期。

作方法从内容到形式所表现出来的倾向,"只有把现实的残酷的革命斗争神秘化,理想化,简单化,公式化,抽象化,甚而至于庸俗化"。"革命的普洛大众文艺,毫无疑义是要唾弃这样的创作方法,坚决的走向唯物辩证法的创作方法的道上去,才能产生伟大的作品来的。"❶原文学研究会的茅盾说,革命浪漫谛克的手法是:"脸谱主义"地去描写人物,"方程式"地去布置故事。没有为《地泉》写序的鲁迅,早就一再地批判过乌托邦(他是从政治上、从思想体系上批判的)。阳翰笙在《地泉》重版自序中,感谢瞿秋白、茅盾等对《地泉》的批评,同意他们对发动期的普罗文学在表现形式上的毛病的指责。但他认为他们并未指出"病状的病根"。他认为要在普罗作家的阶级属性方面去找原因。普罗作家都是小资产阶级知识分子,小资产阶级既有狂热的一面,又有容易消极颓废的一面;既有愿意革命,不惜为革命赴汤蹈火的一面,又有怕艰苦,不敢牺牲的一面;既有同情工农大众,跟工农大众受一样的压迫的一面,又有自视清高,感情上不易与工农大众融和的一面;等等。这从生活习性到世界观方面的固有属性,刻印在作品上,就化为上述所列之毛病。阳翰笙非常肯定地说:"我们如果不抛开我们小资产阶级的生活,不克服我们小资产阶级的意识,不深深的深入群众中,不直接参加在残酷的现实斗争里,那我们是不能真正反映现实斗争,不能真正创作出'大众化'的新兴文学。"

为了从革命浪漫谛克走到唯物辩证法的现实主义道路上去,阳翰笙反复强调:"我们最重要的是要到大众中去,特别是要到无产阶级的队伍中去充实我们的战斗生活";"我们最重要的是应该面向大众,在大众现实的斗争中去认识社会生活的唯物辩证法的发展";"我们最重要的是应该参加在大众的斗争中去用批判的眼光去学习大众所需要的作品的内容与形式"。

到底什么叫做唯物辩证法的创作方法?这种创作方法认识生活、表现生活的特征是什么?它是不是科学?如何去获得它?尽管瞿秋白、郑伯奇、茅盾、钱杏邨、阳翰笙、穆木天、杨骚、沈起予、丁玲等都或专门或顺便接触到,但都因对"拉普"的理论没有完整的介绍

409

❶ 《文艺大众化与大众文艺》

和翻译，便各说各的，没有定见，连左联决议都语焉不详。贯彻萧三来信的精神，由阳翰笙写第一稿、瞿秋白写第二稿，左联执委会一九三一年十一月所通过的决议《中国无产阶级革命文学的新任务》，专门有一部分谈到普罗文学的创作方法。这部分的全文如下：

> 在方法上，作家必须从无产阶级的观点，从无产阶级的世界观，来观察，来描写。作家必须成为一个唯物的辩证法论者。中国无产阶级革命文学的作家，指导者及批评家，必须现在就开始这方面的艰苦勤劳的学习。必须研究马克思列宁主义，研究一切伟大的文学遗产，研究苏联及其他国家的无产阶级的文学作品及理论和批评。同时要和到现在为止的那些观念论，机械论，主观论，浪漫主义，粉饰主义，假的客观主义，标语口号主义的方法及文学批评斗争（特别要和观念论及浪漫主义斗争）❶。

很显然，这里谈得比较混乱。肯定作家要有唯物辩证法的世界观无疑是对的，但究竟方法是什么，则不明确。创作方法受世界观的影响和制约，同时又有它的相对独立性，有时还可以反过来纠正世界观的某些局限。

可贵的是：在批评革命浪漫谛克的倾向之后，阳翰笙又及时提出警告：不要滑到旧现实主义的泥坑中去了！因为确实有人在揭露都会的黑暗面的旗帜下，主张"大胆的去描写那些咸肉庄，轮盘赌，甚至于燕子窟了"。阳翰笙要大家"警戒着"、"提防着"❷。

历史的发展常常是曲折的，正当中国左联将唯物辩证法的创作方法作为法定的普罗文学的创作方法时，苏联却已经决定清算其错误了。一九三二年四月二十三日联共（布）中央作出《关于改组文艺团体》的决议，决定取消"拉普"，筹建全苏作家协会。随着"拉普"的被取消，苏联报刊即开始创作方法问题的讨论，唯物辩证法的创作方法也随之而受到批评，同时出现了社会主义现实主义的提法。同年十月二

---

❶ 1931 年 11 月 15 日《文学导报》第 1 卷第 8 期。

❷ 《谈谈我的创作经验》,《创作的经验》, 上海天马书店 1933 年 6 月版。

十六日举行了斯大林同作家之间的会晤，斯大林提出了两个有名的口号：一是作家艺术家是人类灵魂的工程师，一是社会主义现实主义的创作方法。接着，于十月二十九日到十一月三日，在莫斯科举行了全苏作家同盟组织委员会第一次大会。讨论社会主义现实主义是会议的一项主要内容。根据这次会议的材料，周扬于一九三三年十一月发表文章，虽非第一次、但却是比较全面而准确地向中国读者介绍了社会主义现实主义的创作方法。周扬文章的正题是《关于"社会主义的现实主义与革命的浪漫主义"》，副题为《"唯物辩证法的创作方法"的否定》❶。一九三四年苏联召开第一次作家代表大会，高尔基在报告中正式提出并阐述了社会主义现实主义的创作方法。(顺便提一句：我国长期以来，在一些文章中，认为这个口号为高尔基首先提出，这是不准确的。)在大会通过的《苏联作家协会章程》里，明文规定社会主义现实主义是苏联文学的创作方法，并且规定了它的界说。

阳翰笙在左翼十年所写的文艺理论批评文章的内容当然不只这四个方面……

一九八二年三月五日草成，五月七日定稿

(原载《中国现代文学研究丛刊》1982 年第 3 辑)

---

❶ 载 1933 年 11 月 1 日《现代》第 4 卷第 1 期。

《阳翰笙剧作集》编后记（节录）

周　明

　　自青年时代开始，阳翰笙同志搞过学生运动、职工运动，参加过国民革命军的北伐和南昌起义军的南征，打过土豪，接触过农运，更长时期在国统区从事过公开的统一战线工作和秘密的地下工作。丰富而独特的生活经历，服务于革命的写作目的，加上个人的气质、学养和艺术追求，形成了阳翰笙同志戏剧创作的鲜明特色：

　　一、着眼于斗争全局，立足于生活现实。作为一个党员作家，阳翰笙同志是带着大革命的硝烟，以战士的姿态进入文艺界的。从此，尽管他经历了风云变幻的几个历史阶段，尽管他换用过几种文艺样式从事战斗，却始终保持着党的忠诚战士的本色。他自觉地以文艺创作为党的总纲领服务，为无产阶级领导下反帝反封建的人民革命服务。在尖锐复杂的斗争中，他总是自觉地找好自己的哨位，用自己的艺术实践服从于民族解放战争的全局。鲜明的时代感，强烈的战斗性，是阳翰笙同志剧作的首要特点。

　　在抗战初期，中国共产党高举起团结抗日的旗帜，成为全国亿万人民的灯塔。这时，他创作了《前夜》、《李秀成之死》、《塞上风云》等剧本，以艺术形象鼓动团结抗日、坚持斗争，激扬民族正气，有力地起到了动员群众的作用。在抗日战争相持阶段，针对国民党反动派的投降、分裂活动，他创作了剧本《天国春秋》、《草莽英雄》，以历史上人民革命的经验教训，来唤醒人民警惕和抵制内部敌人的倒行逆施，从而坚持抗战、坚持团结、坚持进步。新中国成立后，作家创作了《三人行》，通过知识分子在土改斗争中的锻炼提高，来反映建国后欣欣向荣的社会面貌。无论是塞外风光、巴山蜀水，还是劳动战斗着的各族人民，作家都倾注了热烈而真挚的情感。作家所着意描绘的，正是当时广大人民群众所关切的。他始终和党所指引的斗争大方向保持一致，这是十分可贵的历史自觉性。

我们所说的自觉服从于斗争的总目标，既不是图解政策，也不是演绎概念，而是从生活实际出发来选择题材、提炼主题。作家丰富的历史知识和生活经历正提供了有利条件，而他在创作历史题材或现实题材的剧本时，从不满足于已有的生活积累和知识积累，而是严肃地搜集资料、从事实地调查并加以精心研究。正因为作家那样坚持从生活出发，坚持反映人民群众的意志和愿望，所以许多剧本经受住了时间的考验，至今还具有旺盛的生命力。

二、自觉运用科学的世界观来观察问题、反映生活。阳翰笙同志早年曾有过哲学著作，进行马克思主义的理论建设和普及工作。从事文艺运动后，更自觉地以马克思主义学说来指导自己的创作实践。作家接触的题材是十分广阔的，工农商学兵几乎都得到了反映；在表现手段上也是多样的，有正剧、有悲剧，也有讽刺喜剧，体现出作家是位多面手。然而，作家更有解剖刀似的目光，能深刻、准确地揭示生活的真谛。凭借马克思主义世界观的武器，阳翰笙同志在评价历史事件、处理现实题材时，能以艺术形象深刻地反映生活的本质，这正是革命作家的过人之处。抗战初期写李秀成的作品有好几部，都写到了李秀成的大智大勇、忠贞抗敌，而阳翰笙同志更写出了他和农民士兵的关系，处处在领袖和群众的关系中来展示这一英雄人物的性格和太平天国的历史悲剧。在三十年代能达到这样的高度，是难能可贵的。他对太平天国起义和保路同志会的起义的斗争精神及其局限，作了准确而深入的艺术描绘，体现了历史唯物主义的力量，至今都能给我们以启发。

在八个剧本中，有半数以上是以悲剧的结局来处理的。然而，阳翰笙同志的戏剧作品和小说、电影作品一样，贯穿着明朗乐观的基调，充满了积极向上的精神。文坛上对揭露问题的作品有添加"亮色"的说法，以求不使读者消沉。其实，"亮色"是不能平添的，只能从生活

413

固有的存在中开掘，这样的花圈才真实可信，才能使人们感奋向上。阳翰笙同志的剧本没有回避革命过程中存在的问题，他写了主人公的牺牲，写了革命力量的挫折，也写了革命阵营内部的矛盾斗争。他从历史宏观的角度，艺术地显示了人民的继起，显示了剥削阶级无可挽回的失败趋势；他以旧民主主义革命失败的教训，暗示给读者唯有代表新生产关系的无产阶级革命才有将来。这种明朗乐观，不在于一枝一节，而体现于艺术形象的整体；不仅仅是高昂的语句，而在于坚实有力的生活逻辑。只要真正具有科学的世界观，写光明或写黑暗，写成功或写失败，都无所不可。一个真正的艺术家，必须掌握哲学的武器，老一辈作家为我们树立了成功的榜样。

三、千方百计地去表现人民革命的武装斗争。在已知老一辈作家中，象阳翰笙同志那样努力去反映武装斗争的作家是不多见的。有同志统计，他创作的十六部电影中，有八部是直接描写或间接反映武装斗争的。收入本书的八个剧本中，有七个剧本曲折地或直截地接触了这一问题。在他的短篇、中篇小说中也有《马林英》、《义勇军》等许多写武装斗争的篇章。当然，处在国民党统治区，作家不可能直接来表现我们的党领导下的人民军队和武装斗争，而是以历史上的太平天国起义、保路同志会起义、朝鲜的"三一"起义来暗示；或者以游击队、革命根据地、蒙汉联军来象征。我们在阅读这些剧本时，能联想到北上抗日的红军、八路军、新四军、东北抗日联军和全国各地的抗日游击队，可以看到字里行间都渗透着作家对武装斗争的关注。

阳翰笙同志剧作的这一特色，和他的生活经历有关。他是大革命时期武装斗争的参加者；抗日战争时期虽然从事宣传文化战线的统战工作，仍千方百计给坚持抗战的八路军、新四军以支援。作家有切身的感受，有丰富的生活素材。但是，认识不能停留在这一层次上，要从作家总的创作动机、创作态度来理解。斯大林同志曾经指出，中国革命实际是武装的革命反对武装的反革命。人民的安危、革命的成败，都维系于武装力量的斗争；党领导的各种革命斗争，以至建立人民的政权，都离不开武装斗争。自觉以艺术创作服务于党的要求，是阳翰笙同志的创作宗旨。他十分理解武装斗争的意义，十分关心武装斗争的进展，因此，从北伐战争到解放战争，在他的作品中都以曲折的方式得到反映。

四、从正面的角度表现了大量的正面人物。

从抗战前夕的《前夜》到建国后的《三人行》，阳翰笙同志的戏剧作品表现了大量的正面人物，有起义军领袖，有游击队战士，有工人、农民和知识分子，充分而具体地表现了人民群众的正义斗争。在这众多的艺术形象中，有的作为一般群众的代表；有的以凝练的笔调，写出某一特征，取其类型；而有不少人物形象则达到了典型化的境界。如代表作《天国春秋》、《草莽英雄》中的主要人物，写得有声有色，有血有肉，以鲜明的舞台行动，刻画出特定的性格，具有强烈的感染力。洪宣娇、傅善祥、杨秀清、韦昌辉、罗选青、陈三妹等，无不性格鲜明，富有美学价值。其他如李秀成、金花儿、祝茗斋、崔老太太、赵文浒等，都给人留下深刻的印象。

作家塑造人物形象的手法是丰富多样的，有粗线条勾勒，也有真实动人的细节描写，这里不详细加以论述。值得指出的一点是，作家大量采取了正面描写的方式来表现正面人物，舞台上展示的主要是正面人物的工作、斗争；反面人物的表现则比较经济、简练，他们的黑暗行为被放在幕后处理。这样，使得这些剧本有个共同的特点，光明面表现得充分，正面力量占据了主导地位。

五、雄浑阔大，质朴明朗的艺术风格。如上所述，在阳翰笙同志的剧本中，突出地表现了武装斗争，讴歌了正面人物；善于描写错综复杂、波澜壮阔的斗争场面，充满了浓郁执著的爱国主义情感；虽有生活化的细节描绘，但大都显得简洁、浓缩。没有着力于小家庭的悲欢离合，没有小资产阶级的浅斟低吟；有的是全景俯瞰式的勾划，有的是壮怀激烈的抒情。所以，从剧本形象总体来看，显得雄浑而阔大。

就语言特色来看，也是如此。从个别剧本的语言来看，说明作家完全能作细腻的描绘，能表现淡远的情致。但从所有剧作的总体而言，作家更注重语言的简洁明朗，更喜欢以白描式的舞台行动来展示性格，而不作繁细的铺演，不作浮丽的藻饰。四川方言本来是富有文学表现力的，《草莽英雄》的语言正代表了这种质朴明朗、活泼生动的特色。

　　要以简练的语言来概括一位大作家的艺术风格是不容易的，我们能否这样来表述阳翰笙同志的艺术风格：雄浑阔大，质朴明朗。

一九八二年七月

（原载 1982 年 12 月中国戏剧出版社版
《阳翰笙剧作集》下卷）

民族的爱之弦在颤动（节录）

——读阳翰笙剧作《槿花之歌》笔记

廖全京

　　这剧本使人感觉到，那里头仿佛有一种潮乎乎、热烘烘的东西在
蒸腾，在飘浮，在弥漫。它浸润着，在某种程度上甚至可以说陶醉着
你的心。这东西，就是这部剧作的一种总的情调。将这种戏剧情调与
前面谈到的戏剧人物的情感化倾向联系起来，可以看出阳翰笙对于戏
剧艺术的和谐美的某种追求。

　　……

　　这是一种与阳翰笙的其他剧作（比如最早的《前夜》，最有代表性
的《天国春秋》、《草莽英雄》，与《槿花之歌》同一年诞生的《两面人》）
很有点不同的抒情戏剧情调。这种情调的出现，是阳翰笙抗战时期剧
作中的一个新信息。以普罗文学创作步入三十年代初的左翼文坛的阳
翰笙，开手写的小说在思想和艺术上都曾带有强烈的革命罗漫蒂克的
倾向。这种倾向在某种程度上也反映到他抗战初期创作的戏剧作品中。
他当时比较注重剧情结构穿插上的"紧张"、"出奇"和"曲折"，喜欢
波澜起伏，妙趣横生。《前夜》正是这种戏剧理论的实践。应当说，阳
翰笙抗战时期的主要剧作《李秀成之死》、《天国春秋》、《草莽英雄》
等，都体现着他的这种一贯的紧张曲折，大起大落，浓墨重彩，雄浑
粗犷的艺术风格。然而，这部《槿花之歌》却是他的一贯风格的变异：
由粗犷而倾向涓细，由场面的火炽浓烈而倾向画幅的清淡幽深，由注
重戏剧化而倾向散文化（《槿花之歌》并不刻意追求戏剧情节的跌宕，

而更多地想着力人物情感的披露）。

这原因大约是多方面的，表现题材（朝鲜民族的悲壮史）的需要，刻划人物（朝鲜母亲）个性的需要，剧作家的新的美学追求等等。但有一点似不可忽略，那就是契诃夫戏剧以及苏联斯坦尼斯拉夫斯基现实主义演剧体系的影响。

（原载《抗战文艺研究》1983 年第 6 期）

阳翰笙及其创作（节录）

阎纯德

《三毛流浪记》这部揭露国民党黑暗统治的、令人心碎的悲剧，无情地剖析了当时黑暗的现实，笑料层出不穷，想象丰富细腻。这部影片最初作者写成上下两集，拍摄受到国民党特务的阻挠和恫吓，经过压缩，最后于上海解放时拍成。为了庆祝胜利，又加了一场"三毛"迎接解放的戏，影片在"解放区的天是明朗的天，解放区的人民好喜欢。解放区的太阳永不落，解放区的歌声永远唱不完"的嘹亮歌声中结束。

三十年后，这部影片于一九八一年五月在法国戛纳国际电影节期间举办的"中国电影日"放映，随后又在巴黎六家影院公映，连演六十天，电视台播放预告，餐馆、咖啡馆张贴大幅海报，十多家报纸纷纷发表介绍文章和影评，赞扬《三毛流浪记》是中国的《寻子遇仙记》和《雾都孤儿》，是中国的新现实主义、揭露旧中国的文献，精湛完美的佳作。文章说："三毛是《寻子遇仙记》中的孤儿和德·西卡的《擦鞋童》的中国兄弟。"（5月25日《世界报》）"影片感情真挚、幽默诙谐……它足以与黑泽明、小津安二郎和卓别林的作品相媲美。"（6月11日《新文学报》）"影片堪与卓别林的《寻子遇仙记》或布怒埃尔的《被遗忘的人》相媲美……它是一部政治影片，揭露性影片。"（6月10日《德勒拉玛》）《三毛流浪记》的上映是一件影坛大事……影片幽默滑稽，动人心弦，它可以当之无愧地列入《寻子遇仙记》或《顽童》（西罗·杜朗导演的哥伦比亚影片）一类佳作。"（6月14日《瓦尔省晨报》）"影片更接近狄更斯的风格……其结构令人明显地联想到《雾都孤儿》。象狄更斯一样，两位导演通过最能拨动观众心弦的惯用题材表现了不公正与动荡的时代，这个题材就是儿童的不幸与贫困。它所体现的主要是人道主义，而不是政治。"（6月19日《道报》）"影片感人肺腑，又风趣诙谐。……影片的真实、生动与迷人的魅力令人倾倒。"（6月12日《世界报》）法国最有影响的电影评论家让·德·巴隆塞利说："……这部影片韵味醇厚。新现实主义和卓别林的特色隐约可见。……这部影片表明中国也有新现实主义。在当时情节剧盛行的中国影坛上，这部影片的编导所注重的是严酷的现实和赤裸裸的见证。影片在笑声中含着辛酸的泪。"（5月25日《世界报》）《三毛流浪记》轰动了巴黎，它使法国的"史学家、影迷及普通观众都因这一出乎意料的珍贵的发现而欣喜若狂"。阳翰笙说："这部影片在法国会有如此强烈的反响，是我没有想到的。"

（原载 1983 年 10 月知识出版社版《作家的足迹》）

评阳翰笙和他的电影剧作（节录）

薛赐夫

二

　　阳翰笙同志的政治敏感，使得他的艺术创作走在时代的前面，谱出了时代的最强音。

　　他的第一个剧本《铁板红泪录》一出现，便不同凡响。剧本展现了四川农民在地主恶霸"铁板租"的残酷压榨下的生活和反抗。关于写农民的贫苦，地主的凶残，以至农村的阶级对立这类主题，这在他以前，甚至同时代的电影中屡有表现。但那些作品中的农民，或逆来顺受、祈求地主的哀怜；或个人复仇、终陷囹圄。而《铁板红泪录》不仅写出农民的斑斑血泪、地主的奸诈凶残，更重要的是满腔热情地描写了农民的斗争和反抗，而且是有组织的阶级反抗。剧中通过农民周老七这个形象，含蓄地表现他在外地受到革命形势的鼓舞和党的思想启蒙，回来组织家乡农民，与地主阶级展开了正面的武力斗争，暗示了党的影响。

　　在这个剧本问世之前，中国还没有一部电影把旧中国农村地主豪绅的罪恶和农民的痛苦，表现得这样强烈，更从来没有一部影片敢于把中国农民反抗地主阶级的斗争描写得这样大胆而激动人心。它形象地反映出中国农村严重的阶级对立和斗争，而且明确地指出了中国农民的出路。从而，使剧本的思想高度超出了同时代的同类题材，而取得了历史性突破。《铁板红泪录》是中国电影第一部表现农民武装反抗地主阶级统治的作品，是我党领导的土地革命和武装斗争在中国电影中的形象反映。

武装斗争是我国民主革命的特点，以革命的武装反对反革命的武装，这是半封建半殖民地的中国，人民求生存求解放的唯一出路。

阳翰笙同志在电影创作伊始，便把注意力用在表现中国人民艰苦卓绝的武装斗争方面，绝非偶然现象，而是贯串的一条红线。继《铁板红泪录》后，他创作的剧本《中国海的怒潮》，又以富于战斗力的笔触，描写了沿海渔民武装反抗的斗争。剧本愤怒地揭露日本帝国主义与封建势力相勾结，侵略我领海，残酷盘剥渔民、掠夺财富的罪恶，热情地讴歌了沿海渔民的英勇斗争，他们在忍无可忍的情况下，联合起来，驾起轻舟，向侵略者举起了怒吼的土枪，中国的海掀起了反抗的怒潮。这部气势宏大的作品，明确指出了中国人民的斗争对象，反帝必须反封建。这个剧本在主题思想上更有着强烈的时代意义。

一九三四年四月，中国共产党为挽救民族危亡，提出抗日救国六大纲领，得到各阶层人士的支持，宋庆龄等三千余人签名响应，号召全国各地人民广泛开展民族自卫斗争。阳翰笙很快地写出剧本《逃亡》，以生动的形象表现了在日本帝国主义的侵略和国民党反动派卖国政策下，塞北农民家破人亡、颠沛流离的苦难遭遇，并通过他们的觉醒、成长，喊出了"投义勇军，打回老家去"的响亮口号，最后终于拿起武器，走上战斗的行列。痛斥了国民党的不抵抗政策，表达了中国人民大众武装抗日的要求。电影上映以后，极大地激发了人民群众的抗日爱国热情，有力地配合了党的抗日救国方针的贯彻，当时被誉为中国电影的重大收获，是左翼电影工作者经过艰苦奋斗取得的一次辉煌胜利。

象这样反映武装斗争的作品，占阳翰笙电影创作的绝大部分，在他十七个电影剧本中，有十一部从不同角度写了武装斗争。从川南的大刀长矛，写到塞北农民的枪声；从海上的怒潮，写到草原的风云；从黄埔的号角，写到上海的抗战；从楚天的巾帼英姿，写到东北义勇军的智勇；从峨嵋的红泪，写到梅岭的星火……在他的笔下，展示了中国大地到处都在燃烧着武装斗争的烽火，记录了半个多世纪中国人民前仆后继反帝反封建、求真理求解放的英勇斗争。

特别应该提到的是阳翰笙在表现武装斗争时，多半取材于农村，写农民的反抗斗争，是有重要意义的。毛泽东同志曾指出，在中国，离开了武装斗争，便没有无产阶级的地位，没有人民的地位，没有共产党的地位，就没有革命的胜利。这个拿血换来的经验，全党同志都不要忘记。又说，中国共产党的武装斗争，就是在无产阶级领导之下的农民战争。阳翰笙同志的电影作品，在总体构思上牢牢地把握了党的正确的政治路线，形象地表现了中国社会主要矛盾斗争形态，反映历史的必然趋势，谱写时代的最强音，显示了这位革命作家高度的历史责任感和自觉性。

三

展现广阔的社会生活画面，塑造时代新人的形象，是阳翰笙同志电影剧作的明显追求和突出特征。

在阳翰笙的剧本中，对中国社会各个阶层，各个侧面，有着广泛而生动的描写，工人、农民、士兵、知识分子，城市、乡村、上层、下层，天南地北，形成了一幅广阔的社会生活画面。在这幅社会图画上，有一组人物形象是剧作家所着意描绘的，使他们格外富有生气和光彩。如果说有些作家在描绘这幅社会图景时，侧重于通过人物的遭遇、命运来暴露旧中国的黑暗，从而显示出其巨大的批判力量的话，那么，阳翰笙则更注意着眼于在黑暗社会中，人物的进取和抗争，给人以启迪和鼓舞。阳翰笙电影创作的突出成就，正是表现在他对蕴藏在中国社会中巨大变革力量的发掘上，他所塑造的一系列觉醒者和革命者形象，就是这种变革力量的体现。

剧作家通过对觉醒者和革命者的形象塑造，写出了时代先进力量的代表人物，这些时代新人的出现，是他作品革命现实主义的标志。

"时代的新人"，代表着历史发展的方向，是黑暗中的曙光和希望。阳翰笙同志在自己的作品中，从各个侧面描写时代新人的涌现，呼唤着曙光的到来，写他们的觉醒、成长、斗争，并在斗争中不断壮大自己的队伍。《生死同心》就是这样一部歌颂时代新人的力作。剧本以大革命时期为背景，描写华侨青年柳元杰因与一位被通缉的革命者相貌相似，而被误捕入狱。他的未婚妻赵玉华倾家荡产、奔走于权贵之门求情，并拿出充分的证据证明丈夫是从南洋刚归国的无辜者，但维护反动统治的法律还是把她丈夫判了刑。赵玉华逐渐认清了这个丑恶的社会，在一个偶然机会她认识了革命者李涛，在李涛的启发下，参加了地下斗争，配合北伐军战斗，救出了柳元杰，李涛在战斗中牺牲，赵玉华夫妇继承革命者遗志，勇敢地继续斗争。

剧本真实地描写出赵玉华的觉醒过程，特别是刻画出李涛这个为革命献身者的崇高形象。这两个时代新人前仆后继，其思想行为写得非常感人，他们的精神将鼓舞人们继续前进。阳翰笙同志曾在一篇谈《生死同心》的文章中写道："……那些革命青年的奋斗精神，我想至今还应活生生地存续在人间。"剧作家是如此深情地歌颂这些人物，寄托着自己的理想和信念。

《青年中国》是阳翰笙同志歌颂新人的又一曲赞歌。剧本对活跃在国统区偏僻山村的一支抗敌宣传队，给予了极热情的描写，这群热血青年，深入民间，不怕艰苦，宣传抗日，组织民众，为争取青年中国的诞生，进行着深入细致的工作。剧中所描写的山村青年农民李大兴的觉醒，最有光彩，他憨厚老实，害怕日本兵，也害怕国民党拉夫抓兵，躲进深山。在宣传队的实际行动和细致工作感召下，李大兴认识到在军队中有真正为老百姓谋利益和真正抗日的队伍，便主动走出深山，投入抗日的行列，在他的带动下，全村老百姓也开始觉醒。这个觉醒者形象，性格鲜明，很有普遍意义，并通过这个形象，曲折地反映出广大人民逐渐认清了我党所领导的军队与国民党的军队有着本质的区别，人民只有跟着共产党才有出路，理想的青年中国才能诞生。

在抗战时期，中国电影第一个表现民族团结共同抗日主题的，就是阳翰笙的《塞上风云》。这部作品以生动曲折的情节，描写出蒙、汉两族青年在民族危机的形势下，逐渐认识了敌人挑拨民族矛盾的阴谋，看清了共同的敌人是日本侵略者，从而消除隔阂，共同抗日。其中蒙族青年迪鲁瓦的觉醒和他的战斗行动，显示了蒙族人民的坦诚、勇敢和巨大的觉醒力量。他们的抗日爱国热情一旦迸发出来，敌人的任何阴谋都将破产。这部作品很及时地体现了党的民族政策和全民族抗战的政治路线，成为抗战时期最有影响的作品之一。

阳翰笙同志电影剧作中，象赵玉华、李大兴、迪鲁瓦这类觉醒者形象是不少的，如《铁板红泪录》中的农民周老七，《中国海的怒潮》中的渔民阿德，《逃亡》中的农民黄少英，《草莽英雄》中的罗选青等。他们从各自的境遇中，认识了自己，认识了社会。甩掉历史、社会所加在他们身上的一切精神枷锁，从朦胧中觉醒，开始走向社会，投入民族解放和阶级解放的洪流，成为时代的新人，肩负起变革社会的历史使命。从阳翰笙同志精心描写的这些新人形象所构成的形象系列，不难看出，他在努力反映各个阶层、各个角落人民的觉醒。中国革命的胜利过程，就是中国各族人民觉醒的过程，阳翰笙同志准确地把握住这一点，以电影为手段，着力发掘蕴藏在中国社会内的巨大的革命力量，去推动社会的前进，迎接新世界的曙光。而当曙光已经到来的今天，这些作品以它形象的力量，仍葆其思想和艺术活力。

在历史的进程中，不少当年的电影作品，今天已经失去了它的光辉，而阳翰笙的剧本却能经得起跨越时代的检验。特别是他笔下所描写的那些从社会各个角落涌现出来的时代新人形象，在历史发展中都各自做出了他们的贡献，现在他们好像还活跃在我们的事业中，今天，我们从工作在各种岗位的老一辈革命者身上，仿佛还能看到他们的身影。在党中央号召恢复党的优良传统的时刻，想想当年参加革命时的理想、信念和献身精神，都将是鞭策人们的巨大力量。可以这样说，阳翰笙同志的电影作品，是我们党的传统教育的形象教材，而具有历史价值。

四

阳翰笙同志的电影创作，从总体来看，大致可分为两种类型，一类是波澜壮阔的社会风云，一类是日常生活的真切描绘。他比较侧重于前一种类型作品的创作，着力描写本世纪中国社会翻天覆地的历史性转变过程，特别是反映我党领导的轰轰烈烈的民族解放、阶级解放的斗争。与这种所谓"大主题"的内容相适应，在艺术风格上显得气势浑浩，刚劲简练，富有战斗力。

这类作品，大都创造一种非常尖锐的矛盾意境，把人物推到矛盾的顶端，让他自己选择生活的出路。上面所评述的那些作品，基本属于这一类，正因为着笔于社会风云，所以剧本往往是多种矛盾纠葛在一起，人物关系错落复杂，也因此，他的剧本情节都比较曲折，以便把各种矛盾和人物融于曲折的情节中逐次展示，使剧本脉络清楚、合情入理，更能反映社会关系和人物内心的复杂状态以及生活本身的真实面貌，可以清楚地看到阳翰笙驾驭这类"大主题"的功力。我们通过他对那些广阔的社会场景、战斗的人群雄姿，以及对坚强性格的人物描写，感受到历史的脚步和不可抗拒的历史潮流。

阳翰笙同志的另一类作品，是对日常生活的描写，这里没有波澜壮阔的斗争场面，却有着令人揪心的人物遭遇。抗战胜利后他写的《万家灯火》、《三毛流浪记》，以及建国后他的《北国江南》，都属这一类作品。在这类作品中，一反他以前的写法，而追求一种朴素纪实的韵味，从而，使我们又可以看到剧作家的另一方面才能。

这类剧作中，充满着对日常生活的具体描绘，细腻，含蓄，朴实无华，象生活本身那样涓涓流动，在不知不觉中，把读者带入主人公的生活境遇中去，让读者和主人公一起去感受生活的苦辣酸甜，和他们一起欢乐，一起流泪。因此，它有着很强的艺术感染力，在风格上朴实含蓄，细腻流转，使人们在艺术感染中去思考，去玩味，在思想上艺术上都达到了新的高度。应该说，这类作品是阳翰笙同志电影创作成就的另一重要方面，也是中国电影艺术的重要收获，这是有目共睹的。

有一种现象，值得在这里顺便提一下。有些文章在提到阳翰笙电影创作时，往往只注意《万家灯火》、《三毛流浪记》等，而忽视他前一类作品的突出成就和对中国电影的贡献，这对一个作家电影创作的评价，在总体把握上就未免失之片面，当然，这和难于系统地接触阳翰笙电影作品不无关系，因而也就缺乏系统地研究。正由于这一点，本文花较多的笔墨，对他前一类作品着重地作些评述，以使我们对这位著名作家电影创作的评价，有一个比较完整的概念。

……

在国际上，有些电影评论家把包括《万家灯火》、《三毛流浪记》

在内的一批中国电影，称作"新现实主义"电影，并且早于战后意大利的新现实主义。我们自然不必去随声附和，向洋人靠拢。但是，我们也必须看到，在中国电影家的艺术实践中，对电影美学也做出了自己的贡献，创造了具有自己民族特点的革命现实主义电影，阳翰笙同志这方面的探索和成就也是明显的。

中国电影的现实主义传统，在电影文学创作方面体现得更为深刻全面，在思想的革命性、艺术的完整性和表现力，在民族特色等方面，都积累了丰富的经验。本文对阳翰笙同志的电影剧作只进行了初步分析，也已经使我们感到了这笔财富的宝贵。

（原载《电影艺术》1984 年第 3 期，收入 1989 年 8 月
四川文艺出版社版《阳翰笙选集》第三卷）

阳翰笙戏剧著作研究第一次讨论会召开

剧协四川分会

省剧协、省文化厅主办的这次讨论会在翰老故乡高县举行，从十月十日至十八日进行了九天。参加会议共四十八人。会前，剧协成立了翰老剧作研究成都、重庆、宜宾三个组，并在此基础上成立了中心组。此次会议由中心组领导进行工作。

到会的同志前后写出了论文共十五篇（全部打印、分发），故决定不在会上宣读论文而在会下阅读，会上由作者谈观点和研究中遇到的问题，这就把主要时间放在讨论上。这是一种收效较大的方法。

开会第一天就收到翰老拍来的电报："欣闻十月十日对拙作展开讨论，请同志们多提宝贵意见，不胜感祷。"同志们很感动。在讨论中，大家认为研究过程中要注意到感性认识与理性认识的关系，作家与作品的关系，并请高县党史工委有关同志和与翰老青少年时同学共事的乡亲介绍了翰老青少年时代的生活和斗争。又请曾参加抗日戏剧、电影活动的老战士，讲述翰老当时的革命活动和文艺活动，以及建国后曾经亲见翰老的同志谈自己的亲身感受。在此之后，我们组织与会同志参观访问了翰老旧居——罗场。通过这些活动，同志们不仅对翰老思想品德增加了了解和崇敬，同时也对翰老剧作有了进一步认识。在发言和讨论中，不少同志谈到，有了这些感性知识，感到了自己论文的不足之处并对某些问题有了新的理解。

在讨论中，会议贯彻了解放思想、实事求是的精神和党的双百方针，坚持艺术民主，大家发言踊跃，气氛热烈，会议开得既严肃又生动活泼。涉及的内容有：对作品的评价，对作品历史意义和现实作用的认识，对作品人物性格的分析，以及对革命现实主义创作方法的探索，对审美特征、民族风格的理解等等，特别集中讨论了翰老的代表作《天国春秋》和《草莽英雄》，在历史剧的历史化和非历史化的问题上，发表了不同意见，引起了一些同志研究这一问题的兴趣。其次，对翰老几次修改剧本的得失，进行了热烈争鸣。翰老删去了《天国春秋》的爱情线和《草莽英雄》中袍哥义气的描写，有同志认为政治上有所得而艺术上有所失，有的同志认为从艺术功能的认识作用看，删改是削弱了这一功能，所以两者俱失。另一些同志则认为删改是必要的，达到政治上艺术上的进一步完善。在讨论中，大家还对抗战以来对翰老剧作的诸家评论给予重新评价，引起一些同志研究版本学的兴趣。从这一讨论，又涉及到对国统区在周总理、南方局领导下的进步文艺如何评价，以及政治和艺术的关系等问题。

经过九天的学习和讨论，同志们对翰老剧作研究的兴趣越来越浓。宜宾地区的同志还特为会议放映了翰老编剧的《北国江南》，受到了大家的欢迎。大家有决心在这次会议后，更多阅读一些历史资料，阅读到会同志的论文，把自己的论文改好。

这次讨论会的缺点是：由于少部分论文分发较迟，会议时间紧，没有安排足够的阅读论文时间，影响了讨论的进一步深入。

会议闭幕时，宜宾地区文化局局长张伯群同志、高县县委宣传部部长万继明同志作了发言，李累同志作了结束性的发言。

会后，我们给翰老写了一封信，汇报了会议的情况。

（原载四川《文艺通讯》1984年5、6期合刊）

论《天国春秋》（节录）

王志秋

　　《天国春秋》成功的关键何在？阳翰笙今春有个简明的回顾，他说："这个戏以艺术形象反映了太平天国的历史教训，使人们联想到内部的分裂残杀会造成对敌斗争的失败。剧本反映了皖南事变后千百万人民群众关切的问题，这是取得成功的关键所在。"

　　一九四五年岁末，《天国春秋》重演于重庆抗建堂，依然上座不衰，引起了作家的思考。阳翰笙在一九四五年十二月十六日的日记中，饶有兴味地记载着："天剧自重演以来，到今天已连续十场满座。我都有点奇怪，这回已经是第三次与陪都观众见面了，为什么还会得到他们这样的热爱？有个演员回答过这个问题，他说是由于人人都在忧虑着内战将要毁灭中国的关系。要果真是如此的话，那我也可多少得到些安慰了。"事情当然是果真如此：日寇业已投降，抗战胜利结束，千百万人民群众关切的问题是医治战争创伤，重新收拾山河，迫切要求国共两党再度携手合作，建设和平、民主、团结的新中国。而蒋介石一手伪装和平，一手准备发动全面内战。灾难深重的中国，又面临着团结与分裂、战争与和平两种前途，饱尝同室操戈之苦的中国人民，自然就把《天国春秋》提供的历史教训，放在新的历史条件下，重新加以审视而特别关注了；《天国春秋》的针对性也就随着历史条件的变化，客观地转移了。

　　更加意味深长的是，事隔四十多年之后，在纪念太平天国建都南京一百三十年之际，中央戏剧学院话剧实验室于去年四月，把《天国春秋》搬上首都舞台公演,并经中央电视台在全国转播实况录像。人们惊奇地发现,这个戏并无隔世之感,也不因长期尘封土埋而失去光泽。相反,不堪十年内乱的折磨,身受林彪、江青反革命阴谋集团反复作乱之苦的广大观众,无论是第一次看这个戏或重温此剧,都深有切肤之感:观古鉴今,深感昔日分裂残杀之惨痛,倍觉今天安定团结之珍贵!这就不能不令之叹服,真正的艺术作品,生命之树常绿。当年产生这个剧本的客观环境不复存在了,今天演出的意义也绝不同于当年,然而,它毕竟跨越了时代的鸿沟,让不同年龄、不同经历、不同素养的观众,从各自不同的角度,产生丰富的联想,给人以智慧的启迪,给人以历史的反思。《天国春秋》的艺术生命力延续至今,成为传世佳作,这也许是作家写作之初所始料不及的。

在中国戏剧家协会为《天国春秋》在首都上演而召开的座谈会上,有同志讲:"这个戏写了从历史经验中总结真理,所以能够引起观众的共鸣。这个戏是'全天候'的,这是戏剧的最佳境界。"这个估价很高,但毫不过逾,它言简意赅,很值得细细品味一番。历史辩证法表明,人类社会最一般的道德伦理规范,如《天国春秋》涉及到的忠与奸、团结与分裂、光明磊落与阴谋诡计,等等,都具有历史继承性;而人类历史的路径,又总是呈现螺旋式上升的形态,因而在不同的历史阶段上,常常会发生惊人相似的人物与事件,仿佛如出一辙。正如列宁所指出的那样:"在高级阶段上重复低级阶段的某些特征、特性等等。"这种仿佛如出一辙的现象,通过联想,就成为沟通历史与现实之间的桥梁。在历史剧中,作为外部表现形态的历史事件,虽已成为历史的陈迹,然而,人物命运的变迁和心灵的历程,真善美与假恶丑之间的交锋,在本质意义上,古今中外常常有巧妙的契合;这种契合,就能引起共鸣,势所必然地会诱发观众,从中思索历史兴替的奥秘和人生浮沉的真谛。

历史剧的主题思想,越有广度,越有深度,就越具有普遍意义,就越具有超时代的穿透力,因而它的艺术生命力就会是历久不衰的。《天国春秋》提炼的主题思想,概括为一个简明的公式,那便是:团结——胜利;分裂——失败,这在任何历史时期,都是千百万人民群众关切的问题，因而什么时候都能演，什么时候演出都有意义。说它是"全天候"的，说它是戏剧的"最佳境界"，是当之无愧的。

一九八四年八月第三稿于成都沙河畔

（原载《文艺界通讯》1984 年第 12 期）

阳翰笙和他的话剧创作（节录）

潘光武

半个多世纪以来，阳翰笙的主要精力用于从事革命文艺的社会活动，同时又配合革命形势写了大量的文艺理论文章和文学作品。他是文艺创作的多面手，写过二十来篇小说，十八部电影（其中十三部搬上银幕）和八个大型话剧。

他的八部话剧作品是：《前夜》（一九三六年）、《塞上风云》（一九三七年）、《李秀成之死》（一九三七年）、《天国春秋》（一九四一年）、《草莽英雄》（一九四二年）、《两面人》（发表时名《天地玄黄》，一九四三年）、《槿花之歌》（一九四三年）和《三人行》（一九六〇年）。这八部作品都曾在舞台多次演出。其实，他的话剧作品还不止这些，一九三六年，他与田汉合作写了独幕剧《晚会》，一九四四年和一九四六年他先后参加集体创作《胜利进行曲》和《清流万里》。除此之外，他还有七、八个剧本已有雏形，其中有的搜集好了材料，有的写了分幕大纲，但因工作的繁忙和时局的变化而未能写成。

阳翰笙的文艺创作，始于"浪漫谛克式"的小说创作，中经发展阶段的富有浪漫主义色彩的电影创作，到创作话剧时期，已踏上了成熟的现实主义道路（他在四十年代后期和解放后创作的电影，也是成熟的现实主义作品）。他的第一部话剧《前夜》，是他由浪漫主义向现实主义转化的标志。从思想性和艺术性达到的高度来说，他的话剧创作的成就最大。除一些电影之外，他的代表著作主要是他的几部话剧作品。

阳翰笙的话剧创作和他的小说、电影创作一样，能够紧密结合现实斗争，自觉地反映和回答现实生活中迫切重大的政治问题，具有鲜明的时代感和强烈的战斗性。抗战前夕，日本帝国主义加紧侵略我国，中国面临亡国的危险，而蒋介石依然行使"攘外必先安内"的反动政策，一方面继续围剿我抗日武装力量，镇压人民群众的爱国运动，一方面竟和日本签订了卖国投降的《何梅协定》。这时，阳翰笙写了四幕剧《前夜》，"旨在鼓动人民群众起来抗日救亡，反对国民党反动派的卖国投降政策。"（《阳翰笙选集》第二卷《自序》）作品通过一对爱国青年与汉奸走狗作斗争的故事，唤醒人们在国难当头之际要高度警惕卖国贼的罪恶活动，要团结起来坚决清除潜藏在我们身边的隐患。此剧是我国较早的大型话剧之一，抗战初期在汉口、桂林、香港及南洋一带演出，反响非常强烈，受到观众普遍的欢迎。抗战爆发后，他在原先搜集的大量素材的基础上，很快写成了四幕历史剧《李秀成之死》

（解放后增写了第一幕，共五幕），赞扬太平天国将领李秀成智勇双全坚决反帝反封建的斗争意志和壮怀激烈的牺牲精神，同时也从侧面揭露了曾国藩、李鸿章之流卖国投降的罪恶。此剧的上演，大大地鼓舞了军民的抗战激情，却引起了国民党反动派极度的不安和仇视。国民党自己的一个话剧团——"战时工作干部训练团"所属的"忠诚话剧团"在四川演出此剧后，反动派竟枪杀了二十多位参加演出的演员，将李秀成的扮演者活埋。这就是骇人听闻的"綦江惨案"。四幕剧《塞上风云》是表现我国各民族团结抗日的第一部话剧作品，是作者在十五天之内在他写的未能拍摄的电影剧本的基础上改编而成的（后他又改编成电影搬上银幕）。此剧演出深受欢迎，是他的剧作中演出场次最多的一个。一九四一年发生了震惊中外的"皖南事变"，为了控诉国民党反动派这一滔天罪行，揭露他们破坏团结、准备对日投降的阴谋，阳翰笙写了六幕历史剧《天国春秋》。剧本上演时，观众对剧中的现实针对性十分敏感，每当剧中人洪宣娇在觉醒后惊呼："大敌当前，我们不该自相残杀！"观众席上立即爆发出雷鸣般的掌声。这说明了群众对蒋介石同室操戈的反动罪行是何等的憎恨！为了歌颂人民群众的革命斗争和爱国主义精神，他写了五幕历史剧《草莽英雄》。此剧当时被国民党中央图书杂志审查委员会下令"禁止演出，禁止出版，没收原稿"，直到日本投降、国共两党签订了《双十协定》之后，才一度得到演出机会。为了揭露抗战时期那些一面表示抗日、一面又妥协投降的大大小小的两面派，他写了四幕讽刺剧《两面人》。此剧演出时，《新华日报》一连发表了多篇评论文章，借此揭露和批判国民党的两面派行为。为了歌颂爱国主义与国际主义精神，他写了取材于朝鲜人民反对日本帝国主义侵略的五幕历史剧《槿花之歌》。此剧是我国第一部涉及这种题材的话剧作品，许多旅华朝鲜朋友穿上民族服装观看演出，不少人感愤得流下热泪。解放后，他根据参加土地改革运动的素材写成四幕剧《三人行》，反映解放初期不同类型的知识分子在这场翻天覆地的阶级斗争和社会革命中思想感情的变化和提高，从而在一个侧面展现了建国后欣欣向荣的社会面貌。此剧演出获得文化部颁发的优秀剧本一等奖。

阳翰笙的话剧创作和他的其他文艺创作一样，自觉地为革命斗争需要服务，始终和党所指引的大方向保持一致，体现了他高度的革命自觉性、历史责任感和作为一个党员作家的党性原则。需要特别指出的是，抗战时期国民党反动派推行消极抗日、积极反共的卖国政策，加剧对革命进步力量进行政治迫害，对文艺作品实行严酷的审查制度。因此，阳翰笙这时期的戏剧创作，大多不得不取材于历史或国外，表现手法也不得不迂回曲折一些，如《天国秋春》就加添了一些恋爱情节，《两面人》中的故事设在一个阴阳界式的茶山上，主要人物是一个政治色彩似乎不浓的茶场主，等等。他用这些障眼法通过了国民党的审查关，但丝毫也没有减弱作品的现实战斗作用。这正如他自己所说："特别是重庆时期，斗争异常剧烈，斗争任务又很急迫，创作时间也就紧张。同时还受到反动派严酷的审查制度百般刁难和重重迫害，写作时就不得不含蓄隐晦，不能畅所欲言，不能把话说透说深。在这种情况下所产生的我的剧作，我总认为是生长在石缝中的株苗，当然不是什么挺拔的大树，但是毕竟它是起到了战斗作用，完成了历史使命的，所以我倒是有些敝帚自珍了。"（《〈草莽英雄〉四十年》，一九八四年五月六日《北京晚报》）

自觉地运用革命的唯物史观来指导自己的创作，艺术地反映生活的本质，是阳翰笙剧作的又一特点。无论是处理现实题材，还是评价历史事件，他都能突出人民群众在社会上的地位和推动历史向前发展所起的作用。这一点，较之他早期的文学创作，是一个质的飞跃。抗战时期，写李秀成的作品有好几部，都写到了李秀成的大智大勇，矢志抗战，而阳翰笙在《李秀成之死》中更突出地写了李秀成与士兵和人民群众的关系，很有分量地表现了士兵和人民群众在保卫天京战斗中和天京失陷之后继续抗击敌人所起的作用。他甚至专门用一幕来写李秀成的群众工作和俘虏政策。当被俘的清兵得知宽待他的是忠王殿下，给他包扎伤口的是忠王娘时，感动得"连忙跪下"，说一生也不会忘记忠王的"恩德"，并主动提供了重要的军事情报。在天京失陷之后，作者以极其浓烈的笔墨描述了西村农民的英雄群像，农民阿虎激愤地说："他们（指清兵——引者）杀到这里来了，我们就同他们硬干！大伙儿有刀的拿刀，有枪的拿枪；没有刀枪的，锄头也行，棍棒也行，石头、灰包都行。我们村里的人，不管男女老幼，大伙儿都得一条心，等他们杀来了，我们就跟他们拚一个你死我活！"这些话，表现了人民群众誓与敌人血战到底的决心。当老百姓以为李秀成牺牲之后，举行了罢市罢户，并偷偷地设起李秀成的灵位哭祭。敌人虽取得战事上的优势，但征服不了民心，连敌酋也无可奈何地惊叹："杀剩下来的万多俘虏"，"誓死不愿投降"，"发贼的老巢虽破……可是他们民心未去，到处潜伏着的党羽还多。"作者写李秀成最后英勇就义奠洒于地的三杯酒，就有两杯是敬献给英勇牺牲的士兵和人民群众的。这意味深长的一笔，突出了李秀成至死不忘群众的可贵的思想品质，升华了这位农民起义领袖的形象，是作者给主人公描抹的最闪亮的一道色彩；同时，我们也从中窥见了作者最可宝贵的思想闪现出的火花。作品就是这样，在表现英雄领袖人物的同时，也辩证地表现了甚至突出了人民群众的巨大作用。他在其他剧作中也贯穿了这一历史唯物主义的观点。他在描写历史事件时，不是主观主义地臆造故事情节，而是首先占有丰富的材料，然后"根据新的历史观念，象沙里淘金地尽可能去发掘它。"（见《阳翰笙剧作集》中《关于〈李秀成之死〉》一文）他评价历史人物，既不拿新的标准去苛求古人，也不是去拔高古人，让古人现代化。他从历史题材中发掘出于现实斗争有积极意义的思想内容，使人们从中得到启发，受到鼓舞，增强进取的信心和力量，做到古为今用。阳翰笙的剧作，还体现了阶级分析的观点，作品中一切人物的所作所为，都能从他们的社会地位、经济地位和政治态度上找到根据。《草莽英雄》里的魏明三看着"风声不好"就要退会，是因为他是"有几个钱的人"，王云路的极端反动和无比狡诈，是由他的政治地位和官宦生涯所决定的。《两面人》中的祝茗斋之所以大耍两面派手法，完全是出于他的私利，要保住他的茶场，直到他最后十分孤立，极端狼狈，还怕失掉他"一根茶树"，"一个箩筛"。而劳苦人民敢于造反，敢于革命，是因为他们处于被压迫被剥削的地位。阳翰笙的剧作还突出地表现了人民革命的武装斗争。他在抗战时期写的七个剧本，全都写到了武装斗争。这决不是偶然的巧合，而是由于剧作家对于中国革命的特点有着深刻明晰的认识和他自己参加革命斗争（包括革命战争）的深切体会所决定的。他突出描写武装斗争，既是对中国革命斗争的真实反映，也是对革命斗争的经验和教训的宝贵总结。

在矛盾冲突中塑造人物，人物性格又推动情节的发展，是阳翰笙剧作的又一特点。他的话剧，有的因气魄宏大、场面壮观而震撼人心，有的以细腻含蓄、韵味浓郁而动人情弦，有的在对话中深藏哲理给人以启迪，有的于夸张里寄寓讽喻引人深思，但他的每一部作品都重视了处理矛盾冲突和人物塑造两者的辩证关系。阳翰笙的剧作，在故事的发展和结构情节的穿插上，一般都注意了"紧张"、"出奇"和"曲折"，但这些都是为了体现主题思想和塑造人物形象（不是为了有"戏"去制造矛盾冲突）；而人物的思想性格和他们的所作所为，又反过来决定故事情节的发展和演变。两者做到辩证的统一，互为因果，逐层深化。因此，他的剧作，既有强烈的戏剧性，又塑造了不少令人难忘的艺术形象，有些形象还具有高度的典型意义。他的《草莽英雄》，一开始就通过儿童打斗的方式把"造反"与"镇压"的矛盾托现出来，接着，罗选青通过唐彬贤的启发和事实的教育，逐渐明白了"要干我们就得起来推翻清朝"的道理。但罗选青毕竟是农民起义的"草莽英雄"，缺乏远见，容易满足，小有胜利就忘乎所以，刚愎自用，盲目乐观，结拜义气和个人恩怨代替了阶级分析，并将这种思想情绪传给了他的左右，最后招致惨痛的失败。他在临死前醒悟了，告诫起义的同志："那些扯起旗子反清廷的，还有许许多多是来混水摸鱼的一些狗杂种!"至此,这个艺术形象更加丰满。罗选青是农民起义的英雄,他身上有着我国历代这类人物的总的特点,但他又知道:"只有把清廷推翻了,我们中国才能富强。"说明他身上又打上了些资产阶级民主革命的印记,不完全同于封建社会的农民英雄。他是辛亥革命特定时期的一个典型人物。当时有人评说,罗选青是阿 Q 时代的另一种典型,这并非过誉之词。《两面人》中的祝茗斋,由于他本性决定,玩了一套又一套两面派手法;而他越是玩弄两面派手法,就更加充分暴露了他自私自利的"一面派"的本质。象这样的血肉丰满的艺术形象,在阳翰笙的剧作中,还有李秀成、杨秀清、傅善祥、洪宣娇、崔老太太、金花儿、赵文浒和韦昌辉、王云路、骆小豪、白次山等。四十年之后,他的某些剧作仍在舞台演出,有的还改编成其他戏剧形式或将改编成电影搬上银幕,正说明这些作品不但有历史认识价值,而且有着现实意义,其中的某些人物形象有着高度的典型性,人们会从中受到新的思想启发。

阳翰笙的戏剧创作,一方面不断开拓新的题材和新的领域,一方面又不断在风格上进行大胆的尝试和探索。我们从《李秀成之死》、《天国春秋》和《草莽英雄》等剧深感他是擅长写历史悲剧的大手笔,又从《两面人》看出他也是写讽刺喜剧的能手,还从《槿花之歌》发现他又是善于写抒情戏剧的歌者。他就是这样进行着不断的尝试和探索,而且这种尝试和探索都是成功的。他的《槿花之歌》明显地受了契诃夫戏剧的影响,有着浓郁的契诃夫式的抒情味。他说:"契诃夫的戏,是充满抒情主义情调的,他戏中的人物的心理,大半都深蕴藏着沉痛的感情,因而这些人物的一片哀愁,一声长叹,一阵含泪的欢喜,乃至一片无言的沉默,都深深地带着抒情的成分",甚至剧中的景物和音响等,也"为我们渲染出一片迷人的诗一般的情调来。"(《关于契诃夫的戏剧创作》,载一九四五年三月重庆《中原》第二卷第一期)我们从《槿花之歌》中正好看出这些特点来。但由于时代的局限,"契诃夫剧作里所表现出来的思想、立场、乃至创作方法,并不是毫无缺点的",我们从他的"冷戏"里,看见了"一群又一群的灰色、倦怠、忧郁、痛苦、悲观、失望的人物。"(同上)而这些,在阳翰笙的《槿花之歌》中,却是找不到一点影子的。阳翰笙主张"广泛地去摄取国际戏剧文学的创作经验，来丰富培育自己"，主张"学习莎士比亚，学习莫里哀，学习易卜生，学习高尔基，学习契诃夫……"他是这样主张的，也是这样实践的。我们从他的剧作中，固然看到了他借鉴国际戏剧文学创作经验的成果，更可以看到中国古典戏剧的优良传统对他的影响。他曾对中国戏剧中的新旧女性形象作过深入系统的研究（见他写的《中国戏剧中的新旧女性》，载一九四五年十一月十三日重庆《文萃》第一卷第六期），对戏剧的民族形式问题也有独到的见解（见《谈戏剧的民族形式问题》，载一九四一年二月重庆《戏剧春秋》第一卷第三期）。无论是借鉴国外的也好，继承我国传统的也好，他都能根据作品的思想内容的需要和观众的具体情况，有所取舍，有所创新，形成了属于"阳翰笙"的特色和风格。

阳翰笙的剧作之所以获得成功，除了因为他的深刻的思想认识、丰富的生活和素材积累以及熟练的艺术技巧之外，还由于他有着严肃认真、精益求精的创作态度。如他的《草莽英雄》，其故事本是他儿童时代的见闻，一九三七年也曾写过电影，一九四一年又回乡作过实地调查，可以说是胸有成竹甚至烂熟于胸了；但在动手写此话剧之前，又参阅了大量的有关资料，阅读了一些中外文学名著，还访问了有关哥老会的一些情况，等等。写作时，从构思到写分幕大纲，到剧本定稿，他惨淡经营，呕心沥血，反复推敲，用各种形式多方征求意见，多次修改（关于他写《草莽英雄》的一些情况，请参阅《〈草莽英雄〉创作前后——〈阳翰笙日记〉摘抄》，载《中国现代文学研究丛刊》一九八三年第四辑）。他写每一部、每一幕、甚至每一段台词，都是以猛虎搏兔的姿态去对待的。他在一九四四年六月一日的日记中记有这样一段话：

　　晨，海观同我谈到文学创作上的成败问题。我说：这是跟一个作家的精力消耗成正比例的。精力用得多的，成功的多；用得少的，成功的少。歌德的《浮士德》为什么能够成为一本不朽的篇章？就是因为他所耗的精力最多最大也最久呢！

　　文学事业就我的经验看来，实在是一种最最艰难的事业，你如果不用你的整个生命力去搏取，你简直就休想得到半点儿成就！

你如果想得到好的成就，那你就得写到老、学到老，一直到你睡进棺材之前，你都休想得到片刻的休息。

我们从他这段经验之谈中，可以看出他对艺术境界的追求和他为之付出的艰辛劳动，也可从中找到他的剧作之所以成功的"秘密"了。

（原载《剧作家》1986 年第 2 期，收入 1986 年 12 月
山东教育出版社版《中国现代作家评传》第四卷）

英姿飒爽　光彩照人（节录）

——试论阳翰笙剧作中的妇女形象

徐志福

　　"五四"以来，在描写新女性的剧作家中，阳翰笙云峰挺秀，独树一帜。他笔下的新型女性（特别是剧作中的女性），大都是刚烈坚定的巾帼英雄。她们身上，既充满阳刚气概，又不乏女性的阴柔之美。

　　几十年来，作家用浸透感情的五色彩笔精心绘制的新型妇女画廊，可谓曼妙多姿，卓尔不凡，给新文学史增添光彩。

从生活到戏剧

　　纵观翰老的作品，无论是早期的小说，抑或是后来的电影、戏剧，写得最多而又塑造得较出色的是新型的妇女形象。从他艺术生涯发轫之初写的女英雄马林英（小说《马林英》1928 年 3 月发表），到最后一个电影剧本《北国江南》（1962 年写成）中的充满人情味的共产党员银花，这一系列新型女性的特点是："开朗泼辣，坚毅勇敢，不自卑自贱，更不作男人的附庸，而是投身到时代的洪流中经风雨受锻炼，增长智慧和才干。"❶她们身上那种为自由解放而献身的大无畏精神和英姿飒爽的英雄气概，固然有作者一定的理想色彩，但更多的是从生活出发，升华了现实中的原型。

---

　　❶ 《中国现代作家评传》第 14 页，山东教育出版社 1986 年 12 月版。

一九八六年六月，在我拜谒翰老时，就他剧作中塑造的新女性问题，专门向他请教。老作家对此兴致很浓，兴奋地回忆了不少背景材料。

翰老出生在川滇交界的高县罗场。太平天国、哥老会、保路运动，这些民国以前耳闻目睹的改朝换代的大事件，曾震撼过他少年的心，是他"人生启蒙时代所读的几本大书"。曾祖母给他讲的太平军那些穿草鞋、骑大马、手拿洋角杈的威风凛凛的女兵，在他心底深深扎下了根。有一定文化修养的母亲，非常喜欢川戏，经常带他到筠连看整本的目连戏。从小他就看过《荆钗记》、《白兔记》、《拜月亭》、《玉簪记》、《白蛇传》、《焚香记》等描写女性的剧目。母亲常给他讲文学性很强的民间故事，都是以女性为主角。比如，一个刚强的女性不屈于礼教的压力，以死抗婚，悬梁自尽时留下一首诗：

薄命轻如叶，游魂转似蓬。
宁拖三尺雪，花写一枝红。

进了叙府联中（现宜宾一中）后，直接受文史老师的熏陶。国文老师虽是清末举人，但一点也不守旧。他不仅允许学生读《红楼梦》、《西厢记》等以女性为中心的作品，还准许各自命题作文。阳翰笙的第一篇处女作就是写的女性。这篇小说写童年在高县见到的一幕：一个女子因婚姻不自由而自杀了；自然，前面听来的那个抗婚女的故事，也被揉合了进去。作品颇得老师赞赏，批道："但觉花晨月夕，都化作怨雨凄风……。"

"几十年过去了，可我童年时候耳闻目睹家乡妇女的一些刚烈壮举，至今还记忆犹新，历历在目。"

记得列夫·托尔斯泰说过："一个人只有在每次蘸墨水时都在墨水瓶里留下自己的血肉，才应该进行写作。"是的，一个作家只有与他塑造的形象休戚与共，才能用染透感情的五色彩线去编织他的艺术形象。翰老童年的那段生活，无疑是孕育那些巾帼女儿的土壤。到四十年代，已进入中年时期，他又对中国戏曲中的妇女形象作过专题研究。他从元代马致远《汉宫秋》中的王昭君到抗战戏剧中的抗日女性都进行过深入剖析，分析了几千年中国妇女的生活史。他同情她们的命运，理解她们的处境，为中国妇女的彻底解放而大声呐喊。他那篇四十年代中期写的著名论文《中国戏剧中的新旧女性》就是在当时应邀赴一些妇女团体作讲演的基础上整理出来的。对中国妇女问题，他从感性上升到理性，有比较透彻的理解。这个时期，他已克服了初期写小说时的幼稚毛病，创作方法上逐步走向成熟。这就为他塑造的新型女性奠定了坚实的基础。

栩栩如生　各呈其妙

翰老写过八个大型话剧，十八部电影剧本（十四部搬上了银幕）。这些剧作中，女主人公占了很大比例，她们在剧中的艺术感染力，真可谓"不让须眉"。

从总体看，这些女性大体有三种类型，即不畏险阻，冒死犯难的刚烈女英雄和立场坚定、充满大无畏精神的革命女战士，以及忍辱负重、勇于献身的家庭妇女。他们身上既凝聚了中国妇女的传统美德而又敢于反抗，为自身的解放而斗争。他们的结局都带悲壮色彩，但给人启迪是深刻的，有如醍醐灌顶，使人大彻大悟。

这些女性虽都有坚毅勇敢、不卑不亢的共同特征；但她们却各具个性，独放异彩，构成一个熠熠生辉，异彩纷呈的妇女画廊。

立场坚定、不受诱骗的抗日宣传队女队长李玉英（《两面人》），不同于沉着、矜持、大义凛然、爱憎分明的除奸队员白青虹（《前夜》），也不同于关心民众疾苦、极富人情味的银花（《北国江南》）；但她们都有一颗忠于革命的赤子之心。

威武不屈、誓为革命献身的崔老太太，固然不同于忍辱负重、甘愿以青春换取祖国解放的朴韵玉（《槿花之歌》），也不同于不惜万死，送孙参军的柳婆婆（《李秀成之死》）和贤德能干、精明稳重的罗大嫂（《草莽英雄》）；但她们都有中国母亲善良慈爱的美德。

蕴藉文静、足智多谋、深明大义的女壮元傅善祥固然不同于叱咤风云、屡建战功而后壮志消沉、心襟偏狭的洪宣娇（二人同是《天国春秋》中人物），也与侠女风骨、单纯热情的陈三妹（《草莽英雄》）有别，自然也不同于泼辣豪爽、开朗坦诚的蒙古姑娘金花儿（《塞上风云》);但她们都疾恶如仇,坚定勇敢,对自由生活充满无限的憧憬。

就以生活在不同时代、进行不同斗争的白青虹、傅善祥二人来说吧。她们都是大家闺秀出身,前者沉着、矜持,后者蕴藉、文静,然而她们内在的坚韧与刚烈却是相同的。

白青虹以大小姐的身份做抗日地下组织工作,而她要斗争的对象却是曾养育过她的亲叔父。她寄人篱下做家庭教师,把爱国激情深深地隐藏起来,露不得一点蛛丝马迹。作为一个温顺的大家闺秀,她要多大的毅力去忍耐、去应酬、去掩饰!她做到了,做得那么漂亮:使老奸巨滑的大汉奸——她的叔父毫无觉察,全然相信了她!她外在的沉着、机智,是由内心的坚韧、刚烈决定的。就凭这种精神,使她想出既保全了同志又未暴露自己的两全之计,最后将她叔父勾结日本帝国主义的秘密协定公之于众,狠狠地打击了汉奸卖国贼。这种于无情处见深情、冷淡之处见炽热的性格,充分显示了阳刚之美。

再看书香门第出身的女壮元傅善祥吧,她那蕴藉、文静的底层,仍是以坚韧、刚烈作基础的。她饱读经史,秀外慧中,秉性善良,志趣高雅。她不安于走名门仕女的夫荣妻贵的老路,幻想作一番男儿事业。她满怀希望,以超人之才考取了洪秀全建立的天国的第一个女壮元。由于她谦虚谨慎,勤奋自励,深得东王杨秀清器重,晋封恩赏丞相兼女馆团帅,帮办军务。她以经世纬国之才,以机敏练达的本事获得了满朝文武的夸赞。然而,在那鸡争鹅斗、危机四伏的"天国"里,怎么容得下这位纯真坦诚、根基不牢而又锋芒毕露的善良女性。首先,她的才貌双绝,必然遭到战功卓著而又偏狭自恃的洪宣娇的嫉妒。洪由妒火、恼火,发展到恨火、怒火中烧,进而必置之死地而后快。面对天国内部这场纷争,她忧虑、担心,怕结怨,怕内部分裂,怕招致更大的祸乱……,但不是苟全性命,而是为了天朝的大业。为弥合裂缝,她虽赴汤蹈火,九死不悔。五个月内,二十次到西王府,但都吃了闭门羹。可她不死心,于是,我们这位知书识礼的文弱姑娘,开始冒死犯难了。在又一次夜闯西王府中,她做出了惊天地、泣鬼神的壮举。其时,韦昌辉的奸谋得逞,受天王密诏回京。为促使天王早下杀杨秀清的决心,韦拉拢洪宣娇为其效力。杀杨密谋在紧张地进行着。在这大祸临头、危如累卵的时刻,傅善祥闯进西王府来了。她向洪宣娇慷慨陈词，揭露韦昌辉的阴谋，直劝洪不要受奸人利用，因小失大。洪被她的话刺痛了隐私，又为她的态度触犯了尊严，于是拔剑而起："你以为我怕杀你吗？"步步紧迫。傅善祥却挺胸而上："你要杀就请快点动手吧。""只要你为着我们太平天国，为了你的哥哥——我们的天王陛下，你得离开韦昌辉，帮助东王，……我现在就死在你面前也是心甘情愿啊！"她自己向剑锋扑过去。她的这一惊天动地的刚烈行为连久经沙场的洪宣娇也惶惑、震惊了。然而，大势已去，回天无力，她被逼得葬身火海，成了一位杀身成仁的火中凤凰。

得承认，洪宣娇也算一个刚烈女子。她驰骋沙场，出生入死。她那把宝剑砍下过不少敌人的头颅。她在天朝复杂政治斗争中始终是一个举足轻重的砝码。然而，当她戴上西王娘的金冠，加上个人不幸的遭际，落寞寂寥的孤独生活，销蚀了她的革命意志，逐步变得偏狭自恃。刚烈过分就变成乖戾暴虐了，以致干出亲痛仇快的事。

《草莽英雄》中的陈三妹和《塞上风云》中的金花儿是不同时代的另一类人物。

陈三妹身上充满山气、野气、豪气和娇气。她英姿飒爽，疾恶如仇。矫健中有淳朴，豪爽中带天真，侠女风骨又却含有几分孩子气。她容易接受新思想，一当认定，矢志不渝。为了杀仇人，当把大刀递给她，问她敢不敢动手？她快意地狞笑道："选青哥！你怕你妹子不敢吗，拿来！"接过大刀，转身就走。杀了仇人以后，她情感异常，断续自语说："……哼哼，他（李成华）的血也会一点一滴地从那头上滴了下来！霍霍！这多痛快！这多痛快！……哥哥！你的仇总算给你报了啊！"刚烈、豪迈，又带几分天真，读之令人惊心动魄！

再说那位开朗、坦诚、纯真泼辣的蒙古少女金花儿吧。她爱憎分明，心如明镜，绝无半点虚饰。她爱汉族青年丁世雄，就当面直陈心曲。瞧不起那位蒙古族青年迪鲁瓦，就直言不讳。要强迫么，她宁可与你拚斗。至于那个伪装活佛的日本特务要对她施加暴力，她是宁死不屈，用生命去捍卫自己的尊严。

两位不同时代的姑娘，可以说都是不受礼教束缚的野姑娘，都有阳刚之美。可她们又是"这一个"，以自己的独特个性赢得了广大读者的好感。

445

在感情的波澜里翻滚

罗丹说，艺术的灵魂是情。这与《文心雕龙》所说"情以物迁，辞以情发"同一道理。人物离开了情，与僵尸何异？历史上那些道学家的诗，仅只是押韵的讲义，空有外壳，毫无血肉。人的心理情绪是丰富复杂而又微妙的。喜、怒、哀、乐、惧、爱是人皆有之的吧，高明的作家善于去发现、捕捉它，从而塑造出光彩照人的血肉之躯。

翰老笔下的女性形象，都是饱和着浓郁感情色彩的活生生的人。每个人都有她自己的感情天地，有她自己的至性至情。记得一九八六年谒访翰老，当问他有人批判《北国江南》是宣扬"人性论"，共产党员银花是"只知流眼泪的糊涂虫"应该怎样看时，翰老略带激愤地说："那是些极左的胡说八道。共产党人不是过去敌人污蔑的青面獠牙，他也是有血性、有感情的人。喜怒哀乐，人人都有。党员流点眼泪，说明她同情人，关心人，说明这个共产党人有党性。不写人的感情，那还有什么形象，那不成了不食人间烟火的神仙。成了神仙，老百姓就敬鬼神而远之了，那还谈什么感人。"

这段话是翰老几十年创作的经验谈，已被他剧作中那些栩栩如生的形象所证实。

翰老笔下的妇女，不管是冒死犯难的刚烈女英雄，还是坚定无畏的女战士，抑或是勇于献身的老妈妈，她们既有疾恶如仇的豪情，也有个人的私情，人与人间那种亲亲之情，战友之情，母子之情，婆孙之情，以及斩不断、理还乱的青年男女间的恋情。剧作家敢于正视大千世界中人的至性至情，敢于把人的心态、情绪惟妙惟肖地表现出来，不为贤者讳，也不强往恶人头上泼粪。

……

古今中外，文学中的动人形象，总是饱含着感情的浓汁。人的精神世界是丰富复杂的，绝不能用简单公式来替代。自毁长城的洪宣娇之所以震撼人心，是因为她的内心世界得到多层次的表现。当老奸巨滑的韦昌辉挑得她怒火中烧，杀杨秀清的决心已下时。你以为这位西王娘会马上行动了吧？不！没有这么简单，她的灵魂在震荡！当韦昌辉要她立即进宫，快向天王讨一道诛除杨秀清的诏令时，她犹豫了：

> 洪宣娇：　（迟疑，很矛盾地）不！要去你自己去吧！
> 韦昌辉：　（挑拨地）宣娇！难道这么大的一口恶气，你就吞得下去么？
> 洪宣娇：　你不要再噜嗦了，我说不去就不去！

这段描写，妙不可言！首先是剧作家对人物性格的把握很准确，情绪流变写得非常有分寸。

洪宣娇还是那个与杨秀清同生死共患难的天朝女将，她不是韦昌辉的同谋者。她是受蒙蔽，失掉理性的一时糊涂。出于妒意，她可以在天王面前说傅善祥的坏话，却不能听信韦昌辉去说杨秀清的坏话。瞧：在韦的挑拨下，她虽切齿地表示要杀杨秀清，而一当叫她行动，她迟疑了：要杀的人既是不能容忍的冤家对头，又是多年生死与共的老兄弟。这种矛盾撕扯着她的心，犹豫、彷徨、内心剧烈的苦斗煎熬着她。这段曲笔，给人提示一个识别人物的界线：洪宣娇不同于叛贼韦昌辉，也非蓄意害人，而是受蒙骗，失去理性后的挟私泄忿。这样，我们就能接受她"大敌当前，我们不应该自相残杀"的忏悔，从而受到震撼。

"世事洞明皆学问，人情练达即文章。"翰老洞悉人情世态，了解他的人物，再加上他那严肃认真的创作态度，才塑造出有情有义的血肉之躯来。

（原载《宜宾师专学报》1988 年第 3、4 期合刊）

447

试论阳翰笙在"左翼十年"的地位和作用

李国选

  从 1927 年大革命失败到 1937 年抗日战争爆发这一历史阶段的革命文艺运动，史称"左翼十年"。其主要标志是在各革命文艺社团纷纷成立的基础上，建立起中国共产党领导下的统一组织"中国左翼作家联盟"及其使命的终结。这 10 年，是阳翰笙从事革命文艺工作的第一个 10 年。中国无产阶级文艺的历史使命为他筑就了一个特定的历史舞台，阳翰笙在这个历史舞台上扮演了颇为重要的角色，并作了认真而非凡的表演，在小说、戏剧、电影、文艺理论与批评等领域都取得丰硕的成果。"左翼十年"的文艺碑林中应该有其显赫的位置。但文学史家们对阳翰笙这段历史大都语焉不详，或仅仅在几项活动中提到华汉（阳翰笙）的名字，而很少述及具体功绩；或以轻薄的语气提到他的小说创作，肯定无多；连史料性的《文学运动史料选》（北京大学、北京师范大学、北京师范学院中文系现代文学教研室主编上海教育出版社出版），也未选录阳翰笙的片言只语。这不能不说是现代文学史上的一大疏漏。笔者试以史料为据，对阳翰笙这一历史时期的地位和作用作一评述。

  阳翰笙在进入"左翼"之前，是一个纯然的革命家。据张大明先生编纂的《阳翰笙年表》和本人自述，他从中学时代起就积极从事党的外围活动。1924 年在上海大学参加中国社会主义青年团，次年转为中共党员后，先后担任过上海大学党支部书记，上海闸北区委书记，黄埔军校政治秘书、政治教官和中共入伍生部支部书记。

南昌起义时，他是政治部秘书长。他全力从事的是党的政治工作。在这段革命活动中，他虽然写过一些政论性的文章，但从现在所能找到的资料看，还从未发表过一篇文学作品。阳翰笙的转轨，是 1927 年底应郭沫若的要求，经周恩来批准才进入创造社的。"应要求"，"经批准"，这是阳翰笙有别于其他从事文艺工作者的一个特殊的范例。这说明，他在"左翼"之前并没有多少文学上的准备，动因完全是由于革命的需要，步入文坛之后才临阵操持文艺武器的。因此，他在左翼十年的地位和作用，他在文艺上的成功与失误，都应该放在这个起点上来加以说明。

第一，阳翰笙是"左联"的组织者和领导人之一。历史资料表明，阳翰笙是肩负党的重托步入文艺队伍的。1927 年大革命失败后，革命文艺队伍正面临着国民党反动派的文化围剿，处在一片白色恐怖之中；而另一方面，革命文艺团体内部的宗派情绪和门户之见又非常突出，以致引起长时间的纷争，不利于团结对敌。为了加强党对文艺工作的领导，迅速平息内部纷扰，团结起来，共同对敌，"党指示原创造社太阳社成员和鲁迅及在鲁迅影响下的作家们联合起来，以这三方面人员为基础，成立革命作家的统一组织"❶。为完成这一历史任务，党除指定原已在革命文艺社团中的党员作家冯乃超、夏衍、冯雪峰等人做好工作外，还从原先实际从事政治工作的党员知识分子中选派得力的同志加强这一工作，阳翰笙即是其中之一。夏衍同志最近回忆说："1928 年时，一方面白色恐怖严重，一方面在文艺界还没有形成统一的文艺团体，相互之间还有许多矛盾论争。而当时创造社的郭沫若和成仿吾都出国了，所以，恩来同志让阳翰笙同志和一氓同志参加创造社的工作，是加强上海文艺界的领导。从这时起到 1929 年 9 月，党中央决定要平息所谓的文艺论战。李富春找了阳翰笙，由潘汉年找了阿英，决定组织一个由鲁迅及其他几位党员参加的左翼作家联盟筹备委员会"❷。阳翰笙本人也回忆说："那是郭沫若跟恩来要求派人到创造社做组织工作。我在南昌起义时，在郭沫若任主任的起义军

---

❶ 《中国现代文学史》第 2 册第 11 页，人民文学出版社版。
❷ 夏衍：《在阳翰笙同志从事文艺工作 60 周年庆祝会上的讲话》（大会记录稿）

政治部当过秘书长，他要求派我去创造社，我是党派去的"❶。并说："1929 年秋，我奉党组织之命，参与发起组织'左联'，是 12 名发起人之一"❷。阳翰笙从加入创造社之日起，就按党组织的要求，积极推动革命文艺团体内部的团结工作，他以身作则，顶着宗派情绪的压力，不写文章攻击鲁迅。在"左联"的筹备会上，他和其他同志一道清算了小团体主义和不注意批评方法，放松了对于真正敌人的注意等错误倾向，为"左联"的正式成立廓清了思想认识和奠定组织基础。"左联"成立后，直到 1935 年 2 月他被国民党反动派逮捕之前，阳翰笙先是"左联"的党团书记，继后又是"文委"和"文总"的党团书记。历史表明，阳翰笙是"左联"时期无可争辩的组织者和领导人之一。因此，他在这一时期的革命文艺活动，都不可能仅仅归结为他个人的活动，而是在一定程度上体现了当时党对文艺工作组织上、思想上、方针政策上的领导。他的全部活动，包括理论、言谈、作品，包括成功和失误，均烙印着党领导下的革命文艺在幼年时期的印记，都是我国无产阶级文艺史上不可多得的宝贵史料，具有珍贵的文献价值。

第二，阳翰笙是我国现代文学史上马克思主义文艺基础理论较早的传播者和建设者。他在 60 余年的文艺生涯中发表过上百篇文艺论著，仅收入《阳翰笙选集》第 4 卷的就有 40 多万言。纵观其全部论著，从抗日时期以降，大多数篇章是影剧评论和他作为领导人的发言、讲话、总结等，若从马克思主义文艺基础理论建设的角度去考察，还是首推左翼时期更有建树。其成就集中表现在发表于 1928 年的《文艺思潮的社会背景》和 1931 年发表的《科学的艺术观》这两篇论文中。《背景》是阳翰笙步入文坛奉献的第一篇佳作，它以历史唯物主义和辩证唯物主义作为观照文艺现象的视角，从经济基础与上层建筑、文艺与社会的关系中，以文艺史上古典主义、浪漫主义、自然主义、新浪漫主义的此消彼长为实例，宏观地论述文艺的产生和发展都有其自身的客观规律，指出："文艺是社会的一切意识形态中的一种，它不是凭空而生的，它有产生它的社会背景，它有它所反映的阶级，同时也有它

---

❶ ❷　《阳翰笙答问录》,《宜宾师专学报》1988 年第 1 期。

的阶级的实践任务"❶。从而推论出，随着世界社会主义运动和中国无产阶级革命的兴起，反映这新时代的新文艺，历史也将给予必然的胜利。《艺术观》一文只有短短的 1500 字，却与上文一样响彻着战斗唯物主义的新声。他针对"为艺术的艺术"、"艺术享乐主义"、"艺术至尊"、"艺术与道德无关"等唯心派把艺术说得玄而又玄的错误观点，论证了从原始的音乐、诗歌、舞蹈开始，艺术就和生产劳动有密切的联系，艺术只能是社会的产物，阶级社会的艺术则演变为统治阶级的工具。进而强调："唯物主义的艺术观，不唯不把艺术升上云端，把艺术家放上天上去，恰恰相反，他时时刻刻都是把艺术拿到地下来和社会或阶级发生关系的，他要寻出艺术发生的社会根源，同时还要认出它的阶级背景"❷。如果说，《背景》一文在论证上还尚欠周密，容易让人产生一种社会形态只能有一种艺术思潮的疑问，那么，《艺术观》的论述就较为全面而深刻了。文章说："这样说来，是不是每个艺术家都成了统治者的工具而没有一个跑得掉呢？问题不应该这样设定的，什么样的社会有什么样的艺术，这是对的。然而不可忽视：社会是有阶级对立的，因之，也就有阶级艺术的对立。我们只能说：在阶级社会里，统治阶级的艺术，每因它的地位的优越而常占优势罢了。"❸上述两文批驳了资产阶级唯心派的艺术观，弘扬了马克思主义的文艺思想。这些论述，今天看来似乎并不新奇，甚至还有不周全之处，而在 20 年代却是一种拓荒性的基础理论工程，对当时的文艺大众发挥着启蒙的作用。

　　第三，阳翰笙是普罗小说忠实积极的实践者和开拓者。他的一生做的都是"遵命文学"，他过去不作空头的政治家，转入文艺战线后也不当空头的文艺家。他总是自觉地把自己的创作活动服从于革命斗争的需要，把自己赞成、倡导的创作理论付诸创作实践。他说："我写小说是在 1928 年，当时是在创造社，提倡普罗文学并用作品来印证。"❹。阳翰笙一共发表过 8 个中篇，15 个短篇。这些作品均创作于他加入创造社后到 1933 年秋转入戏剧、电影战线之前，又主要是

❶　《阳翰笙选集》第 4 卷第 1 页，四川文艺出版社 1989 年 8 月版。

❷　❸　《阳翰笙选集》第 4 卷第 48 页，四川文艺出版社 1989 年 8 月版。

❹　《阳翰笙答问录》，《宜宾师专学报》1988 年第 1 期。

1928—1930 年这三年写成的。作为一个初涉小说创作而又肩负党务重任的领导者,他除发表众多文艺理论与批评的文章外,在短短时间里就取得如此丰硕的成果,不能不令人叹服他创作的奋力,尤为开拓、实践精神之可贵。对这些作品的评价,由于阳翰笙在 1932 年《地泉》重版时主动将瞿秋白、茅盾等否定性的评论引作序言,自己也承认"差不多没有一篇是令我自己满意的","连自己也都感到那是成功的反面"❶,那么,是否因此就可得出结论,阳翰笙在左翼早期的小说创作都是失败了的,在现代文学史上不值一提呢?诚然,我们今天也不必为贤者讳,可以用美学批评的尺度来数落阳翰笙小说的若干缺点,特别应当指责浪漫谛克路线之不可取。但是,如果我们把历史的批评与美学的批评结合起来看,其结论就未必是如此的简单。应该说,阳翰笙的小说是中国革命文学难产时期的代表,是一种带有国际色彩的集团性倾向,并非阳翰笙个人所能超越的历史迷误。瞿秋白等人的批评并不单纯地着眼于《地泉》自身,而是广涉左联早期蒋光慈、郭沫若、丁玲等名家的作品盖缘于此。其时,不仅在苏联,而且遍及欧、美、日、中等都掀起了普罗文艺热,但可兹"拿来"的成功经验并不多。左翼作家们在引进高尔基的《母亲》的同时,还把辛克莱儿的"一切文字都是宣传"奉为创作的信条以示对旧文学的反叛。在国内,正值批判陈独秀右倾投降主义的矫枉过正时期,"先是秋白的盲动主义,尔后立三路线、王明路线不可能不影响到文艺,在创作上明显表现是概念化、理想化或公式化等倾向"❷。因此,我们既对难产的产儿本来就存在着的先天不足感到遗憾,我们又当庆幸这些产儿并未胎死腹中。它们的呱呱坠地无疑给左翼文坛带来勃勃生机,填补了小说这片空白,成为中国普罗小说昨天不可缺少的践石。钱杏邨就曾正确地指出,这些作品"在当时曾经扮演过大的脚色,曾经建立过大的影响。这些作品是确立了中国普罗文学的基础,我们是通过这条在道路工程学上最落后的道路走过来的"❸。确实,阳翰笙在小说创作上的开拓

---

❶ 《阳翰笙选集》第 4 卷第 113 页,四川文艺出版社 1989 年 8 月版。

❷ 《阳翰笙答问录》,《宜宾师专学报》1988 年第 1 期。

❸ 《阳翰笙选集》第 4 卷第 91 页,四川文艺出版社 1989 年 8 月版。

性和实践性意义均不可低估。其一，他的小说创作拓展了"五四"新文学运动以来的题材，广涉工运、农运、兵运、知识分子和市民各个领域，作品中昂扬着歌其觉醒、颂其抗争的战斗主题，尽管由于浪漫谛克路线的误导，现实主义的成分受到削弱，但它们不啻是中国现代史上最黑暗时期亮起的点点星光，使那些在白色恐怖下感到迷惘的人们看到唯有斗争才有出路的光明前景。它比之其时革命文艺内部滋生的另一集团倾向的感伤主义作品，其社会作用是不言而喻的。这点点星光还使得反动派万分惊恐。1933 年 10 月 30 日，国民党反动派发布一个查禁普罗文艺的密令，称"普罗文艺全系挑拨阶级感情，企图煽起斗争，以推翻现有一切制度，其为祸之烈，不言而喻"❶。在其"煽动性甚强，危险性甚大"❷的查禁书目中，就有阳翰笙的《十姑的悲愁》、《寒梅》、《地泉》、《两个女性》等作品。其二，如果我们说，阳翰笙的小说对读者确实起过鼓舞作用；那么，我们还要说，它在中国革命文学发展史上的实践意义就远远超过作品的成就本身。因为一般读者能从中受到启迪的，只能是对作品的成功之处的感悟，而当普罗作家们对这些作品进行理性审视的时候，包括它的失误在内，也都成为这个难产时期的第一手资料而备受珍视。正是阳翰笙和其他类似的小说提供的文本，从实践上证明浪漫谛克此路不通。可以说，没有这些实践，就没有此后的大讨论大总结，也就没有现实主义创作道路的坚定选择。革命文艺运动就是在肯定——否定——否定之否定的矛盾运动中迂回前进的。阳翰笙走的是一条勇敢者的开拓之路，其筚路蓝缕之功，实不可没。

第四，阳翰笙是普罗文艺大众化有力的推动者之一。左联把"从事无产阶级艺术生产"作为自己的行动纲领，贯彻这一纲领的重要途径则是张扬文艺大众化。为此，左联设立了文艺大众化的专门机构，并发起多次大讨论。阳翰笙除因 1933 年秋以后忙于开辟电影战线，未撰文参加讨论外，在第一、二次的大讨论中，他都作了总括性的长篇讲话。这就是发表于 1930 年《拓荒者》第 1 卷第 4、5 期合刊上的《普罗文艺大众化的问题》和 1932 年发表于《北斗》第 2 卷第 3、4 期合

❶ ❷ 《文学运动史料选》第 2 册第 360 页，上海文艺出版社版。

刊上的《文艺大众化与大众文艺》。这两篇文章高屋建瓴，统览左翼文艺活动的全局，结合初期的创作实践，既肯定成绩，又指出存在的问题。从大众文艺的本质特征到服务于革命斗争的需要，从批驳错误观点到树立大众文艺观，从大众化作品的内容到形式，从作品中存在的问题到改造提高的途径，都作了全面而深刻的论述。它和当时鲁迅、郭沫若、瞿秋白、周扬等发表的有关大众化的文章一起相互呼应，形成巨大的大众化舆论声势，对推进普罗文艺的大众化起了鼓与呼作用。值得注意的是阳翰笙的某些论述，不仅当时具有指导性，可以作为文献价值加以保存，就是今天，也还有现实意义。从总体上说，文艺要贴近群众，贴近生活，始终是无产阶级文艺常讲常新的重大课题。而文艺要贴近大众，贴近生活，作家的深入大众、深入生活，向大众学习，是必不可缺的途径。阳翰笙当时就厉声疾呼："不能容许我们有一个作家站在大众之外，更不能容许有一个作家立在大众之上。我们的作家，都必须生活在大众之中，自身就是大众的一部分，……应该同着大众一块儿生活，一块儿斗争，一块儿提高艺术水平，应该坚决地反对那些不到大众中去学习只立在大众之上的自命的'导师'，坚决反对那些不参加大众斗争，只站在大众之外的自觉清高的旁观者！"（注重号是原有的）❶阳翰笙虽然没有明确提出作家要在深入群众中转变立场、改造世界观的问题，但其精神实质与后来毛泽东同志《在延安文艺座谈会上的讲话》中的精神是一致的。以之对应我们当前一些脱离大众、脱离生活的作品，不是仍有警醒作用吗？

第五，阳翰笙勇于以身示范，开创了左翼时期良好的文艺批评风气。概览阳翰笙的文艺批评观，其出发点和归宿都是通过严肃的批评和自我批评，最终达到推进党的文艺事业健康向上的目的。其批评作风则表现为：不唯我，不唯名，不唯上。因他不唯我，故能做到胸怀坦荡，知不足而痛改。既敢于引火烧身，又能深刻地解剖自己。又因他不唯名、不唯上，故能论事不论人，敢于跳出圈子之外，哪怕是象瞿秋白、茅盾、蒋光慈那样的名家、权威，乃至上级、师长，都能提出中肯的批评。这种批评风格突出地表现在《谈谈我的创作经验》、《读

---

❶ 《阳翰笙选集》第 4 卷第 110—111 页，四川文艺出版社 1989 年 8 月版。

了冯宪章的批评以后》、《〈地泉〉重版自序》等三篇文章中。《谈谈我的创作经验》发表于 1933 年 5 月，是阳翰笙对他 1928—1930 年间在创作上所走浪漫谛克路线的深刻反省。他说："革命的浪漫蒂克的特征，是不能深刻地去反映社会生活中的唯物辩证法的发展过程，只主观地把现实的惨酷斗争，理想化，神秘化，高尚化，以至于浪漫蒂克化。"❶并表示要"毫不留情地抛弃这一错误路线"，表现出可贵的自我批评精神。《读了冯宪章的批评以后》发表于 1930 年 5 月，是阳翰笙针对冯宪章对蒋光慈作品的批评提出的反批评。蒋光慈是当时赫赫有名的小说家、文学教授，且是阳翰笙就读"上大"时的老师。当冯文对蒋的作品《丽莎的哀怨》、《冲出重围的月亮》作出错误的褒扬时，阳翰笙并不因为蒋的声望且是自己的师长即随声附和，而是站在马克思主义的原则立场，对这两篇作品进行具体的剖析，指出它们的失败处。正如他文末所言："我们只能问我们的批评和争论是否切合于马克思主义，我们绝对不能限定谁对于谁只能有好的批评或不好批评"❷。至于《〈地泉〉重版自序》则是批评和自我批评兼而有之，重在自我批评，却又有原则的反批评。他在《地泉》重版时，主动请瞿秋白（易嘉）、茅盾、郑伯奇、钱杏邨等 4 人进行严肃的批评，并把那些否定性的文字一字不漏的引作序言，这一前无古人的创举，至今仍传为文坛佳话。有同志将此举概括为"批评者的胆量与被批评者的度量"，这自然是不错的。但我认为仅从阳翰笙个人的气度来评价这一问题，似乎还嫌偏狭了些。这与当时有人曾劝他不要发表这些批评，以免名誉受损的实质一样，都是着眼于个人的荣辱毁誉，而未揭示出阳翰笙那种以党的文艺事业为己任的博大与深邃。事实上，阳翰笙既非惧怕自己的名誉受损，也不是为了赢得度量宽宏的好名声，而是为了彻底清除浪漫蒂克路线对党的文艺事业的侵害，避免后来者误入歧途。他说："现在《地泉》有机会重版了。在我们正在努力走向文艺大众化路线的现阶段，对于在《地泉》中我所走过的浪漫蒂克的路线，我是早已毫无留念的把它抛弃了的。如果《地泉》的读者在创作时竟跟着

---

❶ 《阳翰笙选集》第 4 卷第 115 页，四川文艺出版社 1989 年 8 月版。

❷ 《阳翰笙选集》第 4 卷第 45 页，四川文艺出版社 1989 年 8 月版。

《地泉》的路线走，那在我是一件大不快意的事"❶。因此他才"请
了几个曾经读过我这部书而且在口头上也发表过一些意见的朋友，
严肃无情的给这本书一个批评，好使我及本书读者，都能从他们的
正确批评中，得到些宝贵的教训"❷。这种请求批评的出发点显然
不是出于个人的考虑。但为了"都能从他们的正确批评中得到些宝
贵的教训"，阳翰笙并不采取一概包容的态度，而是有取有舍，对正
确的表示诚恳接受，对错误的提出反批评，在反批评中又进行深刻
的自我反省。如他对瞿秋白的批评，既认为"《地泉》的失败处，易
嘉看到得最明白，最彻底。"但又认为瞿文对怎样克服浪漫蒂克未指
明出路。阳翰笙进而分析道："这一'革命的浪漫蒂克'的路线的阶
级基础，很显然的是革命的小资产阶级，正因为我们的作家的生活
观点和立场都是小资产阶级的，所以，他才把残酷的现实斗争神秘
化，理想化，高尚化，乃至浪漫蒂克化，而他们的作品的内容与形
式，也就因之才形成了一贯的'浪漫蒂克'的路线。"❸而要克服这
种倾向，就必须抛开小资产阶级的生活，去掉小资产阶级的意识，
深入群众之中，直接参与残酷的现实斗争。这样的深入分析，既指
出了瞿文的不足，又从阶级根源上深入地解剖自己，使得对《地泉》
的批评又向深处掘进，更加令人折服。对于茅盾的批评，阳翰笙也
是一分为二的态度。他肯定茅盾"对于《地泉》指摘出来的两大缺
点，我是诚意接受的"。但是对茅盾只"注重作品的形式"的批评观
提出严肃的反批评。他指出茅盾由于在文艺批评中只注重艺术手腕
的精进和圆熟，"却丝毫没有看见过去我们的作品中比什么还严重的
在内容上的非无产阶级乃至反无产阶级的意识的活跃"❹。因为茅
盾的文章虽名《〈地泉〉读后感》，实际上是联系整个左翼文坛的现
状来谈的。而当时左翼文坛的现状是，既有比较注重思想内容而缺
乏艺术描写的"脸谱主义"作品；也有注重艺术描写而思想内容却
不健康的"感伤主义"作品。阳翰笙强调要建立内容与形式并重的

---

❶ ❷ 《阳翰笙选集》第 4 卷第 73 页，四川文艺出版社 1989 年 8 月版。

❸ 《阳翰笙选集》第 4 卷第 74 页，四川文艺出版社 1989 年 8 月版。

❹ 《阳翰笙选集》第 4 卷第 75 页，四川文艺出版社 1989 年 8 月版。

批评观，不仅因为它符合文艺批评的一般原则，而且更切合当时左翼文坛的实际，因而对此后"我们的作品"的走向更具导向性。

总之，由于阳翰笙作为领导人的身分作用，使得当时那种门户之见的阋墙之争迅速得到扭转，很快在革命文艺团体内部形成一种和谐共振、疑义相与析的同志式的良好批评风气。

最后，我们还不能不稍事提到阳翰笙在戏剧、电影上的巨大成就。现在大家都公认阳翰笙是我国现代文学史上戏剧、电影艺术的奠基人，这在各家文学史的抗日时期部分都有专门的章节详尽论述，不在本文题目要讨论的范围之内。这里要说的是，阳翰笙作为奠基者的奠基乃是左翼时期。1933 年初，阳翰笙写出我国第一部反映贫苦农民拿起武器反抗地主恶霸武装的电影剧本《铁板红泪录》。同年9 月，党组织考虑到有开辟电影战线的需要，经文委决定，派他与田汉一起加入艺华电影公司建立左翼电影阵地，从此，他正式转入戏剧、电影战线。阳翰笙真是一颗革命的种子，党把它撒向哪里，他就在那里发芽、生根、开花、结实。他从加入"艺华"到 1935 年2 月被国民党反动派逮捕之前短短的一年多里，就编写、拍成《铁板红泪录》、《中国海的怒潮》、《生之哀歌》、《逃亡》四部电影。阳翰笙被捕后，虽因柳亚子、蔡元培等营救保释出狱，但仍被软禁于南京。在软禁期间，他没有忘记自己作为革命文艺战士的职责，仍没有停止他那支战斗的笔。他想方设法与党的地下组织取得联系，以《新民报》为阵地，化名小静、一德，以阳翰笙为笔名也是这时启用的。他一面发表众多的杂文抨击国民党的对日不抵抗主义和投降主义；一面继续从事戏剧、电影的创作和理论研究。先后创作了《还乡记》、《赛金花》、《新娘子军》、《生死同心》、《夜奔》、《草莽英雄》等电影剧本，其中除《赛》作因艺华遭劫和《草》作因抗日战争爆发而未拍摄外，其余均拍成电影（《还乡记》和《新娘子军》也未能拍摄；《草莽英雄》于 1985 年由峨眉电影制片厂拍摄上映——本书编者）。此外，还创作演出了《前夜》、《晚会》（与田汉合作）等话剧剧目。阳翰笙被捕前后这些剧作，虽不如后来他的《李秀成之死》、《塞上风云》、《天国春秋》等影响深远，但承继了他一贯的革命性战斗性的主题，并由于吸取了前段小说创作中浪漫蒂克路线的教训，艺术上日臻成熟和完美，是他在艺术追求上否定之否定的重要成果，也是他创作道路上的第二个重要里程碑。正是这些作品铸成他作为戏剧电影奠基人的牢固地位。

（原载《宜宾师专学报》1991 年第 2 期）

著作系年和书目

著 作 系 年

（1925—1986 年）

编者说明

（一）本《系年》收辑阳翰笙自 1925 年至 1986 年 12 月的 350 余篇著作目录，包括小说、电影剧本、话剧剧本、文艺论文、杂文、散文、讲话、回忆录和诗歌等。

（二）本《系年》的项目和次第：

①篇名（按写作或最初发表的时间先后排列），②体裁，③写作（或最初发表）日期，④发表报刊，⑤署名（用阳翰笙名发表者，不予注录，另署笔名者，则加以署明），⑥收入书籍及丛书种类。

1925 年

一年来学生运动之概况（论文）
1925 年 6 月 22 日作
载 1925 年 6 月 26 日《中国学生特刊》
署名：欧阳继修
初收团中央编《中国青年运动历史资料》
又收 1989 年 8 月四川文艺出版社版

《阳翰笙选集》第 4 卷

赴了追悼会以后（散文）
载 1925 年 7 月 1 日《工商学会日报》
署名：继修

延长战线与扩大组织（论文）
载 1925 年 7 月 2 日《工商学会日报》
署名：继修

1926 年

五一节与中国农民运动（论文）

1926 年 4 月 15 日作

载 1926 年 5 月 1 日《洪水》半月刊第
2 卷第 16 期

署名：欧阳华汉

初收 1989 年 8 月四川文艺出版社版
《阳翰笙选集》第 4 卷

在欢迎吕汉群至粤欢送郭沫若北伐大
会上致词（讲话）

1926 年 7 月 20 日讲

载 1927 年广州《鹃血》半月刊第 4 期

又载 1984 年 10 月《四川大学学报丛刊》
第 23 辑《郭沫若研究专刊》第 5 集

注："记者"整理。标题为"欧阳继修
致词"。

一年来国内政治概况——革命与反革
命斗争形势之回顾（论文）

1926 年 12 月 26 日作

未见在报刊发表

初收黄埔军校编《过去之一九二六年》

署名：继修

1928 年

文艺思潮的社会背景（论文）

3 月 6 日作

载 1928 年 4 月 1 日《流沙》半月刊第
2 期

署名：华汉

初收 1989 年 8 月四川文艺出版社版
《阳翰笙选集》第 4 卷

马林英（短篇小说）

载 1928 年 3 月 15 日、4 月 1 日、4 月 15
日、5 月 1 日《流沙》半月刊第 1—4 期

署名：华汉

初收 1929 年 6 月 20 日上海现代书局
版《十姑的悲愁》

又收 1982 年 7 月四川人民出版社版
《阳翰笙选集》第 1 卷

五一节谈农民问题（论文）

4 月 14 日作

载 1928 年 5 月 1 日《流沙》半月刊第
4 期

署名：华汉

初收 1989 年 8 月四川文艺出版社版
《阳翰笙选集》第 4 卷

女囚（短篇小说）

载 1928 年 7 月 10 日《创造月刊》第 1
卷第 12 期

署名：华汉

初收 1928 年上海新宇宙书店版单行本

又收 1982 年 7 月四川人民出版社版
《阳翰笙选集》第 1 卷

暗夜（中篇小说）

1928 年 8 月 1 日作

未见在报刊发表

初收 1928 年 12 月 15 日创造社出版部版单行本（创造社丛书第三十种）

署名：华汉

又收 1930 年上海平凡书局版单行本

又收 1930 年 10 月上海平凡书局版《地泉》

又收 1932 年 7 月 25 日上海湖风书局重版《地泉》

又收 1932 年上海湖风书局版单行本

又收 1982 年 7 月四川人民出版社版《阳翰笙选集》第 1 卷

注：1930 年和 1932 年又收时均改名为《深入》，1982 年又收时又改名为《暗夜》

逃船上的一夜（短篇小说）

10 月 6 日作

载 1928 年 11 月 10 日《创造月刊》第 2 卷第 4 期

署名：华汉

初收 1929 年 6 月 20 日上海现代书局版《十姑的悲愁》

又收 1982 年 7 月四川人民出版社版《阳翰笙选集》第 1 卷

社会结构与社会变革（论文）

载 1928 年 11 月 5 日《日出旬刊》第 1 期

署名：华汉

《日出》校后补记（五则）

载 1928 年 11 月 5 日至 1928 年 12 月

15 日《日出旬刊》第 1 期至第 5 期

署名：编者

从道德说到尊孔（论文）

载 1928 年 11 月 15 日《日出旬刊》第 2 期

署名：华汉

突变与渐变（论文）

载 1928 年 11 月 25 日《日出旬刊》第 3 期

署名：华汉

青年知识分子底失业问题（杂文）

载 1928 年 12 月 5 日《日出旬刊》第 4 期

署名：华汉

法商电水工会第二次罢工感言（杂文）

载 1928 年 12 月 15 日《日出旬刊》第 5 期

署名：华汉

血战（短篇小说）

1928 年 12 月 16 日作

载 1929 年 1 月 10 日《创造月刊》第 2 卷第 6 期

署名：华汉

初收 1929 年 6 月 20 日上海现代书局版《十姑的悲愁》

463

1929 年

《血战》附记（序跋）

1929 年 1 月作

载 1929 年 1 月 10 日《创造月刊》第 2
卷第 6 期

署名；华汉

初收 1929 年 6 月 20 日上海现代书局
版《十姑的悲愁》

十姑的悲愁（短篇小说）

1929 年 1 月 12 日作

未见在报刊发表

初收 1929 年 6 月 20 日上海现代书局
版《十姑的悲愁》

又收 1982 年 7 月四川人民出版社版
《阳翰笙选集》第 1 卷

奴隶（短篇小说）

1929 年 2 月 1 日作

载 1929 年 5 月 1 日《新流月报》第 3 期

署名：华汉

初收 1930 年 9 月 25 日上海平凡书局
版《活力》

又收 1932 年 7 月 25 日上海湖风书局
版《最后一天》

又收 1982 年 7 月四川人民出版社版
《阳翰笙选集》第 1 卷

又收 1984 年 5 月上海文艺出版社版
《中国新文学大系》

（1927—1937）第三集（小说集一）

枯叶（短篇小说）

1929 年 2 月 20 日作

未见在报刊发表

初收 1929 年 6 月 20 日上海现代书局
版《十姑的悲愁》

又收 1982 年 7 月四川人民出版社版
《阳翰笙选集》第 1 卷

又收 1982 年 9 月人民文学出版社版
《中国现代散文选》

（1918—1949）第 3 卷

寒梅（中篇小说）

1929 年 7 月 15 日作

未见在报刊发表

署名：华汉

初收 1929 年上海平凡书局版单行本

又收 1930 年 10 月上海平凡书局版
《地泉》

又收 1932 年上海湖风书局版单行本

又收 1932 年 7 月 25 日上海湖风书局
重版《地泉》

注：收入湖风书局单行本及《地泉》
时改名为《转换》

活力（短篇小说）

1929 年 8 月作

载 1930 年 1 月 1 日《萌芽月刊》创
刊号

署名：华汉

初收 1930 年 9 月 25 日上海平凡书局
版《活力》

又收 1932 年 7 月 25 日上海湖风书局版《最后一天》

归来（短篇小说）

1929 年 12 月 20 日作

载 1930 年 1 月 1 日《现代小说》第 3 卷第 4 期

署名：华汉

初收 1930 年 9 月 25 日上海平凡书局版《活力》

又收 1932 年 7 月 25 日上海湖风书局版《最后一天》

又收 1982 年 7 月四川人民出版社版《阳翰笙选集》第 1 卷

社会科学概论（论文）

未见在报刊发表

署名：杨剑秀

初收 1929 年上海现代书局版单行本（社会科学丛书第一种）

社会问题研究（论文）

未见在报刊发表

署名：杨剑秀

初收 1929 年上海现代书局版单行本（社会科学丛书第十二种）

1930 年

马桶间（短篇小说）

载 1930 年 3 月 10 日《拓荒者》月刊第 1 卷第 3 期

署名：华汉

初收 1930 年 8 月上海北新书店版《失业之后》（蒋光慈编《中国新兴文学短篇创作选》之一）

又收 1930 年 9 月 25 日上海平凡书局版《活力》

又收 1932 年 7 月 25 日上海湖风书局版《最后一天》

又收 1982 年 7 月四川人民出版社版《阳翰笙选集》第 1 卷

中国新文艺运动（论文）

初收 1930 年 4 月 10 日版《文艺讲座》第 1 册（冯乃超编）

署名：华汉

未完成的伟人（短篇小说）

1930 年 4 月作

载 1930 年 6 月 1 日《大众文艺》第 2 卷第 5、6 期合刊

署名：华汉

初收 1930 年 9 月 25 日上海平凡书局版《活力》

又收《小母亲》，短编小说集，赵巩编，上海蓬莱鸿迹社 1932 年 2 月出版

又收 1932 年 7 月 25 日上海湖风书局版《最后一天》

又收 1982 年 7 月四川人民出版社版《阳翰笙选集》第 1 卷

注：后两次又收时均改名为《长白山千年白狐》

两个女性（中篇小说）

未见在报刊发表

初收 1930 年 4 月上海亚东图书馆版单行本

署名：华汉

又收 1982 年 7 月四川人民出版社版《阳翰笙选集》第 1 卷

又收 1986 年 8 月河北花山文艺出版社版单行本

我希望于《大众文艺》的（论文）

载 1930 年 5 月 1 日《大众文艺》第 2 卷第 4 期

署名：华汉

普罗文艺大众化的问题（论文）

载 1930 年 5 月 10 日《拓荒者》月刊第 1 卷第 4、5 期合刊

署名：华汉

初收 1989 年 8 月四川文艺出版社版《阳翰笙选集》第 4 卷

读了冯宪章的批评以后（评论）

载 1930 年 5 月 10 日《拓荒者》月刊第 1 卷第 4、5 期合刊

署名：华汉

初收 1989 年 8 月四川文艺出版社版《阳翰笙选集》第 4 卷

五卅的回忆（散文）

载 1930 年 5 月 10 日《拓荒者》月刊

第 1 卷第 4、5 期合刊

署名：华汉

初收 1989 年 8 月四川文艺出版社版《阳翰笙选集》第 4 卷

兵变（短篇小说）

1930 年 5 月作

未见在报刊发表

初收 1930 年 9 月 25 日上海平凡书局版《活力》

又收 1932 年 7 月 25 日上海湖风书局版《最后一天》

又收 1982 年 7 月四川人民出版社版《阳翰笙选集》第 1 卷

复兴（中篇小说）

1930 年 7 月作

未见在报刊发表

初收 1930 年 10 月上海平凡书局版《地泉》

又收 1930 年上海平凡书局版单行本

又收 1932 年 7 月 25 日上海湖风书局重版《地泉》

又收 1932 年上海爱华书店版单行本

中学生日记（中篇小说）

1930 年秋作

未见在报刊发表

初收 1932 年上海湖风书局版单行本

署名：寒生

地泉（长篇小说）

初收 1930 年 10 月上海平凡书局版

又收 1932 年 7 月 25 日上海湖风书局

重版

署名：华汉

注：《地泉》由《深入》（即《暗夜》）、

《转换》（即《寒梅》）和《复兴》三个

中篇小说组成。重版时有易嘉（瞿秋

白）、郑伯奇、茅盾、钱杏邨（阿英）

和作者的共 5 篇序文

唯物史观研究（论文）

未见在报刊发表

初收 1930 年上海现代书局版单行本

（社会科学丛书第十四种）

署名：杨剑秀

1931 年

最后一天（短篇小说）

载 1931 年 3 月 1 日《文学生活》第 1 期

署名：欧阳翰

初收 1932 年 7 月 25 日上海湖风书局

版《最后一天》

又收 1982 年 7 月四川人民出版社版

《阳翰笙选集》第 1 卷

科学的艺术观（论文）

载 1931 年 6 月《西湖—八艺社展览会

特刊》

署名：华汉

初收 1989 年 8 月四川文艺出版社版

《阳翰笙选集》第 4 卷

《南北极》（评论）

8 月 14 日作

载 1931 年 9 月 20 日《北斗》月刊创

刊号

署名：寒生

初收 1989 年 8 月四川文艺出版社版

《阳翰笙选集》第 4 卷

注：《南北极》系穆时英写的短篇小说

从怒涛澎湃般的观众呼喊声里归来——

上海四团体抗日联合大公演观后感

（评论）

12 月 14 日作

载 1931 年 12 月 20 日《北斗》月刊第

1 卷第 4 期

署名：寒生

初收 1989 年 8 月四川文艺出版社版

《阳翰笙选集》第 4 卷

大学生日记（中篇小说）

1931 年作

未见在报刊发表

初收 1931 年上海湖风书局版单行本

署名：寒生

又收 1982 年 7 月四川人民出版社版

《阳翰笙选集》第 1 卷

1932 年

新进作家把创作反帝国主义文艺的任

务负担起来（论文）

载 1932 年 1 月 20 日《北斗》月刊第 2

卷第 1 期

署名：寒生
初收 1989 年 8 月四川文艺出版社版
《阳翰笙选集》第 4 卷

文艺随笔（三则）（散文）
载 1932 年 1 月 20 日《北斗》月刊第 2
卷第 1 期
署名：寒生
初收 1989 年 8 月四川文艺出版社版
《阳翰笙选集》第 4 卷
注：三则是《大动乱的年头》、《中国
已经着火了!》和《我们该向哪儿走？》

《地泉》重版自序（序跋）
1932 年 5 月作
初收 1932 年 7 月 25 日上海湖风书局
重版《地泉》
署名：华汉
又收 1989 年 8 月四川文艺出版社版
《阳翰笙选集》第 4 卷

文艺大众化与大众文艺（论文）
1932 年 6 月作
载 1932 年 7 月 20 日《北斗》月刊第 2
卷第 3、4 期合刊
署名：寒生
初收 1989 年 8 月四川文艺出版社版
《阳翰笙选集》第 4 卷

义勇军（中篇小说）
1932 年 10 月作

未见在报刊发表
初收 1933 年 1 月 15 日上海湖风书局
版单行本（湖风创作集之二）
署名：林箐
又收 1982 年 7 月四川人民出版社版
《阳翰笙选集》第 1 卷
又收河北花山文艺出版社版单行本

1933 年

铁板红泪录（电影剧本）
1933 年初春作
未见在报刊发表
注：由明星影片公司拍成电影于 1933
年 11 月 12 日开始公映

谈谈我的创作经验（论文）
1933 年 5 月 16 日作
未见在报刊发表
初收 1933 年 6 月上海天马书店版《创
作的经验》（楼适夷编），1933 年 8 月再
版，1934 年 1 月三版，1935 年 5 月四版
署名：华汉
又收 1989 年 8 月四川文艺出版社版
《阳翰笙选集》第 4 卷

死线上（短篇小说）
载 1933 年 9 月 1 日《东方杂志》第 30
卷第 17 期
署名：林箐
初收 1982 年 7 月四川人民出版社版
《阳翰笙选集》第 1 卷

向着新的方向前进（论文）

载 1933 年 9 月 16 日《艺华周报》第 2 期

署名：华汉

还乡记（电影剧本）

1933 年冬作

未见在报刊发表

注：为艺华影片公司作，未能拍摄

中国海的怒潮（电影剧本）

1933 年冬作

未见在报刊发表

注：由艺华影片公司拍成于 1934 年 2 月公映，编剧署名用导演岳枫的名义

赛金花（电影剧本）

1933 年作

未见在报刊发表

注：为艺华影片公司作，未能拍摄。此据作者《关于〈赛金花〉》一文中说：1933 年曾以赛金花故事为蓝本，为艺华写了一个剧本。

1934 年

生之哀歌（电影剧本）

1934 年春作

未见在报刊发表

注：由艺华影片公司于 1934 年下半年拍成公映，编剧署名用导演胡锐的名义

逃亡（电影剧本）

1934 年春作

未见在报刊发表

注：由艺华影片公司于 1935 年 3 月拍成公映，编剧署名用导演岳枫的名义

初收 1958 年中国电影出版社版《五四以来电影剧本选集》（上），1979 年 9 月再版，1986 年 12 月三版

又收 1981 年 9 月中国电影出版社版《阳翰笙电影剧本选集》

又收 1989 年 8 月四川文艺出版社版《阳翰笙选集》第 3 卷

东北义勇军运动之历史的考察——三年来东北民众武装抗日战争的内容（论文）

1934 年 9 月作

载 1934 年 10 月 25 日《新中华》半月刊第 2 卷第 20 期

署名：寒青

初收 1989 年 8 月四川文艺出版社版《阳翰笙选集》第 4 卷

1935 年

《新园地》破锄白（序跋）

载 1935 年 12 月 1 日南京《新民报》副刊《新园地》创刊号

署名：纯继

编后（序跋）

载 1935 年 12 月 10 日南京《新民报》副刊《新园地》第 10 期

署名：纯继

编后（序跋）

载 1935 年 12 月 24 日南京《新民报》

副刊《新园地》第 23 期

署名：纯继

旧的结束与新的开始（杂文）

载 1935 年 12 月 31 日南京《新民报》

副刊《新园地》第 27 期

署名：纯继

1936 年

恭贺新禧（杂文）

载 1936 年 1 月 1 日南京《新民报》副

刊《新园地》第 28 期

署名：纯继

养狗篇（上）（杂文）

载 1936 年 1 月 6 日南京《新民报》副

刊《新园地》第 30 期

署名：小静

初收 1989 年 8 月四川文艺出版社版

《阳翰笙选集》第 4 卷

打狗篇（下）（杂文）

载 1936 年 1 月 7 日南京《新民报》副

刊《新园地》第 31 期

署名：小静

初收 1989 年 8 月四川文艺出版社版

《阳翰笙选集》第 4 卷

编后（序跋）

载 1936 年 1 月 7 日南京《新民报》副

刊《新园地》第 31 期

署名：纯继

关于"打狗"运动（杂文）

载 1936 年 1 月 8 日南京《新民报》副

刊《新园地》第 32 期

署名：纯继

初收 1989 年 8 月四川文艺出版社版

《阳翰笙选集》第 4 卷

辨奸论（杂文）

载 1936 年 1 月 22 日南京《新民报》

副刊《新园地》第 44 期

署名：一德

初收 1989 年 8 月四川文艺出版社版

《阳翰笙选集》第 4 卷

一二八四周年祭（杂文）

载 1936 年 1 月 28 日南京《新民报》

副刊《新园地》第 49 期

署名：一德

我们的征求（杂文）

载 1936 年 2 月 1 日南京《新民报》副

刊《新园地》第 52 期

署名：纯继

提前警戒（杂文）

载 1936 年 2 月 3 日南京《新民报》副

刊《新园地》第 54 期

署名：一德

国难艺术的兑现问题（杂文）

载 1936 年 2 月 8 日南京《新民报》副
刊《新园地》第 58 期

署名：一德

插说几句（杂文）

载 1936 年 2 月 11 日南京《新民报》
副刊《新园地》第 61 期

署名：纯继

谈谈旧剧改革（评论）

载 1936 年 2 月 17 日南京《新民报》
副刊《新园地》第 66 期

署名：小静

《长恨歌》观后感（评论）
——推荐一部值得一看的电影

载 1936 年 2 月 19 日南京《新民报》
副刊《新园地》第 68 期

署名：小静

初收 1989 年 8 月四川文艺出版社版
《阳翰笙选集》第 4 卷

国难艺术与电影（杂文）

载 1936 年 3 月 6 日南京《新民报》副
刊《新园地》第 82 期

署名：一德

初收 1989 年 8 月四川文艺出版社版
《阳翰笙选集》第 4 卷

我们的要求（杂文）

载 1936 年 3 月 7 日南京《新民报》副
刊《新园地》第 83 期

署名：纯继

偶像升沉感（杂文）

载 1936 年 3 月 11 日南京《新民报》
副刊《新园地》第 86 期

署名：一德

再谈"劣等民族"（杂文）

载 1936 年 3 月 16 日南京《新民报》
副刊《新园地》第 88 期

署名：一德

中国风味（杂文）

载 1936 年 3 月 17 日南京《新民报》
副刊《新园地》第 89 期

署名：一德

克服民族战士的弱点——《洪承畴》观
后（评论）

载 1936 年 3 月 22 日南京《新民报》
副刊《新园地》第 92 期

署名：一德

初收 1989 年 8 月四川文艺出版社版
《阳翰笙选集》第 4 卷

不知死活年（杂文）

载 1936 年 3 月 23 日南京《新民报》
副刊《新园地》第 93 期

署名：一德

揭穿假面具（杂文）

载 1936 年 3 月 27 日南京《新民报》
副刊《新园地》第 95 期

署名：一德

无抵抗主义（杂文）

载 1936 年 3 月 28 日南京《新民报》
副刊《新园地》第 96 期

署名：一德

"伟大的良心"（杂文）

载 1936 年 3 月 30 日南京《新民报》
副刊《新园地》第 97 期

署名：一德

谈谈《复活》的改编（评论）

载 1936 年 4 月 12 日南京《新民报》
副刊《戏剧与电影》第 5 期

初收 1989 年 8 月四川文艺出版社版
《阳翰笙选集》第 4 卷

"汉奸文化"（杂文）

载 1936 年 4 月 14 日南京《新民报》
副刊《新园地》第 108 期

署名：一德

关于《晚会》（序跋）

载 1936 年 5 月 11 日南京《新民报》
副刊《新园地》第 127 期

晚会（独幕话剧）

载 1936 年 5 月 11 日至 6 月 2 日南京《新
民报》副刊《新园地》第 127 期至 144 期

注：此剧与田汉合作

无感之感（杂文）

载 1936 年 5 月 12 日南京《新民报》
副刊《新园地》第 128 期

署名：一德

无言之言（杂文）

载 1936 年 5 月 13 日南京《新民报》
副刊《新园地》第 129 期

署名：一德

"王道"无道（杂文）

载 1936 年 5 月 17 日南京《新民报》
副刊《新园地》第 131 期

署名：一德

如此"乐土"（杂文）

载 1936 年 5 月 18 日南京《新民报》
副刊《新园地》第 132 期

署名：一德

黑暗面的背后（杂文）

载 1936 年 5 月 20 日南京《新民报》
副刊《新园地》第 134 期

署名：一德

从"睡狮"到"骆驼"（杂文）

载 1936 年 5 月 22 日南京《新民报》

副刊《新园地》第 135 期

署名：一德

两栖动物（杂文）

载 1936 年 5 月 26 日南京《新民报》

副刊《新园地》第 138 期

署名：一德

艺术相轻（杂文）

载 1936 年 5 月 29 日南京《新民报》

副刊《新园地》第 140 期

署名：一德

再唠叨几句（杂文）

载 1936 年 6 月 19 日南京《新民报》

副刊《新园地》第 155 期

署名：一德

铁锤与砧凳之间（杂文）

载 1936 年 6 月 22 日南京《新民报》

副刊《新园地》第 157 期

署名：一德

胃口两样（杂文）

载 1936 年 6 月 30 日南京《新民报》

副刊《新园地》第 163 期

署名：一德

别再废话（杂文）

载 1936 年 7 月 3 日南京《新民报》副

刊《新园地》第 165 期

署名：一德

关于"谈兵"（杂文）

载 1936 年 7 月 10 日南京《新民报》

副刊《新园地》第 170 期

署名：一德

以阿治阿（杂文）

载 1936 年 7 月 12 日南京《新民报》

副刊《新园地》第 171 期

署名：一德

我的哀思（散文）

载 1936 年 7 月 17 日南京《新民报》

副刊《戏剧与电影》第 9 期

初收 1989 年 8 月四川文艺出版社版

《阳翰笙选集》第 4 卷

新歌剧运动的进路（上、中、下）（论文）

载 1936 年 7 月 27 日至 29 日南京《新民

报》副刊《新园地》第 182 期至 184 期

署名：一德

初收 1989 年 8 月四川文艺出版社版

《阳翰笙选集》第 4 卷

关于新歌剧及其他——田汉、洪深、

阳翰笙三人之问答（讲话）

载 1936 年 7 月 31 日南京《新民报》

副刊《新园地》第 185 期

初收 1989 年 8 月四川文艺出版社版

《阳翰笙选集》第 4 卷

阿 Q 精神的又一面（杂文）

载 1936 年 8 月 7 日南京《新民报》副刊《新园地》第 190 期

署名：一德

新娘子军（电影剧本）

载 1936 年 8 月 11 日至 8 月 24 日南京《新民报》副刊《新园地》第 193 期至第 202 期

注：为明星影片公司作，未能拍摄。剧本详细提纲收入 1989 年 8 月四川文艺出版社版《阳翰笙选集》第 3 卷

关于《赛金花》（评论）

载 1936 年 9 月 1 日南京《女子月刊》第 4 卷第 9 期

初收 1989 年 8 月四川文艺出版社版《阳翰笙选集》第 4 卷

注：《赛金花》系夏衍著的话剧

漫话中国新闻纸（杂文）

载 1936 年 9 月 9 日南京《新民报》副刊《新园地》第 271 期

署名：翰笙

等待开刀（杂文）

载 1936 年 9 月 25 日南京《新民报》副刊《新园地》第 278 期

署名：一德

《狂欢之夜》观后（评论）

载 1936 年 9 月 28 日南京《新民报》副刊《新园地》第 280 期

署名：一德

《小玲子》小评（评论）

载 1936 年 10 月 2 日南京《新民报》副刊《新园地》第 283 期

署名：一德

鹰鸷和鼠狗（杂文）

载 1936 年 10 月 16 日南京《新民报》副刊《新园地》第 288 期

署名：一德

悼鲁迅先生（散文）

载 1936 年 10 月 26 日南京《新民报》副刊《新园地》

署名：翰笙

初收 1989 年 8 月四川文艺出版社版《阳翰笙选集》第 4 卷

扩大援绥运动（杂文）

载 1936 年 11 月 18 日南京《新民报》副刊《新园地》第 306 期

署名：一德

关于《生死同心》（序跋）

载 1936 年 12 月 1 日《明星半月刊》第 7 卷第 4 期

又载 1936 年 12 月 7 日南京《新民报》

副刊《新园地》第 318 期

初收 1989 年 8 月四川文艺出版社版

《阳翰笙选集》第 4 卷

生死同心（电影剧本）

1936 年 12 月 2 日南京《新民报》副刊

第 313 期起连载，结

束日期不详。

注：由明星影片公司于 1936 年 12 月

拍成公映

初收 1989 年 8 月四川文艺出版社版

《阳翰笙选集》第 3 卷

编剧杂谈（论文）

载 1936 年 12 月 10 日《电影·戏剧》

第 1 卷第 3 期

初收 1982 年 12 月中国戏剧出版社版

《阳翰笙剧作集》（下卷）

又收 1989 年 8 月四川文艺出版社版

《阳翰笙选集》第 4 卷

前夜（四幕话剧）

1936 年冬作

载 1937 年 5 月 16 日至 8 月 1 日《戏剧

时代》第 1 卷第 1 期至第 3 期

初收 1938 年 1 月 10 日汉口华中图书

公司版单行本；同年 4 月 10 日再版；

1940 年 2 月 30 日在重庆三版（抗战戏

剧丛书之二）

又收 1982 年 12 月中国戏剧出版社版

《阳翰笙剧作集》（上卷）

又收 1983 年 3 月四川人民出版社版

《阳翰笙选集》第 2 卷

1937 年

草莽英雄（电影剧本）

1937 年 1 月作

未见在报刊发表

注：为联华影片公司作，当时未能拍摄；

1985 年由峨眉电影制片厂改编后拍摄上

映。《草莽英雄本事》（电影故事梗概）

初收 1989 年 8 月四川文艺出版社版

《阳翰笙选集》第 3 卷

抗战形势鸟瞰（讲话）

1937 年初讲

载《新学识》第 2 卷第 2 期

夜奔（电影剧本）

1937 年春作

未见在报刊发表

注：由明星影片公司于 1937 年拍成，

1938 年 4 月公映

沈逸千绥蒙画展观后（论文）

载 1937 年 4 月 14 日《申报》

一九三七年中国戏剧运动之展望（论文）

载 1937 年 5 月 16 日《戏剧时代》创刊号

署名：翰笙

初收 1989 年 8 月四川文艺出版社版

《阳翰笙选集》第 4 卷

李秀成之死（四幕历史话剧）

1937 年 8 月 2 日脱稿

初收 1938 年 1 月汉口华中图书公司版
单行本；同年 6 月再版；1945 年在重
庆三版（抗战戏剧丛书之三）

又收 1957 年 2 月人民文学出版社版
《阳翰笙剧作选》

又收 1959 年 4 月中国戏剧出版社版单
行本

又收 1982 年 12 月中国戏剧出版社版
《阳翰笙剧作集》（上卷）

又收 1983 年 3 月四川人民出版社版《阳
翰笙选集》第 2 卷

注：又收时有修改，并增写了第一幕
（共五幕）

塞上风云（电影剧本）

1937 年"八一三"后作

未见在报刊发表

注：原为新华电影公司作，当时未能
拍摄；1939 年 5 月作者在他写的同名
话剧（他曾将它改成话剧）基础上又
改编成电影剧本，中国电影制片厂于
1942 年 2 月拍成公映。

初收 1981 年 9 月中国电影出版社版
《阳翰笙电影剧本选集》

又收 1989 年 8 月四川文艺出版社版
《阳翰笙选集》第 3 卷

注：初收、又收剧本系根据影片整理
而成，由陈玉通整理

塞上风云（四幕话剧）

1937 年冬作

载 1937 年 11 月 16 日至 1938 年 1 月 1
日《抗战戏剧》半月刊创刊号至第 1
卷第 4 期

初收 1938 年 4 月 1 日汉口华中图书公
司版单行本（抗战戏剧丛书之四）；
1940 年 1 月在重庆再版；1941 年 2 月
1 日三版。

又收 1982 年 12 月中国戏剧出版社版
《阳翰笙剧作集》（上卷）

又收 1983 年 3 月四川人民出版社版
《阳翰笙选集》第 2 卷

抗战戏剧运动应做到的几件事（论文）

载 1937 年 11 月 16 日《抗战戏剧》半
月刊创刊号"抗战时期中的戏剧运动
特辑"

怎样领导戏剧的游击队（讲话）

1937 年 12 月 12 日讲

载 1938 年 1 月 16 日《抗战戏剧》半
月刊第 1 卷第 5 期

八百壮士（电影剧本）

1937 年作

载 1938 年 1 月 16 日重庆《中苏文化》
半月刊第 1 卷第 5 期

注：由中国电影制片厂于 1938 年 7 月
拍成公映

1938 年

我的祝辞（论文）

载 1938 年 1 月 1 日《抗战戏剧》半月刊第 1 卷第 4 期

注：为中华全国戏剧界抗敌协会成立而作

初收 1989 年 8 月四川文艺出版社版《阳翰笙选集》第 4 卷

今后的一点希望（论文）

载 1938 年 1 月 29 日《新华日报》"中华全国电影界抗敌协

会成立大会特刊"

初收 1989 年 8 月四川文艺出版社版《阳翰笙选集》第 4 卷

还乡杂感（散文）

载 1938 年 2 月 23 日《新蜀报》副刊《新光》

大家来拥护这神圣的工作（论文）

载 1938 年 3 月 26 日《新华日报》

关于国防电影之建立（论文）

载 1938 年 3 月 31 日《抗战电影》创刊号

纪念高尔基（论文）

载 1938 年 6 月 20 日汉口《自由中国》第 1 卷第 3 期

关于《李秀成之死》——与剧作者阳翰笙氏的谈话（讲话）

载 1938 年 7 月 25 日《抗战戏剧》半月刊第 2 卷第 4、5 期合刊

初收 1982 年 12 月中国戏剧出版社版《阳翰笙剧作集》（上卷）

又收 1989 年 8 月四川文艺出版社版《阳翰笙选集》第 4 卷

注：作者唐纳

1939 年

日本间谍（电影剧本）

1939 年 5 月作

未见在报刊发表

注：剧本系根据意大利范斯伯所著《神明的子孙在中国》一书的材料改写；由中国电影制片厂于 1943 年 4 月拍成公映

初收 1989 年 8 月四川文艺出版社版《阳翰笙选集》第 3 卷

注：初收剧本系根据影片整理而成，由薛赐夫整理

1940 年

青年中国（电影剧本）

1940 年初夏作

未见在报刊发表

注：由中国电影制片厂于 1941 年底拍成公映

初收 1989 年 8 月四川文艺出版社版《阳翰笙选集》第 3 卷

注：初收剧本系根据影片整理而成，由薛赐夫整理

漫谈戏剧的民族形式问题——在《戏剧
春秋》主办的"戏剧的民族形式问题
座谈会"上的两次发言（讲话）

1940 年 6 月 20 日和 11 月 2 日讲

载 1941 年 2 月 1 日《戏剧春秋》第 1
卷第 3 期

初收 1989 年 8 月四川文艺出版社版
《阳翰笙选集》第 4 卷

合作运动与农村机构（论文）

载 1940 年 8 月 25 日《中苏文化》半
月刊第 7 卷第 2 期

我对于苏联戏剧电影之观感（论文）

载 1940 年 10 月 10 日《中苏文化》半
月刊第 7 卷第 4 期

初收 1989 年 8 月四川文艺出版社版
《阳翰笙选集》第 4 卷

一九四一年文学趋向的展望（讲话）

1940 年 11 月 23 日讲

载 1941 年 1 月 1 日《抗战文艺》第 7
卷第 1 期

初收 1989 年 8 月四川文艺出版社版
《阳翰笙选集》第 4 卷

电影《青年中国》主题歌歌词（诗）

载 1940 年 11 月 24 日《国民公报》

抗战戏剧运动的展望（论文）

1940 年 12 月 20 日作

载 1941 年 1 月 1 日《青年戏剧通讯》
第 8 期

初收 1989 年 8 月四川文艺出版社版
《阳翰笙选集》第 4 卷

1941 年

戏剧的新任务（讲话）

1941 年 7 月 8 日讲

载 1941 年 7 月 22 日《新蜀报》副刊
《七天文艺》第 17 期

又载 1941 年 8 月 1 日《青年戏剧通讯》
第 14、15 期合刊

初收 1989 年 8 月四川文艺出版社版
《阳翰笙选集》第 4 卷

天国春秋（六幕历史话剧）

1941 年 9 月 3 日脱稿

载 1942 年 6 月 15 日至 1943 年 1 月 15
日《抗战文艺》第 7 卷第 6 期至第 8
卷第 3 期

初收 1944 年 8 月群益出版社版单行本

又收 1957 年 2 月人民文学出版社版
《阳翰笙剧作选》

又收 1981 年 5 月上海文艺出版社版
《中国话剧选》（一）

又收 1982 年 12 月中国戏剧出版社版
《阳翰笙剧作集》（上卷）

又收 1983 年 3 月四川人民出版社版
《阳翰笙选集》第 2 卷

注：又收时有修改

1942 年

悼念钱亦石先生（悼文）

1942 年 1 月 25 日作

注：作此文据作者日记所记。发表报刊不详

两年内击溃日寇（论文）

载 1942 年 7 月 7 日《新华日报》"七七'抗战五周年纪念"特刊

草莽英雄（五幕历史话剧）

1942 年 7 月 20 日脱稿

未见在报刊发表

初收 1946 年 2 月群益出版社版单行本

又收 1957 年 2 月人民文学出版社版《阳翰笙剧作选》

又收 1982 年 12 月中国戏剧出版社版《阳翰笙剧作集》（下卷）

又收 1983 年 3 月四川人民出版社版《阳翰笙选集》第 2 卷

注：又收时有修改

划时期的转变——"九一八"漫笔（论文）

载 1942 年 9 月 19 日《新华日报》

初收 1989 年 8 月四川文艺出版社版《阳翰笙选集》第 4 卷

贺洪深先生五十大寿（论文）

1942 年 12 月 26 日作

注：作此文据作者日记所记。发表报

刊不详

洪深先生五十寿（题辞）

载 1942 年 12 月 31 日《新华日报》"洪深先生五十寿"专栏

洪深先生五十寿辰座谈会上讲话（讲话）

1942 年 12 月 31 日讲

载 1943 年 3 月《戏剧月报》第 1 卷第 3 期

1943 年

剧艺之交（论文）

1943 年 1 月 17 日作

载《戏剧知识》

文协诞生之前（散文）

1943 年 3 月 11 日作

载 1943 年 3 月 27 日《文协成立五周年纪念特刊》

又载 1983 年 2 月《抗战文艺研究》第 1 期

初收 1989 年 8 月四川文艺出版社版《阳翰笙选集》第 4 卷

两面人（四幕话剧）

1943 年 3 月 19 日脱稿

载 1943 年 4 月至 1944 年 4 月《戏剧月报》第 1 卷第 4 期至第 5 期

注：刊载时名为《天地玄黄》

初收 1943 年 12 月当今出版社版单行

本（当今戏剧丛书）

又收 1957 年 2 月人民文学出版社版
《阳翰笙剧作选》

又收 1982 年 12 月中国戏剧出版社版
《阳翰笙剧作集》（下卷）

又收 1983 年 3 月四川人民出版社版
《阳翰笙选集》第 2 卷

温故知新（论文）

载 1943 年 7 月 18 日《时事新报》

1944 年

一封向老舍先生致贺的信（书信）

1944 年 4 月 14 日作

载 1944 年 4 月 17 日《新蜀报》副刊《蜀
道》"老舍先生创作二十年纪念专页"

初收 1989 年 8 月四川文艺出版社版
《阳翰笙选集》第 4 卷

怅问（散文）

载 1944 年 5 月 28 日《新民报》晚刊
"悼江村特辑"

关于契诃夫的戏剧创作（讲话）

1944 年 7 月 15 日讲

载 1945 年 3 月《中原》第 2 卷第 1 期

初收 1989 年 8 月四川文艺出版社版
《阳翰笙选集》第 4 卷

槿花之歌（五幕话剧）

1944 年 8 月 20 日脱稿

载 1944 年 8 月 20 日《文艺先锋》第 5
卷第 1、2 期合刊

初收 1945 年 2 月黄河书局版单行本
（黄河文艺丛书）

又收 1982 年 12 月中国戏剧出版社版
《阳翰笙剧作集》（下卷）

《孔雀胆》的力量（评论）

1944 年 9 月 21 日作

载 1944 年 10 月 8 日《云南日报》《南
风》副刊第 21 期

初收 1989 年 8 月四川文艺出版社版
《阳翰笙选集》第 4 卷

胜利进行曲（五幕话剧）

1944 年作

未见在报刊发表

注：与曹禺、沈浮、宋之的、陈白尘、潘
子农、夏衍、于伶、鲁觉吾、洪深合作

1945 年

几点希望（散文）

载 1945 年 1 月 1 日《新华日报》

初收 1989 年 8 月四川文艺出版社版
《阳翰笙选集》第 4 卷

《槿花之歌》题记（序跋）

1945 年 2 月 16 日作

载 1945 年 3 月 3 日《新华日报》

初收 1945 年 2 月黄河书局《槿花之歌》
单行本

又收 1982 年 12 月中国戏剧出版社版
《阳翰笙剧作集》（下卷）
又收 1989 年 8 月四川文艺出版社版
《阳翰笙选集》第 4 卷

中国戏剧中的新旧女性（讲话）
1945 年 5 月 13 日讲
载 1945 年《现代妇女》第 6 卷第 3、4
期合刊
又载 1945 年 11 月 13 日《文萃》第 1
卷第 6 期
初收 1989 年 8 月四川文艺出版社版
《阳翰笙选集》第 4 卷

1946 年

沉痛的哀思（散文）
载 1946 年 4 月 19 日《新华日报》"追
悼飞延遇难诸先生特刊"
初收 1983 年 3 月陕西人民出版社版
《四八烈士》（革命英烈丛书）

清流万里（又名《文化春秋》）（三幕
话剧）
未见在报刊发表
初收 1947 年新群出版社版单行本
注：与于伶、田汉、陈白尘、徐昌霖、
顾仲彝、吴天和潘子农合作

1948 年

国产影片的出路问题——在《大公报》
举行的时事问题座谈会上的发言（讲话）

1948 年 1 月 21 日讲
载 1948 年 1 月 25 日上海《大公报》

万家灯火（电影剧本）
未见在报刊发表
注：与沈浮合作，原名《新合家欢》。
1948 年 7 月由昆仑影片公司拍成公映
初收 1948 年上海作家书屋版单行本
又收 1957 年 5 月中国电影出版社版单
行本
又收 1958 年中国电影出版社版《五四
以来电影剧本选》（下），1979 年 9 月
再版，1986 年 12 月三版
又收 1981 年 9 月中国电影出版社版
《阳翰笙电影剧本选集》
又收 1989 年 8 月四川文艺出版社版
《阳翰笙选集》第 3 卷

《万家灯火》座谈（下）（讲话）
载 1948 年 7 月 28 日上海《大公报》
副刊《电影与戏剧》

三毛流浪记（电影剧本）
1948 年作
未见在报刊发表
注：剧本系根据张乐平连环画《三毛》
改编，1949 年 8 月由昆仑影片公司拍
成，12 月公映
初收 1981 年 9 月中国电影出版社版
《阳翰笙电影剧本选集》
又收 1989 年 8 月四川文艺出版社版

《阳翰笙选集》第 3 卷

注：初收、又收剧本系根据影片整理
而成，由薛赐夫整理

1949 年

略论国统区的戏剧运动（论文）

载 1949 年 5 月 4 日《文艺报》周刊创
刊号

略论国统区三年来的电影运动（论文）

载 1949 年 6 月 2 日《文艺报》周刊第
1 卷第 5 期

国统区进步的戏剧电影运动——在第
一次全国文代会上的发言（讲话）

1949 年 7 月 9 日讲

初收 1950 年 3 月新华书店发行的《中
华全国文学艺术工作者代表大会纪念
文集》

又收 1989 年 8 月四川文艺出版社版
《阳翰笙选集》第 4 卷

钦佩苏联友人的国际主义精神（论文）

载 1949 年 10 月 28 日《人民日报》

1952 年

是哪些不正确的思想障碍着我们艰苦
深入（论文）

载 1952 年 4 月 4 日《广西日报》

初收 1985 年 2 月四川文艺出版社版
《阳翰笙日记选》

1956 年

《阳翰笙剧作选》后记

1956 年 6 月 14 日作

初收 1957 年 2 月人民文学出版社版
《阳翰笙剧作选》

又收 1982 年 12 月中国戏剧出版社版
《阳翰笙剧作集》（下）

又收 1989 年 8 月四川文艺出版社版
《阳翰笙选集》第 4 卷

1957 年

举办话剧运动五十年纪念及搜集整
理话剧运动史资料出版话剧史料集
的建议

1957 年 1 月作

载 1957 年 4 月 11 日《戏剧报》半月
刊第 7 期

注：与夏衍、田汉、欧阳予倩共同发
起建议

初收 1958 年 2 月中国戏剧出版社版
《中国话剧运动五十年史料集》第 1 集，
1985 年 11 月再版

欢迎亚洲电影周（论文）

载 1957 年 8 月 31 日《人民日报》

初收 1989 年 8 月四川文艺出版社版
《阳翰笙选集》第 4 卷

亚洲电影周献辞（论文）

载 1957 年 8 月《中国电影》月刊第 8 期

斥"小家族"中人"今不如昔"的谬
论（讲话）
1957 年 9 月 13 日讲
载 1957 年 10 月 13 日《戏剧报》半月
刊第 19 期

1958 年

永世长存（论文）
载 1958 年 2 月 14 日《文汇报》

要为剧作家解决几个问题（论文）
载 1958 年 4 月 3 日《剧本》月刊第
4 期

三人行（四幕话剧）
1958 年 5 月 14 日改毕
载 1958 年 7 月 3 日《剧本》月刊第 7 期
初收 1962 年中国戏剧出版社版单行
本，1964 年再版
又收 1982 年 12 月中国戏剧出版社版
《阳翰笙剧作集》（下卷）
又收 1983 年 3 月四川人民出版社版
《阳翰笙选集》第 2 卷

向曲艺学习（论文）
载 1958 年 8 月 24 日《曲艺》月刊第
8 期
初收 1989 年 8 月四川文艺出版社版
《阳翰笙选集》第 4 卷

诗四首（诗）

载 1958 年 10 月《诗刊》月刊第 10 期

我们热烈拥护降低稿酬
载 1958 年 11 月 3 日《剧本》月刊第
11 期
注：与田汉、夏衍、老舍、曹禺、陈
白尘合写

1959 年

谈谈话剧艺术质量的提高问题——在
"戏剧座谈会讨论话剧发展"会上的发
言（讲话）
1959 年 3 月 18 日讲
载 1959 年 3 月 30 日《戏剧报》半月
刊第 6 期
初收 1989 年 8 月四川文艺出版社版
《阳翰笙选集》第 4 卷

在座谈《南海战歌》会上的发言（讲话）
载 1959 年 7 月 3 日《剧本》月刊第 7 期

《槐树庄》和《东进序曲》观后（评论）
载 1959 年 7 月 30 日《戏剧报》半月
刊第 14 期

谈优秀影片《林则徐》（评论）
载 1959 年 9 月 17 日《人民日报》,1959
年 11 月 11 日《文艺报》半月刊第 21
期转载
初收 1989 年 8 月四川文艺出版社版
《阳翰笙选集》第 4 卷

《林则徐》座谈会上的讲话（讲话）

载 1959 年 10 月《电影艺术》月刊第
10 期

决不让反动派窃取革命领导权——《乐
观的悲剧》观后（评论）

载 1959 年 11 月 8 日《人民日报》

1960 年

热烈的祝贺——祝成都市川剧院成立
一周年（论文）

载 1960 年 1 月 15 日《成都日报》

为美术片的成就欢呼（论文）

载 1960 年 2 月 8 日《人民日报》，1960
年 2 月《电影艺术》月刊第 2 期转载

初收 1989 年 8 月四川文艺出版社版
《阳翰笙选集》第 4 卷

欢迎日本人民的文化使者——日本前
进座剧团（论文）

载 1960 年 3 月 11 日《文艺报》半月
刊第 5 期

初收 1989 年 8 月四川文艺出版社版
《阳翰笙选集》第 4 卷

以无产阶级应有的立场来反映革命战
争——在影片《金玉姬》《战火中的青
春》座谈会上的发言（讲话）

1960 年 3 月讲

载 1960 年 6 月 3 日《人民日报》，1960

年 6 月《电影艺术》
月刊第 6 期转载

初收 1989 年 8 月四川文艺出版社版
《阳翰笙选集》第 4 卷

编、导、演的成就——在《万紫千红
总是春》座谈会上的发言（讲话）

载 1960 年 5 月《电影艺术》月刊第 5 期

初收 1989 年 8 月四川文艺出版社版
《阳翰笙选集》第 4 卷

发展我们的战斗友谊（散文）

载 1960 年 5 月 28 日《人民日报》

美帝国主义是世界和平的头号敌人
（论文）

载 1960 年 6 月 3 日《剧本》月刊第 6 期

欢迎我们的战友日本文学家代表团
（论文）

载 1960 年 6 月 11 日《文艺报》半月
刊第 11 期

电影工作者齐来围剿瘟神（论文）

载 1960 年 7 月《电影艺术》月刊第 7 期

注：阳翰笙等 15 人合写

中国文学艺术界联合会第二届全国委
员会主席团工作报告——在全国第三
次文代会上的报告（讲话）

1960 年 8 月 6 日讲

载 1960 年 8 月 7 日《人民日报》
初收 1960 年中国文联编《中国文学艺术
工作者第三次代表大会资料》

在战斗中成长的话剧艺术——在中国
戏剧家协会第二次会员代表大会上的
发言（讲话）
载 1960 年 8 月 30 日《戏剧报》半月
刊第 16 期
初收 1989 年 8 月四川文艺出版社版
《阳翰笙选集》第 4 卷

再谈《战火中的青春》（评论）
载 1960 年 12 月 23 日《北京日报》

1961 年

对种族歧视的控诉——在中国戏剧家
协会艺委会座谈《黑奴恨》会上的发
言（讲话）
1961 年 6 月 10 日讲
载 1961 年 6 月 30 日《戏剧报》半月
刊第 11、12 期合刊
初收 1989 年 8 月四川文艺出版社版
《阳翰笙选集》第 4 卷

回忆抗战时期重庆的戏剧斗争（回忆录）
载 1961 年 6 月 30 日《戏剧报》半月
刊第 11、12 期合刊

1962 年

为繁荣戏剧创作而努力——在全国话剧、

歌剧、儿童剧座谈会上的讲话（讲话）
1962 年 3 月讲
载 1982 年 4 月《剧本》月刊第 4 期
初收 1982 年 12 月中国戏剧出版社版
《阳翰笙剧作集》（下卷）
又收 1989 年 8 月四川文艺出版社版
《阳翰笙选集》第 4 卷

诗三首（诗）
载 1962 年 4 月 17 日《羊城晚报》
在上海第二次文代会开幕式上的致词
（讲话）
初收 1989 年 8 月四川文艺出版社版
《阳翰笙选集》第 4 卷

诗一首（诗）
载 1962 年 9 月《上海电影》月刊第 9 期

古巴颂歌（诗）
载 1962 年 11 月 25 日《文汇报》

1963 年

阳翰笙谈《李秀成》（讲话）
载 1963 年 3 月 19 日《大公报》
注：张付吉整理

抓住了主要矛盾和斗争——在电影《甲
午风云》座谈会上的发言（讲话）
载 1963 年 7 月 28 日《光明日报》
初收 1989 年 8 月四川文艺出版社版
《阳翰笙选集》第 4 卷

北国江南（电影剧本）

载 1963 年 11 月 10 日《电影剧作》双月刊第 6 期

初收 1981 年 9 月中国电影出版社版《阳翰笙电影剧本选集》

又收 1989 年 8 月四川文艺出版社版《阳翰笙选集》第 3 卷

注：剧本由上海海燕电影制片厂拍成于 1964 年 7 月公映

关于提高话剧艺术水平的根本措施（讲话）

——1962 年 12 月 26 日在上海艺术剧场对江苏省话剧团的讲话

初收 1989 年 8 月四川文艺出版社版《阳翰笙选集》第 4 卷

1964 年

谈话剧《丰收之后》的成就（评论）

载 1964 年 3 月 20 日《戏剧报》月刊第 3 期

1977 年

赣南游击赞歌（电影剧本）

1977 年写成

初收 1989 年 8 月四川文艺出版社版《阳翰笙选集》第 3 卷

1979 年

学习周总理的民主作风（散文）

载 1979 年 2 月 10 日《光明日报》

又载 1979 年 2 月 12 日《文艺报》月刊第 2 期

初收 1980 年 8 月中国社会科学出版社版《周恩来与文艺》（上）

又收 1989 年 8 月四川文艺出版社版《阳翰笙选集》第 4 卷

寄日本友人（诗九首）

载 1979 年 3 月 25 日《光明日报》

痛悼田汉同志（悼词）

1979 年 4 月 25 日讲

初收 1989 年 8 月四川文艺出版社版《阳翰笙选集》第 4 卷

为人民做出更大的贡献——在"四五"运动优秀摄影作品授奖大会上的讲话（讲话）

载 1979 年 5 月 20 日《中国摄影》双月刊第 3 期

初收 1989 年 8 月四川文艺出版社版《阳翰笙选集》第 4 卷

发挥文艺"轻骑队"的作用　为四个现代化服务——在中国曲协常务理事扩大会议上的讲话（讲话）

1979 年 5 月 24 日讲

载 1979 年 7 月 15 日《曲艺》月刊第 7 期

初收 1989 年 8 月四川文艺出版社版《阳翰笙选集》第 4 卷

《草莽英雄》再版序（序跋）

1979 年 9 月作

载 1980 年 1 月 28 日《剧本》月刊第 1 期

初收 1982 年 12 月中国戏剧出版社版
《阳翰笙剧作集》（下卷）

又收 1989 年 8 月四川文艺出版社版
《阳翰笙选集》第 4 卷

为被林彪、"四人帮"迫害逝世和身后
遭受诬陷的作家、艺术家们致哀——在
中国文学艺术工作者第四次代表大会
上宣读（讲话）

1979 年 11 月 1 日宣读

初收 1980 年 7 月四川人民出版社版
《中国文学艺术工作者第四次代表大
会文集》

又收 1989 年 8 月四川文艺出版社版
《阳翰笙选集》第 4 卷

中国文联会务工作报告——在中国文
学艺术工作者第四次代表大会上的报
告（讲话）

1979 年 11 月 3 日讲

初收 1980 年 7 月四川人民出版社版
《中国文学艺术工作者第四次代表大
会文集》

又收 1982 年 9 月文化艺术出版社版
《1981 中国文艺年鉴》

诗十首（诗）

载 1979 年 11 月 10 日《诗刊》月刊第

11 期

在中国剧协第三次会员代表大会上致
闭幕词（讲话）

1979 年 11 月 10 日讲

载 1979 年 12 月 18 日《人民戏剧》月
刊第 12 期

又载 1979 年 12 月 28 日《剧本》月刊
第 12 期

注：载于《剧本》月刊时题为《在新
长征中作出更大的贡献》

悼念进步的电影事业家夏云瑚同志
（散文）

载 1979 年 11 月 20 日《大众电影》月
刊第 11 期

初收 1989 年 8 月四川文艺出版社版
《阳翰笙选集》第 5 卷

1980 年

中国左翼作家联盟成立的经过（回忆录）

1980 年 1 月 11 日作

载 1980 年 3 月 15 日《文学评论》双
月刊第 2 期

初收 1982 年 5 月中国社会科学出版社
版《左联回忆录》（上）

又收 1986 年 10 月人民文学出版社版
《风雨五十年》（《新文学史料丛书》之
一种）

又收 1989 年 8 月四川文艺出版社版
《阳翰笙选集》第 5 卷

关于川剧改革的一封信（书信）

1980年1月24日写

载1980年5月25日《戏剧与电影》月刊第5期

初收1989年8月四川文艺出版社版《阳翰笙选集》第4卷

"左联"的战斗历程——在纪念"左联"成立五十周年大会上的发言（讲话）

1980年3月28日讲

载1980年5月7日《文艺报》月刊第5期

又载1980年5月《百科知识》第5期

初收1982年5月中国社会科学出版社版《左联回忆录》（上）

又收1986年10月人民文学出版社版《风雨五十年》（新文学史料丛书》之一种）

又收1989年8月四川文艺出版社版《阳翰笙选集》第4卷

锦绣前程放眼看——怀徐冰同志（诗）

载1980年3月31日《北京晚报》

回忆郭老创作二十五周年纪念和五十寿辰的庆祝活动（回忆录）

载1980年5月22日《新文学史料》季刊第2期

初收1989年8月四川文艺出版社版《阳翰笙选集》第5卷

为第三届电影"百花奖"题词（诗）

1980年5月作

载1980年7月10日《大众电影》月刊第7期

左翼文化阵营反对国民党反动派文化"围剿"的斗争（回忆录）

1980年6月中旬作

初收1982年5月中国社会科学出版社版《左联回忆录》（上）

又收1986年10月人民文学出版社版《风雨五十年》（新文学史料丛书》之一种）

又收1989年8月四川文艺出版社版《阳翰笙选集》第4卷

寒生是我的一个笔名（散文）

载1980年8月22日《新文学史料》季刊第3期

谈谈戏曲的推陈出新——学习周恩来同志《关于昆曲〈十五贯〉的两次讲话》（论文）

载1980年8月25日《文艺研究》双月刊第4期

初收1988年10月中国文联出版公司版《中国新文艺大系》（1976—1982）理论一集（上）

又收1989年8月四川文艺出版社版《阳翰笙选集》第4卷

我做小说的缘起（序跋）

1980 年 8 月 29 日作

载 1982 年 2 月 1 日《文艺报》半月刊
第 3 期

初收 1982 年 7 月《阳翰笙选集》第 1 卷

注：此文是为《阳翰笙选集》第 1 卷
作的序，《文艺报》发表时的题目为该
刊所拟

悼念赵丹同志（诗）

1980 年 10 月 10 日作

载 1980 年 12 月 10 日《大众电影》月
刊第 12 期

第三厅——国统区抗日民族统一战线的
一个战斗堡垒（一至五）（回忆录）

载 1980 年 11 月 22 日至 1981 年 11 月
22 日《新文学史料》

季刊第 4 期至第 4 期

初收 1986 年 10 月人民文学出版社版
《风雨五十年》（《新文学史料丛书》之
一种）

又收 1989 年 8 月四川文艺出版社版
《阳翰笙选集》第 5 卷

《阳翰笙电影剧本选集》后记（序跋）

1980 年 11 月作

初收 1981 年 9 月中国电影出版社版
《阳翰笙电影剧本选集》

又收 1989 年 8 月四川文艺出版社版
《阳翰笙选集》第 3 卷

发扬传统，培育新人——祝中央戏剧
学院建院三十周年（散文）

载 1980 年 12 月《戏剧学习》季刊第
4 期

《阳翰笙选集》戏剧集自序（序跋）

1980 年冬作

载 1982 年 3 月 18 日《人民戏剧》月
刊第 3 期

初收 1982 年 12 月中国戏剧出版社版
《阳翰笙剧作集》（下）

又收 1983 年 3 月四川人民出版社版
《阳翰笙选集》第 2 卷

注：此文是为《阳翰笙选集》第 2 卷
作的序

1981 年

想想孩子们吧（散文）

载 1981 年 1 月 26 日《人民日报》

注：阳翰笙等 5 人合写

怀念叶挺同志（回忆录）

载 1981 年 3 月 27 日《人民日报》

初收 1981 年 5 月人民出版社版《回忆
叶挺》

又收 1989 年 8 月四川文艺出版社版
《阳翰笙选集》第 5 卷

时过子夜灯犹明——忆茅盾同志（散文）

载 1981 年 3 月《文艺界通讯》第 2 期

又载 1981 年 6 月 13 日《人民日报》

489

初收 1982 年 12 月文化艺术出版社版
《忆茅公》
又收 1989 年 8 月四川文艺出版社版
《阳翰笙选集》第 5 卷

党的领导是胜利的保证——忆战斗在
国民党统治区的抗敌演剧队（回忆录）
载 1981 年 7 月 20 日《戏剧论丛》季
刊第 3 期
初收 1986 年 10 月人民文学出版社版
《风雨五十年》（《新文学史料丛书》之
一种）
又收 1989 年 8 月四川文艺出版社版
《阳翰笙选集》第 4 卷

社会主义文艺的发展离不开毛泽东文
艺思想的指导（论文）
载 1981 年 7 月 22 日《人民日报》
初收 1984 年 9 月文化艺术出版社版
《1982 中国文艺年鉴》

深切的怀念（诗六首）
1981 年 9 月 15 日作
载 1983 年 8 月《四川文学》月刊第 8 期

《郭沫若在重庆》序言（序跋）
1981 年 12 月作
载 1982 年 2 月 15 日《抗战文艺研究》
双月刊第 1 期
注：《郭沫若在重庆》由曾健戎编，1982
年 12 月青海人民出版社出版

1982 年

在中国剧协第三届常务理事会第二次
（扩大）会议上的讲话（讲话）
1982 年 2 月底讲
载 1982 年《戏剧通讯》第 2 期

怀念田汉同志（诗四首）
1982 年 4 月作
载 1983 年 12 月 17 日《北京日报》

宣侠父与左联（回忆录）
载 1982 年 5 月 8 日《人物》双月刊第
3 期
又载 1985 年 6 月《革命英烈》双月刊
第 3 期
初收 1986 年 10 月人民文学出版社版
《风雨五十年》（《新文学史料丛书》之
一种）

搞五十个川剧保留剧目——记阳翰笙
同志的谈话（讲话）
载 1982 年 5 月 25 日《戏剧与电影》
月刊第 5 期
注：张大明整理

《讲话》在重庆传播以后（回忆录）
载 1982 年 5 月 26 日《人民日报》
初收 1989 年 8 月四川文艺出版社版
《阳翰笙选集》第 4 卷

兴旺发达　后继有人——在全国优秀
剧本授奖大会上的讲话（讲话）
载 1982 年 6 月 9 日《人民日报》
又载 1982 年 6 月 28 日《剧本》月刊
第 6 期
初收 1984 年 9 月文化艺术出版社版
《1982 中国文艺年鉴》
又收 1989 年 8 月四川文艺出版社版
《阳翰笙选集》第 4 卷

囚室抒怀（外二首）（诗）
载 1982 年 6 月《四川文学》月刊第 6 期

加强团结，促进文艺繁荣，努力为社会
主义精神文明建设作出贡献——在中国
文联四届二次全委会上作的会务工作报
告（讲话）
1982 年 6 月 19 日讲
载 1982 年 8 月《文艺界通讯》第 6 期
初收 1989 年 8 月四川文艺出版社版
《阳翰笙选集》第 4 卷

要多做艺术上的引导工作（论文）
载 1982 年 6 月 30 日《戏文》双月刊
第 3 期

赴日抒怀（诗）
载 1982 年 6 月 30 日《戏文》双月刊
第 3 期

悼念金山同志（散文）

载 1982 年 7 月 16 日《光明日报》
又载 1982 年 9 月《戏剧学习》季刊第
3 期
初收 1984 年 4 月中国电影出版社版
《1983 中国电影年鉴》
又收 1989 年 8 月四川文艺出版社版
《阳翰笙选集》第 5 卷

在中国文联举行的传达党的十二大精
神的报告会上的讲话（讲话）
1982 年 9 月 16 日讲
载 1982 年 10 月《文艺界通讯》第 8 期

照耀我革命征途的第一盏明灯（回忆录）
载 1982 年 9 月 25 日《龙门阵》双月
刊第 5 辑
初收 1982 年 5 月人民出版社版《回忆
恽代英》
又收 1989 年 8 月四川文艺出版社版
《阳翰笙选集》第 5 卷
注：张羽整理

文学艺术与社会主义精神文明（论文）
载 1982 年 10 月 7 日《光明日报》
初收 1989 年 8 月四川文艺出版社版
《阳翰笙选集》第 4 卷

振奋精神，为建设社会主义精神文明
努力工作（论文）
载 1982 年 11 月 18 日《人民戏剧》月
刊第 11 期

491

赠夏衍同志等五首（诗）

载 1982 年 12 月《四川文学》月刊第 12 期

忆王莹（散文）

载 1982 年 12 月 25 日《光明日报》

又载 1983 年 1 月 20 日《人民日报》

又载 1983 年 2 月《新华文摘》

初收 1989 年 8 月四川文艺出版社版《阳翰笙选集》第 5 卷

许德珩、阳翰笙二老追忆黄埔、缅怀先烈（讲话）

初收 1982 年 12 月《广东文史资料》第 37 辑《黄埔军校回忆录专辑》

注：牟小东、姚维斗整理

《白薇评传》序（序跋）

1982 年 12 月作

载 1983 年 5 月 7 日《文艺报》月刊第 5 期

初收 1987 年 2 月中国文联出版公司版《中国新文艺大系》

（1976—1982）杂文集

又入 1989 年 8 月四川文艺出版社版《阳翰笙选集》第 4 卷

注：《白薇评传》由湖南人民出版社 1983 年 11 月出版

1983 年

新春抒怀（诗）

载 1983 年 2 月 12 日《北京晚报》

在全国杂技创新座谈会上的讲话（讲话）

1983 年 3 月 21 日讲

载 1983 年《艺术通讯》第 4 期

初收 1989 年 8 月四川文艺出版社版《阳翰笙选集》第 4 卷

《天国春秋》创作前后（散文）

载 1983 年 3 月《戏剧学习》季刊第 1 期

初收 1989 年 8 月四川文艺出版社版《阳翰笙选集》第 4 卷

写在《天国春秋》再度公演之前（散文）

1983 年 3 月作

载 1983 年 4 月 1 日《人民日报》

阳翰笙谈《天国春秋》（散文）

载 1983 年 4 月 3 日《戏剧电影报》

浅谈《天国春秋》（散文）

载 1983 年 4 月 7 日《电视周报》

难产的产儿（散文）

载 1983 年 4 月 13 日《人民政协报》

《敌后日记》序（序跋）

载 1983 年 4 月 18 日《人民日报》

初收 1989 年 8 月四川文艺出版社版《阳翰笙选集》第 4 卷

在四川省文联举行的欢迎中国文联赴
川参观访问团座谈会上的讲话（讲话）
1983 年 5 月 3 日讲
载 1983 年 6 月四川《文艺通讯》第 3 期

甲子一周怀硕勋（回忆录）
载 1983 年 5 月 8 日《人物》双月刊第
3 期
初收 1989 年 8 月四川文艺出版社版
《阳翰笙选集》第 5 卷

诗一首（诗）
载 1983 年 5 月 8 日《成都晚报》

记阳翰笙同志在成都有关文艺出版工
作的谈话（讲话）
1983 年 5 月上旬讲
载 1983 年 6 月四川《文艺通讯》第
3 期
注：张大明、潘光武整理

诗六首（诗）
载 1983 年 5 月 15 日《四川日报》

诗六首（诗）
载 1983 年 5 月 27 日《重庆日报》

阳翰笙同志谈川剧（讲话）
1983 年 5 月讲
载 1983 年 10 月四川《文艺通讯》第
4 期

初收 1989 年 8 月四川文艺出版社版
《阳翰笙选集》第 4 卷
注：黎本初整理

阳翰笙谈郭老（讲话）
载 1983 年 6 月 4 日《四川日报》
注：王大明记

蜀乡行（诗五首）
载 1983 年 6 月 14 日《人民日报》

给《四川青年》题字（少年心事当拿云）
载 1983 年 7 月 5 日《四川青年》第 7 期

满怀欣喜还乡国（散文）
载 1983 年 7 月 13 日《人民政协报》
又载 1983 年 11 月 25 日《旅游天府》
双月刊第 6 期

关于抗战文艺（散文）
载 1983 年 8 月 15 日《抗战文艺研究》
双月刊第 4 期
初收 1989 年 8 月四川文艺出版社版
《阳翰笙选集》第 4 卷

坚持"三并举"方针，繁荣发展川剧
艺术——阳翰笙同志谈成都市川剧院
三团在京的演出（讲话）
载 1983 年 8 月 25 日《成都晚报》
注：潘光武整理

493

一手抓创作，一手抓影评——党领导电影的历史经验（论文）

载 1983 年 8 月《电影故事》月刊第 8 期

《中国话剧艺术家传》序（序跋）

1983 年 8 月作

载 1984 年 8 月 18 日《戏剧报》月刊第 8 期

初收 1984 年 12 月文化艺术出版社版《中国话剧艺术家传》（第一辑）

推陈出新　勇于进取——同成都市川剧院赴京演出队领队的谈话（讲话）

载 1983 年 9 月《文艺界通讯》第 9 期

初收 1989 年 8 月四川文艺出版社版《阳翰笙选集》第 4 卷

蜀乡即景（诗四首）

载 1983 年 9 月 14 日《人民政协报》

深深地怀念田汉同志（散文）

1983 年 10 月 9 日作

载 1983 年 11 月 18 日《戏剧报》月刊第 11 期

在第三厅和文化工作委员会（讲话）

载 1983 年 10 月 15 日《抗战文艺研究》双月刊第 5 期

左翼电影运动的若干历史经验（论文）

载 1983 年 11 月 3 日《电影艺术》月

刊第 11 期

又载 1984 年 1 月 25 日《新华文摘》月刊第 1 期

初收 1984 年 4 月中国电影出版社版《1983 中国电影年鉴》

又收 1989 年 8 月四川文艺出版社版《阳翰笙选集》第 4 卷

从《巴山秀才》谈起（论文）

载 1983 年 11 月 7 日《文艺报》月刊第 11 期

初收 1989 年 8 月四川文艺出版社版《阳翰笙选集》第 4 卷

在中国文联举行的学习党的十二届二中全会精神座谈会上的发言（讲话）

1983 年 11 月 10 日讲

载 1983 年 11 月《文艺界通讯》第 11 期

田汉同志所走过的道路（回忆录）

1983 年 11 月 25 日作

载 1984 年 5 月《文化史料》丛刊第 8 辑

初收 1985 年 10 月文史资料出版社版《田汉——田汉回忆录专辑》

又收 1989 年 8 月四川文艺出版社版《阳翰笙选集》第 4 卷

千载仰斯人（讲话）

载 1983 年 11 月《郭沫若研究学会会刊》总第 2 集

纪念田汉 学习田汉（散文）

载 1983 年 12 月 15 日《光明日报》

初收 1989 年 8 月四川文艺出版社版《阳翰笙选集》第 4 卷

发扬田汉同志的创作精神（散文）

载 1983 年 12 月 28 日《剧本》月刊第 12 期

《草莽英雄》写作前后——阳翰笙日记摘抄（日记）

载 1983 年 12 月《中国现代文学研究丛刊》季刊第 4 辑

初收 1985 年 2 月四川文艺出版社版《阳翰笙日记选》

注：潘光武辑注

改革和繁荣戏曲艺术 建设社会主义精神文明——振兴川剧赴京汇报演出观后（论文）

1983 年 12 月作

载 1984 年 1 月《文艺界通讯》第 1 期

又载 1984 年 6 月《川剧艺术》季刊第 2 期

初收 1989 年 8 月四川文艺出版社版《阳翰笙选集》第 4 卷

1984 年

诗二首赠廖永祥同志（诗）

1984 年 1 月 4 日作

载 1984 年 5 月 15 日《抗战文艺研究》季刊第 2 期

战斗在雾重庆——回忆文化工作委员会的斗争（回忆录）

载 1984 年 2 月 22 日《新文学史料》季刊第 1 期

初收 1984 年《重庆文史资料》第 21 辑

又收 1986 年 10 月人民文学出版社版《风雨五十年》（《新文学史料丛书》之一种）

又收 1989 年 8 月四川文艺出版社版《阳翰笙选集》第 5 卷

再谈保留剧目（论文）

载 1984 年 2 月《江苏戏剧》月刊第 2 期

初收 1989 年 8 月四川文艺出版社版《阳翰笙选集》第 4 卷

忆我的良师益友张太雷同志（回忆录）

初收 1984 年 2 月人民出版社版《回忆张太雷》

又收 1989 年 8 月四川文艺出版社版《阳翰笙选集》第 5 卷

注：姚维斗整理

谈郭沫若研究（讲话）

载 1984 年 3 月 15 日《抗战文艺研究》季刊第 1 期

我所认识的老舍（讲话）

1984 年 3 月 15 日讲

载 1984 年 3 月 19 日《人民日报》

初收 1989 年 8 月四川文艺出版社版《阳翰笙选集》第 5 卷

迎中岛京子夫人（诗）
1984 年 3 月作
载 1984 年 4 月 2 日《人民日报》

《两个女性》序（序跋）
1984 年 4 月 7 日作
载 1985 年 9 月 10 日《文汇月刊》第
9 期
初收 1986 年 8 月河北花山文艺出版社
版《两个女性》单行本

《义勇军》序（序跋）
1984 年 4 月 7 日作
载 1985 年 9 月 10 日《文汇月刊》第
9 期
初收河北花山文艺出版社版《义勇军》
单行本

阳翰笙谈老舍（讲话）
载 1984 年 4 月 18 日《戏剧报》月刊
第 4 期
注：克莹、侯育中、蒋瑞整理

写在《草莽英雄》上演的时候（散文）
载 1984 年 4 月 28 日《北京日报》

忆当年，人民斗争压群魔——阳翰笙
谈《草莽英雄》的创作与演出（讲话）
载 1984 年 5 月 2 日《人民政协报》
注：何林中整理

《草莽英雄》四十年（散文）
载 1984 年 5 月 6 日《北京晚报》
初收 1989 年 8 月四川文艺出版社版
《阳翰笙选集》第 5 卷

回忆上海大学（回忆录）
载 1984 年 5 月 22 日《新文学史料》
季刊第 2 期
初收 1986 年 10 月人民文学出版社版
《风雨五十年》（《新文学史料丛书》之
一种）
又收 1989 年 8 月四川文艺出版社版
《阳翰笙选集》第 5 卷

阳翰笙日记片断（日记）
载 1984 年 5 月《红岩》季刊第 2 期
初收 1985 年 2 月四川文艺出版社版
《阳翰笙日记选》
注：潘光武辑注

过瞿塘峡（诗）
载 1984 年 6 月 10 日《乌江》双月刊
第 3 期

在中国文联成立三十五周年纪念大会
上的讲话（讲话）
1984 年 7 月 18 日讲
载 1984 年 9 月 15 日《文艺界通讯》
第 9 期

阳翰笙土改日记片断（日记）

载 1984 年 8 月 10 日《乌江》双月刊
第 4 期
初收 1985 年 2 月四川文艺出版社版
《阳翰笙日记选》
注：潘光武辑注

出川之前（上、下）（回忆录）
载 1984 年 8 月 22 日至 11 月 22 日《新
文学史料》季刊第 3 期至第 4 期
初收 1986 年 10 月人民文学出版社版
《风雨五十年》（《新文学史料丛书》之
一种）
又收 1989 年 8 月四川文艺出版社版
《阳翰笙选集》第 5 卷

加强基本功 更上一层楼——庆祝建
国三十五周年（论文）
载 1984 年 9 月 9 日《光明日报》
初收 1989 年 8 月四川文艺出版社版
《阳翰笙选集》第 4 卷

怀念和学习应云卫同志——在应云卫
诞生八十周年纪念会上的讲话（讲话）
1984 年 9 月 20 日讲
载 1984 年 11 月 19 日《人民日报》

《风雨五十年》序（序跋）
1984 年 9 月 30 日作
载 1985 年 11 月 22 日《新文学史料》
季刊第 4 期
注：阳的回忆录《风雨五十年》由人

民文学出版社 1986 年 10 月出版（《新
文学史料丛书》之一种）

《曾荣华舞台艺术》序（序跋）
1984 年 9 月作
载 1984 年 11 月 1 日《川剧学习》第 4 期
又载 1985 年 2 月《戏剧与电影》月刊
第 2 期
初收 1989 年 8 月四川文艺出版社版
《阳翰笙选集》第 4 卷
注：《曾荣华舞台艺术》由四川文艺出
版社 1989 年 10 月出版

继承、创造、革新——在梅兰芳诞生九
十周年纪念会上的讲话（讲话）
1984 年 10 月 26 日讲
载 1984 年 11 月 3 日《北京日报》

纪念中国旅行剧团和唐槐秋同志——
在中国旅行剧团成立五十周年和该团
创建人唐槐秋逝世三十周年纪念会上
的讲话（讲话）
1984 年 11 月 20 日讲
载 1984 年 12 月 26 日《人民政协报》
又载 1985 年 1 月 18 日《戏剧报》月
刊第 1 期
又载 1985 年 2 月《新华文摘》月刊第
2 期
初收 1989 年 8 月四川文艺出版社版
《阳翰笙选集》第 5 卷

恳切的希望（散文）

载 1984 年 11 月《郭沫若研究》创刊号

1985 年

在大革命洪流中（回忆录）

载 1985 年 2 月 22 日《新文学史料》
季刊第 1 期

初收 1986 年 10 月人民文学出版社版
《风雨五十年》（《新文学史料丛书》之
一种）

又收 1989 年 8 月四川文艺出版社版
《阳翰笙选集》第 5 卷

怀念阿英同志——在纪念阿英诞生八
十五周年学术讨论会上的讲话（讲话）

1985 年 2 月 28 日讲

载 1985 年 3 月 4 日《人民日报》

初收 1989 年 8 月四川文艺出版社版
《阳翰笙选集》第 4 卷

《中国话剧运动五十年史料集》再版序
（序跋）

1985 年 3 月 15 日作

注：《中国话剧运动五十年史料集》（第
1 辑），中国戏剧出版社 1985 年 11 月
再版

怀念老友叶希夷（回忆录）

载 1985 年 4 月 14 日《安徽日报》

参加南昌起义（回忆录）

载 1985 年 5 月 22 日《新文学史料》
季刊第 2 期

初收 1986 年 10 月人民文学出版社版
《风雨五十年》（《新文学史料丛书》之
一种）

又收 1989 年 8 月四川文艺出版社版
《阳翰笙选集》第 5 卷

悼念洪深同志（散文）

载 1985 年 6 月 18 日《戏剧报》月刊
第 6 期

《风雨太平洋》序（序跋）

载 1985 年 8 月 3 日《文艺报》周刊第
5 期

注：《风雨太平洋》系杜埃著的三卷本
长篇小说

"草莽"纵马入银屏——阳翰笙同志谈
《草莽英雄》

载 1985 年 8 月 14 日《四川日报》

注：商欣整理

风雨同舟五十年——《赵丹传》序言
（序跋）

1985 年 12 月 3 日作

载 1986 年 7 月 1 日《写作》月刊第 7 期

又载 1986 年 9 月《散文世界》月刊第
9 期

又载 1986 年 10 月 6 日《青年文摘》
月刊第 10 期

又载 1986 年 10 月 7 日《博览群书》
月刊第 10 期
注：《赵丹传》，倪振良著，中国文联
出版公司 1986 年 8 月出版

向夏衍同志学习——纪念夏衍同志从事
革命文艺活动五十五周年（散文）
1985 年 12 月 10 日作
载 1986 年 2 月 15 日《文艺界通讯》
月刊第 2 期
初收 1989 年 8 月四川文艺出版社版
《阳翰笙选集》第 4 卷

1986 年

泥泞中的战斗——影事回忆录（一、二、
三）（回忆录）
载 1986 年 1 月 3 日、3 月 3 日、12 月
3 日《电影艺术》月刊
第 1、3、12 期

铁窗战友　英容历历——阳翰笙深情
忆杜谈（谈话）
载 1986 年 1 月 9 日《文学报》
又载 1986 年 3 月 25 日《龙门阵》双
月刊第 2 期，标题为《阳翰老忆铁窗
战友杜谈》
初收 1987 年 11 月湖南文艺出版社版
《杜谈作品选》
注：潘光武　张大明整理

潜心研究我们自己的历史（序跋）

——张大明著《现代文学沉思录》序
载 1986 年 5 月 5 日《当代文坛》双月
刊第 3 期
收入 1989 年 8 月四川文艺出版社版
《阳翰笙选集》第 4 卷
注：《现代文学沉思录》改名为《不灭
的火种——左翼文学论》由四川文艺出
版社出版

要有扎实的基本功——浙江绍剧小百
花来京演出感言（散文）
载 1986 年 7 月 24 日《人民日报》
（以下为发稿前补记——本书编者，
1992 年 1 月）

洁白的明星——王莹（序跋）
载 1987 年 7 月 28 日《人民日报》
注：此文是为《洁白的明星——王莹》
写的序，该书由中国青年出版社出版

灯下谈心（与赵清阁的通信）
载 1987 年 9 月 3 日《人民日报》

一个艺术家的成长之路（序跋）
——《许倩云舞台艺术》序
载 1987 年 12 月 15 日《文艺界通讯》
第 12 期

我的生活与电影文学创作（散文）
载 1988 年 1 月 3 日《电影艺术》月刊
第 1 期

纪念马彦祥同志（散文）
载 1988 年 6 月《新文化史料》双月刊
第 3 期

把郭沫若研究深入下去（论文）
载 1988 年 7 月《郭沫若学刊》季刊第
3 期

珍视革命实践中创造的艺术财富（散文）
载 1988 年 10 月 22 日《文艺报》第
42 期

先驱者的丰碑——读《田汉文集》（论文）
载 1988 年 12 月 15 日《新文化史料》
双月刊第 6 期

《周企何舞台艺术》序（序跋）
载 1990 年 1 月 3 日《人民日报》
注：《周企何舞台艺术》由四川人民出
版社出版

白杨的路（散文）
载 1990 年 6 月 30 日《人民日报》

一个共产党人的自豪（短论）
载 1991 年 6 月 29 日《文艺报》第
25 期

增强文艺的使命感和责任感（论文）
载 1991 年 7 月 25 日《人民日报》

李硕勋牺牲前后（回忆录）
载 1991 年《党史纵横》第 3 期

《中国影人诗选》序
载 1991 年 11 月 16 日《文艺报》

欣慰的纪念（散文）
载 1991 年 11 月 20 日《人民日报》

深深的怀念
载 1991 年 11 月 23 日《文艺报》

一代明星舒绣文（序跋）
载 1992 年 1 月 9 日《人民日报》
注：此文是为石楠著的《舒绣文传》
一书写的序

著 作 书 目

编 者 说 明

（一）本书目辑录了阳翰笙从 1928 年至 1986 年出版（包括 1986 年编就待出）的小说、话剧、电影、文艺评论及散文、回忆录、诗等各类著作（包括单行本、专集、选集）的目录。

（二）本书目按初版时间的先后顺序排列。

（三）本书目的项目和次第：

①书名，②体裁，③出版者，④收入丛书名称，⑤版次（同一出版者的再版本未注录），⑥目次。

女囚（中篇小说，单行本，署名：华汉）
上海新宇宙书店
1928 年初版

暗夜（中篇小说，单行本，署名：华汉）
上海创造社出版部
创造社丛书第 30 种
1928 年 12 月初版

十姑的悲愁（短篇小说集，署名：华汉）

上海现代书局
1929 年 6 月初版
目次：

1．马林英

2．趸船上的一夜

3．血战

血战附记（作于 1929 年 1 月）

4．十姑的悲愁

5．枯叶

寒梅（中篇小说，单行本，署名：华汉）
上海平凡书局
1929 年初版
上海湖风书局
1932 年初版
注：改名为《转换》

社会科学概论（社会科学论著，署名：
杨剑秀）
上海现代书局
社会科学丛书第 1 种
1929 年初版

社会问题研究（社会科学论著，署名：
杨剑秀）
上海现代书局
社会科学丛书第 12 种
1929 年初版

唯物史观研究（社会科学论著，署名：
杨剑秀）
上海现代书局
社会科学丛书第 14 种
1930 年初版

两个女性（中篇小说，单行本，署名：
华汉）
上海亚东图书馆
1930 年 4 月初版
河北花山文艺出版社
1986 年 8 月初版

注：有一篇序（作于 1984 年 4 月 7 日）

活力（短篇小说集，署名：华汉）
上海平凡书局
1930 年 9 月初版
目次：
1. 活力
2. 奴隶
3. 归来
4. 马桶间
5. 未完成的伟人
6. 兵变

深入（中篇小说，单行本，署名：华汉）
上海平凡书局
1930 年初版
上海湖风书局
1932 年初版

复兴（中篇小说，单行本，署名：华汉）
上海平凡书局
1930 年初版
上海爱华书店
1932 年初版

地泉（长篇小说，署名：华汉）
上海平凡书局
1930 年 10 月初版
目次：
1. 深入
2. 转换

3. 复兴

注:《深入》原名《暗夜》,《转换》原名《寒梅》

上海湖风书局

1932 年 7 月初版

目次:

序文:

1. 革命的浪漫谛克（易嘉）

2. 地泉序（郑伯奇）

3. 地泉读后感（茅盾）

4. 地泉序（钱杏邨）

5. 自序（作于 1932 年 5 月）

地泉:

1. 深入

2. 转换

3. 复兴

大学生日记（中篇小说,单行本,署名:寒生）

上海湖风书局

1931 年初版

中学生日记（中篇小说,单行本,署名:寒生）

上海湖风书局

1932 年初版

最后一天（短篇小说集,署名:华汉）

上海湖风书局

1932 年 7 月初版

目次:

1. 活力

2. 奴隶

3. 归来

4. 马桶间

5. 长白山千年白狐

6. 兵变

7. 最后一天

注:《长白山千年白狐》原名《未完成的伟人》

义勇军（中篇小说,单行本,署名:林箐）

上海湖风书局

湖风创作集之二

1933 年 1 月初版

河北花山文艺出版社出版

注:有一篇序（作于 1984 年 4 月 7 日）

前夜（话剧剧本,单行本）

汉口华中图书公司

抗战戏剧丛书之二

1938 年 1 月初版

李秀成之死（话剧剧本,单行本）

汉口华中图书公司

抗战戏剧丛书之三

1938 年 3 月初版

中国戏剧出版社

1959 年 4 月初版

注:有修改,增写了第一幕

503

塞上风云（话剧剧本，单行本）

汉口华中图书公司

抗战戏剧丛书之四

1938 年 4 月初版

两面人（话剧剧本，单行本）

重庆当今出版社

当今戏剧丛书

1943 年 12 月初版

天国春秋（话剧剧本，单行本）

重庆群益出版社

1944 年 8 月初版

槿花之歌（话剧剧本，单行本）

重庆黄河书局

黄河文艺丛书

1945 年 2 月初版

草莽英雄（话剧剧本，单行本）

重庆群益出版社

1946 年 2 月初版

万家灯火（电影剧本，单行本，与沈浮合写）

上海作家书屋

1948 年初版

中国电影出版社

1957 年 5 月初版

阳翰笙剧作选（话剧剧本选）

人民文学出版社

1957 年 2 月初版

目次：

1. 李秀成之死

2. 天国春秋

3. 草莽英雄

4. 两面人

5. 后记（作于 1956 年 6 月 14 日）

注：以上四个剧本较初版时都有所删改，《李秀成之死》的第一幕是增写的

三人行（话剧剧本，单行本）

中国戏剧出版社

1962 年 6 月初版

阳翰笙电影剧本选集（电影剧本选）

中国电影出版社

1981 年 9 月初版

目次：

1. 逃亡

2. 塞上风云

3. 万家灯火（阳翰笙　沈　浮）

4. 三毛流浪记

5. 北国江南

6. 后记（作于 1980 年 11 月）

阳翰笙选集第一卷（短篇小说、中篇小说）

四川人民出版社

1982 年 7 月初版

目次：

序（作于 1980 年 8 月 29 日）

短篇小说：

1. 马林英

2. 女囚

3. 趸船上的一夜

4. 十姑的悲愁

5. 奴隶

6. 枯叶

7. 归来

8. 马桶间

9. 长白山千年白狐

10. 兵变

11. 最后一天

12. 死线上

中篇小说：

1. 两个女性

2. 暗夜

3. 大学生日记

4. 义勇军

阳翰笙剧作集（上卷、下卷，话剧剧本）

中国戏剧出版社

1982 年 12 月初版

上卷目次：

1. 前夜

2. 李秀成之死

附：关于《李秀成之死》

—— 与剧作者阳翰笙氏的谈话（唐纳）

3. 塞上风云

4. 天国春秋

下卷目次：

1. 草莽英雄

《草莽英雄》再版序（作于 1979 年 9 月）

2. 两面人

3. 槿花之歌

《槿花之歌》题记（作于 1945 年 2 月 16 日）

4. 三人行

5. 编剧杂谈（作于 1936 年）

6.《阳翰笙剧作选》后记（作于 1956 年 6 月 14 日）

7. 为繁荣戏剧创作而努力

—— 一九六二年在全国话剧、歌剧、儿童剧座谈会上的讲话

8.《阳翰笙·戏剧集》自序（作于 1980 年冬）

9. 编后记（周明）

阳翰笙选集第二卷（话剧剧本）

四川人民出版社

1983 年 3 月初版

目次：

1. 自序（作于 1980 年冬）

2. 前夜

3. 李秀成之死

4. 塞上风云

5. 天国春秋

6. 草莽英雄

7. 两面人

8. 三人行

505

研究、评介资料目录索引

研究、评介资料目录索引

编者说明

　　本目录索引是从 1932 年至 1986 年 12 月国内各报刊上收辑的。第一部分为有关阳翰笙 1949 年以前创作的研究、评介资料目录（包括有关的文学史对阳翰笙创作的评介目录），第二部分为有关阳翰笙 1949 年以后创作的研究、评介资料目录。两个部分还收辑了回忆、报道阳翰笙的创作活动及社会活动的资料目录。目录次序按资料发表的先后排列。

（一）关于 1949 年以前的创作

华汉的三部曲《地泉》再版（未署名）

1932 年 5 月 22 日《北斗》月刊第 2 卷第 2 期

革命的浪漫谛克（易嘉（瞿秋白））

收入《地泉》，上海湖风书局 1932 年 7 月版

又收《瞿秋白文集》第一卷

《地泉》序（郑伯奇）

收入《地泉》，上海湖风书局 1932 年 7 月版

《地泉》读后感（茅盾）

收入《地泉》，上海湖风书局 1932 年 7 月版

又收《茅盾论中国现代作家作品》

《地泉》序（钱杏邨（阿英））

收入《地泉》，上海湖风书局 1932 年 7 月版

"九一八"以后的反日文学——三部长篇小说东方未明（茅盾）

1933 年 8 月 1 日《文学》月刊第 1 卷第 2 号

评《中国海的怒潮》（凌鹤）
1934 年 3 月 1 日上海《申报》本埠增刊

关于《生死同心》寿昌（田汉）
1936 年 12 月 3 日南京《新民报》

关于《生死同心》（樾山）
1936 年 12 月 3 日南京《新民报》

观《生死同心》试片后（哈黛）
1936 年 12 月 3 日南京《新民报》

"生"与"死"（段其雷）
1936 年 12 月 3 日南京《新民报》

《生死同心》之介绍与批评（子在）
1936 年 12 月 6 日南京《新民报》

看了《生死同心》之后（绣枫）
1936 年 12 月 6 日南京《新民报》

死的威胁　生的斗争（潇潇）
1936 年 12 月 9 日南京《新民报》

谈最近在汉口演出的几个戏（刘念渠）
——评《飞将军》、《塞上风云》、《后防》、《战歌》
1937 年 12 月 16 日《抗战戏剧》半月刊第 1 卷第 3 期

《前夜》与当前的汉奸活动（曹禺）

1938 年 3 月 19 日重庆《新民报》

《夜奔》（肖梅）
1938 年 4 月 30 日上海《文汇报》

导演《李秀成之死》的片断意见（洪深）
1938 年 6 月 5 日《戏剧新闻》周刊第 4 期

《李秀成之死》（勾适生）
1938 年 7 月 10 日《抗战戏剧》半月刊第 2 卷第 2、3 期合刊

《天国春秋》旁观琐感（颖）
1941 年 11 月 27 日重庆《新华日报》

看戏记（高植）
1941 年 11 月 30 日重庆《新蜀报》

《天国春秋》底上演（徐昌霖）
1941 年 12 月 2 日重庆《新华日报》

看了《天国春秋》之后（胡绣枫）
1941 年 12 月 7 日重庆《时事新报》

看了《天国春秋》（胡沸）
1941 年 12 月 8 日重庆《国民公报》

看过《天国春秋》之后（任钧）
1941 年 12 月 9 日重庆《中央日报》

519

介绍《天国春秋》（克平）
1945 年 12 月 7 日重庆《新民报》

评《天国春秋》（雷亨利）
1945 年 12 月 21 日重庆《中央日报》

《两国春秋》两女人（今）
1945 年 12 月 21 日重庆《中央日报》

看《天国春秋》演出（Y.S）
1945 年 12 月 25 日重庆《中央日报》

评《天国春秋》（何其芳）
1946 年 1 月 9 日重庆《新华日报》
收入《何其芳文集》（四），人民文学
出版社 1983 年 9 月版

抗战八年来的戏剧创作（田敬）
1946 年 2 月 5 日上海《文联》半月刊
第 1 卷第 3 期

观《草莽英雄》后（杜重石）
1946 年 2 月 18 日重庆《新蜀报》

评《草莽英雄》的演出（钟辛如）
1946 年 2 月 24 日重庆《中央日报》

话剧《草莽英雄》（金同知）
1946 年 2 月 25 日重庆《新华日报》

评《草莽英雄》（欧阳山尊）

1946 年 3 月 7 日重庆《新华日报》

《天国春秋》与《孔雀胆》（田家）
1946 年 4 月 15 日重庆《中央日报》

从辛亥起义谈到《草莽英雄》（孟南）
1946 年 11 月 7 日上海《大公报》

《天国春秋》（未署名）
1946 年 11 月 9 日上海《侨声报》

介绍阳翰笙先生的六幕史剧《天国春
秋》（克愚）
1946 年 11 月 10 日上海《国民午报》

傅善祥的悲剧（梁规）
1946 年 11 月 10 日上海《国民午报》

珠联璧合（介绍《天国春秋》的演员）（聊）
1946 年 11 月 10 日上海《国民午报》

《草莽英雄》的幕后人物：编剧、导演
和其他（何乾）
1946 年 11 月 12 日上海《联合日报晚刊》

辛亥革命与《草莽英雄》（凤梧）
1946 年 11 月 15 日上海《联合日报晚刊》

期待"观众"（按：指观众演出公司）
的通鼓——《天国春秋》（易）
1946 年 11 月 15 日上海《联合日报晚刊》

《天国春秋》（锟培）
1946 年 11 月 15 日上海《大公报》

从《天国春秋》里面汲取教训（王戎）
1946 年 11 月 16 日上海《侨声报》

我看了《天国春秋》的排演（武骏）
1946 年 11 月 16 日上海《侨声报》

《天国春秋》推荐（方念）
1946 年 11 月 16 日上海《侨声报》

《草莽英雄》紧张的一幕：开山堂群英
结义（士心）
1946 年 11 月 16 日上海《联合日报晚刊》

五哥何玉庭　《草莽英雄》中仅有的
活口（放山）
1946 年 11 月 17 日上海《中央日报》

《草莽英雄》——剧运消沉中爆炸弹
（韩沁）
1946 年 11 月 18 日上海《大公报》

推荐《天国春秋》（易雯）
1946 年 11 月 19 日上海《大公报》

评《天国春秋》（杨廉沅）
1946 年 11 月 19 日上海《中华时报》

《天国春秋》观后感（沙易）

1946 年 11 月 20 日上海《中央日报》

评洪深关于《草莽英雄》的导演（洪深）
1946 年 11 月 21 日上海《大公报》

《草莽英雄》观后感（天素）
1946 年 11 月 22 日上海《时代日报》

看《天国春秋》有感（天秀）
1946 年 11 月 23 日上海《中央日报》

《天国春秋》的人物与演员（辛照）
1946 年 11 月 23 日上海《侨声报》

《草莽英雄》的时代（扬震）
1946 年 11 月 23 日上海《侨声报》

《天国春秋》中的人物（易望）
1946 年 11 月 24 日上海《申报》

《天国春秋》的导演（名心）
1946 年 11 月 24 日上海《申报》

《草莽英雄》评（杨廉沅）
1946 年 11 月 24 日上海《中华时报》
鼎足三分话剧坛：《草莽英雄》气魄雄
伟，《天国春秋》

阵营坚强，《捉鬼传》蛮好看格（穆道）
1946 年 11 月 27 日上海《联合日报
晚刊》

我评《草莽英雄》的人物与演员（司
马倩）
1946 年 11 月 29 日上海《中央日报》

《天国春秋》的人与事（辛照）
1946 年 11 月 29 日上海《大公报》

看《草莽英雄》（欧阳风）
1946 年 11 月 30 日上海《大公报》

看《草莽英雄》（丁芝）
1946 年 12 月 1 日上海《申报》

《天国春秋》观感（英郁）
1946 年 12 月 2 日上海《联合日报晚刊》

冬眠上的话剧（文泉）
1946 年 12 月 3 日上海《大公报》

《天国春秋》评介（S W）
1946 年 12 月 3 日上海《正言报》

《草莽英雄》二三事 罗选青实有其人
（增锋）
1946 年 12 月 3 日上海《中央日报》

看《草莽英雄》（孟度）
1946 年 12 月 3 日上海《联合日报晚刊》

《草莽英雄》评介（闻韶）
1946 年 12 月 4 日上海《正言报》

《草莽英雄》与《天国春秋》合评（乐
少文）
1946 年 12 月 5 日上海《大公报》

三角恋爱与内部斗争——关于《天国
春秋》（韦颖）
1946 年 12 月 5 日上海《联合日报晚刊》

谈《天国春秋》中的杨秀清与韦昌辉
（子白）
1946 年 12 月 8 日上海《益世报》

我在《草莽英雄》中得到的知识（张
契渠）
1946 年 12 月 8 日上海《联合日报晚刊》

上官云珠惹人爱 万家灯火无限愁
（冷珠玉）
1948 年 7 月 5 日上海《正言报》

《万家灯火》试片观感（唐轲）
1948 年 7 月 7 日上海《正言报》

《万家灯火》（易宛）
1948 年 7 月 8 日上海《和平日报》

推荐昆仑新片《万家灯火》（鑫）
1948 年 7 月 9 日上海《中央日报》

看《万家灯火》（戴觉）
1948 年 7 月 12 日上海《大公报》

看《万家灯火》(肖桑)
1948 年 7 月 13 日上海《益世报》

情感充沛的《万家灯火》(龙穆)
1948 年 7 月 14 日上海《和平日报》

至诚推荐《万家灯火》(叶联熏)
1948 年 7 月 16 日上海《中央日报》

好人难做——从《艳阳天》到《万家灯火》(鹑衣小吏)
1948 年 7 月 19 日上海《大公报》

《万家灯火》座谈(上)(张衡模)
1948 年 7 月 21 日上海《大公报》

《万家灯火》的现实性(江蓝)
1948 年 7 月 23 日上海《中央日报》

《万家灯火》座谈(下)(张衡模)
1948 年 7 月 28 日上海《大公报》

《万家灯火》新感(唐挚)
1948 年 8 月 2 日上海《益世报》

由影评界太不公平评《万家灯火》(少青)
1948 年 8 月 9 日上海《和平日报》

谁来演银幕上的"三毛"?(未署名)
1948 年 8 月 13 日上海《和平日报》

《万家灯火》略评(邵荃麟)
1948 年 10 月 1 日香港《华商报》
收入《邵荃麟评论选集》(下),人民文学出版社 1981 年 4 月版

评《万家灯火》(周而复)
收入《怎样写诗》(《大众文艺丛刊》第 5 辑),香港科学书屋出版社 1948 年 12 月版

阳翰笙的第一部电影创作——《铁板红泪录》(齐力)
1962 年 3 月《大众电影》月刊第 3 期

影事春秋——访阳翰笙、于伶同志(丁小逖)
1962 年 8 月 26 日至 11 月 8 日《解放日报》连载
中国电影出版社 1984 年 7 月出版单行本

《义勇军》——关于描写上海义勇军的小说(阿英)
1963 年 1 月 29 日《人民日报》

一封待续的信(金山)
1963 年 2 月 20 日《戏剧报》月刊第 2 期

中国电影发展史(程季华主编)
中国电影出版社 1963 年 2 月初版
中国电影出版社 1980 年 8 月第 2 版

浩气长存——看话剧《李秀成》(卜林龙)

1963 年 3 月 9 日《北京晚报》

注:《李秀成》原名《李秀成之死》

一个动人的英雄形象——《李秀成》

观后感(凤子)

1963 年 3 月 27 日《人民日报》

由"火海"场面处理想到的(田文)

——《李秀成》美术设计的构思和体现

1963 年 6 月 13 日《光明日报》

《李秀成之死》等剧本宣扬了什么思想

(罗思鼎)

1964 年 11 月 19 日《文汇报》

《李秀成之死》是一部反动作品(孟伟哉)

1965 年 1 月 22 日《光明日报》

我们不再受骗了——驳阳翰笙同志关

于《李秀成》的谈话(孟伟哉)

1965 年 2 月 23 日《大公报》

《赛金花》的反动内容说明了什么(邓

绍基)

——兼评田汉、夏衍和阳翰笙等同志

关于三十年

代戏剧的错误宣传

1965 年 4 月《文艺报》月刊第 4 期

读《地泉》序有感(吴泰昌)

1979 年 5 月 1 日《光明日报》

中国现代文学史(北京大学等九院校

《中国现代文学史》编写组)

江苏人民出版社 1979 年 8 月版

中国现代文学史(二)(唐弢主编)

人民文学出版社 1979 年 11 月版

影片《塞上风云》的摄制历程——兼

怀应云卫同志(黎莉莉)

1980 年 5 月 3 日《电影艺术》月刊第

5 期

中国现代文学史(下册)(林志浩主编)

中国人民大学出版社 1980 年 5 月版

中国现代文学史(三)(唐弢　严家炎

主编)

人民文学出版社 1980 年 12 月版

《地泉》和"革命的浪漫谛克"(方浴晓)

1980 年 12 月《厦门大学学报》季刊第

4 期

阳翰笙文学创作漫评(张大明)

1981 年 4 月《社会科学研究》双月刊

第 2 期

中国现代文学史(十四院校《中国现

代文学史》编写组)

云南人民出版社 1981 年 6 月版

阳翰笙（张大明）
收入《踏青归来》，天津人民出版社
1981 年 8 月版

《地泉》和它的几篇序（遐水）
1982 年 2 月《作品与争鸣》月刊第 2 期

从茅盾写序谈起（官伟勋）
1982 年 3 月 26 日《人民日报》

阳翰笙（陈樾山）
收入《中国电影家列传》（2），中国电
影出版社
1982 年 4 月版

左翼作家在上海艺大（杨纤如）
收入《左联回忆录》（上），中国社会
科学出版社
1982 年 5 月版

纪念"左联"，缅怀战友（季楚书）
收入《左联回忆录》（上），中国社会
科学出版社
1982 年 5 月版

阳翰笙文艺理论批评文章述评（张大明）
1982 年 9 月《中国现代文学研究丛刊》
季刊第 3 辑

诤言和雅量（宁人）

1982 年 10 月 9 日《长江日报》

阳翰笙（晓华）
1982 年 10 月《新剧作》双月刊第 5 期

阳翰老与中华剧艺社（陈白尘）
1982 年 10 月 30 日《戏剧论丛》第 2 辑

阳翰笙年表（张大明）
1982 年 10 月 30 日《戏剧论丛》第 2 辑

中国新文学史稿（下册）（王瑶）
上海文艺出版社 1982 年 11 月修订重版

525

时代风云的绚丽画卷——介绍《阳翰
笙选集》（楚泽）
1982 年 12 月 25 日《戏剧与电影》月
刊第 12 期

《阳翰笙剧作集》后记（周明）
收入《阳翰笙剧作集》（下卷），中国
戏剧出版社
1982 年 12 月版

艺华被捣毁的前前后后（丁小逊）
1983 年 2 月 10 日《大众电影》月刊第
2 期

《天国春秋》的导演阐述（何之安）
——略谈时代背景、矛盾冲突、主题
思想及其他
1983 年 3 月《戏剧学习》季刊第 1 期

话剧《天国春秋》座谈发言摘选
1983年3月《戏剧通讯》季刊第1期

蒋介石亲审《日本间谍》记（丁小逊）
1983年4月10日《大众电影》月刊第4期

祝贺《天国春秋》重演（凤子）
1983年4月19日《人民日报》

中国剧协召开《天国春秋》座谈会（扶民）
1983年4月21日《光明日报》

重观《天国春秋》感怀（冒舒湮）
1983年4月21日《北京晚报》

阳翰笙的《天国春秋》在京演出（思宁）
1983年4月28日《剧本》月刊第4期

历史的沉思与呐喊——阳翰笙和《草莽英雄》（廖全京）
1983年5月6日《成都晚报》

新的喜悦——再看《天国春秋》的随想（冯亦代）
1983年5月8日《文汇报》

老兵话当年——访阳翰笙同志（王沛）
1983年5月14日《四川日报》

历史的启示——《天国春秋》观后（罗逊）

1983年5月18日《戏剧报》月刊第5期

阳翰笙等同志回顾抗战文艺（黄铁军）
1983年5月25日《重庆日报》

由茅盾为《地泉》作序所想到的（冯锡刚）
1983年5月《红岩》季刊第2期

千里寻故地（黄铁军）
1983年6月3日《重庆日报》

历史的启迪——《天国春秋》观后感（欧阳山尊）
1983年6月7日《文艺报》月刊第6期

《天国春秋》重演　舞台旧事难忘　阳翰笙回首话当年（毕琦）
1983年6月24日《羊城晚报》

阳翰笙和《铁板红泪录》（丁小逊）
1983年7月10日《大众电影》月刊第7期

项坤口述：琐忆《天国春秋》（项智力整理）
1983年8月25日《戏剧与电影》月刊第8期

我演洪宣娇体会撷零（麻淑云）
1983年9月《戏剧学习》季刊第3期

翰老影事略（王直）

1983 年 9 月《银幕与观众》月刊第 9 期

阳翰笙及其创作（阎纯德）

收入《作家的足迹》，知识出版社 1983 年 10 月版

从石缝里长出来的大树——介绍文坛前辈阳翰笙的创作（川江水）

1983 年 11 月 15 日《语言文学自修大学讲座》第 21 期

民族的爱之弦在颤动（廖全京）

——读阳翰笙剧作《槿花之歌》笔记

1983 年 12 月 15 日《抗战文艺研究》双月刊第 6 期

关于《〈草莽英雄〉写作前后》（潘光武）

1983 年 12 月《中国现代文学研究丛刊》季刊第 4 辑

卷舒风云之色——读《阳翰笙剧作集》（张大明）

1984 年 2 月 10 日《读书》月刊第 2 期

批评家的勇气与作家的气度（丘峰）

1984 年 2 月 27 日《人民日报》

评阳翰笙和他的电影剧作（薛赐夫）

1984 年 3 月 3 日《电影艺术》月刊第 3 期

"以塞上的风云扫荡后方的乌烟瘴气"（舒绣文）

——电影《塞上风云》拍摄记

1984 年 3 月 15 日《抗战文艺研究》季刊第 1 期

中国现代文学史（唐弢主编）

人民文学出版社 1984 年 3 月版

青艺四月中旬演出《草莽英雄》（里克）

1984 年 4 月 9 日《北京晚报》

忆当年，人民斗争压群魔——阳翰笙谈《草莽英雄》的创作与演出（何林中）

1984 年 5 月 2 日《人民政协报》

谈《草莽英雄》——复导演张逸生同志的信（冯亦代）

1984 年 5 月 19 日《人民日报》

振兴中华的序曲——话剧《草莽英雄》观后（张真）

1984 年 5 月 31 日《光明日报》

阳翰笙和茅盾（王大鹏）

1984 年 6 月 5 日《当代文坛》第 6 期

三毛是怎样登上银幕的——《三毛流浪记》的创作过程（封敏）

1984 年 6 月 10 日《大众电影》月刊第 6 期

抗日战争期间阳翰笙活动纪略（曾健戎）
1984 年 6 月 15 日《重庆师院学报》季
刊第 2 期

《草莽英雄》的艺术成就（杜高）
1984 年 6 月 18 日《戏剧报》月刊第
6 期

阳翰笙抗战时期剧作的美学风貌（廖
全京）
1984 年 6 月 20 日《社会科学研究》双
月刊第 3 期

阳翰笙年谱（张大明）
1984 年 9 月 15 日《抗战文艺研究》季
刊第 3 期

《三毛流浪记》的回顾与随想（赵明）
1984 年 12 月 3 日《电影艺术》月刊第
12 期

阳翰笙戏剧著作研究第一次讨论会召
开（剧协四川分会）
1984 年 12 月 4 日四川《文艺通讯》双
月刊第 5、6 期合刊

论《天国春秋》（王志秋）
1984 年 12 月 15 日《文艺界通讯》月
刊第 12 期

《天国春秋》导演后话（摘录）（何之安）
1984 年 12 月《戏剧学习》季刊第 4 期

由外部冲突到内心冲突（廖全京）
——阳翰笙抗战时期剧作的发展轨迹
收入《四川现代作家研究集》，四川省
社会科学院
出版社 1984 年 12 月版

阳翰笙及其剧作（阎纯德）
收入《中国话剧艺术家传》（第一辑），
文化艺术
出版社 1984 年 12 月版

高县十日——翰老剧作首次研究会侧
记（黄丹）
1985 年 2 月 25 日《戏剧与电影》月刊
第 2 期

抗日战争时期的阳翰笙（胡少轩）
1985 年 3 月 6 日《云南日报》

阳翰笙同志剧作研究讨论会专辑
1985 年 3 月剧协四川分会《内部通讯》
第 1 期

三十年代反帝抗日文学创作鸟瞰（张
大明）
1985 年 3 月《沈阳师院学报》季刊第
1 期

四川举行巴金、阳翰笙、沙汀、艾芜
学术讨论会（倪邦文）
1985 年 5 月 30 日《文学报》

巴金、阳翰笙、沙汀、艾芜创作道路、成就和经验（任白戈）
1985年6月《南充师院学报》季刊第2期

辛亥革命的序曲　农民起义的颂歌（汪泽树）
——浅谈《草莽英雄》的艺术成就
1985年6月《南充师院学报》季刊第2期

得失众人知——参加巴金、阳翰笙、沙汀、艾芜创作学术讨论会漫记（石曼）
1985年6月7日《重庆日报》

电影《草莽英雄》〔故事梗概〕（根据阳翰笙同名话剧改编）（未署名）
1985年6月10日《大众电影》月刊第6期

川籍四作家创作讨论会在成都举行（李庆信）
1985年7月1日《人民日报》

在巴金、阳翰笙、沙汀、艾芜创作学术讨论会上的报告（任白戈）
1985年8月5日《当代文坛》月刊第8期

文艺界的一次盛会——"四老"创作学术讨论会在成都举行（李庆信）

1985年8月5日《当代文坛》月刊第8期

八百壮士已上银幕（樾山）
1985年8月23日《北京晚报》

战地之花今犹香——阳翰笙剧作讨论点滴（编者）
1985年8月25日《戏剧与电影》月刊第8期

阳翰笙的名著《草莽英雄》搬上银幕（黄光新）
1985年8月25日《戏剧与电影》月刊第8期

阳翰笙历史剧的现实主义特色（尹从华）
1985年9月15日《重庆师院学报》季刊第3期

论早期左翼小说中"革命的浪漫谛克"倾向（陈卫平）
1985年9月《上海教育学院学报》季刊第3期

剧协四川分会重视阳翰笙剧作研究取得初步成果（廖全京）
1985年10月5日《当代文坛》月刊第10期

529

现代作家研究史上的一次盛会（姜志洁）
——记四位川籍老作家创作学术讨论会
1985 年 10 月《中国现代文学研究丛刊》
季刊第 4 辑

时代风云的纪录　艰苦斗争的足迹
（潘光武）
——读《阳翰笙日记选》中 "文工会
日记"
1985 年 12 月 15 日《文艺界通讯》月
刊第 12 期

阳翰笙和他的话剧创作（潘光武）
1986 年 3 月 20 日《剧作家》双月刊第
2 期

《草莽英雄》重上银幕断想（潘光武）
1986 年 9 月 25 日《中国电影报》第
18 期

阳翰笙（张大明）
收入《三十年代文学札记》，天津人民
出版社 1986 年 10 月版

阳翰笙（潘光武）
收入《中国现代作家评传》（第四卷），
山东教育
出版社 1986 年 12 月版
（以下为发稿前补记——本书编者，
1992 年 1 月）

阳翰笙与电影（潘光武）
1987 年 10 月 15 日《文艺界通讯》月
刊第 10 期

阳翰笙投入文学生涯谈片（杨纤如）
1987 年 11 月 21 日《文艺报》

大时代的历史沉思
——评阳翰笙的历史剧对农民意识的
批判（王化淳）
1987 年 12 月《华中师范大学》学报增刊

历史功绩的现实评价
——论阳翰笙抗战题材的电影剧作
（郭踪）
1987 年 12 月 15 日《抗战文艺研究》
第 4 期

阳翰笙生活创作谈片（徐志福）
1988 年 3 月 20 日《宜宾师专学报》季
刊第 1 期

为民族解放呐喊——抗战中阳翰笙戏
剧创作活动小议（刘兴明）
1988 年 3 月 20 日《宜宾师专学报》季
刊第 1 期

试论阳翰笙的小说创作（林受勋）
1988 年 3 月 20 日《宜宾师专学报》季
刊第 1 期

——试论阳翰笙《草莽英雄》中的方言艺术

1991 年 7 月 1 日《宜宾师专学报》季刊第 2 期

阳翰笙评传（张大明　潘光武）

重庆出版社（待出版）

目次：

（二）关于 1949 年以后的创作

知识分子的一面镜子——看话剧《三人行》有感（季羡林）

1963 年 10 月 1 日《光明日报》

谈谈话剧《三人行》（雷洁琼）

1963 年 10 月 13 日《北京晚报》

评《三人行》的剧作和演出（凤子）

1963 年 10 月 20 日《戏剧报》月刊第 10 期

知识分子前进的道路——介绍话剧《三人行》（赵寻）

1963 年 10 月 21 日《人民日报》

一出反映知识分子生活的好戏（陈刚）

——漫谈话剧《三人行》

1963 年 10 月 21 日《文汇报》

温故而知新——谈话剧《三人行》（闻华）

1963 年 10 月 29 日《大公报》

三个知识分子的典型形象——话剧《三人行》观后（梁浩　肇年）

1963 年 11 月 12 日《北京日报》

一面镜子 三种人物 两条道路（华夫）
——漫谈话剧《三人行》
1963 年 11 月 26 日《文艺报》月刊第
11 期

话剧《三人行》创作浅谈（张颖）
1963 年 12 月 20 日《剧本》月刊第
12 期

印象 调度 细节——谈《三人行》
的演出（冉杰）
1964 年 1 月 20 日《戏剧报》月刊第
1 期

喜看塞北变江南——评影片《北国江
南》（中国影协上海分会群众业余影
评小组集体讨论 姚家齐执笔）
1964 年 6 月 26 日《大众电影》月刊第
6 期

不可忘记阶级斗争——电影《北国江南》
观后（晓立）
1964 年 6 月 26 日《大众电影》月刊第
6 期

《北国江南》的编剧、导演、演员（李辉）
1964 年 6 月 27 日《羊城晚报》

奋发图强北国变江南——看影片《北国
江南》（潇河）
1964 年 7 月 10 日《福建日报》

千万不要忘记阶级斗争——电影《北
国江南》观后（学步）
1964 年 7 月 15 日《内蒙古日报》

在阶级斗争中成长（王巨明）
1964 年 7 月 18 日《西安晚报》

千里塞外变江南——看电影《北国江
南》（马林）
1964 年 7 月 19 日《人民日报》

抓住了阶级斗争这条纲（石锉）
1964 年 7 月 19 日《桂林日报》

喜看北国变江南——看影片《北国江
南》（秦榛）
1964 年 7 月 23 日《光明日报》

反映农村火热斗争的真实画幅——看
影片《北国江南》（王拯）
1964 年 7 月 26 日《青海日报》

《北国江南》是部好影片（叶伯泉）
1964 年 7 月 29 日《北京日报》

我不喜欢《北国江南》（陶文）
1964 年 7 月 29 日《北京日报》

应当严肃认真地来评论影片《北国江
南》（汪岁寒 黄式宪）
1964 年 7 月 30 日《人民日报》

533

注：此文下列报刊转载或摘要——1964
年8月4日《文汇报》、1964年8月4
日《羊城晚报》、1964年8月4日《解
放日报》、1964年8月5日《黑龙江日
报》、1964年8月6日《新民晚报》、
1964年《火花》第10期

眼泪不是特效药（王梦）
1964年7月31日《北京日报》

两个失败的正面人物形象——谈吴大
成和银花（江山）
1964年7月31日《北京日报》

暴露矛盾比较成功　解决矛盾过于简
单（向东）
1964年7月31日《北京日报》

艺术性比较令人满意（张清荣）
1964年7月31日《北京日报》

剧作家安排得合情合理（黄永贞）
1964年7月31日《北京日报》

电影《北国江南》的错误倾向（张卉中）
1964年7月31日《光明日报》

腐朽的人情味——评《北国江南》的
银花形象（丁浪）
1964年8月3日《北京晚报》

如何看待《北国江南》所描写的阶级
斗争？（厚昌）
1964年8月4日《文汇报》

《北国江南》的人物及其他（刘大新
封秋昌　赵瀛振）
1964年8月4日《光明日报》

党性还是人性——影片《北国江南》
宣扬了什么？（于湘）
1964年8月4日《解放日报》

吴大成是光辉形象吗？——评影片《北
国江南》（上海永大染织一厂、工人业
余影剧评　苏其根　论小组集体讨论
王本永执笔）
1964年8月5日《文汇报》

对党和革命人民的严重歪曲——《北
国江南》
阶级斗争的红线在哪里？（马金戈）
1964年8月6日《北京日报》

贯穿影片的是一条阶级斗争的红线
（杨文元）
1964年8月6日《北京日报》

是宣传阶级斗争　还是取消阶级斗争
（顾孟平）
1964年8月6日《北京日报》

"天良"后面的货色（伍识途）
1964 年 8 月 6 日《北京晚报》

《北国江南》里的眼睛（吴岩）
1964 年 8 月 6 日《新民晚报》

被歪曲了的英雄形象——评《北国江南》中正面人物的创造（李厚基）
1964 年 8 月 7 日《河北日报》

一部阶级斗争概念模糊的影片（汝喜荣瑶）
1964 年 8 月 7 日《沈阳晚报》

《北国江南》好（邓平）
1964 年 8 月 7 日《沈阳晚报》

《北国江南》的矛盾观和文艺观(胡思升)
1964 年 8 月 8 日《人民日报》

一部歪曲农村阶级斗争的影片（哲明）
1964 年 8 月 8 日《天津日报》

"良心"和眼泪不能代替阶级斗争——也谈影片《北国江南》（言中）
1964 年 8 月 9 日《天津晚报》

中文系文艺理论教研室热烈讨论《北国江南》（中文系通讯）
1964 年 8 月 10 日《北京大学学报》第 4 期

电影艺术应当正确地反映阶级斗争——评电影《北国江南》（李昭）
1964 年 8 月 10 日《天津日报》

揭开"眼瞎"的奥秘——驳所谓《北国江南》"技巧性高"的论调（清文）
1964 年 8 月 10 日《光明日报》

这算什么阶级斗争——评影片《北国江南》（钟雪声）
1964 年 8 月 10 日《光明日报》

感情与是非（邵锡）
1964 年 8 月 11 日《文汇报》

实事求是地评论《北国江南》（江南）
1964 年 8 月 11 日《北京日报》

一部美化资产阶级人性论的影片（蔡葵）
1964 年 8 月 11 日《北京日报》

农村党的干部对《北国江南》的意见
1964 年 8 月 12 日《文汇报》
注:《文汇报》邀请崇明县部分农村干部座谈影片《北国江南》的发言记录

谈《北国江南》的人物塑造（高云）
1964 年 8 月 12 日《解放日报》

《北国江南》是一部坏影片（闻仲言）
1964 年 8 月 12 日《解放军报》

密切注意影片《北国江南》的讨论

1964 年 8 月 12 日《解放军报》

注：1964 年 9 月《人民教育》第 9 期

摘录

《北国江南》是一部很坏的影片（汪流、

王心雨执笔）

1964 年 8 月 13 日《大公报》

注：《大公报》邀请北京电影学院张容、

汪岁寒、周伟等座谈《北国江南》

吴大成和阶级斗争（王炼）

1964 年 8 月 13 日《文汇报》

应当怎样看《北国江南》所反映的阶

级斗争（牧惠）

1964 年 8 月 13 日《中国青年报》

我不同意汪、黄二同志的观点——也

谈电影《北国江南》（江林）

1964 年 8 月 13 日《河北日报》

注：汪岁寒、黄式宪的《应当严肃认

真地来评论影片〈北国江南〉》载 1964

年 7 月 30 日《人民日报》

谈《北国江南》的错误倾向（赵大民）

1964 年 8 月 13 日《河北日报》

这样的"阶级斗争"是不真实的——影

片《北国江南》观后（上海市纺织工

业局 沈春森）

1964 年 8 月 13 日《新民晚报》

董小旺的转变不可信（陈韵昭 张四维）

1964 年 8 月 13 日《解放日报》

一部富有教育意义的好影片（尤龙）

1964 年 8 月 14 日《天津日报》

要正确地反映时代精神（史如壁）

1964 年 8 月 14 日《天津日报》

《北国江南》的问题在哪里？（周申明

黄宗高）

1964 年 8 月 14 日《天津日报》

这是哪一个阶级的感情？—— 剖析

《北国江南》中银花的形象（林志浩）

1964 年 8 月 15 日《人民日报》

注：1964 年 8 月 17 日《解放日报》、

1964 年 8 月 21 日《福建日报》转载

请看塞外农村的真实情况（《张家口日

报》林尘）

1964 年 8 月 15 日《人民日报》

注：1964 年 8 月 20 日《北京日报》

转载

灭谁的威风？长谁的志气？——看了

《北国江南》的一场对话（晓江）

1964 年 8 月 15 日《新民晚报》

《北国江南》歪曲了我国农村的无产阶
级专政（王云缦）
1964年8月15日《电影艺术》双月刊
第4期

立场何在！——从影片《北国江南》
看作者的世界观（于今）
1964年8月15日《电影艺术》双月刊
第4期

没有反映塞上的时代面貌——张家口
文艺工作者座谈电影《北国江南》
1964年8月16日《河北日报》

评《北国江南》兼驳江林的错误观点
（华起　马骏）
1964年8月16日《河北日报》
注：江林的《我不同意汪、黄二同志
的观点》载1964年8月13日《河北
日报》

被歪曲了的党员形象——银花（召止）
1964年8月17日《文汇报》

他们是"新的一代农民"吗？（复旦
大学刘正学　刘鑫）
1964年8月18日《文汇报》

《北国江南》是一部有严重错误的影片
（宫言）
1964年8月18日《工人日报》

关于影片《北国江南》的讨论简介（武
毓璋整理）
1964年8月18日《山西日报》

不能全盘否定《北国江南》（何雁）
1964年8月18日《天津日报》

塑造英雄形象琐谈（张怀瑾）
1964年8月18日《天津日报》

《北国江南》对工人极其有害（长虹服
装厂工人　曹正申）
1964年8月18日《解放日报》

只会流眼泪的"英雄"（谭祖德）
1964年8月18日《解放日报》

"良心"的炮弹（林放）
1964年8月18日《新民晚报》

严重地歪曲了时代精神（胡锡涛）
1964年8月19日《文汇报》

从戏剧矛盾看《北国江南》的错误（李
厚基）
1964年8月19日《光明日报》

《北国江南》宣扬了什么样的人性？
（张弛）
1964年8月19日《光明日报》

537

应该怎样评价影片《北国江南》(曾述)
1964 年 8 月 19 日《武汉晚报》

打退没落的资产阶级文艺观向战斗的
无产阶级文艺观的进攻——南宁戏剧
工作者座谈电影《北国江南》及其评
论(小海)
1964 年 8 月 19 日《南宁晚报》

银花把小花引向何方?(华东师范大
学学生 吴怡秉)
1964 年 8 月 19 日《解放日报》

这是一条什么样的"阶级路线"?(空
军战士 吴振标)
1964 年 8 月 19 日《解放日报》

是歌颂还是丑化?(坤波)
1964 年 8 月 20 日《文汇报》

吴大成绝不是英雄人物(成志伟)
1964 年 8 月 20 日《北京日报》

被歪曲的形象和不正确的评价(房树之)
1964 年 8 月 20 日《安徽日报》

敌我界限不容混淆——谈《北国江南》
中的董子章(上海静安区文化馆业余
创作室)
1964 年 8 月 20 日《解放日报》

银花真是"贤妻良母"吗?(黄法根)
1964 年 8 月 20 日《解放日报》

旧皮靴与新棉袄——小旺这个人物是
真实的吗?(长盾)
1964 年 8 月 20 日《新民晚报》

银花是冒牌的共产党员(林放)
1964 年 8 月 20 日《新民晚报》

《北国江南》宣扬了一些什么?(文摘)
1964 年 8 月 20 日《羊城晚报》

感情与原则——银花是怎样"帮助"
小旺的?(夏康达)
1964 年 8 月 21 日《新民晚报》

揭开"善良""忠厚"的假象(卫明)
1964 年 8 月 21 日《文汇报》

董子章是怎样的一个人(彭彭)
1964 年 8 月 21 日《文汇报》

《北国江南》"好"在哪里?驳尤龙的
错误观点(流沙)
1964 年 8 月 21 日《天津日报》
注:尤龙的《一部富有教育意义的好影
片》载 1964 年 8 月 14 日《天津日报》

试析《北国江南》中的吴大成(盛祖宏)
1964 年 8 月 21 日《天津日报》

批判《北国江南》的错误倾向（侯善魁）
1964年8月21日《内蒙古日报》

我对《北国江南》的一些看法（张维岳）
1964年8月21日《内蒙古日报》

我们不喜欢这部影片——万全县农村
干部、社员座谈影片《北国江南》（李
绪林等）
1964年8月21日《河北日报》

作者阳翰笙通过银花宣扬了什么？
（刘笑萍）
1964年8月21日《河北日报》

不见斗争，何来"分寸"（陈炳）
1964年8月21日《解放日报》

是党性还是人性？（中共济南市委办
公室 孙梅生）
1964年8月22日《大众日报》

银花——一个被丑化了的共产党员形象
（济南汽车制造厂工会 赵梦震）
1964年8月22日《大众日报》

这是什么样的阶级斗争？（中共历城县
北园区委 韩保鼎 赵书梅 田金发）
1964年8月22日《大众日报》

人性论和阶级调和论的艺术标本——

论电影《北国江南》中银花形象及其
他（俞亮 罗国贤）
1964年8月22日《文汇报》

影片《北国江南》的问题究竟在哪里？
——兼谈生活的总的趋势及其表现形
式多样化的统一（徐闻）
1964年8月22日《天津日报》

一场大是大非的辩论——评《北国江
南》兼与江林同志商榷（张学新）
1964年8月22日《天津日报》
注：江林的《我不同意汪、黄二同志的观
点》载1964年8月13日《河北日报》

539

农村青年说：《北国江南》是部坏影片
（刘才等）
1964年8月22日《中国青年报》

是"一场惊心动魄的斗争"吗？（若冰）
1964年8月22日《内蒙古日报》

银花的感情究竟对谁有利？（师齐文）
1964年8月22日《北京日报》

吴大成代表不了农村干部（中共大兴
县委干部 魏朝贤）
1964年8月22日《北京日报》

吴大成不是响当当的英雄人物（向铁）
1964年8月22日《北京晚报》

描写阶级斗争其名　宣扬人性论其实
——也谈电影《北国江南》（江升端）
1964 年 8 月 22 日《南昌晚报》

"英雄"气短　"弱女"情长（林放）
1964 年 8 月 22 日《新民晚报》

看了真叫人反感（翁治方）
1964 年 8 月 22 日《新民晚报》

"阶级调和"、"人性"代替不了阶级斗
争（如归）
1964 年 8 月 23 日《天津日报》

影片《北国江南》中的伦理观（上海
戏剧学院　陈士颖　杜清源）
1964 年 8 月 23 日《文汇报》

从党在农村的阶级路线评《北国江南》
（薛启达　周富）
1964 年 8 月 23 日《内蒙古日报》

被歪曲了的农村青年——谈《北国江
南》中的几个青年人（郭峡）
1964 年 8 月 23 日《北京晚报》

从吴大成这个人物看影片《北国江南》
（李振伦）
1964 年 8 月 23 日《青海日报》

谈《北国江南》中两个人物形象（伍林）

1964 年 8 月 23 日《南昌晚报》

资产阶级人性论的化身（爽秋）
1964 年 8 月 23 日《新民晚报》

评《北国江南》中的"情"和"理"（江
俊峰　周端木）
1964 年 8 月 23 日《解放日报》

我不同意对《北国江南》的批评（朱烨）
1964 年 8 月 24 日《人民日报》

董子章是什么人？（马德波）
1964 年 8 月 24 日《人民日报》

不能离开客观效果来分析创作意图
（邵锡）
1964 年 8 月 24 日《文汇报》
注：此文是对王炼《吴大成与阶级斗
争》一文的批评，王文载 1964 年 8 月
13 日《文汇报》

奇怪的回避——为什么银花等不谈"社
会主义"？（管琮）
1964 年 8 月 24 日《新民晚报》

"可取之处"在哪里？（林放）
1964 年 8 月 24 日《新民晚报》

银花的"党性"何在？（许文蔚）
1964 年 8 月 24 日《解放日报》

《北国江南》是一部坏电影——我省文艺界座谈会讨论纪要（本报记者和通讯员集体整理）
1964 年 8 月 25 日《山西日报》

严重歪曲了群众形象（吕武）
1964 年 8 月 25 日《文汇报》

是敌人还是人民？（董子章是个什么人？）（伯义 光明）
1964 年 8 月 25 日《天津日报》

一个被歌颂的反面人物（董子章是个什么人？）（蔡洪声）
1964 年 8 月 25 日《天津日报》

评《北国江南》中张忠的形象塑造（文桂）
1964 年 8 月 25 日《内蒙古日报》

吴大成是成长中的人物吗？（沈耀庭）
1964 年 8 月 25 日《新民晚报》

是阶级斗争还是"和平演变"？（徐景贤）
1964 年 8 月 25 日《解放日报》

借表现共产党员之名行宣扬人性论之实——谈银花的形象（山东师范学院赵锦良）
1964 年 8 月 26 日《大众日报》

不容歪曲基层干部的形象（济南印刷厂职工业余影评组）
1964 年 8 月 26 日《大众日报》

从《北国江南》的动机与效果谈起（王一纲）
1964 年 8 月 26 日《文汇报》

应当实事求是地评论影片《北国江南》（赵家良 郑立人 汪长发）
1964 年 8 月 26 日《文汇报》

这是什么样的"教育"（陈士颖 杜清源）
1964 年 8 月 26 日《解放日报》

董子章的阶级本性是什么？——评《北国江南》编导的"阶级斗争"观（王一纲）
1964 年 8 月 26 日《解放日报》

一个没有阶级仇恨的"英雄"（林放）
1964 年 8 月 26 日《新民晚报》

"中间人物"论可以休矣！——从影片《北国江南》说起（丹丁）
1964 年 8 月 27 日《大公报》

董子章是劳动人民吗？（似逸）
1964 年 8 月 27 日《文汇报》

《北国江南》是怎样歪曲了英雄形象的？（周宗达 张翰昌等）
1964 年 8 月 27 日《内蒙古日报》

为什么歪曲群众形象？（姚守常）
1964 年 8 月 27 日《新民晚报》

银花真具有无产阶级感情吗？（叶天）
1964 年 8 月 27 日《解放日报》

是糊涂虫　不是英雄（中国人民公安部队上海市总队　钱正裘）
1964 年 8 月 28 日《文汇报》

眼泪的背后（江河水）
1964 年 8 月 28 日《天津晚报》

能够从中得到教益吗？——不能把《北国江南》中的缺点当作优点来评介（子矛）
1964 年 8 月 28 日《合肥晚报》

"光辉"在何处？"英雄"在哪里？（郭凤岐　马骏生）
1964 年 8 月 28 日《河北日报》

不可混为一谈（树松等）
1964 年 8 月 28 日《河北日报》

好一个"良心"的保卫者！——驳江林的"良心"论（鲁德才）
1964 年 8 月 28 日《河北日报》

剥下董子章的"富裕中农"外衣（秦征）
1964 年 8 月 28 日《新民晚报》

他们是值得仿效的青年形象么？——评《北国江南》中三个青年农民（姚明）
1964 年 8 月 28 日《解放日报》

我们绝不需要这样的"北国江南"——我市业余作者座谈影片《北国江南》（陆玉　整理）
1964 年 8 月 28 日《旅大日报》

关于《北国江南》的"中间人物"（吴立昌）
1964 年 8 月 29 日《文汇报》

为什么要为政治上瞎了眼睛的银花辩护——与何雁同志商榷（文泉）
1964 年 8 月 29 日《天津日报》
注：何雁的《不能全盘否定〈北国江南〉》载 1964 年 8 月 18 日《天津日报》

这是一部好影片吗？——评张维岳《我对〈北国江南〉的一些看法》（铁木儿巴干等）
1964 年 8 月 29 日《内蒙古日报》
注：张文载 1984 年 8 月 21 日《内蒙古日报》

评《北国江南》中的年轻人（洪武）
1964 年 8 月 29 日《内蒙古日报》

《北国江南》应当得到肯定（郭钰）
1964 年 8 月 29 日《内蒙古日报》

对阶级斗争的严重歪曲——评江南对董子章的评论（邓玉）
1964 年 8 月 29 日《光明日报》
注：江南的《事实求是地评论〈北国江南〉》载 1964 年 8 月 11 日《北京日报》

一个对照（林云）
1964 年 8 月 29 日《新民晚报》

掀开银花的"党员"外衣（复旦大学学生胡爱本等）
1964 年 8 月 29 日《解放日报》

关于电影《北国江南》的来稿综述
1964 年 8 月 28 日、29 日《天津日报》

小旺的形象及其他（张井连）
1964 年 8 月 30 日《人民日报》

吴大成不值得歌颂吗？（杨晴）
1964 年 8 月 30 日《人民日报》

揭开"真实感情"的迷雾——评影片《北国江南》的思想倾向（谭霈生 克莹）
1964 年 8 月 30 日《人民日报》
注：1964 年 9 月 22 日《安徽日报》转载

驳徐闻的"唯真实论"（刘德铭等）
1964 年 8 月 30 日《天津日报》
注：徐闻的《影片〈北国江南〉的问题究竟在哪里？》载 1964 年 8 月 22

日《天津日报》

看《北国江南》所宣扬的人民性和良心（王俊寿）
1964 年 8 月 30 日《内蒙古日报》

《北国江南》怎样反映阶级斗争的？（方向东）
1964 年 8 月 30 日《内蒙古日报》

我对影片《北国江南》的两点看法（刘凯）
1964 年 8 月 30 日《青海日报》

论"董子章进城"（雷鸣）
1964 年 8 月 30 日《新民晚报》

也谈谈动机和效果（江俊峰 周端木）
1964 年 8 月 30 日《解放日报》

银花形象是成功的（王奉平）
1964 年 8 月 30 日《沈阳晚报》

银花——人性论的典型（陈范）
1964 年 8 月 30 日《沈阳晚报》

阶级调和论的迷魂曲——评电影《北国江南》（谢挺飞）
1964 年 8 月 30 日《沈阳晚报》

为谁培养下一代？（陈士颖 杜清源）
1964 年 8 月 31 日《文汇报》

《北国江南》是一部坏影片（映山红）

1964 年 8 月 31 日《南方日报》

"酒性"与阶级性（肖兵）

1964 年 8 月 31 日《新民晚报》

是英雄形象还是"中间人物"？——《北

国江南》中吴大成形象的剖视（何音）

1964 年 8 月 31 日《解放日报》

银花不值得同情（雨棠）

1964 年 8 月 31 日《北京晚报》

一场被歪曲了的阶级斗争——评影片

《北国江南》（晓寒）

1964 年 9 月 1 日《解放军文艺》第 9 期

阶级斗争与正面形象——从影片《北

国江南》谈起（王林）

1964 年 9 月 2 日《天津日报》

在银花瞎眼的后面（郭保臣）

1964 年 9 月 2 日《天津日报》

关于银花的眼泪（廖生 张如）

1964 年 9 月 2 日《天津日报》

贫下中农批不准——从商县小海子乡兴

修水利的事实来看《北国江南》（若水）

1964 年 9 月 2 日《内蒙古日报》

《北国江南》是资产阶级人性论的翻版

（秋桦）

1964 年 9 月 2 日《河南日报》

喜听群众议论声（刘鹏）

1964 年 9 月 2 日《河南日报》

人人应该关心的战斗——从电影《北

国江南》的讨论谈起（王大海）

1964 年 9 月 2 日《郑州晚报》

银花是什么样的人物（粟美娟）

1964 年 9 月 2 日《广西日报》

抓住了阶级斗争这条纲吗？——评石锉

同志关于《北国江南》的讨论（刘作义）

1964 年 9 月 2 日《广西日报》

注：石锉的《抓住了阶级斗争这条纲》

载 1964 年 7 月 19 日

《桂林日报》

《北国江南》的迷魂阵——从我区几篇

《北国江南》的评论谈起（蓝山）

1964 年 9 月 2 日《广西日报》

不容许歪曲时代精神——怎样看《北

国江南》（芦菁光）

1964 年 9 月 2 日《郑州晚报》

眼泪的后面（黄树人）

1964 年 9 月 2 日《北京晚报》

人性论的标本——评影片《北国江南》（谢挺飞）
1964 年 9 月 2 日《辽宁日报》

关于电影《北国江南》的讨论
1964 年 9 月 3 日《湖北日报》

银花对小旺的"爱"（陈晴）
1964 年 9 月 3 日《大公报》

是一幅什么样的阶级斗争图景？（浦一冰）
1964 年 9 月 3 日《文汇报》

《北国江南》怎样混淆了敌我界限？——评关于董子章的描写（阎焕东）
1964 年 9 月 3 日《光明日报》

被歪曲了的县委书记形象（召止）
1964 年 9 月 4 日《文汇报》

共性、个性及其它——驳何雁同志的一个错误观点（赵侃）
1964 年 9 月 4 日《天津日报》
注：何雁的《不能全盘否定〈北国江南〉》载 1964 年 8 月 18 日《天津日报》

吴大成的态度及其他（达生）
1964 年 9 月 4 日《天津晚报》

吴大成是"无瑕"的"白璧"吗？（尹序福）
1964 年 9 月 4 日《内蒙古日报》

如何看待吴大成这一形象（郭义　肖廷）
1964 年 9 月 4 日《内蒙古日报》

影片《北国江南》歪曲了农村现实生活（徐竹筠　田玉峰）
1964 年 9 月 4 日《四川日报》

一个失败的形象——吴大成（马联玉　果青）
1964 年 9 月 4 日《北京文艺》第 9 期

也谈吴大成和银花（崔雁荡）
1964 年 9 月 4 日《北京文艺》第 9 期

我对《北国江南》的看法（刘忠田）
1964 年 9 月 4 日《北京文艺》第 9 期

反映阶级斗争与创造正面形象的问题——评影片《北国江南》的思想倾向（谭霈生）
1964 年 9 月 4 日《北京文艺》第 9 期

西城区工人业余文学创作组、业余儿童文学创作组座谈《北国江南》（吴俊顺）
1964 年 9 月 4 日《北京文艺》第 9 期

《北国江南》的阶级调和论（彭嘉锡）
1964 年 9 月 4 日《吉林日报》

545

瞎眼法——障眼法（王绍玺）
1964 年 9 月 4 日《解放日报》

董子章的"悔悟"不能信（中共历城县委 范玉德）
1964 年 9 月 5 日《大众日报》

是对革命群众的歪曲（工人 陈振汉）
1964 年 9 月 5 日《大众日报》

《北国江南》是一部什么样的影片（周文龙）
1964 年 9 月 5 日《内蒙古日报》

不是"真实"，是对现实的歪曲——评《北国江南》对吴大成的塑造（顾孟平）
1964 年 9 月 5 日《北京日报》

也谈《北国江南》所反映的矛盾观（张子良）
1964 年 9 月 5 日《西安晚报》

《北国江南》是对阶级斗争的严重歪曲（景生泽等）
1964 年 9 月 5 日《西安晚报》

是美呢还是丑呢？（长虹）
1964 年 9 月 5 日《河北日报》

歪曲了的积极分子形象——谈《北国江南》中的"中间人物"（歧生）

1964 年 9 月 5 日《河北日报》

什么阶级流什么泪（昌道）
1964 年 9 月 5 日《新民晚报》

从眼泪看"真实情感"（翁睦瑞）
1964 年 9 月 5 日《新民晚报》

银花抒的是资产阶级的情（袁清）
1964 年 9 月 5 日《沈阳晚报》

银花没一点党性（柴嘉麟）
1964 年 9 月 5 日《沈阳晚报》

《北国江南》和周谷城的美学理论（策后）
1964 年 9 月 6 日《人民日报》
注：1964 年 9 月 20 日《大众日报》转载

《北国江南》表现了什么样的阶级斗争（里文）
1964 年 9 月 6 日《大众日报》

农村基层干部和社员座谈电影《北国江南》（编者）
1964 年 9 月 6 日《天津日报》

两点质疑——评徐闻《影片〈北国江南〉的问题究竟在哪里？》（司马牧）
1964 年 9 月 6 日《天津日报》
注：徐文载 1964 年 8 月 22 日《天津日报》

董子章是"逼走"的吗？（李汉楂等）
1964年9月6日《内蒙古日报》

两种艺术观与两种方法论的分歧（郗之夷）
1964年9月6日《内蒙古日报》

董子章是"人民"还是敌人（单葵）
1964年9月6日《内蒙古日报》

《北国江南》是一部有严重错误的坏影片——成都市文艺界座谈纪要
1964年9月6日《四川日报》

"合二而一"的艺术标本——批判影片《北国江南》（金恩晖）
1964年9月6日《吉林日报》

谈《北国江南》中银花的形象（梅平 肖玫）
1964年9月6日《吉林日报》

看不到阶级斗争的红线 只看到"阶级调和"的黑线 农村基层干部、社员谈电影《北国江南》（本报记者记录整理）
1964年9月6日《浙江日报》

《北国江南》是一部坏影片（定南）
1964年9月6日《黑龙江日报》

吴大成是被歪曲了的形象（彭贤贵）

1964年9月6日《黑龙江日报》

为什么偏这样写？（农垦工人集体讨论 刘墨林记录整理）
1964年9月6日《黑龙江日报》

资产阶级人性论的标本——银花形象的批判（柏年）
1964年9月6日《郑州晚报》

一部有严重危害的坏影片——我市专业创作人员座谈影片《北国江南》（吴昂整理）
1964年9月6日《旅大日报》

从《北国江南》看提倡写"中间人物"的实质（王永生 吴中杰 叶易）
1964年9月7日《文汇报》

一部漫满毒液的坏影片——简评《北国江南》（朱玛）
1964年9月7日《成都晚报》

取消了阶级斗争 宣扬了"人性论"——评影片《北国江南》（施幼贻）
1964年9月7日《成都晚报》

《北国江南》是"中间人物"论的标本（王洛 田羽）
1964年9月8日《人民日报》
注：1964年10月《火花》第10期转载

547

捏造的情节——谈《北国江南》中的
"打井事件"（杨启天）
1964 年 9 月 8 日《光明日报》

人情与阶级之情（王心雨）
1964 年 9 月 8 日《大公报》

评徐闻同志的"唯真实论"及其它（王
玉树　袁纹）
1964 年 9 月 8 日《天津日报》

影片《北国江南》讨论简介
1964 年 9 月 8 日《江西日报》

这是什么样的共产党员形象——评影
片《北国江南》并与王拯同志商榷（辛
存文）
1964 年 9 月 8 日《青海日报》
注：王拯的《反映农村火热斗争的真
实画幅》
载 1964 年 7 月 26 日《青海日报》

《北国江南》宣扬了些什么？——首都
等地报纸开展对电影
《北国江南》的讨论
1964 年 9 月 8 日《新湖南报》

一部鼓吹阶级调和的影片——评影片
《北国江南》的政治倾向（吴文辑）
1964 年 9 月 8 日《新湖南报》

《北国江南》的毒素在哪里？（左红）
1964 年 9 月 9 日《体育报》

不容抹杀和歪曲阶级斗争——评《北
国江南》及郭钰的文章（石万英）
1964 年 9 月 9 日《内蒙古日报》
注：郭钰的《〈北国江南〉应当得到肯定》
载 1964 年 8 月 27 日《内蒙古日报》

这样的影片对我们工人非常有害（交
通厅长沙汽车修理厂工人赵尚涛）
1964 年 9 月 9 日《长沙晚报》

对阶级斗争的严重歪曲（交通厅长沙汽
车）（修理厂党委宣传部部长　龙再福）
1964 年 9 月 9 日《长沙晚报》

《北国江南》严重地抹煞和歪曲了农村
的阶级斗争（曲一良等）
1964 年 9 月 9 日《浙江日报》

这不是我们的时代精神（范华群）
1964 年 9 月 10 日《文汇报》

剖析郭钰评论《北国江南》的框框——
对艺术评论标准和方法的商榷
（公陶　家宜）
1964 年 9 月 10 日《内蒙古日报》

《北国江南》是一部坏影片——呼市文
联举行业余

作者座谈会纪要
1964 年 9 月 10 日《内蒙古日报》

一根 "人性论" 的黑线——评《北国
江南》银花 "眼瞎" 的细节（施幼贻）
1964 年 9 月 10 日《四川日报》

一部宣扬阶级调和和人性论的影片——
评《北国江南》（段前文）
1964 年 9 月 10 日《四川日报》

《北国江南》要把青年引向何方？（营门
口公社青年大队）（七生产队　张敬民）
1964 年 9 月 10 日《成都晚报》

是党性，还是人性？——《北国江南》
坏在哪里？（新康公社　熊春祐）
1964 年 9 月 10 日《长沙晚报》

《北国江南》宣扬的是阶级调和论（文
四野）
1964 年 9 月 10 日《陕西日报》

批判《北国江南》是文艺战线上一场
兴无灭资的斗争（西高）
1964 年 9 月 11 日《四川日报》

资产阶级 "良心" 的作用——略谈董
子章为什么要转变？（炯光）
1964 年 9 月 11 日《北京日报》

一剂麻痹人民革命警惕性的毒药——

批判《北国江南》（宣扬的阶级调和论
万山红　肖方）
1964 年 9 月 11 日《北京日报》

这是对农村女党员的丑化（长春市郊
区妇联主任　王素琴）
1964 年 9 月 11 日《吉林日报》

动机是好的吗？——评《北国江南》
的创作动机与效果（夏芊）
1964 年 9 月 11 日《吉林日报》

吴大成不是先进人物形象（中共长春市
动力机械厂委员会副书记　张云生）
1964 年 9 月 11 日《吉林日报》

不需要这种 "恩情"（左红缨　肖海）
1964 年 9 月 11 日《河北日报》

银花的感情是哪一个阶级的？（刘占
先等）
1964 年 9 月 11 日《河北日报》

一部抹杀和歪曲阶级斗争的坏影片——
本市部分文艺工作者讨论《北国江南》
（苏执　陆燊等）
1964 年 9 月 11 日《重庆日报》
注：有编者按语

从《北国江南》看 "芸芸众生" 论的
破产（孙光萱　刘钝文）
1964 年 9 月 11 日《解放日报》

撕开假象看本质——谈《北国江南》
里的张忠（徐闻莺）
1964 年 9 月 12 日《文汇报》

银花的思想深处（达生）
1964 年 9 月 12 日《天津晚报》

《北国江南》丑化了正面人物，美化了
资产阶级（王世德）
1964 年 9 月 12 日《成都晚报》

银花是个冒牌的共产党员（湛鼎一）
1964 年 9 月 12 日《长沙晚报》

是阶级论，还是人性论——评《北国
江南》的指导思想（师锋）
1964 年 9 月 12 日《陕西日报》

吴大成哪象一个党支部书记长沙市伍黑
路公社新河大队党支部书记（莫应文）
1964 年 9 月 12 日《新湖南报》

没有党员气味的"党员"——评电影
《北国江南》里的银花形象长沙市伍黑
路公社国庆大队上大垅生产队妇女队
长（彭淑娥）
1964 年 9 月 12 日《新湖南报》

这是一服麻醉药（长沙县跳马公社跳
马大队党支部书记　雷其科）
1964 年 9 月 12 日《新湖南报》

涣散人民革命斗志的影片（湖南建湘
姿厂工人　刘国泰）
1964 年 9 月 12 日《新湖南报》

银花的情感是周谷城的"真实情感"
（见疑）
1964 年 9 月 12 日《沈阳晚报》

《北国江南》阉割了革命的阶级斗争学
说（韩立群　蒋心焕）
1964 年 9 月 13 日《大众日报》

怎样表现英雄的时代和时代的英雄——
评影片《北国江南》（张绰）
1964 年 9 月 13 日《光明日报》

《北国江南》宣扬阶级调和思想——分
析董子章的形象（铁键）
1964 年 9 月 13 日《哈尔滨晚报》

阶级斗争的红线在哪里？——评电影《北
国江南》关于阶级斗争的描写（彭际野）
1964 年 9 月 13 日《哈尔滨晚报》

从吴大成看《北国江南》如何抹煞和歪
曲阶级斗争（孙沛然　章荣庆　韩泉欣）
1964 年 9 月 13 日《浙江日报》

周谷城美学观的艺术样本——谈影片
《北国江南》中银花的形象（张世先）
1964 年 9 月 13 日《黑龙江日报》

观众对《北国江南》的严正批评
1964 年 9 月 13 日《新华日报》

企图从眼泪和良心来"调和"阶级斗
争是不行的——评电影《北国江南》
（辛华人）
1964 年 9 月 13 日《新华日报》

前进的道路只有一条——彻底革命！
（黄宗英）
1964 年 9 月 13 日《解放日报》

到底谁不实事求是——和赵家良等同
志辩论（张颂南　陈坚　庄筱荣）
1964 年 9 月 14 日《文汇报》
注：赵家良等的《应当实事求是地评
论影片〈北国江南〉》载
1964 年 8 月 26 日《文汇报》

关于影片《北国江南》的来信
1964 年 9 月 14 日《羊城晚报》

模糊不清的背后隐藏着什么？——谈
《北国江南》（朱盈）
1964 年 9 月 14 日《羊城晚报》

吴大成是值得歌颂的英雄人物吗？
（李保均）
1964 年 9 月 14 日《成都晚报》

《北国江南》丑化了农村党的领导（永

丰公社党委书记　周长富）
1964 年 9 月 14 日《成都晚报》

对农村现实的严重歪曲（郑大燧）
1964 年 9 月 14 日《成都晚报》

省会文艺界举行《北国江南》讨论会
1964 年 9 月 14 日《长沙晚报》

吴大成根本不值得学习　中共春华公
社高山大队支部书记（石孟其）
1964 年 9 月 14 日《长沙晚报》

被歪曲了的党员形象——谈《北国江
南》中的吴大成（戈倩）
1964 年 9 月 14 日《哈尔滨晚报》

这是什么样的艺术性？——对《北国
江南》的艺术性的一点看法（定国）
1964 年 9 月 14 日《哈尔滨晚报》

精神毒药——从《北国江南》中的银
花谈起（晨号）
1964 年 9 月 14 日《哈尔滨晚报》

对现实生活的严重歪曲——评影片
《北国江南》（刘延年）
1964 年 9 月 14 日《哈尔滨晚报》

从周谷城的美学看《北国江南》（李星）
1964 年 9 月 14 日《新疆日报》

农村干部和社员对影片《北国江南》
的意见
1964年9月15日《江西日报》

英雄人物和阶级斗争——影片《北国
江南》是怎样歪曲英雄人物和阶级斗
争的（李夫民等）
1964年9月15日《江西日报》

银花——资产阶级人性论的标本（肖
彰祥）
1964年9月15日《青海日报》

为影片《北国江南》中的吴大成说几
句话（刘有金）
1964年9月15日《青海日报》

《北国江南》要把我们引导到何处去?
——来自观众的批评意见
1964年9月15日《重庆日报》

《北国江南》究竟换的是什么"人间"?
（谢子章　高绍先）
1964年9月15日《重庆日报》

《北国江南》用阶级调和代替阶级斗争
（张越　邓美萱）
1964年9月15日《新华日报》

阶级调和派和人性论的典型人物——
银花
——评影片《北国江南》中银花的形

象（刘南）
1964年9月15日《新华日报》

什么是创作"好故事"的根本——从
讨论《北国江南》谈起（陆华　华克）
1964年9月15日《电影文学》第9期

看看这样一个家庭（江雨声）
1964年9月15日《解放日报》

否认贫农，便是否认革命——从影片
《北国江南》中的老汪头谈起（闻风）
1964年9月15日《宁夏日报》

对小旺的争夺战（翟宝义）
1964年9月15日《郑州晚报》

英雄的外貌掩盖着资产阶级人性的灵魂
——评《北国江南》中两个人物形象
（张立云）
1964年9月15日《辽宁日报》

这是对党的领导的严重歪曲——评《北
国江南》中张忠的形象（吴淮生）
1964年9月16日《甘肃日报》

不进行阶级斗争"北国"不能变"江
南"——银川市郊区部分贫下中农社
员和农村干部座谈影片《北国江南》
（侯俊整理）
1964年9月16日《甘肃日报》

从《北国江南》看"中间人物"论的错误实质（王世德）
1964 年 9 月 16 日《四川日报》

坚决捍卫党的文艺路线 不准坏影片毒害群众——我市部分劳动模范、先进生产者尖锐批评《北国江南》（市总工会宣传部整理）
1964 年 9 月 16 日《长沙晚报》

彻底清除资产阶级人性论的思想毒素（华犟）
1964 年 9 月 16 日《重庆日报》

《北国江南》突出地宣扬了资产阶级人性论（胡淳求等）
1964 年 9 月 16 日《浙江日报》

丑化了党员 美化了敌人——简谈影片《北国江南》的几个人物（张仁良）
1964 年 9 月 16 日《旅大日报》

从《北国江南》吸取什么教训？（龚依群）
1964 年 9 月 17 日《河南日报》

一次有益的讨论——关于影片《北国江南》讨论的简介
1964 年 9 月 17 日《南宁晚报》

工人同志对《北国江南》的批判——

记北京新华印刷厂的职工座谈会（本报通讯员万道明整理）
1964 年 9 月 18 日《工人日报》

小海子大队贫下中农批判《北国江南》（魏殿林 张宏恩 方可记录整理）
1964 年 9 月 18 日《内蒙古日报》
注：1964 年 9 月 22 日《光明日报》转载

怎样正确地评论《北国江南》（白焚）
1964 年 9 月 18 日《西安晚报》

是斗争还是调和——驳《也谈〈北国江南〉所反映的矛盾观》（韩奎生等）
1964 年 9 月 18 日《西安晚报》
注：张子良的《也谈〈北国江南〉所反映的矛盾观》载 1964 年 9 月 5 日《西安晚报》

谈《北国江南》中的三个人物（西安高压电瓷厂工人刘明德）
1964 年 9 月 18 日《西安晚报》

《北国江南》的两根"黑"线（丘尚实）
1964 年 9 月 18 日《南宁晚报》

这是对党的基层干部的歪曲和丑化——关于吴大成的几点分析（贾培基）
1964 年 9 月 18 日《重庆日报》

这是对阶级斗争的严重歪曲！本报邀
请长沙市部分工人举行《北国江南》
座谈会
1964年9月18日《新湖南报》

一个影子似的"县委书记——评《北
国江南》里张忠的形象（中共长沙县
委会副书记　任毅）
1964年9月18日《新湖南报》

小旺真的转变了吗？（解放军某部战
士周月秋）
1964年9月18日《新湖南报》

《北国江南》把农村写得一团糟（长沙
市雨花公社新开铺大队　罗家老屋生
产队队长　蒋荣华）
1964年9月18日《新湖南报》

长敌人邪气、灭人民威风的坏影片（柳
州铁路局玉林机务段工人　林培奇）
1964年9月18日《广西日报》

一份培养革命接班人的反面教材（刘
志光）
1964年9月18日《广西日报》

宣扬了资产阶级"阶级调和"论（刘蔚）
1964年9月19日《成都晚报》

资产阶级人道主义的说教（魏竞江等）

1964年9月19日《新湖南报》

一部鼓吹阶级调和　宣扬人性论的影片
（省会文学艺术界座谈电影《北国江南》）
1964年9月19日《新湖南报》

这是什么样的英雄人物？（乌鲁木齐
高级中学　杨生俊）
1964年9月19日《新疆日报》

歪曲了的形象——谈《北国江南》中
的吴大成（雷茂奎　胡仲仟）
1964年9月19日《新疆日报》

必须剥掉《北国江南》的外衣（戴治琼）
1964年9月19日《新疆日报》

南宁机械厂职工评《北国江南》（官济
民等）
1964年9月19日《广西日报》

揭开外衣看剧毒——评《北国江南》
的人性论倾向（杨茂林等）
1964年9月19日《山西日报》

看《北国江南》贩卖什么货色？（朱
平楚）
1964年9月20日《甘肃日报》

涣散人民革命斗志的坏影片（余南飞）
1964年9月20日《甘肃日报》

农民说:《北国江南》歪曲了农村现实生活 歪曲了农民和农村干部的形象——十里店大队社员和干部座谈《北国江南》纪要（继成 权舆）
1964 年 9 月 20 日《甘肃日报》

影片《北国江南》宣扬的是阶级调和论（江现文）
1964 年 9 月 20 日《江西日报》

是阶级斗争 还是"人性论"——评电影《北国江南》（刘奔）
1964 年 9 月 20 日《河南日报》

一个被歪曲了的青年形象——谈《北国江南》中的小旺（宋俊儒）
1964 年 9 月 20 日《青海日报》

把青年引向什么道路？——批判电影《北国江南》的错误思想（王翔）
1964 年 9 月 20 日《贵州日报》

决不容许否定革命群众的作用——评电影《北国江南》（段炼）
1964 年 9 月 20 日《新华日报》

革命的文艺工作者一定要为无产阶级政治服务——从《北国江南》的讨论中体会和认识到的（汤化达）
1964 年 9 月 21 日《文汇报》

奴隶哲学和自然主义——评《北国江南》对自然斗争的描写（晓风）
1964 年 9 月 21 日《郑州晚报》

不准鱼目混珠——电影《北国江南》中的吴大成究竟算个什么样人物？（缪澄浴）
1964 年 9 月 21 日《旅大日报》

对我们农村阶级斗争的极大歪曲——营城子人民公社干部和社员批判影片《北国江南》（刘吉盛等）
1964 年 9 月 21 日《旅大日报》

这样的人物值得歌颂吗？——评影片《北国江南》中吴大成的形象（卜文）
1964 年 9 月 22 日《宁夏日报》

鉴别真伪 辨明是非——对电影《北国江南》的再认识（弋兵）
1964 年 9 月 22 日《天津日报》

彻底批判资产阶级人性论——看影片《北国江南》（冯还求）
1964 年 9 月 22 日《成都晚报》

人性论——影片《北国江南》的思想基础（仰民）
1964 年 9 月 23 日《江西日报》

皮鞋、棉衣——谈对小旺的争夺战（肇涛）
1964 年 9 月 23 日《南宁晚报》

从吴大成看《北国江南》如何歪曲和
挑拨干部和群众的关系（龚泽华）
1964 年 9 月 23 日《浙江日报》

谈《北国江南》中明新的形象（田师善）
1964 年 9 月 23 日《黑龙江日报》

不折不扣的资产阶级人性论——批判
《北国江南》（林修）
1964 年 9 月 24 日《甘肃日报》

《北国江南》歪曲共产党员形象（孙耕夫）
1964 年 9 月 24 日《甘肃日报》

《北国江南》贩卖阶级调和论——从阶级
斗争的观点来看《北国江南》（陈志俭）
1964 年 9 月 24 日《甘肃日报》

银花是先进人物吗？（袁永禄）
1964 年 9 月 24 日《成都晚报》

鼓吹"人性论"宣扬阶级调和——《北
国江南》观后（曾志明）
1964 年 9 月 24 日《成都晚报》

银花没有共产党员的气味——女党员
谈银花这一形象
1964 年 9 月 24 日《南宁晚报》

是阶级斗争还是阶级调和——评电影
《北国江南》（向阳）

1964 年 9 月 24 日《贵州日报》

怎样培养革命接班人——电影《北国江
南》观后（贵州人民印刷厂工人 林介夫）
1964 年 9 月 24 日《贵州日报》

影片《北国江南》向观众宣扬什么？
（文一群）
1964 年 9 月 24 日《新华日报》

吴大成是"英雄人物"吗？（于占德等）
1964 年 9 月 25 日《大众日报》

在争夺青年中表露出的阶级调和论
（山东师范学院学生 徐鹏绪）
1964 年 9 月 25 日《大众日报》

怎样理解小旺这个人物？（施小因）
1964 年 9 月 25 日《文汇报》

坚决自觉革命（汤晓丹）
1964 年 9 月 25 日《文汇报》

农村干部说：《北国江南》是部坏影片
1964 年 9 月 26 日《大众电影》第 8、
9 期合刊

《北国江南》究竟贩卖了什么货色？
（杨思光 叶放）
1964 年 9 月 26 日《大众电影》月刊第
8、9 期合刊

究竟应怎样认识吴大成的"缺点"？
（祁连庆　李禾）
1964 年 9 月 27 日《青海日报》

《北国江南》有利于社会主义吗？（肖
彰祥）
1964 年 9 月 27 日《青海日报》

吴大成决不是一个光辉的形象（冯育柱）
1964 年 9 月 27 日《青海日报》

同刘有金同志商榷两个问题（刘凯）
1964 年 9 月 27 日《青海日报》
注：刘有金的《为影片〈北国江南〉
中的吴大成说几句话》载 1964 年 9 月
15 日《青海日报》

《北国江南》讨论综合报导（本刊资料室）
1964 年 9 月 30 日《文艺报》月刊第 8、
9 期合刊

《北国江南》对现实生活的歪曲（任中
杰　戴志钧）
1964 年 9 月《哈尔滨师范学院学报》
季刊第 3 期

令人不能容忍的歪曲和丑化（汪文超）
1964 年 10 月 1 日《山花》月刊第 10 期

《北国江南》是靠什么解决矛盾冲突
的？（梁鸿安）

1964 年 10 月 1 日《山花》月刊第 10 期

《北国江南》严重歪曲了当前农村的阶
级斗争（万紫千）
1964 年 10 月 1 日《山花》月刊第 10 期

是阶级斗争，还是"阶级调和"！（汪
远平等）
1964 年 10 月 1 日《山花》月刊第
10 期

努力塑造我们时代的英雄形象
——兼评《北国江南》的错误倾向
（覃桑）
1964 年 10 月 1 日《四川文学》月刊第
10 期

《北国江南》是怎样歪曲阶级斗争的？
（晓兵）
1964 年 10 月 1 日《甘肃文艺》月刊第
10 期

《北国江南》究竟宣扬了什么？（郑士存）
1964 年 10 月 1 日《河北文学》月刊第
10 期

阶级调和论和"人性论"的艺术标本
——省市文艺界座谈电影《北国江南》
纪要（本刊记者）
1964 年 10 月 1 日《奔流》月刊第
10 期

557

批判影片《北国江南》、《早春二月》及周谷城的资产阶级美学观点
1964年10月1日《延河》月刊第10期
注：中国作协西安分会召开座谈会

用什么观点塑造新英雄人物？——评《北国江南》里吴大成和银花的形象（陈深）
1964年10月1日《延河》月刊第10期

《北国江南》玷污了共产党人的形象（陈键）
1964年10月1日《延河》月刊第10期

对影片《北国江南》人性论观点的批判（《星火》编辑部记者）
1964年10月1日《星火》月刊第10期

不许美化董子章（洛奏）
1964年10月1日《宁夏文艺》双月刊第5期

这是一场什么样的"争夺战"——评《北国江南》的一个情节（哈宽贵）
1964年10月1日《宁夏文艺》双月刊第5期

从《北国江南》看作者的世界观（黄起衰）
1964年10月5日《湖南文学》月刊第

10期

《北国江南》是一部坏影片（郑天健胡仲实）
1964年10月5日《广西文艺》月刊第10期

这是什么样的英雄形象？——评影片《北国江南》（刘西沅）
1964年10月6日《成都晚报》

《北国江南》的矛盾观的实质是什么？——评张子良同志的《也谈〈北国江南〉所反映的矛盾观》（文四野）
1964年10月7日《西安晚报》
注：张文载1964年9月5日《西安晚报》

且看《北国江南》里的两个"英雄"——谈吴大成和银花（沈竑）
1964年10月8日《贵州日报》

《北国江南》是怎样歪曲人民群众的？（俞榆）
1964年10月8日《福建日报》

贯穿影片《北国江南》的两条黑线（林亚光）
1964年10月9日《重庆日报》

坚决反对没落阶级的人生观（吉元）
1964年10月9日《福建日报》

银花没有为党的事业操心（林竹）
1964 年 10 月 9 日《福建日报》

一件棉袄能这么"灵"吗？（林金亮）
1964 年 10 月 9 日《福建日报》

这是光辉形象吗？——谈《北国江南》
中的吴大成（游笙）
1964 年 10 月 9 日《福建日报》

《北国江南》是怎样歪曲和抹煞阶级斗
争的？（贺杰）
1964 年 10 月 9 日《福建日报》

《北国江南》的资产阶级思想倾向和艺
术倾向
1964 年 10 月 9 日《辽宁日报》

党的领导者的形象不容歪曲——评影
片《北国江南》中的县委书记张忠（于
良志）
1964 年 10 月 10 日《山东文学》月刊
第 10 期

到底谁战胜了谁？——《北国江南》宣
扬了什么样的阶级斗争（普庚）
1964 年 10 月 10 日《山东文学》月刊
第 10 期

董子章是资产阶级分子的典型（李九洲）
1964 年 10 月 10 日《青海日报》

《北国江南》是怎样歪曲和反对党的领
导的？（张春志）
1964 年 10 月 10 日《福建日报》

两个绝然对立的妇女形象——谈李双
双和银花（康健）
1964 年 10 月 11 日《福建日报》

董子章的转变真实吗？（李培六　王
民一）
1964 年 10 月 13 日《南宁晚报》

小心银花的眼泪（吴言）
1964 年 10 月 13 日《南宁晚报》

一剂麻痹斗志的药（刘致祥）
1964 年 10 月 13 日《南宁晚报》

银花的心美吗？（刘广汉）
1964 年 10 月 13 日《南宁晚报》

学会在新形势下进行意识形态领域阶
级斗争的本领——《北国江南》从反
面给我们的启示（纪哲）
1964 年 10 月 13 日《福建日报》

人性论思想不容辩护——同《北国江南》
的一些辩护者们辩论（赵雨萌）
1964 年 10 月 14 日《文学评论》双月
刊第 5 期

划清阶级界限　坚持阶级斗争（程士荣　武玉笑等）
1964年10月14日《甘肃日报》

这是歪曲农村现实生活的坏影片——本市农村干部座谈电影《北国江南》
1964年10月14日《重庆日报》

一部严重歪曲了阶级斗争、歪曲了时代精神的坏影片——批判影片《北国江南》（魏　杰）
1964年10月15日《长沙晚报》

长影职工积极参加对影片《北国江南》和《早春二月》的讨论与批判（长影资料室）
1964年10月15日《电影文学》月刊第10期

赞美了什么？丑化了什么？——评影片《北国江南》（李　珍）
1964年10月15日《电影文学》月刊第10期

"合二而一"和"真实感情"的艺术标本——批判影片《北国江南》的人性论（陈　愉）
1964年10月15日《电影文学》月刊第10期

彻底清除《北国江南》在青年中散布的思想毒素（谭辉璋等）

1964年10月18日《重庆日报》

这是什么样的"正确评论"？——驳白燊同志的《怎样正确地评论〈北国江南〉》（邓家琪）
1964年10月21日《西安晚报》
注：白文载1964年9月18日《西安晚报》

两服精神麻醉剂——评《北国江南》《早春二月》的共同错误倾向（南开大学中文系六〇一文艺评论组）
1964年10月23日《河北日报》

是对资产阶级"情感"的宣扬（李振伦）
1964年10月23日《青海日报》

从"打井"看吴大成的群众观点（倪复贤）
1964年10月23日《青海日报》

从董子章进城谈起（甘牛）
1964年10月25日《甘肃日报》

抓住阶级斗争这把金钥匙（高平）
1964年10月25日《甘肃日报》

揭穿《北国江南》的伪装　努力塑造当代的英雄形象（张骏祥）
1964年10月27日《解放日报》
注：1964年11月5日《光明日报》转载

评董子章的阶级性格和所谓"转变"——驳张子良同志关于董子章阶级性格的论据（史光弟）

1964年10月29日《西安晚报》

注：张子良的《也谈〈北国江南〉所反映的矛盾观》载1964年9月5日《西安晚报》

坚持无产阶级专政　反对阶级调和——评电影《北国江南》（谢子章　覃天云　谭宗志）

1964年10月30日《重庆日报》

《北国江南》严重地歪曲了人民群众的形象（易明善　赵迎生）

1964年10月31日《成都晚报》

塑造英雄形象的战斗任务——评电影《北国江南》的思想倾向（张怀瑾）

1964年10月《南开大学学报》第5卷第3期

评《北国江南》的错误倾向（师文中）

1964年11月1日《青海湖》月刊第11期

批判《北国江南》错误的政治倾向（木丁）

1964年11月3日《青海日报》

《北国江南》宣扬怎样的爱（陈坚）

1964年11月5日《浙江学刊》双月刊第5、6期合刊

培养什么样的接班人——驳《北国江南》在这个问题上的反马克思列宁主义观点（钟秀）

1964年11月5日《浙江学刊》双月刊第5、6期合刊

资产阶级美学观点的艺术标本——《北国江南》的思想实质和美学理想解剖（肖殷　蓝宜）

1964年11月5日《学术研究》（广东）双月刊第6期

西安电影制片厂在讨论影片《北国江南》中提出的几个不同看法

1964年11月7日《陕西日报》

试论英雄和英雄形象的创造（师铎）

1964年11月8日《西安晚报》

略谈作家的主观动机和作品的客观效果——关于影片《北国江南》的讨论（巨虹）

1964年11月9日《陕西日报》

宣扬阶级调和的坏影片——评《早春二月》和《北国江南》（郁子）

1964年11月10日《北方文学》月刊第11期

561

资产阶级人道主义的反动性——谈肖涧秋和银花（穆之）
1964 年 11 月 10 日《北方文学》月刊第 11 期

写金子一样闪光的英雄人物和先进思想（林予一）
1964 年 11 月 10 日《西藏日报》

根本问题是树立无产阶级的世界观——演员谈看《北国江南》和《早春二月》的感想
1964 年 11 月 13 日《湖北日报》

北国江南纪实（王金凤　叶幼琴　马德波　梁燕）
1964 年 11 月 15 日《人民日报》
注：1964 年 12 月《新华月报》月刊第 12 期转载

《北国江南》的人性哲学（陈培仲）
1964 年 11 月 15 日《电影文学》月刊第 11 期

体会和决心（超武）
1964 年 11 月 20 日《文汇报》

是黑线不是红线——驳白焚、王巨明同志（吴郑扬）
1964 年 11 月 25 日《西安晚报》
注：白的《怎样正确地评论〈北国江南〉》载 1964 年 9 月 18 日《西安晚报》；王的《在阶级斗争中成长》载 1964 年 7 月 18 日《西安晚报》

坚持马克思主义的文艺批评原则是"教条"吗？
——评《也谈〈北国江南〉所反映的矛盾观》（歧国英　王启兴　武复兴　刘清惠）
1964 年 11 月 25 日《西安晚报》
注：张子良的《也谈〈北国江南〉所反映的矛盾观》载 1964 年 9 月 5 日《西安晚报》

谈英雄人物的塑造（咸阳市二中王尚均　丁振海　宋茂儒）
1964 年 11 月 25 日《陕西日报》

作家的世界观对创作起决定作用（交通部第一公路勘测设计院　王连璞）
1964 年 11 月 25 日《陕西日报》

谁是真正的英雄？（铜川市红土供销社　牛茂林）
1964 年 11 月 25 日《陕西日报》

正确理解时代精神（史荣）
1964 年 11 月 25 日《陕西日报》

现实生活的本质是这样的吗？（中共富县县委宣传部　杨春明）
1964 年 11 月 25 日《陕西日报》

从《北国江南》看周谷城的"时代精神汇合论"（陈四益）

1964年11月《复旦大学学报》季刊第4期

影片《北国江南》歪曲了农村干部真实形象（武汉市郊区农村）
干部和社员进行了座谈（本报讯）
1964年12月2日《湖北日报》

两种世界观、文艺观的斗争——评《北国江南》的矛盾观（张立云）
1964年12月2日《湖北日报》

市郊农民座谈《北国江南》
1964年12月4日《武汉晚报》

《北国江南》歪曲了阶级斗争（西安电影制片厂　高世杰严征　顾象贤）
1964年12月4日《陕西日报》

吴大成不是英雄（武汉车辆改装厂工人　陈其忠）
1964年12月5日《武汉晚报》

《北国江南》歪曲了现实生活（汉阳轧钢厂工人　陈宝龙）
1964年12月5日《武汉晚报》

是反映阶级斗争，还是宣扬阶级调和？——再看

《北国江南》小议（黄济华）
1964年12月5日《武汉晚报》

从批判《北国江南》和《早春二月》想起的（上海戏剧学院表演系助教曹雷）
1964年12月8日《文汇报》

彻底批判《北国江南》这部严重歪曲农村现实生活的坏影片（罗有猷　李跃成等）
1964年12月8日《四川日报》
注：有编者按语

《北国江南》是宣扬阶级调和的坏影片（刘世民）
1964年12月8日《沈阳晚报》

《北国江南》企图把人们引向脱离阶级斗争的危险道路
1964年12月10日《成都晚报》
注：有编者按语

资产阶级人性论的化身——批判《北国江南》中银花形象（景生泽　张仁镜　毛黎村　蒙万夫）
1964年12月10日《西安晚报》

谁是时代的英雄人物？（西安市福豫面粉厂　梁山）
1964年12月13日《西安晚报》

一部有严重思想毒素的坏影片——评
《北国江南》(唐春旭)
1964 年 12 月 13 日《鞍山日报》

阶级调和论的说教 "中间人物"论的
标本——《人民日报》批判《北国江
南》文章简介
1964 年 12 月 15 日《南方日报》

歪曲和抹杀了阶级斗争——看影片
《北国江南》(沈阳专员公署农垦局
蔡振棠)
1964 年 12 月 15 日《辽宁日报》

劳动人民的衣服 资产阶级的灵魂——
谈谈银花这个人 (湖北省工业设备安
装公司工人 王长和)
1964 年 12 月 17 日《武汉晚报》

我们不能向吴大成学习 (市郊和平公
社王家墩大队 万长生)
1964 年 12 月 17 日《武汉晚报》

《北国江南》歪曲了农村的青年工作
(和平公社团委书记魏安均)
1964 年 12 月 17 日《武汉晚报》

对农村干部的严重歪曲 (周庚仁)
1964 年 12 月 19 日《鞍山日报》

我们不要这样的坏影片 (部队电影放

映工作者 李希昆)
1964 年 12 月 21 日《四川日报》

影片宣扬阶级调和腐蚀青年革命斗志
(成都部队政治部青年部 李德宏)
1964 年 12 月 21 日《四川日报》

保卫好社会主义江山 (民兵教导员
周清和)
1964 年 12 月 21 日《四川日报》

看待一切事物都要有阶级观点 (战士
张龙光)
1964 年 12 月 21 日《四川日报》

《北国江南》歪曲了我们家乡的实际情况
(解放军驻成都部队 张艺军)
1964 年 12 月 21 日《四川日报》

不能忘记阶级斗争 (某连副指导员
罗元洲)
1964 年 12 月 21 日《四川日报》

《北国江南》丑化了英雄形象 (沈阳空
压机配件厂工人 高同春)
1964 年 12 月 22 日《沈阳晚报》

资产阶级母爱的标本 (沈阳市二十中
学 蒋克)
1964 年 12 月 23 日《辽宁日报》

作品的客观效果和作家的主观愿望——
和西安电影制片厂的某些同志商榷
西安市光荣理发合作社（李明理）
1964 年 12 月 24 日《西安晚报》

歌颂工农兵英雄形象　反对资产阶级
人道主义
——记工农兵文艺工作者批判影片《早
春二月》和《北国江南》座谈会
1964 年 12 月 25 日《四川日报》

文艺作品必须歌颂时代的英雄——
《北国江南》批判（刘德滨）
1964 年 12 月 26 日《沈阳晚报》

必须深入生活改造思想——读《北国江
南纪实》有感（章新志）
1964 年 12 月《电影艺术》双月刊第 5、
6 期合刊
注：王金凤等的《北国江南纪实》载 1964
年 11 月 15 日《人民日报》

资产阶级艺术的一面黑旗——对影片
《北国江南》的批判（张文华）
1964 年 12 月《边疆文艺》月刊第 11、
12 期合刊

战士说：《北国江南》是株毒草（武汉
驻军某部战士座谈摘要）
1965 年 2 月 15 日《电影文学》月刊第
1、2 期合刊

银花、肖涧秋、寿生和瞿海生的共同
语言（柳拂云）
1965 年 6 月 26 日《新民晚报》

谁是历史的创造者——批判四部电
影（《北国江南》、《早春二月》、《林
家铺子》和《不夜城》）的"人性论"
（闻潮）
1965 年 12 月《学术月刊》第 12 期

坚持用马列主义毛泽东思想教育人
（巴武）
1971 年 5 月 28 日《解放军报》

"将心比心"就是否定阶级斗争——批
判毒草影片《北国江南》（史俊）
1971 年 10 月 25 日《解放日报》

《北国江南》何罪？（张跃中）
1979 年 2 月 2 日《工人日报》

栽赃诬陷的丑恶表演——为故事片《北
国江南》彻底平反（边善基）
1979 年 2 月 20 日《大众电影》月刊第
2 期

认清"彻底"论者的真面目——从《北
国江南》等影片的遭遇谈起（边善基）
1979 年 3 月 25 日《电影新作》双月刊
第 2 期

中国当代文学参阅作品选（第四册）
福建人民出版社 1984 年 12 月版

当我走出人民大会堂时（陶金）
——回忆阳翰笙同志和文艺工作者在
一起
1980 年 3 月 10 日《大众电影》月刊第
3 期

白发未除豪气在（舒湮）
1980 年 3 月《艺术世界》月刊第 3 期

中国当代文学史初稿（上册）
人民文学出版社 1980 年 12 月版

团结一致向前看（张沪）
——访全国文联副主席阳翰笙同志
1981 年 7 月 3 日《北京晚报》

忠诚的老战士——记老作家阳翰笙同
志（周明）
1982 年 9 月《剧本》月刊第 9 期

阳翰老探母校（魏秋菊）
1983 年 5 月 7 日《成都晚报》

"对竹赋新诗"（潘光武 张大明）
——阳翰笙同志蜀乡之行
1983 年 5 月 12 日《成都晚报》

阳翰笙同志满怀深情地勉励本市文艺

工作者（黄铁军）
1983 年 5 月 24 日《重庆日报》

省文联举行座谈会热烈欢迎以阳翰
笙同志为团长的中国文联赴川参观
访问团
1983 年 6 月四川《文艺通讯》双月刊
第 3 期

阳翰笙劝学（陈季衡）
1983 年 7 月 9 日《四川日报》

梦回萦绕情意切——阳翰笙蜀乡探母
校（张大明 潘光武）
1983 年 7 月《四川青年》月刊第 7 期

翰老在成都（洪源）
1983 年 8 月 25 日《戏剧与电影》月刊
第 8 期

访赖家桥（阳翰笙旧居）（潘光武）
1984 年 8 月 10 日《乌江》双月刊第
4 期

泥土芳香扑面来（苑菲）
——读《阳翰笙土改日记片断》
1984 年 8 月 10 日《乌江》双月刊第
4 期

气清秋色丽 孜孜奋笔求（潘光武）
——阳翰笙印象散记

567

编 后 记

早在五年以前，我就承担了编选《阳翰笙研究资料》的工作，时间是很久的了；加之我身居全国文化中心的北京，搜集资料较为方便；又与阳翰笙同志本人同在一个单位，能经常向他请教和求助；又与主持这项工作的中国社会科学院文学研究所现代室张大明同志等常有接触，可以随时得到帮助和提示；总之，"天时"、"地利"、"人和"我都占有了，按理说，是应该早就交稿的，但直到现在才编选完毕。这，一方面是由于一直有另外的工作在身，一方面也由于开始相当长一段时间里未能抓紧，同时，还因为事先没有充分估计到这项工作在进行过程中将会遇到的繁难。现在总算完成了，除了由于拖的时间太长感到抱愧之外，也有如释重荷的轻松和愉快。

有一位对阳翰笙颇有研究并常有机会面见阳翰笙同志的朋友给我说过这样的话：翰老对中国现代和当代文艺事业的贡献是巨大的，但他的形象客观上被两位巨人的身影遮掩了。他说的这两位巨人就是周恩来同志和郭沫若同志。这个说法很形象，也很贴切。是的，阳翰笙同志在中国现、当代文艺史上有着特殊的地位，无论是筹组"左联"，襄助郭老领导第三厅和文工会，无论是导倡普罗文学，开创、发展左翼电影事业，组织领导国统区戏剧运动，和参与主持建国以来的文艺工作，无论是文学创作、电影创作、戏剧创作以及各个时期的文艺理论建设，他都起着不可忽视的重要作用，有着特殊的贡献。是的，他是一位文艺创作家，但是，他首先是一位革命的社会活动家，一位党的文艺事业的领导者和组织者。也许正因如此吧，他在文艺创作方面的成就，比起有些专门从事文艺创作而又取得巨大成就的文艺家来，就显得不太突出了，因而，以论述文学作品和文学理论为主的现代和当代文学史就没有他更重要的地位。但我想，若要编写一部"现代和当代文艺运动史"，阳翰笙的地位和作用是会相当突出的。

上面提到的那位朋友的话，即阳翰笙的形象客观上被两位巨人的身影遮掩了，细想起来，觉得也只说出了一半，还有另一半需要补充的是，阳翰笙也乐于将自己的形象遮掩在两位巨人的身影里；非但如此，他总是乐于做革命事业的一切"秘书"工作，总是默默无闻，埋头苦干。《左传》有云"三不朽"：立德、立功、立言。我以为，就阳翰笙同志来说，他三者皆备；而三者相比较，立德（道德品质）居首，立功（社会活动）次之，立言（文艺创作）再次之。凡是与阳翰笙同志一道工作过或接触过他的同志，无论是在过去和现在，也无论是老年同志和中青年同志，首先谈到的都是他的为人，他的高尚的人品。他的坚持原则、顾全大局、团结同志、宽厚朴实、不计名利、谦虚谨慎、从善如流、身体力行的品质和作风，常为人们所称道。他的这些品质和作风，是他长期在周恩来同志身边工作得到教诲和熏陶以及他虚心学习和严格要求自己而形成的。

阳翰笙同志很少谈到他的生平和创作，就连他的回忆录也很少谈到他自己如何如何（他为自己的一些作品集写的序言中较多地谈到某些创作情况），解放前他的作品又屡遭查禁，"文化大革命"中他家六次被抄，而以往又很少有专门研究他的同志，这些，都为编选这本资料带来困难和不便，好倒是，在我开始进行这项工作的时候，张大明同志已着手为四川人民出版社文艺编辑室（现四川文艺出版社）编《阳翰笙选集》，同时，他又在编写《阳翰笙年表》，这就给我编《阳翰笙著作系年》和编写《阳翰笙生平年表》提供了大大的方便。而阳翰笙创作的研究、评介文章，只好主要根据阳翰笙同志生平活动的行踪，对能查阅到的报刊采取"大海捞针"的"战术"，逐年逐月逐日或逐期地翻阅搜集，每查到一篇有关的资料，都喜不自禁。这样边搜集，边整理，经过几年断断续续的作业，终于编成了这本集子。

关于"生平和文学活动"与"研究、评介文章选辑"两个部分特别是后者的文章，在尽量节减篇幅的前提下，又考虑到了为阅读和研究提供方便，采取了"精选"和"详远略近"的原则。所谓"精选"，是尽量把有不同见解或从不同角度评论的文章都选入而又不致重复，这样就出现了不少文章的"节录"；尽管如此，也仍有些分析颇为精当的文章未能入选，不得不忍痛割爱了。不过，本书提供了"目录索引"，读者可以据以查寻。所谓"详远略近"，是对记述和研究阳翰笙一九四九年以前的生平和创作的文章以及一九四九年以前发表的这方面内容的文章选取得较详，一九四九年以后的选取得较略，这是因为，阳翰笙的文艺创作活动主要在一九四九年以前，而这方面的资料又不易查寻。至于一九六四年对影片《北国江南》的"讨论"文章，虽然没有多少学术价值，但在五百来篇中也选了两篇（否定的和肯定的各一篇），一是因为这次"讨论"对阳翰笙同志来说是重要的事件（从那时起，他就基本上"靠边站"了），二是这次"讨论"在当代文艺史上算是一件大事，是"文化大革命"的"前奏"（江青称之为"序幕"）。选取两篇，我们可以从中窥见一点当时的"时代气氛"，进而也可以了解一些在"左"的影响日益严重、"文艺为政治服务"的口号叫得越来越响、"阶级斗争的弦"绷得越来越紧的情况下，所谓"文学评论"是个什么样子。当然，这场"讨论"只是"山雨"欲来之前的"风"，比起"文化大革命"的"横扫一切"来，不过是小巫见大巫而已。

本集的编选，总的遵循了《中国现代作家作品研究资料丛书·例言》的要求，"著作系年"、"著作书目"和"目录索引"都以文章发表和出版时间先后为序进行编排，但"文选"部分，为了便于阅读和查寻，有的文章作了集中编排。

在搜集和编选过程中，得到阳翰笙同志的热情支持，即使他在病中甚至住院期间，对我也是有求必应，或提供资料线索，或订正史实，或审阅有关的文章；他的两位女儿欧阳蜀华和欧阳永华也积极配合，还提供了搜集、珍藏多年的有关翰老的全部照片供我选用；张大明同志始终关心和协助我完成这项工作，经常主动向我提供信息和有关资料，付出了很大的心血和辛劳。此外，四川大学中文系的王兴平同志，四川文艺出版社的蒋牧丛同志，中国戏剧出版社的周明同志，中国电影出版社的薛赐夫同志，北京出版社的廖宗宣同志，和老一辈戏剧家葛一虹同志、张逸生同志、老作家周而复同志等，都曾热情给我提供资料或给予协助；我原先所在的中国文联资料室和现在所在的中国文联出版公司，以及北京图书馆、中国文联理论研究室资料室等，都给我搜集资料以不少方便。对以上提到的同志和单位，在此谨表示衷心的谢忱。

最后还要提到的是，本资料集有一个较大的缺陷，就是评论阳翰笙早期的电影和戏剧作品的文章奇缺。据翰老本人提供，他在三十年代创作的几部电影如《铁板红泪录》、《中国海的怒潮》、《生之哀歌》、《逃亡》和话剧《前夜》、《塞上风云》等在上映和演出时，都是有评论文章的。我曾力所能及地多方查寻求索，但仍无所获。这是因为，刊有这些文章的报纸在战事中受到严重损失，特别是江青在"文化大革命"中派专人劫收销毁了大量的三十年代有关电影、戏剧方面的资料（因为其中有着关于她的一些材料），致使这方面留下难以弥补的缺陷。我们切盼掌握这方面资料的单位和同志，能弥补这个缺陷。

由于本人水平所限，知识和阅历所限，本集除了有上面提到的遗漏之外，还可能有其他遗漏、不当甚至错讹之处，希望得到专家和读者的补充、指正和批评。

潘光武

一九八六年十二月三十日

于北京团结湖

《中国文学史资料全编·现代卷》总目